Otra mujer

Biografía

Penny Vincenzi empezó su carrera como secretaria de redacción de las revistas *Vogue* y *Tatler*. Más tarde fue redactora jefe de la sección de moda y belleza de las revistas *Woman's Own*, *Nova* y *Honey*, y posteriormente ocupó el cargo de redactora adjunta de *Cosmopolitan*. En la actualidad escribe regularmente en *Good Housekeeping* y es autora de dos libros de humor y de tres novelas.

Está casada y tiene cuatro hijas.

Otra mujer

Penny Vincenzi

Traducción de
Clara Cabarrocas

Planeta

Título original: *Another Woman*

Primera edición en esta colección: septiembre de 1997

© Penny Vincenzi, 1994
© por la traducción: Clara Cabarrocas, 1995
© Editorial Planeta, S. A., 1997
Córcega, 273-279 - 08008 Barcelona (España)
Edición especial para Ediciones de Bolsillo, S. A.

Diseño de cubierta: Estudi Propaganda
Fotografía de cubierta: © Valerie Gates (Photonica)
Fotografía autor: © Trevor Leighton

ISBN 84-08-02252-0
ISBN 1-85797-957-5 editor Orion, Londres, edición original
Depósito legal: B. 33.944 - 1997
Fotomecánica cubierta: Nova Era
Impresor: Liberdúplex
Impreso en España - Printed in Spain

Para mi familia, en su totalidad, con todo cariño

AGRADECIMIENTOS

Como siempre en estos casos, existen ciertas personas sin las cuales este libro no habría podido ver la luz.

Sin seguir ningún orden particular, pero con idéntica gratitud, por su sabiduría, su experiencia y su paciencia ante mi interminable curiosidad, quisiera dar las gracias a Felicity Green, Caroline Baker, Karen McCartney, Sian Banks, Sandra Lane, Robert Carrier, Stephen Jones, Mary Anne Champy, Ursula Lloyd, Tony Rossi y al doctor David Storer.

Por otra parte, nadie como yo habrá podido disfrutar de una política editorial tan inspirada; me agradaría expresar mi gratitud particular a Susan Lamb, por su constante apoyo emocional a la vez que práctico; a Katie Pope y a Caroleen Conquest, por su paciencia y ejemplar atención a muchos detalles que de otra forma me habrían pasado por alto; y a Rosie Cheetham quien, con su aguante y testarudez, su aliento y su sinceridad, y, por encima de todo, su eterno optimismo ante las considerables pegas de su autora tales como el retraso sistemático en las entregas, una ruidosa ansiedad y una total incapacidad a la hora de anticipar, ni siquiera en los términos más vagos, la forma en que terminaría el libro, encarna todas las virtudes de una editora.

Y, como siempre, un agradecimiento especial a mi agente Desmond Elliot, quien además de ser un hombre lleno de sensatez y de humor es un excelente amigo, cuyas maravillosas palabras de aliento me han sido de gran ayuda.

PRÓLOGO

Iba a ser una boda perfecta.

Es verdad que siempre se dice lo mismo de las bodas, pero ninguna de las personas que aquella deliciosa tarde de julio se sentaban alrededor de la gran mesa de pino de la cocina de la casa de la novia lo habría dudado ni un instante. ¿Cómo habrían podido?, cuando los futuros esposos, sentados el uno junto al otro cogidos de la mano, sonreían a sus familias, a unos padres indulgentes y a unas madres orgullosas, y a los amigos que respondían a sus sonrisas; cuando al fin se ponía el sol de aquel día perfecto en el profundo valle de Oxfordshire y llegaba la penumbra, acompañada de una ligera neblina que prometía un día siguiente todavía más perfecto, y espesaba el poderoso aroma de las rosas que se colaba por las puertas; cuando Maggie Forrest, madre de la novia, por fin podía relajarse sabiendo que todo estaba en orden; la carpa rosa y blanca rodeada de flores, las mesas a medio poner, el champán, de añada excelente, guardado en cajas de cartón en la despensa, las docenas de kilos de salmón, de pollo, de buey, las montañas de fresas, de frambuesas, de huevos y de nata a punto de ser transformados por los cocineros en un ágape espléndido, y el pastel, cuatro pisos exquisitamente glaseados, descansando sobre la mesa del comedor.

¿Qué habría podido ir mal?, hubieran podido preguntarse unos a otros. Un enlace perfecto entre Cressida, la hija menor del próspero y distinguido ginecólogo James Forrest, y el doctor Oliver Bergin, también ginecólogo, único hijo del señor y la señora Bergin, de Nueva York. Cressida, tan hermosa, con su cándida belleza y sus buenos modales, tan extremadamente adecuada para la vida y el marido que había escogido; y Oliver, tan elegante y atractivo, casi demasiado, como comentó, riendo, Maggie Forrest a Julia Bergin la primera vez que se vieron. La lista de invitados era larga, aunque sin exageraciones, no más de trescientas personas, porque Cressida había insistido en casarse en la pequeña iglesia de piedra de Wedbourne, donde había sido bautizada. Y las mujeres de toda Inglaterra que aparecían en la lista habían estado comprando vestidos, escogiendo sombreros, reflexionando sobre la lista de boda —en la General Trading Company y en Peter Jones— y repasando los trajes de etiqueta de sus maridos; y las ocho personas cuyos hijos habían sido designados para ser pajes habían tenido que efectuar varios viajes a Londres, al taller de Harriet Forrest, hermana mayor de Cressida, desde donde dirigía su imperio de moda y donde habían sido confeccionados sus trajes —no el tipo de ropa que solía hacer Harriet, aunque de todas formas encantadora; muselina con puntillas a lo Kate Greenaway para las niñas, y trajes marineros de lino blanco para los chicos—. El vestido de Cressida era una maravillosa creación de la Chelsea Design Company en satén cremoso sembrado de perlas y con unas rositas diminutas de color rosa pálido deslizándose cola abajo. Estaba preparado en el ático, habitación que Maggie utilizaba para coser, bajo un guardapolvo de muselina. Junto a él estaba la caja donde reposaba el velo, que iría sujeto con la diadema de flores frescas que llegaría a la mañana siguiente acompañada del ramo de novia —rosas de color crema y rosado— y de los cestos de margaritas y escabiosas que los pajes llevarían a la iglesia. En el comedor de Court House se amontonaban los regalos, listos para salir rumbo a Nueva York en cuanto el joven doctor Oliver Bergin y su esposa se instalaran en su nueva casa de la calle 80 Este. Regalos maravillosos: porcelanas, cristalerías, mantelerías, objetos de plata, todo ello debidamente inventariado y con las cartas de agradecimiento mandadas desde hacía tiempo.

A pocos kilómetros de allí, en Oxford, el cuarteto de cuerda que tenía que tocar durante la boda estaba ensayando una pieza bastante difícil de Mozart, que la novia había solicitado especialmente; el párroco de la iglesia de San Esteban de Wedbourne repasaba las tradicionales y sensatas palabras que solía pronunciar en los casamientos y el organista ensayaba *Love Divine* en compañía del coro, en particular con un chiquillo de voz extraordinaria que había descubierto recientemente en la vecindad. A poca distancia, en el garaje del hotel Royal de Woodstock, el antiguo Rolls de color crema perteneciente al padrino de la novia, el poderoso y adinerado Theodore Buchan, estaba siendo sometido a un abrillantado final completamente innecesario.

Todo estaba listo para una boda perfecta, para una novia perfecta.

¿Y quién habría pensado, aquella tarde dorada y perfumada, o habría sospechado siquiera, que la boda perfecta nunca se llevaría a cabo?

La víspera

CAPÍTULO PRIMERO

HARRIET

Tarde, iba a llegar tarde a la maldita cena de la víspera de la boda. Dios, su madre no se lo perdonaría. Ya la imaginaba con una sonrisa de cautelosa serenidad en los labios que iría tensándose a medida que sus miradas hacia el reloj aumentaran de frecuencia, y casi podía oír sus comentarios sarcásticos, «Harriet llega tarde como de costumbre, siempre tiene tantas cosas urgentes que hacer»; y su padre trataría de calmarla, quitándole importancia al retraso, y Cressida diría, pues claro que no tiene importancia, ninguna importancia, todos los demás ya habían llegado, y le diría a su madre que dejara de dar la murga, aunque en realidad haría el retraso más patente, más importante.

Claro que, dadas las escasas obligaciones de su madre y Cressida, todo les resultaba bastante fácil. No tenía por qué traerles de cabeza verse forzadas a salir de Londres un jueves, en plena semana, para asistir a una boda. ¡Un jueves! ¿Y por qué no un sábado, como todo el mundo? Era cierto que su madre había trabajado mucho para organizar aquella ceremonia, pero a fin de cuentas era lo único en lo que tenía que pensar; y el trabajo de Cressida con su médico de la calle Harley no era exactamente estresante, podía pedirse fiesta cuando le venía en gana con un único parpadeo de sus larguísimas pestañas. No tenían que dirigir un negocio, ni diseñar colecciones, ni entregar pedidos, ni lograr que el balance cuadrara. De repente Harriet se sintió tan mareada, tan asustada que frenó violentamente y se arrimó a la cuneta. Se quedó sentada, dando profundas bocanadas de aire y tratando de sobreponerse. No dejes que te venza el pánico, Harriet; ni siquiera parezcas abatida. Todo irá bien. Bueno, probablemente no, pero tampoco es tan grave. No van a ejecutarte en la horca por ir a la quiebra, por tener que liquidar tu negocio. Será quizá el final de un sueño, pero sobreviviría a eso. Al fin y al cabo había sobrevivido al final de muchos otros.

Le dolía la cabeza y notaba la garganta seca, rasposa, como si tuviera resaca. Sin embargo, no había probado una gota de alcohol. Durante todo el día había deseado tomarse una copa, varias copas, pero no lo había hecho. Había tenido que mantener la mente clara para atender las infinitas llamadas, los fax, las decisiones. Y al parecer, para nada. Lo más probable es que no le quedara salida; estaba hundida, vencida. Necesitaba más dinero del que nunca habría soñado poder disponer en menos de veinticuatro horas y la persona que habría podido suministrárselo era la única a quien no podía pedírselo. O sea que así estaban las cosas. Tenía que afrontarlas y reflexionar el resto de su vida. Harriet se miró brevemente en el retrovisor; los acontecimientos del día asomaban con terrible claridad a su rostro. No era sólo su palidez, ni su maquillaje prácticamente desaparecido, ni su pelo sin arreglar, ni siquiera el obvio cansancio; sus ojos oscuros estaban congestionados, su piel como apagada, su boca torcida y tensa —casi como la de su madre, pensó con horror, e hizo un esfuerzo para relajar la mueca y esbozar una falsa sonrisa ante el espejo—. Se le había corrido el rímel, acentuando sus ojeras, y el cuello de su camisa blanca de lino estaba arrugado. Los pendientes le hacían daño; se los quitó de un tirón y notó una punzada de dolor en los lóbulos, e inmediatamente empezó a sentir que le subían las lágrimas a los ojos.

—Por Dios, Harriet Forrest —dijo en voz alta limpiándoselas de un manotazo—, no se te ocurra empezar a llorar ahora, y encima porque te duelen las orejas.

Y puso de nuevo el motor en marcha, volvió a meterse en la carretera y apretó el acelerador esforzándose en olvidar el día que acababa de pasar y a concentrarse en el que le esperaba. Su hermana se casaba y la esperaban serias responsabilidades; una de las cuales y no de las menores consistía en llegar a Court House cuanto antes. Porque quedarse sentada en mitad de la M40 sintiendo lástima de sí misma no iba a solucionar gran cosa. Y contra toda lógica, de pronto se sintió mejor, más serena, más controlada; fue incluso capaz de apreciar la belleza de aquel crepúsculo y de la oscuridad que se instalaba sobre las sombrías colinas de Chiltern. Sería agradable ver a todo el mundo, especialmente a Rufus y a Mungo, y también estaría Merlin, a quien gracias a Dios no había visto desde su regreso de Perú, aunque lo había oído en *Principio de Semana* o algo parecido, con su enérgica voz, más parecida a la de un veinteañero que a la de un hombre de ochenta años. Puso la radio; Pavarotti cantaba «Un bel dì vedremo» de *Madama Butterfly* y le pareció demasiado horrible, demasiado cruel. Y a pesar de que no quería volver a detenerse, percibió los últimos cuarenta kilómetros de su viaje a través de una espesa neblina de dolor.

—Eso ha sido una mala pasada por tu parte, Señor —dijo de nuevo en voz alta al tiempo que adentraba el Peugeot en el camino de grava de Court House—. Hoy me la tienes jurada, ¿a que sí?

JAMES

James sintió un intenso alivio al ver cómo brillaban en la oscuridad los faros del Peugeot de Harriet. No sólo porque le preocupaba, como de costumbre, la conducción temeraria de Harriet —y en eso, como en muchas otras cosas, no cabía ninguna duda de que realmente era su hija, la portadora de sus genes—, sino porque su llegada provocaría cierto ajetreo en la sala, un reagrupamiento, que le posibilitaría la huida, escapar unos momentos de aquella claustrofóbica perfección. Mantenerse quieto estaba costándole casi un sufrimiento físico; en efecto, se había levantado tantas veces para volver a llenar copas, ofrecer más café y pasar las frutas, el queso y las pastitas que Maggie había tenido que decirle, con suavidad aunque con un toque casi imperceptible de irritación, que sólo con verlo estaba agotando a todo el mundo y que por qué no se relajaba y dejaba que los invitados se sirvieran ellos mismos. Como si ella, con su autocontrol exagerado y sus sonrisas crispadas, al acecho del más mínimo movimiento, fuera una gran experta en eso de relajarse. Susie, en cambio, a pesar de su gran energía y de su ávida vitalidad, albergaba un manantial de serenidad verdaderamente apaciguador. La observó mientras charlaba distendida y alegremente con Josh Bergin, con Cressida y con Oliver, y se preguntó con cierto resentimiento, como lo había hecho miles de veces, si Alistair se daba cuenta de la inmensa suerte que representaba tenerla por esposa. Susie había asumido aquella unión y su obvia carencia de promesas y la había transformado en algo alegre, constructivo, fuerte. En todos aquellos años nunca la había oído quejarse de su matrimonio, ni siquiera afearlo; era su profesión, su carrera, y la había llevado a cabo con mucho éxito. Y ahora, por un capricho extraordinario, casi maléfico, del destino, estaba amenazado. Antes de la cena, con rasgos de inquietud en sus ojos oscuros, se acercó a él en el jardín donde los invitados tomaban el aperitivo en aquel atardecer lleno de fragancias, y le dijo: «Jamie, tenemos que hablar.» Y un poco más tarde, mientras Maggie daba los últimos toques a su cena y Alistair, con sus modales elegantes, ayudaba a recoger los vasos del jardín, cruzaron la rosaleda y Susie le dijo, con una voz entre divertida y ansiosa: «Jamie, no te lo vas a creer, pero Rufus me ha dicho que quiere casarse.» A lo que él respondió: «Bueno, ¿es que hay algún problema?» Y ella añadió: «Pues sí lo hay. Quiere casarse con Tilly Mills. No sé decirte por qué, pero intuyo que eso podría acabar siendo un bombazo, ¿no te parece?»

Y a partir de aquel momento se sintió tan asustado, tan profundamente inquieto, que le costó muchísimo tragarse la cena perfecta de Maggie y sintió más necesidad que nunca de tomarse una copa en los —¿cuántos eran?— veinte años transcurridos desde el nacimiento de Tilly Mills.

La inactividad forzosa era lo que más lo desasosegaba; la absoluta imposibilidad de hacer nada acerca de aquella noticia. Otra noche cualquiera habría podido charlar con Rufus, informarse amistosamente, discretamente, acerca de su vida, de sus planes; al menos, habría podido formarse una idea de la seriedad de la situación. Pero aquella noche, con toda la familia reunida en ocasión de la boda de su hija y tantos desvelos y tantos asuntos pendientes, de poco peso en términos absolutos pero vitales para el futuro inmediato, no podía hacer nada. Así que no le quedó más remedio que sentarse y observar a Rufus mientras comía, exhibiendo aquel encanto ligeramente desfasado tan suyo, y charlaba con mucho interés y gran cortesía con su madre —todo el mundo conocía su devoción por Susie—, con Julia Bergin, con Maggie y con Janine Bleche, la madrina francesa de Cressida —todavía sorprendentemente atractiva a pesar de haber pasado los setenta—, consciente de que, de todas formas, habrían de pasar al menos veinticuatro horas antes de poder investigar el asunto más a fondo. Y eso le pareció casi inaguantable.

Miró con intensa envidia a su padrino, que dormitaba tranquilamente en una esquina cerca de la estufa; sir Merlin Reid, explorador de famosa excentricidad todavía en activo —y que seguía haciendo descubrimientos a pesar de haber entrado en su novena década, con un mundo mucho más pequeño, mucho más familiar que cuando inició sus viajes hacía sesenta y cinco años—. Merlin había interrumpido su última expedición

—la **Cordillera** Central a lomos de una mula— con el propósito de asistir a la boda. Todavía seguía soltero; ninguna mujer, decía, podría aguantarlo, ni él a ninguna mujer. Pero consideraba a James como su hijo, y a Cressida y a Harriet como sus nietas; no se habría perdido por nada del mundo, declaró, una ocasión como aquélla. A los ochenta y tantos todavía se mantenía erguido y joven, con su espesa cabellera blanca y sus brillantes ojos azules; era muy dado a regatear por todo, no sólo en los *souks* y en las *casbahs* y en los bazares de todo el mundo, sino también en Harrods y en Sainsbury e incluso en los Ferrocarriles Británicos.

«Le doy cinco guineas por esa corbata y es mi última oferta», le soltaba a un joven vendedor desazonado, o «Si cree que voy a pagarle veinte libras por viajar veinte millas está usted listo, quince es mi última oferta», y algunas veces alguien se dejaba engatusar, o bien por seguirle la corriente o bien por diversión, y le vendía una camisa por la mitad del precio o le daba dos kilos de manzanas por el precio de uno. Aunque nunca había logrado que los Ferrocarriles Británicos o los Transportes de Londres bajaran sus tarifas para él, pero los taxistas de Londres sí lo hacían a veces, especialmente si los había obsequiado con el relato de alguno de sus periplos, un viaje a lo desconocido o una escaramuza con una tribu hostil, que luego relatarían a otros pasajeros.

La enorme envidia que James sentía mientras observaba a Merlin no era sólo por el sueñecito que con tanta obviedad estaba disfrutando, sino por la vida larga y pacífica, carente de complejidades o flaquezas, que tenía a sus espaldas. Merlin podía haber corrido grandes riesgos enfrentándose a tribus hostiles, alimañas terribles o entornos salvajes, pero no tenía ni la más remota idea de lo que era el remordimiento o el sentimiento de culpa, las relaciones en decadencia o las vidas destrozadas.

Y entonces a James se le ocurrió que sí había una cosa que podría aliviarlo. Se lo contaría a Theo, como siempre hacía en los momentos críticos de su existencia. Llamaría a Theo a su hotel —de todas formas, el muy desgraciado hubiera debido estar cenando con la familia, ¿qué carajo hacía, en una velada tan importante como aquélla, encerrado en un hotel con el bomboncito de su mujer?—. A pesar de todo, James sonrió para sus adentros al pensar en lo que Theo probablemente estaría haciendo con su último bomboncito, y en hablar con él. Ahora no, por supuesto, ahora no. Pero sería lo primero que haría a la mañana siguiente mientras los demás andaran atareados; iría a ver a Theo y hablaría con él, le expondría todos sus problemas y le pediría consejo. Theo tendría alguna idea. Siempre las tenía.

En la lejana París, y a pesar de todas sus resoluciones en contra, Tilly Mills se oyó decir que sí, que le gustaría ir a Les Bains Douches en compañía del nuevo astro de la pantalla, Jack Menzies, que tenía cara de ángel con pasado, tal como había publicado *Arena* la semana anterior, pero que además también tenía un serio problema de higiene personal. Sabía que era una locura, que tenía que levantarse temprano, que había tenido un día agotador, que si tropezaba allí con Mick McGrath la mataría, que se había acostado muy tarde la noche anterior, que quizá saldría en los periódicos y disgustaría a Rufus, pero tenía que hacer algo para no pensar más en lo que estaba sucediendo en Inglaterra. La atmósfera frenética de la que seguía siendo considerada como una de las discotecas más «chic» de París le quitaría seguramente de la cabeza los espectros fantasmales de un James Forrest satisfecho de sí mismo conduciendo a su hija más joven al altar bajo la mirada aduladora de trescientos amigos y miembros de la familia —Rufus Headleigh Drayton entre ellos— y del color e interés añadido que ella habría podido aportar a la ocasión en caso de haberse dejado vencer por la tentación y la intensa presión de Rufus y de haber asistido a la ceremonia. En aquel preciso momento habría podido estar allí, en Inglaterra, a pocas millas —o ni siquiera a pocas— del corazón de la finca de los Forrest, proyectando una sombra de un metro noventa sobre el regocijo de James Forrest.

—Mierda —dijo en voz alta—, mierda, mierda, mierda. —Se alzó, se bajó el vestido de Lycra de forma que, perfectamente erguida, le cubriera únicamente las nalgas, y cruzó con descaro el salón en dirección a la salida. Notó más que vio las miradas de todos los hombres —y también de algunas mujeres— clavadas sobre ella e intuyó más que oyó su nombre pasando de boca en boca, de mesa en mesa, y cuando cruzó la puerta seguida de Menzies y de su centinela y llegó a la calle —por Dios, ¿qué estaba haciendo con aquella gentuza de Hollywood cuando habría podido estar con Rufus?—, topó con el inevitable muro de flashes, puso el piloto automático y en un único y cadencioso movimiento sonrió a los fotógrafos, bromeó con soltarles un fogonazo también ella y se deslizó en el interior de la limusina de Menzies. Y mientras el coche aceleraba rumbo a la noche se preguntó, y no por primera vez, cómo lograría, con alguna garantía de permanencia, trasladarse de ese mundo al cosmos armoniosamente ordenado y algo desfasado en el que moraba Rufus Headleigh Drayton.

THEO

Sentado en el bar del hotel Royal de Woodstock y embarcado en su cuarto Armagnac, Theodore Buchan esperaba algo impaciente a que su quinta y relativamente reciente esposa Sasha regresara de lo que ella seguía insistiendo en llamar «el reservado de las chicas» —tendría que tener una charla con Sasha sobre un par o tres de cosas que empezaban a irritarlo seriamente— y trataba de concentrar sus formidables energías en no pensar en la boda del día siguiente, en la que debería desempeñar un papel considerable.

«¡Tú dirás si tienes que venir!», dijo James cuando al principio Theo empezó a dar excusas y a ofrecer coartadas, aparentemente perfectas, disfrazadas de conferencias, de almuerzos de trabajo, de anuncios de fusión y hasta del viaje de bodas prometido a la señora Buchan y pospuesto repetidas veces.

«¡Tú dirás si tienes que venir! Cressida es tu ahijada, carajo, y tú eres mi mejor amigo, ¿cómo crees que íbamos a poder hacerlo sin ti? ¿Cómo crees que soportaría yo un día semejante sin tenerte a mi lado? Además, las bodas te encantan —incluso cuando no son las tuyas—. Y Theo, ¿desde cuándo no se pueden posponer las conferencias, y no digamos ya un viaje de bodas?»

Lo lastimó sincera y profundamente; Theo reconoció su falta de tacto, le prometió asistir a la boda y pasó los meses siguientes preparándose para aquel trago.

La boda en sí, por supuesto, sería espléndida; la hija de uno de sus mejores amigos iba a casarse con el hijo de otro buen amigo. Del bueno de Josh, compañero suyo en la Escuela Internacional, compinche de trifulcas sexuales en Ginebra y que lo quiso como padrino de boda cuando se casó con Julia. Fue un matrimonio duradero. No era más que el segundo de Josh y el primero había durado muy poco. Había que reconocer que Julia era una buena esposa para él. Eso ayudaba.

Inteligente —a pesar de lo que pensaran los Forrest—, cariñosa, un poco vehemente —aunque bueno, era americana— y muy sexy. Pero por muy sexy. Una noche que Josh estaba de viaje se produjo aquel incidente un tanto extraño —Theo lo apartó de inmediato de su mente: era una de las pocas veces en que había tenido la sensación de actuar realmente bien—. Y además era una madre estupenda para Oliver. Aunque, en opinión de Theo, demasiado condescendiente con él. Pero el chico había sobrevivido a sus mimos y era un buen muchacho. Sería el marido ideal para Cressida. Todo aquello rozaba casi la perfección. Lo único que hubiera podido mejorar todavía más la situación habría sido que Cressida se casara con su hijo, con su amado Mungo, bautizado por sus padres chochos con el nombre de un desconocido licor escocés en honor al país donde había sido concebido. Aunque habría sido casi un incesto, puesto que Mungo y Cressida habían crecido casi juntos. O peor todavía, que Cressida se hubiera enamorado de... Theo apartó de su mente al innombrable, del que ni él ni James hablaban nunca, y se concentró en Oliver. El encantador, el brillante, el atractivo Oliver. Le faltaba quizá un poco de sentido del humor, aunque eso no quitaba que fuera un partidazo, tanto literal como metafóricamente. No sólo se había licenciado *summa cum laude* por la Facultad de Medicina de Harvard y había ganado una beca de investigación en Mount Sinai, sino que además también era un magnífico deportista y formaba parte del equipo de tenis de Harvard; algo desaprovechado, con esa manía de ejercer la medicina, pero era indudable que su especialidad, como decían ellos, le reportaría una fortuna. De hecho, ya se ganaba muy bien la vida.

Era curioso ver cómo se repetía la historia; la hija del ginecólogo que se casa con el ginecólogo —y ya era la tercera generación—. Bueno, Cressida al menos era su primer amor, la mujer de su vida. Quizá la dulce y amable Cressida fuera algo imprevisible —varias personas habían comentado que Harriet parecía más de su estilo: totalmente errados, por supuesto, porque la gente se equivoca a menudo en estas cuestiones y porque casi nadie conocía y entendía a Harriet—. Y lo cierto es que Oliver necesitaba a una mujer como Cressida, a una esposa cariñosa y cómplice que se ocupara bien de su hogar, que supiera recibir, que le prestara todo su apoyo y que criara perfectamente a sus hijos. Y Cressida, socialmente hablando, estaba muy realizada: a pesar de su amabilidad no pecaba de timidez, y era muy eficaz —aunque sin lugar a dudas poco práctica: la torpeza de Cressida era una broma familiar. No sólo era incapaz de cambiar un enchufe o de enhebrar la aguja de la máquina de coser, tampoco sabía captar la emisora que buscaba en la radio ni llenar el depósito de agua del parabrisas de su coche. Pero cuando se trataba de convencer a los demás para que hicieran algo por ella, era magnífica; sabía delegar y sería la esposa perfecta de un hombre rico. Quizá no tan buena esposa de uno pobre. Bueno, daba igual, al fin y al cabo no se casaba con un hombre pobre.

Era curioso cómo perduraba el matrimonio. La gente decía que había pasado de moda y que actualmente las parejas se juntaban y ya estaba, pero la verdad era que en un momento dado esas mismas parejas deseaban formalizar las cosas. Había leído en alguna parte que, estadísticamente, se celebraban más matrimonios que nunca. Bueno, pensó Theo haciéndole una seña al camarero —Dios, ¿pero qué hacía Sasha en el baño, masturbarse?—, al menos él ayudaba a mantener alta la media. Cinco era un buen total. Había que achacarlo a su tendencia obsesiva a poseer las cosas, claro; empresas, casas, cuadros, coches, caballos, todo impecablemente empaquetado y etiquetado: «Propiedad de Theodore Buchan.» Y las mujeres. Intentaba no posesionarse de ellas, tenerlas únicamente como amantes, pero nunca funcionaba. Como no había funcionado, por desgracia, la última vez. Era demasiado posesivo y desconfiado como para poder amarlas y dejarlas sueltas, por utilizar esa horrible frase moderna. Lo bueno era tener una amante además de la esposa, porque entonces podías amarla y dejarla suelta; aunque también le costaba admitir que, cuando más involucrado estaba con ellas, con las amantes, empezaran a mantener otras relaciones. Y así llegó al tercer y al cuarto matrimonio: las dos esposas habían sido amantes previas que no soportó perder. Aunque luego siempre le faltara algo a la relación, riesgo, intensidad, y tuviera que buscarse otra amante... y así una tras otra. Bueno hasta que apareció Sasha y ascendió de inmediato al rango de esposa. La conoció en una carrera en Longchamps; acompañaba a uno con quien estaba tratando de hacer un negocio. La sopesó de una sola mirada, tan perfecta, con su piel de melocotón, su cabello desordenado y un cuerpo, intuyó, que aliviaría y mitigaría la aflicción que lo embargaba, y decidió hacerla suya. Estaba sola, le dijo a Theo con inocente zozobra en sus ojos azules —también él estaba solo—, y no le gustaba estar así, no era lo suyo, necesitaba velar por alguien. Theo se ofreció y el asunto quedó zanjado. Y sin proyectar mucho hacia adelante ni querer mirar atrás, se casó con ella. Y funcionó de forma sorprendente. Theo todavía se daba con un canto en los dientes de lo bien que funcionaba. Y hasta ahora había logrado evitar reflexionar mucho en lo sucedido anteriormente y en lo que sucedería al día siguiente. Cuando no tuviera más remedio que encararse y enfrentarse con ese maldito asunto. No sabía cómo lo manejaría. Para ser sincero, estaba cagado de miedo. Y ésa era una situación a la que Theo no estaba en absoluto acostumbrado.

Volvió a hacer una seña al camarero y le pidió un puro; lo estaba prendiendo cuando llegó Sasha, algo sofocada, con el maquillaje refrescado y en una nube de ese aroma sexy y poderoso que se ponía —¿cómo se llamaba? Obsesión, gran nombre—. Se sentó a su lado, lo besó, le tomó la mano y lo miró a los ojos sonriendo. Theo vio sus pechos turgentes asomando por el vestido negro, sus muslos perfectos que desaparecían dentro de su falda corta, su estómago delicadamente torneado y sintió que una incipiente erección se formaba, lo agitaba con su profunda y poderosa precisión. No dijo una palabra; la miró durante unos segundos, se alzó repentinamente, la puso de pie casi con brutalidad, dejó caer su mano y salió con paso rápido del bar en dirección al ascensor. Sasha lo siguió, medio ansiosa, medio excitada; Theo se apartó a un lado para dejarla pasar, cerró la puerta y la empujó contra uno de los paneles del ascensor. Su expresión debió ser muy explícita, porque Sasha le sonrió lentamente y se levantó el vestido; no llevaba bragas ni medias.

Con movimientos lentos y armoniosos, como los de una bailarina, alzó una de sus espléndidas piernas y la enrolló en torno a la cintura de Theo. Luego Theo notó que le bajaba la cremallera de la bragueta, en busca de su pene. Se le aceleró el pulso y focalizó toda su energía en ella, en penetrarla; y cuando se hundió en su humedad, de pie y abrazado a ella, sintió un placer tan prodigioso, tan intenso, que casi le produjo dolor y durante unos momentos, breves pero eternos, logró olvidar y desvincularse de lo que tendría que afrontar al día siguiente.

SUSIE

Susie se sentía terriblemente cansada. Al igual que James miró con envidia a Merlin, que seguía dormitando en su esquina. Aquel día parecía no terminar nunca. En general jamás se sentía cansada y todavía menos en situaciones como aquélla; trató de ignorar su fatiga, por temor a sus implicaciones, e intentó concentrarse en Josh y en sus anécdotas de juventud. Le gustaba Josh; era tan poco complicado, tan encantador —y tan atractivo—. Susie nunca entendía que las mujeres declararan no dar importancia al atractivo en los hombres. En su opinión, era un plus que no los hacía ni menos interesantes ni menos vanidosos —reproche más usual por parte del elemento femenino— que los hombres normales y cuando empezaban a ser aburridos, al menos se podía disfrutar de su belleza.

Alistair era un hombre atractivo; un factor que sin dudarlo había tomado en cuenta al casarse con él. Y no veía en ello nada malo. Si había que vivir toda la vida con alguien, era preferible que se tratara de una persona con quien poder ser feliz; y Susie no habría sido feliz con un hombre de físico poco agraciado.

Lo observó, tan atento con Maggie, y pensó en lo bueno que era. Susie sabía que Alistair consideraba a Maggie un hueso un poco duro de roer, pero disfrutaba mucho con lo que cocinaba y repitió dos veces su salmón *en croûte* y, haciendo caso omiso de la mirada reprobadora de Susie, una vez y media de su mousse de chocolate. Siempre le comentaba lo estupendo que era que le sirvieran pasteles con nata y patatas asadas después de lo que comía en casa; una de sus bromas preferidas era que, en la cocina de Susie, hasta el agua era de régimen. En cualquier caso, gracias al agua de régimen seguía estupendo y aparentaba diez años menos de los cincuenta y nueve que había cumplido, con aquel pelo castaño oscuro todavía espeso y prácticamente sin canas, aquel cuerpo atlético y aquellos ojos azules brillantes y llenos de vida. Es más, Susie tuvo que admitir que su marido tenía mucho mejor aspecto que James, quien últimamente había engordado mucho y parecía a menudo extenuado. Como por ejemplo en aquel momento; aunque fuera, en parte, culpa suya. No habría debido decirle nada. Pero de no haberlo hecho, Rufus podría haber hecho algún comentario; y no habría sido una situación que James hubiera podido sobrellevar en mitad de la boda de su hija. Y además, el pobre Jamie tenía otras preocupaciones; Maggie cada día más —¿qué?— difícil, la práctica de su profesión cada vez más exigente y, a plazo más corto, lo del día siguiente. Y no porque pudiera pasar nada grave, sino porque tenía que pronunciar un discurso, atender a cientos de invitados, amparar a una esposa desequilibrada y conducir al altar a una hija. Ninguna de aquellas cosas era fácil.

Vio que Janine le sonreía y le devolvió la sonrisa. Querida Janine; qué exquisita era todavía y qué parisina, con su pelo corto y negro como el azabache, su tez pálida, sus ojos oscuros y su figura menuda y esbelta. Iba vestida con un traje muy sencillo de hilo, y Maggie, a su lado, parecía muy ordinaria; Susie se preguntó, como había hecho tantas otras veces, si Maggie sabía que Janine había sido el primer amor de Jamie, que lo inició sexualmente cuando todavía era un muchacho virginal de dieciocho años y ella una sofisticada mujer de treinta y tres. Y luego llegó a la conclusión de que, por supuesto, no lo sabía; Maggie era un encanto pero estaba lejos de ser el colmo de la intuición. Afortunadamente... Susie se miró el reloj de pulsera; eran casi las diez y media. Estaba haciéndose tarde. La novia tenía que acostarse pronto para estar lozana al día siguiente. Parecía necesitarlo; debajo de su felicidad se adivinaba un gran cansancio.

Aunque Harriet tenía mucho peor aspecto. Dios, qué delgada estaba. Incluso a ojos de Susie, para quien la delgadez, y no la limpieza, era una exigencia insoslayable. Harriet estaba delgadísima, pálida y exhausta. Pobrecilla. Tenía enormes responsabilidades con ese negocio suyo, y además sin ayuda de nadie. Por supuesto que era ella quien lo había querido así, quien había declinado un montón de ofertas de participación —incluida una muy generosa presentada por Theo— porque tenía la obsesión de salir adelante sola —y no hacía falta ser un sicoanalista para adivinar las razones, pensó Susie—, aunque cuando las cosas empezaron a ponerse realmente duras debió anhelar poder tener un brazo sobre el que reclinarse.

Pensando en brazos, de pronto Susie recordó que el suyo le dolía —un trastorno sicosomático, probablemente— y pensó en la llamada del día siguiente. Estuvo a punto de dejarla para el final del día, pero a Susie le molestaba demorar las cosas, prefería saber con qué se las tenía. Si el resultado ya se sabía, sería mejor conocerlo cuanto antes; para bien o para mal.

La frase, repiqueteando en su mente, le hizo volver a pensar en la mañana siguiente, en la boda de Cressida, en que debían irse, dejar a la familia en paz. Se levantó y tendió la mano a Alistair.

—Querido, anda, vámonos. Tenemos que ir a casa de los Beaumont. Y Cressida tiene que acostarse. Maggie, querida, una cena exquisita, como de costumbre. Eres maravillosa, de verdad; prepararnos esta cena, y encima esta noche, cuando tienes tantas cosas que hacer. Gracias. Cressida, cariño, que descanses bien. Y también tú Harriet, te veo agotada. Maggie, mándala a la cama. Buenas noches a todos, nos veremos mañana. Merlin, querido, no te levantes, parecías sumido en un sueño delicioso. Me alegra mucho que hayas podido regresar a tiempo desde (¿dónde era?), ¿Ecuador?

—Perú —dijo Merlin—. ¿Crees que iba a perdérmelo? Le dije al piloto que habría gratificación si conseguía llegar antes del horario establecido.

—¿Y lo consiguió? —preguntó Harriet mientras tomaba la copa de vino que su padre le tendía y se sentaba entre Susie y Alistair con aspecto muy abatido.

—No. Esos tipos de los vuelos comerciales no sirven para nada. Les faltan agallas. Supongo que porque no tienen incentivos. Pero bueno, la cuestión es que llegamos. Susie, ¿no estarás pensando en irte, verdad? La noche es joven. Confiaba en echarme una partidita de ajedrez con tu marido. ¿Qué dices, Alistair?

—Lo siento, Merlin, me habría gustado mucho, pero Susie me tiene preparados otros planes —dijo Alistair—. Rufus, ¿te vienes con nosotros o qué?

—No estoy seguro. Mungo, ¿qué te parece?

—Creo que debemos ser nosotros quienes llevemos a Oliver a su hotel —dijo Mungo. Dios, era maravilloso, pensó Susie mientras lo miraba y le sonreía, poca gente podía mirarlo sin sonreírle, tratando de analizar por enésima vez lo que lo hacía tan extraordinariamente atractivo: cuando con mayor precisión lo había expresado era definiéndolo como una especie de perfección desordenada, como si algo se hubiera apoderado de sus genes para concederle aquella cabellera lisa y abundante de color castaño, aquellos ojos profundamente oscuros, aquella mandíbula cuadrada, aquella nariz aquilina y aquella boca clásica, y lo hubiera sacudido con energía para que volvieran a colocarse, aunque no exactamente en el mismo lugar, el cabello deliberadamente desarreglado, los ojos tal vez demasiado hundidos bajo las cejas aladas, la nariz un poco grande, la boca un milímetro demasiado carnosa, y por lo tanto infinitamente más sensual. Tenía que admitirlo; no pertenecía a la misma categoría de belleza que su amado Rufus. Rufus habría podido encarnar el papel del británico arquetípico; rubio, alto, algo lánguido, sin ningún rasgo especialmente sensual. Mungo, en cambio, era puro sexo. Janine comentó una vez riendo que transformaba el mero acto de tenderte una taza de té en una invitación a la cama. Y sin embargo, parecía un comportamiento espontáneo, irreflexivo, tan instintivo como respirar o parpadear, aunque Rufus, evidentemente, fuera consciente de ello y supiera el efecto que, de desearlo, podía causar; ése era su mayor encanto. Un chico con suerte, pensó: un chico peligroso. Tan peligroso como su padre. Mungo vio que Susie le sonreía y devolvió la sonrisa, primero a ella, brevemente y con galantería, y luego a las demás personas que estaban en la habitación.

—Me tomo muy en serio mi tarea de padrino de boda, como podéis ver —dijo.

—Mungo, querido, si quieres podemos llevarlo nosotros —dijo Julia Bergin, con su sonrisa franca.

—No, mamá, deja que lo hagan ellos. Me hace gracia —dijo Oliver alzándose y despidiéndose de Cressida con un beso breve—. Supongo que te das cuenta de que es la última vez que nos vemos, señorita Forrest.

—Pero ¿se puede saber qué estás diciendo? —dijo Maggie sinceramente alarmada.

—Mamá, no pongas esa cara —dijo Cressida echándose a reír—. Se refiere a que mañana seré la señora Bergin. Buenas noches, cariño. Que descanses bien. Harriet, ¿subes conmigo? Y tú, mamá, sube a darme un beso de despedida. ¿Me lo prometes? Y tú, papá.

—¿Puedo subir yo también? —dijo Julia—. ¿O parecerá entrometido en esta ocasión tan especial? Estoy tan feliz que es casi como si tuviera una hija.

—En absoluto —dijo Cressida—. Dadme diez minutos para meterme en la cama y luego os ponéis todos en fila y venís a rendirme pleitesía.

Qué hija más perfecta, pensó Susie con cariño mientras la observaba abandonar la cocina del brazo de Harriet. Y qué novia perfecta sería.

MUNGO

Durante toda la velada Mungo no había podido pensar en otra cosa que en conseguir un teléfono. Un teléfono discreto, tranquilo, no uno de los supletorios de los Forrest con gente colgando y descolgando por toda la casa. Para mayor angustia, hasta oyó sonar uno. Un par de veces trató de inventarse una excusa para salir y utilizar el teléfono del coche de Rufus, pero no se atrevió. Por alguna razón, no quería pedírselo a él; bien mirado era una estupidez, porque Rufus era tan caballeroso que no le habría preguntado a quién quería llamar ni por qué. La verdad era que nadie tenía ni la más remota idea de lo enamorado que estaba ni de que estuviera metido en una relación sentimental tan seria, y pretendía seguir ocultando el mayor tiempo posible aquel dulce y silencioso secreto. Como su dulce y silenciosa Alice. Claro que siempre habría podido alegar que quería llamar a su banquero o a su abogado —difícilmente creíble en una ocasión como aquélla y a una hora semejante, aunque habría podido añadir que era una llamada a Nueva York—. En fin, que decidió posponerlo para cuando regresara al hotel. No sería demasiado tarde; Alice no se acostaba nunca antes de las doce pasadas y entonces podían hablar durante horas sin ser molestados. Dios, cuánto la echaba de menos. Tanta congregación familiar y tanto amorío y cariño le habían avivado el deseo y la añoranza. Bueno, quizá al cabo de unos meses tendrían que volver a reunirse todos en ocasión de su propia boda. Aunque estaba claro que no sería un sarao como aquél. Mungo no era un forofo de las bodas. Cuando el padre de uno acaba de casarse por quinta vez rodeado de publicidad por todas partes, lo que de verdad se desea es una ceremonia diferente. Quizá una boda en la playa, o una fuga. Eso sería muy romántico. Y luego ir a pasar unos días a los Highlands escoceses. Como todas las personas inmensamente ricas y mimadas, conocía mucho mejor algunos lugares de las antípodas que los más cercanos a su casa. En fin, estaba seguro de que eran bellísimos y, si no lo eran, como los veía en compañía de Alice, seguramente se lo parecerían.

Dios, cuánto la amaba. Le daba vértigo pensar en lo mucho que la amaba. Había estado toda la cena imaginando lo maravilloso que habría sido para Alice estar allí, lo bien que habría encajado, lo mucho que habría gustado a toda la familia, y se preguntó cómo soportaba no tenerla a su lado. Bueno, ya quedaba poco. Había decidido que se lo contaría a su padre al día siguiente, después de la boda, y que luego lo anunciaría a los demás. Y entonces podrían estar juntos para el resto de sus vidas.

Estaba seguro de que su padre se alegraría y de que no se opondría. Estaría encantado de que Alice —¿cuál era su frase para aquellas ocasiones?— se hiciera cargo de Mungo. Eso fue lo que dijo cuando se casó con Sasha. Le dio las gracias por estar dispuesta a hacerse cargo de él. Y el día de la boda de Cressida sería el momento perfecto para anunciárselo, cuando todo lo demás marchara perfectamente.

El día de la boda

CAPÍTULO 2

Harriet, seis de la mañana

Cressida debía de haber salido a dar un paseo, pensó Harriet al ver la habitación vacía tan temprano; apenas habían dado las seis. La mañana era perfecta, brumosa y dorada, y habría salido a llenarse de toda aquella belleza antes de enfrentarse a un día tan importante. Claro. Una iniciativa muy suya. Habría bajado hasta el arroyo para sentarse sobre el puentecito —*su* puentecito, como lo llamaba ella, con tanta arrogancia, como si fuera más suyo que de nadie—, para pasar un rato apacible y sosegado y saborear la jornada que la esperaba. Lo había hecho siempre, desde pequeña, en vísperas de algún acontecimiento importante —el primer día en una escuela nueva, la presentación de un gran amor a la familia, el anuncio de su compromiso—; se alejaba de los demás, necesitaba estar sola. No había nada extraño en su ausencia; ni en el hecho de que su habitación estuviera tan ordenada y la cama hecha, como si no hubiera dormido en ella. Cressida era una persona ordenadísima, incluso de adolescente. Así como la habitación de Harriet parecía haber sufrido los efectos de un bombardeo enemigo, la de Cressida, estuviera utilizándola o no, se veía siempre impecable, ordenada, y aquella mañana no había ningún cambio. Quizá hubiera más flores que de costumbre, flores magníficas, rosas, azucenas, así como un ramo azul y blanco de variedades más caseras colocado sobre la cómoda de madera de pino; y su gorrito rojo con plumas colgaba de la percha modernista para sombreros que le habían regalado en el momento de la pedida de mano —tenía una gran pasión por los sombreros—. Y, evidentemente, sobre su despacho descansaba un montón de cartas más voluminoso que de costumbre —cartas cuidadosamente selladas y listas para mandar, agradecimientos tardíos por regalos tardíos—, pero al margen de eso estaba exactamente igual que de costumbre. Una habitación perfecta para una hija perfecta. No era de extrañar, pensó Harriet, que Cressida fuera la hija predilecta de su madre: la aparente encarnación de todas las virtudes ideales de Maggie. Cressida, con su cutis terso, su pelo ligeramente ondulado, sus grandes ojos azules y su boca suavemente delineada hasta se parecía físicamente a Maggie. Harriet, en cambio, con su pelo liso color visón, su tez ligeramente olivácea, sus ojos grises y sus pómulos esculpidos era idéntica, como le decía a menudo su madre en tono ligeramente exasperado, a su abuela Rose, la adorable y vibrante madre de James. Rose, que hasta el momento de morir causó un intenso complejo de inferioridad a Maggie. No era de extrañar que el parecido de Harriet con Rose la desasosegara. A Harriet ya casi no le dolía que Cressida ocupara el primer lugar en el corazón de su madre; era un hecho de su vida, como que llegaba siempre tarde, que siempre tenía problemas, que todos la consideraban una belleza corriente. La angustiosa y eterna ansiedad que le producía el hecho de que su padre también tuviera preferencia por Cressida era más difícil de soportar. Harriet adoraba a su padre; incluso siendo ya una mujer, siempre le había parecido la personificación de lo que un padre, un marido y un médico hubiera debido ser; cariñoso, protector, concienzudo.

Confiaba en que aquella jornada tan especial le ilusionara: conducir a una hija al altar era una circunstancia muy particular para un padre y, tal como estaban las cosas, pasarían muchos años antes de que volviera a repetirse. Y además, hasta el tiempo parecía estar de su parte: un día perfecto. Harriet observó el prado cubierto de rocío que se extendía delante de la casa y pensó que sería una buena idea que ella también fuera a dar un paseo. En cualquier caso lo que no haría era volver a meterse en la cama; las ansiedades de sus sueños, que le habían dejado una sensación de lucha y de agotamiento —durante toda la noche había creído oír voces, sonar teléfonos, tintinear el fax— volvieron a invadirla y a llenarla de pánico. Hasta quizá iría en busca de Cressida; la charla que tendría con ella sería, al menos, una distracción. Eso si su madre no llegaba antes. Pensar en tener que oírlas a las dos hablando de la lista de invitados de pronto lo empeoró todo. Miró la puerta del dormitorio de Maggie; cerrada a cal y canto. Obviamente seguía profundamente dormida. Cuanto más durmiera, mejor para todos, pensó Harriet, y luego apartó aquel pensamiento de su mente. Su madre no era tan espantosa. Simplemente siempre preveía lo peor.

Mientras cerraba la puerta de la habitación de Cressida de

pronto se percató de que sí había algo que no estaba exactamente como era habitual; la ventana, que Cressida siempre dejaba abierta de noche, una rendija en invierno y abierta del todo en verano, estaba cerrada y en el dormitorio reinaba una temperatura un poco más alta que de costumbre y un ligero olor a cerrado, y·las cortinas permanecían desacostumbradamente quietas y sin vida. Y eso...

—Harriet, *mon ange*, ¿está bien Cressida? —Era la voz, muy baja, de Janine; salió de su dormitorio con cara de preocupación y cubriéndose los hombros con un chal de seda.

—Sí, claro. Bueno, eso creo, no está aquí. ¿Por qué no iba a estar bien? —preguntó Harriet.

—Oh, la he oído antes. Estaba... devolviendo. Me he levantado para ver si necesitaba ayuda, pero la puerta del baño estaba cerrada por dentro. Los nervios, claro, *la pauvre petite*, aunque...

—¿Estás segura de que era Cressida? —dijo Harriet con un tono un poco ansioso. El delicado estómago de Cressida era una pesadilla—. Papá quería darle algo, por si las moscas.

—Oh, claro que sí. Su puerta estaba abierta y el edredón estaba echado a un lado. Y luego la he oído regresar a su cuarto.

—Pobre Cress. Bueno, imagino que debe de ser bastante traumático. En fin, ahora ya debe de estar bien, porque la habitación está impecable, para variar, y ha salido a dar un paseo. Supongo que habrá bajado al puente.

—Ah, el puente. ¿Qué haríais todos sin ese puente? —dijo Janine sonriendo—. Harriet, me apetece una taza de té. ¿Te importa preparármela?

—Pues claro que no. De todas formas, iba a bajar. Acuéstate otra vez, Janine, te la subo en seguida.

—No, prefiero bajar contigo. —Bajó silenciosamente las escaleras detrás de Harriet hasta la cocina, luego cerró la puerta y volvió a sonreírle—. Ahora podemos hablar. No vayamos a despertar a tu madre, ¿verdad?

—Dios no lo quiera —dijo Harriet—. Hola *Purdey*, te saco en un minuto, debes necesitar un paseo. —Se agachó para acariciar al viejo labrador que dormía en su cesto—. Tendremos que encerrarla en la despensa más tarde, la pobre. Es curioso...

—¿Qué?

—Está húmeda. Y tiene barro en las patas. Debe de haber salido con Cress. Aunque lo normal es que se hubiera quedado con ella. *Purdey*, ¿qué has estado haciendo tan pronto? Andar tras un concjo, imagino.

Con expresión cansina *Purdey* enarcó una ceja, la bajó y volvió a dormirse. Parecía exhausta. Harriet la miró y sonrió con ternura.

—Está haciéndose vieja, la pobre. Toma, Janine, una taza de té al limón. Me bebo la mía y voy en busca de Cress, para asegurarme de que está bien...

—Estás preocupada, ¿verdad, cariño? —dijo Janine—. Por cosas que no tienen nada que ver con tu hermana. Ya me di cuenta anoche.

—No, de verdad, Janine, estoy bien —dijo Harriet esforzándose en sonreír y en apartar de su mente la espantosa certeza de lo mucho que Janine sufriría, por no hablar de todos los demás, al enterarse de su incompetencia—. Los traumas habituales, ¿sabes? Pero no es nada serio, te lo prometo. En cualquier caso, nada que vaya a estropear este día. —Su voz se desvaneció y Janine dijo que sí, claro, que ya veía, y le sonrió, y cuando Harriet encontró sus ojos oscuros se percató de que, como de costumbre, Janine no se dejaba engañar y de pronto volvió a ser la niña pequeña que lloraba encerrada en su habitación mientras oía a Janine discutir en voz baja con su padre al pie de las escaleras...

—Jamie, no te enfades con ella. No lo hagas. No es justo.

—Janine, lo siento, pero esto no es asunto tuyo. Harriet es mi hija y tengo que mostrarme firme con ella. Tiene que aprender que no puede comportarse de esta forma.

—¿De qué forma, James? Harriet no tiene más que nueve años. Y está pasando un mal momento. Es cierto que necesita disciplina, estoy de acuerdo, pero también necesita cariño y ternura.

—Oh, Janine, ¿de veras? La voz de su padre sonaba casi divertida—. Creía que los franceses eran muy duros con sus hijos. Pareces uno de esos americanos blandengues. Al fin y al cabo no era más que un cachorro, por Dios. Está sacando las cosas de quicio.

—¡No era más que un cachorro! Jamie, ¿pero cómo se te ocurre decir eso? Eres muy duro. Por supuesto que es una pérdida importante para ella. Y ya que hablamos de la actitud de los franceses, no la veo en absoluto desencaminada. Porque no somos duros con los hijos, sino exigentes. Esperamos mucho de ellos. Los tratamos como si fueran adultos, aunque eso no quita que intentemos entenderlos. Y en este momento me parece que Harriet necesita mucha comprensión.

—Bueno, quizá tengas razón. Me temo que últimamente no estoy muy comprensivo. De acuerdo. Lo intentaré. Pero Harriet es tan... rebelde. Es difícil, mientras que...

—Mientras que la otra es tan dócil y tan buena. Sí, sí, ya lo veo. Pero... —Y hubo una pausa.

—¿Sí? —dijo James con voz cautelosa.

—Bueno, no es asunto mío, por supuesto. Pero mandarla a esa escuela no me parece una buena idea. Eso, desde luego, sería algo que nunca haríamos en Francia. Es tan joven, Jamie, tan pequeña. Debería quedarse en casa.

—Janine, perdóname, pero en efecto no es asunto tuyo. Maggie dice que está imposible, que lo trastorna todo, en casa y en la escuela, y ese sitio que hemos encontrado está especializado en criaturas difíciles.

—Bueno, espero que sepáis lo que estáis haciendo. —La voz de Janine era algo displicente. Luego añadió—: Subo a mi habitación. Estoy un poco cansada. Buenas noches, Jamie.

—Buenas noches, Janine. Siento haberte mezclado en todo esto.

—No seas majadero. Pertenezco a la familia, o casi. Me gusta participar en sus vicisitudes, para lo bueno y para lo malo. Lo único que desearía es poder ayudar en algo.

—Mucho me temo que no puedes —dijo Jamie con voz muy grave—. Es... Oh, Dios, mi teléfono. Que no sea el hospital, esta noche, no, por favor, Señor.

—También yo rezaré por ti. Buenas noches, querido.

Harriet oyó pasos en la escalera, luego en el pasillo, se ocultó bajo el edredón y cerró fuertemente los ojos. Hubo un golpecito suave en la puerta y luego oyó girar el pomo.

—Harriet, ¿estás bien, *mon ange*? —La voz, la voz que tanto amaba, mucho más bella e interesante que la de su madre, parecía afectada y le transmitió su cariño. Permaneció silenciosa, empecinadamente inmóvil—. Cariño, estoy segura de que estás despierta. ¿Quieres hablar conmigo?

—No —dijo Harriet con fastidio.

—De acuerdo. Voy a acostarme. Aunque si cambias de parecer, estaré despierta, quiero leer un buen rato. —Janine se agachó para besar a Harriet, que percibió el aroma poderoso de su perfume caro que la envolvía. De pronto, Harriet sacó los brazos y se agarró a su cuello.

—Eres mi adulta preferida —le dijo—. La persona mayor que prefiero.

—¡Cariño! Vaya piropo. Pero...

—Es verdad. Papá siempre está enfadado, y mamá... bueno, mamá me odia.

—Harriet, claro que no te odia. No debes decir estas cosas.

—Lo digo porque es cierto. —Arrancó un pañuelo de papel de la caja que tenía sobre la mesilla de noche y se sonó—. También tú me odiarías si vivieras conmigo. Aunque bueno, ellos ya lo han arreglado todo para no tener que hacerlo; me mandan a ese internado, para sacárseme de encima...

Y se echó a llorar otra vez desconsoladamente. Janine la tomó en sus brazos. Era curioso, pensó Harriet, que fuera tan menuda y delgada, aparentemente mucho menos maternal y mimosa que su madre, y que sin embargo sus brazos fueran más acogedores, más reconfortantes. Se acurrucó en aquel abrazo y reposó la cabeza sobre el pecho de Janine.

—Deberías haber tenido hijos —le dijo.

—Bueno, me habría gustado. Pero no funcionó muy bien. Y además os tengo a ti y a tu hermana y...

—Ojalá fueras mi madrina. Y no la suya.

—Te diré un secretito —dijo Janine besándole levemente el pelo—. También a mí me gustaría ser tu madrina. Por supuesto que quiero mucho a Cressida, pero creo que tú te pareces más a mí. No tan perfecta, no tan buena.

—No es perfecta —dijo Harriet con la voz sofocada por el suave jersey de Janine—. No es en absoluto perfecta.

—Claro que no —dijo Janine—. Nadie es perfecto. Pero está más cerca de la perfección que yo, me parece.

—No, no es cierto. La odio. Siempre la he odiado.

—Pero ¿por qué?

—Porque es tan mona y modosita y tan asquerosamente cariñosa con todo el mundo, y en cambio conmigo es muy mala. Y nadie se da cuenta.

—Harriet, me parece que estás exagerando.

—No es cierto, no exagero. Una vez tiró por la ventana mi muñeca preferida, esa que llora, ¿sabes?, y se quedó colgada del tejado varios días bajo la lluvia; y otra vez me cogió mi pluma nueva, la que me regaló el abuelo Merlin y me la perdió, y le dijo a mi mejor amiga de la escuela que en realidad yo no la quería y que siempre andaba diciendo cosas malas de ella y... oh, ya sé que no vas a creerme, los adultos no me creen nunca.

—Te creo —dijo Janine inopinadamente—, claro que te creo. Pero todas las hermanas se pelean, Harriet. Yo, desde luego, me peleaba mucho con la mía. Y estoy segura de que tú tampoco eres perfecta. Además —añadió con un destello de diversión en sus ojos oscuros—, lo de tirarle la sopa por encima durante la cena no me ha parecido una idea fenomenal.

—Ya lo sé. Ya lo sé. Pero me miraba de esa manera, ¿sabes?, con su cara de santurrona, mientras mamá me decía que no fuera grosera. Y he pensado... bueno, sabía que me sentiría mejor. Y durante un rato me he sentido mejor —añadió con una mueca avergonzada, empañada de lágrimas.

—Pero ahora mira en qué lío te has metido, y además mañana no podrás ir a la fiesta, y tu madre y tu padre están muy enojados. ¿Sigues sintiéndote mejor?

—Sí —dijo Harriet, sorprendida ante su certidumbre—. Sí, me siento mejor. Y ha valido la pena por verla cambiar de cara.

—Podrías habérsela cambiado para siempre si la sopa hubiera estado más caliente...

—Ya lo sé. Ya sé que no ha estado bien. Pero es tan... oh, no sé. Y mis padres la quieren tanto. Y...

—Y su cachorro no ha muerto aplastado bajo las ruedas de un coche y a ella no la mandan a un internado. ¿No es eso?

—Sí —dijo Harriet—. Es eso. —Y se echó de nuevo a llorar.

—Harriet, escucha. Lo de *Biggles* ha sido muy triste. Hasta yo he llorado, y no soy una gran amante de los perros. Aunque estoy convencida de que *Biggles* era muy especial. Todavía guardo la fotografía de él que me mandaste. Pero puedes tener otro cachorro. Tus padres ya te lo han dicho y...

—¿Y de qué va a servirme —dijo Harriet— si no voy a poder estar aquí con él? Oh, Janine, fue terrible. Como una pesadilla horrible, sólo que mucho peor. No puedo dejar de pensar en eso y lo tengo constantemente metido en la cabeza. Veo el accidente; miro por la ventana y veo la verja abierta, aunque sé que yo la he cerrado, y salgo corriendo por el caminito, llamándolo y llamándolo, y lo veo mirándome desde el otro lado de la calzada, sentado sobre el césped, y el camión se acerca y él de pronto se levanta para cruzar la carretera y venir hacia mí, bastante despacio, moviendo la cola, y entonces, entonces veo el camión pasando por encima de él, por encima de él, Janine, un camión de no sé cuántas toneladas pasándole por encima, ¿te imaginas lo horrible que debió de ser para *Biggles*?, y todo por mi culpa, oh, Janine, ¿cómo pude hacer algo tan horrible? No me merecía a *Biggles*, ¿a que no?, no me lo merecía. Ojalá hubiera podido estar con él debajo de las ruedas del camión...

—Oh, Harriet, cariño mío, *chut, chut*, por favor, no digas esas cosas tan espantosas. No habría sido mejor, habría sido mil veces peor.

—Pues sí las digo. Y entonces apareció mamá y me llevó de nuevo a casa; no quiso que lo viera, no quiso que me acercara a *Biggles*. Cressida estaba en las escaleras, ¿y sabes qué dijo?

—No, no lo sé.

—Dijo: «Bueno, ha sido culpa tuya, ¿sabes, Harriet? Deberías haber cerrado la verja.» Incluso mamá se enfadó con ella. Y su horrible gatito estaba perfectamente, sentado sobre su cama, lamiéndose tranquilamente. Nunca se lo perdonaré, nunca. Por supuesto, vino a pedirme disculpas. Mamá la forzó, pero lo hizo a regañadientes y con su gatito entre los brazos, acariciándolo. Para ella no era nada grave, sigue teniendo a alguien a quien cuidar. De todas formas, no quiero otro cachorro. Quiero a *Biggles*.

—Bien —dijo Janine—, bien cariño, todo esto es muy triste. Pero ya verás cómo con el tiempo sentirás menos dolor. Ésta es la primera lección importante que aprenderás de la vida, Harriet. Que el dolor se disipa con el tiempo. Todo tipo de dolor. Y cuando se disipe verás cómo te apetecerá tener otro cachorro, y aunque no olvidarás a *Biggles*, amarás al otro; de forma diferente, por supuesto, pero...

—Pero ya te lo he dicho —dijo Harriet—. No voy a estar aquí. Me voy a esa escuela asquerosa. Así que no podré querer a ningún otro cachorro, ni de un modo diferente ni de ninguna otra forma.

—Bien —dijo Janine con un suspiro—, quizá te guste la escuela y quizá no sea tan asquerosa como dices. Bien, y ahora ¿quieres que me quede contigo y te lea un cuento hasta que te duermas?

—Me da miedo dormirme —dijo Harriet—. Porque sueño con el accidente. Con lo que pasó. Cada noche. Intento quedarme despierta, pero no puedo. Y al final siempre termino durmiéndome y soñando lo mismo.

—*Allons, allons, mignonne* —dijo Janine volviendo a tomarla entre sus brazos y acariciándole el pelo—. Si quieres esta noche puedes venir a mi cuarto y dormir conmigo, y si veo que tienes un mal sueño, te despertaré. ¿Te parece? Ya verás que si consigues pasar una noche sin soñar con eso, ya no volverás a tener sueños atormentados.

—No lo creo —dijo Harriet—, pero, sí, me apetece mucho. Me gustaría dormir contigo. Gracias.

Janine le tendió la mano. Era una mano muy bella, blanca, de dedos largos y finos y con uñas rojas y brillantes. A primera vista una mano poco reconfortante, pero era cálida y suave; Harriet la tomó entre las suyas y siguió a Janine por el pasillo hasta su habitación. Y a la mañana siguiente, metida en la cama de Janine, se dio cuenta de que había dormido de un tirón sin soñar ni un momento con todo aquello.

En cualquier caso no quiso tener más cachorros. Si sus padres pretendían hacerse perdonar lo de mandarla a aquella escuela comprándole otro perrito, iban frescos. No conseguía hacerse a la idea de que todo aquello fuera a suceder de verdad. En vísperas de aquel espantoso acontecimiento vio aparecer en su habitación el viejo baúl utilizado por su madre en su época de estudiante y que alguien metía en él su nuevo uniforme. Le compraron un par de zapatos nuevos, un vilorto y un reloj muy bueno, y tuvo que ir al médico y al dentista para una revisión y a la peluquería para que le cortaran el pelo; y fue a tomar el té con otra muchacha que estudiaba en St. Madeleine, en la escuela, y que quiso convencerla de que era un lugar precioso en el que todo el mundo se lo pasaba de miedo y que era mucho mejor que quedarse en casa. Contó el tiempo que la separaba del momento fatídico, primero las semanas, luego los días y finalmente las horas, y hasta el último momento, cuando ya llevaba puesto su nuevo uniforme marrón y azul, confió en que su padre se asomaría a su cuarto y le diría: «Vamos, cariño, no te preocupes; si de verdad no quieres ir, no hace falta que vayas.» Pero no lo hizo; aquella pesadilla iba a hacerse realidad.

La rabia y el pánico que sentía empeoraron todavía más la situación; respondía a cualquier pregunta a gritos, en la mesa se negaba a comer —aunque luego, para matar el hambre y cuando nadie la veía, asaltara las reservas de pasteles y galletas de la despensa—, respondía con impertinencia a las amigas de su madre que se interesaban cariñosamente por su nueva escuela y se peleaba a todas horas con Cressida, hasta el punto de que un día la empujó escaleras abajo y la dejó sin dos dientes. De todas formas los tenía medio sueltos, así que no entendió el barullo que se armó a continuación; eso mismo argumentó cuando sus padres le ordenaron que se sentara y le preguntaron si no le avergonzaba lo que acababa de hacer.

—Harriet, cariño —dijo su padre (porque era más tolerante y procuraba mostrarse más comprensivo que su madre)—, ¿por qué lo has hecho?

Pero no abrió la boca, convencida de que su padre no la creería si le contaba la razón por la que lo había hecho, es decir, que Cressida le había dicho que se alegraba de que se fuera de casa.

La víspera de su partida se metió en la cama tan aterrorizada que pensó que moriría: se esforzó en no llorar, luchó por no hacerlo a pesar de los latidos sordos y dolorosos de su corazón y de tener las manos agarrotadas por el miedo; y de pronto oyó un golpecito suave en la puerta y entró Cressida, muy cariñosa y preocupada. «Te echaré de menos —dijo—, de verdad que no quiero que te vayas» y se metió en la cama con ella. Con gran perplejidad, Harriet se dio cuenta de que aquello la tranquilizaba, de que la hostilidad de pronto se desvanecía, y se durmieron abrazadas. Se despertó más tarde, mucho más tarde, cuando oyó los murmullos de sus padres junto a la puerta.

—Mira —decía su madre—, ¿no es maravilloso? ¿Lo habrías creído posible?

—No —respondió su padre—, pero es muy alentador. La separación quizá sea lo mejor para las dos.

—Eso espero. Me alegra tanto que se hayan reconciliado, que no se separen enfadadas. Últimamente la pobre Cressida ha tenido que soportar mucha presión por parte de Harriet. Si no fuera tan cariñosa y tan indulgente...

Vamos, papá, vamos, di algo agradable de mí, di algo que demuestre que no crees que toda la culpa es mía, pensó Harriet, algo débil ante el inmenso esfuerzo de tener que permanecer inmóvil y respirar sosegadamente y sin perder el ritmo, cuando habría deseado saltar de la cama, abrazarse a ellos y suplicarles por última vez que no la mandaran a St. Madeleine, prometerles que sería buena.

—Sí, ya sé —añadió, sin embargo, su padre—. Ojalá puedan hacer algo por Harriet, transformarla en una niña afectuosa. Vámonos, no las despertemos porque entonces volverá a armarse.

Y salieron cerrando la puerta tras ellos con infinito cuidado. Harriet siguió despierta durante horas, agitada, inmensamente triste. Y cuando por fin se durmió, por primera vez en mucho tiempo soñó otra vez con *Biggles*; con su cuerpecito aterciopelado y dorado sentado sobre el césped del otro lado de la carretera, con la última mirada de adoración que le dedicó antes de lanzarse hacia ella sobre sus patas gruesas, con el crujido espeluznante de los frenos del camión, con el espantoso silencio que siguió y con el reguerillo de sangre, único rastro de *Biggles*, que se escapaba de debajo de una de las ruedas delanteras del camión.

La escuela era horrible. No recordaba haberse sentido nunca tan sola, tan profundamente desgraciada, tan literalmente enferma de añoranza. Le escribían todos, hasta Cressida, pero no le estaba permitido llamarles porque el personal decía que eso la perturbaría. A las nuevas tampoco les estaba permitido salir los domingos de la primera mitad del trimestre porque al parecer eso también las perturbaba. A Harriet le costaba imaginar poder estar más perturbada de lo que ya estaba; se sentía permanentemente mareada, sufría de terribles diarreas casi a diario, no lograba dormir y tenía la impresión de verlo y oírlo todo desde el final de un largo túnel. Se esforzaba en levantarse por la mañana, en vestirse, en tomar el horrible desayuno, en arrastrarse desde los dormitorios hasta la escuela; asistía a las clases, practicaba deportes, hacía los deberes y luego volvía a acostarse, y permanecía despierta durante horas, incapaz de dormir. Al principio, las demás chicas trataron de ser amables, pero ante su hostilidad deliberada y agresiva acabaron por desistir y empezaron a llamarla Cara de Cagona y Carreras de Pedorretas, imitándola cuando salía corriendo en busca del baño.

Trastornada por la angustia, iba mal en todas las asignaturas y su gran facilidad por los deportes quedó vencida por un estado de salud en creciente deterioro. Cuando a mitad de trimestre vino su familia a verla se refugió en los brazos de su padre sollozando desconsoladamente; le alegró incluso ver a Cressida y durante todo el viaje de regreso a casa, en el asiento trasero del coche, le tuvo cogida la mano.

Cuando llegó el día del regreso se encerró en el baño y se negó a salir de él; no accedió a meterse en el coche hasta que le prometieron que si a finales del trimestre siguiente no se sentía mejor podría quedarse en casa. Y entonces Cressida le escribió avisándola que no los creyera; los había oído decir que la escuela le estaba siendo beneficiosa y que llegaría un momento en que se serenaría. Entonces llegó a la conclusión de que si quería escapar no tendría más remedio que actuar sola.

Y decidió que lo mejor que podía hacer era lograr que la expulsaran; en cuanto hubo tomado la decisión, la invadió una inmensa dicha ante la extrema sencillez de la operación. Se embarcó en su plan casi con júbilo, sensación que no experimentaba desde hacía tiempo, y se dedicó a robar objetos de sus compañeras durante varias semanas: un reloj, una pulsera, un transistor, y algo de dinero de la caja de las multas por los objetos extraviados que un día quedó abierta sobre la mesa de la secretaria. Lo colocó todo en su taquilla, que fue debidamente registrada en cuanto corrió la alarma. Harriet estaba de pie en el despacho de la directora, frente a todos los objetos dispuestos sobre su escritorio, y esperaba oír las maravillosas palabras: «Hemos rogado a tus padres que vengan a recogerte y se te lleven a casa.» Estaba tan confiada que incluso había empezado a recoger algunas cosas antes de que la reclamara la directora.

Pero las maravillosas palabras no fueron pronunciadas; en lugar de eso, la directora estuvo dándole la tabarra durante horas sobre lo mucho que había decepcionado a sus padres y a ella y, en lugar de expulsarla, la condujo al despacho de la siquiatra de la escuela, una mujer encorvada y con el pelo grasiento que decía cosas como: «Nadie está enfadado contigo, Harriet; estamos preocupados» y «Tienes que aprender a conocerte mejor, Harriet, y entonces sabrás por qué hiciste esas cosas.»

Y tuvo que asistir cada semana a tres sesiones de una hora para aprender a conocerse a sí misma; la siquiatra, que siempre vestía con ropa muy holgada de color beige y se llamaba doctora Ormerod, le hacía innumerables preguntas acerca de su familia, de si le daba la impresión de que la querían, de cómo se llevaba con su hermana y de si le había disgustado mucho que la mandaran a aquel internado. Pero Harriet no estaba dispuesta a facilitarle la tarea ni a darle la satisfacción de oír que odiaba a su hermana, que estaba convencida de que su familia no la quería y que le había sentado como un tiro que la mandaran al internado; y además, sabía que si respondía eso, la etiquetarían como desequilibrada en lugar de como mala persona y que cualquier esperanza de expulsión se evaporaría. Dijo que amaba a su familia y especialmente a su hermana, que adoraba la escuela, pero que había perdido su reloj, que no le gustaba la propietaria de la pulsera y que necesitaba el dinero para comprar el último disco de David Cassidy.

De esta forma esperaba conseguir sus fines y que sus padres recibieran por fin la notificación de ir a recogerla de inmediato. Pero la doctora Ormerod, arrebujada en su rebeca de color beige y con una expresión muy solemne en su rostro retorcido, también de color beige, la escuchó con mucha atención sentada sobre una silla y de pronto sonrió y le dijo: «Así me gusta, Harriet. Has hecho muchos progresos. Has aprendido a enfrentarte contigo misma, a sincerarte contigo misma. Muchos adultos son incapaces de hacerlo, ¿sabes? Estoy orgullosa de ti. Voy a hablar de nuevo con la señorita Edmundson para ver qué opina, pero me agradaría poder ayudarte a olvidar este percance. Por supuesto, necesitaremos unas cuantas sesiones más, pero creo que estamos en buen camino.»

Harriet se dio por vencida y se resignó a una condena de por vida.

Y entonces apareció Merlin.

Siempre había adorado a sir Merlin. Incluso de muy pequeña, cuando no tenía más de dos o tres años, sus visitas le parecían siempre un acontecimiento mágico, estimulante, impredecible. Y además le llevaba regalos extraordinarios; un mono disecado, una cabeza auténtica reducida y hasta un cachorro de pitón al que tomó mucho cariño y con quien durmió varias semanas, hasta que empezó a crecer mucho y su alimentación resultó un problema. Sir Merlin llegó a un acuerdo con el matadero local para que le permitieran dejarlo suelto de vez en cuando y se alimentara con las abundantes ratas que pululaban. Pero una mañana la serpiente se irguió amenazante ante Maggie desde las profundidades de la alacena ventilada donde le gustaba dormir, y ésta, al borde del ataque de nervios, insistió en que se la llevaran al zoo. Cuando Harriet no tenía más de seis años, Merlin se la llevó a acampar durante cuatro días a una zona remota de los Pirineos; regresó exhausta, quemada por el sol, cubierta de picaduras de mosquitos y exuberantemente feliz. A partir de entonces, tal como había hecho anteriormente con su padre, cada dos o tres años se la llevó de viaje a todo tipo de lugares maravillosos. Juntos exploraron la India, Marruecos y Egipto y cruzaron América subidos en un camión que los dejó molidos; Harriet, que disfrutaba cada vez más aquellas expediciones, creció con la idea de que para viajar había que soportar enormes incomodidades físicas. Y lo mejor era que Cressida no había compartido nunca ninguno de aquellos placeres con ella, que nunca había demostrado el más mínimo deseo de unirse a sus aventuras. Ya de pequeña le costaba prescindir del bienestar.

—Un poco floja, tu hermana —comentó una noche sir Merlin mientras observaban un glorioso cielo estrellado de Arizona tumbados en la plataforma del camión. Aquél fue el comentario más crítico que pronunció nunca contra Cressida, aunque Harriet sabía que no le gustaba y eso todavía la hacía más feliz.

Cressida tampoco se lo pasaba mal, puesto que Theo, que la encontraba deliciosa, le montaba vacaciones estupendas y muy higienizadas a todo tipo de países exóticos, con estancias en hoteles de cinco estrellas, vuelos en aviones privados y cruceros en yates de lujo; nada que ver con las mágicas y sublimes aventuras que Harriet compartía con sir Merlin. La especial relación que los unía, nacida a raíz de aquellas primeras aventuras, era fuerte y poderosa; y Harriet sabía que Merlin, al igual que Janine, había luchado mucho por ahorrarle los sinsabores de St. Madeleine. Pero sir Merlin no consiguió vencer.

Estaba sentada en un banco del parque cuando oyó el familiar estruendo del amado Lagonda verde oscuro de sir Merlin; convencida de que tenía que estar soñando, alzó la vista por encima del seto y corrió a refugiarse en sus brazos.

—Estás muy delgada —dijo alzándola del suelo y volviéndola a depositar sobre la calzada, con un ligero brillo de alarma en sus oscuros ojos azules—. ¿No te alimentan aquí, o qué?

—Lo intentan —dijo Harriet encogiéndose de hombros—, pero no puedo comer.

—Todo este asunto es un auténtico desatino —comentó—. He venido a buscarte para ir a comer juntos. Acabo de llegar de Java. Un sitio estupendo. Ya te contaré. Vamos. Imagino que tendremos que avisar a alguien.

—Abuelo Merlin, no me permitirán salir a almorzar fuera —dijo Harriet con terror en los ojos—. No nos dejan salir ni los domingos, o sea que todavía menos un martes.

—Oh, tonterías. Lo digo y se acabó. Vamos, Harriet, ¿dónde está tu intrepidez?

—La doctora Ormerod se ha empeñado en destruirla —dijo Harriet con un suspiro.

—¿Y ésa quién es? Da igual, ya me lo contarás luego. ¡Hey, usted! —gritó esgrimiendo su bastón en dirección a una empleada de la escuela que se acercaba a él.

—Abuelo Merlin, no puedes hacer eso —dijo Harriet—. Tienes que ser cortés con los profesores.

—¿Y para qué? Si son incapaces de cuidar de ti como Dios manda, no merecen mi cortesía.

—Lo siento mucho. —La señorita Foxted, la profesora de Latín, tan beige y desestructurada como la doctora Ormerod, con los pechos colgándole casi hasta la cintura y dos trenzas enrolladas sobre sus orejas de tamaño importante, se acercó a él trotando y jadeando con ansiedad—. No puede aparcar ese coche ahí.

—¿Y por qué no? —dijo sir Merlin mirándola con genuina sorpresa—. ¿Qué hay de malo en ello? No veo plantas exóticas debajo de sus ruedas, ni nada que se le parezca.

—Bueno... es el patio. Es peligroso.

—Estupideces. Las chicas no son ciegas, ¿verdad? Serán

capaces de ver un coche que se desplaza, imagino. Bien, mire, me llevo a Harriet durante todo el día. La traeré de vuelta a la hora de dormir, ¿le parece?

—Mucho me temo que eso es imposible —dijo la señorita Foxted con una mueca de ansiedad y disconformidad en su rostro beige—. Hoy es un día de clase normal, ¿sabe? Y solemos ser muy estrictos con las citas de las chicas, incluso los días de salida. Además, ni siquiera sé quién es usted. Sería una total irresponsabilidad por mi parte permitir que Harriet abandonara el recinto de la escuela.

—Sí, tiene razón —dijo sir Merlin, inusitadamente razonable, mientras le tendía la mano—. Soy el padrino de su padre. Sir Merlin Reid. ¿Qué tal está? Imagino que tendrá que comunicárselo a alguien. La esperaremos aquí.

—Sir Merlin, lo siento, pero de veras que no puedo...

—Mire —dijo sir Merlin—, vaya a hablar con su jefa o con quien le dé la gana, ¿me hace el favor? No disponemos de todo el día.

—Pero, es que no veo la razón para... es decir... —La voz de la señorita Foxted se desvaneció en la impotencia.

—Mire, haremos una cosa —propuso sir Merlin—. Iremos con usted.

Cruzaron el patio detrás de la señorita Foxted en dirección al despacho de la directora y esperaron en el exterior mientras ella entraba; oyeron su voz y la de la señorita Edmundson subir poco a poco de tono. Finalmente salió la señorita Edmundson. Dirigió una sonrisa afable y comprensiva a sir Merlin y le tendió la mano.

—¡Sir Merlin! Encantada de conocerlo. Bien, según me dicen quiere llevarse a Harriet durante todo el día. Mucho me temo que eso va a ser imposible, va en contra de nuestro reglamento. Más adelante, quizá un domingo...

—¿Ha llamado a su padre?

—En absoluto. Harriet no va a salir, así que no hace falta llamarlo.

—Mire, señora —dijo sir Merlin, y sus cejas blancas y frondosas empezaron a erizarse; para los que lo conocían era una señal de que estaba empezando a perder la paciencia. La señorita Edmundson no lo sabía; se sonrojó y sostuvo su mirada.

—Sir Merlin, no me gusta en absoluto...

—Me importa un rábano que le guste o no. A mí no me gusta el aspecto de esta criatura. Está espantosamente delgada y tiene pinta de no haber tomado el aire desde hace meses. ¿Qué le han hecho?

—Sir Merlin, le aseguro...

—No me interesan sus seguridades, me interesa Harriet. Y me la llevo.

—Pero...

Sir Merlin cogió a Harriet de la mano, dispuesto a irse, pero se giró.

—Por cierto —dijo—. ¿A cuánto sube la matrícula de esta escuela?

—Mucho me temo que no...

—Por lo menos a mil libras por trimestre. Lo que representaría... veamos... —Se sacó una calculadora del bolsillo y empezó a hacer cálculos con expresión exultante—. Fenomenales estos cacharros. Debería comprarse una si no tiene. Es una inversión que vale la pena. Bien, mil al trimestre; pongamos doce semanas, lo que equivale a ochenta y cuatro días, es decir, a once libras coma nueve cero cuatro siete peniques por día. Un montón de dinero, ¿no le parece? Eso es lo que van a ahorrarse con Harriet hoy. Avisaré a mi ahijado para que lo descuente de la matrícula del próximo trimestre. Que pase un buen día. Ya no puedo esperar ni un minuto más a que haga su maldita llamada. La traeré de vuelta a la hora de dormir. No se preocupe.

—Sir Merlin...

Harriet no se atrevió a respirar hasta que el Lagonda hubo salido del camino de la escuela.

Sir Merlin logró lo que los robos, el sufrimiento, la tristeza, las lágrimas y las cartas de súplica a sus padres no habían conseguido, es decir, que Harriet abandonara St. Madeleine. La primera noticia le llegó no a través de sus padres, ni de la señorita Edmundson, sino de Cressida. «Estoy contentísima, dicen que puedes volver a casa —le escribió con su grafía pulcra y clara—, pero les he oído decir que si te portas mal te volverán a internar.»

—Me parece que voy a acercarme al puente para ver si encuentro a Cressida —dijo Harriet dejando su taza de té sobre la mesa—. Debe de estar más nerviosa de lo que pensamos. Es curioso, porque anoche se la veía increíblemente serena. Regreso en un minuto, Janine. ¿*Purdey*, te vienes?

Pero *Purdey* alzó perezosamente una oreja y volvió a sumirse en su modorra. Harriet fue al trastero, se puso el viejo Loden de su madre sobre la larga camiseta que llevaba, la prenda que más se aproximaba a un camisón, se calzó un par de botas de agua de las muchas que estaban alineadas en el suelo y salió a la mañana dorada. El aire era fresco, casi tangiblemente dulce; era como respirar champán, pensó, sorprendida ante aquella ocurrencia. Las metáforas no eran lo suyo. Atravesó el pequeño patio enladrillado de la parte trasera de la casa, la rosaleda cercada por un muro que era el orgullo y deleite de su padre, y luego la extensión de césped. En la esquina más remota había una pequeña verja y más allá un campo limitado por el arroyo y el puentecito de doble arco. Era un rinconcito absolutamente delicioso que había servido de escenario de innumerables fotografías familiares, formales e informales. Un sauce llorón desparramaba sus ramas sobre el agua y, del otro lado del puente, colocado sobre un montículo herboso, había un asiento de roca rodeado de helechos.

Harriet imaginaba que encontraría a Cressida jugando a lanzar palitos al agua desde el puente, como hacía siempre en momentos —buenos o malos— de tensión emocional. Estaría apoyada sobre el pretil con un manojo de palitos en las manos —Cressida nunca hacía nada sin haberlo preparado cuidadosamente antes— y con la mirada clavada en el arroyo, verificando si su palito atravesaba el agua. Normalmente, junto a ella debería haber estado *Purdey* observando el agua con la misma concentración. Sólo que aquella mañana *Purdey* no estaba, y Cressida tampoco; y tampoco estaba en el pequeño soto que había más allá del puente, ni sobre el montículo de la otra orilla. No se la veía por ninguna parte.

Ligeramente inquieta Harriet dio media vuelta y regresó con pasos rápidos y ansiosos sin dejar de repetirse que, por supuesto, no existía ninguna razón para estar intranquila. Y, aunque debería haberse percatado antes, se fijó que en el barro espeso sólo se veían un par de pisadas y que eran las suyas; y que tampoco estaban las del perro. ¿Adónde demonios habrían ido Cressida y *Purdey* antes, y dónde estaba ella ahora? Pues otra vez en casa, por supuesto, pensó Harriet. Se habrían cruzado, imaginó; Cressida habría salido por la parte delantera y habría tomado el camino de herradura, aquel paseo que tanto le gustaba —aunque ¿tan temprano?, ¿y en un día tan especial?

Cruzó de nuevo el patio y entró en la cocina con el corazón en un puño. Sonrió a Janine despreocupadamente y le preguntó con tono algo tenso:

—¿Ha regresado Cress?

Y Janine, un poco sorprendida, le respondió:

—No, no ha vuelto, ¿no estaba en el puente?

—No —dijo Harriet—, de hecho no ha ido. Bueno, imagino que habrá querido ir un poco más lejos, para relajarse. Voy a... voy a vestirme y me acercaré al quiosco con el coche para comprar el periódico. Supongo que nos encontraremos en el camino. Si es que no ha regresado antes.

—Sí, claro —dijo Janine—. *Chérie*, yo voy a tomarme un baño. Si quieres, nos encontramos aquí dentro de un rato. Imagino que tu madre estará a punto de bajar.

—Mucho me temo que sí —dijo Harriet con una mueca.

En el piso superior reinaba un absoluto silencio; su madre debía de haberse tomado un somnífero porque de otra forma ya habría estado deambulando por la casa. Harriet se miró el reloj: las siete menos cuarto. Eso significaba que Cressida había salido desde hacía al menos una hora. Un paseo muy largo por ser la mañana de su boda. O quizá había regresado por la puerta principal y Harriet no la había visto. Llamó suavemente a la puerta del dormitorio de su hermana; no hubo respuesta. La abrió y echó un vistazo; la habitación estaba exactamente igual: silenciosa, sin vida, ordenada. Era casi como si... Harriet cerró la puerta, permaneció inmóvil durante unos segundos y luego, sintiendo un ligero mareo y los latidos sordos de su corazón en la garganta, fue a su dormitorio, sacó del cajón unos pantalones y una camiseta limpia y bajó de nuevo a la planta baja. Maldita Cressida, pensó repentinamente irritada; aquello era llevar su protagonismo dramático demasiado lejos. Habría debido pensar que a aquella hora ya estarían todos levantados y empezando a preocuparse por ella; mierda, ¿dónde había dejado las llaves del coche? Probablemente en uno de los ganchos de la entrada donde las colgaban todos. Sí, recordó; la noche anterior las había dejado junto a las de Cressida, aquel llavero insufrible con aquella rotulación tan cursi de «Baño de Primera Clase». Harriet fue a por ellas y vio que las de Cressida no estaban en el gancho, en ningún gancho, pensó, examinando la pared. Salió al jardín; el Mini rojo que había aparcado allí la noche anterior tampoco estaba. Bueno, pues claro que no, se dijo a sí misma esforzándose en no perder la calma. James le había dicho que lo sacara de allí, que dejara el camino libre; o sea que o él o Cressida lo habrían llevado al garaje. Harriet se encaminó hacia el garaje, se plantó delante de las dobles puertas blancas y aspiró hondo para afrontar lo que temía; posó la mano sobre el pomo y se percató de que le temblaba y de que la tenía humedecida. Empujó la puerta y miró hacia el interior con cautela, casi con miedo.

Y lo que vio era precisamente lo que había estado anticipando; el único coche que había en el garaje era el pequeño Renault de Maggie. El de Cressida no estaba.

CAPÍTULO 3

THEO, SEIS DE LA MAÑANA

Como casi siempre, Theo amaneció con grandes deseos carnales. No entendía que la gente se negara a mantener relaciones sexuales de buena mañana; tras una noche de máxima proximidad con una mujer, de haber dormido abrazado a ella, de olerla, de sentir sus formas y el tacto de su piel, ¿qué otra cosa podía desear una persona normalmente constituida? Era una secuencia lógica, natural; primero los preliminares y luego el acto propiamente dicho. Al margen de su cabellera rubia, de sus enormes ojos azules, de sus pechos impresionantes y de sus piernas excepcionales, una de las principales razones de haber convertido a Sasha en la quinta señora Buchan era que por las mañanas se mostraba extraordinariamente receptiva. «Oh, Theo —decía riendo, y se giraba hacia él, lo besaba, y buscaba su pene para acariciárselo—. Oh, Theo, eres tan maravilloso.» Una forma inmejorable de empezar la jornada. Después, mucho más reposado que si sólo hubiera dormido, se metía debajo de la ducha cantando con aquella curiosa voz sin entonación y se dirigía a la sala de gimnasia para efectuar, con fe casi religiosa, unos ejercicios muy precisos. Tras su sesión gimnástica y una nueva ducha, proseguía su ritual matinal ingiriendo varios zumos de naranja, varias tazas de café —no importaba dónde estuviera; Theo siempre tomaba café preparado a la francesa— y un desayuno como Dios manda a base de dos huevos pasados por agua acompañados por un montón de croissants, de bollos de chocolate y unas cuantas tostadas con mantequilla. Seguidamente trasladaba su enorme corpachón de metro noventa y cinco de altura y de cien kilos de peso al vestidor, se acicalaba y finalmente, sintiéndose en plena forma, se declaraba dispuesto a afrontar una nueva jornada.

Sólo que aquel día no iba a poder disfrutar de todos aquellos placeres. El hotel Royal de Woodstock era fantástico, pero carecía de gimnasio; ni siquiera tenía una piscina cubierta, algún lugar donde poder ejercitarse un poco. Carajo, debería haberle pedido a Jamie que lo averiguara antes de hacer la reserva. O sea, que no tendría más opción que correr, cosa que desde que había engordado tanto no le entusiasmaba lo más mínimo, y tomarse lo que llamaban un desayuno continental, es decir, un vasito ridículo de zumo de naranja y un par de croissants gomosos. Aunque quizá podría pedir un desayuno inglés que, a tenor del menú estudiado la noche anterior, parecía excelente y consistía en tocino entreverado, huevos, salchichas, setas y morcilla —carajo, hacía años que no tomaba morcilla—. Así podría aguantar hasta el ágape de la boda, que con toda seguridad no se celebraría hasta la hora de la merienda.

James le había pedido que Sasha y él se quedaran a cenar con ellos aquella noche, cuando todos los invitados se hubieran ido; todavía seguía buscando una excusa, una forma de zafarse de aquella velada emotiva en el seno de la familia Forrest y de su consiguiente y particular tortura, aunque de momento todavía no se le había ocurrido nada. James se había tomado muy mal que permaneciera en el hotel la noche anterior y... Esquivó el problema y decidió tomarse una ducha a pesar de no ser una perspectiva muy tentadora; una ducha inglesa, con poca presión de agua, la noche anterior había pasado más de media hora debajo del chorrito para enjuagarse el pelo. Pero carajo, ¿dónde estaba Sasha?

Acababan de dar las seis y era imposible que ya se hubiera levantado. Por las mañanas a Sasha le gustaba holgazanear; después de satisfacer tan deliciosamente las exigencias de Theo y mientras éste hacía gimnasia, solía echarse una siestecita que interrumpía de vez en cuando para sentarse en la cama y mordisquear un bollo o tomar un par de tragos de zumo de naranja. Luego daba otra cabezadita hasta que Theo terminaba de vestirse y de hacer la media docena de llamadas que marcaban el inicio de su jornada laboral.

—¿Sasha? —gritó con impaciencia en dirección al cuarto de baño—. Sasha, ¿dónde estás?

No obtuvo respuesta; Theo estaba empezando a exasperarse. No tenía gran cosa que hacer, carajo; nada más que estar a su disposición. En su opinión, ése era el cometido de las mujeres; estar a disposición de los hombres. Cuando se conocieron, Sasha trabajaba en una empresa de relaciones públicas y le anunció que quería seguir trabajando; y cuando insistió en asegurar que su labor era importante y que, de alguna forma, contribuía a la buena marcha de la empresa, Theo la miró divertido, casi enternecido. En algunas ocasiones, especialmente en presencia de sus amigos, disfrutó achuchándola con aquel tema. «¿Qué tal ha ido la reunión de la junta directiva de hoy, Sasha?», le preguntaba, o «Cuéntanos lo de ese negocio que has conseguido, Sasha, el del banco», y Sasha se sonrojaba deliciosamente y decía, «Oh, Theo, no puedo, ya sabes que no me gusta hablar de eso» y Theo seguía, «Sí, sí, si es importante para ti nos interesa a todos; me gustaría que nos lo contaras». Y Theo escuchaba con una sonrisa indulgente en los labios mientras Sasha relataba el proceso por el cual la empresa había decidido emplear a un par de ejecutivos de contabilidad o la firma de un nuevo contrato con un cliente de la City, y luego Theo recababa la opinión de todos los presentes en relación al tema tratado y Sasha permanecía inmóvil, algo desconcertada pero mirándolo con adoración. Aunque cuando se casaron Theo exigió que cortara cualquier conexión con la empresa; el socio de Sasha ahora era él, decía Theo con un tono ligeramente amenazante, y el único asunto que tenía pendiente era el de hacerse cargo de él. Claro, por supuesto, acató ella, estaba completamente de acuerdo y lo entendía, y se daba cuenta de que cuidar de él sería no sólo mucho más importante que cualquier ocupación laboral que pudiera desempeñar, sino mucho más interesante y divertido. Y se dedicó a ello con mucho empeño, sí señor, y consiguió hacerlo prácticamente feliz durante los nueve meses que llevaban casados. Aunque no del todo, pero no era culpa suya. No tenía más que treinta y un años —comparados con sus cincuenta y nueve—; era cariñosa, atenta y encantadora con sus amigos y con sus socios, un ama de casa sorprendentemente eficaz y una excelente cocinera —aunque ejerciera aquel talento en contadas ocasiones— y si bien no era el colmo de la inteligencia —como le recordaba gentilmente Theo de vez en cuando, sobre todo cuando Sasha demostraba interés por sus negocios—, era lo bastante lista como para poder conversar relajadamente con cualquier tipo de persona. También era extraordinariamente eficaz en lo de gastar dinero. Theo le comunicó que deseaba que tuviera el aspecto de la esposa de un hombre de negocios internacional y ella se tomó su deber muy seriamente; se transformó en una cliente habitual de firmas tan dispares como Chanel, Valentino, Ralph Lauren, Jasper Conran y Jean-Paul Gaultier. Theo hacía incursiones en las mejores joyerías del mundo y se rumoreaba que andaba a la zaga de un título nobiliario con el único fin de que Sasha pudiera lucir una tiara; entretanto, la deslumbrante colección de piedras preciosas de Sasha no dejaba de crecer, aunque gran parte de ella permaneciera guardada en las cámaras acorazadas de varios bancos, sobre todo las de Cobra and Bellamy y las de Butler and Wilson.

Salvo Mungo, los cinco hijos de Theo la detestaban y la consideraban una aventurera totalmente desprovista de escrúpulos. Sus dos hijas mayores, fruto de su tercer matrimonio, ni siquiera se hablaban con él porque Theo no estaba dispuesto a que vivieran en su casa si no demostraban un afecto sincero por Sasha. Michael, el primogénito, fruto de su primera unión, se limitaba a tratarla con cortesía, sin más, puesto que su vida y su fortuna personal estaban demasiado imbricadas con el negocio familiar para que pudiera ser de otra forma; pero Mungo, hijo de su segunda esposa —al parecer el único gran amor de Theo, víctima de un cáncer trágico tras cinco años maravillosos de vida en común—, lo llenaba de alegría porque sentía un cariño sincero por Sasha y aseguraba que le parecía espléndida, que era muy agradable tener a alguien de su edad viviendo con ellos y que, a su modo de ver, una mujer que se encargara de su padre merecía todas las pequeñas recompensas que le reportara su labor.

También estimaba, y Theo lo sabía, que una mujer que consiguiera distraer la atención de su padre de sus fechorías o que estuviera dispuesta a excusarlas era una bendición del cielo; la cuarta esposa de Theo, por ejemplo, sintió un afecto más que escaso por Mungo porque estaba convencida, quizá con algo de razón, de que un chico que no había dado golpe ni un solo día de su vida y había perdido al menos un millón de libras en las mesas de juego necesitaba disciplina, aunque fuera tardía, e insistió para que Theo cortara la renta de Mungo, para que no le permitiera disponer libremente de las casas Buchan y para que lo forzara al menos a considerar la posibilidad de encarrilar su vida hacia algún tipo de ocupación retribuida.

Pues bien, la esposa número cuatro, llamada Jayne, estaba en lo cierto: el comportamiento de Mungo distaba mucho de ser ejemplar. Pero Theodore no sentía un gran apremio por reprochar aquel comportamiento a su hijo, puesto que también él había llevado una vida muy similar hasta los treinta años, cuando por fin conoció los efectos de la adrenalina, que hasta entonces sólo había experimentado jugando a póquer, y se metió en el mundo de los negocios. Y a los treinta y cinco años, Theo ya había triplicado la fortuna heredada de su padre.

—Los negocios son como el póquer —le gustaba decir—; no tienen nada que ver con la suerte, ni con el azar, ni con las cartas que te tocan. Tienen que ver con la forma que tiene uno de interpretar la situación: con paciencia y atención, una mano muy mala puede transformarse en excelente. Así de sencillo.

Aquella máxima salía continuamente citada en la prensa económica. Se necesitaba, argumentaban los periodistas financieros, algo más que paciencia y atención para atesorar un par de billones de libras, valor mercantil que se solía adjudicar a las empresas de Theo —casi todas en el ramo de la alimentación, del petróleo y de la madera—, pero él sonreía con zalamería y sostenía que no, que en absoluto, que si estaban dispuestos a jugar con él al póquer podría demostrárselo.

Moraba siempre en una de sus tres residencias; una casa estupenda en The Boltons, en Londres, un gran apartamento de singular belleza en París, en el Quai de Béthune de l'Ile St. Louis, y un castillo sobre las colinas que dominan Niza. También era propietario de una islita cerca de las Mosquito, y de otra, todavía más pequeña, en la costa oeste de Escocia; de un castillo en el condado de Cork y de un apartamento en la torre Trump de Nueva York —aunque no eran hogares propiamente dichos, explicaba Theo, sino puntos de caída para visitas ocasionales—. Su casa predilecta era indudablemente la de París; en París se había hecho hombre, decía, era donde mejor se lo había pasado y donde estaban sus amigos más íntimos.

«París es una ciudad muy sexy —le gustaba decir—. La gente sabe divertirse, disfrutar de la vida.»

Sasha, en cambio, prefería la de Londres.

Theo salió de la cama, se puso su batín y se acercó a la ventana, que daba a un parque silencioso de la parte trasera del hotel; a lo lejos veía los bosques maravillosamente líricos de Blenheim. El día era perfecto; bien, eso era buena señal. Probablemente haría demasiado calor, pero el sol realzaría la belleza de la novia y los invitados podrían salir al jardín a beber champán; un champán que sería excelente, puesto que era su regalo de bodas a James —no a Cressida, a quien había regalado una cama de increíble esplendor; un tálamo dieciochesco francés con cuatro columnas exquisitamente pintadas y acanaladas y espléndidas cortinas de brocado de color crema—. «No te canses en protestar —le advirtió cuando lo llamó para anunciarle que le hacía llegar veinte cajas de Veuve

Clicquot a Court House—, las bodas cuestan un dineral, ¡me lo dirás a mí!, y no eres un hombre rico.»

«Lo suficiente, gracias», respondió James con una ligera irritación en la voz. Theo replicó que nunca se era suficientemente rico y que acorde a sus parámetros, James estaba lejos de serlo, lo que era cierto, y ¿acaso estaba prohibido regalar a un buen amigo algo con que estrenar la vida matrimonial de su hija?

Mientras miraba el parque con el entrecejo fruncido y cada vez más irritado por la ausencia de Sasha, de pronto se dio cuenta de que no veía su coche. Era su coche favorito: el Bentley Continental plateado, de un valor incalculable. Durante el invierno lo dejaba guardado en un garaje de Londres y en primavera lo conducía con enorme placer al sur de Francia; lo había subido desde Niza para que Cressida Forrest pudiera utilizarlo el día de su boda y estaba previsto que su chófer, que había pasado gran parte del viaje en el asiento trasero del Bentley, lo condujera a Court House a la una y media para recoger primero a Maggie y a las damas de honor y luego a Cressida y a James para conducirlos a la iglesia del pueblo. Y lo último que Theo había hecho la noche anterior antes de meterse en la cama había sido mirarlo con cariño desde la ventana; y ahora no estaba.

Fue en busca del teléfono y llamó a recepción; ¿dónde estaba su chófer?

—En su habitación, señor Buchan. ¿Quiere que le avise?

—Sí, por favor. Dígale que se reúna conmigo cuanto antes y mande que me traigan un poco de té, ¿quiere?

—Por supuesto, señor Buchan.

—¿Ha visto a mi esposa?

—Sí, señor Buchan. Salió hará media hora. Me comentó que iba a dar un paseo.

¿Un paseo? Lo que Sasha entendía por un paseo era desplazarse del departamento de una tienda a otro. ¿Qué carajo estaba pasando?

Oyó un golpecito en la puerta; era Brian, el chófer. Venía con bata y parecía nervioso.

—¿Sí, señor Buchan?

—Brian, ¿dónde coño está mi coche?

—¿Su coche, señor Buchan?

—Sí, Brian. ¿Sabe qué es un coche? Un vehículo motorizado, cuatro ruedas, motor, ese tipo de cosas. Tengo unos cuantos. El que más me gusta lo dejé aparcado anoche ahí debajo. ¿Alguna sugerencia, Brian?

—Bien, señor Buchan, sí tengo una.

—Bien, una es mejor que ninguna. Entre y expóngamela.

—Es posible que lo tenga el señorito Mungo, señor Buchan.

—¿Mungo? ¿Ha cogido el Bentley? Espero que no. Por el bien de los dos.

—Mucho me temo que eso es lo que ha sucedido, señor Buchan. Lo siento.

—¿Pero por qué se lo ha permitido, por Dios Santo? ¿Y cuándo lo ha cogido? ¿Adónde se lo ha llevado?

—Bueno, lo tomó anoche, señor Buchan. Muy tarde.

—Brian, por el amor de Dios, ¿por qué se lo permitió? Ya sabe que ese coche tiene un valor inestimable. Y que Mungo conduce todos los coches como si fueran su Maserati. ¿Adónde iba tan tarde? Durante la cena bebería al menos una botella de champán y Dios sabe cuánto vino. Santo Dios, si le ha sucedido algo a ese coche le aseguro que conduciré lo que quede de él primero sobre mi hijo y luego sobre usted.

—Sí, señor Buchan. —Pareció como si Brian considerara aquella represalia justificada.

—Bueno, veamos, acláreme unas cuantas cosas. ¿Por qué le entregó las llaves?

—No se las entregué. Bueno, al principio no quise. Como usted dice, parecía haber bebido mucho y me dijo que tenía ganas de conducir el coche. Le dije que no se lo permitiría por mucho que insistiera y me propuso jugarnos las llaves al póquer.

—¿De veras? O sea que se embarcó usted en una partida de póquer y se jugó las llaves de mi coche. Brian, considérese usted despedido. Desde este mismo momento.

—Señor Buchan, por supuesto que no hice tal cosa. Le dije que, hiciera lo que hiciera, no le dejaría el coche. Y entonces me dijo, vale, Brian, ha hablado como un hombre. De todas formas, juguemos una partidita. Me dijo que no conseguía dormir. Así que acepté, y él salió un momento y volvió con unas cartas, una botella de whisky y el señorito Headleigh Drayton.

—¿Rufus? ¿O sea que también él está mezclado en esto?

—Sí, señor Buchan. Bien, empezamos a jugar y estuvimos haciéndolo... oh, un par de horitas. Y entonces sonó el teléfono. Era la recepción. Preguntaron si estaba el señorito Mungo y les dije que sí. Tomó la llamada y parecía muy preocupado, verdaderamente preocupado. Estaba muy pálido. Me pidió que los excusara a él y al señorito Headleigh Drayton durante un momeno y salieron al pasillo. Cuando volvieron a entrar, me dijo: «Mire, Brian, tengo que ir a un sitio inmediatamente. Es un trancc importante, se lo juro. Déjcme el coche.» Había dejado el suyo en Londres, como usted ya sabe, y se había venido con el señorito Headleigh Drayton. Le dije que no podía y que no me fiaba de él, que llamara a un taxi. Me respondió que cómo iba a conseguir un taxi a las dos y media de la madrugada en medio del campo. Parecía realmente inquieto, señor Buchan, los dos lo parecían.

—Madre mía, supongo que estarían a punto de llorar.

—El señorito Headleigh Drayton sí parecía a punto de llorar, señor.

—Dios Santo —dijo Theo, alarmado por primera vez por otra cosa que no fuera su coche—. ¿Y no quisieron decirle de qué se trataba?

—Bueno, de hecho no. Me dijeron que no podían contármelo, pero que tenían que ir a ver a alguien, que era un asunto de vida o muerte. Les dije que pidieran una ambulancia, pero me contestaron que evitarían muchos problemas encargándose personalmente del asunto. «Se lo juro, Brian —me dijo el señorito Mungo—, le juro sobre la tumba de mi madre que estoy diciéndole la verdad.» Bueno, usted sabe tan bien como yo, señor Buchan, que el señorito no mentiría jamás de esa forma.

—No, no, creo que no —dijo Theo con impaciencia—. De acuerdo. Bueno, ¿dijeron al menos adónde iban? ¿Le dieron alguna pista? ¿O le dijeron cuándo regresarían?

—Me dijeron que en cualquier caso traerían el coche de vuelta esta mañana, señor Buchan. Pero eso fue todo. Y los creí. Así que... dejé que cogieran el coche. Lo siento, señor. Pero me dio la impresión de que tenía que asumir ese riesgo.

—Bueno, Brian, espero por su bien que así fuera. De verdad que así lo espero. Oh, por cierto, ¿ha visto usted a la señora Buchan esta mañana?

—Sí, señor. Hará una hora. La he visto salir por la puerta principal del hotel. Iba con calzado plano, señor, como si fuera a dar un paseo.

—El mundo se ha vuelto loco —dijo Theo—. Eso mismo me han dicho en recepción. Me vuelvo a mi habitación. Infórmeme en cuanto regresen, Brian.

—Sí, señor Buchan.

Theo entró en su habitación y estaba a punto de meterse bajo la ducha cuando sonó el teléfono.

—¿Brian? ¿Qué...?

—No, Theo, no soy Brian, soy yo, James. ¿Cómo estás?

—Estoy tan bien como podría esperarse dadas las circunstancias. Mi coche, mi hijo y mi mujer han desaparecido, pero aparte de esto todo lo demás está bien. No estarán ahí, ¿verdad? ¿Ninguno de ellos?

—No —dijo James—, que yo sepa, no.

Hablaba con un tono de voz muy extraño; tenso, muy controlado. Los nervios, supuso Theo; aunque la noche anterior, durante la cena, parecía perfectamente.

—Jamie, ¿estás bien?

—No, no mucho —dijo James. Hubo un silencio y luego añadió—. Theo, tengo que hablar contigo. ¿Puedo ir a verte?

Theo ya había oído aquellas palabras y aquel tono desesperadamente autocontrolado en un par de ocasiones más.

—Pues claro que puedes —dijo tratando de tranquilizarlo.

—Estaré ahí dentro de diez minutos.

—Estupendo. Pongo el agua a hervir. Suite número 2. Primer piso. Sube directamente.

Lo de poner el agua a hervir era una vieja broma común. Theo mandó que subieran más té y café y se sentó a esperar; y recordó la primera vez, hacía ya treinta años, toda una vida.

James entró con un aspecto terrible; pálido, demacrado, como si sangrara interiormente. Parecía tener muchos más años que los veintinueve que acababa de cumplir.

—Tengo que hacer algo terrible —dijo.

—¿A qué te refieres? Si tanto te cuesta, no lo hagas.

—Tengo que hacerlo. No tengo otra opción.

—¿Y de qué se trata?

—Debo cortar con Susie.

—Me la quedaré yo —dijo Theo en son de guasa.

—Theo, no, no bromees con eso. No es divertido.

—No, ya lo veo. Lo siento. Cuéntame.

—Bueno, no hay mucho que contar, ¿sabes? Tengo que terminar con ella.

—Pero ¿por qué? Creía que después de tantos años por fin empezabais a tener las cosas claras.

—Por el amor de Dios, Theo, no lo empeores.

—Pero vamos a ver, ¿por qué quieres cortar con ella cuando es obvio que es una decisión que te entristece mucho?

—Porque voy a casarme.

—Dios Santo, Jamie, ¿y con quién?

—Con Maggie Nicolson.

—Oh, Jamie, Jamie, no. —Theo se sorprendió de la emoción profunda que discernió en su propia voz—. No lo hagas. Por favor. Te lo digo muy en serio, no puedes hacer eso. No puedes.

—Pues claro que puedo, Theo —dijo James. Su voz se había sosegado, como si la reacción de Theo lo hubiera serenado—. Y voy a hacerlo.

—Pero ¿por qué?

—Porque... porque lo deseo. Porque la quiero.

—Y una mierda.

—Theo, no seas ofensivo. Maggie es una chica estupenda. Soy muy afortunado.

—Ya, ya. Tan estupenda que durante semanas casi no se te ha visto en su compañía. Porque te las has pasado en la cama de Susie.

—No seas obsceno —dijo Jamie con tono exhausto.

—Me siento obsceno. Son noticias obscenas. Pero ¿en qué estás pensando, Jamie, por el amor de Dios?

—No estoy pensando en nada. Me caso. Theo, por Dios, dame algo de beber. Un trago fuerte y largo. Y luego iré a ver a Susie.

—Y si está en mis manos, yo te lo impediré. Esto es un suicidio, Jamie. Un suicidio del alma.

—Sí —dijo de pronto Jamie—. Ya lo sé. Dios, soy una mierda, Theo.

Y siguió ahí, bebiendo un whisky después de otro y girando el vaso en la mano con la voz cada vez más pastosa; y Theo, también bebiendo mucho, lo escuchó para tratar de entender lo que James le decía y lo que pretendía hacer, para intentar pensar en la forma de ayudarlo.

Al final, lo único que pudo hacer fue darle ánimos. James ya había tomado una decisión irrevocable; le había pedido a Maggie Nicolson que se casara con él y ella había aceptado. La rellenita, bondadosa y tediosa Maggie, a la que James conocía desde hacía un par de años, cuyo padre dirigía el servicio de ginecología del hospital St. Edmund, donde James ejercía de adjunto. Obviamente Maggie estaba colada por él con quien había salido de vez en cuando, con quien había flirteado, con quien había bailado e incluso, y según confesó entonces, con quien se había acostado unos meses antes.

—No me mires de esa forma, Theo, es una chica preciosa, y hasta bastante... ¿cómo te lo diría?...

—Jamie, no me digas que es sexy. No lo soportaría.

—Pues lo es. Potencialmente muy sexy. Soy... muy afortunado.

—De modo que le has pedido que se case contigo, ¿no? —preguntó Theo—, así, por las buenas, en un acto puramente espontáneo...

—Sí —dijo James—, sí, lo he hecho. —Y prosiguió diciendo que los Nicolson estaban encantados, que lo estaban celebrando cada dos por tres, que el anuncio del compromiso estaba a punto de salir en *The Times* y en el *Telegraph*, y que Maggie era una chica encantadora, que sería una esposa perfecta, que era un tipo con suerte y que Theo tenía que alegrarse de ello.

—¿Y qué ganas tú con todo este asunto? —preguntó Theo aprovechando una pausa de aquel soliloquio—. Aparte de una esposa estupenda, me refiero.

—No te entiendo —dijo James.

—Pues claro que me entiendes. El viejo Nicolson te ha comprado, ¿no es cierto? Mírame, Forrest, y dime que no es cierto. Es imposible. Vamos. ¿Qué te ha ofrecido?

Jamie permaneció en silencio. Se quedó un buen rato con la mirada clavada en el suelo. Y luego, de pronto, se levantó y corrió al baño. Theo lo oyó devolver. Fue tras él, se sentó a su lado y le tendió pañuelos, toallas, vasos de agua.

—Estúpido cabrón —le dijo con ecuanimidad—, vamos, vamos, volvamos a la habitación. Mira, James, me importa un rábano lo que hagas mientras seas feliz. Pero no lo serás.

—Quizá sí —dijo Jamie.

—No, Jamie, no lo serás.

—Bueno, pues tendré que intentarlo. Eso es todo.

—¿De qué se trata exactamente? ¿Qué te ha ofrecido?

Jamie regresó al saloncito y se dejó caer sobre el sofá. No miraba a Theo. Finalmente dijo:

—Su apoyo incondicional, como dice él, para el puesto de especialista jefe del hospital St. Cristopher de Cambridge. Eso significa mucho. Casi una garantía, podríamos decir. La profesión médica está tan politizada como cualquier otra rama profesional. Y también me cederá su consulta cuando se jubile de la Seguridad Social dentro de tres años. Honestamente, Theo, cuando lo oí fue como escuchar la voz de Dios en el desierto. La tentación absoluta. Toda mi vida solucionada. Éxito, dinero, estatus —todo garantizado—. Theo, si renuncio a esto no llegaré a ninguna parte. Y lo único que tengo que hacer es casarme con una muchacha afectuosa por la que siento un enorme cariño, que, además, será la perfecta esposa de un especialista. Cosa que no sería Susie.

—Pues claro que lo sería. Sería estupenda y se camelaría a todos los pacientes.

—No, no lo haría. Demasiado frívola. Y como es tan extravagante, necesita un marido muy rico, cosa que no seré jamás. No funcionaría, Theo. Nunca en la vida. Y últimamente está poniéndomelo muy difícil. Hace un par de días tuvimos una bronca fenomenal.

—Qué conveniente para ti. O mejor dicho para Maggie.

—Oh, ve a hacer puñetas, Theo. Casarme con Susie no es viable. No lo será nunca. En fin, que sentado allí, en una mesa de Simpsons, tras haber bebido un montón de clarete, de pronto me ofrecía un futuro dorado. Y no pude rechazarlo. Por supuesto que todo fue dicho con gran sutilidad. Me refiero a que no me lo propuso como te lo he explicado. Pero quedó clarísimo que nada de todo aquello sucedería si no me casaba con Maggie.

—¿Y lo deseabas tanto como para aceptar?

—Sí —dijo James ligeramente sorprendido—. Sí, imagino que es lo que más deseo. Maldita sea, Theo, no tienes ni la más remota idea de lo difícil que es la profesión médica. Todo el mundo cree que se rige por una gran caballerosidad, pero es tan corrupta como cualquier otra. Empleos para los hijos de los amigos garantizados mucho antes de que tú te presentes a las entrevistas, juntas que hacen la comedia de hablar contigo, de simular que te toman en cuenta. En los últimos nueve meses me he presentado a seis oposiciones para el cargo de especialista, y las que me quedan por delante. Quiero ejercer de especialista; quiero ganar dinero, quiero gozar de cierto estatus antes de llegar a viejo, Theo. Y si no acepto que me echen una mano, no lo conseguiré nunca.

—Todavía me cuesta creerlo —dijo Theo mirándolo detenidamente—. Es abyecto. Y me cuesta creer que un hombre pueda vender a su hija de esta forma. Deben de estar desesperados. ¿No será anormal, o algo parecido?

—No, por supuesto que no —dijo James cansinamente—. Ni tampoco están desesperados, como tú dices. Pero Maggie y yo nos tenemos mucho cariño y me parece que su padre ve en mí al yerno que le gustaría tener. Mierda, Theo, medio mundo funciona en base a los matrimonios convenidos. Hasta los franceses lo hacen. Y funciona muy bien. Pídeselo a Janine.

—Oh, por el amor de Dios —dijo Theo—. Jamie, estás loco. Espero que seas consciente de lo que estás haciendo, eso es todo. Y espero que Maggie no lo sepa. Pobre desgraciada.

—Maggie es muy feliz —dijo James con tono ligeramente pomposo—. Mucho.

—De momento, quieres decir —dijo Theo—. Lo que me preocupa son todos los otros momentos. El resto de su vida. Espero que no descubra nunca lo de Susie.

—No lo sabrá porque no habrá nada que descubrir —dijo James—. Voy a cortar con Susie definitivamente, por supuesto.

—¿Ah, sí? —dijo Theo.

Tres semanas antes de la boda, Theo cenó con Maggie. James debía haberse reunido con ellos, pero a última hora se le presentó un problema en el hospital. Theo se emborrachó mucho mientras escuchaba a Maggie, durante un tiempo que le pareció infinito, contarle lo maravilloso que era James, lo feliz que era, lo perfecta que sería su vida. No se merecía lo que le esperaba, pensó Theo; era una chica tan bondadosa, tan dulce, tan increíblemente ingenua, tan desesperadamente enamorada. Bien, James tenía razón en una cosa; sería la esposa ideal de un especialista. Era una rosa inglesa de veinticuatro años educada con exquisitez, que hacía todo lo que debía hacerse y que conocía a todos los que debían ser conocidos. Se había puesto de largo en su debido momento, había hecho un cursillo de historia del arte —y uno de cocina— y trabajaba en una galería de la calle Bond. Compartía un piso en Kensington con otras cuatro chicas y andaba muy atareada decorando y amueblando la deliciosa casita de campo de Fulham a la que ella y James se mudarían después de la boda. La entrada para la compra de la casita, muy cuantiosa, la había aportado su padre como regalo de bodas.

—Todavía me cuesta creerlo, Theo —le decía mientras se servía una segunda cucharada de nata sobre su bizcocho borracho—. Es demasiado maravilloso para ser cierto. Es verdad que me parecía que yo le gustaba y que cuando salíamos juntos nos lo pasábamos muy bien, pero estaba convencida de que se me había escapado. Y de pronto me pidió que me casara con él. Me refiero a que creía que había alguien más en su vida. Pero no era más que su trabajo. Tienen unos horarios muy cargados en ese hospital, ¿sabes?

—Oh, ya sé —dijo Theo sin levantar la cabeza del plato.

—Theo —dijo Maggie de pronto—. Quiero preguntarte una cosa.

Dios nos coja confesados, lo sabe, pensó Theo; ¿y qué carajo voy a decirle?

—Sí, Maggie —respondió.

—Theo, mírame.

Alzó los ojos a regañadientes y encontró los suyos, azules, cándidos y ansiosos, iluminados por la luz de la vela.

—Espero que no sea nada serio —dijo él con tono ligero.

—Bueno, lo es para mí.

—Pregunta, pregunta. —Se sirvió otra copa de vino. Maggie bebía agua.

—Es que como tú conoces a Jamie mejor que nadie... pensé que lo sabrías.

—¿Saber qué, Maggie?

—Bueno... pues si está molesto con mi padre.

Dios Santo, esto está poniéndose cada vez peor.

—¿Con tu padre, Maggie?

—Bueno, la cosa es que... Theo, oh, Dios, es tan difícil, tan bochornoso...

—Maggie, te aseguro que me abochornan pocas cosas.

—Sólo es que... bueno, hay algunas cosas de las que no hablamos nunca. Y...

—Maggie, quizá no soy la persona más indicada para oír esas cosas.

—Oh, Theo, sí lo eres.

De pronto se inclinó hacia adelante con las manos entrelazadas. Se había sonrojado y tenía los ojos brillantes. Su cabello, suavemente ondulado, le caía sobre los hombros; el escote de su vestido era bastante osado y por él asomaban unos senos blancos y turgentes. Podía olerla, notar su calor; por primera vez entendió que James pudiera casarse con ella. A su modo, era muy atractiva, hasta bastante sexy. Le sonrió.

—Adelante, pues.

—Bueno, ya sabes que mi padre es bastante... dominador. Quiere controlarlo todo. Y a la gente.

Maggie lo había intuido. Lo sabía. A fin de cuentas, no era tan estúpida. Y muy valiente. Theo dejó la cucharita en el plato, tomó sus manos entre las suyas y le dijo:

—Maggie, no imaginas lo mucho que...

—Deja que termine, Theo, por favor. Luego ya me dirás tu opinión. Ya es bastante difícil así. Bien, el asunto es que los padres de Jamie andan bastante apretados. Son encantadores, pero la realidad es que disponen de muy pocos recursos. Bueno, eso tú ya lo sabes. Y mi padre en cambio tiene muchos. Y el caso es que está tirando la casa por la ventana; ha comprado la casa, nos paga el viaje de luna de miel... Y además lo hace con poco tacto. Y me pregunto si todo eso no fastidia a Jamie. Nunca ha dicho nada al respecto, de hecho, cuando intento preguntárselo siempre cambia de conversación.

Pues tú dirás, pensó Theo, por la cuenta que le trae.

—Y me sabría mal que se sintiera... bueno, humillado. O que sus padres se sintieran ultrajados. Todo esto es tan delicado, Theo, ¿no te parece?

De pronto, Theo tuvo la sensación de salir a la superficie

después de un largo buceo debajo del agua. Le sonrió, le soltó las manos, tomó la copa de vino y se reclinó en su asiento.

—No creo que debas preocuparte mucho por Jamie —acertó por fin a decir—. No es tan sensible como tú imaginas. Sabe cuidar de sí mismo, no temas. No creo que nada de esto lo fastidie en lo más mínimo.

—Oh, Theo, gracias —dijo Maggie—, no sabes cuánto me alivia oírtelo decir. Eres un amigo magnífico.

Más tarde, después de acompañarla a su pisito, se preguntó si no habría sido mejor contarle la verdad. Porque en realidad era consciente de que se había comportado con ella como un cerdo.

Una prueba de la ansiedad que James le producía era que mientras lo esperaba sentado en su dormitorio olvidó por completo lo de su coche. También era una prueba de la confianza que tenía depositada en su hijo —a la vez considerable e injustificada—. Mungo había sido expulsado de dos escuelas —una vez porque lo habían pillado fumando porros y la segunda por lo que el director describió como una fornicación—, no había demostrado el más mínimo interés por algo remotamente parecido a una carrera —a pesar de que en la actualidad fingiera ser agente inmobiliario y tuviera un despacho en Carlos Place, cuyos beneficios, Theo no tenía más remedio que reconocerlo, empezaban a equilibrarse con los gastos—, perdía enormes sumas de dinero en las mesas de póquer, consumía cantidades ingentes de alcohol y su idea de la fidelidad consistía en no acostarse con una mujer si otra estaba bajo el mismo techo; pero fundamentalmente era un chico honesto, leal, y cuando la circunstancia lo exigía, hasta podía ser sensato. Y Theo sabía que aquella circunstancia exigía sensatez. Mungo regresaría y traería de vuelta el coche; aunque la espera fuera un poco tensa. Habría deseado poder tener la misma confianza en Sasha. No estaba dispuesto a aguantar aquel tipo de tonterías por su parte. Mientras prendía el primer puro del día, para reflexionar en sus incertidumbres, sonó el teléfono.

—Theo, buenos días.

—Sí, ¿Mark? —Mark Protheroe era su colaborador particular; dirigía la oficina de Londres con una eficacia tan sobresaliente que a veces hasta Theo quedaba impresionado. Y también disponía de mucho poder. Supervisaba la buena marcha de las empresas internacionales, se encargaba de todas las operaciones caritativas de Theo y, con ayuda de la secretaria personal de éste, de organizar su agenda, un asunto de indudable complejidad. Sobre el papel, Mark era un candidato poco probable para ocupar aquel cargo; licenciado por Wykeha y genio de las matemáticas, era un tipo alto, cargado de espaldas y extremadamente delgado, con una nariz aguileña, manos enormes y huesudas, y unos ojos azules, muy pálidos, capaces de absorber el contenido de un informe empresarial, de un balance o de una pantalla de ordenador en mucho menos tiempo que el que emplearía una persona normal en anotar la fecha de la parte superior. Despachaba directamente con Theo en lugar de con George Harding, el director ejecutivo de Buchan International, quien se quejaba amargamente de que su trabajo se veía a menudo entorpecido por la necesidad de informar a Mark Protheroe de múltiples y absurdos detalles. Theo se sacaba de encima las quejas y replicaba que se trataba de sus negocios y de su sistema, y que si a George no le gustaba ya sabía lo que le quedaba por hacer, y que los informes de Mark servían sencillamente para recibir y transmitir informaciones que en ningún modo interferían con las decisiones que Harding tuviera que tomar. Eso no era estrictamente cierto y Theo y Harding lo sabían, pero en general el arreglo funcionaba, sobre todo gracias a la habilidad que tenía Mark de asimilar la información a una velocidad que a veces parecía casi instantánea y de decidir qué asuntos necesitaban la intervención urgente de Theo. Era una responsabilidad difícil; aunque en el noventa y cinco por ciento de los casos tenía razón. Theo lo había conocido en una convención empresarial a la que Mark asistía en tanto que profesor de economía de la Manchester Business School; al margen de poner a su disposición su avión particular y los apartamentos de la empresa en Nueva York y en Tokyo, le hizo una oferta que multiplicaba su salario por cuatro, y aun así se sorprendió de que Protheroe aceptara.

La voz de Mark, serena y pausada como de costumbre, le llegó por el auricular.

—Buenos días, Theo. No es más que una pequeña actualización. La bolsa de Londres se mantiene, la de Tokyo continúa ligeramente desestabilizada y Nueva York ha cerrado al alza.

—Fascinante —dijo Theo.

—Sí, en efecto. —Protheroe se ganaba el salario tanto por escuchar las respuestas quijotescas de Theo con impasible flema como por ejercitar cualquiera de sus otros talentos técnicos—. De momento sólo puedo anunciarte un par de cosas más: las acciones de Tokyo Electron siguen bajando, sólo tres puntos, pero ayer bajaron cuatro; y mucho me temo que lo de Tealing Mills se nos ha escapado.

—Pero por el amor de Dios, ¿cómo es posible? —dijo Theo frunciendo el entrecejo a través del humo del puro. Tealing Mills era una compañía maderera familiar con problemas muy serios; la había estado observando obsesivamente, convencido de poder comprarla y sanearla, y había dado instrucciones a Mark y a George Harding para que se precipitaran sobre ella en cuanto diera señales de flaqueza. Eran aquellas obsesiones, aquellas convicciones las que habían convertido a Theodore Buchan en un multimillonario.

—Al parecer... han vendido el veinte por ciento de las acciones —dijo Mark con un nerviosismo casi imperceptible—. Hace veinticuatro horas.

—¿Y cómo carajo se nos ha escapado?

—Parpadeamos —dijo Mark—. Fue así de rápido.

—Pues no te pago para que parpadees —dijo Theo enfurecido. Alargó la mano en busca del encendedor porque el puro se le había apagado. Dios, la jornada no era buena—. ¿Pero es que no puedo encargaros nada sin tener que estar yo pendiente? Ya sabías lo mucho que deseaba esa empresa. La madera está por las nubes. ¿Qué coño haces, Mark? ¿Y quién ha comprado la maldita empresa?

—Un particular. Basado en Nueva York. Estoy en contacto con la gente de Nueva York que lo representa. Volverán a llamarme.

—Un particular, ¡y una mierda! ¿Y no podemos comprar una parte mayor?

—De momento me parece difícil. Disponen del dinero suficiente para salir del mal paso.

—Francamente brillante. Así que hemos hecho los mentecatos.

—Bueno... pues sí. Si uno considera a esta empresa importante. Ni George ni yo lo creemos. Va haciendo, pero eso es todo. Tienes acciones en empresas madereras mucho más rentables que ésta.

—Sí, pero son empresas de las que no me puedo adueñar. Y ésta en cambio puedo transformarla en una bomba. Mejor dicho, habría podido. Síguele la pista, Mark. Llámame cuando Nueva York abra. Diles que se enteren de quién es el comprador. Y sigue intentando hacerte con más acciones. Alguien debe de estar ofreciéndolas.

—Sí, claro. Esto...

—¿Sí?

—¿No estarás en la iglesia?

—Llama al número del teléfono móvil. Brian lo atenderá.

—De acuerdo. Ah, y han llamado de Exmoor para averiguar si sigue en pie lo de tu visita del sábado.

—Pues claro que sigue en pie. Qué estupidez de pregunta.

—Sí, desde luego.

La Fundación Exmoor era una pequeña comunidad para incapacitados mentales que Theo había fundado y construido cerca de Exmoor; era uno de sus proyectos predilectos y le tenía un enorme y curioso cariño.

—De acuerdo, Mark. Hablaremos más tarde.

Colgó el teléfono con irritación y se sirvió otro café. Jesús, qué porquería. Llamó al servicio de habitaciones, se quejó del café, pidió que le subieran más, y cuando encendía de nuevo su puro entró Sasha. Estaba espléndida; un poco sonrojada, con aquel pelo rubio flotando como una nube sobre su cabeza y descalza. Sus inmensos ojos azules lo miraron con inocencia, aunque con una inquietud muy tenue. Leo la miró sin sonreír.

—¿Dónde carajo has estado? ¿Y dónde tienes los zapatos, por el amor de Dios?

—Los he dejado fuera, Theo. Están llenos de barro. He salido a dar un paseo.

—Sasha, ¿desde cuándo te gusta salir a dar paseos?

—Desde esta mañana —dijo Sasha—. Ha sido delicioso. He disfrutado mucho. Creo que voy a hacerlo con regularidad. —Lo dijo como si andar fuera algo inusual, como hacer submarinismo o alpinismo.

—Bueno, pues la próxima vez me dices adónde y cuándo te vas. Estaba preocupadísimo. Acércate.

Le tendió los brazos. Sasha se dirigió hacia él y le rodeó el cuello; primero besó su mejilla y luego sus labios, con mucha dulzura. Theo deslizó su mano en el interior de la gabardina y topó con un pecho desnudo.

—¡Señora Buchan! ¿Y esto?

—Un pecho, me parece.

—Sasha, la mayoría de la gente se viste para salir de paseo por el campo. Si quieres hacerlo con regularidad, será mejor que consigas un equipo adecuado. Levántate.

Sasha se levantó. Theo desató el cinturón de la gabardina, que se abrió; debajo iba completamente desnuda. A Theo se le entrecortó la respiración y la miró, desde el sofá, mientras notaba una punzada en la piel, los testículos que se le movían y la respiración que se le alteraba. Mierda, era soberbia.

—Eres soberbia —dijo sencillamente—. Quítate la gabardina.

Sasha se la quitó. Ahora le sonreía con dulzura, absolutamente tranquila en cuanto a su benevolencia, a su confianza. Se inclinó suavemente sobre él; pero Theo tendió una mano y la empujó para que volviera a la posición normal.

—Un momento, cariño. Todavía no estoy del todo chocho. ¿Te molestaría explicarme esta necesidad urgente de dar un paseo que te ha asaltado de buena mañana después de... cuántos, treinta y un años de remolonear por las mañanas? Bueno, quizá sean treinta; imagino que de pequeña debías despertarte pronto.

Sasha lo miró un poco menos serena. Tiritó ligeramente y fue a por su gabardina. Pero Theo le agarró un brazo para impedírselo.

—No, no te la pongas. Me gusta la ligera desventaja en la que estás, y además resulta muy agradable. Dímelo, Sasha, no voy a pegarte.

—Oh, Theo...

—No me vengas con monsergas. No me gusta que me mientan, ni que me manipulen.

—Theo, me gustaría vestirme.

—Pues yo preferiría que no lo hicieras. ¿Por qué has salido?

—Theo, por amor de Dios, ya te lo he dicho...

Se oyó un golpe en la puerta.

—Sí —gritó Theo.

—Soy yo —dijo Jamie, y entró.

—Caray, lo siento —dijo James—. Como me has dicho que subiera directamente...

—No te preocupes —dijo Theo expansivo—. Nos alegra mucho verte, ¿no es cierto, Sasha?

—Sí, claro —dijo Sasha con una sonrisa automática. Había vuelto a ponerse su gabardina—. ¿Cómo estás, James? Esto... ¿me perdonáis? Voy a tomarme un baño.

—Pues claro —dijo Theo—. Cierra la puerta, cariño, por favor. Vamos a mantener una conversación privada. Muy privada.

Sasha lo miró y sus ojos azules, de pronto, se llenaron de hostilidad. Theo se sorprendió; normalmente lo encajaba todo muy bien. Sasha se giró, entró en el cuarto de baño y cerró dando un portazo. Se oyó el agua del grifo, muy fuerte.

—Eres un cabrón —dijo James. Logró sonreír débilmente—. No puedes hablarle de esta forma a tu mujer.

—Al contrario. Sí puedo, y lo hago con frecuencia —dijo Theo sin perder la calma—. ¿Café, Jamie?

—Sí, por favor —dijo James. Se sentó y tomó la taza. Le temblaba la mano. Se la bebió de un trago y volvió a tendérsela a Theo para que le sirviera más.

—Tienes pinta de necesitar un coñac —dijo Theo—. ¿Quieres uno?

James movió la cabeza en sentido negativo.

—Pues claro que no.

—Mala suerte. Un día de éstos conseguiré que vuelvas a beber.

—Por supuesto que no lo conseguirás —dijo James con irritación—. Nunca.

—Bueno, bueno —dijo Theo mientras le llenaba de nuevo la taza—. ¿Qué pasa? ¿Por qué estás tan alterado?

—Es Rufus.

—¡Rufus! ¿Qué carajo ha hecho? Espero que nada malo con mi coche. No sabrás adónde han ido, ¿verdad?

—No, lo siento. —James lo miró, trató de sonreír y luego, repentinamente, hundió la cabeza en sus manos. Theo lo miró alarmado.

—Jamie, vamos. No puede ser tan grave.

—Lo es. Bastante —dijo James—. Rufus se ha enamorado. Dice que va a casarse. Susie me lo dijo anoche.

—¿Y?

—Pues que se ha enamorado... de una mujer de la que no debería haberse enamorado.

—Por el amor de Dios, Jamie, deja de hablar en clave —dijo Theo con cansancio—. ¿De quién se ha enamorado este pobre chico? ¿Y a ti qué más te da? Aparte del pequeño problema... aunque bueno, ahora no viene al caso.

—Pues quizá sí viene al caso —dijo James—. Porque se ha enamorado de Ottoline Mills.

—Joder —dijo Theo—, eso sí que es un palo.

CAPÍTULO 4

TILLY, SEIS DE LA MAÑANA

—Que te den morcilla —dijo Tilly educadamente mientras colgaba el teléfono con rabia para acallar al amaestrado robot que acababa de informarle que eran *six heures*. Trató de abrir los ojos, pero los notó ásperos e irritados y encima le dolía la cabeza.

«Mierda, mierda» dijo en voz alta, anoche no debería haber bebido tanto vino tinto ni ir a aquel maldito local con aquel imbécil. Siempre le producía el mismo efecto. A aquellas alturas ya debería haberlo sabido. Y además se notaría en su rostro, en su piel, tendría un aspecto lamentable, y sólo disponía de... ¿cuánto? de tres cuartos de hora, demasiado poco para salir a correr, aunque estaba la sauna del hotel... sí, porque aquello sería París, pero estaba metida en un rinconcito de América; por eso se había decidido por aquel hotel en lugar de por uno más románticamente francés —¿y de qué servía eso cuando una estaba trabajando?—. Rompiendo la posición fetal en la que le gustaba dormir, Tilly estiró sus largas piernas y se sentó en el borde de la cama con la cabeza entre las manos y sus largas uñas rojas hincadas en el corto pelo negro, tratando de sobreponerse al malestar que sentía.

«Vamos, Ottoline, —dijo—, date marcha.» Se alzó, combatiendo el mareo y las arcadas, se arrebujó en el denso albornoz blanco prestado por el hotel Intercontinental y recorrió cansinamente el trozo de pasillo que la separaba del ascensor.

La sala de gimnasia no sólo estaba abierta sino abarrotada. Un montón de americanos fatuos, delgados y bronceados y unos cuantos japoneses pugnaces andaban, corrían, subían peldaños y remaban; todas las máquinas estaban ocupadas.

72

Tilly echó una mirada circular, compuso la sonrisa entre invitante y desdeñosa que exhibía en las pasarelas de los desfiles de moda más prestigiosos del mundo y penetró en la sauna haciendo caso omiso de las pilas de toallas que encontró sembradas en su camino. Estaba vacía, gracias a Dios; se quitó el albornoz y, desnuda, se sentó sobre el banco de tablillas de madera sintiéndose tan agotada como si ya fuera de noche —ojalá, ojalá lo hubiera sido—; alzó las rodillas, se las abrazó y echó la cabeza hacia atrás para ofrecerse al calor seco y sofocante que la penetraría y se adueñaría de sus huesos doloridos y de su estómago revuelto. Unos pequeños regueros de sudor empezaron a formarse entre sus pechos, en la cintura y la frente; qué agradable, agradable y sedante... Y de pronto se dio cuenta de que podría con todo; con la larga y espantosa jornada que la esperaba, con el calor de la ciudad, con el sempiterno mal humor de los redactores de moda franceses, de los peluqueros, de los maquilladores y de aquel cabrón de McGrath, el fotógrafo. Dios, cuánto odiaba aquella calva, aquella cola de caballo y aquellos ojos espantosos, llameantes y maléficos; el Mal de Ojo en persona... seguro que hasta sabría echarlo. Tilly se percató de que sus pensamientos habían iniciado una deriva peligrosa y que si no lo impedía volvería a dormirse, así que se levantó y notó que el recinto se movía de forma desagradable. Cuando salió de la sauna respiró el aire repentinamente fresco y sin concederse una tregua saltó dentro de la piscina helada y sintió el choque del frío en su piel, en sus venas, en sus pulmones. Dios Santo, iba a desmayarse, a morir. Se agarró al raíl con los ojos cerrados y contó; cuenta hasta sesenta, Tilly, y luego podrás salir. Aunque ¿lograría permanecer ahí dentro, mortalmente aterida, durante tanto tiempo? Sí, podía, debía... cuarenta y nueve, cincuenta... cincuenta y cinco, casi, casi, cincuenta y nueve, sesenta. Gracias a Dios. Abrió los ojos y se dispuso a salir de la piscina. Recordó que había dejado el albornoz en la sauna cuando vio sonreír a un bastardo petulante —francés tenía que ser, con aquellos pantalones cortos grises— que la miraba desde la escalerilla, esperando a que saliera. Reparó en que sus pechos —con los pezones endurecidos por el frío— ya estaban fuera del agua y que forzosamente tendría que mostrar el resto de su cuerpo. Vale, de acuerdo, si le apetecía empezar el día haciendo de mirón y poniéndose cachondo, allá él. Empezó a trepar por la escalerilla anticipando con regocijo el momento en el que finalmente estaría frente a él; desde su alzada, unos cinco o diez centímetros más que él, lo miró primero a la cara y luego, paulatina y pausadamente, fue bajando la mirada hasta su entrepierna, pasó delante de él con paso felino y lento, fue a recoger su albornoz y se dirigió hacia el ascensor.

Cuando llegó a su dormitorio se sintió mucho mejor: cansada, pero con grandes probabilidades de sobrevivir. Se colocó frente al espejo del baño y se untó el cuerpo con crema Opium observándose desapasionadamente, como tan bien sabía hacer —en efecto, era una de las cualidades esenciales que diferenciaba a una buena modelo de una excelente, le había dicho una vez Felicity, su agente—; se fijó primero en aquella cabeza menuda colocada sobre un cuello largo y de porte majestuoso, en aquellos grandes ojos oscuros y rasgados, en aquellos labios esculpidos sobre un mentón breve y puntiagudo, en su cuerpo largo y esbelto, un metro ochenta y siete, con unos pechos que conseguían ser turgentes en aquel torso fantasmal, en aquellas caderas de estrechez impresionante, en el estómago plano, en las nalgas altas, prietas —ligeramente más oscuras que el resto de su cuerpo, tonalidad que una estúpida estilista de *Vogue* definió en su artículo como marrón manteca de cacao—, y luego en sus piernas, un metro quince de las caderas al suelo, unas piernas que los estilistas adoraban y aborrecían a la vez, puesto que había que confeccionarle pantalones especiales para las sesiones y añadirle remates falsos a las faldas, unas piernas que la propulsaban hacia adelante sin que pudiera observarse —según el comentario de otra periodista engreída— un contacto patente con el suelo. Se cepilló lo que le quedaba de pelo; estaba bien eso del corte de pelo, muy bien. Diez días después todavía seguía gustándole. Había sido una decisión adecuada; difícil, como el chapuzón en la piscina, pero adecuada. Nicky Clarke insistía para que se cortara el pelo desde hacía meses y ella se resistía y le decía que circulaban demasiadas chicas negras con el pelo corto. «No de la forma que te lo cortaré yo», decía él, y se pasó toda una tarde trabajando en torno a su cabeza, acariciándosela tierna y sensualmente con sus tijeras, con el fin de conseguir el corte exacto; una gorra perfectamente esculpida con un brochazo algo más largo sobre la nuca. Un chico listo, Nicky; muy listo.

Se puso un par de polainas y una camiseta holgada y oyó su estómago ronronear de forma escandalosa; tenía que comer algo porque de lo contrario aquel ruido no cesaría en todo el día. Compraría una barrita de pan camino del estudio y se la comería en el taxi. A lo mejor le daban ganas de devolver, pero valía la pena probarlo.

Metida en un taxi, camino del estudio de Mick McGrath, situado en el Marais, e indiferente a los dorados esplendores de la madrugada parisiense, mascó la *baguette* y se recuperó poco a poco sin dejar de observar a la gente auténtica —auténtica en comparación con las criaturas de fantasía como ella; como Susie Verge, la redactora de moda de *Sept Jours*, con quien trabajaría aquel día; como Laurent, el maquillador; como McGrath— y se sintió sinceramente avergonzada de percibir su jornada con hastío anticipado. Lo que ella hacía, lo que todos ellos hacían, era, según la memorable definición de Noël Coward, mucho mejor que trabajar; y como también dijo un día su madre, aunque menos memorablemente: «Ottoline, tú no tienes ni idea de lo que significa la palabra trabajar.»

Su madre, en cambio, sí sabía lo que significaba trabajar; significaba coser ocho o nueve horas al día en un miserable taller de Brixton hilvanando lentejuelas, perlas y adornos de pacotilla sobre los corpiños de los vestidos de noche que seguían vendiéndose en los mercadillos callejeros. Significaba coser con dolor de cabeza y de ojos y tener que sobrellevar durante años y años la constante ansiedad suscitada por su hija; primero cuando estaba con la nodriza —correcta, pero sin más, demasiados niños e instalaciones inadecuadas—, luego cuando iba a la escuela —pobre, ni siquiera correcta, demasiados niños e instalaciones prácticamente inexistentes—, y más tarde, cuando se pasaba el día pendoneando con sus amigos en McDonald o en Burger King y lograba que un batido y un cigarrillo le duraran todo el día. Su madre se había pasado la vida insistiendo y repitiéndole machaconamente que sin el bachillerato elemental no conseguiría nada en la vida. «Tilly, sin cualificaciones no llegarás a ninguna parte. Cuando conseguí el bachillerato mi vida cambió.» Y Tilly contemplaba el rostro fatigado y pálido de su madre, y como la quería demasiado y no deseaba lastimarla, no tenía el coraje de decirle que decía bobadas, que su diploma no le había servido para llegar a ninguna parte. Y, claro está, Tilly había llegado muy lejos en todos los sentidos: había viajado por todo el mundo en compañía de los fotógrafos y editores de publicaciones de modas más famosos, había aparecido en portada de las revistas más selectas y a los dieciocho años había firmado un contrato multimillonario con una importante firma de pantalones vaqueros para promocionar su nuevo perfume; era la estrella de las pasarelas en Londres, París, Milán y Nueva York. Sus ingresos anuales ascendían a cientos de miles de dólares. Era la dueña de un Ferrari —que apenas conducía—, de un gran piso en Kensington —al que nunca iba—, de un gran armario lleno de trajes de diseño —que casi nunca se ponía—; era admirada, mimada, se citaban sus palabras y se la requería con anhelo. Y todo ello a pesar de haber suspendido sistemáticamente todas las asignaturas hasta séptimo de básica y de aceptarlo públicamente, con gran desespero de los padres de niñas adolescentes. Felicity Livesey, de Models Plus, la vio un día sentada en Ken Market, con sus largas piernas estiradas, compartiendo un batido de fresa con su amiga Mo mientras veían desfilar el mundo ante sus ojos.

—¿Podría hablar contigo?

—¿Perdone? —dijo Tilly—. ¿Qué he hecho mal ahora?

A los catorce años siempre estaba a la espera de problemas, y a menudo se los encontraba. La mujer que la miraba atentamente era joven, debía de tener unos veinticinco años, y no vestía demasiado acorde con su edad. La gente debería aceptar sus años, pensó Tilly mientras lamía con deleite la cañita.

—Oh, nada —se apresuró a decir la mujer—, excepto que tu aspecto me resulta bastante interesante.

—¡Anda ya! —contestó Tilly—. ¿Intenta ligar o qué? Mire, señora, no me interesa.

—No estoy ligando —dijo la mujer, imperturbable—. Bueno, no en el sentido en que tú imaginas. Soy de Models Plus. Pensé que quizá te interesaría venir a vernos.

—Sí, cómo no —dijo Tilly—, y yo me llamo Cindy Crawford. Oiga, no quiero parecerle maleducada, pero tengo mucho que hacer.

—De acuerdo —dijo la mujer encogiéndose de hombros—. No hay problema. Pero toma mi tarjeta. Háblalo con tu madre. Y si estás interesada ven a verme, preferiblemente con ella. No le contaré que te he conocido haciendo novillos —añadió con un brillo de picardía en los ojos antes de seguir en dirección a Kensington High Street.

—¡Vaya jeta! —dijo Mo.

—¡Depravada! —dijo Tilly.

—Veamos la tarjeta.

La miraron. Felicity Livesey, decía. Directora. Models Plus. 748 Old Brompton Road. 071-467-0873.

—¡Oye! —dijo Mo—. Oye Tilly, ¿crees que...?

—Nooo —dijo Tilly con la voz muy firme—. Es falsa. Ésa es tortillera, te lo digo yo.

—Ya, igual sí. Aunque... bueno, podrías llamar.

—Mo, por el amor de Dios, ese truco es más viejo que ir a pie. No voy a hacerlo ni loca. ¿Te queda algo de pasta? Me apetece un pitillo.

—Hola —dijo alarmada al advertir que sólo le quedaban dos unidades en la tarjeta telefónica—. ¿Está Felicity Livesey, por favor?

—Voy a ver. ¿De parte de quién?

—Oh, no me conocerá. Dígale que soy la chica negra que habló ayer con ella en Ken Market, frente a la joyería.

—Espere un momento, por favor...

A la mierda con esa tía presuntuosa, pensó Tilly. Vio cómo las dos unidades se disolvían en una y escuchó las voces del otro lado de la línea. Tuvo que admitir que no parecía una cosa preparada de antemano. Vamos, zorra, muévete...

—¿Óigame? ¿Le importa volver a llamar dentro de media hora? La señorita Livesey está en plena entrevista en este momento.

—Ah, ya, vale —dijo Tilly, y colgó el teléfono. Cabrona. La tarjeta estaba fundida y no tenía dinero. ¿Qué podía hacer? ¿Llamar a cobro revertido? No, no aceptarían nunca una llamada suya. Mierda. Pues tendría que ser Ron. Hacía tiempo que no iba a darle la lata. Bueno, un par de días. Pero tendría que ser a la hora del almuerzo, para que pensara que de veras estaba en la escuela —se acercaría a casa y se pondría el uniforme—, o sea que iba a ser imposible volver a llamar al cabo de media hora. Bueno, si la Felicity esa era una persona legal no le importaría esperar un poco. Tenía cosas más importantes que hacer que andar tras ella.

—¿Qué tal, Ron?

—Muy bien, gracias, cariño. ¿Y tú? Habrás ido a la escuela esta mañana, ¿no?

—Ron, pues claro que he ido. ¿Por quién me tomas? Te diré incluso lo que hemos hecho. Biología; el sistema digestivo de las ratas, un asco. Primero hay que...

—Vale, vale, chica, con eso ya basta. ¿Y por qué no estás allí ahora?

—Porque es la hora del almuerzo. He salido a darme un garbeo.

—O a fumarte un pitillo, mejor dicho —dijo Ron con sorna.

—¡Ron! ¿Cómo iba a hacer eso? ¿Una chica tan bien educada como yo?

—Sí, bien educada, aunque algo debió torcerse en el camino.

Le lanzó una mueca por encima del mostrador de su caseta y de las hileras de hortalizas ordenadas con pulcritud militar; de las blancas y vistosas coliflores, de los pimientos relucientes y de los tomates deslumbrantes colocados para tentar a los clientes, a quienes luego entregaba productos ligeramente menos vistosos, menos relucientes, menos deslumbrantes que almacenaba debajo del mostrador.

—¿Cómo está tu madre? ¿Todavía está resfriada? Ten, ¿te apetece una manzana? —Le tendió una reineta enorme; Tilly no las soportaba, pero le hincó el diente sin rechistar para no ofenderlo.

—Sí, está mejor. Aunque sigue cansada.

—Pues claro que está cansada. Trabaja demasiado. Oye, cariño, vigílame el puesto un segundo, ¿quieres? Necesito ir a echar una meadita.

Tilly se agachó para pasar debajo del mostrador y observó el mercado desde su nueva posición; desde allí parecía muy diferente. Le encantaba; había suplicado a Ron que le diera un trabajito regular los sábados, pero él le había respondido que no podía permitírselo y que no iba a explotarla y hacerla trabajar por nada, así que de vez en cuando iba un rato a ayudarlo, al mediodía, cuando Ron tenía más trabajo, y se ganaba un par de libras. «Bueno, Tilly, no te lo vayas a gastar en pitillos, ¿me oyes?» «Pues claro que no, Ron, ¿quién crees que soy?»

Ron regresó a los pocos minutos y le dedicó una de sus sonrisas de macaco. Medía al menos veinte centímetros menos que ella.

—Vale, cariño. Gracias. Lo necesitaba. ¿Todo bien?

—Todo bien. Pero ahora tengo que regresar a la escuela. Ron, te importaría... podrías...

—¿Prestarte una libra? Tilly, este mes ya te he prestado cinco. Voy a tener que ponerte en la lista de acreedores. Pero ¿en qué te las gastas?

—Me compro bocatas. Es que la comida de la escuela es asquerosa. Y siempre me quedo con hambre. Por favor, Ron, te las devolveré.

—Sí, cuando las ranas críen pelos. Bueno... vale. Pero es la última vez en mucho tiempo. ¿De acuerdo?

—Vale, gracias, Ron.

Se guardó la moneda en el bolsillo de su chaqueta, que le iba al menos tres tallas pequeña; los puños casi no le llegaban a las muñecas y los faldones casi no le cubrían la cintura.

—El domingo pásate con tu madre, ¿vale? Os prepararé rollos de primavera.

—Estupendo —dijo Tilly. Aborrecía los rollos de Ron, grasientos, repugnantes, pero aquella vez no tendría más remedio que comérselos; estaba en deuda con él.

—Hola, vuelvo a ser Tilly Mills. ¿Está Felicity Livesey?

—Venga mamona, pásamela.

—No, lo siento, pero Felicity me ha pedido que le diga que se pase cuando quiera con su madre.

—Bueno... no sé. ¿Cuándo?

Imaginó a la chica encogiéndose de hombros.

—Da igual.

—¿Mañana por la mañana?

—Sí, claro.

—Vale. Gracias.

Tilly deambuló un buen rato por Old Brompton Road antes de armarse de valor y cruzar el portal con el rótulo de Models Plus. Había estado horas arreglándose; se había lavado y secado el pelo —Dios, ya volvía a necesitar que se lo estiraran—, había planchado su única falda y la blusa que su madre le había traído del taller, se había maquillado con mucho esmero y se había pegado las falsas pestañas. Iba convencida de que el número 748 sería un edificio impresionante, algo así como un estudio de cine; de hecho se trataba de un portal insignificante junto a una tienda de golosinas. Un cartelito le indicó que el despacho estaba en el segundo piso; subió ligeramente mareada y todavía convencida de que todo aquello no era más que una fenomenal broma de mal gusto.

Pero no lo era. Penetró en una vasta habitación llena de gente. Junto a la puerta vio a una chica sentada ante una centralita de teléfonos; detrás de ella, sentados alrededor de una gran mesa redonda, había cuatro chicas más y dos hombres, todos ellos frente a un teléfono y un Rolladex; más allá había un par de sofás con al menos tres chicas sentadas en cada uno de ellos y un par de chicos encaramados sobre los brazos, todos ellos en animada conversación; y al final un gran escritorio, el único, de espaldas a la ventana. Estaba vacío.

Tilly miró algo desazonada a la chica de la centralita, que respondió a su mirada con ojos inquisitivos y algo hostiles.

—Hola —dijo Tilly—. He venido a ver a...

—Lo siento —respondió la chica—, pero de momento no

vemos a nadie. Tenemos los *books* a tope. ¿Tienes alguna foto? Puedes dejármela.

—No, no tengo ninguna foto —dijo Tilly tratando de reprimir su impaciencia—, y estoy aquí porque vosotros me lo pedisteis.

—¿Cómo te llamas? —preguntó la chica con obvio desinterés.

—Tilly. Tilly Mills.

La chica miró su agenda y sacudió la cabeza.

—Lo siento. Debe haber un malentendido.

—Mira —dijo Tilly—, no hay ningún malentendido y os llamé ayer. Felicity Livesey me pidió que viniera a verla.

—Oh —dijo la chica mostrándose algo más interesada—. Bueno, me informaré. De todas formas, ahora no está. Si quieres puedes sentarte ahí.

—Prefiero quedarme de pie, gracias —dijo Tilly. Aquella mamona no iba a decirle lo que tenía que hacer. La vio enarcar ligeramente las cejas y mirar en dirección a la mesa redonda; una chica se levantó y se acercó a Tilly.

—Hola —le dijo—, ¿quieres ser modelo? De momento no aceptamos a nadie más pero si quieres puedes dejarnos tus fotos y ya nos pondremos en contacto contigo si...

—Mira —dijo Tilly—, en realidad no quiero ser modelo, pero Felicity Livesey me dijo que viniera a verla. Si no está aquí y no cogéis a nadie más, no pasa nada, pero yo me largo.

—Como quieras —dijo la chica sonriéndole con cierta condescendencia—, tú misma. Pero sería mejor que dejaras algunas fotos. Nunca se sabe...

—Sí sé, gracias —dijo Tilly, e impulsada por el desengaño y el despecho se dirigió, muy tiesa, hacia la puerta. Estaba a punto de salir cuando se abrió la puerta y entró Felicity.

—Hola —dijo—. Me alegra verte. ¿Cómo estás? ¿Dónde está tu madre?

—Trabajando —dijo Tilly con rotundidad. Era la verdad.

—¿No vas a la escuela hoy?

—No. Hoy tenemos la tarde libre. Para... trabajos prácticos.

—Ah, ya veo —dijo Felicity con una sonrisa cómplice—. Bueno, mira, tengo que hacer un par de llamadas y luego estoy por ti. Mary Anne, ¿te molesta hacernos dos cafés? Uno es para esta señorita; ¿te importa esperar ahí? —añadió indicando uno de los sofás. Mary Anne tuvo la benevolencia de mostrarse levemente ofuscada.

Tilly se sentó, miró a su alrededor y simuló estar muy relajada. Aunque en realidad se sentía fatal; con aquella faldita y aquella blusa tan como Dios manda tenía la impresión de estar desnuda y los demás vestidos, como si hablaran un lenguaje que ella no entendía. La chica que tenía sentada a su lado, una rubia frágil y de tez lechosa vestida con pantalones del ejército y botas militares, comentaba a uno de los chicos:

—Me he pasado toda la mañana en Petty France; los muy cerdos no van a entregarme el pasaporte hasta mañana y tengo que irme esta noche o me quedaré sin contrato.

—Son unos soplapollas —dijo el chico con gran convicción mientras se reanudaba la cola de caballo—. Yo perdí el mío el año pasado, tendrías que haber visto el follón que se armó. ¿Tienes chicle?

—Sí, claro. —Ofreció una tira de goma de mascar al chico y luego otra a Tilly, que la aceptó con agradecimiento.

—Gracias.

—¿Eres nueva?

—Sí. Bueno, quizá.

—Tienes un *look* estupendo —dijo el chico sonriéndole. Tenía los ojos muy azules y las pestañas muy largas. Tilly se sonrojó.

—Gracias.

La chica de la mesa redonda, la que le había dicho que se fuera, se acercó a ella con expresión azorada.

—Soy Jackie. ¿Te importan un par de Polaroids?

—¿Un par de qué? —dijo Tilly.

—De Polaroids. De fotografías.

—Mira, ya te lo he dicho. No tengo fotos —dijo Tilly irritada—. Estoy esperando para entrevistarme con Felicity.

—Eso ya lo sé —le espetó Jackie manifestando una paciencia inconmensurable y malhumorada—. Voy a tomar unas fotos con esta máquina. ¿La ves? —La agitó en el aire.

—Eres una bruta, Jack —dijo el chico de los ojos azules—. ¿No te das cuenta de que está asustada? No te preocupes —dijo dirigiéndose a Tilly—, no duele.

—Oh... vale —dijo Tilly con fingida parsimonia.

Jackie se la llevó al descansillo, le dijo que mirara a la máquina y tomó una foto de cuerpo entero y un primer plano. Luego regresó a la habitación sin pronunciar una palabra. Tilly la siguió algo insegura. Le habría gustado ver las fotos, pero no se atrevió a pedirlo.

Felicity le hizo una seña desde su despacho.

—Acércate. Siéntate y tómate el café. ¿O no te gusta? Lo siento, debería habértelo preguntado antes.

—¿Cómo? Ah, sí, gracias —dijo Tilly. Miró las fotografías que Felicity tenía en sus manos.

—Bien —dijo Felicity disponiéndose a rellenar un formulario—. ¿Cómo te llamas?

—Tilly. Tilly Mills.

—¿Tilly, sin más? ¿Cuál es tu nombre de pila?

—Ottoline —contestó Tilly azorada.

—Ottoline. Es un nombre fabuloso. Me encanta.

—Es un nombre imposible. Un disparate.

—No. Es fabuloso. ¿Cuántos años tienes... Ottoline?

—Catorce —dijo Tilly.

—Ajá. ¿Dirección?

—Calle Gareth número 16, Brixton.

—Vale. ¿Y cuánto mides?

—Un metro ochenta —dijo Tilly.

—¿Y sigues creciendo?

—Sí, me parece que sí.

—Levántate —dijo Felicity— y gírate muy lentamente. Mmmn. Sí, sí, perfecto. Déjame ver tus manos. Ah, bonitas manos; no es habitual en las chicas de tu edad, ¿sabes? Se nota que te las cuidas. Lo que me preocupa un poco es esa cicatriz que tienes en la mejilla. ¿Cómo te la hiciste?

—Me caí del columpio —dijo Tilly.

—Bueno, quizá carezca de importancia. —Se reclinó en su asiento—. Vuelve a sentarte, Tilly. ¿Has pensado alguna vez en hacer de modelo?

—No, la verdad es que no —dijo Tilly.

—Pues deberías. Pero necesito hablar con tus padres. ¿Cuándo podrían venir?

—No tengo padre —dijo Tilly—, y mi madre trabaja siempre. No podrá venir.

—¿Ni un sábado?

—Bueno, quizá; tendré que pedírselo.

—Pues claro. Porque el problema es que yo no puedo seguir adelante sin su consentimiento. Imagino que alguna vez irás a la escuela, ¿no? O que se supone que vas alguna vez —le preguntó con una mueca.

—Sí, pues claro que sí. Estoy a punto de conseguir el bachillerato elemental.

—Bien, porque no nos gusta apartar a las chicas de sus estudios. Hasta los dieciséis años, no trabajarías más que en horarios no escolares o durante las vacaciones.

—¿Y realmente cree que podría hacerlo? —dijo Tilly. De pronto se sintió mareada, como si la habitación oscilara muy lentamente; alargó la mano para agarrarse al escritorio de Felicity.

—Bueno, Tilly, eso todavía no lo sé. Nunca prometo nada.

Éste es un negocio muy caprichoso, las modas cambian constantemente. Lo único que puedo decirte es que, de momento,
me parece que podrías hacerlo perfectamente. Y estas instan-
táneas demuestran que eres fotogénica. Pero cabe la posibilidad de que te sientas incómoda ante una cámara o de que no
te guste la profesión —y eso acaba notándose—; es posible que
no encajes. Y el trabajo es duro, Tilly, es mejor que lo sepas.
No es un camino llano ni fácil. Pero todo esto se lo contaré a
tu madre. Intenta convencerla para que venga el próximo sábado a charlar un rato conmigo. Me gustaría mucho conocerla.

—Sí, vale —dijo Tilly tratando de parecer tranquila—. Sí,
lo intentaré. Aunque no le prometo nada. Gracias —añadió
mientras se ponía en pie.

Cuando estuvo de nuevo en el exterior tuvo que reprimir la
inmensa tentación de bajar la calle haciendo la rueda.

A su madre ni siquiera le gustó tener que ir a ver a Felicity
Livesey.

—No saldrá nada bueno de todo esto, Tilly, y es un mundo
terrible. No me gustaría que te metieras en eso.

—Oh, mamá —dijo Tilly—, no empieces con lo del sexo, las
drogas y el rock'n'roll. Es una tía legal. Me ha gustado. Y a ti
también te gustará.

—No me gustará —dijo Rosemary Mills con firmeza—.
Mira que llenarte la cabeza con todas esas bobadas... Es una
inmoralidad.

—Mamá, no es inmoral. Ni siquiera ha dejado que me hicieran las fotos de prueba sin haber hablado antes contigo.
—Era cierto; Tilly había tratado de esquivar el problema adu-
ciendo que su madre se iba de viaje.

—¿Qué son las fotos de prueba?

—Pues las fotos que te hacen para ver si sirves. Luego hay
que confeccionar el *book* y la ficha de modelo —dijo Tilly. Le
encantaba utilizar aquella jerga con tanta desenvoltura.

—Pero Tilly, esas fotos deben de ser muy caras, y no podré
pagarlas.

—No tienes que hacerlo. La agencia se encarga de todo. Me
lo descontarán más adelante.

—Veo que has estado hablando largo y tendido con ellos
—dijo Rosemary vencida.

—Mamá, estoy diciéndote la verdad. Es una buena persona. Muy respetuosa. Te juro que te gustará. Y si lo consigo
ganaré montones de dinero, podremos comprarnos una casa

bonita en algún lugar de la zona oeste y tu podrás dejar esa porquería de trabajo.

—Oh, Tilly —dijo Rosemary con un profundo suspiro—. No empieces a soñar despierta antes de hora. Porque te llevarás muchos desengaños. ¿Cuándo... cuándo podemos ir a ver a esa mujer?

—El sábado —dijo Tilly intuyendo su victoria—. Dijo que iría a la hora que fuera. Podríamos pasar por ahí justo antes de la hora del té y luego vamos a ver al tío Ron, que nos ha invitado a rollos de primavera. Me lo dijo el otro día y olvidé decírtelo.

—Oh... bueno, supongo que no perdemos nada por ir a hablar con ella —dijo Rosemary.

—¡Oh, mamá, gracias! —Tilly se abrazó con fuerza al cuello de su madre—. Eres tope, mamá. Oye, ¿te apetece un té o algo?

—Sí, por favor. Queda un poco de manzanilla en el tarro.

Tilly suspiró; a su madre le arrebataba todo lo relacionado con las hierbas. Era una resaca de su juventud, allá por los años setenta. Tilly no soportaba ni el olor de aquellos brebajes, le provocaba náuseas. Pero estaba tan feliz que habría salido a cultivar las malditas hierbas ella misma. Se fue a la cocina cantando y preparó la infusión.

—No te arrepentirás, mamá. Te lo prometo. Cambiaré nuestras vidas.

Rosemary tomó la taza y le sonrió con un poco de ansiedad.

—Tilly, por favor, no te hagas muchas ilusiones, porque esto parece un cuento de hadas.

Tilly vio a su madre sentada en el viejo y desvencijado sofá y observó su rostro fatigado y macilento, su pelo rubio pajizo largo y ondulado, sus manos todavía hermosas, su figura extrañamente grácil con aquella falda larga y acampanada, y se dio cuenta de lo mucho que la quería. No estaba muy bien visto eso de querer a su madre; la mayoría de sus amigas odiaban a las suyas y no se hablaban con ellas prácticamente más que para discutir o pedirles dinero. Pero Tilly y su madre eran diferentes; habían tenido que bregar las dos contra el resto del mundo para conseguir hacerse su rinconcito sin ayuda de nadie, sin un padre que se interpusiera entre ellas dos ni hermanos ni hermanas que reclamaran su atención. Y como le sucedía siempre en ocasiones como aquélla, en momentos importantes de su vida, Tilly pensó en ella, en la otra, en la que habría debido estar allí con ellas. ¿Habría participado también en esa aventura? ¿Habría querido Felicity verla también a ella?

Quizá. Si hubiera sido idéntica a Tilly, si el parecido entre las dos hubiera sido tan flagrante como el que existía entre Gary y Garth Redburn, cuya similitud era tan desconcertante que los profesores nunca acertaban a descubrir quién de ellos estaba en clase y quién no, quién estaba peleando y quién estaba haciendo novillos y, por lo tanto, eran incapaces de saber a quién de ellos había que castigar.

Bien, no servía de nada fantasear. Por culpa de aquel cabrón no estaba, no existía, no había existido nunca, probablemente ni siquiera unos segundos, y era inútil darle más vueltas. Cabrón. Un día, pensó Tilly dejándose llevar por aquella abstracción recurrente y ultrajante que casi era un ensueño, iré a por él. Y contrariamente a su madre, tan bondadosa, tan traumatizada, tan intimidada, que no había sabido hacerlo, iría a por él, lo pondría entre la espada y la pared, contaría públicamente lo sucedido y se cercioraría de que pagara por ello.

Sus pensamientos debieron ser muy obvios porque de pronto Rosemary le dijo muy suavemente:

—Tilly, sé en qué estás pensando. No lo hagas. A veces creo que habría sido mejor no decírtelo.

—Pues yo te agradezco que me lo contaras —dijo Tilly volviendo a la realidad—. Seguiría con la impresión de que me falta una parte de mí misma sin saber por qué. ¿Más manzanilla, mamá?

Y lo demás ya era historia: la historia del éxito casi fulgurante de una colegiala demasiado alta, desgarbada y rebelde convertida a la edad de quince años en una estrella, en una supermodelo perseguida por toda la élite de la moda; por los fotógrafos, los redactores y los directores de imagen que se pelearon por trabajar con ella desde el mismo momento en que Felicity la lanzó, primero en Londres, y luego en París y en Nueva York. Aparecieron centenares de entrevistas y de artículos aduladores y la imagen de su rostro invadió las pantallas de televisión, las vallas, los autobuses. Se hizo famosa con el nombre de Ottoline; bruscamente famosa gracias a su intensa y desgalichada sensualidad, que salió reproducida en las páginas de las revistas del mundo entero, y a su palmito aéreo y majestuoso que paseaba sobre las mejores pasarelas. La fotografiaban en los aeropuertos cuando llegaba para presentar las colecciones, en los actos de beneficencia a los que asistía y, al cabo de muy poco, de poquísimo tiempo, su nombre también empezó a salir en los artículos de chismorreo, porque como cualquier criatura famosa por su belleza era requerida para adornar todo tipo de acontecimientos sociales; fiestas, estrenos, inauguraciones. Reinó sobre la última parte de los ochenta como un icono de su época, delicadamente anfractuosa, angulosa, espectacular, adinerada, impresionantemente sexy; tuvo aventuras sentimentales sonadas con las relucientes superestrellas de los ochenta, con fotógrafos, con músicos de rock y con diseñadores, y se adaptó a todo aquello con una naturalidad y una fruición pasmosas porque disfrutaba enormemente con su trabajo.

Al llegar la década a su doloroso final y al iniciarse la frugalidad de los noventa, Tilly ya lo había conseguido todo: era rica, famosa y seguían solicitándola desde todas partes. Había adquirido para su madre no la casa en un barrio elegante del oeste de Londres, que Rosemary en ningún caso deseaba, sino un chalecito encantador en Peckham Rye, desde donde gestionaba su negocio de aromatoterapia. Había sido idea de Tilly; en el transcurso de una sesión de fotos de una firma de cosméticos para *Vogue* se enteró de que el maquillador estaba estudiando aromatoterapia.

—Te encantaría, mamá, es exactamente lo que tú dominas; nada más que hierbas y Dios sabe qué otras cosas más. Te he traído un folleto; deberías hacer un cursillo y montar un negocio.

—No digas majaderías, Tilly, ¿cómo voy a hacer un cursillo a mi edad? Y, además, ¿quién iba a pagármelo?

—Lo pagaría yo —dijo Tilly despreocupadamente feliz al poder mostrarse generosa—. No son más que unos cientos de libras y podrías hacerlo desde casa; sería estupendo.

Y Rosemary amonestó a su hija por decir que «no eran más que unos cientos de libras», la advirtió de la inconstancia de la rueda de la fortuna, le aconsejó que no levantara castillos en el aire y luego se sentó a leer el folleto; a última hora de la tarde, sonriendo, comunicó a su hija que le parecía muy interesante y que lo pensaría.

—Dios santo, mamá, a este ritmo estarás criando malvas antes de haber hecho algo —dijo Tilly con impaciencia, y decidió tomar las riendas del asunto. Al poco tiempo Rosemary ya estaba estudiando aromatoterapia y disfrutando enormemente, tal como había intuido su hija.

Tilly vivió un tiempo en Peckham con su madre, pero cuando cumplió dieciocho años se mudó a Kensington.

—De lo contrario nos enfadaremos, y tú vas a sufrir y yo a sentirme mal, y eso es lo último que deseamos, ¿no es cierto? Estaré contigo a menudo, pero no siempre. ¿Te parece bien?

—Sí, Tilly —dijo Rosemary.

Llegó al estudio a las siete. Mick McGrath, con un aspecto todavía más desaliñado que de costumbre y apestando a ajo, estaba tomándose un café y leyendo el *Times* de Londres.

—Hola, nena.

—Hola, Mick —dijo Tilly amistosamente.

—Un día excelente. Muy buena luz. Les he dicho a esa pandilla de golfos que se den prisa y que te preparen lo antes posible. Quiero tenerte vestida de novia en la Place des Vosges como máximo a las ocho.

—Vale, vale —dijo Tilly hurgando en su bolso en busca de sus Gauloises—. Pero no me eches la bronca si no estoy lista. Ya sabes cómo es Laurent; al principio es muy lento y a medida que va calentándose todavía lo es más.

—Oye, ésa es buena —dijo McGrath sonriéndole—. Me ha gustado. Con la edad, estás volviéndote ingeniosa, Til. Bueno, ya lo achucharé. Ah, y tienes que llamar a tu agencia cuanto antes. Felicity está esperando tu llamada. Y que sea breve, por el amor de Dios. ¿Café?

—Pues claro. Solo.

Llamó a la agencia. Le respondió la voz serena de Felicity.

—Tilly, hola.

—Hola, Felicity.

—Ya sé que tengo que ir rápido. Mick me ha informado de ello con sus encantadores e inimitables modales. Pero es importante. Tilly, he recibido una llamada de Meg Rosenthal.

—¿Ah, sí? —dijo Tilly. Seguía buscando sus pitillos pero no los encontraba; se le cayó el bolso y todo lo que contenía se desparramó en el suelo—. Mierda.

—No preveía esa reacción.

—Perdona. Es que se me ha caído todo el maquillaje, incluidos esos polvos maravillosos que me regaló.

—¿Quién, Meg? ¿Has probado el *fond de teint*? Hay que reconocer que es fantástico. Y los colores...

Rosenthal era la última palabra en cosméticos: más *haute couture* que Lauder, más deslumbrantemente modernos que Saint-Laurent, más caros que Chanel. Nueve meses después de un lanzamiento simultáneo en Inglaterra, América, Francia e Italia, las ventas estaban por las nubes y las mujeres ricas de todo el mundo habían llenado sus tocadores y sus maletines de maquillaje con sus productos.

—Sí, son estupendos. Me encantan.

—Pues quieren que vayas, Tilly.

—¿Te refieres a que... de verdad me quieren a mí?

—Te quieren a ti. Un contrato de dos millones de dólares, y eso no es más que el principio.

—Mierda —repitió Tilly de nuevo. El despachito de Mick empezó a girar. No era sólo el dinero, ni la fama; lo importante era que una de las firmas de cosméticos más en boga decidiera arriesgarlo todo con ella. Una chica negra. Ni Christy, ni Cindy, ni Linda, ni la clásica blanca despampanante, sino ella. Sabía lo que significaba y era literalmente embriagador. Significaba que la consideraban dos veces más guapa, dos veces más inspiradora, dos veces más deseable que todas ellas; sencillamente por ser negra. Así de sencillo. Para que una chica negra vendiera productos de belleza a las mujeres blancas adineradas tenía que ser doblemente de todo. O más. O sea que la conceptuaban no en tanto que negra, o blanca, o lo que fuera, sino en tanto que belleza absoluta y arrebatadoramente perfecta. Sin la menor duda. Ésa era la única explicación, porque no podía tratarse de una jugada arriesgada, ni de un gesto político o de una justificación. A esos tipos sólo los guiaba una cosa y en cualquier caso tenía poco que ver con las justificaciones. Salvo, claro está, las financieras.

—Mierda —dijo por tercera vez, y luego añadió—: Y eso ¿en qué se traduce?

—Lo más importante, al margen del dinero, es que tendrás que mudarte a Nueva York casi de inmediato...

—¿Por qué? —preguntó Tilly.

—Porque tienen prisa. Quieren anunciarlo, promocionarte, empezar a pasearte por todas partes... Necesitan que vayas, Tilly, de veras. Es un asunto muy importante.

—Ya —dijo Tilly. Trató de asimilarlo, de entender lo que aquello significaría para ella hoy, mañana, el año siguiente. Pertenecer a una entidad, eso era lo que significaba; transformarse en su propiedad y aceptar que cada uno de sus movimientos estuviera previsto, analizado y decretado por aquella entidad. Lo que peor soportaba, lo que más odiaba. Por otra parte también estaba implicado lo que Tilly llamaba el factor «dar por el saco». La convertiría en una fuerza muy poderosa, es más, poderosísima, lo que significaba...

—Oh Dios, Felicity —dijo—, Felicity, no sé qué decirte. ¿Qué te?...

—¡Joder, Tilly, te he dicho que te dieras prisa! Cuelga ya de una vez. —Los ojos negros de Mick McGrath brillaban peligrosamente.

—Felicity, tengo que dejarte. Lo siento. Y tengo que pensar. Te... te llamaré esta noche con una respuesta, te lo prometo.

—Vale, me parece justo. Voy a llamarlos. Adiós, Tilly.

—Adiós, Felicity.

Tilly colgó el teléfono, permaneció inmóvil durante unos segundos para tratar de asimilar lo que acababa de oír y lo que sentía, y luego se sacudió casi visiblemente para volver al presente. Pensaría en ello más tarde, quizá aquella noche; ahora no. Una de las razones de su éxito y de estar tan solicitada era que se entregaba totalmente al trabajo que tuviera que efectuar, se tratara de un contrato de un millón de dólares o de una sesión sin importancia. Se fue al vestidor, donde encontró a un ser bajito y pálido con unas greñas oscuras, una camiseta negra, tejanos negros y playeras negras que jugueteaba con una cola de caballo postiza muy larga.

—Hola, Laurent.

—Hola, Tilly. —La miró y dejó caer el postizo—. ¿Quién te ha hecho ese corte? Es horrible.

—Gracias, Laurent. Se lo diré a Nicky.

—¿Y quién es Nicky?

—Laurent, sabes perfectamente quién es Nicky. Nicky Clarke. *Très* famoso.

—*Très* terrible, también. En fin, haré lo que pueda. Empecemos por el maquillaje. De novia, *n'est-ce-pas?*

—Sí, exacto —dijo Tilly distraídamente. De pronto le vino a la cabeza que ese día se casaba Cressida. Una fecha mucho más importante que cualquier trabajo, cualquier negocio, cualquier contrato. ¿Y qué hacía ella? Dejar que lo disfrutaran en paz, que Cressida llegara al altar del brazo de su padre y que éste sonriera beatíficamente durante la celebración de la boda.

—Estás loca —dijo Tilly en voz alta—. Loca de remate.

—*Comment?* —preguntó Laurent, interrumpiendo un delicado análisis acerca de si sería mejor cubrir las pestañas de Tilly, sorprendentemente largas, con rímel de color azul marino o violeta—. *Qu'est-ce-que tu as dit?*

—Nada —dijo Tilly—, pensaba en voz alta. Por Dios, Laurent, no irás a ponerme esa porquería en los labios, ¿verdad? Porque si lo haces, antes quiero un café.

—Tilly, ya no hay tiempo para otro café —dijo Laurent haciendo una mueca algo petulante con su boquita de piñón—. Mick pretende que estés lista a las ocho y ya son las ocho menos diez.

—Oh... vale —dijo Tilly—. ¿Dónde está el vestido?

—Aquí —dijo la ayudante y estilista de Mick, una chica bastante arrogante y de buena familia llamada Emma. A pesar de la competencia encarnizada se había hecho con el puesto gracias a sus orígenes; Mick, que había crecido en un edificio de casas baratas de Tower Hamlets, era famoso por su esnobismo a ultranza y, de la misma forma que trataba a casi todo el mundo con escasa consideración y enorme descortesía, sabía mostrarse muy zalamero cuando quería conseguir una invitación para un baile de beneficencia, un fin de semana en una casa de campo o una boda de altos vuelos. Le encantaba el tono autoritario y cortante que Emma empleaba para hablar por teléfono cuando organizaba sesiones fotográficas, exigía algo o comunicaba a los que llamaban que Mick estaba demasiado ocupado y no podía hablar con ellos; era una confirmación constante y gloriosa de lo alto que había llegado.

—Te quedará un poco corto, incluso sin zapatos —dijo Emma—, así que habrá que ir con cuidado a la hora de fotografiar. No nos dejan descoser el dobladillo.

—Tú dirás —dijo Tilly—. ¿Cuánto debe costar, un millón de francos?

—Más, me parece —dijo Emma—. Aunque es bonito.

Tilly observó las cascadas de seda salvaje de color crema adornadas con perlas y suspiró. Le pareció una ironía del destino que justamente aquel día tuviera que lucir vestidos de novia.

—Será mejor que empecemos a pasar —dijo Emma—. Mick ya está esperándonos con el niño. Tilly, tendrás que vestirte allí; no puedes ir andando con eso puesto y tampoco podemos llevarte en coche. Está a cinco minutos; iremos a pie y podrás vestirte en un portal. ¿De acuerdo?

—De acuerdo —dijo Tilly sin protestar. Era famosa por su indefectible buen humor. Una vez hasta tuvo que posar desnuda en plena tormenta en Beachy Head, y mientras todos los demás tiritaban y se quejaban, a ella le dio un ataque de risa que le duró cinco minutos. Las fotos salieron en las primeras planas de todo el mundo.

Recorrieron las callejuelas estrechas y todavía silenciosas hasta llegar a la Place des Vosges. El sol se infiltraba debajo de sus arcadas abovedadas y le daba la majestuosidad de una catedral; empezar tan temprano valía la pena. Tilly se miró el reloj; faltaba poco para que dieran las ocho, las siete en Inglaterra. Estaba metida en el portal de una tienda de precios exorbitantes vestida únicamente con sus polainas, mientras Emma y Laurent sostenían el vestido por encima de su cabeza, cuando sonó el teléfono portátil de Mick.

—Sí —le oyó decir mientras el vestido se deslizaba sobre sus hombros—, sí, está aquí. No, por supuesto que no puede ponerse al teléfono. Está trabajando, joder. ¿Sabe a qué me refiero, amigo? La ocupación por la que le pagan diez mil talegos al día. Sí, sí, es un montón de pasta. Me lo dirá a mí. ¿Qué?, ¿de veras es urgente? Bueno, de acuerdo. Pero que sea breve, ¿vale? —Tendió el teléfono a Tilly—. Es para ti —le dijo—. Te agradecería que les dijeras a tus novios que no te llamen cuando estás trabajando.

—Vete a tomar por el saco —dijo Tilly con ecuanimidad mientras se debatía con las rosas de seda del cuello del vestido—. ¿Quién es?

—Un tal Rufus no sé qué y no sé qué más. Una pijada de nombre, cariño.

—¿Ah, sí? —dijo Tilly con brusquedad e inmovilizándose de inmediato—. Dame el teléfono, Mick. ¿Rufus? Sí, soy yo. ¿Qué pasa?

La voz delicada y refinada de Rufus, cuajada de ansiedad, truncó la mañana silenciosa y dorada.

—Tilly, me sabe mal llamarte aquí, pero tengo que hablar contigo. Ha pasado algo horroroso, una auténtica pesadilla. Mungo y yo hemos pasado casi toda la noche con Oliver. Dice... bueno, dice que no puede seguir adelante. Lo de llamarte ha sido idea de Mungo. Tilly, ¿qué hacemos?

CAPÍTULO 5

SUSIE, OCHO DE LA MAÑANA

A Susie le gustaba el momento del despertar. Era una mujer feliz y le gustaba asomarse lentamente a la superficie de un nuevo día: pensaba en las cosas que tenía planeadas hacer y en la gente que veía. Permanecía un rato más en la cama, risueña, mientras efectuaba el suave y relajante programa de estiramientos recomendado por su profesor de gimnasia —porque a Susie no le gustaba perder el tiempo—; después alargaba la mano en dirección al termo de agua caliente, llenaba la taza que tenía sobre la mesilla de noche, añadía dos trozos de limón que sacaba de un recipiente tapado situado al lado de la taza y, recostada sobre un codo, bebía la infusión a sorbitos lentos antes de levantarse, de ponerse un traje de baño, un chándal y un par de zapatillas, de bajar las escaleras y de salir a la calle, donde tenía aparcado su Mercedes plateado descapotable. Vivía con su marido y sus dos hijos más pequeños en una casa preciosa de Chiswick Mall, a cinco minutos en coche del gimnasio de Riverside, donde cada mañana se hacía treinta enérgicas piscinas. A las siete y media ya estaba de vuelta duchada, vestida y preparada para escuchar a Annabel quejarse de que su despertador no había funcionado, de que le dolía la cabeza, el estómago o la espalda, de que alguien le había cogido sus medias, de que no había zumo de naranja y de que el granito que tenía en la barbilla estaba peor, así como los gemidos desesperados de Tom, quien, sentado en la cocina, trataba de hacer unos deberes de dos horas en quince minutos. Y luego, cuando ya se habían ido —Annabel a St. Paul, Tom a Westminster—, preparaba una gran taza de té muy fuerte con dos terrones de azúcar y se la subía a su marido; lo despertaba con un beso cariñoso y le anunciaba que tenía el baño llenándose. Susie era muy afectuosa con su marido; opinaba que era lo mínimo que podía hacer después de haberse casado con él sin amarlo. Lo había hecho muy feliz, y él, por su parte, le había proporcionado una vida muy agradable; Susie estimaba que se trataba de un intercambio perfectamente justo. El hecho de que hubiera mantenido una relación adúltera con otro hombre durante buena parte de los veintinueve años que llevaba casada no le parecía ni bien ni mal. Susie no era muy dada a la introspección; lo que importaba era lo que se veía en la superficie de la vida, y la superficie de su vida era serena y deliciosa.

Pero aquel día era un poco diferente en varios aspectos. Aquel día era amenazador; el despertar fue menos suave que de costumbre y los pensamientos y los recuerdos que se le ocurrían más inquietantes. No hacía falta hacer planes puesto que, al igual que para los otros doscientos noventa y nueve invitados a la boda de Cressida Forrest y de Oliver Bergin, todo estaba ya planeado de antemano. Tenía pendiente aquella llamada; y en los aledaños no había ninguna piscina, ninguna rutina tranquilizadora en la que poder cobijarse para olvidar las cavilaciones inquietantes. Debería haber insistido más en lo de ir directamente desde Londres por la mañana en lugar de haber aceptado dormir en casa de los Beaumont, los vecinos de los Forrest; le habría resultado todo mucho más fácil, mucho más llevadero. Pero Alistair había declarado que prefería pasar la noche allí, para evitar problemas de tráfico, y Annabel que si iban directamente desde Londres se le arrugaría el vestido, y Tom que ya que tenía que asistir a aquella horrible boda, al menos podría jugar a tenis antes y después del festejo. —Dio gracias a Dios de que Lucy, su hija mayor, estuviera en Nueva York y no se sumara al coro—. Y terminó aceptando, como hacía casi siempre con tal de complacer a todo el mundo. El único que no expresó ninguna preferencia fue Rufus; la miró con su sonrisa más cariñosa y le dijo que no era importante dónde empezara el día, que le daba igual mientras pudiera terminarlo con Mungo en Londres.

—Cariño —dijo Susie—, cariño, lo único importante es que tú y Oliver lleguéis puntualmente a la iglesia.

Y Rufus le dio un beso y le dijo que claro que llegaría puntual, aunque no hacía falta preocuparse, porque Oliver era la seriedad en persona; sus responsabilidades empezarían y terminarían después de lograr que Oliver no llegara a la iglesia con exagerada antelación. «Su despedida de soltero fue la más corta que recuerdo, mamá; a medianoche ya había terminado todo, y a la chica que vino a hacer un strip-tease tuvimos que mandarla para casa. Es un tipo estupendo y le tengo mucho cariño, pero muchas veces pienso que pertenece a otra generación.» Susie se echó a reír y le dijo que en ese caso podía relajarse y dejar de preocuparse. En fin, que no existía ninguna excusa válida para permanecer en Londres y por lo tanto acordaron ir la víspera. Así que aquella mañana se despertó en casa de los Beaumont, de indudable encanto pero incomodísima, y con una habitación de invitados todavía más incómoda si cabe. Una de las peores cosas de pasar la noche en casa de amigos era, por cierto, tener que compartir la habitación con Alistair y, en aquel caso, incluso la cama; hacía años que dormían en habitaciones separadas, no tanto en razón de su vida sexual, modesta pero placentera, sino en razón de los temibles horarios de Alistair debidos a su profesión de abogado internacional y a su insomnio. Aunque el insomnio no había representado un gran problema la noche anterior, reflexionó Susie, puesto que tampoco ella había logrado conciliar el sueño y había simulado enfrascarse en la lectura. En cualquier caso, una noche espantosa. Finalmente había logrado dormirse a eso de las cuatro y había soñado con el rostro angustiado de Jamie, exactamente como lo había visto en el jardín de Court House la noche anterior; y ahora eran las... —¿qué?— las ocho pasadas. Dios, odiaba levantarse tarde; además se sentía agotada, abotargada, un poco mareada y con malestar general. Y ninguna piscina a mano para poder sacárselo de encima.

Se levantó y miró por la ventana. Lo que vio le levantó el ánimo. El cielo estaba despejado; sólo se veía una ligera bruma flotando sobre el pequeño valle que se abría delante de la casa. Los dos caballos de caza de los Beaumont pacían en el prado; Janet Beaumont, sonriendo tranquilamente bajo el ala de su amplia pamela de paja, estaba en su rosaleda cortando enormes rosas blancas, algunas de las cuales, imaginó Susie, adornarían la mesa del desayuno. Tom, de expresión habitualmente jovial, jugaba a tenis con Mike Beaumont, con una mueca de gran concentración contrayéndole el rostro y su cabellera espesa y oscura caída sobre los ojos. Susie lo miró y se le desbocó el corazón de cariño. No estaba bien que una madre tuviera un hijo favorito y por supuesto no lo tenía; pero Tom era su niño, el último, y se sentía más protectora, más cerca de él que de los demás. Cuando Rufus cumplió quince años ya casi le pareció un adulto, aunque también era cierto que lo que sentía por Rufus siempre le había parecido distinto de lo que sentía por el resto de sus hijos. Era un amor de naturaleza diferente y que experimentaba de forma diferente —en pocas palabras, un amor que poco tenía que ver con el que suele existir entre madre e hijo. Pero Tom... Tom seguía siendo su bebé. Claro que todas las madres dicen lo mismo, que el pequeño siempre es el pequeño; pero Tom era diferente, especial. Todavía la necesitaba, la necesitaba mucho; y, oh, Señor, pensó, sintiendo un terrible pánico hincharse en su garganta y agarrotarle el estómago. ¿Qué le sucedería si?... «Oh, cállate —dijo en voz alta—, no seas negativa, Susie, todo irá bien, y lo sabrás de una vez por todas dentro de una hora.» Se esforzó en volver a pensar en el día que tenía por delante —la mente de Susie era en general muy dócil— y a admirar el servicio de Tom, absolutamente impresionante; hasta aplaudió espontáneamente un *ace* que Mike Beaumont no alcanzó a responder.

Tom alzó la vista hacia la casa, la vio y le hizo señas con la mano; ella le respondió con más señas y decidió bajar a la pista y unirse a ellos. Susie nunca se molestaba en dudar de si sería bien recibida o no; sabía con certeza que sería bien recibida. Y efectivamente, cuando tres cuartos de hora más tarde abandonó la pista, sudada, feliz y liberada de su malestar, oyó a Mike Beaumont comentar: «Tu madre es tope, Tom.» Susie lo obsequió con una de sus sonrisas más resplandecientes.

Estaba metida en la vieja bañera del baño que en su tiempo había sido el de los niños, sintiendo crecer de nuevo la ansiedad en la cabeza, cuando oyó sonar el teléfono del recibidor de la planta baja. Contestó Janet.

—¡Maggie! —oyó que Janet decía con su voz lenta, de mujer reposada—, ¿qué tal estás, querida? Un día estupendo. Todo preparado, imagi... ¿cómo dices, querida? No, no, claro que no. Pues vaya, ¡qué curioso! No entiendo... oh, pues claro, Maggie, no puede andar muy lejos. Supongo que habrá salido a dar un paseo, para calmarse un poco. O una vuelta en coche quizá. Supongo... ah, ya veo. Bueno, querida, ojalá pudiera... sí, Maggie, pues claro que sí. Inmediatamente. Sí, por supuesto. ¿Quieres que haga alguna llamada? Sí, de acuerdo, querida. No te preocupes. Estoy segura de que todo irá bien.

Susie se incorporó un poco y echó el jabón en el agua. De pronto, la sensación de inquietud empeoró, y no tenía nada que ver con Jamie. Salió de la bañera, se puso la bata y bajó las escaleras. Janet estaba frente a la ventana de la cocina, con la mirada perdida.

—Janet, ¿qué quería Maggie? ¿Qué pasa? Te he oído hablar con ella por teléfono.

—Oh, estoy segura de que no pasa nada malo —dijo Janet girándose, con una sonrisa breve y algo tensa en los labios—. Es Cressida, que ha salido a dar una vuelta. Estoy segura de que no es más que eso. Pero entiendo que Maggie esté preocupada de que no esté en casa.

—Pues yo no —dijo Susie—. Todos sabemos cuánto se angustia Maggie. Pobrecilla —añadió apresuradamente, procurando no pronunciar ni la más mínima crítica a Maggie—. No son ni las nueve. Imagino que habrá salido en busca de un poco de sosiego y de calma.

—Susie, querida, me parece que debe de haber algo más que eso —dijo Janet con un toque de reprobación en la voz—. Maggie me ha dicho que al parecer hace más de una hora que no la encuentran. Es muy extraño. Si se tratara de mi hija yo también estaría intranquila. Debe de estar muy nerviosa para haberse ausentado tanto rato sin avisar a nadie. Aunque fuiste tú la que comentaste que anoche parecía muy serena y tranquila. ¿Qué demonios debe de haberle sucedido?

—No tengo ni idea —dijo Susie—. Sí, parecía muy tranquila. Aunque quizá era una comedia. Cressida es una actriz excelente, lo ha sido toda la vida. Pero creo sinceramente que lo más probable es que haya querido estar sola un rato. Porque vaya jaleo lo de casarse. Será muy bonito pero...

Y se vio vívidamente, con toda claridad, el día de su boda, veintinueve años antes, sola en casa con su padre a punto de salir hacia la iglesia. Su padre le tendió una copa de champán y ella se miró en el espejo del vestidor, tan pálida que parecía un cadáver, con sus ojos oscuros agrandados, y vio cómo le temblaba la mano al coger la copa.

Neil Carrington se acercó a ella y le dio un enorme abrazo.

—Cariño, no hace falta que pongas esa cara de terror. No es tu estilo. ¿Dónde está la chica que jugaba tranquilamente a tenis poco antes de su baile de puesta de largo?

—Ha crecido un poco y se ha vuelto algo menos atolondrada —dijo Susie con una sonrisa un tanto forzada.

—No tendrás... dudas, ¿verdad? Porque si las tienes todavía podemos...

—Oh, papá —dijo Susie abrazándolo y sintiendo una inmensa ternura por aquel hombre capaz de plantearse la posibilidad de anular la boda cuando la iglesia ya estaba abarrotada de invitados, el almuerzo preparado, el champán puesto en hielo, las diez damitas de honor preparadas y llevaba gastado un montón de dinero—. Papá, eres un cielo. Claro que no tengo dudas. Alistair es un hombre encantador y un marido perfecto, y yo soy una chica con suerte.

—De acuerdo. Mientras sea la verdad. Porque de hecho, nunca te he oído decir que lo quieres...

—¿Ah, no? —dijo Susie apurando rápidamente la copa—. Bueno, no debías estar presente las veces que lo he dicho. Pues claro que sí, es imposible no quererlo. Es cariñoso, bondadoso y...

De pronto se oyó el sonido estridente del teléfono retumbar por toda la casa. Susie sabía quién era; se inmovilizó, dudó unos segundos y luego dijo:

—Ya cojo yo la llamada. Debe de ser Bunty desde Los Ángeles; me lo prometió.

—En mal momento —dijo su padre—. Acaba de llegar el coche. Date prisa, cariño.

—No pueden empezar sin mí —dijo Susie dirigiéndose hacia el vestíbulo.

—¿Susie?

—¡Bunty! ¿Qué tal?

—¿Quién carajo es Bunty? Soy Jamie.

—Gracias por tu llamada, Bunt, eres un amor. ¡Qué oportuna! Papá dice que tengo que darme prisa.

—Susie, no lo hagas, por favor, no lo hagas. No podré soportarlo. Te amo. Sabes que te amo.

—La verdad es que no lo sé —dijo oyendo su voz fría y controlada—. Como te ha sido imposible estar conmigo, he tenido que hacerlo sin ti. Por mucho que me pese. Aunque ya sé que pensarás en mí. Oye, ha llegado el coche, tengo que dejarte. Gracias por llamar. Adiós, Bunty.

Colgó el teléfono con mucho cuidado, como si pudiera romperse en mil pedazos, y se quedó paralizada durante unos segundos mirándolo fijamente; luego alzó la mano y se bajó el velo corto sobre el rostro. Una fina mecha de cabello oscuro se había escapado de la corona de azucenas que llevaba sobre la cabeza; dejó que le cayera sobre la frente, como un símbolo, pensó, como un último jirón de libertad, un último atisbo del amor. Y luego regresó al salón, cogió a su padre de la mano y le dijo: «Vamos, papá. Ha llegado la hora.»

Sonrió, sonrió y sonrió hasta que tuvo la sensación de que su rostro ya no podría componer otra expresión. Sonrió a los invitados, a Alistair, al padrino de boda y a las damas de honor, a su madre, a las cámaras, al director del Dorchester, al *maître d'hotel* y sonrió, con mayor convicción, a Serena Hammond, su mejor amiga y primera dama de honor, que la ayudó a ponerse su vestido, su exquisito vestido de seda salvaje cuajado de rosas confeccionado por Belinda Belville y que realzaba tanto su belleza morena, y más tarde el traje de chaqueta de seda de color crema cosido por Ossie Clark, con el que iniciaría su primer viaje en tanto que señora Headleigh Drayton.

—Ha sido precioso, ¿no es cierto? —dijo mirando su ramo de novia, del que extrajo una única rosa y se la tendió a Serena—. ¿Querrás hacerme el favor de secármela y de guardármela hasta mi regreso?

—Pues claro —dijo Serena—. Pues claro que lo haré. ¿Estás... bien, Susie? Quiero decir, realmente bien.

—Serena, me siento muy bien —dijo Susie y añadió—: Estupendamente. —Y de pronto su corazón tierno y lastimado, que durante el día había ido adquiriendo peso físico hasta transmitirle la sensación de que tenía que sostener la zona detrás de la cual latía para retenerlo e impedir que cayera y se estrellara en algún pozo oscuro y desolado de su interior, le dolió; fue una punzada aguda, que la cogió desprevenida. Susie hizo una mueca de dolor, dejó escapar un extraño y débil lamento, tan débil que hasta se preguntó si había sido real, y vio cómo Serena la miraba alarmada; se sentó sobre la cama, hundió la cabeza en las manos y deseó poder permanecer para siempre en aquella penumbra silenciosa y no tener que volver a moverse nunca más.

—Susie —dijo Serena—, Susie, ¿qué te pasa? ¿Te encuentras mal? Pero no pudo responder, ni siquiera se atrevió a moverse, por si las lágrimas se desataban al mismo tiempo que el dolor. Permaneció sentada durante lo que le pareció un lapso de tiempo muy largo, y que efectivamente lo fue dado el día y dada la ocasión. Luego oyó sonar el teléfono, un golpecito suave en la puerta y a Serena murmurar con voz inquieta que la novia estaba bien, pero que tenía un terrible dolor de cabeza y necesitaba cinco minutos para recuperarse, que Alistair y los invitados tendrían que esperar. ¿Era acaso mucho pedir?

Siguió sentada evocando a Jamie con tanto deseo y tanto amor que le pareció estar físicamente a su lado; vio su rostro sin afeitar, sus ojos azules enormes y risueños, su espesa cabellera rubia, y oyó su voz algo ronca que le decía: «Dios, Susie, te quiero, te quiero —y luego, con tono más áspero y más frío, casi brutal, le oyó añadir—: Voy a casarme con Maggie Nicolson. Lo siento, Susie, pero eso es lo que voy a hacer.» Y volvió a verlo, esta vez bien afeitado y con expresión seria, controlado, sobrecogedor; y notó sus manos sobre su cuerpo que, henchido por el deseo, respondía a sus caricias; y oyó su propia voz exultante de felicidad decir: «Jamie, Jamie, esto es la gloria, es maravilloso —y más tarde esa misma voz, muerta, afligida, que le decía—: Muy bien, ya entiendo, espero que todo te vaya bien, Jamie.»

Y luego, porque era disciplinada y sensata, porque deseaba aquella ceremonia y las implicaciones que tendría para su vida, irguió la cabeza y con los ojos secos y un esbozo de sonrisa dijo: «Lo siento, Serena, lo siento muchísimo. No es más que un poco de cansancio, nada más. Dame mi sombrero, ¿quieres? Será mejor que baje, porque de lo contrario creerán que me he fugado.» Y se puso en pie, recogió sus flores y casi corrió a la puerta. Alistair la esperaba en el descansillo, ansioso, y también le sonrió a él y le dijo: «Cariño, no sabes cuánto lo siento... un poco de hipo con los botones», y bajaron juntos las escaleras. Se detuvo en el rellano y lanzó el ramo de novia procurando que no cayera cerca de Serena, a quien quería tanto, porque estaba convencida de que algo vinculado con el dolor difícilmente podría engendrar la felicidad.

—¡Mamá! —Era Annabel, en el umbral de la puerta, con aquella melena oscura tan parecida a la de su madre cubriéndole media cara—. Mamá, he olvidado las medias. ¿Me dejas unas?

—Sí —dijo Susie esforzándose en limar la irritación de su voz y sonriendo con determinación a Annabel—, sí, te las dejo, pero sólo me he traído dos pares, así que...

—Bueno, no veo para qué vas a necesitar más de uno —dijo Annabel—, así que el otro me lo quedo yo.

—Me gusta tener un par de recambio —dijo Susie suavemente—, por si tengo algún accidente.

—Sí, ya, aunque hasta cierto punto esto es un accidente. Vamos, mamá, no te pido más que un par de medias; no que me prestes tu conjunto. Oh, y ¿puedo utilizar tu maquillaje? Es mucho más bonito que el mío.

—Es más bonito que el tuyo porque no lo dejo abierto encima del tocador —dijo Susie.

—No lo dejo todo abierto y además el tuyo es más bonito porque es mejor. No puedo permitirme comprar productos de Estée Lauder o de Chanel.

—De acuerdo —dijo Susie con un suspiro—, pero, por favor, ordénalo todo cuando hayas terminado... ¿Qué? ¿Cómo te encuentras, cariño? ¿Has dormido bien?

—No, no mucho. He tenido unas pesadillas terribles y me han dado jaqueca.

—¿Demasiado vino en la cena de anoche, quizá?

—Casi no bebí vino, no es justo, ni una cuarta parte de lo que tú tomaste. De verdad, mamá, estás convirtiéndote en una auténtica borrachina.

—Gracias —dijo Susie.

—Es verdad. Oye, por cierto, Rufus ha desaparecido.

—Dios santo —dijo Susie jovial—. Espero que no se haya fugado con Cressida.

Fue una humorada torpe, desatenta: se arrepintió al instante, en cuanto vio la expresión de reproche con que Janet la miraba y la intensa curiosidad de Annabel.

—¡Lo siento! —dijo—. Lo siento, Janet. Lo siento, Annabel. Ha sido un mal chiste. ¿Te refieres a que Rufus no está en su habitación o a que no ha dormido en ella?

—No ha dormido en ella —dijo Annabel, disfrutando a todas luces con aquel drama potencial.

—Bueno, no pasa nada, cariño. Se fue con Mungo Buchan después de la cena de anoche, debe de haberse quedado a dormir en su hotel.

—Pues si se fue con Mungo, lo más seguro es que estén en alguna timba con una trompa como un piano —dijo Annabel con tono remilgado.

Susie suspiró: si Tom era lo más parecido a un hijo favorito, Annabel era lo contrario.

—Cariño, no eres justa. Rufus es muy sensato y no permitiría que Mungo hiciera tonterías en una fecha tan señalada.

—Rufus no es en absoluto sensato —dijo Annabel con irritación—. Y además, ya sabes que sigue la dirección que le marca Mungo. Son una combinación letal y anoche deberíamos haberlos encerrado bajo llave.

—Oh, bobadas —dijo Susie, dándose cuenta de que Janet Beaumont las miraba con creciente incomodidad—. Lo dramatizas todo, cariño. Ve a tomarte un baño o algo y me juego lo que sea a que Rufus e incluso Mungo estarán de vuelta para desayunar contigo.

—¿Lo que sea? —preguntó Annabel.

—Lo que sea.

—Pues en ese caso un Peugeot 205. Cuando consiga el carnet.

—Bueno, cariño, no me refería a...

—¡Mamá! Siempre haces lo mismo; echarte atrás cuando la cosa se pone difícil y...

—No me echo atrás —dijo Susie casi enfadada—. De acuerdo, Annabel, si...

Se oyó un crujir de ruedas sobre la gravilla del camino y apareció el Bentley plateado de Theo Buchan; Rufus salió de él de un salto y el coche arrancó de inmediato y se desvaneció por el camino.

—Gracias a Dios —dijo Susie al verlo entrar en la cocina—. Rufus, no sabes cuánto me alegro de verte. Acabas de ahorrarme unas ocho mil libras y la ira de tu padre.

—¿Ah, sí? —dijo Rufus—. ¿Y eso por qué?

Su voz sonó curiosamente inexpresiva, hueca. Susie lo miró con severidad.

—¿Qué te pasa?

—Oh... nada, nada, de veras. Creo que voy a subir a ducharme si no veis ningún impedimento. Me sabe mal haberos inquietado.

—¿Todo... va bien? —preguntó Janet—. Con Oliver, me refiero.

—Oh... sí. Está bien. Nada grave. —Abandonó la habitación en silencio.

—Pues vaya —dijo Annabel—, hablando del rey de la fiesta...

—¿Qué fiesta? —dijo Janet tristemente.

—Oh, habrá una fiesta —dijo Susie—. Por supuesto que la habrá. —Echó una mirada a su reloj y sintió que el corazón se le desbocaba—. Janet, ¿te molesta si me preparo una taza de café y luego hago una llamada? ¿A Londres? Te prometo que será rápida.

—Pues claro que no —dijo Janet Beaumont—, utiliza el teléfono de mi habitación, querida. Estarás más tranquila. Ya preparo yo el café; nos vendrá bien a todos, me parece.

—Gracias —dijo Susie, y se quedó observando a Janet, quien, con desesperante lentitud, enchufó el hervidor, buscó el tarro del café, abrió con unas tijeras un paquete nuevo de café, descubrió que todas las tazas estaban en el lavavajillas, lavó cuatro a mano, sirvió el café, fue a buscar la leche a la puerta principal y preguntó a todos si querían azúcar. Y durante todo ese rato no dejó de imaginar al doctor Hobson llegando a su consulta, bebiéndose un cafecito, llamando al laboratorio, anotando los resultados y dejándolos a un lado, a la espera de su llamada, tal como habían acordado. El doctor Hobson le había dicho que habría preferido comunicarle los resultados personalmente, que le desagradaba hacerlo por teléfono, pero Susie insistió en que tenía que saberlo, en que no podía esperar un día más, en que su impaciencia y su ansiedad eran lógicas, en que el doctor ya sabía lo fuerte y lo firme que era, en que lo resistiría bien, así que no tuvo más remedio que darse por vencido y decirle que de acuerdo, a condición de que fuera a verlo al día siguiente, de ser posible acompañada de su marido, para poder hablar de los pasos siguientes —si es que había que darlos—. Cuando por fin consiguió el café, se sentó sobre la cama de Janet, miró el teléfono y se sintió mareadísma; tomó un trago muy largo, como si fuera algo mucho más fuerte, y marcó el número precipitadamente.

—¿Señora Briggs? La señora Headleigh Drayton. ¿Está el doctor Hobson? Habíamos quedado en que lo llamaría a esta hora.

—Ah, señora Headleigh Drayton... buenos días. Sí, está aquí. Ahora se lo paso. —¿Eran imaginaciones suyas o la voz de la señora Briggs sonó algo más baja, más cariñosa, más afectuosamente preocupada que de costumbre?

La voz afable del doctor Hobson le llegó por la línea.

—Buenos días, señora Headleigh Drayton. Qué día más delicioso para una boda. ¿Todos bien allí abajo?

—Sí, sí, todos bien —dijo Susie (porque al fin y al cabo ¿qué importancia tenía que la novia se hubiera evaporado en comparación con lo que se disponía a escuchar?)—. Gracias. Doctor Hobson, ¿tiene los resultados de la mamografía?

—Sí, los tengo —respondió el médico con la voz cambiada; aquella vez era cierto, no lo imaginaba—. Señora Headleigh Drayton, me... bueno, es absurdo que nos andemos con rodeos. Además ya sé que no tiene tiempo. Bien, he echado un vistazo a la ecografía y a la mamografía y siento decirle que no estoy del todo satisfecho. No se trata únicamente del bulto, también me ha parecido ver una zona de microcalcificación... alrededor del bulto.

—Oh. —Se sintió extraña, casi indiferente, distante, como si estuviera sentada, silenciosa e inmóvil en medio de un enorme espacio vacío. Sabía que el doctor Hobson seguía hablando, pero no oía sus palabras; siguió sentada, tratando de entender el sentido de todo aquello, tratando de volver a la realidad.

—... así que me gustaría verla lo antes posible —oyó finalmente—. A última hora de hoy si es posible.

—No lo es —dijo Susie—. Es del todo imposible. Aunque... bueno, supongo... supongo que mañana, si... —Horrorizada, oyó su voz, o mejor dicho la de aquella criatura paralizada, asustada y temblorosa, y notó algo sobre la mano; bajó los ojos y vio una salpicadura. Qué absurdo, ¿estaba llorando? No lloraba nunca y todavía menos así de fácilmente, como en ese momento. Se recompuso y sonrió al teléfono—. Sí, mañana, de acuerdo. Por supuesto, tendré que hablar con mi marido...

—Por supuesto. No sabe cuánto lo siento, señora Headleigh Drayton; y además tener que anunciárselo por teléfono, en una fecha tan señalada, pero fue usted...

—Ya sé, fue idea mía. —Sonrió otra vez, abiertamente, como si el doctor Hobson hubiera podido verla.

—Lo que no debe olvidar es que incluso en el peor de los casos, las cosas han cambiado mucho. Existen muchos tratamientos y los pronósticos son buenos...

—Sí. Sí, claro —dijo Susie recordando a una amiga que se había sometido a aquel tratamiento, que había soportado la quimioterapia y su secuela de torturas, las náuseas, la debilidad, el cansancio y la calvicie, y que había terminado muriendo—. Sí, ya entiendo.

—Bueno, pues entonces hasta mañana. Puede venir cuando quiera, aunque será mejor que lo haga cuanto antes. Le diré a la señora Briggs que lo tenga todo preparado. No coma nada a partir de medianoche. Bien, ¿quiere que hable con su marido? ¿Quiere que se lo explique yo?

—Oh, no, no se preocupe —dijo Susie—. Ya se lo diré yo. Sabrá encajarlo. Es un hombre muy... positivo.

—Bien. Justamente lo que usted necesita. No sabe lo mucho que siento haberle estropeado el día.

—No se preocupe —dijo Susie volviendo a sonreír con determinación—, no es culpa suya.

—No, pero siempre me siento un poco responsable. Adiós.

—Adiós —dijo Susie.

Colgó el teléfono y siguió sentada, con la mirada perdida; se dio cuenta de que se sostenía el pecho con la mano, su pecho izquierdo invadido tan subrepticia y silenciosamente por aquel monstruo obsceno e irrevocable.

Cáncer. No tenía dudas en cuanto a las conclusiones del doctor Hobson. Lo intuía desde hacía algún tiempo; al margen del bulto, que notó un día al masajearse suavemente el pecho con la crema de cuerpo Chanel. Era uno de los días en que tenía previsto verse con James. Estaba feliz, exultante y de pronto lo sintió bajo sus dedos; pequeño, siniestro, depredador. No dijo nada a James, por supuesto; esperó dos semanas, convencida de que sería una pequeña alteración que desaparecería con la próxima regla. Pero no desapareció. Y además había adelgazado, llevaba ya un tiempo notándolo; no mucho, pero sí lo suficiente como para advertirlo. Dejó de comer con prudencia; es más, durante una semana hizo incluso una prueba y se dedicó a ingerir lo que siempre procuraba evitar, bombones, dulces, patatas, queso, y la balanza, terca y obstinadamente, le indicó al término de aquella semana que había perdido casi un kilo.

—Bueno —dijo en voz alta—, Susie ¿qué piensas hacer?

Y al cabo de un rato, después de tratar de digerir la noticia y de enfrentarse con la posibilidad de desaparecer al cabo de ¿cuánto?, ¿de seis meses?, ¿de un año? y de tener que soportar una muerte espantosa a pesar de que todavía era joven, hermosa y feliz, supo exactamente lo que quería hacer. Viviría con James, lo quería únicamente para ella durante el tiempo que le quedara. James le debía al menos eso; se lo debían todos. Se lo había ganado.

CAPÍTULO 6

Supo que pasaba algo anormal en cuanto se metió en la vereda: junto a la puerta trasera vio a Maggie, muy pálida y con una mueca de angustia en su rostro mofletudo, y junto a ella a Janine, que la sostenía del brazo. Lo primero que pensó, evidentemente, fue que Cressida se encontraba mal y se preguntó, casi distraídamente, qué le daría, qué inyección podría asentarle el estómago, librarla del pánico, curarle la migraña que de vez en cuando la atenazaba. Y luego vio a Harriet salir corriendo a recibir el coche, con el rostro tan pálido como el de su madre y los ojos desencajados.

—¿Qué pasa? —preguntó—. ¿Qué demonios ha sucedido?

—Es Cressida —dijo Harriet, que intentó hablar pausadamente a pesar de tener la voz crispada por la aprensión—. Ha desaparecido.

—¿Ha desaparecido? —repitió James saliendo del coche y dirigiendo la mirada a Maggie y a Janine y luego de nuevo a Harriet, consciente de lo estúpido, lento e ineficaz que debía parecer—. ¿Qué quieres decir con que ha desaparecido? Pues claro que no ha desaparecido.

—Papá, no está —dijo Harriet—. Y su coche tampoco, probablemente desde hace horas...

De pronto James recordó una vez que iba en un coche que patinó y dio dos vueltas de campana: experimentó un pánico tan escalofriante que lo cegó y le anestesió todos los sentidos. Se apoyó contra el coche para no desplomarse; Harriet parecía estar muy lejos y su voz le llegaba como en un eco, lenta, extraña.

—¿Tres horas? —dijo, y se percató de lo obtuso que debía parecer—. Cressida ha desaparecido desde hace horas... Pero eso es absurdo: cuando yo me he ido a las... ¿qué eran?, ¿las siete?, estaba aquí.

105

—¿Y cómo sabes que estaba aquí? —preguntó rápidamente Harriet—. ¿Cómo lo sabes?, ¿la has visto?

—Bueno, no... pero la puerta de su habitación estaba cerrada, todo parecía en orden.

—¿Y dónde demonios estabas? —preguntó Maggie, que se había acercado al coche y hablaba con voz chillona, sobrecogida por la tensión—. ¿Qué has estado haciendo tanto rato?

—Me he ido a correr, como de costumbre —respondió James sin vacilaciones, y bendijo la infinita facilidad que tenía para mentir—, y luego me he dado cuenta de que no tenía suficiente cambio para las propinas de los camareros, así que me he acercado al cajero automático de Woodstock. Lo siento. Bueno, y tú, Harriet, ¿dónde estabas? ¿Por qué narices no has dado la alarma en ese momento en lugar de esperar tres horas?

—Papá, he estado buscándola —dijo Harriet sin alterarse, aunque con sus ojos oscuros llenos de enojo—, y he intentado que no cundiera el pánico. Estaba convencida de que volvería a aparecer. En cualquier caso, ya hace rato que la buscamos, que llamamos a todas partes...

—¿A quién habéis llamado?

—Bueno, mamá ha llamado a los Beaumont y yo he intentado localizar a Mungo, pero no está en el hotel, y el número de Theo comunicaba constantemente...

—¿Y los Bergin? ¿Sabe Oliver algo?

—No los hemos llamado —dijo Harriet.

—¿Y se puede saber por qué carajo no lo habéis hecho? —Cuidado James, estás perdiendo los estribos; no hace falta que te sumes al pánico. Hizo un enorme esfuerzo para apaciguar la voz. Sorprendentemente, le costó muchísimo; notaba una sensación de ardor, de ferocidad detrás de los ojos, una opresión en la garganta—. Si de verdad ha... bueno, si ha desaparecido, lo normal es que Oliver tenga alguna pista. Es más, quizá lo sepa. Cressida podría estar allí, con él.

—Oh, pues claro que no está con él —dijo Maggie—. Es absurdo.

—No veo por qué. Me parece una explicación bastante plausible.

—James, te digo que no está con Oliver —dijo Maggie—. Ya viste lo mucho que insistió ayer en no verlo pasada medianoche, ¿no lo recuerdas?, es absurdo decir que...

—Oh, por Dios —dijo Harriet—, no empecéis a discutir. Papá, llámalos tú si crees que es una buena idea. Nosotros no estábamos preparadas para hacerlo, eso es todo, todavía no...

—Los llamaré yo —dijo Janine con voz pausada—. Será más discreto, me parece. ¿Puedo utilizar el teléfono de tu despacho, Jamie?

—Tú dirás... Gracias.

Janine desapareció en el interior de la casa; se quedaron todos inmóviles, con la mirada clavada sobre su espalda menuda, como si de alguna forma llevara con ella la respuesta al misterio.

—Bueno, será mejor que entremos —dijo por fin James. Empezaba a sentirse más sereno, más capacitado para pensar—. No tiene sentido que nos quedemos aquí. ¿Y su apartamento de Londres? ¿Habéis llamado allí?

—Sí, claro. Hemos insistido mucho, pero no responde nadie.

—Y... supongo... que no habréis... es decir, ¿os parece que llamemos a... a la policía?

Maggie ya estaba en el descansillo; se giró y lo miró desconcertada.

—No —dijo—, claro que no, ¿por qué íbamos a llamar a la policía?

—Bueno, pues porque podría haber sucedido... Cressida podría haber sufrido... bueno, ya sabes... un accidente.

—Oh, no seas absurdo —dijo Maggie—, pues claro que no ha sufrido ningún accidente. Cómo vamos a molestar a la policía por eso... Harriet, prepara un poco de té, ¿quieres? Me siento... me siento...

De pronto tenía un aspecto terrible: ya no sólo estaba pálida, sino casi terrosa, con los ojos desencajados y las pupilas dilatadas. Dio unos pasos y se tambaleó ligeramente: James la tomó del brazo y la ayudó a sentarse en una silla de la cocina. Estaba muy acalorada, notó James casi con disgusto, y sudaba copiosamente; pero sus manos estaban frías y tenía los labios blancos. Iba a desmayarse, pensó James. Se giró hacia Harriet y le dijo: «Cariño, prepara ese té rápidamente, con mucho azúcar para mamá», e inclinó la cabeza de Maggie hacia adelante, entre sus rodillas. Tenía el cuello húmedo de sudor, con el pelo pegado en la nuca, y James se fijó en el rastro de humedad dejado por su espalda en el chándal de felpa. ¿Por qué demonios se ponía una indumentaria tan de abrigo en un día tan caluroso como aquél? se preguntó, y luego comprendió; como de costumbre, se tapaba para ocultar aquel cuerpo del que tanto se avergonzaba y que tanto aborrecía, a pesar de no hacer nada para remediarlo.

Harriet se acercó con el té; Maggie se incorporó y tomó la taza con una mano temblorosa.

—¿Mejor? —le preguntó James. La miró mientras bebía el té a sorbitos y vio que poco a poco recobraba el color.

—Un poco.

—Bien. No te preocupes, cariño, no le habrá pasado...

—Mira, Jamie —dijo Maggie, y se lo dijo con un toque de exasperación que tranquilizó a James por su normalidad—, procuraré mantener la calma, haré lo que sea menester. Pero, por favor, no me digas que no me preocupe y no vuelvas a repetir que estás convencido de que volverá. Me saca de quicio.

Janine volvió a la cocina; sonrió de inmediato para tranquilizarlos.

—¿Qué ha dicho Oliver? —preguntó James—, ¿te ha?...

—No he hablado con él —dijo Janine—. Me han pasado a Josh y luego, por desgracia, a Julia. Le he dicho que quería pedirle a Oliver que le entregara a Cressida un regalito mío en el avión.

—Muy hábil —dijo Harriet.

—Bueno, me parece que se lo ha tragado. De todas formas, Oliver estaba durmiendo.

—¿Tan tarde? Qué raro.

—Ha estado jugando al póquer con los chicos hasta las tres de la madrugada, me ha dicho Julia con un tono que me ha parecido de reprobación. Esa mujer es ridícula; se comporta como si el chico tuviera dos años y no treinta y dos. No ha querido despertarlo. Y yo no podía... bueno, no quería forzar la situación de momento.

—Claro, claro, tienes razón. Aunque me parece todo un poco extraño por parte de Oliver: no me lo imagino jugando al póquer, sino más bien al bridge. Aunque quizá le costó dormirse, y aquellos dos pueden ser muy persuasivos. Bueno, ¿pero te ha parecido que Julia hablaba con normalidad?

—Oh, sí, con absoluta normalidad. Ha comentado que tendríamos un día maravilloso y que confiaba en que estuviéramos tan alborozados como ella y Josh.

—Dios santo. Bueno, lo que está claro es que allí no encontraremos ninguna pista. Tenías razón, mamá —dijo Harriet—. Papá, ¿crees que deberíamos llamar a la policía? ¿Y a... los hospitales?

James había permanecido junto a la ventana sin dejar de esperar, de confiar, de implorar que el coche de Cressida apareciera por el camino, que su hija saliera de él, entrara corriendo en casa y se deshiciera en excusas. Le espantaba la llamada a la policía y su significado; oficializar la desaparición, declarar abiertamente que necesitaban ayuda. De repente, también él se sintió mal; se esforzó en sonreír a Harriet.

—Creo que quizá deberíamos... —dijo, y en ese mismo momento sonó el teléfono. Maggie se puso en pie como movida por un resorte, atravesó la cocina a una velocidad increíble y levantó el auricular.

—Cress... oh... oh, Mary. —Maggie tomó una bocanada de aire y sacudió negativamente la cabeza al tender el auricular a James.

—¿Mary? ¿Qué tal? Sí, soy James. Sí, está bien. Un poco trastornada. Una mañana ajetreada, como podrás imaginar. ¿En qué puedo ayudarte? ¿Ah, sí? Bueno, sí, claro que puedes. Nos vemos luego. Adiós, Mary.

Colgó el teléfono.

—Era Mary Fortescue. Quiere dejar a Belinda un cuarto de hora antes de lo previsto y luego acercarse a la iglesia para echar un vistazo a las flores del pórtico. Éstos son sus planes.

—James —dijo Maggie con una voz que a duras penas sonó controlada—, James, ni hablar de que Belinda Fortescue llegue con antelación y se pasee por toda la casa vestida de damita de honor. Esa criatura me pone enferma incluso cuando está calmada, y además no estaba de acuerdo en que la hicieran dama de honor y...

De pronto se oyó el crujir de unas ruedas en la gravilla del exterior y todos se agarrotaron. Era la camioneta del florista. Dio unos golpes fuertes a la puerta trasera, que estaba abierta, y esperó silbando. Harriet fue a recibirlo.

—Oh, señor Spragg —dijo—, buenos días.

—Buenas, señorita Forrest. Traigo auténticas preciosidades. Un ramo y ocho ramilletes. Y las diademas. ¿Las quieren o me las llevo y busco a alguien a quien puedan servirles?

Se quedaron todos inmóviles, mirándolo fijamente, paralizados. Sus palabras parecían proféticas, su afabilidad terriblemente desplazada. El florista los miró y su sonrisa se desvaneció lentamente.

—¿No pasará nada malo, verdad?

—No —dijo Harriet sonriendo de inmediato—, claro que no. Qué amable, señor Spragg, pase, pase. Quizá sería mejor que lo dejara todo en el trastero, es la habitación más fresca.

El azoramiento desapareció del rostro del señor Spragg; se giró, se dirigió a su camioneta y trajinó una caja llena de ramos de flores y luego otra, silbando otra vez muy fuerte y con escasa musicalidad *La novia*. James tuvo la sensación de que estaban estrujándole el corazón con alambre de espino.

—Bien, y aquí tienen las flores para los ojales. Firme

aquí, señorita Forrest. A que son preciosas. Bueno, pues que lo pasen ustedes muy bien, ah, y dele un beso de mi parte a su hermana. Todavía recuerdo como si fuera hoy el primer ramillete de dama de honor que hice para ella con rosas de pitiminí. Bueno, imagino que tendrán mucho que hacer, así que me voy. La señora Spragg pasará por la iglesia a las dos, si les parece bien, para ver a la novia. Yo también iría, pero tengo un día muy ajetreado. Espero que todo vaya bien.

—Oh... sí, gracias, señor Spragg. —James se esforzó en imprimir un tono enérgico a su voz; le resultó muy arduo—. Estoy seguro de que todo irá bien.

La camioneta desapareció por el camino. Maggie lanzó una mirada desamparada a James y de pronto le brotaron las lágrimas de los ojos y se echó a llorar. Empezó a aporrearse las rodillas con los puños; Harriet dio un paso en su dirección.

—Mamá, no te...

—¡Basta! —gritó Maggie con voz áspera—. No me toques. Encuéntrala, ve y encuéntrala.

—Maggie, cálmate —dijo James, consciente del tono desesperado con el que habló—. Así no ayudarás a nadie.

—No puedo, no puedo —sollozó Maggie con un gemido—. Se ha ido, se ha ido, y no la encontraremos nunca más, nunca. Se ha fugado y todo el día se ha...

Y volvió a sonar el teléfono. Dios, pensó James, fue como una tortura espantosa y persistente y notó los timbrazos casi físicamente, como si le hundieran una sonda en el cerebro. Descolgó.

—¿Sí? Ah, Julia, buenos días. —James las miró a las tres, como para pedirles consejo, pero ellas le devolvieron una mirada de impotencia—. ¿Has dormido bien? A pesar de todo. Eso es bueno. Sí, en efecto, un día precioso. ¿Cómo? No, ahora mismo no puedo pasártela. Está... en el baño. ¿Quieres que le diga que...? Sí, claro que lo haré, Julia. Qué amable. Adiós. Sí, dijimos justo antes de la una, ¿no? Para tomarnos una copa de champán. Estupendo. Nos veremos entonces, Julia. —Colgó de nuevo el teléfono—. Quería hablar contigo —dijo a Maggie procurando conservar la impasibilidad— para excusarse por no haber podido hablar contigo antes, cuando ha llamado Janine. Acababa de salir de la bañera, como dice ella, y quería, y cito, darte los buenos días y desearte toda la felicidad del mundo. Eso es todo.

—Es tan americana esa mujer —dijo Janine enarcando las cejas.

—Por supuesto —dijo Maggie—. Porque *es* americana. ¿Nada más?

—No, nada. Supongo que Oliver debe seguir durmiendo.

—James, ¿qué crees que deberíamos hacer? —le preguntó con una mirada temerosa, aprensiva.

—Lo que creo —dijo éste con gravedad—, lo que realmente creo es que deberíamos llamar a la policía.

—Yo también —dijo Harriet.

Maggie dejó escapar un gemido de dolor.

James se infundió ánimos para afrontar la verdad. Primero llamó al párroco, luego a la policía y por último a todos los hospitales de los alrededores; no había habido accidentes, ni siquiera de poca importancia. El jefe de policía —cuya hija había dado a luz a un robusto chiquillo en el salón de su casa una noche de diciembre de hacía pocos años, cuando todas las carreteras quedaron cerradas a causa del mal tiempo y James Forrest tuvo que llegar allí caminando trabajosamente sobre la nieve— hizo media docena de llamadas a los cuartelillos más importantes de la región. Ningún accidente importante había sido señalado.

—Y también he mandado llamar a los hospitales. Nada. Yo que usted no me preocuparía mucho, señor Forrest. Probablemente estará... aunque bueno... sí hay una cosa que podría hacer —añadió dubitativo.

—¿Qué? —preguntó James.

—Llamar a la oficina de personas desaparecidas. Esa gente es muy eficaz, tienen mucha experiencia en esas cosas.

—Bueno, quizá más tarde —dijo James horrorizado ante la idea de tener que hacer más llamadas, dar más explicaciones, rellenar formularios, ofrecer más detalles y dar por hecho que Cressida era efectivamente eso: una persona desaparecida—. Gracias.

Se miró el reloj. Dios santo, aquello estaba adquiriendo unas proporciones terribles. Al cabo de nada tendrían que empezar a notificarlo a los invitados e interrumpirlo todo. Era una locura. Y lo que le pareció más absurdo e irresponsable fue no decírselo a Oliver antes que a nadie; es más, hubieran debido hacerlo horas antes.

Llamó al hotel donde estaban alojados los Bergin. Mientras el número sonaba interminablemente se quedó en pie, mirando por la ventana, ilógicamente absorto en las rosas blancas; no estarían del todo abiertas hasta la semana siguiente, qué lástima, qué estropicio. Y le hicieron falta varios segundos, los que empleó la telefonista del hotel en responder, para admitir que del posible, es más, indudable estropicio de aquel día, el de las rosas era el que menos importaba.

—Hotel Lambourne Park —dijo la voz velada de la chica—, ¿puedo ayudarlo en algo?

Y una vez más, James se dejó distraer por una minucia, por lo mucho que aborrecía aquella frase de sintaxis alambicada, tan delatora de unos modales aprendidos tardíamente en lugar de inculcados desde la más tierna infancia; luego se recompuso, volvió a la realidad y dijo:

—El doctor Bergin, por favor, el doctor Oliver Bergin.

—Un momento, por favor —dijo la voz y oyó el ruido abstracto de las clavijas de la centralita, una larga pausa y luego—: El doctor Bergin no responde por el momento, señor, ¿desea que le ayude otra persona?

—No —dijo James con irritación—, no puede ayudarme nadie.

Y entonces, de pronto, oyó la voz de Julia, menos modulada y algo más acelerada que de costumbre.

—Dígame, soy Julia Bergin.

—Oh —dijo James absolutamente confundido—, oh, Julia, soy James Forrest. Quería... quería hablar con Oliver.

—¿Por qué? —dijo Julia, y una vez más James tuvo la impresión de no estar hablando con la mujer exuberante y algo coqueta a quien conocía, sino con alguien apresurado, acelerado, casi cortante—. Primero Janine, ahora tú. ¿Qué os pasa a todos con Oliver, James?

—Bueno... quería comentarle una cosa.

—¿Y de qué se trata, James? ¿Quizá puedo ayudarte?

—No lo creo, Julia. Era... el discurso del padrino. Quería saber... cuánto duraba.

—Me parece más lógico que se lo preguntes a Mungo. Seguramente podrá decírtelo con mayor precisión. —Volvía a hablar con su voz suave, a ser la misma de siempre.

—Sí, pero ha ido a jugar al tenis.

—Ya veo. Bueno, pues Oliver no está aquí en este momento.

—¿No está? Santo Dios, ¿pero es que se han vuelto todos locos, han desaparecido todos?

—No, está en la bañera. Debe de estar reflexionando en su futuro de hombre casado. Un hombre casado muy afortunado, por supuesto. ¿Quieres que le diga que te llame?

—Oh, sí, Julia, sí, por favor. En cuanto salga del... de la bañera. Gracias. Espero su llamada.

—De acuerdo, James. Hasta luego. Madre mía, está haciéndose tarde, ¿no?

—Sí —dijo James mirando con desespero su reloj y el que tenía sobre el despacho. Habían transcurrido diez minutos más; efectivamente, estaba haciéndose tarde, las once pasadas, casi y diez—. Sí, desde luego. Bueno, gracias, Julia.

—¿Y no querías nada más?

—No, no, nada. Gracias de nuevo.

Qué mujer ridícula. Chocheando con su hijito de treinta y dos años y husmeando en su habitación la mañana de su boda. ¿Y qué demonios hacía allí? ¿Habría ido a restregarle el cuello y a comprobar si se había aclarado bien el pelo? Jo, Cressida las pasaría moradas con una suegra como Julia.

—O quizá no —dijo en voz alta, y se sentó frente a su escritorio, hundió la cabeza en las manos, cerró los ojos y se tapó los oídos con los pulgares como para separarse del mundo, para desgajarse de él, como hacía siempre en los momentos de crisis importantes. Como había hecho exactamente veinticinco años atrás, tras abandonar por fin la sala de partos del hospital St. Edmund a las cinco de la madrugada y llegar hecho migas a su dormitorio preguntándose cómo sobreviviría al espanto de lo que había hecho.

—¿Señor Forrest? Aquí Jackson, la jefe de planta. Acaba de ingresar una paciente con dolores de parto y me gustaría que viniera a echarle un vistazo.

—Ah —dijo James dando largas—, ah, sí, señora Jackson, ya veo, ya veo.

—Es muy menuda, me parece que la criatura es grande y la cosa está atascada. Y además, no ha asistido a las clases de preparación al parto.

—¿No está ahí el doctor Meadows?

—No, hoy está de turno el joven Tim Davies, y sinceramente creo que no tiene la experiencia suficiente, además tenemos a tres más de parto...

—Ah —repitió James de nuevo. Miró el reloj: la una y media, Dios santo, y no estaba en condiciones de echar un vistazo a nada salvo quizá a otro whisky a palo seco. Había bebido mucho vino a pesar de estar de guardia y de saber que era una insensatez, pero recibir a los Headleigh Drayton le producía siempre el mismo agobio. Era una lata que Maggie insistiera en mantener aquella amistad y en invitarlos constantemente a cenar; y además, a pesar de haberse prometido a sí mismo no tomar más que una copa antes de la cena, sin saber cómo, había bebido una detrás de otra... y para colmo tenía que escuchar al maldito Alistair dando la tabarra con su maldita carrera y su maldita familia y con que dentro de poco mandaría a su maldito hijo a Eton. Si supiera, pensaba James, si supiera; se había pasado la velada bebiendo copas de clarete —disimuladamente, porque todos sabían que estaba de guardia, y alternándolas con muchos vasos de agua—, sin dejar de observar los rasgos afables de Alistair y el precioso perfil de Susie, quien relataba una anécdota divertida con su voz deliciosa y un poco cavernosa: recordó no haber podido distinguir ni una sola palabra de lo que decía, pero sí haberse preguntado, presa de los típicos, perversos e ilógicos celos, cómo había podido casarse con Alistair.

—Sí, de acuerdo, señora Jackson —se oyó decir, con meticulosa claridad y coherencia. Así al menos huiría de aquella espantosa velada—. Ahora voy. Estaré allí dentro de quince minutos. ¿De acuerdo?

—Gracias, señor Forrest.

Bebió casi toda una botella de agua, dos tazas de café fuerte y se fue; lo miraron todos con ansiedad y le preguntaron si de verdad estaba bien, pero dijo que sí, que estupendo, que sólo había tomado un par de copas y además hacía horas —convencido de que nadie lo habría controlado—. Y se metió en el coche y recorrió los pocos kilómetros que lo separaban de St. Edmund, donde Rosemary Mills estaba de parto.

Le pareció extraordinariamente joven, aunque en aquella época todas las madres lo parecían. Diecinueve años, dijo ella mirándolo con ojos candorosos, unos enormes ojos azules en un rostro menudo y pálido. Era diminuta; mientras la examinaba James se fijó en las caderas escurridas, pequeñas e infantiles que enmarcaban el inmenso vientre y suspiró por lo bajo. Luego esbozó su mejor sonrisa profesional y le dio unas palmaditas suaves en la mano.

—Bien —dijo—. Todo parece en su sitio. El cuello del útero está dilatándose, aunque muy despacio. Pero no hay nada que temer.

—Pues a mí me parece que algo anda mal —dijo ella crispando el rostro cuando le llegó la contracción. Jadeó profundamente, ferozmente, con los ojos clavados en los de James, y se agarró a la mano de la auxiliar que le hacía compañía. James entendió lo que pretendía hacer; trataba desesperadamente de relajar el cuerpo. Una mano crispada y la otra extendida.

—¿Ha asistido a las clases? —preguntó suavemente a su paciente cuando, tras remitir la contracción, hubo tragado saliva y recobrado el aliento y la comadrona le hubo limpiado los labios.

—Bueno, aquí no. —Tenía una voz muy bella: ligeramente gutural y con acento, ¿qué era?, ¿galés?—. Pero he ido a clases de yoga. Ya sé... lo que debo hacer.

—Yo aconsejaría un poco de petidina. Ayuda mucho, sabe.

—Oh, no —dijo ella con premura—. No quiero drogas.

El colmo. Aquello iba a ser de órdago.

—Bueno, puede ser una noche muy larga. Piénselo, al menos.

—Ya lo tengo pensado —dijo—, y no quiero nada. Quiero alumbrar a mi hijo sin ayuda de calmantes.

Lo dijo con mucha fiereza viniendo de una criatura tan dulce. Algún majara de esos que abogan por los nacimientos a palo seco le habría hecho un lavado de cerebro. James habría mandado que los detuvieran a todos y los trajeran por la fuerza a presenciar un parto largo y difícil sin ayuda de analgésicos.

—Bueno, ya veremos más adelante. Por supuesto —añadió de inmediato para no ponérsela en contra—, si es capaz de aguantar el dolor y no se presentan dificultades, es mejor así. Aunque me dice la enfermera jefe que no ha venido muy a menudo a nuestras clases prenatales. Es más, la última vez que la vimos fue hace tres meses. Es una insensatez, sabe.

—Ya lo sé —dijo ella humildemente—. Lo siento. Pero no soporto los hospitales.

—Bueno, pues ya ve... Aquí está. ¿Con su marido?

—No —respondió ella con rapidez—, con mi profesora de yoga y mi madre. ¿Podrán entrar... más tarde?

—No lo sé. Dejamos que los maridos entren, pero no...

—Oh, Virgen santa, otra contracción —dijo, y empezó a jadear.

La enfermera jefe la animó con unos golpecitos sobre la mano.

—Buena chica. Así me gusta. ¿Está segura de que no quiere un poco de petidina?

Rosemary Mills movió la cabeza en sentido negativo. Los dientes le rechinaban. La auxiliar estaba tan pálida y exhausta como ella.

—Está enorme —dijo la enfermera jefe tras hacer una seña a James para que saliera al pasillo—, ¿no le parece? Sobre todo teniendo en cuenta que es primípara.

—No tanto —dijo James lacónico. Se alejó un poco, por tomor a que el aliento le oliera a alcohol. Demasiado tarde; Jackson lo sabía, y sabía que él lo sabía.

—Señor Forrest, ¿está bien? Parece muy... cansado. ¿Quiere que intente buscar a otro médico? Tenemos tiempo.

—No —dijo James. Encontró un paquete de chicles en el bolsillo de la bata y espezó a mascar de inmediato—. En absoluto. No es más que un caso rutinario. Ya ha dilatado cinco centímetros. Es posible que el parto se alargue, pero nada más. De todas formas, me quedaré hasta el final.

—¿Y la tensión?

—La tensión era correcta.

La enfermera lo miró a los ojos:

—Lo siento, señor Forrest, pero no me gusta el cariz que está tomando. Ha roto aguas hace más de una hora y, si no recuerdo mal, ya lleva seis horas con contracciones fuertes. Y mucho más tiempo con dolores de parto. Y está sólo de treinta y seis semanas. Y le digo que tiene una tripa enorme.

—Treinta y seis semanas. Claro, por supuesto —dijo James rápidamente. Le había pasado por alto. Mierda. ¿Lo habría notado Jackson?

—Señor Forrest —dijo la enfermera con ojos todavía más despectivos—. Creo que estamos ante un caso clarísimo de cesárea. ¿Lo comunicamos a quirófanos para que se preparen?

—Enfermera, si no le molesta seré yo quien tome las decisiones pertinentes, gracias. Ahora, si quiere hacer el favor de traerme un café... he tenido un día muy largo, sólo he estado en casa un par de horas. Y luego intente convencer a esa mentecata de que se tome un poco de petidina. ¿Quiere?

—Sí, señor Forrest.

Bebió el café y pidió más. Seguía sintiéndose raro, ligeramente distanciado de la realidad, pero ya no estaba borracho. Pues claro que no estaba borracho. Puñeta, ¿qué habían sido?... ¿tres copas de vino? Y un gin-tonic, claro, aunque de eso hacía horas. Otras veces bebía mucho más, y eso no le impedía ganar luego a Theo al póquer. No era más que el cansancio, un cansancio terrible, y la contrariedad. Nada más. Quizá podría echarse una cabezadita antes del parto. Cerró los ojos; la habitación osciló brevemente. Bebió un poco de agua, volvió a intentarlo, aguantó como pudo las oscilaciones y dormitó un ratito. Lo despertó el teléfono. Era Jackson, la enfermera jefe.

—Señor Forrest, hace casi una hora que está empujando y esto no avanza. ¿Podría bajar, por favor?

—Sí, claro.

Se alzó; se sentía mareado, todavía algo raro, pero mucho más sobrio. Bien, el café había hecho efecto. Bebió otro lingotazo de agua y se apresuró en bajar a la sala de partos. Rosemary Mills, pálida y con el rostro desencajado por el dolor, lo miró con terror.

—Ah —dijo—. ¿Cómo va todo? Empujando, ¿no? Eso está bien. ¿Qué le parece un poco de gas y oxígeno?

—No. De verdad que no quiero nada. No me fuerce.

James se esforzó en conservar un tono paciente. La ligera sensación de irrealidad que lo embargaba, la sensación de distanciamiento físico de la habitación, de la chica, de su dolor, lo ayudó. Logró sonreírle y darle unas palmaditas en la mano.

—No, no. Si colabora, no hará falta. Y me dice la enfermera jefe que ahora está empujando de veras. Eso es bueno. Pronto habrá terminado y la criatura ya estará aquí. Ahora, deje que vuelva a examinarla para decirle cómo están las cosas.

La examinó; tenía una tripa enorme. La enfermera tenía razón. Le hizo un reconocimiento interno. La cabeza todavía no estaba encajada. Era eso, ése era el problema; una hora difícil de pasar para aquella pobre chica y nada más. Y no habría más remedio que darle algún calmante. ¡Qué carajo!

—Bien —dijo—, ahora todo está en orden y está haciéndolo muy bien, pero la cabeza de la criatura está mal colocada.

—¿Qué quiere decir? —preguntó la chica. El pánico le había quitado los colores—. ¿Es peligroso?

—No, en absoluto. Está un poco desviada, pero muy poco. Retrasará un poco el parto, pero puede girarse a medida que vaya saliendo. ¿De acuerdo?

La muchacha asintió débilmente. Y entonces le vino una nueva contracción; empujó. Otra; empujó de nuevo. Y de nuevo. Pasaron veinte minutos y no sucedió nada; el niño no se había movido. La chica, con el rostro contraído por el miedo y el dolor, empezó a gritar al abandonarla definitivamente las fuerzas.

—Sáquemelo —gritaba—, sáquemelo, sáquemelo. Por favor, por el amor de Dios, sáquelo.

—De acuerdo —dijo James con suavidad—, de acuerdo. Voy a utilizar el fórceps y a suministrarle una anestesia local para adormecer la abertura de la vagina. Luego haremos una episiotomía, que nos permitirá girar la cabeza de la criatura y extraerla más fácilmente. ¿Lo entiende?

Vencida, Rosemary Mills gimió mientras le colocaban las piernas sobre los estribos. Parecía un animalillo indefenso debatiéndose en una enorme trampa. James la miró. Hacía tiempo que no le tocaba un parto tan complicado. Seguía mareado y le dolía muchísimo la cabeza. Aquello estaba convirtiéndose en una pesadilla.

—Tráigame otro vaso de agua —ordenó a Janet Adams, la estudiante de enfermería— y llame al pediatra.

Adaptó el fórceps a la cabeza del niño, la giró y empezó a tirar con delicadeza. El niño se deslizaba poco a poco, suavemente, por el canal de nacimiento. Entre contracciones, James manipulaba la cabeza. Aliviada de parte del dolor, Rosemary Mills estaba más colaboradora, más dócil. James se sintió mejor, con la situación controlada y casi disfrutando, como le ocurría en cada alumbramiento. La criatura se presentaba de cara; hizo la episiotomía, dio un tirón final y apareció la cabeza; una cabeza muy morena, un pelo muy negro. Empezaron a asomar un par de hombros muy oscuros. Tras una inyección de sintometrina emergió el resto del cuerpo. James alzó a la criatura, le dio unos cachetes suaves hasta que lloró y la colocó en los brazos pálidos y temblorosos de su madre.

—Es preciosa —dijo.

—Sí —dijo Rosemary Mills con un hilillo de voz—. Sí, lo es. Realmente es preciosa. No me lo puedo creer. —Levantó la vista y le dirigió una sonrisa confiada, casi infantil. James le devolvió una sonrisa un poco tensa. Sabía que habría podido atenderla mejor. Pero dijo:

—Bueno, pues todo ha ido bien —dijo a la enfermera Jackson.

—Menos mal —respondió ella—, porque en quirófano hay mucho ajetreo; un recién nacido con problemas cardíacos.

—Ah —dijo—, bueno, pues hemos estado de suerte.

—Gracias —dijo Rosemary—, gracias por todo. —Se recuperaba poco a poco y, feliz y aliviada, sonreía, casi reía, mientras acariciaba la cabeza morena de la niña y su naricilla achatada y miraba sus ojitos azul oscuro.

—¿Cómo va a llamarla? —preguntó James mientras extraía la placenta y se disponía a coserla.

—Ottoline —dijo ella.

—Un nombre muy bonito.

—Ya sé. Por lady Ottoline Morell. Es una de mis heroínas predilectas. Y del padre de la niña.

—Por cierto, ¿dónde está el padre? —preguntó la enfermera jefe.

—Oh... está trabajando —dijo Rosemary rápidamente, con coraje—. Toca en una banda.

De pronto todo se aclaraba. No vería mucho al padre. Pasado un tiempo, hasta era probable que no lo viera en absoluto. Le esperaba una vida difícil. Pero entretanto el milagro se había operado de nuevo; una criatura había sido engendrada, fruto del amor y de la ternura; y todo había valido la pena.

James sonrió a la madre y también ella le sonrió. La enfermera Jackson sonrió a ambos. Y entonces Rosemary Mills empezó a devolver. Era normal. La sintometrina. Mientras vomitaba, la enfermera Jackson corrió a por una palangana. James tranquilizó a Rosemary con unas palmaditas en la mano y le quitó a la niña de los brazos. Y en ese momento vio algo entre sus piernas, una visión de pesadilla, un segundo amasijo de membranas asomando por la vagina.

—Enfermera —dijo con la voz tomada por la urgencia—. Enfermera, encárguese de esta niña. Viene otro.

—Ah —dijo la enfermera sin inmutarse. Dejó a la niña en una cuna y ordenó a la ayudante de la comadrona que se la llevara—. Bien —añadió con tono frío, cortante—. Voy otra vez a por el pediatra. Usted...

—Había sólo uno —dijo—. Estoy seguro de que sólo había uno. El latido de un solo corazón, ninguna señal de que...

La enfermera Jackson lo miró, esta vez con verdadero desdén.

—Ya se lo dije...

Una gran cantidad de líquido se derramó a borbotones sobre la cama y apareció un piececito. Rosemary Mills gimió; a James le costó refrenarse y no hacer lo mismo. Gemelos, y éste se presentaba de nalgas. Virgen santa.

—Lo siento —dijo a Rosemary—. No me he dado cuenta... no he sabido... Estaba muy arriba, sabe, y en esas circunstancias a veces es difícil descubrirlo. Aunque no se preocupe, ahora sacaremos a éste. —Dios, si hubiera estado más despejado, menos exhausto—. Ahora tendrá que volver a empujar y yo le ayudaré a sacarlo.

Rosemary lo intentó desesperadamente, pero estaba muy cansada. Y progresaba muy poco.

—Enfermera, ¿la tensión?

—Sigue a cien.

—Bien. Gracias a Dios. Ahora empuje, así me gusta. Empuje, Rosemary, empuje.

James empezó a sentirse torpe; sus manos, por lo general tan precisas, le parecían entumecidas, lentas. La lastimó y Rosemary pegó un grito.

—Lo siento, Rosemary, lo siento. Ya falta poco.

Bien. Extrajo las nalgas, la cosa progresaba. Y entonces salió un reguero de sangre fresca. Mierda. Era la segunda placenta que se desgarraba. No pierdas la calma, James, todavía tienes tiempo.

—¿Tensión, enfermera?

—Setenta —dijo ella con voz rotunda, casi enojada.

—Bien. Bien. Otro empujón. Buena chica. Así me gusta. Ah, es otra niña. Eso le dará fuerzas para continuar. Y ahora los hombros. Falta muy poco.

—Señor Forrest, esto va demasiado despacio.

Estúpida. ¿Cómo iba a sentirse la pobre chica al oír aquello? De todas formas, no era cierto. La niña estaba saliendo. Aunque la cabeza parecía enorme. Daba igual. Todo iría perfectamente. Sólo que... Dios, el cuello del útero estaba cerrándose. Eran los efectos de la sintometrina.

—Señor Forrest, ha pasado más de media hora. Tenemos que llevárnosla al quirófano.

—No, no, es demasiado tarde.

—Señor Forrest, la tensión ha bajado a cincuenta.

—Cállese —le dijo—, cállese y ayúdeme. —Estaba sudando, todo estaba muy caliente y extraño. Había aplicado el fórceps a la cabeza de la criatura y tiraba con fuerza para sacarla.

—Ah, aquí está. Todo bien, Rosemary. Buen trabajo.

Sólo que no estaba bien. La niña tenía un color extraño; más pálido que el de la otra, casi calcáreo, y con manchas. Y no estaba bien. No le latía el corazón.

Intubó a la niña, la ventiló con resucitina, pero el corazón no reaccionó.

—Lo siento, lo siento mucho —dijo a Rosemary Mills mientras tendía la segunda criatura a la enfermera jefe Jackson, quien la llevaría al depósito de cadáveres—, muchísimo. Pero no podemos hacer nada más. La niña era enorme, sabe, y usted ya estaba muy cansada, y además se ha presentado de nalgas. Hemos hecho todo lo que estaba en nuestras manos.

—Sí —respondió Rosemary con tristeza—, ya veo.

Le respondió con los ojos entornados y el cuerpo aparentemente desfallecido. Tenía el rostro de color grisáceo, marcado por el sufrimiento y la tristeza; no era muy consciente de lo que sucedía a su alrededor. Ya se habían llevado a Ottoline a la unidad infantil para someterla a los chequeos habituales, por si se presentaba alguna complicación, pero Rosemary Mills parecía no haberse dado cuenta de ello.

—Bien —dijo James—, ahora volveremos a coserla. Y luego

tendrá que dormir. Y si quiere, le traerán a Ottoline; no hace falta que permanezca en la nursery.

—No entiendo —dijo de pronto Rosemary—, no entiendo cómo no se ha dado cuenta. Debería haber notado que había dos.

—Oh, no —respondió James sintiendo una punzada de angustia en las tripas—, oh, no. Se lo aseguro, Rosemary. La otra niña estaba muy arriba, ve usted, y su corazón estaba situado debajo de sus costillas, así que era casi imposible oír su latido. Lo único que he oído es el latido de un solo feto.

—Suena mucho menos importante —dijo ella con un suspiro— cuando habla de fetos, ¿no es cierto? En lugar de hablar de una criatura, de una gemela, de una niña muerta.

—Quizá se lo parezca a usted. A nosotros no.

Una rectificación muy hábil que sonaría sincera y realmente afligida.

—Sigo sin entender cómo...

—Mire, Rosemary —dijo James con tono amable pero firme—, me sabe muy mal decírselo, de verdad, pero si hubiera venido regularmente a los controles prenatales habríamos podido...

—¡Oh, no! No, no. —Fue un lamento agónico; más fiero y penetrante que cualquiera de los proferidos durante el parto—. ¿Me lo dice en serio? ¿Quiere decir que ha sido culpa mía, que habría podido salvar a mi niña si...?

James tomó una bocanada de aire; se despreció a sí mismo, pero había que empezar a pensar en cubrirse las espaldas. Si aquel asunto traía cola, si alguien se enteraba de su comportamiento negligente y de que estaba bebido, Dios, lo hundirían. Tenía que empezar a convencerla de que, en realidad, la responsable era ella; y a fin de cuentas lo era, ¡qué carajo!

—Me sabe mal —dijo en voz baja aunque firme—, pero eso es exactamente lo que quiero decir, Rosemary. Si hubiéramos podido seguir su embarazo...

De repente Rosemary empezó a sollozar con renovadas energías; sus resuellos aumentaron hasta rozar la histeria. La señora Jackson vino corriendo por el pasillo, desde donde trataba de telefonear a Jason Benjamin, el amigo de Rosemary Mills.

—Cálmese —le dijo—, cálmese, por favor, señorita Mills. Ya está, ya está... Además, Ottoline está de maravilla. Si quiere, se la traerán en seguida.

Rosemary alzó la vista en su dirección.

—Perdone —acertó a decir entre convulsiones—, perdone.

Ya sé que he tenido suerte y que tengo una niña preciosa. Pero el doctor Forrest estaba diciéndome que había sido culpa mía, que debería haber venido a los controles prenatales. Pero yo no sabía, no sabía que...

—Pues claro que no —dijo la enfermera Jackson con tono apaciguador al tiempo que le lanzaba a James una mirada de ira contenida y de absoluto menosprecio por encima de la cama—. Pues claro que no. No debe pensar eso. Se lo digo de verdad.

—No puedo evitarlo. Es verdad, ¿no? Es culpa mía. Todo es culpa mía. Oh, Dios, ojalá hubiera muerto yo también.

—Bueno, ¿y de qué iba a servirle? —dijo la enfermera Jackson, con cariño pero con autoridad—. ¿Y quién cuidaría de Ottoline? Que además, como usted bien dice, es preciosa. Señor Forrest, ¿puedo hablar un segundo con usted?

—Ahora mismo no —dijo James colocándose en un extremo de la cama de Rosemary Mill y preparándose a suturarla—. No he terminado; mi paciente todavía me necesita. Dentro de un rato, quizá.

Se forzó a mirarla a los ojos y vio lo que temía; es decir, que la enfermera sabía por qué no había sido capaz de detectar a la gemela y, por lo tanto, por qué había muerto; es más, también sabía por qué acababa de decirle a Rosemary Mills que la responsable de aquella desgracia en realidad era ella.

Visitó diariamente a Rosemary en su ronda habitual y siempre se mostró amable, cortés y comprensivo con ella —aunque sin exagerar, no fuera que alguien lo interpretara como una prueba de su mala conciencia—; era una chica bondadosa que no quería molestar y que se excusaba a menudo por su lloriqueo constante.

—Ya sé que no debería —le dijo cuatro días después del alumbramiento secándose los ojos con un pañuelo empapado—, y ya sé que es una gran suerte que Ottoline esté viva y perfectamente bien de salud, pero no puedo dejar de pensar en la otra. Y me siento muy mal.

—Ya sé, ya sé —le respondió él tendiéndole un pañuelo seco—, y es natural. Es natural que esté triste; lo contrario sería extraño. Pero tiene razón; tiene una hija preciosa con una salud de hierro y debería estar orgullosa de ella. ¿Qué opina el padre?

—Oh —respondió ella sonrojándose y mirándose las manos—. Oh... bueno... está muy orgulloso, claro. Aunque en realidad todavía no la ha visto, porque está de gira, sabe, pero me ha mandado esas flores, mire, y ha llamado dos veces. Estará de regreso cuando yo me vaya a casa, eso me lo ha prometido.

—Eso espero —dijo James con vivacidad y una sonrisa, para confortarla en su ilusión de que el señor Benjamin tenía tantas ocupaciones que no se le podía pedir que se molestara en ir a ver a su pequeña y a su traumatizada novia. Por un lado le afligía la situación ultrajante de Rosemary Mills, pero también le aliviaba pensar que sería tan pobre y tan desdichada que no se aventuraría a tomar medidas contra él ni el hospital.

—Oh —dijo de pronto Rosemary mirándolo con nerviosismo—, Tamsin, es mi profesora de yoga. Espero que no le moleste... pero quiere hablar un momento con usted. Acerca... bueno, de todo esto. ¿Le importa?

—En absoluto —dijo James con tranquilidad—. No hay ningún problema.

En cuanto vio a Tamsin le pareció una de las mujeres más espantosas que había conocido. Dos trenzas muy largas y canosas a ambos lados de una frente ancha y muy surcada enmarcaban un rostro pálido con ojos desagradablemente pequeños. Llevaba una larga falda india y, a pesar de que era octubre, unas sandalias muy abiertas que dejaban al descubierto unos pies poco agraciados. En torno al cuello le bailaban varios collares y llevaba los brazos cubiertos de brazaletes hasta los codos. Miró a James con una sonrisa, pero sus ojitos permanecieron fríos.

—Doctor Forrest. Soy Tamsin Smith.

—Qué tal está, ¿señorita?... Smith.

—Señora, por favor, doctor Forrest. ¿Cómo ve a Rosemary?

—Muy bien, señora Smith. Está recuperándose estupendamente.

—Pues yo la veo emocionalmente inestable.

—Casi todas las mujeres están emocionalmente inestables después de un parto, señora Smith.

—Las mujeres con quienes trabajo, no. Al contrario, tienen tendencia a estar eufóricas.

—No la entiendo —dijo James mirándola con frialdad—. ¿A qué se refiere cuando dice que trabaja con ellas?

—Les hago ensayar su alumbramiento, doctor Forrest. Y las encamino hacia su maternidad.

—Y eso, ¿cómo lo consigue exactamente? Por cierto, es señor Forrest. Soy un médico de apelación, un cirujano obstétrico. —Sabía que era una estupidez, que todavía acrecentaría más su antipatía, pero no pudo evitarlo—. Me decía que les hacía ensayar su alumbramiento. No acabo de...

—Pues las acompaño. Y recurro al yoga, a la relajación, a la visualización, a la aceptación del dolor; las preparo para la experiencia del alumbramiento. Comparto sus emociones, las ayudo a sobreponerse a sus miedos, a alcanzar la exaltación final del nacimiento. Y tengo la sensación de que a Rosemary le han sido escamoteadas muchas de estas emociones, doctor Forrest.

—Ya veo. Quiero decirle, señorita Smith, que si no hubiéramos suministrado un analgésico a la señorita Mills, habría sufrido mucho más y por consiguiente le habría sido imposible experimentar la exaltación del nacimiento.

—Porque una de sus hijas nació muerta.

El latigazo lo pilló desprevenido. Logró mirarla a los ojos; confió en que los suyos estuvieran firmes.

—No pudimos hacer nada para salvar a esa criatura.

—¿De veras? Pues yo tengo razones para dudarlo. Opino que hubo negligencia.

—Ésa es una afirmación muy seria, señorita Smith. Le aconsejaría que no volviera a repetirla. Y usted tendrá sus razones, pero ningún médico del hospital las tomará en serio.

—No, doctor, no. Claro que no. Pero me he enterado de que circulan ciertos rumores. En el sentido de que usted podía haber salvado a la niña de haber sido más... competente.

—¿Ah, sí? —Tomó una bocanada de aire. Calma, James, no permitas que te fustigue. Mantén la calma—. Señorita Smith, me gustaría que se fuera. Sus comentarios me parecen ofensivos y no estoy dispuesto a discutir de estas cosas con usted. En su debido momento se ordenará una investigación sobre las razones de la muerte de la niña y sobre mi proceder en el parto. Y de momento no veo nada más que añadir. —Se alzó, con la esperanza de que su interlocutora hiciera lo mismo; pero no fue así. Permaneció sentada, mirándolo y dominando extrañamente la situación.

—Me iré, doctor Forrest. No quiero que piense que la cosa termina aquí. Tengo la intención de asesorarme legalmente en nombre de Rosemary y de que se haga justicia.

—Aquí estaré. Buenas tardes, señorita Smith.

Se dirigió hacia la puerta y la abrió; Tamsin se levantó al fin y salió muy lentamente de su despacho. No se despidió ni dijo nada. Fue muy desconcertante. James la observó mientras se alejaba por el pasillo acompañada del tintineo de sus brazaletes y luego regresó a su escritorio y volvió a sentarse. Dios, cuánto habría dado por una copa.

Alargó la mano en dirección al teléfono, llamó a la sala de partos y preguntó por la enfermera jefe Jackson. Su turno terminaba en aquel momento; le preguntó si no le molestaría pasar por su despacho un segundo.

—Por supuesto que no —respondió ella—. Ahora mismo subo. ¿Pasa algo? —dijo en tono ligeramente desdeñoso. Dios, ¿sería otro error? En cualquier caso, si lo era, ya no podía hacer nada para remediarlo.

—No, no. Gracias, señora Jackson.

Entró con aspecto cansado.

—Un parto difícil. Un prematuro. Pero lo hemos salvado.

—Bien. Es un trabajo difícil. La gente no acaba de entenderlo.

¿Por qué de pronto todo lo que decía sonaba a justificación?

—Oh, sí, yo creo que sí lo saben. ¿Qué deseaba?

—Bueno, en realidad no es nada. Pero ha venido a verme esa amiga horrible de Rosemary Mills. La del yoga.

—Ah, sí. ¿Y?

—Me ha amenazado con tomar disposiciones legales en mi contra. La muy majadera —dijo con una sonrisa animosa.

—Bueno, el comité no podrá formular ningún reproche contra usted —dijo la enfermera con cortesía distante—. Así que no creo que deba preocuparse.

—Oh, no estoy preocupado, pero me ha comentado una cosa un poco extraña. Me ha dicho que había oído rumores. Y no sabía si usted...

—¿Había dicho algo? Señor Forrest, ¿y acerca de qué? Pues claro que no. Pero ya sabe, en estas circunstancias siempre hay habladurías. Y la auxiliar, ¿cómo se llama?, Adams, estaba muy impresionada.

—Pero ¿le ha dicho algo?

—No. Pero me ha preguntado una cosa.

—¿Qué?

—Que cómo era posible que no hubiera detectado a la gemela. Me ha comentado que no podía entenderlo.

—¿Y por qué no me lo ha dicho?

La enfermera jefe se encogió de hombros.

—Porque me ha parecido una bobada. Le he dicho que no era siempre fácil. Que las costillas amortiguaban el latido del corazón.

—Ya veo. Bueno... pues se lo agradezco. ¿Ha dicho algo más?

La señora Jackson dudó unos segundos y luego dijo:

—Bueno... me ha comentado que parecía usted muy cansado.

—Y lo estaba... maldita sea —dijo James. Notó que la

frente se le humedecía—. Estaba agotado. Eran las cuatro de la madrugada, carajo.

—Sí, claro —dijo Jackson.

—También debía estarlo usted...

—Le he dicho que usted estaba bien. Y que eso no era asunto suyo. Pero es un poco boba. Igual ha hablado con alguien. Con sus amigas. Y esas cosas, ya sabe, corren...

—¿Ah, sí? —dijo James—. Dios mío, ¿cree que debería decirle algo?

—Pues claro que no. Parecería muy... —Hizo una pausa—. Bueno, yo no le diría nada. Si oigo algún chismorreo, haré lo que esté en mi mano para detenerlo. Y como le decía, dudo mucho que la investigación médica encuentre algo en su contra. Yo que usted no me preocuparía mucho, señor Forrest. Desgraciadamente, esas cosas son habituales. Aunque es cierto que...

—¿Sí?

—Que estaba usted muy cansado. —El significado verdadero estaba explícito. James se miró las manos y recordó lo torpes, lo inseguras, lo vacilantes que habían estado aquella noche. Virgen santa, qué desastre. Qué auténtico y maldito desastre.

El asunto se tramitó de la forma habitual; con reiteradas y amables garantías, justificaciones hospitalarias cuidadosamente expresadas y una conversación convenientemente codificada entre James Forrest y el señor Nicolson. Éste le preguntó qué había sucedido exactamente y, tras oír su versión de los hechos, asintió y declaró que en su opinión, cuando una paciente rehusaba las visitas prenatales, incurría en un acto de negligencia delictiva; y le garantizó el total apoyo del colegio de médicos, sobre todo porque tenía pensado redactar una manifestación personal de confianza en su buen juicio y en su dilatada experiencia profesional. Naturalmente, hubo una investigación oficial: la autopsia demostró que la criatura había fallecido a raíz del desgarramiento de la placenta y de la interrupción de suministro de oxígeno al cerebro. Y el veredicto de la investigación oficial fue que el personal del hospital había hecho todo lo humanamente posible a pesar de la situación crítica.

Sin embargo, la señora Jackson seguía inquietando mucho a James a pesar, como comentó de pasada en otra conversación convenientemente codificada, de que tampoco ella hubiera adivinado la presencia de un segundo feto; estaba a punto de ser nombrada supervisora y declaró al comité de investigación que, habida cuenta de las circunstancias dificilísimas del caso —es decir, que la paciente se mostrara reacia a los cuidados prenatales, que la niña fuera enorme y se presentara de nalgas y que la placenta se hubiera desgarrado—, ella y el señor Forrest habían hecho todo lo que estaba en sus manos. Rosemary Mills, que ya había sido dada de alta a pesar de sufrir un trauma emocional considerable y de seguir tratando de asumir la tristeza del fallecimiento de una hija y la alegría del nacimiento de otra, recibió una carta fría y formal en la que se le comunicaba que, aunque el hospital sentía profundamente lo sucedido, no se había podido hacer nada por salvar la vida de su segunda hija y que, de haberse sometido a los controles prenatales, habrían existido mayores oportunidades para la segunda gemela.

El señor James Forrest no fue en ningún momento el blanco del más mínimo atisbo de crítica.

Sin embargo podía hacer algo; un acto de contrición que podría demostrarse positivo en otra ocasión, en otra crisis, en otro parto. Y lo hizo. Dejó de beber alcohol para siempre.

—¿Puedo entrar?

Estaba tan absorto en el pasado, en su horror, que casi esperó ver entrar por la puerta a la enfermera jefe Jackson, a Rosemary o hasta a la joven auxiliar Adams; se giró y sintió semejante alivio al ver que se trataba de Janine que casi olvidó los horrores del presente.

—¡Janine! Entra.

—Tienes mejor aspecto, *chéri*. ¿Alguna noticia de los Bergin?

—Mucho me temo que no. Nada. A menos que consideres una noticia que Oliver esté tomando un baño.

—No me lo parece. ¿Te ha?...

—He tenido que hablar con su mamá.

—*¡Tiens!* Esa mujer me saca de quicio. Una ropa horrible, un peinado horrible, un perfume horrible.

James no pudo impedir echarse a reír.

—¡Janine! Por Dios. No puedes tenerle aversión a una persona únicamente por su perfume y por su peinado.

—Sí puedo. Faltaría más. Y además, no me fío de ella. Actúa siempre con... con doblez.

—Con doblez —dijo James sonriéndole tiernamente. Los

escasos errores idiomáticos que Janine cometía le parecían siempre encantadores—. Janine, todos actuamos a veces con doblez. No creo que podamos condenar a la pobre Julia sólo por eso.

Janine se encogió de hombros.

—Quizá. Pero no es de fiar. Créeme. Le encanta parecer una mujer dulce y encantadora, pero cuando se quita la máscara, aunque sea por un momento, es muy diferente. Anoche hubo un pequeño incidente que no me gustó nada.

—¿Qué pasó? —preguntó James intrigado.

—Bueno, Cressida vino del jardín con un ramo de guisantes de olor y se lo dio a Julia en la cocina. Fue un gesto afectuoso. Julia lo tomó, sonrió, le dio un beso y le dijo que qué cariñosa era, con aquellas pequeñas atenciones. Entonces Cressida fue a cambiarse y yo le dije que también me iba, y dejamos a Julia. Pero olvidé mis gafas y cuando volví a por ellas Julia no me oyó; estaba de espaldas destrozando las flores una por una y tirándolas a la basura. Entonces me vio y vino a decirme que estaba seleccionándolas porque, según ella, algunas estaban totalmente marchitas.

—Bueno, tampoco me parece tan horroroso —dijo James alegremente—. Igual es que no le gustan los guisantes de olor. En un tribunal no llegarías muy lejos con una acusación como ésta, Janine.

Janine se encogió de hombros.

—Quizá no. Pero he observado otras cosas. En cualquier caso, la verdad es que no me fío de la *belle* Julia. Bueno, lo que venía a decirte es que creo que deberías darle algo a la pobre Maggie; está al borde del ataque de nervios y al final va a enfermar, y sólo nos faltaría eso. ¿Qué te parece?

—Oh, Dios —dijo James—. Inevitable, supongo. De todas formas, cada día está más desequilibrada. Me preocupa. Sí, de acuerdo, Janine. Voy a darle algo.

—¿Se lo tomará?

—Oh, sí —dijo James con un suspiro—. Lo tomará. Tomará cualquier cosa, cualquier píldora, cualquier poción. Se agarraría a un clavo ardiendo.

—¿Y eso por qué? ¿Por qué iba a agarrarse a un clavo ardiendo? ¿Por qué está tan desesperada?

—Porque es una inadaptada —dijo James—. Pobre mujer. No debería haber... —Sonó el teléfono—. James Forrest al habla.

—James, soy Oliver. Mi madre me ha dicho que me has llamado para informarte del discurso de Mungo. ¿Qué?...

—Oh... Oliver. Sí. Mira, no tiene nada que ver con el discurso de Mungo. Lo siento pero le he contado una mentirijilla a tu madre.

—Bueno, no te preocupes —dijo Oliver alegremente—, también ella cuenta muchas. ¿De qué querías hablarme?

—Bueno, era... sabes... oh, Dios mío, Oliver, es absurdo querer disfrazarlo. Se trata de Cressida. Se ha...

Hubo un largo silencio; la habitación le pareció claustrofóbica, sofocante. James notó la sangre percutiendo en su cabeza, oyó el tictac del reloj de su despacho, la respiración leve de Janine junto a él. Y luego:

—No se habrá ido —dijo Oliver con una voz muy sosegada, absolutamente carente de emoción—. ¿No se habrá ido, verdad?

CAPÍTULO 7

—Harriet, ¿tienes un minuto?

Era Merlin, que asomaba a la puerta de su habitación, donde se había refugiado un momento, con una botella de limonada helada, para tomarse un respiro entre llamadas. Su rostro curtido por el aire libre, sus brillantes ojos azules, su melena blanca y una expresión sorprendentemente risueña; un toque de normalidad en aquel día de pesadilla.

—Sí, imagino que sí —respondió Harriet.

—¿Puedo utilizar tu ordenador? Tengo que escribir un artículo... He prometido mandarlo esta mañana. Al menos, así mataré el tiempo haciendo algo útil. Ha sido idea de Janine que te lo pidiera. Una mujer rematadamente atractiva. El tipo de mujer que me anima a asentarme.

—Merlin, querido —dijo Harriet echándose a reír—. Pero ¿qué dices? No estarás pensando en rendirte, ¿verdad?

—Bueno, tampoco es cuestión de terminar como un viejo solterón solitario —dijo Merlin—. De hecho, llevo pensándolo desde hace tiempo. El problema es que nunca me he cruzado con la chica adecuada, ¿sabes?

—Bueno, igual la has tenido al lado y no te has dado cuenta —dijo Harriet—. Pues claro que puedes utilizar mi ordenador. Sólo que aquí, Merlin, no creo que te dejen en paz. Mamá viene cada dos por tres y...

—¡Jesús! Eso no podré soportarlo. Lo haré en otro momento.

—No —dijo Harriet—. Por supuesto que tienes que hacerlo. Mira, haremos una cosa. Lo subiremos al desván. Allí arriba nunca sube nadie, salvo mamá a coser, y no creo que hoy tenga pensado dedicarse a eso. Allí estarás tranquilo. Espera un segundo; lo desenchufo y ya está. Pesa muy poco.

Atravesaron el pasillo de puntillas, como dos niños traviesos, y subieron hasta el desván. Hacía mucho calor; Harriet abrió el gran tragaluz y el aire fresco, lleno de trinos de pájaros, refrescó la habitación de inmediato.

—Hace un día precioso —dijo Harriet con la mirada puesta en el cielo completamente despejado—. Parece tan terrible...

—Oh, qué quieres que te diga —dijo Merlin con tono impaciente—. Todavía sería peor si estuviera lloviendo. ¿Puedo mover la máquina de coser de tu madre y utilizar esta mesa?

—Pues claro que puedes. Aquí tengo el cable, ya verás, te lo monto en un periquete.

Merlin se instaló delante del ordenador y empezó a teclear.

—Unos trastos maravillosos —dijo con regocijo—. La verdad es que me han transformado la vida. Debería haberme traído el mío, pero pensé que no tendría tiempo de utilizarlo. Una estupidez, ¿verdad?, porque uno nunca sabe lo que puede pasar. Bien, estupendo. Gracias, Harriet, esto es maravilloso. Me quedaré a trabajar aquí, tranquilo, sin dar la lata a nadie. No como esa hermana tuya —añadió, sombrío—, que está causándonos tanta ansiedad. Una egoísta, si quieres que te dé mi opinión...

—Oh, Merlin, no digas eso —dijo rápidamente Harriet—. Debe de tener un problema muy gordo. Pobre Cress. Oh, Merlin, mira, ahí está su traje. Había olvidado que lo teníamos guardado aquí. Un traje de novia precioso, ¡qué lástima! —Se interrumpió bruscamente—. Vaya estupidez... Como si un traje importara.

Se acercó al perchero del que colgaba el traje de novia de Cressida, metido en una funda de muselina, desde hacía dos semanas; sin saber por qué lo acarició con suavidad, con cautela, como si se tratara de la propia Cressida, de una Cressida atormentada y necesitada de cariño. Y de pronto la habitación de nuevo le pareció sofocante y volvió a dolerle la cabeza, como si alguien estuviera estrujándosela con saña, y se quedó boquiabierta tratando de entender lo que veía. Porque al tocar la funda, que no estaba sujeta sino simplemente echada por encima, empezó a deslizarse de la percha y lo que Harriet vio no fue el traje de novia de Cressida, sino un viejo vestido de noche de su madre.

El traje, al igual que la novia, había desaparecido.

CAPÍTULO 8

JAMES, MEDIODÍA

Estaba en el descansillo del primer piso cuando oyó unos sollozos procedentes del dormitorio de Cressida; suaves, apagados, amargos. ¡Santo cielo!, había regresado en busca de ayuda y de consuelo y no osaba encararse con ellos. Se escondía, como hacía su hermana Harriet de pequeña. ¿Qué le habría sucedido?, ¿qué habría podido ocurrir en aquellas pocas horas para convertir a una novia radiante en una fugitiva desesperada? Casi temía entrar, enfrentarse a su desespero; permaneció frente a la puerta del dormitorio durante un rato absurdamente largo antes de dar unos golpes suaves y de abrir la puerta.

—¿Cress? —dijo—. ¿Cress, cariño?

Y la figura que, tumbada encima de la cama, sollozaba sobre el cojín de encaje se giró hacia él, lentamente, y exhibió un rostro devastado; sólo que por supuesto no era Cressida sino Harriet, y aparentemente llevaba mucho rato llorando.

—Papá —dijo alargando la mano para tomar la de su padre—, papá, lo siento, soy yo.

James la tomó entre sus brazos, la meció suavemente, la besó y le acarició el pelo para apaciguarla, para alejar su sufrimiento. Al poco, Harriet dejó de llorar y le dijo:

—Hay algo nuevo. Iba a... decírtelo. Todavía no se lo he comentado a nadie.

—¿Qué? —dijo James—. ¿La policía ha...?

—No, no —dijo Harriet—, no es la policía, ni los hospitales, ni ninguna noticia nueva. Pero papá, acabo de subir al desván y... es tan raro, tan inquietante, no se me ocurre... —Su voz se desvaneció y las lágrimas volvieron a aflorar a sus ojos y a caerle por las mejillas. James la apartó un poco y la miró fijamente.

—¿Qué, Harriet, de qué se trata? Por Dios, Harriet, tienes que decírmelo.

—Sí, claro. Lo siento. —Tragó saliva y aspiró profundamente—. Papá, su traje de novia ha desaparecido.

—¿Su traje de novia? ¿Pero a qué carajo te refieres? ¿Cómo puede haber desaparecido?, ¿qué habrá...? —Su voz también se desvaneció mientras seguía mirándola fijamente, profundamente aturdido.

—No lo sé. No lo entiendo. No entiendo por qué ha podido llevárselo. Pero ha desaparecido. Y no es que se lo haya llevado y ya está: debajo de la funda hay otro vestido, ¿entiendes? Es evidente que ha querido llevárselo y que no lo supiéramos.

—Oh, santo cielo —dijo James. De pronto se sintió terriblemente cansado; se veía incapaz de soportar todo aquello mucho más tiempo—. Harriet, ¿se ha fugado con otro hombre? ¿Para casarse...? Oh, pero es un desatino. No tiene sentido.

—Ya sé. Ya sé que es absurdo. Pero es obvio que lo tenía todo planeado. Me refiero a la desaparición. Debió de planearlo todo de antemano. Bueno, al menos ahora ya sabemos que no la han secuestrado, que era lo que mamá más temía.

—Ya. Supongo que tendremos que decírselo. ¿O no? —Se miraron, trataron de visualizar el trauma que aquellas noticias de última hora supondrían para Maggie y se preguntaron si valía la pena hacerlo.

—Sí. Creo que debemos decírselo. Me parece que será mejor.

—Bueno, pues ahora mismo bajo. Ahora mismo. —James siguió inmóvil, con la mirada perdida, y suspiró—. Harriet, ¿no te ha contado nunca nada que pudiera indicar que se casaba con Oliver a disgusto?

—No —dijo Harriet—, no, nada. Aunque últimamente no la he visto mucho. Por el trabajo... y eso... Siempre pensaba, tengo que verla y hablar con ella, pero entre una cosa y otra... oh, Dios mío...

—Bueno —dijo James—, de habérselo contado a alguien hubiera sido a ti.

—No, no lo habría hecho —dijo Harriet categóricamente.

—¿Qué quieres decir? Pues claro que lo habría hecho. Estáis tan unidas...

—Papá, no estamos unidas. Todo el mundo lo cree, pero no estamos en absoluto unidas. No tengo ni idea de lo que le pasa por la cabeza, nunca lo he sabido. Desde pequeña. Y... bueno, en fin, que no me ha dicho nada.

James la miró estupefacto, como si le hubiera anunciado que trabajaba para los servicios secretos o que se había apuntado para hacer de cosmonauta.

—Entonces —dijo finalmente—, ¿con quién crees que ha podido hablar?

—No tengo ni idea —dijo Harriet con un tono extrañamente hueco, indiferente—. No tengo ni la más remota idea. No sé quiénes son sus amigos, ni con quién habría podido confiarse. Cressida es un misterio para mí. Mucho más de lo que creía —añadió con el amago de una sonrisa.

—Pero, cariño, os tenéis afecto, ¿no es verdad? —James se percató de la inflexión suplicante de su pregunta; no sabía por qué pero le parecía importante.

—Sí, nos tenemos afecto —dijo Harriet rápidamente—, mucho afecto. Por supuesto. —James decidió creerla, por el momento. Eso lo simplificaba todo.

—¿Crees —preguntó James mirando a su alrededor con impotencia— que deberíamos examinar sus cajones? ¿Buscar direcciones, contactos? ¿Te parece que...?

—Ya lo he hecho —dijo Harriet con una ligera mueca de contrición—; he estado rebuscando en su despacho. Todo está muy ordenado, muy bien colocado, pero no he encontrado nada que pueda ayudarnos... ni incriminarla. Aunque lo que no he encontrado ha sido un bloc de direcciones...

—¿Y los estados de cuenta del banco? Podrían darnos alguna pista...

—Ni un papel de banco ni nada que se le parezca. Y me ha parecido muy extraño; como si no hubiera querido dejar pistas.

—Bueno, no sé. Lo normal sería que guardara ese tipo de cosas en su apartamento, ¿no te parece?

Harriet suspiró.

—Supongo que sí. Sí, claro. Pero es que yo iba raramente a ese apartamento, ¿sabes?

—Ninguno de nosotros iba —dijo James—. Cuando le sugería ir a verla, siempre me decía lo horrendo que era ese piso y lo mucho que lo odiaba, y que prefería venir ella. Me parece que no he estado allí desde... oh, desde antes de Navidad. No tenemos ninguna llave, ¿verdad?

—No. Se ha llevado todas sus llaves.

—Pues no sé si tendríamos que ir a darnos una vuelta por allí...

—Papá, no puedes ir. Hoy no. Si quieres ya iré yo...

—No —dijo James con un suspiro—, no, de momento no. Quizá esta tarde, si... oh, Harriet, esto es una verdadera catástrofe. Me siento tan culpable... como si de alguna forma todo fuera culpa mía.

—Bueno, pues no lo es —respondió Harriet—. Claro que no lo es. Has sido un padre maravilloso para Cressida.

—Al parecer, no tan maravilloso. —Se sentó y observó la habitación perfectamente ordenada y armoniosa de Cressida y sintió una punzada en el corazón al percatarse de que la había perdido. La anulación de la boda y las ansias de aquella jornada parecían insignificantes; sólo anhelaba que regresara sana y salva para poder confortarla, descubrir la razón de su quebranto. ¿Dónde estaba su hijita adorable, bondadosa y tierna?, ¿adónde había ido?, ¿qué espantosa zozobra la había empujado a cometer aquel desatino?

—¿Y si llamáramos al banco? Sigue teniendo su cuenta aquí, en Woodstock, ¿no? Podrían darnos alguna indicación. ¿Qué te parece?

—Bueno, imagino que podríamos. Oh, Dios, no me gusta nada estar aquí, en su habitación, fisgando en su vida.

—Vente a mi habitación, bobo. De todas formas, mi teléfono portátil está allí. —Le sonrió y James sintió que las lágrimas le subían a los ojos.

—De acuerdo. Menos mal que estás tú, Harriet.

—Oh —dijo ella—, no te vas a librar de mí tan fácilmente.

James se estremeció.

—No bromees con eso.

James llamó al banco. Tony Bacon, el director de la sucursal, con quien jugaba de vez en cuando al golf, había salido y no regresaría hasta la tarde y su ayudante se mostró envaradamente obtuso.

—Señor Forrest, lo que está pidiéndome es una información extremadamente confidencial. En ningún caso suministraríamos detalles de los asuntos financieros de nuestros clientes.

—¿Ni siquiera en circunstancias excepcionales? Estamos preocupadísimos por ella.

—Mucho me temo que es imposible.

—¿Pero mi hija sigue teniendo una cuenta con ustedes o no? ¿La ha cancelado o ha retirado sumas importantes últimamente?

—Lo siento, señor Forrest, pero le aseguro que me es imposible ayudarle.

—Bueno, bueno, de acuerdo. ¿Querrá decirle al señor Bacon que me llame en cuanto llegue, por favor?

—Desde luego que le pediré que le llame, señor Forrest.

—Cretino presuntuoso —dijo James colgando con innecesaria violencia—. ¿Alguna otra buena idea, Harriet?

—¿Médicos?

—Visitaba a uno en Londres, pero no tengo ni idea de quién es. Oh, Dios mío, esto no va a conducirnos a ninguna parte.

—¿Y si volvemos a hablar con el párroco? Igual Cressida le dijo algo. Iba a menudo a la iglesia a hacer ramos y charlaba con él... nunca se sabe...

—Bueno, podemos intentarlo —dijo James—, aunque estoy seguro de que sus preceptos o lo que sea le prohibirán contarnos lo que sabe. ¿No son los curas los que se llevan los secretos a la tumba?

—Sí, pero quizá no era un secreto —dijo Harriet—. Cressida podría haberle comentado algo abiertamente, decirle que le preocupaba lo de irse a vivir a Nueva York o lo que fuera.

—Sí, quizá sí. Pues de acuerdo.

—Papá, intenta no preocuparte. Ya has visto lo tranquila que parecía la policía.

—Sí, bueno, no se trata de su hija —dijo James en un tono que hasta a él le pareció vacilante. Marcó el número de la vicaría.

—¿Señora Hodges? Vuelvo a ser James Forrest.

La voz abatida de Sylvia Hodges respondió al teléfono. Era una voz que encajaba perfectamente con su personalidad; si había una voz opaca, hueca y apagada era la de Sylvia.

—Oh, señor Forrest. Nos ha dejado tan intranquilos. ¿Ha?...

—No, por desgracia, no —dijo James interrumpiéndola. No soportaba que nadie pensara, ni siquiera por un momento, que Cressida había regresado—. No, seguimos sin noticias.

—No se desespere —dijo Sylvia Hodges—, debe conservar la fe. Ya sabe, todos los gorriones vuelven al nido.

—Señora Hodges —dijo James, irritado por su ansiedad—. No estoy en absoluto desesperado, se lo aseguro.

—Estamos rezando por usted —añadió ella— y pensando mucho en todos ustedes. Una chica tan preciosa, tan cariñosa. Los dos la queremos mucho. Justamente anoche le decía a Alan que una hija así... oh, Dios... —Su voz se desvaneció al darse cuenta de su falta de tacto.

—Bueno, se lo agradezco. ¿Está su marido? Quería hablar un segundo con él.

136

—Está en el jardín cavando y poniendo abono. Siempre hace lo mismo cuando está preocupado. Lo apacigua.

—Bueno, lo probaré —dijo James en un intento de jovialidad. Le hizo un guiño a Harriet y ella le sonrió.

—Aquí Alan Hodges, señor Forrest. ¿Ninguna noticia?

—Ninguna noticia —dijo James—, pero quería... bueno, mire, señor Hodges; estamos intentando no dejar piedra por mover, como seguramente entenderá y por eso queremos hablar con todos los que puedan suministrarnos alguna idea. Por supuesto, no es que pretenda que quebrante ningún secreto, pero ¿le dijo alguna vez Cressida algo que... bueno, que expresara posibles dudas en cuanto a su boda?

—Entiendo perfectamente a qué se refiere. Y me gustaría poder ayudarlo. Bien, veamos. Bueno, lo que sí puedo asegurarle, así, de buenas a primeras, es que nunca me confió nada que pudiera considerarse confidencial. ¿Le sirve de algo?

—Sí, imagino que de alguna forma es tranquilizador. ¿Se refiere a que nunca le confesó que fuera a tomar los hábitos o algo parecido? —Volvió a hacerle un guiño a Harriet, que lo había mirado con extrañeza. Dios, igual era una ocurrencia que le había pasado por la cabeza; que quizá habría debido pasarles a todos por la cabeza.

—Oh, no, señor Forrest. Eso desde luego que no. Los hábitos, no. —Su voz, igual de grave que la de su mujer, sonó escandalizada. James sonrió por lo bajo a pesar de su congoja. Alan Hodges no estaba muy dotado para el sentido del humor.

—Bueno, me habría parecido muy extraño. Pero... bueno, no le habló nunca de sus planes...

Hubo un silencio. James notó que se le erizaba la piel. Había algo; lo intuyó.

—No, no, en absoluto. Parecía muy serena y sosegada. Salvo, bueno....

—Salvo ¿qué?

—La otra tarde. Dios mío, debió de ser anteayer. Las prisas con su pasaporte, ¿sabe?

—No —dijo bruscamente James—. ¿Qué pasaporte?

—El nuevo. ¿No se lo contó? Bueno, debía temer que se inquietaran. Aunque no quería que el señor Bergin se enterara, porque no se lo había hecho renovar hasta última hora y temía no tenerlo listo para su viaje de bodas.

—No, pues no lo sabía —dijo James con cautela.

—Bueno, imagino que no quiso decírselo a nadie. La encontré por casualidad en Oxford, en la oficina de correos; había ido a solicitar uno de esos pasaportes de validez limitada; esos que sólo sirven durante un año. Imagino que fue lo único que pudo conseguir. Qué lata lo de los documentos, ¿verdad?

—Sí, pero ese pasaporte tampoco le habría servido de nada —dijo James—. Se iba... se iban a vivir a Nueva York. No habría podido entrar en el país con eso.

—No, tiene usted razón. No había caído en eso. Bueno, la vi muy alterada, trastornada; fuera de sí, casi diría. Aunque es cierto que a veces, cuando se acerca la fecha de la boda, algunas novias se desquician un poco. En fin, si se nos ocurre algo más, señor Forrest, tanto a mí como a mi esposa, lo llamaremos en seguida. Y procure no desanimarse. Estoy seguro de que todo terminará bien. Rezamos por todos ustedes. Quiero que lo sepa. Y si puedo hacer algo más...

—Muchas gracias —dijo James—. Muchísimas gracias, señor Hodges.

Colgó el teléfono y miró a Harriet.

—¿Sabías que Cressida había olvidado renovar su pasaporte? —le preguntó.

—No, claro que no. Es más, estoy segura de que tenía todos los papeles en regla porque hará un mes fue a buscar el visado, ¿recuerdas? O sea que no creo que hubiera ningún problema. Y además era Oliver quien tenía su pasaporte, porque el destino del viaje de luna de miel tenía que ser una sorpresa. ¿Por qué?

—Bueno, la razón la desconozco, pero el caso es que anteayer solicitó un pasaporte nuevo. Alan Hodges la encontró en la oficina de correos de Oxford. Santo Dios, Harriet, esto está poniéndose cada vez más feo.

CAPÍTULO 9

MUNGO, HORA DEL ALMUERZO

Le había tocado el peor papel; el de esperar en la iglesia para avisar a los invitados que pudieran presentarse. Todavía era pronto, por supuesto. No llegaría nadie antes de la una, ni siquiera los invitados más puntuales; pero daba igual, quizá algún familiar de las damitas de honor... En fin, que James Forrest había dicho que alguien tenía que ir a la iglesia, por si las moscas. Rufus se había ofrecido voluntario y había propuesto a Mungo que permaneciera junto a Oliver. Pero tras estudiar ambas opciones y dando muestra de gran cordura, Mungo había optado por encargarse de aquella guardia siniestra; Rufus sería mucho más eficaz en su misión de respaldo emocional, un papel que le iba como anillo al dedo. Un poco santurrón, el bueno de Rufus. Mungo lo quería mucho, pero le habría entusiasmado enterarse de que había hecho algo verdaderamente horrendo, como dejar preñadas a dos chicas a la vez, o desfalcar un banco, o hasta dejar una deuda pendiente en alguna parte y ser incapaz de afrontarla. Aunque, por supuesto, era altamente improbable. Rufus era un chico serio, encantador y muy disciplinado. Mungo sólo lo había visto verdaderamente borracho una vez, en ocasión de la celebración de una matrícula conseguida en Cambridge. Y lo que Tilly veía en él se le antojaba incomprensible; Tilly, con su forma de vivir tan excesiva, su sexualidad tan espontánea, su belleza tan asombrosa, su moral tan rematadamente individualista... Aunque algo debía de verle.

La relación que los unía era realmente curiosa y, contra toda lógica, llena de ternura y de cariño. A veces Mungo observaba cómo se aislaban en una armonía intensa y casi tangible que, aun sin mediar contacto físico alguno, excluía todo lo que fuera extraño a ellos, y sabía que estaba frente al amor.

Y aunque se hiciera cruces, era algo que lo maravillaba, lo hacía feliz y lo complacía. Y lo más seguro es que se hubiera inspirado en ellos al sumergirse en su propio e incandescente idilio; un idilio del que quería hablar a su padre y del que también se hacía cruces —por lo repentino, lo insospechado— y que no había compartido con nadie, ni siquiera con Oliver o con Harriet, las dos personas con quien más unido se sentía. Y luego estaba el asunto de la compatibilidad. Seguía pareciéndole curiosísimo que Oliver hubiera escogido a Cressida, tan dulce, tan bondadosa, tan dócil, cuando habría podido decantarse por Harriet, tan original, tan inteligente, tan valiente y tan arrolladora, que adivinaba sus pensamientos mucho antes que él mismo y que adoraba hacer todo lo que le gustaba hacer a él, es decir, navegar y montar a caballo, la música rock y viajar. En ocasión de uno de los viajes organizados por Merlin, ellos tres y un guía remontaron el Amazonas en un barquito. Regresaron exultantes y cargados de anécdotas fantásticas relacionadas con cocodrilos —que de noche se quedaban atontados cuando se los cegaba con una luz—, con delfines amistosos y sonrientes, con enormes bancos de peces, y con monos y loros de colores brillantes, que habían visto en una excursión a través de una brumosa y tupida selva, hablando del estrépito y del griterío diurnos y del silencio sepulcral de la noche, de la sensación, en definitiva, de haber estado metidos en el túnel del tiempo. Cressida escuchó aquellas aventuras con los ojos desorbitados de horror y comentó que le costaba imaginar algo más espantoso. Y Oliver, refrenando a duras penas el desdén, le anunció que él y Harriet saldrían de viaje solos en cuanto los padres se lo permitieran. Planearon el viaje durante años, hasta la edad en que ambos abandonaron la escuela y dejaron de pasar las vacaciones juntos. Los adultos los pinchaban y preguntaban cuándo se iban, cuánto dinero tenían ahorrado, si sería a la China, o a la India, o al Círculo Ártico, y Merlin los defendía, y aseguraba que eran un par de viajeros estupendos y que estaba orgulloso de ellos. Pero no lo hicieron nunca; durante sus vacaciones universitarias, Oliver se iba a hacer excursionismo solo, y Harriet dedicaba todas sus energías a construir su negocio de moda y las pocas semanas libres que le quedaban sólo quería echarse en una playa y recuperarse un poco. Y por supuesto todo fue cayendo en el olvido y la maravillosa y entrañable amistad que los había unido fue desintegrándose. Naturalmente, Oliver cambió, se hizo adulto, un adulto serio y ferozmente ambicioso —y quizá ése fue un factor determinante a la hora de escoger a Cressida, una esposa que, habida cuenta de las circunstancias, parecía mucho más adecuada, más... bueno, más familiar que Harriet, más ajustada al tipo de mujer con quien necesitaba casarse.

Aunque al fin y a la postre quizá resultaría que no lo era. Mungo volvió al presente y a sus deberes con el fin de ahuyentar la tentación de subirse al coche y largarse; se preguntó qué podría hacer para ayudar a Oliver aparte de emborracharlo de tal manera que fuera incapaz hasta de recordar su nombre. Y llegó a la conclusión de que no podía hacer nada.

Las mujeres Forrest —Maggie, Janine, Susie y Harriet—, como las llamaba él, y especialmente aquel día, estaban atareadas en diferentes teléfonos; Maggie en su dormitorio, Janine en el despacho con el teléfono de James, Harriet con su teléfono portátil y Susie en casa de los Beaumont. Cada una de ellas se encargaba de una sección de la lista de invitados para comunicarles que Cressida se encontraba mal, que la boda se posponía, que lo sentían con todo el alma, que volverían a ponerse en contacto en cuanto se supiera la nueva fecha de la boda y rehusar la ayuda que éstos brindaban de comunicarlo a sus amigos más próximos, con el fin de no crear malentendidos y de no duplicar llamadas.

Santo Dios, pensó Mungo, qué catástrofe. Qué desatino general. No sólo a raíz de la desaparición de Cressida, sino mucho antes; hacía horas que la pesadilla había comenzado. Y de pronto revivió la terrible escena presenciada a las dos de la madrugada, cuando él y Rufus fueron en coche al hotel de los Bergin, subieron a la suite de Oliver y lo encontraron con la cabeza hundida entre las manos, espantosamente borracho, con el rostro sin afeitar anegado en lágrimas y repitiendo que no podía seguir adelante, que no podía casarse con Cressida, ni siquiera entonces, tan a última hora, que tenían que protegerlo y ayudarlo, y que si no lo hacían se suicidaría.

—Pero ¿por qué, Oliver? ¿Por qué? —preguntó Rufus una y otra vez, y Oliver no hacía más que mirarlo, con sus ojos azules oscurecidos por la angustia y su pelo rubio completamente alborotado tras habérselo estado mesando durante horas, y decirle que no podía contárselo, que era demasiado horrible, que tenían que hacer algo, ayudarlo, salvarlo. A pesar de estar borracho como una cuba también daba una impresión de feroz determinación. Y aquella combinación de estados de ánimo se le antojó especialmente aterradora.

—Si no me sacáis de ésta, cometeré un acto desesperado, juro que lo haré —dijo Oliver, y de pronto, mientras intentaban sosegarlo, sonsacarle el motivo de tanta angustia y preguntarle qué había sucedido, se levantó, se dirigió casi con lentitud al baño y se encerró en su interior.

Rufus y Mungo intercambiaron una mirada de alivio e imaginaron que se le habría pasado, que no había sido más que un momento de pánico de última hora; poco después de salir del baño, con expresión serena y una sonrisa encantadora en los labios, Oliver les dijo:

—Bueno, pues ya está.

—¿A qué te refieres? —le preguntó Mungo algo desconcertado, y Oliver volvió a sonreír con absoluta entereza y murmuró:

—Una cosa que me he tomado y que lo solucionará todo.

Rufus lo miró fijamente, se alzó y entró en el baño; salió de él con un tarro de aspirinas medio vacío en la mano.

—Ollie, ¿te has tomado esto? —le preguntó suavemente, y Oliver asintió y le dijo:

—Sí. Tenía que hacer algo. —Y se sentó, tomó un ejemplar del *Sporting Life* y empezó a leer el informe Goodwood. Mungo relacionaría las carreras de caballos con las tragedias personales hasta el final de su vida.

Rufus estuvo estupendo. Bajó sin hacer ruido al comedor del hotel, encontró varios saleros y los vació dentro de una jarra de agua que hizo beber a Oliver. Luego se lo llevó al baño. Mungo, que tenía la arcada fácil, esperó fuera y trató de no escuchar mientras se preguntaba si sería conveniente avisar a Julia o a Josh Bergin. Diez minutos después salieron los dos del baño y Rufus ayudó a Oliver a tenderse sobre la cama.

—Llama al servicio de habitaciones, pide café y un par de botellas de agua mineral —le dijo—, y diles que lo dejen todo en el pasillo.

—¿Te parece que avise a los Bergin?

—¡No, por Dios! Se pondrá bien en seguida. Lo hemos cogido a tiempo. Pobre tío.

Medio dormido, Oliver seguía echado encima de la cama con la tez macilenta y los ojos entornados.

—¿Cómo sabías lo que había que hacer? —preguntó Mungo.

—Una chica que conocí en Cambridge hizo exactamente lo mismo. Su compañero era médico y tuve que echarle una mano. Si se interviene con rapidez, en principio no quedan secuelas. Pero tenemos que seguir rehidratándolo.

—¿Y qué demonios crees que le pasa?

—Ni idea. Imagino que serán los nervios —dijo Rufus intentando dar una inflexión tranquilizadora a su voz—. Anoche, durante la cena, los dos parecían estar bien.

—Sí. Me pregunto si Cressida no habrá venido a verlo, o si no habrá sucedido algo desde entonces.

—No ha sucedido nada —oyeron decir a Oliver con voz rauca desde la cama—. No la he visto desde anoche. No os preocupéis. Ya estoy bien. —Cerró los ojos y Rufus se acercó a tomarle la tensión.

—Ya está bien —dijo en voz baja—. No pongas esa cara de susto, Mungo.

—Lo siento —dijo Mungo. También él empezaba a sentirse mareado—. Es que ha sido tan impropio de él. Suele ser tan tranquilo, tan impasible. Ni siquiera se emborracha.

—Ya sé, ya sé.

Llegaron el agua y el café y Rufus y Mungo se turnaron para darle de beber, con ternura, como si fuera un niño enfermo. La noche fue larga; tuvieron que acompañarlo al baño varias veces. Durmió mucho, al principio a trompicones y luego más profundamente. A eso de las cinco se despertó y parecía casi recuperado del todo.

—Tengo que ir a mear —dijo sonriente—. No temas, Rufus, no volveré a hacerlo. No sé qué me ha cogido. Lo siento de veras.

Salió del baño andando muy lentamente y con apuros.

—Imagino que la vejez debe parecerse a ser esto —dijo—. Un desastre. Me duelen todas las articulaciones.

—Es la deshidratación —explicó Rufus—. Bebe más agua.

—Estoy que me sale el agua por las orejas. Dentro de poco voy a empezar a gotear.

Ingirió otro vaso de agua y volvió a tumbarse con un gruñido.

—Sois unos amigos estupendos —dijo con espontaneidad—. Os debo la vida, ¿no es verdad?

—Lo dudo —dijo Rufus con una mueca—. Si no hubiéramos estado nosotros, habrías avisado a otra persona. No lo has hecho convencido.

—No —dijo Oliver esforzándose en hablar con normalidad—. No, claro que no. El pánico, no ha sido más que eso. Una tontería. —Hubo otro silencio y luego, antes de cerrar los ojos, repitió una vez más—: Lo siento mucho.

—Oliver —dijo Rufus en voz baja—, Oliver, ¿de verdad estás bien? Me refiero a la boda... porque no es...

—¿Cómo? Sí, imagino que sí. Supongo... no sé. —Y a los pocos minutos volvió a caer profundamente dormido.

—Me parece que deberíamos quedarnos con él —murmuró Mungo—. No me gusta la idea de dejarlo solo.

—Sí, tienes razón. Pobre tío. Qué espanto. ¿Qué hacemos?

—Pues no sé. ¿Crees que deberíamos hablarlo con alguien, descubrir si hay algún problema serio?

—Bueno, sí, probablemente, aunque no se me ocurre con quién —dijo Rufus—. ¿Con Cressida? ¿Con Harriet? ¿Con su madre? Porque oye, recuérdalas anoche; todas estaban radiantes de felicidad.

—Con quien tendríamos que hablar es con Tilly —dijo de pronto Mungo—. Son muy compinches, y está lo suficientemente al margen como para poder haber intuido algo. ¿No cenaron juntos hace un par de días?

—Sí —dijo Rufus—. Me sentó fatal porque Tilly no me dejó ir con ellos. Quería entregarle su regalo de bodas y excusarse por no asistir a la ceremonia.

—Por cierto, ¿y por qué no ha venido? —preguntó Mungo—. Porque en un principio estaba previsto que venía. Me comentó incluso que le hacía mucha ilusión.

—De pronto le salió trabajo —dijo Rufus a la defensiva—. Ya sabes que la reclaman de todas partes.

—Sí, pero...

—Bueno, el porqué da igual. La cuestión es que no podía venir. Pero cenaron juntos. Y tienes razón; es una buena idea. Tilly podría haber adivinado algo. Voy a llamarla. Aunque es muy pronto. —Se miró el reloj—. Las seis y media en Francia. Lo intento dentro de una hora. Madre mía, vaya nochecita. Oye, ¿y si intentamos dormir un poco? ¿Nos jugamos la otra cama a cara o cruz?

—No —dijo Mungo con una mueca y dirigiéndose hacia la puerta—. De verdad que a mí no me importa dormir en el suelo del saloncito.

Los despertó Julia Bergin; entró sin llamar —bueno, al fin y al cabo era su madre, pensó Mungo, aunque de todas formas le pareció raro— y prácticamente tropezó con él. Se quedó pasmada, mirándolo con cara de no entender nada —y también le pareció raro que ya estuviera impecablemente maquillada a las, ¿qué eran?, ¿las siete de la mañana?, y vestida con unos pantalones y un jersey.

—¿Qué demonios haces aquí? —preguntó con una voz áspera, enojada.

—Nos hemos quedado con Oliver; anoche no estaba bien —le respondió Mungo incorporándose, todavía algo mareado.

—¿Qué significa eso de que no estaba bien? —dijo Julia. En aquel momento Rufus salió del dormitorio de Oliver, echándose el pelo para atrás, y cerró cuidadosamente la puerta.

—Estaba... muy borracho —dijo con cautela—, y... bueno, estábamos un poco preocupados. Nos quedamos a cuidar de él. Eso es todo.

—¿Y se puede saber por qué estaba tan borracho? —preguntó Julia Bergin, y a Mungo también le pareció muy extraño que aquella mujer que solía ser tan agradable, tan encantadora, es más, exageradamente encantadora, se hubiera transformado en aquella criatura tan hostil, tan agresiva—. ¿Estuvisteis bebiendo juntos? Anoche, cuando dejamos a los Forrest, pensé que os iríais a vuestro hotel en lugar de venir aquí a armar follón...

—Sí, eso pensábamos también nosotros —dijo Rufus con amabilidad—, pero Oliver nos llamó y nos pidió que viniéramos. Nos dijo que estaba... nervioso. Que necesitaba compañía.

—Estaba yo —dijo Julia con una expresión claramente antagónica en sus ojos—. Podía haber hablado conmigo.

—Sí, claro —admitió Rufus—, pero... bueno, imagino que usted ya estaría durmiendo. Era muy tarde.

—Bueno, pues ahora ya me encargo yo de él —dijo Julia—. Y me gustaría que os fuerais inmediatamente. Sigo sin entender qué pretendéis decirme. ¿Hay algún problema que debería conocer?

—No... no creo —dijo Rufus, conservando todavía un tono comedido. Mungo estaba impresionado—. Pero se encontraba bastante... bastante mal. No lo deje solo.

—Rufus —dijo Julia Bergin con la voz algo temblorosa—, Rufus, soy la madre de Oliver. Cuido de él desde hace treinta y dos años. No necesito que nadie me diga lo que tengo que hacer con él. —Se fue a la habitación contigua y echó un vistazo a su hijo, que seguía durmiendo. No pudieron verle la cara—. Está perfectamente. Tengo que deciros que vuestra historia me resulta un poco difícil de creer. ¿No será que queríais un compañero de borrachera y que vinisteis por voluntad propia?

—Bueno, es usted libre de pensar lo que quiera, señora Bergin —dijo Rufus con mayor firmeza—. Mi única preocupación es Oliver.

—La mía también —dijo Julia Bergin—. Y ahora, por favor, marchaos.

—Es extraño —dijo Mungo mientras ponía el Bentley en marcha—, realmente extraño.

Bueno, hasta aquel fastidio de tener que esperar a unos invitados que con toda seguridad no se presentarían le pareció más llevadero que tener que permanecer en aquella habitación de pesadilla. Mungo se preguntó cómo encajaría Oliver la noticia de la desaparición de Cressida; habría sido incapaz de adivinarlo con precisión. En cualquier caso era un asunto difícil y Mungo no estaba muy acostumbrado a lidiar con dificultades; en cuanto las adivinaba, hacía lo imposible por rehuirlas. Aunque algunas veces no tenía más remedio que encararlas; la muerte de su madre, la boda de su padre con su segunda esposa —y con la siguiente, y después con un par de cretinas (aunque Sasha le agradaba; era guapa, divertida, de inteligencia moderada y mantenía a su padre en constante buen humor; antes de conocerla, su padre estaba tan terriblemente deprimido, tan anormalmente abatido que Mungo se preguntaba a menudo si no habría ocurrido algo que él desconocía).

Tuvo que soportar un par de escuelas especialmente tétricas, sobre todo aquel espantoso internado inglés al que su madrastra insistió en mandarlo. Pero al desaparecer la madrastra desapareció la escuela. Y desde entonces, la vida no le había ido mal; fue feliz en la escuela de Ginebra y en la Sorbona y hasta sobrellevó bien los intentos que hizo su padre por meterlo en sus negocios. Para Theo se trató de una experiencia tediosa y a la vez frustrante, pero nada más. Mungo no tuvo más remedio que iniciarse en casi todas las ramas, supermercados, alimentación, hostelería y división química, antes de que el viejo buitre se diera por vencido y comprendiera que su hijo no estaba hecho para aquellos menesteres. Su padre montaba en cólera y le pegaba unas broncas de órdago, pero estaba acostumbrado; los enfados y las amenazas de desheredarlo —que también esgrimía cuando Mungo le anunciaba deudas de juego particularmente graves— hacían tan poca mella en su hijo como las regañinas que le habían valido sus travesuras de infancia, cuando su padre lo amenazaba con azotarlo con un cinturón, con dejarlo sin regalo de cumpleaños o de Navidad, con devolver su poney o con encerrarlo una semana en su habitación. Pero ninguna de aquellas amenazas se hacía realidad; unas cuantas horas de ansiedad y luego su padre subía a su habitación o iba a verlo a los establos donde tenía a su poney, lo miraba un poco avergonzado y le decía: «Espero que estés arrepentido, Mungo», y Mungo decía que sí y soltaba cuatro lagrimones. «Sí, me arrepiento mucho, papá», decía.

Y recibía un coscorrón cariñoso y un abrazo, y su padre le decía: «Bueno, confío en que ésta sea la última vez, ¿me oyes?, la última.» Y Mungo se abrazaba a él y le decía: «Te lo prometo, papá, es la última vez», y ya no se hablaba más de castigos hasta la siguiente ocasión —y los castigos nunca llegaban.

Con el tiempo, Mungo se convenció de que siempre lograría salirse con la suya; y también entendió por qué la tercera y cuarta esposas lo habían odiado tanto. Su padre tenía una debilidad por él y ellas se daban cuenta de que lo prefería a las insoportables hermanitas que trataban de imponer; Careena y Dido, de la tercera esposa, y Cristina, de la cuarta esposa —Cristina era una chiquilla de trece años, cursi como una mona y gorda como una mesa camilla, una mojigata cubierta de granos a la que, gracias a Dios, no veía a menudo porque su madre no le permitía que se acercara a ellos—. Le habría gustado que Sasha tuviera un hijo, porque a Mungo le gustaban mucho los niños. También él deseaba tener muchos hijos. Era prácticamente la única cosa de Alice que lo inquietaba un poco...

—Me encantan tus hijos —le dijo, tumbado a su lado y observando su rostro delicado, su cabello veteado de mechas rubias y sus ojos azul claro rodeados de pliegues casi imperceptibles—. Son estupendos. De verdad. ¿Qué opinan de mí?

—Oh, Mungo —dijo ella acariciándole la mejilla—, te quieren mucho, claro que te quieren. Para ellos es una diversión. Como si... bueno, como un hermano mayor.

—Sí, ya, eso está bien —dijo él—, pero no es lo mismo que ser padre, ¿no es cierto?

—No, no lo es, pero es que tú no eres su padre.

—Si nos casamos, lo seré.

—Mungo, cariño, ¿podemos dejar de hablar de casarnos? Es tan...

—¿Tan qué? —preguntó él de pronto incorporándose—. Alice, ¿tan qué? Hace tiempo que te digo que quiero casarme contigo.

—Ya lo sé, ya sé que quieres casarte conmigo.

—Y tú dices que me quieres.

—Te quiero mucho, Mungo, pero...

—¿Pero qué? ¿Pero no me quieres lo suficiente? ¿Pero no quieres casarte conmigo? ¿Pero no me consideras un marido posible?

—Mungo, quizá es que te quiero demasiado para casarme contigo.

—Pero ¿por qué, por qué? No lo entiendo.

—Mungo —respondió Alice con una sonrisa tierna—. Tengo treinta y nueve años y tú tienes veintisiete. Hay demasiada diferencia.

—Sólo son doce años. No es nada, nada en absoluto.

—Sí lo es. Yo soy una mujer madura y tú eres un hombre muy joven. Si tuvieras treinta y siete años y yo cuarenta y nueve sería diferente.

—No veo por qué —dijo, y de pronto lo embargó el pánico y el miedo a perderla, a no ser capaz de conservarla para siempre.

—Y además hay otra cosa —dijo Alice con una voz paciente y razonable—. Eres joven y tienes derecho a una mujer joven.

—No quiero una mujer joven. No me gustan las mujeres jóvenes.

—Mungo, eso es ridículo. Pues claro que te gustan. Y tú necesitas una mujer joven, que te dé hijos...

—Tú también puedes darme hijos.

—Bueno, puede que sí y puede que no.

—Creía que te habías hecho los análisis.

—Y me los he hecho.

—¿Y?

—Bueno, en teoría todavía puedo tener hijos. O al menos, un hijo más.

—Lo ves...

—Aunque en la práctica quizá no sea tan fácil.

—En ese caso —dijo Mungo acercándose a ella y besándola—, tendremos que practicar muchísimo para propiciarlo.

—Oh, Mungo. Querido Mungo. ¿Qué puedo decirte?

—Nada. Sólo que me amas.

—Te amo, Mungo.

—No añadas nada más.

Y se escurrió dentro de la cama y empezó a hacerle el amor. Hacer el amor con Alice tenía poco que ver con hacer el amor con cualquiera de las mujeres que había conocido hasta entonces. Era tierna e impetuosa a la vez; al principio recibía sus caricias con aparente pasividad, dejándose excitar —tan deliciosa y fácilmente excitable, fluida, suave, dulce—, y se entregaba, se abría para acogerlo en sus cálidas profundidades. Y de pronto se transformaba en una criatura feroz, casi violenta; se encaramaba sobre él y lo jineteaba con creciente vehemencia, clavándose en él y espoleándolo con un absoluto desenfreno. «No te corras —le decía—, no te corras, todavía no, todavía no», y Mungo permanecía debajo de ella, intentando refrenarse y distanciarse del orgasmo jadeante y desesperado que lo embestía y crecía en su interior. «Espera —decía ella, le ordenaba ella—, espera» y, a horcajadas, lo aprisionaba entre sus rodillas y lo exasperaba con su humedad y su calor hasta caer por fin sobre él, gritando y gimiendo de placer, y gozar, agarrada y tirando de él, una y otra vez, en largas acometidas de tensión que también lo atravesaban a él, antes de sosegarse poco a poco e ir volviendo a la quietud. Y Alice volvía a ser la de siempre; no la Alicie predatoria ni indómita, sino la mujer apacible y sosegada a la que tanto amaba. Amaba a las dos, a las dos Alice, las amaba con un amor duradero. No sólo era bella, deseable y sensual, sino también divertida, inteligente, sensata. Era perfecta; la amaba. Y quería casarse con ella.

Se conocieron en el Val d'Isère; Alice y sus hijos pasaban el fin de año en casa de unos amigos. Estaba en la cola del telesquí y lo primero en seducirlo fue su perfume, un perfume que ya conocía y que le gustaba mucho; fuerte, sensual, muy potente.

Empezó a conversar con ella y le gustó. La invitó a un chocolate caliente en el bar de las pistas y ella, divertida, aceptó. Bajaron juntos la larga y empinada pista que descendía hasta el pueblo, y Mungo, impresionado por su valor y por su destreza, la invitó a un vino caliente mientras caía la noche y quedaron para comer juntos al día siguiente. Tenía una figura estupenda y una voz ronca y grave, extraordinariamente sensual. Almorzaron en Tignes, volvieron esquiando al Val d'Isère y aquella noche también cenaron juntos. Al final de la semana, Mungo ya estaba convencido de que se había enamorado de ella.

Alice estaba divorciada y vivía en Londres con sus tres hijos; era secretaria en una organización benéfica infantil, no por el dinero sino por interés personal. «Mi ex marido es muy generoso, pero me aburro con mucha facilidad.»

Hacía tres años que estaba divorciada; su ex marido, un financiero, se había casado con una chica más joven que Mungo. Los hijos —dos niñas y un niño de quince, doce y nueve años— eran estupendos y muy bien educados; una prueba, pensaba Mungo, de los talentos maternales de Alice. Jemima, la mayor, estudiaba en un internado y Katy y William seguían en casa. Vivían en Chelsea, en una casita muy agradable cerca de Kings Road; Alice la había decorado con mucho gusto y disponía de un jardincito cercado que era su orgullo y su alegría. Mungo solía almorzar allí los domingos, unos almuerzos invariablemente deliciosos, y siempre llevaba regalos caros para todos. Luego, por la tarde, solían pasear por Richmond Park o por Kensington Gardens en compañía de *Lottie*, el perro de aguas. Todo le parecía fantástico; era la primera vez que experimentaba una vida familiar normal. Al poco tiempo se convirtió en un rito que luego los invitara a todos a tomar el té; a veces en lugares tan especiales como el Savoy o el Ritz, pero por lo general en locales más comunes, y algunas veces hasta en McDonald's. Jemima, que había heredado la belleza dorada de su madre y era bastante sofisticada por su edad, prefería los lugares de lujo, como Alice, pero los más pequeños abogaban por locales más modestos. A Mungo, lo que más le gustaba era ir a McDonald's. Los niños no tenían ni idea de lo extraordinariamente rico que era su padre, ni de la seriedad de la relación que mantenía con su madre; disfrutaban mucho en su compañía y Jemima incluso estaba medio prendada de él, cosa que Mungo alentaba, porque los domingos, al regresar a casa, le daba lo que él llamaba clases de flirteo. Aunque la verdad era que no las necesitaba. Y luego, más tarde, Mungo y Alice se sentaban en el jardincito, rodeados de las fragancias generosas de las rosas, del espliego y de los alhelíes, y bebían una botella de excelente champán, que también había traído él; algunas veces charlaban y otras permanecían silenciosos. A Mungo, que había pasado buena parte de su vida persiguiendo frenéticamente el placer, aquellos domingos se le antojaban mágicamente reposados.

También veía a Alice entre semana, por supuesto; se la llevaba a cenar o al teatro, y luego iban a su apartamento de la calle Sloane y se entregaban a los maravillosos placeres del amor. Alice había rehusado acostarse con él durante mucho tiempo con la excusa de que era una insensatez, hasta un peligro, y de que no deseaba que Mungo se enfrascara en una relación demasiado seria con ella; pero una noche, después de una velada particularmente agradable y al ver a Alice sentada en el pequeño balcón de su apartamento sonriéndole, con su rostro delicado entre tinieblas, Mungo dijo de pronto: «Te quiero, Alice. Te quiero de verdad.»

Y ella respondió:

—Oh, Mungo, no lo hagas.

—¿Que no haga qué, Alice? ¿Que no te quiera o que no te lo diga?

—Que ni siquiera pienses en ello.

—¿Pero por qué? —preguntó Mungo herido, casi ofendido—. ¿Por qué no puedo pensar en ello si de verdad lo siento?

—Porque no es cierto. Eres un hombre joven, libre y sin ataduras; es absurdo creer que te has enamorado de una mujer madura que casi podría ser tu madre.

—Oh, pero por Dios —dijo él—, no lo eres, y además lo que deseo es estar enamorado de ti. No deseo otra cosa. Por favor, créeme.

Le sorprendió oír una inflexión emotiva en su propia voz; la miró y vio su rostro alisado por la ternura, la vio a punto de decir algo y luego dudar. Mungo, que después de haber pasado tantos años embaucando a su padre había conseguido convertirse en un maestro de la manipulación, se percató de que todavía era capaz de provocarse las lágrimas; la miró, consciente de que aquel brillo de tristeza agrandaba y ensombrecía sus ojos, sus enormes ojos oscuros, y sintió una lágrima correrle por la mejilla.

—Oh, Mungo —protestó Alice limpiándosela con una caricia—, querido Mungo, no llores.

—No puedo evitarlo —dijo—, me apena oírte hablar así. ¿No sientes nada por mí? ¿O es que sólo te sirvo para llenar la soledad de tus noches? —Se preguntó si no habría ido demasiado lejos, si no habría pasado al segundo acto del melodrama cuando el primero todavía no había terminado.

—Claro que no —respondió sin embargo ella, también con tono apesadumbrado aunque cuajado de ternura—. Me encanta estar contigo, pasar las horas contigo. Pero...

—¿Pero no me quieres? ¿En lo más mínimo?

Otra lágrima.

—Bueno... oh, Mungo, no llores. No lo soporto. Sí, sí, de acuerdo, te quiero mucho. Bueno, pues ya está, mucho me temo que ya lo he dicho.

—¿Por qué lo temes, Alice?

—Porque no tengo ningún derecho a decírtelo. A comprometerte.

—Alice —dijo Mungo arrodillándose junto a ella y tomando sus manos entre las suyas—. Me he comprometido. Los dos nos hemos comprometido. No podemos evitar estar enamorados. Y es fantástico. No hay nada que temer. Bien, y ahora, por favor, ¿podemos hacer lo único sensato, es decir, meternos en esa cama?

—Sí, Mungo —accedió por fin Alice tras un silencio interminable—. Sí, Mungo, claro que sí.

Desde el principio le chocó su holganza y que aceptara vivir a costa de su padre; de modo que al cabo de un mes de conocer a Alice y gracias a su insistencia, Mungo decidió alquilar un despacho en Carlos Place y poner en marcha su agencia inmobiliaria. Y a pesar de que sus nociones empresariales eran muy someras, gozaba de instinto y, decidido a abrirse camino en aquel mundo, formó un equipo reducido pero excelente. Al fin y al cabo, generar beneficios no era acuciante; su padre estaba encantado ante aquella iniciativa y Mungo sabía que, si hacía falta, lo apoyaría durante al menos cinco años. Aparte de alguna partidita de póquer ocasional, también fue Alice quien consiguió que dejara de jugar, que redujera drásticamente el consumo de alcohol y que abandonara por completo las drogas, hasta las más suaves. Alice era muy rigurosa en aquel tema y decía que, al margen de la repulsa que le producían las drogas, tenía la responsabilidad de sus hijos y no quería darles mal ejemplo.

—Me has reformado —le dijo Mungo una noche, a principios de mayo, poco después de acostarse juntos por primera vez—. Mi padre no va a reconocerme cuando regrese.

—¿Dónde está en este momento?

—En México, con Sasha.

—¿De vacaciones?

—Qué va, mi padre no es partidario de las vacaciones. El viaje de luna de miel de Sasha consistió en pasar veinticuatro horas en el Bel-Air, camino de San Francisco, y en asistir a una conferencia presidida por mi padre en torno a la investigación del Sida.

—No parece muy romántico. Pobre Sasha.

—Oh, no temas —dijo Mungo ufano—. Se lo pasa de miedo. Se va de compras. Para eso es excelente.

—¿Y para qué más?

—Creo que para poca cosa más. Bueno, para las cosas que mi padre aprecia; estar siempre impecable y pendiente de él y para el sexo, supongo.

—Ya veo —dijo Alice.

Ya había oído hablar del padre de Mungo, por supuesto; incluso su ex marido había estado con él un par de veces.

—Debe de ser muy difícil seguirle la pista —dijo Alice comprensiva.

—Bueno, no sé —dijo Mungo impreciso—. Nunca he sentido el deseo de seguirle la pista. Hasta ahora.

Empezó a pedirle que se casara con él a finales de mayo; al principio Alice se lo tomó a broma, luego se dio cuenta de que iba en serio y descartó la idea, primero muy categóricamente y luego con más tibieza.

—Es ridículo —repetía una y otra vez—. No permitiré ni que lo pienses.

Mungo se defendió, esgrimió que no tenía derecho a dictarle en qué podía o no podía pensar y siguió insistiendo. Se lo pidió por teléfono, por carta, por mensajero —tarjetas acompañadas de botellas de champán, joyas y el perfume que tanto le gustaba— e incluso por telegrama. Y de viva voz siempre que podía y en cualquier situación; en la cama, durante una cena, en el coche, mientras montaban a caballo con los niños —cuando no estaban a tiro de piedra—, en los conciertos y en el teatro, y una vez, de forma muy romántica, en el palco de su padre en el Covent Garden. Asistían a una representación de *La Bohème*; Mungo no era un forofo de la ópera, pero a Alice le encantaba y le pareció una situación muy apropiada. Había encargado una botella de champán para el entreacto y la subió un lacayo uniformado, junto con una docena de rosas rojas y una nota que tendió a Alice.

—Oh, Dios santo —dijo ella riendo y besándolo—, Dios, Mungo, ¿qué puedo decirte? No voy a poder resistirme mucho más tiempo.

—Di que sí —respondió Mungo—, no es tan difícil. —Pero Alice rehuyó dar una respuesta y siguió escudándose en que no era una buena idea, en que no podía. Hasta que una noche, después de la enésima negativa, Mungo perdió los estribos, abandonó su casa dando un portazo y regresó a pie a Sloane Street.

Al llegar encontró un mensaje en el contestador.

—Te quiero —decía—, y bueno, sí, quizá acepte.

Ahora, lo único que le quedaba por hacer era anunciárselo a su padre.

Mungo se resguardó bajo la sombra de la puerta del cementerio. Tenía un calor y una sed impresionantes. Aquello era un disparate. No se presentaría nadie. Pensó en escapar al bar de enfrente para tomarse una cervecita. Sólo serían diez minutos. Estuvo muy tentado. Miró el camino; no vio a nadie y todavía menos a un invitado a la boda, como si la pesadilla hubiera paralizado al mundo entero y detenido el tiempo. Una leve brisa movía la hierba alta de delante de la iglesia, un pájaro trinaba fatigosamente en el seto y se oía el zumbido de miles de abejas revoloteando sobre el esmerado jardín de la casita de enfrente de la iglesia; ésos eran los únicos sonidos, los únicos movimientos. El silencio era casi espectral y todo aquello empezaba a coger ribetes de relato de fantasmas. Fue una explicación que de pronto se le antojó tan razonable como cualquier otra; un fenómeno sobrenatural, Cressida evaporada quizá para siempre en algún mundo ultraterreno. Por hacer algo, entró en el camposanto y empezó a leer las lápidas. Era la primera vez que lo hacía y de pronto le entristeció percatarse de la brutal brevedad de las vidas de los que yacían allí. Una joven pareja desaparecida en 1601, a pocos días el uno de la otra; una joven madre —de veinticuatro años— «fallecida el día de Navidad de 1797 y llorada por sus cinco amados hijos»; innumerables criaturas desaparecidas en el transcurso de su primer año de vida. Una nube cubrió el sol y de pronto Mungo se sentó sobre el césped y pensó en Alice. De pronto la vida le pareció muy frágil y la felicidad muy breve. Tenían que juntarse lo antes posible, dejar de perder el tiempo. Y en ese momento oyó acercarse un coche, alzó la vista y vio que era Sasha al volante del coche de Harriet. Se detuvo frente a la puerta del cementerio, salió y se recostó sobre el muro.

—Hola, Mungo. Me ha parecido que tenía que venir a informarte de las últimas noticias. Te he traído cerveza. Debes de tener un calor terrible.

—Menos mal que alguien se acuerda de mí —dijo Mungo agradecido. Se incorporó y abrió una lata—. Eres un encanto, Sasha. ¿Qué ha pasado? No la habrán encontrado, ¿verdad?

—No. A ella no. Pero han encontrado su coche.

—Oh, mierda. —Mungo se dejó caer pesadamente sobre el césped. Se sentía mal—. ¿Un accidente? ¿Ha?...

—No, no. Nada de accidentes. El coche está en perfecto estado aparcado en un camino de herradura, en algún lugar de Essex.

—¿En Essex? ¿Y qué carajo ha ido a hacer a Essex?

—A subirse a su avioneta.

—¿A su avioneta? Sasha, esto es una pura fantasía. Cressida es prácticamente incapaz de manejar una cortadora de césped.

—Sí, lo que quieras, pero sabe pilotar una avioneta. Ha conseguido sacarse el permiso. Es más, ha sido Theo quien le ha pagado las clases, aunque no sabía lo del permiso. Cressida le hizo prometer que no se lo contaría a nadie. Mungo, ¿qué demonios crees que está pasando?

CAPÍTULO 10

THEO, DOS DE LA TARDE

Theo estaba muy compungido y la culpabilidad lo ahogaba. Se encogió al imaginar lo que James opinaría de las lecciones de vuelo de Cressida; lo interpretaría como una pasmosa traición de su amistad, de su confianza. Theo apartó con tanta determinación como pudo el recuerdo de otra traición, de otra pasmosa traición —o lo que James probablemente consideraría como tal— y se concentró en aquélla, en el papel que aun a pesar suyo había desempeñado en la desaparición de Cressida. Era ridículo, se dijo a sí mismo, sentirse tan mal; no había hecho más que pagar las malditas clases de vuelo —y prometido a Cressida que no se lo contaría a nadie—. Aunque era cierto que de no haberlo hecho, Cressida no habría podido evaporarse. Pero también era evidente que si estaba tan desesperada como para desaparecer, lo habría hecho de todas formas. Aunque se lo había facilitado mucho. Y encima le había prometido mantener el secreto. «Por favor, por favor, no les digas nada, Theo —le rogó Cressida con sus ojos azules llenos de ansiedad—. Ya sabes lo patosa que soy; me costará muchísimo, seguramente no sabré dominarlo nunca del todo, y me tomarán el pelo. Lo contaré cuando sepa volar y entonces será magnífico.»

Y Theo accedió, incapaz, como de costumbre, de negarle nada. Le dio un beso y ordenó a la academia de vuelo que le mandaran las facturas directamente a él. «Con una condición. Me subo contigo en tu primer vuelo en solitario.» «No faltaría más. Claro que sí. Te lo prometo», había afirmado ella.

Aquello había sucedido hacía más de un año y medio y Cressida nunca le propuso llevárselo a volar; y un día, estando solos, le confesó desconsoladamente que, tal como temía, lo hacía muy mal, que era un caso perdido y ni siquiera conse-

155

guía mantener estable el morro del avión. Aunque las clases le gustaban, es más, le encantaban. ¿Le importaba que siguiera tomándolas? No, dijo él, pues claro que no le importaba; si a ella le hacía ilusión continuar, no había ningún problema. Aunque habida cuenta de sus dificultades, le preguntó si la academia era realmente buena. Pero Cressida le aseguró que era estupenda y que los monitores eran muy amables y muy pacientes. También le dijo que estaba en alguna parte de Wiltshire; lo que no se explicaba era por qué había volado desde Essex. Quizá hubiera tomado algunas clases allí. Nunca se le había ocurrido verificar la sede de la academia; llamó a su secretaria y ésta le confirmó que sí, que todas las facturas procedían de una localidad de Essex y que se trataba de un curso intensivo de varias horas por semana que había finalizado en abril de aquel año.

—Al parecer consiguió el permiso en setiembre del año pasado, pero seguía volando con ellos cada quince días. Me han comentado que era muy buena. Es más, excelente.

—¿Y se ha llevado una de sus avionetas?

—Sí. Están muy inquietos. Quieren hablar con usted.

Los llamó y habló con un tal Richard Crooke, propietario de la academia e instructor de Cressida. Al parecer se había presentado aquella mañana a eso de las ocho y media, le había pedido prestada una de sus avionetas y desde entonces no había vuelto a verla. No, dijo Crooke, no se la veía inquieta; estaba como de costumbre, tranquila y eficiente. Le había asegurado que volvería al cabo de una hora. Llevaba combustible suficiente para quinientas millas. ¿Tenía el señor Buchan alguna idea de hacia dónde podía haberse dirigido y de cuándo volvería?

Theo le dijo que no tenía ni la más remota idea pero que en cuanto supiera algo se pondría inmediatamente en contacto con la escuela y que confiaba en que ellos hicieran lo mismo. Crooke también le preguntó si estaría dispuesto a asumir los gastos ocasionados en caso de que Cressida no devolviera la avioneta. A lo que Theo respondió que por supuesto que devolvería la avioneta, aunque inquirió si Cressida era realmente buen piloto.

Excelente, aseguró Crooke; desde la primera clase había demostrado una naturalidad pasmosa y un dominio total del aparato. Ni ansiedades, ni problemas técnicos.

—Y disfrutaba enormemente. Se entusiasmaba desde el mismo momento en que el avión empezaba a deslizarse por la pista y había asimilado sin problemas lo que normalmente desagrada a los pilotos primerizos; es decir, levantar el vuelo y aterrizar. Su primera salida en solitario consistió en ir a sobrevolar el mar. —Hizo una pausa—. No le habrá mencionado por casualidad que me había encargado buscarle una avioneta, ¿verdad?

—No —dijo Theo—, claro que no.

—Bueno, pues lo hizo. De hecho, le he encontrado una; un Cessna biplaza. Decía que los de cuatro plazas eran demasiado engorrosos. El fin de semana pasado me anunció que vendría a verlo, pero no lo hizo.

—Pero ésa no es la avioneta que se ha llevado ahora, ¿verdad?

—No. La que se ha llevado es una de las nuestras. La que más utilizaba y con la que consiguió su título. Decía que se sentía comodísima en ese aparato. Es una chica estupenda, señor Buchan. Deseo de todo corazón que no le haya sucedido nada malo.

—Sí, yo también lo deseo —dijo Theo. Colgó el teléfono sintiéndose francamente mal.

Ojalá hubiera tenido a Sasha junto a él, pero se había ido a llevarle unas cervezas a Mungo y a comunicarle las últimas noticias. La necesitaba, la necesitaba muchísimo. Para que lo distrajera. Mirando tétricamente su copa de whisky pensó que le habría gustado estar en la piel de Merlin y haber ido a Heathrow a buscar a Tilly, que llegaba en un vuelo del mediodía. El hecho de estar casado con Sasha no mitigaba sus reacciones frente a una sexualidad tan en carne viva y tan rotunda como la de Tilly. Pero también era consciente de que no podía abandonar su puesto; y además, la llegada inminente de Tilly estaría provocando a James probablemente tanta angustia como la desaparición de su hija. El hecho de hacerla venir era una majadería; había intentado disuadir a Mungo y a Rufus. Pero Mungo le había salido con que su presencia sería una gran ayuda, dado su gran sentido común y el gran cariño que Oliver le tenía, y que además era difícil que la situación empeorara. Sin explayarse, Theo le había respondido que podía empeorar, y mucho, y Mungo le había preguntado que por qué; y al no poder ofrecerle mayores explicaciones —no era él quien debía dárselas—, lo había dejado correr. En cualquier caso, la llegada de Tilly y su probable enfrentamiento con James quizá terminara siendo positivo; quizá aliviaría el drama de la boda abortada. Y no cabía duda de que Tilly animaría el cotarro.

Lo que sí resultaba francamente asombroso era el concurso de circunstancias que la vinculaba con su hijo: que aquella chica no sólo conociera a Harriet sino que además fuera íntima amiga suya, que luego trabara amistad con los demás integrantes de aquel círculo tan restringido y que, para colmo, Rufus se enamorara de ella daba que pensar. Lo único que salvaba la situación era la propia Tilly, porque quitaba el hipo, en todos los aspectos. Theo sabía que era bellísima y muy sensual; había visto decenas, probablemente centenares de fotos suyas. Pero la imaginaba dura, egoísta y probablemente estúpida. Pocas horas antes de conocerla personalmente, Theo seguía convencido de que le desagradaría. Pero Tilly entró en la habitación como una leona negra, esbelta, grácil, con su increíble y maravillosa sonrisa, le dio un apretón de manos firme, casi viril, y le dijo: «Hola, señor Buchan. Soy Ottoline Mills.» Y él la miró, se fijó en sus ojos rasgados, en la espesa mata de pelo, en su cuerpo longilíneo —embutido en un vestido negro largo y culebreante debajo de una chaqueta de cuero negro—, y no sólo le causó buena impresión, sino que lo encandiló. No fue nada relacionado con su belleza o con su sensualidad, o con el hecho de que sí era dura, pero con sentido del humor, y de que no, no era estúpida, sino más bien lo contrario, rápida e ingeniosa; fue el hecho de que le pareciera tan adorable. Se dio cuenta de que era una conclusión un tanto apresurada, de que podrían acusarlo de haberse dejado impresionar, pero estaba convencido de estar en lo cierto. Y todo lo que sucedió a partir de entonces no hizo sino confirmar aquella intuición. A pesar de las enormes complicaciones de aquel asunto, no podía reprochar a Rufus que se hubiera enamorado de ella. Ahora bien, lo que estaba menos claro era por qué correspondía ella a ese amor; por muy cariñoso que fuera, Rufus no se parecía en nada al tipo de hombre con quien Ottoline Mills pasaba la mayor parte de su tiempo o con quien uno imaginaría que le gustaba pasar el tiempo. Como por ejemplo, y sin ir más lejos, él mismo —¡jo!, ojalá—; o quizá Mungo —Dios no lo quisiera, ahora que parecía haber sentado cabeza. Algún factor desconocido le producía un efecto muy benéfico—. Pero Rufus, con sus modales tan exquisitos, su corazón tan tierno, su encanto tan pasado de moda; era algo que no se explicaba. Aunque no había duda de que Tilly lo amaba; una prueba más de la delicadeza de sus sentimientos, pensó Theo, puesto que valoraba aquellas virtudes tan intangibles, tan de otra época. Rufus no era rico, ni particularmente agudo, ni moderno, ni siquiera «chic»; es más, ponía especial empeño en cultivar una apariencia algo desaliñada. Si uno ponía a Rufus junto a Mungo, comentó Theo una vez a Janine, Rufus hacía pensar en un edificio clásico algo deslucido y Mungo en una obra arquitectónica moderna, estricta y perfectamente concebida. Pero Rufus era inteligente, articulado, cultivado, original. Cualidades, pensó Theo, que debían haber conquistado el corazón de Tilly. Al fin y al cabo, también ella era bastante original...

Josh Bergin llamó para sugerirle un paseo y apareció en su habitación con aspecto tan acongojado que Theo fue incapaz de negarse. Odiaba andar; le parecía una actividad física, si es que podía definirse como tal, odiosa. Pero no se le ocurrió ninguna alternativa. Josh no estaba en estado —ni tampoco parecía adecuado— de nadar ni de jugar a golf; y andar era, cuando menos, un ejercicio sobrio y respetable.

Y además había recibido inmejorables noticias relacionadas con Tealing Mills. El comprador de Nueva York, fuera quien fuera, había decidido poner sus acciones de nuevo en el mercado —con unos beneficios monstruosos, por cierto; había sido una jugada muy astuta—. Theo ordenó a Mark que comprara.

—Y ya que estás, dile a George que de paso adquiera algunas acciones más de CalVin. Ya sé que le dije que fuera prudente, pero ésa fue mi política con Tealing. Y ésta no quiero que me la birlen. O mejor dicho, que vosotros hagáis lo imposible para que me la birlen.

—Vale —dijo Mark—. Te llamo más tarde.

Theo colgó el teléfono; habría deseado que la única preocupación del día hubieran sido sus empresas y sus andanzas. El placer que le proporcionaba el asunto Tealing era intenso, casi sexual. Theo había sido siempre incapaz de decidir cuál de las dos cosas le producía mayor exaltación, si las mujeres o los negocios. Probablemente, los negocios; el placer que le producían era, desde luego, más duradero. Y si conseguía cerrar la compra de CalVin, el día habría valido la pena.

Se sirvió otro lingotazo de whisky —Dios, pero ¿por qué no funcionaba?, ¿por qué no conseguía emborracharse?— y se sentó a reflexionar acerca de CalVin; aquella vez no se trataba de una empresa escocesa, sino de unas pequeñas bodegas situadas en el valle de Napa, en California —de ahí el nombre de la empresa—, que devengaban jugosos beneficios. No sólo se trataba de una empresa lucrativa sino de un lugar precioso; le habría gustado hacerse una casa allí. No una gran casa, sino algo parecido a un refugio; cabía incluso la posibilidad de que no lo mencionara a Sasha, pensó con una sonrisa. Resultaría muy útil en caso de querer pasar unos días solo, o prácticamente solo; recluido, tranquilo, enormemente íntimo.

Bien, eso sería en el futuro: entretanto tenía que encargarse de Josh. Ya no podía posponer el paseo por más tiempo. Levantó de nuevo el auricular.

—Cuando vuelva mi esposa, por favor dígale que he salido a pasear con el señor Bergin, ¿quiere?

—Por supuesto, señor Buchan.

Dios, Sasha llevaba mucho rato ausente. Decididamente, era el día de las desapariciones.

Josh no dijo nada durante un buen rato; tomó la delantera con mucho ánimo, cruzó los jardines del hotel hasta llegar a un muro y se adentró en una zona boscosa absolutamente silenciosa. Theo, que detestaba los silencios de más de veinte segundos, permaneció callado hasta que no pudo más y dijo:

—Imagino que dentro de veinte años todo esto nos hará sonreír.

—Quizá —dijo Josh—, confío en que así sea. —Miró a Theo—. Aunque de momento es una auténtica pesadilla, ¿no?

—Desde luego, me cuesta imaginar algo peor —dijo Theo con cautela, pensando que Josh, en realidad, era más británico que los británicos; alto, rubio y vestido sin estridencia, hasta hablaba como un inglés de clase alta. Bueno, al fin y al cabo los neoyorquinos adinerados siempre se enorgullecían de su cosmopolitismo; había asistido a un par de cenas de banqueros de Nueva York en compañía de Josh y le había dado la sensación de estar en Londres, sobre todo ahora que la escena financiera de Londres estaba tan infestada de tiburones. Wall Street parecía mejor.

—No puedo —dijo Josh—, no puedo imaginar nada peor. Pobre Oliver. Pobre chico.

—Sí —dijo Theo—, pobre chico.

—Está destrozado... Es más frágil de lo que la gente cree, ¿sabes? Parece muy controlado y optimista, pero en realidad tiene una sensibilidad enfermiza. Y adoraba a Cressida. La adoraba de verdad.

—Sí, bueno, como todos nosotros —dijo Theo—. No debemos hablar de ella en pasado, Josh. Regresará.

—Sí, claro que regresará —dijo Josh, aunque no parecía muy convencido.

—Pues claro que sí —dijo Theo. Hubo otro largo silencio.

—Aunque no todos —dijo de pronto Josh, como con reparo.

—¿Cómo dices?

—Que no todos adorábamos a Cressida.

—¿Ah, no? ¿Quién no la adoraba? ¿Tú?

—Oh, no. Yo sí. —Lo dijo con voz todavía más tensa. Theo lo miró con curiosidad.

—Bueno, pues entonces ¿quién?

—Julia —dijo Josh con tono casi retador.

—¿De veras?

—Sí. Es más, hasta te diré que le tenía antipatía. Dios, Theo, es un tema que me reconcome desde hace meses.

—Bueno, hombre, a las suegras les suelen fastidiar sus nueras. Los celos, ya sabes. Freud en todo su esplendor. Creía que vosotros los yanquis estabais muy metidos en todo ese rollo siquiátrico.

—Oh, sí, claro, ya sé. Y soy el primero en reconocer que Julia está, ¿cómo te lo diría?, muy viciada con eso. Vive prácticamente con su analista. Parece muy serena y tranquila, pero en realidad es un manojo de angustias. Como el majareta de su padre.

—¿Cómo está el bueno de Vernon? —preguntó Theo, riendo al ver la expresión contrariada de Josh.

—Por desgracia, bien —dijo Josh, repentinamente relajado y echándose también él a reír. Vernon Coleridge, el padre de Julia, vivía prácticamente recluido en Palm Beach; y Julia, la niña de sus ojos, era ahora su única visitante—. En cualquier caso, me parece que no era sólo cuestión de celos. Julia decía a menudo que no... que no se fiaba de ella —añadió.

—¿Ah, sí? ¿Y por qué? ¿Por qué no se fiaba de ella?

—Decía que Cressida... mentía.

—¿Y acerca de qué?

—Oh, de naderías. De cosas sin importancia, imagino.

—Sigue, sigue. ¿Como qué?

—Bueno, pues por ejemplo un día Cressida le dijo que de pequeña había tenido una mala caída haciendo equitación y que desde entonces le había cogido un miedo atroz a los caballos. Cuando Julia se lo comentó a Maggie, ella dijo que no lo recordaba. Y en otra ocasión Cressida también le dijo que siempre había deseado ir a un internado, pero que como a Harriet no le había gustado la experiencia, pues que a ella ni se le permitió probarlo. Y luego supimos que siempre se había negado a que la metieran en un internado, que se ponía histérica con sólo sugerírselo. Ah, sí, y en otra ocasión mencionó que siempre había deseado tener un perrito, pero que como Harriet había tenido uno que murió arrollado por un camión, pues que ni hablar del asunto.

—Nada de todo esto me parece muy serio —dijo Theo con ligereza—. Las típicas distorsiones con que los niños reconstruyen su infancia. Imagino que sólo pretendía ponerse a Julia de su parte. Quizá porque intuía su hostilidad.

—Sí, quizá tengas razón. Había muchos celos de por medio. Y Oliver no es sólo un varón, sino que además es hijo único, por lo que Julia sigue... ¿cómo te diría?, sigue tratándolo muy maternalmente. Pero también hubo algo más serio que, de hecho, no le he contado nunca. —Miró a Theo—. ¿Estás seguro de que quieres seguir hablando de esto? Quizá no sea el día más adecuado.

—Pues yo creo que sí lo es —dijo Theo—. Y quiero que me lo cuentes.

—Bueno, a principios de año Cressida vino a pasar una semana a Nueva York. Julia no estaba; había ido a ver a su padre, que estaba acatarrado o algo parecido. Un día Cressida salió de compras y regresó a casa terriblemente agitada a eso de las seis y media. Me dijo que no había podido conseguir un taxi y que había tenido que subir a pie desde Madison. Se había dado cuenta de que un hombre la había seguido y cuando ella se metió en nuestra calle, el tipo la empujó hasta el zaguán de un florista que hay en la esquina, donde quiso besarla y meterle las manos debajo de la blusa. Según me dijo había conseguido librarse de él atizándole un rodillazo en las ingles. Era cierto que venía un poco desmadejada, con un morado en el rostro y otro en el brazo, temblando como una hoja y medio llorosa. Quise llamar a la policía, pero me suplicó que no lo hiciera, porque se enterarían todos y lo que ella deseaba era olvidar el incidente. Y sobre todo me pidió que Oliver no lo supiera, porque, como dijo ella, le daría un mal rollo terrible y no tenía ganas de estar dándole vueltas y más vueltas al asunto.

—¿Dónde estaba Oliver? —preguntó Theo.

—Con una paciente en la sala de partos. En fin, que aunque de mala gana, accedí a no decir nada. La mandé a la cama y cuando Oliver regresó le dije que Cressida no se encontraba bien y que no la molestara. Cressida no volvió a aparecer hasta el día siguiente y parecía mejor. Volvimos a hablar del incidente cuando Oliver se fue. Insistió en que no le había pasado nada realmente grave y que el tipo no la había lastimado, aunque todavía estaba un poco perturbada y deprimida. Dijo que quería olvidarlo cuanto antes y que no estaba dispuesta a darle más importancia de la que realmente tenía. Y añadió, con bastante razón, que Oliver y Julia le echarían en cara haber subido a pie en lugar de haber tomado un taxi. Le dije que habrían tenido toda la razón de reprochárselo y ella respondió que le sabía mal no haberlo hecho, que sabía que había sido una imprudencia. Pero al día siguiente volvía a Inglaterra y no quise estropear su última noche con Oliver. Así que le prometí no decir nada. Cuando Oliver descubrió el morado, Cressida le contó que había tropezado con una puerta y yo procuré quitarle hierro al asunto.

»Un par de días después se presentó en casa el portero. Subió acompañado del chófer de una limusina que traía un par de guantes de Cressida. Dijo que se los había dejado olvidados en el coche, que parecían caros y que había decidido venir a devolvérselos. Bien, la tarde a la que se refería era la de la supuesta agresión. Le pregunté si estaba seguro de no equivocarse y me dijo que estaba segurísimo porque las dos tardes siguientes había librado, ya que habían hospitalizado a su mujer o algo parecido. Le pregunté dónde había recogido a Cressida y dijo que encima de Brooklyn. Según contó, Cressida había alquilado el coche para todo el día, a la hora del almuerzo la había llevado al centro y después la había dejado en no sé qué parada de metro tras quedar en pasar a recogerla tres horas más tarde. Luego la había traído directamente desde allí a la portería de casa. Me... bueno, no sé qué opinarás tú, pero a mí me pareció todo muy rocambolesco.

—Muy extraño —dijo Theo—. Rarísimo. ¿Y nunca... nunca encaraste el tema con ella?

—No. Bueno, como te he dicho, regresó a Inglaterra.

—¿Y no se lo comentaste a Oliver?

—No. No lo hice. Era un asunto muy delicado. Estoy seguro de que lo entenderás. Estuvimos varias semanas sin recibir noticias suyas y luego empezó todo el ajetreo de los planes de boda. No me pareció... adecuado sacar a relucir aquel incidente y dar a entender que era una mentirosa.

—Estoy convencido de que no lo era —dijo Theo—. Quiero decir, de que no lo es. ¿Y Julia? ¿Qué dijo?

Josh parecía incómodo.

—No le... bueno, tampoco se lo conté a Julia. Claro que ahora, con el tiempo, pienso que debería haberlo hecho. Pero era tan inconcebible, tan insustancial... y Julia lo habría exagerado todo tanto. Lo habría utilizado como prueba de la desconfianza que Cressida le inspiraba. Y pensé, bueno, me pareció mejor y más oportuno creer a Cressida. Así que no dije nada. Hasta hoy.

—Ya veo —dijo Theo. Todo aquello era tan ofensivo que quiso exculpar a Cressida. Seguía convencido de estar viviendo una pesadilla—. Josh, conozco a Cressida desde que nació. La conozco muy bien. Ha sido como una hija para mí. Una hija adorable y cariñosa. Y te aseguro que no miente. Bueno, quizá

alguna mentirijilla ocasional con el fin de no herir a las personas que la rodean o por lo que sea, pero nada importante...
—Su voz fue desvaneciéndose poco a poco. Persuadirlo de que pagara las clases de vuelo y hacerle jurar que no lo diría a nadie, ¿era realmente sólo una mentirijilla? Podía parecer una superchería inocente pero en realidad no lo era, puesto que había involucrado en ella a otra persona. De pronto empezaron a asaltarle muchas dudas relativas a Cressida Forrest.

CAPÍTULO 11

TILLY, DOS DE LA TARDE

Lo había conseguido. Tras conquistarse al taxista, meterse en la cola del embarque, zigzaguear sobre aquellas cintas transportadoras de mierda del Charles de Gaulle y blandir su pasaporte y su tarjeta en la puerta de embarque, aterrizó en la cabina un minuto antes de que se cerraran las puertas y se quedó plantada en el pasillo, jadeando y sonriendo, vestida con una chaqueta y unas polainas y todavía con todo el maquillaje encima; luego avanzó más despacio hasta la zona de primera clase, regodeándose en las miradas de los ejecutivos —algunas hostiles, las más, apreciativas— que con aire importante abrían sus ordenadores portátiles o consultaban carpetas, y se hundió en su asiento, junto a un viejo chiflado de mirada particularmente huidiza, a quien dedicó una sonrisa antes de empezar a escarbar en el interior de su bolso en busca de sus cigarrillos. Estaba a punto de encender uno cuando vino una azafata a echarle una reprimenda y a ofrecerle una menta a cambio —pero por Dios, ¿qué utilidad tenía una menta en un momento de crisis?—; y poco a poco, París fue achicándose debajo de ella.

—¿Champán, señora? —Era la azafata de la menta.

—¡Cómo no! —aceptó Tilly con una sonrisa. No lograba entender a esos remilgados que aguantaban los vuelos trasatlánticos a base de agua destilada y un par de bocados de apio; Tilly aceptaba todo lo que le ofrecían y lo disfrutaba—. Un día precioso —dijo animadamente a su compañero.

—En efecto —respondió él con tono distante y se enfrascó en la lectura del *Herald Tribune*.

Tilly se encogió de hombros, vació la copa de un trago e hizo una seña a la azafata.

—¿Le molestaría traerme otra con un poco de zumo de naranja?

165

Terminaba de apurar su segunda copa y de comerse el plato de salmón ahumado que le habían servido cuando el piloto anunció que iniciaba el descenso. Miró por la ventanilla y vio el ordenado centón verde de Inglaterra extendido a sus pies. Dios, qué bueno era regresar; no había estado más que diez días fuera, pero le habían parecido larguísimos. Le gustaba mucho los viajes siempre que no duraran más de cuarenta y ocho horas, de lo contrario, le cogía morriña. Tilly era famosa por sus ataques de nostalgia; una vez, estando en pleno invierno en una playa de Barbados, hasta declaró extrañar Inglaterra. Si aceptaba lo de Rosenthal no pararía mucho por casa. Oh, Dios...

Se preguntó quién iría a buscarla. Rufus le había dicho que con todo probabilidad sería otro miembro de la familia. Y ella le había prometido que si no se presentaba nadie a recogerla tomaría un taxi. Ya iba siendo hora de que consiguiera el permiso. Vaya latazo. No conocía a nadie que hubiera suspendido tres veces. Y encima tenía aquel cochazo, su maravilloso Ferrari. «Se parece un poco a ti —comentó Mungo cuando se lo mostró—, largo, elegante, rápido y negro.» Mungo era un gran tipo, con aquel físico impresionante y tenebroso y aquella conversación tan chispeante; mucho más parecido a ella y absolutamente familiarizado con su mundo. Mungo había pasado casi toda su vida mezclado con el tipo de personas con quien Tilly trabajaba y vivía; gente cosmopolita, atractiva, que cambiaba fácilmente de país y de continente, gente a la última, individualista y sí, de acuerdo, superficial, pero también amena, interesante, divertida. El mundo de Rufus, que se regía en cambio por parámetros tales como las escuelas, los acentos, la estructuración de las carreras y los usos todavía muy sectarios de las clases altas británicas, le resultaba mucho más hermético y difícil de comprender. De no haberse enamorado de Rufus se habría liado con Mungo antes de darle tiempo a decir mierda. O con el oso de su padre. Pero amaba a Rufus, lo amaba con locura, y aquel amor le producía efectos muy singulares.

Hasta entonces, Tilly no había conocido el amor. Conocía el sexo, el deseo, el placer, la amistad amorosa; pero el amor, en cualquier caso, no. El amor se le había presentado subrepticiamente, por sorpresa, detrás de una sonrisa tierna y de un par de ojos de color castaño, debajo de un espeso flequillo rubio y del tipo de acento que siempre le había despertado una profunda hilaridad. El amor se había dirigido a ella con cortesía, le había abierto puertas, le había ofrecido sillas, le había preguntado cómo estaba y había esperado pacientemente ante las puertas de los estudios fotográficos mientras ella empalmaba sesiones. El amor había asistido a desfiles de moda, la había contemplado con una sonrisa maravillada y había anulado la mesa reservada para cenar después porque al día siguiente Tilly tenía que levantarse a las cinco, o incluso a las cuatro. El amor le había leído poemas, se la había llevado a ver películas románticas, a escuchar conciertos y a asistir a la misa mayor en Notre-Dame y el Sacré Coeur, a visitar Versalles para pasmarse ante la miríada de Tillys reflejada en la galería de los espejos, y a pasear en Giverny entre los colores fastuosos, casi oníricos, de los jardines de Monet. El amor se la había llevado a la cama y la había satisfecho de forma sorprendente, y finalmente, hacía de eso una semana, se había echado a su lado y le había pedido que se casara con él.

—¡Casarme! —se sobresaltó ella—. ¡Casarme contigo!

—Sí —contestó él con una sombra de dolor en la mirada ante aquella reacción—. Casarte conmigo, Tilly, por favor. Te quiero. Te quiero tanto.

—Ya, y yo también te quiero, pero la gente como yo no se casa con la gente como tú. Y además, ¿para qué necesitamos casarnos? Lo estropearía todo. Así es estupendo.

—Quiero que seas mía —dijo él sencillamente—. Quiero que vivas conmigo, que envejezcamos juntos, tener hijos contigo...

—Oh, no —dijo ella bruscamente. Se incorporó, buscó sus cigarrillos y encendió uno—. Nada de niños. Ni hablar de niños. Lo siento, Rufus, pero eso sí que no.

—Bueno, no ahora —dijo él sin entender—. Ahora no, claro; mientras trabajes, no, pero cuando lo hayas dejado, cuando tu tipo ya no sea tan importante...

—Que le den morcilla a mi tipo —dijo Tilly—, mi tipo no tiene nada que ver con eso. Pero nunca tendré hijos, ¿vale? No podría soportarlo.

—Pero ¿por qué?

—Porque me da pánico, sencillamente. Tanto dolor, tanto peligro...

—Tilly, cariño, no hay ningún peligro, ahora ya no...

—¿Ah, sí? —dijo, y se dio cuenta de que la mano que sostenía el cigarrillo le temblaba y de que las lágrimas se le subían a los ojos—. Eso cuéntaselo a mi madre, Rufus Headleigh Drayton, tú ve y dile que no es peligroso. Me... oh, mierda, ¿podemos dejarlo, por favor? No me hables de niños, eso es todo, Rufus.

Y Rufus la abrazó, la tranquilizó y le dijo que, por supuesto, que si le daba tanto pánico pues que ni hablar de niños, pero que tenía que contarle por qué. Pero Tilly se escabulló —porque no le quedaba más remedio, porque todavía no había decidido qué quería hacer—, dijo que quizá había visto demasiados alumbramientos difíciles en películas o donde fuera, pero que en cualquier caso, era algo que no soportaba y que no quería hablar más de ese tema.

—De todas formas —añadió para zanjar el asunto—, no veo cómo iba a poder casarme contigo. Porque piensa un poco, ¿qué clase de esposa iba a ser yo? ¿Cuántos abogados conoces casados con mujeres como yo?

—No muchos, los pobres desgraciados —dijo Rufus besándola con cariño—. Seré la envidia de todos los tribunales del país.

—No seas estúpido —dijo Tilly con irritación—. Conozco perfectamente el tipo de esposa que necesitas y te aseguro que ni es negra ni se ha criado en Brixton. Y además le encanta confeccionar ramos de flores, arreglar la casa, asistir a actos benéficos e invitar a gente importante a cenar.

—¿Y eso, tú cómo lo sabes? —dijo Rufus sorprendido.

—Rufus, sé muchas cosas. Hace años que circulo por el mundo. He asistido a unas cuantas cenas de este tipo y he visto a estas mujeres actuando. Sería un absoluto desastre. Se me ocurre una idea mucho mejor. Tú te consigues una esposa adecuada y luego nos vemos una vez por semana y echamos un polvo atómico.

—No —dijo él, y sus ojos castaños la miraron con mucha ternura, con mucha honestidad—, no, lo siento, de eso sería incapaz. Soy como mi padre. Hombre de una sola mujer.

—¿Y tu madre también es mujer de un solo hombre?

—Pues claro —protestó Rufus casi indignado—. Te encantaría mi madre, Tilly. Y tú a ella. Es maravillosa. Muy guapa y divertida, y cuando está ella todo el mundo se lo pasa de miedo.

—¿Y es una buena esposa de abogado?

—Una esposa de abogado fantástica, sí.

—Imagino que se educó en las mejores escuelas y todo ese rollo, ¿no?

—Bueno, sí, pero eso no significa que...

—Rufus, sé lo que significa. Te quiero, pero no voy a casarme contigo. No voy a casarme con nadie. No quiero pertenecer a nadie.

—Pero Tilly, el amor es justamente eso; pertenecer a alguien —dijo Rufus ofuscado—. Y yo, en cualquier caso, siento que te pertenezco.

—Sí, ya sé, y yo siento más o menos lo mismo, pero eso no es igual que estar casado.

—No lo entiendo —dijo Rufus.

—Rufus, toda mi vida...

—Una vida tan larga...

—Pensaba que querías que te lo explicara.

—Lo siento.

—Toda mi vida, y quiero decir toda, desde muy pequeña, he querido conseguir las cosas por mí misma. Ser independiente, ¿entiendes? No tener que pedir permiso para hacer las cosas, ni tener que estar dando las gracias. Dominar la situación. Mi madre se ha pasado toda la vida agradeciendo trabajos de mierda que debería haber despreciado, la miseria que mi padre accedía a darle de vez en cuando y las migajas que le concedían esos desgraciados arrogantes de los servicios sociales. ¡Jo! Y vale mucho más que cualquiera de ellos. Rufus, ver eso, verla a ella, me daba tanto coraje que decidí que yo me las arreglaría sin ayuda de nadie, que siempre conservaría la libertad y que nunca estaría a la merced de nadie ni me pondría en una situación de riesgo.

—Bueno, pues eso equivale a renunciar a mí —dijo Rufus con tono muy triste—. Conmigo, Tilly, no estarás en situación de riesgo. Nunca te abandonaré ni te plantaré en el arroyo. Y además, ¿no crees que vale la pena probarlo cuando de verdad se está enamorado de alguien? Pues yo sí.

—Eso es muy fácil decirlo —respondió Tilly—, pero en realidad no lo sabes. Siempre lo has conseguido todo con tanta facilidad que no sabes lo que cuesta conseguirlo. Además, eso no significa tener que renunciar a mí ni a nada de lo que existe entre nosotros dos. No significa tener que renunciar al amor, a lo bien que nos lo pasamos juntos, ni al sexo.

—Significa renunciar a dar —dijo Rufus—. Tilly, ¿ni siquiera quieres pensar lo de casarte conmigo algún día? Lo deseo tanto. Quiero saber que eres mía, quiero que todo el mundo sepa que eres mía.

Parecía tan desdichado que Tilly se quedó perpleja. Se agachó y lo besó tiernamente.

—Rufus, *soy* tuya. Y todo el mundo lo sabe. No voy a dejarte. Te quiero demasiado. Lo que no quiero es casarme contigo. No quiero casarme con nadie. Y como ya te he dicho, sería una esposa catastrófica. Necesitas a alguien como... bueno, como Cressida. Una rosa inglesa con blusitas de chorreras.

—No quiero una rosa inglesa con blusitas de chorreras —dijo Rufus irritado—. Te quiero a ti.

—Ya me tienes.

—Pero casada conmigo.

—Rufus, no puedo. No me has escuchado. Mira, ha sido delicioso que me lo hayas pedido, gracias, y ahora durmamos un poco.

—No podré dormir —dijo Rufus.

Pero sí pudo; se abrazó a ella y hundió la cabeza en su nuca. La que no logró conciliar el sueño fue Tilly; permaneció despierta durante horas y evocó, no a Rufus y su propuesta de matrimonio, sino la vida difícil y angustiada de su madre y su incapacidad de remediarlo, los alumbramientos y sus terrores, y la pequeña placa del Jardín del Recuerdo del crematorio en la que se leía: «Beatrice Mills, hermana de Ottoline. Nacida y fallecida el 20 de octubre de 1974.»

—¿Señorita Mills? —La voz era encantadora, cortés. Tilly observó a su interlocutor, alto, más alto que ella, y muy erguido a pesar de tener una edad considerable. Iba vestido de forma algo excéntrica, incluso a su modo de ver; camisa blanca, pantalones cortos de color caqui muy anchos y gabardina. Pero las piernas que asomaban por debajo de las bermudas no eran las piernas descarnadas de un vejete; al igual que el resto de su cuerpo, eran vigorosas y bronceadas, y la mano que le tendió grande y firme.

—Sí —respondió ella con una sonrisa y dándole un apretón de manos—, soy Tilly Mills. ¿Qué tal?

—¿Cómo está? Soy Merlin Reid. —Tilly había oído hablar de sir Merlin y tenía muchas ganas de conocerlo; intuía que le agradaría—. El joven Rufus me ha pedido que viniera a recogerla. Me ha dicho que nos llevaríamos bien. Estoy seguro de que tiene razón —añadió—. ¿Trae alguna maleta?

—No —dijo Tilly—, sólo esto. —Y señaló la mochila de cuero que llevaba a la espalda.

—Así me gusta. Yo también viajo sólo con una mochila. La gente se desplaza siempre con demasiado equipaje. Bueno, pues entonces sígame.

Tomó la delantera para salir del aeropuerto; una forzuda agente de tráfico con cara de malas pulgas garabateaba una multa junto a lo que con toda evidencia debía de ser su coche —un modelo de los años treinta, imaginó Tilly, de color verde oscuro, con estribo y una capota marrón plegada.

—¡Uau! —exclamó Tilly acariciando el coche y haciendo caso omiso de la agente—. ¡Vaya cochazo! ¿Qué es?

—Me alegra que le guste. Le tengo mucho cariño. Es un

Lagonda. Hace treinta años que no me abandona. He recorrido toda Europa con él.

—De verdad. Es coj... es muy bonito.

—No puede aparcar aquí —dijo la agente, tan encolerizada ante el hecho de que la ignoraran como por el flagrante desprecio a las restricciones de aparcamiento—. Tengo que ponerle una multa.

—Me da la impresión de que necesita dar un repaso a la gramática —dijo Merlin—. Esa frase es muy incorrecta. Es evidente que puedo aparcar aquí, porque de lo contrario no habría sido capaz de hacerlo. Usted se refiere, imagino, a que sus horribles ordenanzas no me permiten aparcar aquí. Debería explicarse mejor, señora. Y ahora, tenga la bondad de quitar ese trozo de papel de mi parabrisas.

—Mucho me temo que no puedo hacerlo.

—Otra incorrección gramatical. Pues claro que puede. Sólo tiene que alzar el brazo y retirar la multa con su mano. Yo también puedo hacerlo. Mire. Y ahora, guárdeselo y déjeme salir. Tengo mucho que hacer.

—Tengo que advertirle que sigue usted infringiendo la ley —dijo la agente mientras se agachaba para recoger la multa, que había caído al suelo—. He anotado su matrícula y recibirá usted la copia de la multa por correo. Y además, quizá le llegue con un recargo por haber obstruido la justicia.

—Oh, déjeme pasar y no sea ridícula —dijo Merlin—. Es usted quien está causando una obstrucción. Es una lástima que no naciera cincuenta años antes; habría prestado una inestimable colaboración al Tercer Reich. Buenas tardes.

Abrió la puerta del acompañante para que Tilly entrara, puso el coche en marcha y arrancó dejando tras de sí una nube de humo y a la agente atónita plantada sobre la acera.

—Son una raza espantosa —dijo Merlin animadamente—. Deberían hacerlos desaparecer del mapa. ¿Está cómoda, querida? Bien. Tenemos un rato de camino, así que podremos aprovecharlo para conocernos mejor. ¿Le apetece una manzana? —Se sacó una del bolsillo de su gabardina—. Las vendían en el colmado del pueblo. No son nada del otro mundo. Le he dicho a la tendera que le hacía un favor comprándoselas, pero ella ha insistido en cobrármelas. Aunque tras un poco de tira y afloja he conseguido que me las dejara a mitad de precio. En fin, siempre es mejor que nada.

—Desde luego —dijo Tilly hincando el diente en la clásica manzana de colmado de pueblo, pequeña, blanda y algo arrugada—. ¿Quiere una cerveza? Llevo un par en el bolso. Las traigo desde París, pero imagino que estarán buenas.

—Oh, sí, mucho mejor —dijo sir Merlin—. Estupendo. Mientras no sean esas cervezas alemanas que todos bebéis últimamente... Buddy no sé qué.

—¿Se refiere a las Budweiser? —dijo Tilly—. Son americanas. Pero éstas son holandesas. ¿Le gustan?

—Sí, muy bien. Nuestros mejores aliados, los holandeses. Muchas gracias. ¿Le molesta abrírmela, por favor?

—Ha sido muy amable de su parte venir a recogerme —dijo Tilly tendiéndole la cerveza.

—Oh, no, en absoluto. De hecho, no sabe lo mucho que me ha aliviado poder largarme. Dios, qué follón se ha armado en esa casa. Pobre Jamie.

—Bueno, me parece lógico que haya provocado tanto follón —dijo Tilly con una sonrisa—. Al fin y al cabo era el día de la boda de Cressida y...

—Si quiere que le diga la verdad, considero que se ha armado un escándalo excesivo —dijo sir Merlin.

—Oh, sir Merlin, no puede decir eso.

—Pues claro que puedo. Puedo y lo digo. Su gramática también está un poco verde. Mire, querida, cuando haya vivido tantos años como yo se dará cuenta de que no hay nada realmente importante. Veinte años después de un acontecimiento que uno creía catastrófico, te preguntas dónde estaba el problema. O te das cuenta de que no era en absoluto catastrófico. —Tomó otro sorbo de cerveza y miró a Tilly meditabundo—. Le daré un ejemplo. De pequeño siempre soñaba con entrar en el ejército. Mi abuelo había sido mariscal de campo y mi padre general; ya tenía plaza preparada en Sandhurst. Pero me tumbaron en la revisión médica. Corazón debilucho, dijeron. Aunque desde entonces, no me ha ocasionado la menor molestia. Bueno, pues en aquel momento me desesperé. De haber tenido una espada, me la habría clavado en el vientre. Pero ahora me cuesta imaginar algo peor. No habría podido viajar ni habría aprendido todas las cosas que sé; habría seguido convencido de que los nativos son unos salvajes en lugar de unos tipos estupendos, a menudo más civilizados que nosotros. Bueno, no sé por qué le cuento todo esto. ¿Usted de dónde es? A juzgar por su apariencia, de Somalia.

—En realidad, soy de Brixton —dijo Tilly—, pero sí, mi padre era somalí.

—Ya me parecía a mí. Buena gente. En fin, recuerde lo que le digo, señorita Mills; dentro de unos años se preguntará el porqué de todo este jaleo. Oliver es un joven lleno de vida. Se recuperará.

—Ya, bueno, imagino que sí —dijo Tilly algo dubitativa—. Y por favor, llámeme Tilly.

—Tiene razón. No tendrá otra cervecita, ¿verdad? Estaba la mar de buena. Una gente estupenda, los holandeses. Pasé un año metido en un desván de Amsterdam con seis holandeses y nunca hubo el menor enfado.

—¿Y cómo fue eso?

—Bueno, fue durante la guerra. Tenía un barquito de vela y de vez en cuando me iba a Dunquerque, imagino que ya se lo habrán contado. Un día recogí a un tipo que estaba casado con una holandesa que era judía. Ella se había quedado con sus padres en los alrededores de Amsterdam y el pobre tipo andaba desesperado por traérsela a Inglaterra. Bien, moví unos cuantos hilos, ya sabe, y fui a verla. Una buena chica. Gente estupenda, se lo aseguro. Estaba a punto de largarme del pueblo con la chica cuando apareció la Gestapo. El panadero nos ocultó a todos en un pequeño desván que tenía encima del almacén de grano por una puerta oculta. Unos cuantos días, pensamos nosotros. Bueno, pues los días se convirtieron en varios meses. Fue muy excitante. La verdad es que disfruté mucho. Un poco agitado, pero nos las arreglamos. El panadero era un tipo estupendo. Los alemanes... bueno, los alemanes terminaron fusilándolo. Y a su mujer también. Y luego encontraron el desván, sacaron a toda la familia y la metieron en un tren para Bergen-Belsen. Todos muertos, mucho me temo. Bueno, pues cuando se han visto cosas así, le aseguro que el que una boba se fugue vestida de novia no parece muy importante.

—No —dijo Tilly—, no. Ya entiendo. —Estaba completamente absorta en la historia—. Y a usted, ¿por qué no lo cogieron?

—Porque estaba sobre el tejado. Hicimos una especie de tragaluz y cada día, por turnos, salíamos a tomar un poco el aire. Era mi turno. Me supo muy mal, pero entregarme no habría ayudado a nadie. Y luego conseguí llegar hasta la frontera y salir del país. Tenía un pasaporte alemán que me había confeccionado un tipo del Ministerio de Asuntos Exteriores. Y además hablo su maldita lengua, por supuesto. En fin, ¿qué estaba diciendo? Ah, sí, los holandeses. Gente maravillosa. Aguantaron aquel espantoso invierno y resistieron hasta el final. ¿Y cómo dice que conoció a Rufus?

—A través de Harriet —dijo Tilly—. Y de Mungo y de Oliver. En París. Esto... ¿ha dicho que Cressida se ha ido con su vestido de novia?

—Sí, se lo ha llevado. Aunque imagino que no se lo habrá puesto.

—¿Y por qué lo habrá hecho?

—Vaya usted a saber. Un comportamiento de lo más extravagante. Siempre he dicho que era una consentida. Harriet vale mucho más que ella. Trabaja para Harriet, ¿no? Un poco de costura, imagino...

—Esto... no exactamente —dijo Tilly con cautela—. Soy modelo.

—¿Ah, sí? ¿O sea que desfila sobre... ¿cómo se llaman?, las pasarelas y eso?

—Sí, exactamente.

—Poco antes de la guerra, en Londres, tuve una amiga que era modelo. Trabajaba para el tipo que hace los vestidos de la reina. Norman Hartnell. Nunca permitía que me acercara mucho, por si le arrugaba la ropa. Me da la impresión de que usted no es así. ¿Qué le parece Harriet?

—Me parece fabulosa —dijo Tilly—. Verdaderamente fabulosa. E inteligente. Será alguien importante.

—¿Quiere decir que tendrá éxito? Yo también lo creo. Le proporcioné algo de dinero, sabe, para ayudarla a ponerse en marcha.

—Eso está bien.

—Sí, bueno, no tengo hijos y siempre tuve tiempo para Harriet. Me la llevaba de viaje a menudo. A Cressida no me la hubiera llevado nunca, ni loco. Y la verdad es que no me sorprende lo que ha hecho. No me sorprende en absoluto.

Tilly lo miró con aire pensativo.

—¿De veras? No la conozco muy bien. Sólo la he visto un par de veces.

—No merece la pena verla más a menudo. Al menos para una chica como usted. Lo único que me impresionó de ella es que jugara tan bien al póquer.

—¡Al póquer! —dijo Tilly. Pensó en Cressida, en sus modales remilgados y en su encanto ligeramente desvaído, y trató de imaginarla frente a una mesa de póquer. Le resultó prácticamente imposible—. Qué raro. ¿Cuándo lo descubrió?

—Oh... hará un par de años. Nos quedamos bloqueados en el aeropuerto Charles de Gaulle. Regresaba de alguno de mis viajes e hice escala en París para ver a Harriet. Y Cressida, que estaba con ella, dijo que regresaría conmigo. Bueno, ya sabe cómo son los franceses, cada dos por tres en huelga. Estuvimos allí toda la noche; trabamos amistad con un par de chavales y uno de ellos sugirió echar una partidita. Supuse que Cressida diría que no sabía, pero al contrario, lo hacía muy bien. Aunque no ganó, por supuesto; siempre gano yo, pero...

—¿Ah, sí? —dijo Tilly con una mueca—. ¿Juega con Mungo Buchan?

—Pues claro. Muy a menudo. Y hasta me ganó una vez, me parece. En fin, que Cressida me rogó que no contara a su familia que sabía jugar. Dijo que había aprendido hacía poco y que quería sorprenderlos en Navidades, o no sé qué zarandajas. ¿Y qué opina de Mungo?

—Es un fenómeno —dijo Tilly.

—Imagino que eso será un cumplido. Estoy de acuerdo con usted. Un joven muy interesante.

—Sí, supongo que sí —dijo Tilly distraída. Seguía intentando imaginar a Cressida jugando al póquer—. Sí lo es.

—Bueno, ¿y usted dónde encaja en todo esto?

—Ya se lo he dicho. Conozco a Harry.

Cuidado, Ottoline, no hables de la otra conexión; todavía no.

—Rufus parece tenerle mucho cariño.

—Sí, y yo le tengo mucho cariño a él —añadió, ligeramente a la defensiva.

—Bien —dijo sir Merlin—, me sabría mal que se llevara un chasco. Quiero mucho a su madre —añadió algo inesperadamente.

Fue un viaje agotador. La novedad de circular en un descapotable de los años treinta en lugar de dentro de una limusina con aire acondicionado se disipó de inmediato. Los gases y el ruido de la M4 eran espantosos y, como el coche no sobrepasaba los setenta y cinco kilómetros por hora, el viaje se hizo larguísimo. Tilly cayó en un sueño confuso y agitado y se despertó oyendo a sir Merlin cantar *It's a long way to Tipperary* a grito pelado.

—Tengo que cantar —explicó—. Es la única forma de no dormirme. Cante conmigo, ¿quiere?

Tilly desconocía casi todas las canciones del repertorio de sir Merlin, así que acordaron limitarse a *London's Burning* y *Ten Green Bottles*. Le alivió enormemente ver que salían de la autopista y que sir Merlin le anunciaba la llegada inminente. Tenía orden, dijo, de llevarla a la casa donde se alojaba Rufus; la de los Beaumont, unos viejos amigos de los Forrest y de los Headleigh Drayton.

—Y luego, creo que me iré al hotel del joven Theo, en busca de un poco de quietud y de sosiego.

—Yo también preferiría ir allí —dijo Tilly—. Me cuesta mucho enrollarme con esta gente de campo.

—También a mí, querida. No puedo soportarlos. Pero Rufus me ha dicho que la lleve allí, así que sintiéndolo mucho no me queda otro remedio. Aunque Susie le gustará, ya lo verá. Una chica estupenda. Con muchas agallas. Ah, aquí está nuestra curva. ¿A que se ha portado bien?

A Tilly le hicieron falta varios minutos para percatarse de que se refería a su Lagonda y no a la madre de Rufus.

Rufus estaba en la vereda de los Beaumont, un poco pálido pero risueño.

—¡Tilly! Qué maravilla verte. Habéis llegado muy pronto.

—Sir Merlin ha conseguido un buen tiempo —dijo Tilly amablemente mientras salía del coche y le daba un beso fugaz. Sintió que se le disparaba el corazón, como siempre que lo veía o lo imaginaba, y también como siempre se maravilló de la enorme ternura y pasión que un hombre producto de lo que más aborrecía y desaprobaba le despertaba. Y también le pasó por la cabeza que si se iba a vivir a Nueva York tendrían que separarse forzosamente durante mucho tiempo y que aquella separación sería a la vez insoportable y una forma radical de solucionar su dilema.

—Ha sido usted muy amable al venir a buscarme —dijo volviendo al presente y tendiendo la mano a sir Merlin—. Gracias. Me lo he pasado muy bien. Espero que volvamos a vernos.

—Oh, ya me encargaré yo de que así sea. También yo me lo he pasado muy bien. Buenas tardes, querida. ¿Todo bien, Rufus?

—Oh... bueno, ya sabe, señor. Todo lo bien que podría esperarse. Andan todos un poco histéricos.

—Pamplinas —dijo sir Merlin al tiempo que se metía en el coche—. Voy a tomarme una copa y a echarme una siestecita. Te veré más tarde, muchacho. Dale un abrazo a tu madre.

—Sí, lo haré, señor. Y gracias de nuevo.

—Un placer. Una buena adquisición —dijo señalando a Tilly.

—Ya lo sé —dijo Rufus mirándolo con su sonrisa afectuosa. Tomó a Tilly de la mano y la condujo hacia la casa.

—¿Tenemos que entrar?

—Bueno... no es más que un momento. Mamá está dentro. Me gustaría mucho que la conocieras. Y así te contaré lo que ha pasado. Y luego, podemos ir a ver a Oliver. Se ha alegrado mucho de que vinieras.

—Vale.

Entraron en la casa. Tilly, que ya había admirado la amplia fachada de discreta grandeza, se quedó boquiabierta ante lo que descubrió en el interior; una mezcla extraordinaria de cubresofás deslucidos y de cuadros por doquier y, salpicados aquí y allí, unos cuantos muebles manifiestamente muy caros. Sobre la gran mesa del vestíbulo descansaban un montón de marcos de plata con fotografías de niños en varias fases de crecimiento y de la pared de la escalera colgaba un retrato, obviamente valioso, de una mujer con un miriñaque rojo. La escalera propiamente dicha estaba cubierta con un alfombrado muy raído, el pavimento del vestíbulo era de piedra y el del salón de madera sin encerar. Una mujer con una espesa melena canosa recogida por una cinta de terciopelo y un rostro agradable pero corriente bajó las escaleras. Llevaba botas de agua, un vestido largo y floreado y una chaqueta acolchada sin mangas. Acogió a Tilly tendiéndole una mano muy áspera y con uñas bastante sucias.

—¿Qué tal estás? Imagino que eres Tilly. Me alegra mucho conocerte. Ha sido muy amable venir de tan lejos.

Tilly la miró con perplejidad; si ésa era la idea de Rufus de una mujer bella y divertida era evidente que no tenían ningún porvenir común. Sonrió algo nerviosa y dijo:

—No ha sido nada.

El calor, el largo viaje y su ansiedad le provocaron de pronto una sensación de malestar.

—Bueno, ¿y si nos tomáramos una taza de té? Madre mía, hoy he preparado muchos. Rufus, querido, lleva a Tilly a la cocina. ¿No te importará tomar el té en la cocina, ¿verdad Tilly? Querida, cuidado con ese perro porque está ciego y sordo y cuando se asusta a veces muerde. Bueno, imagino que tendrás hambre, porque el viaje con Merlin debe de haber sido toda una aventura. Tengo un poco de bizcocho, o si prefieres un emparedado, o... William, cariño, te he dicho mil veces que no metas las bridas en casa, que las dejes en el cobertizo.

—Pero mamá...

Curioso, pensó Tilly, juraría que el hermano menor de Rufus se llamaba Tom.

—Llévatelas ahora mismo. Bien, Tilly, ¿chino o indio?

—Indio, por favor —dijo Tilly—, con mucha azúcar.

Agradecida, se sentó ante la inmensa mesa de madera cubierta de periódicos, tazas, cartas, fotos, la correa de un perro y muchas migas, y al hacerlo notó algo puntiagudo que resultó ser una especie de cepillo metálico.

—¡Bien! —exclamó William brincando para atraparlo—. Mi almohaza. Ya me voy, mamá, ya me voy.

—Eso espero, porque de lo contrario te doy una azotaina —replicó ella con una sonrisa mientras el niño salía corriendo—. Es como si llevara meses en casa y total sólo hace tres semanas que han empezado las vacaciones. Rufus, querido, ¿quieres té? Bueno... ah, Susie, estás aquí.

Y en ese momento entró una mujer radiante, efectivamente muy atractiva y probablemente divertida: una mujer de pelo castaño oscuro recogido sobre la nuca, rostro ovalado y perfecto, grandes ojos oscuros y piel también perfecta, casi sin arrugas. Vestía con bermudas de color beige, que dejaban al descubierto unas piernas esbeltas y muy morenas, y una camiseta blanca, y no aparentaba más de treinta años.

—Soy Susie Headleigh Drayton —dijo tendiendo la mano a Tilly—. ¿Qué tal estás? Me alegro mucho de conocerte y me ha parecido un gesto muy amable que volvieras tan precipitadamente de París. Los chicos estaban convencidos de que tú lo arreglarías todo. Ahora lo entiendo.

Tilly sonrió, le dio un apretón de manos y sintió una inmediata simpatía hacia ella; y también entendió que Rufus fuera como era.

—No creo —dijo—, pero haré lo que pueda.

—¿En qué estabas trabajando? ¿En los desfiles?

—No, ya han terminado. Era una sesión fotográfica para *Sept Jours*. Vestidos de novia —añadió después de una pausa.

—Qué ironía —dijo Susie con ligereza—. En un día semejante. Es una de mis revistas predilectas. ¿Te gusta tu trabajo?

—Sí, me encanta —dijo Tilly sin explayarse mucho.

—De joven, durante un tiempo trabajé de modelo para la agencia Peter Hope Lumley, que ahora ya no existe. Nunca llegué a gran cosa porque me faltaba altura, pero hice unos cuantos desfiles y muchas fotos de busto. Casi siempre con Barry Lategan, ¿te dice algo ese nombre?

—Sí, pero ya no trabaja mucho —dijo Tilly, a la vez impresionada e irritada de que Rufus no le hubiera mencionado aquella información crucial relacionada con su madre—. Pero era fenomenal. El tipo con quien he trabajado esta mañana, Mick McGrath, tiene montado una especie de altar dedicado a Lategan en su estudio de París.

—¿De veras? Era un hombre maravilloso. Lo quería mucho. Aunque ya te digo, no llegué muy lejos. Pero aprendí cosas muy útiles; como por ejemplo a arreglarme el pelo y a colocarme falsas pestañas. Y los músculos de los brazos se me pusieron enormes de cargar con todas aquellas bolsas a todas partes, todos aquellos zapatos, Virgen santa...

—Ahora todo eso ya no hace falta —dijo Tilly—. Trabajamos con peluqueros y maquilladores, y los estilistas lo traen todo, hasta el más mínimo par de medias.

—Eso dicen. Pues vaya suerte. Bueno, estoy segura de que ahora se trabaja mucho mejor que antes.

Dios, era encantadora, pensó Tilly. Absolutamente encantadora. Deseó conocerla bien. Siguió sentada y trató de no mirar a Susie, de no fijarse en sus rasgos finos, deliciosos, en su boca curvilínea y en su cuerpo esbelto de jovencita, pero cuando no pudo evitarlo vio a Susie con la mirada puesta en ella. Y Tilly percibió en las profundidades de aquellos ojos aterciopelados una sombra extraña, algo similar a la ansiedad, al desasosiego. Y también se fijó en otra cosa; en sus marcadas ojeras y en una tensión del maxilar cuando dejaba de sonreír. Algo iba mal, pensó Tilly; no podía tratarse sólo de la tristeza generada por la desaparición de la hija de un buen amigo. Se quedó intrigada y hasta ligeramente preocupada. Esbozó una sonrisa en dirección a Susie y ésta le respondió con una sonrisa cariñosa y cálida, casi como admitiendo su zozobra, pensó Tilly.

—Mamá, si no me necesitas habíamos pensado ir a ver a Oliver y a Mungo —dijo Rufus—. Mungo se habrá quedado sin reservas de optimismo y quiere hablar con Tilly; y Oliver, al parecer, está en un estado muy extraño. Su madre anda completamente desquiciada y su padre ha salido a dar un paseo.

—Muy sensato —dijo Susie—. Una idea excelente, porque si fuera Josh me pasaría la vida dando largos paseos. Esa mujer es absolutamente exasperante.

—Pero muy atractiva —dijo Janet Beaumont acercándose a la mesa con cuatro tazas cuarteadas, una botella de leche y una tetera exquisita de plata—. Ojalá tuviera su figura. O la tuya, Susie. No sabes la suerte que tienes. ¿Qué os parece un poco de bizcocho? Tilly, ¿quieres un poco?

—No debería —dijo Tilly—, aunque parece delicioso —añadió educadamente echando un vistazo al bizcocho de chocolate, sólido y glaseado, que descansaba sobre el aparador—. ¿Está Harry? Me encantaría verla.

—¿Quién? Ah, te refieres a Harriet. Sí, está a punto de llegar. O sea que Rufus, por favor, esperadla. Debe de estar hecha polvo la pobre; ha tenido que confortar a su madre y tratar de que no se viniera abajo. Es normal, quiere tanto a Cressida...

Hubo algo en aquel «tanto» que dejó a Tilly muy perpleja; miró a Susie, pero ésta respondió a su mirada con despreocupación y su deliciosa y radiante sonrisa.

—¿Conoces mucho a Cressida? —le preguntó.

—No, no mucho —respondió Tilly—. Mi amiga es Harry. Y conocí a Rufus a través de ella.

—Bueno, pues bravo por Harry —dijo Susie risueña—. Aunque no esté bien decirlo, tengo que confesar que es mi preferida. Y no porque Cressida no sea adorable, pero Harriet tiene mucho más carácter. La admiro de verdad por cómo ha levantado ese negocio, prácticamente sin ayuda de nadie. Y después de una infancia difícil...

—¿Ah, sí? —preguntó Tilly. Rememoró su propia infancia y se preguntó qué significaría difícil para Susie Headleigh Drayton.

—Sí. Muy difícil. La mandaron a esa escuela espantosa cuando no tenía más que nueve años. Janet, querida, este bizcocho está delicioso...

—Me alegra que te guste. Imaginé que todos estaríamos hambrientos después de la boda. Oh, Dios...

—Sí, bueno, pues todos estamos hambrientos antes de la boda —dijo Rufus alegremente—, así que no se pierde nada. Sí, había olvidado que mandaron a Harriet a aquella horrible escuela. Aunque no estuvo mucho tiempo, ¿verdad? Merlin la rescató, como un auténtico mago.

—Sí, pero si no lo hubiera hecho... Y siempre me pareció una injusticia que a Cressida la dejaran quedarse en casa. Aunque ahora Harriet sostiene que fue aquello lo que le forjó el carácter...

—Y probablemente es cierto —dijo Rufus—. Fíjate en todos nosotros. La materia prima con la que se fraguó el Imperio Británico... —Hizo un guiño a Tilly.

—Rufus, cariño, sabes perfectamente que ninguno de vosotros se fue de casa antes de los trece años. Y Tom todavía sigue en ella.

—Sí, bueno, es que se lo consientes todo. Es tu niñito del alma.

—En absoluto —dijo Susie serenamente—. Nunca habéis sido unos consentidos.

—Pues Maggie dice que siempre me has mimado mucho —dijo Rufus—. Lo comentó ayer durante el almuerzo, ¿no la oíste?

—¿Ah, sí? —Por primera vez habló con tono menos relajado—. Pues no creo que Maggie esté en posición de saberlo. O de proferir una opinión de este tipo.

—Ya conoces a Maggie —dijo Janet Beaumont sirviéndose otra rodaja de bizcocho—. Tan poco diplomática. Siempre dice lo que piensa. Aunque me da lástima, la pobre —añadió—, debe de pasarlo muy mal.

—Pues no veo por qué —dijo Susie con brusquedad—. Las dos hijas fuera de casa, Jamie en Londres la mitad de la semana, criados por todas partes. Oh, ya sé, ha tenido que organizar la boda, pero...

—Lo que quieras, pero no me gustaría estar casada con James Forrest —dijo Janet.

—¿De veras? ¿Y por qué? —Los ojos oscuros de Susie adquirieron de pronto un brillo inusitado.

Bueno, ¿y eso a qué venía? pensó Tilly, ¿qué le une a él? Oír mencionar aquel nombre le puso los pelos de punta y le aceleró el pulso.

—Es un hombre tan exigente... Todo tiene que estar impecable. Maggie me contaba que hace un par de semanas le montó un escándalo terrible porque todavía no se había encargado de que vinieran a limpiar la alfombra y las cortinas del salón.

—Bah, nada grave —dijo Susie con ligereza.

—Ya lo sé, pero siempre encuentra algo. Maggie tiene que estar constantemente pendiente de él y ocuparse de su ropa, como si fuera un mayordomo. Y con lo presumido que es...

—¿Ah, sí? —preguntó Rufus—. No lo sabía.

—Oh, muchísimo. A Mike le gusta pincharlo con eso. Mike es mi marido —añadió dirigiéndose a Tilly.

—Que, en cualquier caso, tiene poco de presumido —dijo Susie echándose a reír—. Dudo que sepa dónde están colocados los espejos de esta casa. Alistair también es bastante presumido, si por presumido entiendes concederle importancia a la ropa. De todas formas, no creo que sea tan difícil convivir con James. Se porta muy bien con Maggie y tiene muy buen carácter...

—Sí, bueno, tú siempre te fijas en lo bueno de las personas, y además James siempre ha tenido debilidad por ti —le respondió Janet con un guiño.

—¡Tonterías! —dijo Susie risueña—. Como por cualquier mujer atractiva. Oh, ahí llega el coche de Harriet. Rufus, ve a buscarla y ofrécele una taza de té.

A Tilly le supo mal que Harriet llegara tan pronto; podría haber oído hablar de James Forrest durante horas.

Harriet entró en la cocina con aspecto exhausto; sonrió a todos los presentes y fue a dar un abrazo a Tilly.

—Qué ilusión verte —dijo—. No sabes cuánto te agradezco que hayas venido.

—También yo tenía muchas ganas de verte —dijo Tilly. Hacía varias semanas que no veía a Harriet y la encontró muy desmejorada.

—¿Harriet, querida, ¿cómo está tu madre? —preguntó Janet Beaumont ofreciéndole otra taza cuarteada.

—Bastante mal —dijo Harriet con cautela—. Pero Janine está haciendo maravillas con ella. Ya te he hablado de Janine, ¿verdad? —preguntó a Tilly—. Mi maravillosa madrina francesa.

—Creía que era la madrina de Cressida —dijo Janet.

—Sí, en realidad es madrina suya. Pero ella y yo tenemos un pacto secreto. Siempre ha sido muy buena conmigo. Pero no se lo digas a mamá, por lo que más quieras —añadió.

—No, por supuesto que no.

Al parecer, Maggie Forrest necesitaba mucho amparo, pensó Tilly, y se preguntó a qué se debería.

—Bueno, la cuestión es que han surgido unas cuantas noticias más relacionadas con Cressida. Unas noticias increíbles. A ella todavía no la han encontrado, pero su coche ha sido hallado en alguna parte de Essex. Y, todavía más increíble, sabe pilotar un avión. Nadie tenía ni la más remota idea. Esta mañana, muy temprano, se ha subido a una avioneta de la academia de vuelo y todavía no ha regresado...

—Madre mía —dijo Susie mirándola boquiabierta—. ¡Cressida! Me cuesta creer que es capaz de todo eso; no sólo de aprender a volar, sino de hacer algo así, tan calculado, tan arriesgado de alguna forma. Siempre ha parecido tan modosita y tan... bueno, tan torpe. ¿Y por qué habrá ido a Essex para aprender a volar? Tan lejos...

—Ya sé, ya sé —dijo Harriet con voz cansada—. En fin, que papá está llamando a todos los aeropuertos, grandes y pequeños, del país...

—¿Y quizá también a los del extranjero? —preguntó Rufus.

—Bueno, en un primer momento estábamos convencidos de que no había podido salir del país.

—¿Por qué?

—Porque su pasaporte lo tiene Oliver, en principio, para salir hoy rumbo a México. Pero según parece Cressida tenía uno de esos visados que conceden las oficinas de correos. El párroco la encontró allí cuando fue a solicitarlo.

—Santo cielo —dijo Rufus—. Es absolutamente extraordinario. Imagino que se lo habréis contado a Oliver, ¿no?

—Sí, claro que sí. No tenía ni la más remota idea de que supiera volar. Está... bueno, está destrozado.

—Vamos a verlo —dijo Rufus incorporándose y tomando a Tilly de la mano—. ¿Te vienes, Harriet?

—Oh... ¿ya os vais? Me habría gustado charlar un rato con Tilly.

—Puedes charlar con ella más tarde —dijo Rufus—. De veras, creo que deberíamos ir a hacer compañía al pobre Mungo. Nos da la impresión de que Tilly podría ayudarlo.

—Creía que era Oliver quien necesitaba ayuda —dijo Susie—. Aunque de todas formas, estoy segura de que le hará mucha ilusión verte.

—Creo que me quedaré un rato aquí... si no te molesta, Janet —dijo Harriet con voz muy queda—. No podría soportar más escenas.

—Oh, Harriet, vente, por favor —dijo Rufus—. Estoy convencido de que aportarás un poco de serenidad y de que Tilly...

—Rufus, deja tranquila a la pobre Harriet, por Dios —dijo Susie—. Está agotada. Harriet, cariño, te veo pálida. ¿A que no has comido nada en todo el día? ¿Por qué no te tomas un emparedado o algo?

—No, de verdad, no tengo hambre —dijo Harriet—. Pero de todas formas, gracias. Un té delicioso, Janet. Tilly, nos veremos más tarde. Aquí, quizá. Te diría que vinieras a Court House, pero... —Su voz se desvaneció.

—Oh, no me parece una buena idea —dijo Tilly rápidamente—. Rufus ya pensará en algo. Tú, Harriet, quédate aquí, estás hecha migas. Ya hablaremos más tarde. Vámonos, Rufus.

Se fueron a Woodstock en el Porsche curiosamente llamativo de Rufus. De pronto Tilly se sintió muy fatigada y un poco mareada; entre otras cosas quería comentar a Rufus la oferta de Rosenthal, pero cayó casi de inmediato en un extraño duermevela. Emergió de él en el patio del hotel Royal y vio el coche de sir Merlin aparcado junto a un magnífico y enorme Bentley.

—Dios mío —dijo emergiendo con dificultad de las profundidades del Porsche—. Estáis obsesionados por los coches de lujo.

—El tuyo tampoco está nada mal —dijo Rufus—. Oh, Tilly, qué bien que estés aquí. Espero habértelo dicho.

—No me lo has dicho —dijo Tilly con una mueca—, pero lo he tomado por descontado.

—Así me gusta. Te quiero.

—Yo también te quiero —dijo Tilly. Lo besó en la boca y lo tomó del brazo.

—¿Has pensado en lo de casarte conmigo?

—Sí, lo he pensado.

—¿Y a qué conclusión has llegado?

—Más o menos a lo mismo que te dije —dijo Tilly volviendo a besarlo dulcemente—, que te quiero. Pero tengo que hablarte de una cosa. —Le sonrió—. ¿Está el señor Buchan? Ojalá, porque es un fenómeno.

—¿Theo? No sabía que lo conocías. Ahora me pondré celoso. Sí, me parece que sí. Al menos, hace un rato estaba aquí. De todas formas, nos lo aclarará Mungo. ¿Y de qué quieres hablarme?

—Oh... de trabajo —dijo Tilly—. Pero puede esperar.

Los encontraron en el dormitorio de Mungo. Oliver, borracho como una cuba, todavía iba vestido con pantalones de chaqué y con camisa blanca; tenía el pelo revuelto y los ojos azules nublados y marcados por profundas ojeras. Una botella de whisky medio vacía descansaba sobre la mesa que tenía a su lado.

—Hola —dijo—, gracias por venir. Bienvenidos a mi banquete nupcial. Hola, Tilly. Sobre todo gracias a ti por venir desde París.

Se levantó y se acercó a ella para darle un abrazo. Olía mucho a whisky y a la loción carísima que siempre se ponía después del afeitado. La mezcla no era exactamente buena, pero resultaba muy viril. Oliver no tenía una sensualidad convencional, manifiesta, pero despedía una tensión muy poderosa, casi incitante, que Tilly percibió en cuanto lo conoció. Cuando bailó con él por primera vez adivinó aquella tensión a través de su abrazo, algo físico, e imaginó que cuando la descargara sería de una fuerza indescriptible, casi peligrosa. Y quiso verificar e investigar aquella intuición —todavía no estaba enamorada de Rufus, ni siquiera lo conocía—, porque era un reto tan tentador como el propio Oliver; se quedó plantada en la pista de baile mirándolo fijamente e imaginando lo que aquel cuerpo de movimientos sinuosos podría hacerle experimentar, y Oliver, que comprendió el significado de aquella mirada, también permaneció inmóvil durante unos segundos antes de atraerla hacia él con brusquedad; y Tilly sintió crecer su erección, sintió en el cuello la caricia de su rostro y la de sus labios en las orejas y la embargó un ardor extraordinario. Acarició la espalda de Oliver hacia las nalgas y al mover la mano notó que la tensión se relajaba. Oliver le apresó la mano, como en un movimiento reflejo de la carga eléctrica que había en él, y le dijo: «Tilly, eres tan... tan...»; y luego la música cambió y se hizo más ligera y, riendo, Tilly le preguntó: «¿Qué soy, Oliver, qué soy?» Oliver se separó un poco de ella y Tilly lo vio recomponerse y dirigir una mirada soslayada hacia el lugar de la pista donde Harriet bailaba con Mungo antes de decirle «Sublime» con tono jovial pero grave, y luego «Ven, vamos a tomar una copa». Y los otros, al ver que se dirigían a la barra, se reunieron con ellos y Tilly ya no tuvo otra oportunidad de sondearlo. Lo evocó todo en aquel momento y se quedó plantada en medio de la habitación, frente a él, un poco azorada, casi avergonzada. Luego le sonrió y le dio un beso en la mejilla.

—Ha sido un viaje largo —dijo—, pero ha valido la pena.

—¿No os habéis traído a Harriet?

—No. Está en casa de los Beaumont.

—Ah, bueno. Tomad una copa. Vosotros mismos. Mungo, haz los honores, ¿quieres? Tilly, ¿qué te apetece tomar?

—Una Pepsi *light*, por favor —dijo Tilly.

—¿Rufus?

—Oh... lo mismo.

—O sea que está en los cielos —dijo Oliver—. Mi novia. Mi preciosa novia. Dios mío.

—Sí —dijo Rufus—. Eso parece. ¿No te había dicho que sabía volar?

—Qué va.

—Qué raro. Es tan inconcebible que Cressida tuviera secretos...

—Oh, sí, tan inconcebible —replicó Oliver con repentina amargura, casi con enfado. Aunque era lo más normal, pensó Tilly. Pobre Oliver. Porque al margen de la incertidumbre de la situación, el trance era francamente humillante y Oliver tenía mucho amor propio; era encantador y muy inteligente, pero tenía un ego de narices.

—Aunque la verdad —añadió Rufus— es que de vez en cuando sí me sorprendía. ¿A vosotros no?

Todos lo miraron desconcertados.

—¿Ah, sí? —dijo Mungo—. Cressida siempre me ha dado la impresión de ser un libro abierto.

—Sí. Un libro de misterio —dijo Oliver, y lanzó una carcajada escueta.

—¿A qué te refieres, Rufus? —dijo Mungo.

—Oh... no, a nada en especial. Pero no creo que fuera tan transparente como aparentaba.

—¿En qué? Danos un ejemplo. Nunca se sabe, igual puede servir.

—No lo creo pero... bueno, por ejemplo, ¿tú sabías que hablaba perfectamente el francés?

Mungo lo miró boquiabierto.

—Pero si no sabe hablar francés.

—Sí sabe.

—Rufus, te digo que no. Hace poco vino a pasar unos días con mi padre y conmigo a París, y una noche, en un restaurante, se empecinó en decir dos o tres frases de esas de manual escolar; fue penoso.

—Pues lo siento mucho, pero lo habla estupendamente. La he oído.

—¿Cuándo?

—Bueno —dijo Rufus, encantado del interés que había suscitado—, una vez, en París, fui a ver a Harriet y cuando llegué a su apartamento Cressida estaba hablando por teléfono. No sé con quién, pero hablaba de una suma de dinero que tenían que transferirle a un banco francés o algo parecido. Y lo hablaba perfectamente. Mucho mejor que yo.

—¿Y le preguntaste algo?

—Sí. No se dio cuenta de mi llegada y al verme pareció turbarse. No por lo de hablar francés, sino por la conversación. Le dije que no había prestado atención a lo que había dicho, y era cierto. Pero le comenté lo mucho que me había impresionado su francés y me contó que acababa de terminar un cursillo acelerado porque siempre le había sabido mal haberlo abandonado en la escuela.

—Ya veo. —Mungo lo miró fijamente con aire meditabundo—. Qué extraño. ¿Se lo comentaste... a Harriet?

—No, Cress me rogó que no lo hiciera. Me dijo que era un tema un poco doloroso, que a Harriet siempre le habían costado mucho los idiomas y que ella en cambio lo había aprendido sin ninguna dificultad.

—Oliver, ¿sabías que hablaba el francés perfectamente?

—No, la verdad es que no. No solíamos hablar de esas cosas —dijo Oliver con cansancio.

—Bueno, Mungo, debes de estar confundido. Debiste cenar con ella antes de que hiciera el cursillo.

—Rufus, cenamos con ella hace menos de un mes.

—Bueno, pues debía de estar haciendo el ganso. De todas formas, no me parece muy importante.

—No, claro que no. Tilly, ¿se te ocurre algo sorprendente acerca de Cressida?

—No la conozco lo suficiente como para que algo en ella me sorprenda, no sé si me explico —dijo Tilly—. La he visto sólo en tres ocasiones. Dos veces en Londres y una en Nueva York.

—Ah, sí, las pasadas Navidades. ¿Cuando estuvo en casa de Oliver y cenamos todos juntos?

—Sí. Lo único que me chocó fue ver lo diferente que era de Harriet. No tanto en relación al aspecto físico, porque se parecen, sino a sus personalidades. Resultaba difícil creer que eran hermanas. Harry es tan positiva, tan independiente y ambiciosa, y Cressida es tan... callada, tan femenina y eso...

—Todo el mundo lo decía. Lo dice —se corrigió Rufus—. No debemos hablar en pasado. Estoy seguro de que volverá dentro de nada.

—Sí —dijo Mungo—. Claro que sí.

—Ah, sí, y otra cosa —dijo Tilly—, algo realmente sorprendente. Me he enterado hoy. Me lo ha contado sir Merlin. ¿Sabíais, imagino que sí, que era muy buena jugando al póquer?

—¡Al póquer! ¡Cressida! Pero, por favor, eso es ridículo —dijo Mungo—. Una vez traté de enseñarle a jugar, pero no lograba acordarse de nada, lo hablaba todo en voz alta y no se concentraba...

—Pues Merlin me ha dicho que sabía mucho. Que quería sorprenderos con eso.

—Pues te aseguro que lo conseguirá —dijo Mungo—. Me lo creeré cuando lo...

De pronto, Oliver se levantó.

—Oh, Dios —dijo—, tengo ganas de devolver. —Y salió corriendo hacia el baño.

Esperaron mucho rato; al final, Tilly se levantó y fue a ver qué pasaba. Encontró a Oliver sentado sobre el retrete con la cabeza entre las manos. Tilly se sentó en el borde de la bañera y le acarició suavemente el cabello.

—Oh, Til —dijo—, qué desastre.

Alzó unos ojos enrojecidos hacia ella y una lágrima le corrió por la mejilla; Tilly se la secó con un gesto suave.

—Oliver, no voy a cometer la estupidez de decir que no te preocupes. Pero tienes que sobreponerte. No le pasará nada. Estoy convencida de ello.

Oliver movió la cabeza en sentido negativo, le tomó ambas manos y se agarró a ellas con una expresión torturada y agonizante en los ojos.

—Pues yo no. Y además, aunque... oh, Dios, Tilly, todo esto

es tan terrible. Mucho más terrible de lo que te imaginas. Tengo...

Se mordió el labio y enmudeció. Tilly lo miró esperando la continuación.

—¿Sí? ¿Tienes qué, Oliver?

—Oh, nada. Mierda, voy a devolver otra vez.

Tilly permaneció junto a él, le sostuvo la cabeza, le dio agua. Oliver se sentó a su lado sobre el borde de la bañera y le puso un brazo sobre los hombros.

—Eres una chica estupenda, Tilly —dijo—. Debería haberme casado contigo. Sólo que a Rufus no le habría gustado demasiado.

—No mucho —dijo Tilly sonriendo—. Y además, habría sido un error terrible.

—Estupendo, muchas gracias. Menos mal que estás tú para darme ánimos...

—Ya sabes a qué me refiero.

—Sí, imagino que sí. Aunque me juego lo que quieras a que en la cama nos lo pasaríamos de miedo. —Y le dedicó una sonrisa, momentáneamente distraído de su amargura.

—Quizá... Oye, Oliver... —No era el mejor momento para mencionárselo, pero a Tilly le gustaba ir al grano—. Rufus me ha llamado a París esta mañana. Me ha dicho que habías pasado una noche muy agitada, que tenía la impresión de que... de que no querías seguir adelante con esta boda. Mándame a hacer puñetas si quieres, pero... bueno, ¿de qué se trataba? Quiero decir, ¿crees que hay alguna conexión con lo que ha pasado esta mañana? Oliver, me sabe mal preguntártelo así, tan de sopetón, pero...

Oliver la miró fijamente, al principio aturdido y luego inquieto.

—Oh —la interrumpió Oliver—, no me refería a nada en particular. No eran más que nervios, los nervios de la víspera de la boda. Estoy seguro de que la mayoría de los novios dicen estas cosas.

—Sí —dijo Tilly—, sí, claro que sí. —Pero la mayoría de los novios no ingieren una sobredosis de medicamentos, pensó, ni expresan su desespero de forma tan patente. Bien, estaba claro que no quería contárselo. Hubo un silencio—. Hace un calor terrible aquí dentro —dijo—. ¿Por qué no salimos a dar un paseo? Tú y yo solos.

—No —dijo Oliver—. Me parece que me quedo aquí. Es una buena idea, Til, pero creo que será mejor que permanezca junto a un teléfono.

Oyeron un golpe en la puerta. Era Mungo.

—¿Todo en orden, Oliver?

—Está bien. Estaba tratando de convencerlo para que viniera a pasear conmigo, pero dice que prefiere quedarse por si hay alguna llamada.

—Puedes llevarte mi portátil —dijo Mungo—. Me parece una idea fenomenal. Así charlas con Tilly. Y si hay noticias te llamaremos en seguida. De todas formas, tampoco os iréis tan lejos.

Mungo necesitaba un respiro, era evidente. Tilly se alzó y tendió una mano a Oliver.

—Vamos. No estoy acostumbrada a que me den calabazas. Podría ponerme insoportable.

—Dios nos libre —dijo Oliver, y por primera vez sonrió abiertamente—. Vale. Salgamos. Tilly, Mungo, gracias por todo. Has sido un padrino de boda estupendo, ¿sabes? Y tú también, Rufus. —Los miró con una sonrisa vacilante y salió de la habitación detrás de Tilly.

Cuando cruzaban la puerta principal del hotel vieron un Jaguar introduciéndose en el camino.

—Dios —dijo Oliver—, es James Forrest. Igual tiene noticias frescas.

—Oh, Dios mío —dijo Tilly.

Permaneció inmóvil y con la mirada clavada en el coche y en la figura desdibujada de su interior; el corazón le latía con tanta fuerza que casi temió que le reventara las costillas y al mismo tiempo sintió un vértigo y un sudor frío tan bruscos que temió desmayarse. Al fin llegaba el momento; ahora tendría la oportunidad de encararse con el hombre que había destrozado la vida de su madre, que había deteriorado seriamente su salud mental y física, que prácticamente había asesinado a su hijita y que le había arrebatado su hermana gemela. Y que para colmo se había negado a compensar ninguno de aquellos atropellos. Dios, ¿cómo se enfrentaría a él, qué le diría?

James Forrest salió del coche, se acercó a ellos con pasos lentos y Tilly se dio cuenta de que la había reconocido, de que sabía quién era y de que estaba tan desazonado y horrorizado como ella. Pero todas las ansiedades que Tilly podía haber albergado se evaporaron al descubrir su rostro y unos rasgos tan familiares que le costó hacerse a la idea de que estaba viéndolos en una persona diferente; aquella melena espesa y ondulada que, a pesar de ser más canosa que rubia, era inmediatamente reconocible, aquella forma de avanzar —lenta, casi asustadiza—, que tan bien conocía y que tanta ternura y amor le provocaba, y aquel cuerpo alto y de caderas estrechas —a pesar de un amago de tripa—, pero con hombros sorprendentemente anchos. Sólo los ojos eran diferentes, azules y no marrones, pero todo lo demás, Dios, Dios santísimo, ¿cómo era posible que nadie se hubiera percatado de aquel parecido sobrecogedor? Probablemente habría existido siempre y se habría consolidado tan lentamente que nadie lo había constatado. Y mientras seguía embobada mirando, sorbiendo y descubriendo la verdadera identidad de su enemigo, advirtió con una espantosa punzada de tristeza y de algo parecido a la rabia que a partir de aquel momento, y aun olvidando las demás recriminaciones, ya nunca podría casarse con Rufus.

CAPÍTULO 12

SUSIE, DOS Y MEDIA DE LA TARDE

Susie decidió no informar a Alistair de lo de su pecho ni de la conversación mantenida con el doctor Hobson; demasiados dramas y crisis en un solo día. Ya se presentaría una ocasión más propicia al día siguiente. Aunque necesitaba hablar con James para decidir cómo enfocárselo. Anhelaba con toda su alma y más que nunca poder hablar con James para hacerlo partícipe de sus miedos y de su amargura, para pedirle consejo y ampararse en su fortaleza. Hasta ese momento no tendría más remedio que esperar y mantener su secreto.

De todas formas Alistair no podía soportar las escenas, las emociones y los conflictos. Era una de las razones por las que se había casado con él. En parte porque también ella las aborrecía y en parte porque sabía que nunca se pondría muy analítico con su matrimonio. Susie podía aceptar estar unida a un hombre que no amaba, sobre todo si se trataba de un hombre encantador, rico, civilizado e inteligente; pero tener que soportar que esa unión y sus cimientos fueran examinados, analizados y socavados, eso nunca.

A eso de las dos Alistair se fue.

—Cariño, pues claro que debes irte —le dijo Susie—. No tiene ningún sentido que te quedes aquí, en medio de esta pesadilla. No puedes hacer nada y estarás mucho más tranquilo en tu oficina.

—De eso no hay duda. Te confieso que he cambiado radicalmente de opinión en cuanto a que no hay nada peor que la celebración de una boda. Sí lo hay; y es que la boda no se celebre. ¿Adónde habrá ido esa boba?

—Vete tú a saber —dijo Susie con un suspiro—. Lo único

191

que deseo es que no le haya sucedido nada malo, porque se oyen cosas tan espantosas... y Cressida es tan crédula y tan dulce. Es lo único que me preocupa.

—Pues te diré que a mí me da la impresión de que se las arregla muy bien sola —dijo Alistair.

—Vaya, vaya. ¿Y eso por qué?

—Oh, por nada.

—¡Alistair! No me hagas eso. ¿De qué se trata?

—Bueno, no te lo he contado nunca porque en su momento no me pareció importante. Pero una vez bailé con ella, ¿recuerdas aquel fin de año horrible que pasamos todos en Hurlingham?, y pretendió seducirme. Quiso sacarme de la sala de baile.

—¡Alistair! Debías estar borracho.

—Susie, sabes muy bien que no me emborracho nunca. —Era cierto; no lo hacía nunca—. Pero ella sí. Y mucho.

—¿Y?

—Pues nada. Que me zafé delicadamente y la acompañé de nuevo a la mesa.

—¿Estaba avergonzada?

—No —dijo Alistair brevemente—. Estaba furiosa.

Susie fue a despedirlo al coche.

—Supongo que me acostaré tarde, pero igual no nos vemos hasta mañana por la mañana. ¿Te parece bien?

—Sí, claro. Mientras que los chicos se queden contigo. Porque me gustaría no tener que andar ocupándome de Annabel.

—No tendrás que ocuparte de Annabel, te lo prometo —dijo Susie dándole un beso—. Además, sigue empeinada en causar buena impresión a Mungo Buchan. O sea que estará encantada de quedarse aquí.

—Confío en que no tenga éxito —dijo Alistair, francamente alarmado ante aquella eventualidad—. Ese chico es peligroso.

—No lo es, pero de todas formas no te preocupes. No hay peligro de que se fije en Annabel. Me he enterado de que tiene una novia absolutamente deliciosa en alguna parte, que ha tenido la suerte de no haber sido invitada a esta pesadilla, y que lo único en lo que piensa es en reunirse con ella. O al menos eso es lo que dice Rufus. Annabel nos parece encantadora a ti y a mí, pero a Mungo debe parecerle una colegiala inmadura y rechoncha. Por cierto, ¿le has prometido que le comprarías un coche si aprobaba los exámenes?

—No, en absoluto. No la dejaría conducir ni un carrito de la compra.

—Lo imaginaba. Pero ha querido convencerme de que el coche, prácticamente, ya estaba cargado en un camión de reparto y que, a menos que yo fuera tan perversa que lo mandara de vuelta, estaba llegando a casa. En fin, tú ve a Londres y no te preocupes por nada. Te aseguro que tu familia está a salvo de los Buchan, cariño.

—¿Incluso mi esposa?

—¡Alistair! ¿Pero no te has fijado en la deliciosa Sasha? Un sexo sobre un par de piernas. Y Theo está loco por ella. Además, llevan menos de un año casados.

—Parece muy estúpida —dijo Alistair con expresión risueña mientras dejaba caer su maletín de cuero en el maletero del Jaguar—. No le doy más de un año. Como mucho.

—Mucho me temo que tienes razón. Sería estupendo ver a Theo emparejado como Dios manda. No tengo nada en contra de estos pimpollos, pero necesita algo más... sustancial.

—Pues a mí, Sasha me parece bastante sustancial. Sobre todo en la zona pectoral.

—Ya sabes que no me refiero al físico. Ojalá conociera a otra Deirdre, el único amor de su vida.

—Porque murió.

—¡Alistair!

—Lo siento, cariño, pero es la verdad. Ya sabes que me cuesta amordazar la virulencia de mi mente de abogado. Si Deirdre no hubiera muerto, Theo habría empezado a tontear al año. Lo sabes perfectamente.

—Bueno, de eso no estoy tan segura. Me parece que soy menos severa que tú con Theo. En cualquier caso, y por desgracia, no podemos hacer nada por ayudarlo.

—No, es algo que está fuera de nuestro alcance —dijo Alistair—. Bueno, cariño, me voy. ¿Cómo regresarás a Londres?

—En el coche de Rufus.

—Ah, sí, claro. ¿Qué tal es esa novia suya tan célebre? Me habría gustado conocerla.

—Estupenda.

—Bueno, eso ya lo sé. He visto fotos suyas.

—No, pero es que también es inteligente y con sentido del humor. Me ha gustado mucho.

—¿Crees que se casarán?

—Oh, no —dijo Susie tranquilamente mientras le abría la portezuela del coche—. Estoy convencida de que no. Es imposible.

—¿Por qué?

—Oh... porque no funcionaría.

—Es una lástima. Un poco de exotismo en la familia habría venido bien. Adiós, cariño.

—Adiós, Alistair.

Alistair le dio un beso cariñoso, palmeó su espalda esbelta y atlética y se metió en el coche. Susie le dijo adiós con la mano, le sonrió y luego entró arrastrando los pies dentro de la casa. Los cambios radicales, casi catastróficos, que la noticia anunciada por el doctor Hobson produciría en su vida la habían dejado aturdida. Cambios en los que se incluía Alistair y su matrimonio con él. Hasta entonces lo había tenido todo muy claro. Alistair era un hombre atento y bondadoso por quien sentía un inmenso cariño y con quien se llevaba muy bien. Su matrimonio con él le parecía casi perfecto. Siempre le había sorprendido que la gente concediera tanta importancia a estar enamorado de la persona con quien se casaban. Alistair tenía aventuras ocasionales —lo más probable es que acabara de ir al encuentro de su amiguita más reciente; un esparcimiento propiciado por Cressida y que demostraba que, a fin de cuentas, algo bueno salía de aquel fiasco— y ella tenía a Jamie; y todos contentos. Aunque Susie estaba segura de que Alistair no sabía lo de Jamie, y todavía menos, lo de Rufus. Todo había funcionado de maravilla y Susie estaba absolutamente convencida de que era una solución mucho más práctica que la otra, la del sufrimiento, las lágrimas y el divorcio.

Susie y Alistair habrían contemplado la posibilidad de divorciarse con tanta repulsa —Susie se esforzó en dar con un ejemplo suficientemente improbable— como la idea de mudarse a vivir al campo. Habrían estado de acuerdo —en caso de haberlo discutido, cosa que no habían hecho— en que un divorcio es algo sumamente desagradable, traumático y caro. El matrimonio es un contrato y mientras las dos partes sigan adhiriéndose a los principios básicos, el contrato sigue vigente. Los franceses son perfectamente conscientes de ello, puesto que sus matrimonios se basan en el principio de la conveniencia.

Pero ahora Susie ya no veía las cosas de aquella forma. Ahora, porque amaba a Jamie, lo necesitaba; necesitaba estar junto a él, necesitaba que formaran una pareja y una fuerza unida y necesitaba su apoyo incondicional, y no aquella convicción vaga e intangible que ambos albergaban en lo más recóndito de sí mismos. Necesitaba despertarse junto a él y acostarse con él, necesitaba compartir un hogar con él y ser reconocida como su esposa, como la mujer a la que amaba. Sería la única forma de soportar el dolor, el miedo y la espantosa separación final. Los niños experimentarían un choque emocional y Maggie se sentiría profundamente humillada, pero lo superarían. Eran fuertes, estaban sanos y la muerte no los amenazaba. Y si no les parecía bien, pensó Susie, problema suyo. Había llegado el momento de empezar a mostrarse egoísta, porque quería vivir con la persona a la que amaba.

De pronto se preguntó si Cressida no se habría fugado por una razón similar; porque no quería lo suficiente a Oliver o porque él no la quería a ella. Y le supo mal no haber hecho un esfuerzo por charlar últimamente con ella. Era posible que Cressida, tan romántica e ingenua, necesitara una confidente o sincerarse con alguien que la reconfortara. Y Susie siempre se había llevado muy bien con Cressida. Maggie, en cambio, era tan neurótica que en una situación como aquélla hubiera sido más bien un estorbo.

Y luego recordó el asalto de Cressida que Alistair le había contado y llegó a la conclusión de que quizá no era ni tan romántica ni tan ingenua como creía.

—Susie, querida —dijo Janet entrando en la cocina—. Era Janine. Dice que si no te importa acercarte un rato, que está exhausta y que Jamie ha desaparecido. No me parece muy correcto por su parte, pero...

—Habrá ido a ver a la policía, o algo así —dijo Susie—. Aunque si yo fuera Jamie, me parece que también habría desaparecido. Sí, claro que sí, ahora mismo voy. —Dios, sólo le faltaba eso; con lo abatida que estaba, tener que ir a reconfortar y a animar a Maggie—. ¿Sigue Janine al teléfono?

—Sí.

—Janine, hola. ¿Cómo va todo?

—Bastante siniestro —dijo Janine—. Jamie ha intentado convencer a Maggie de que se tomara algo, un tranquilizante o lo que fuera, pero no quiere. Pasa de la histeria a un silencio mortal. Oye, lo siento, pero estoy quedándome sin pelas.

—Sin pilas, cariño, sin pilas —dijo Susie—. De acuerdo. Ahora mismo voy. Te mereces un descanso. Tendré que pedir prestado un coche.

—Voy contigo. —Era la voz de Harriet detrás de ella—. Tengo el mío aquí.

—Oh... de acuerdo, cariño. Gracias. La caballería se pone en camino, Janine.

Harriet tenía muy mala cara. Aunque no era sorprendente; había sido un día muy difícil para ella. Pobrecilla. Con lo mucho que quería a Cressida. Era la hermana mayor y siempre la había cuidado y protegido mucho.

—¿Podrás conducir, cariño? —preguntó Susie mientras Harriet sacaba su Peugeot 205 del garaje de los Beaumont.

—Sí, creo que sí —dijo Harriet—. Qué día más horrible.

Y de pronto frenó bruscamente, paró el motor y empezó a sollozar. Fue una reacción muy impropia de Harriet; no lloraba nunca.

—Oh, cariño mío —dijo Susie abrazándola—. Querida Harriet, llora, llora. Lo necesitas. Debes de estar destrozada.

—Lo estoy —dijo Harriet—. Absolutamente destrozada.

—Todo esto es tan... terrible. Tan repentino. Y además tratándose de Cressida, siempre tan correcta, tan... perfecta. Y todo el mundo la quería tanto, sólo deseábamos su felicidad.

—Ésa es Cressida —dijo Harriet—. Tan correcta, tan perfecta, tan querida por todos vosotros. —Lo dijo con voz sorda, casi rencorosa y Susie la miró con el entrecejo fruncido—. Lo siento —añadió Harriet de inmediato y esforzándose en animar el tono—. Lo siento de veras. Estoy que no sé lo que me digo, Susie.

—Pues a mí me ha parecido lo contrario.

—No, de veras. Es que... bueno, la verdad es que no sé qué tengo que hacer.

—Pues claro que no lo sabes, cariño. Ninguno de nosotros sabe qué tiene que hacer.

—No, ya, pero... —Se echó para atrás y miró a Susie con un brillo muy sombrío en los ojos.

—Harriet, ¿ha sucedido algo nuevo que no nos has dicho?

—Oh... bueno, sí y no —dijo Harriet con un suspiro.

—¿Quieres contármelo? Te prometo que no se lo diré a nadie —añadió—. Soy una tumba.

—¿Lo eres? —Harriet la miró, como para sopesar aquella afirmación—. Sí, imagino que sí lo eres.

Si supieras, pensó Susie, aunque gracias a Dios no sabes.

—Cuéntame —le dijo—. Quizá pueda ayudarte.

—No lo creo —dijo Harriet con entonación desolada—. Salvo que puedas proporcionarme un par de millones de libras.

—Ah —dijo Susie—. Me parece que no. ¿Se trata de tu empresa?

—Sí —dijo Harriet escuetamente, y volvió a suspirar—. Me he metido en un lío espantoso, Susie. Y además, por mi maldita arrogancia. No escuché a nadie, ni acepté consejos. Y ahora... oh, Susie, no puedes ni imaginártelo.

Y Susie, atribulada y afligida, oyó la quintaesencia de las

aventuras comerciales de la década de los noventa; expansión demasiado acelerada, alza de los tipos de interés y disminución radical de los beneficios. Harriet se había expandido demasiado, sobre todo en Francia; su tiendecita de Passy funcionó de maravilla, así que decidió pagar el traspaso de otra.

—Una tienda preciosa en la rue du Bac, justo al lado de The Conran Shop. En cuanto la vi me enamoré de ella. Montones de transeúntes y la zona más cara y refinada de la ciudad. Lo imaginé todo de antemano; mi ropa en el interior, un rótulo con mi nombre sobre la puerta y el local rediseñado en blanco y plata. Y me encapriché con ella. Quise que fuera mía.

—Bueno, de momento no me parece una idea descabellada —dijo Susie con cariño—. Para que un negocio funcione es imprescindible un buen emplazamiento.

—Sí y no —dijo Harriet sonándose—. Quiero decir que tienes razón, pero el problema no radica en eso. No es cuestión de una tienda, ni de un barrio, sino de mi jodido ego... perdona.

—No te preocupes, cariño.

—Es esa necesidad de sentirme importante, ya sabes, de que todo el mundo me admire. Porque al fin y al cabo, ¿qué mal había en mi adorable tiendecita de Passy? Nada, nada en absoluto, salvo que no era un lugar famoso. Y yo quería ser famosa, pertenecer a la élite de la profesión. Ya ves tú qué ambición patética y grotesca. Dios, no sabes lo avergonzada que estoy. Y ese traspaso costaba un dineral. Ya sabes cómo funcionan esas cosas en París, pagas el derecho a alquilar el local. Me costó dos millones de francos, sólo que el dinero no era mío, era... oh, mierda, Susie, estoy tan avergonzada.

—¿De quién era? —preguntó quedamente Susie.

—De Janine. De mi querida Janine, que siempre me ha echado una mano cuando se lo he pedido. Insistió para que lo aceptara, dijo que quería ayudarme. Es un montón de dinero, sabes, son...

—Sí, ya sé, unas doscientas mil libras más o menos. Bueno, si te lo ofreció sería porque podía permitírselo.

—No, no podía. O al menos, no tan fácilmente, no como para que no le importara perderlo. Por supuesto se trata de un préstamo y le pago intereses, bueno, se los pagaba, pero inferiores a los de un banco. Y ahora se ha ido todo a hacer puñetas, Susie, todo, porque no logré cubrir los gastos. Tuve que hipotecar la tienda de Covent Garden para poder mantener la de la rue du Bac abierta; ya sabes lo bien que funcionaba, pues ni con eso conseguí amortizar el préstamo. Debería haber hecho caso de Rufus, desde el principio me dijo...

—¿Rufus? —la interrumpió Susie con brusquedad—. ¿Qué tiene que ver Rufus con todo esto?

—Me dijo que lo que tenía que hacer era conseguirme un asesor comercial como Dios manda en lugar de Johno...

—¿Quién es Johno?

—Ha sido mi contable desde el principio. Es un hombre adorable y competente, pero la situación le venía grande. Rufus quiso incluso presentarme a un conocido suyo. Pero no, no acepté la ayuda de nadie, quise seguir adelante sola. No quería ser solamente una buena diseñadora, sino también una brillante mujer de negocios, una especie de síntesis de Jean Muir y Anita Roddick. Es más, hace unos meses hasta hubo un artículo en el que dijeron eso de mí; bueno, no exactamente eso, pero que tenía madera para serlo. Verás ahora; saldrán montones diciendo que no la tenía.

—Harriet, cariño —dijo Susie—, no hace falta que te mortifiques de esta forma. Hasta ahora lo has hecho muy bien y todo el mundo comete errores. Me cuesta creer que una expansión un poco acelerada pueda echar por tierra toda tu empresa. Porque al fin y al cabo tienes otras tiendas, y...

—Susie, olvídalo. Sí, hay otras tiendas, otros Harry's, pero ninguna de ellas da beneficios actualmente. Sí, la facturación es buena, pero apenas sirve para cubrir gastos. Este negocio funciona como los castillos de cartas y se vendrá abajo muy rápidamente. Porque lo que está claro es que no puedo afrontar esta deuda. Y voy a hacer un ridículo espantoso, y tendré que echar a todas esas chicas encantadoras. ¿Te acuerdas de Ellie, la de la tienda de Covent Garden? Pues hace tres semanas que trabaja sin cobrar, porque cree en mí; ¿y ahora qué le digo?, ¿lo siento, Ellie, has sido muy amable? Aquí tienes tu recompensa, un formulario para el paro y la dirección de la oficina más cercana del INEM. Aunque lo peor es lo de Janine. Porque ya es mayor, y va a necesitar ese dinero, y... oh, Susie, ¿qué voy a hacer?

—Bueno —dijo Susie con tono enérgico—, no lo sé con exactitud; pero lo que sí sé es que dedicarte a gimotear y a sentir lástima de ti misma no va a servir de gran cosa, y todavía menos a Janine. Escucha, Harriet, Janine es una mujer muy sensata y realista. No puedo creer que te prestara esa cantidad de dinero sin asumir que se arriesgaba a perderlo. Me sorprende que lo tuviera, pero eso es una cuestión al margen. Y también estoy segura de que no te lo entregó así por las buenas, debía perseguir algún objetivo financiero...

—Bueno... sí, es cierto. Pero todo era muy optimista y

muy poco profesional. Y yo... bueno, estaba tan segura de mí misma, tan confiada. Se lo presenté todo de forma muy positiva. Redondeé un poco las cifras y todo eso. No me mires de esa forma, no fue mucho. Pero lo suficiente como para parecer más persuasiva. Y además avalé el préstamo con mi piso.

—Bueno —dijo Susie, sorprendida ante la sensación de enorme alivio que la embargaba—, entonces no hay problema. Puedes venderlo. No veo por qué te preocupas tanto. Es una lástima, porque es un piso precioso, pero...

—Susie, que no, que tampoco sirve. Al menos, en lo que se refiere a su valor efectivo. Tienes ante ti el perfecto ejemplo de una capitalización negativa. Compré mi piso en el momento cumbre del *boom* inmobiliario; sabía que estaba terriblemente sobrestimado, pero me hice la loca y conseguí un préstamo hipotecario que cubría el noventa y cinco por ciento del precio. Y ahora debe valer... pues no sé, el sesenta por ciento de lo que me costó.

—Ah —dijo Susie quedamente—, ya veo.

—Así que Harry entra en liquidación. Mañana, de hecho. Quería olvidarlo, posponerlo para después de la boda, y ahora va y resulta que no hay boda.

—¿Y no puedes encontrar un comprador?

—No es fácil. ¿Te has fijado en la cantidad de tiendas vacías que hay actualmente en calles de mucho paso? La mitad de la calle South Molton está en venta. Pero sí, lo he intentado. No imaginas la cantidad de informes de presentación que he preparado; hasta sueño con mis peroratas. Dos veces creí haberlo conseguido y luego, en el último momento, se echaron para atrás y me dejaron en la estacada con los tópicos de rigor; que si una financiación con pocos rendimientos, que si los plazos de la inversión demasiado largos, y demás.

—¿Cuánto... estás dispuesta a perder? —preguntó Susie procurando ser delicada.

—Mucho —dijo Harriet—. Ya sé a qué te refieres, pero te lo digo sinceramente, Susie, ya no tengo amor propio. Al principio, por supuesto, quería estar al mando de todo y que las cosas se hicieran a mi manera, pero hace tiempo que he abandonado esa pretensión. Al final, mi única condición era que me dejaran intervenir en el diseño de las prendas, sobre todo porque estaba mi marca de por medio. No era pedir mucho, porque no quería que vendieran horteradas de lurex de color violeta con la etiqueta «Harry» cosida en el cuello. Aunque casi estaba dispuesta a ceder también en eso. Pero no cambió nada. Hasta que se me presentó una última esperanza, un tipo llamado Cotton. ¿Has oído hablar de Cotton Fields? Buenas prendas. Baratas y juveniles, pero bonitas.

—Sí, claro que sí —dijo Susie—. Annabel compra muchas cosas de esa marca.

—Bueno, pues ya ves. Estaba dispuesta a dejarme absorber. Es una empresa americana con sede en Nueva York. Y el caso es que acabé convencida de que me harían una oferta aceptable, nada del otro jueves, pero al menos una oferta correcta. Y además fui muy honesta con él y lo puse al corriente de todos mis problemas, pero decía que seguía dispuesto a comprar. O eso creía yo. Ya estábamos preparando incluso el contrato. Y entonces se echó para atrás. Como los demás. Es más, fue ayer mismo. Me mandó un fax diciendo que lo había pensado bien y que no le interesaba; y estuve intentando hablar con él hasta medianoche, pero su secretaria me respondió cada vez que estaba reunido y que no podía ponerse.

—Bueno —dijo Susie—, resulta un poco extraño. Aunque quizá, al examinar de cerca el contrato...

—Sí —dijo Harriet—. Ya sé. De todas formas, no hay nada que hacer. Se acabó. —Miró a Susie con una sonrisa un poco temblorosa—. Susie, me sabe mal darte la lata con todo esto, pero como me has preguntado...

—Ya sé, cariño. Y me alegra que lo hayas hecho. Ojalá pudiera ayudarte. Pero el único que puede disponer de esa cantidad de dinero es Theo. ¿No podrías...?

—No —dijo Harriet, cortante—. No podría. Imposible.

—Pero te quiere mucho. Estoy segura de que estaría encantado de ayudarte.

—Sí, quizá, pero no puedo. Está demasiado... involucrado con nuestra familia. Si no me quedara otro remedio le pediría que me prestara el dinero de Janine, pero nada más.

—Bien. Eso tienes que decidirlo tú. No puedo intervenir en un tema así. Mira, lo pensaré y, si me lo permites, le preguntaré a Alistair si sabe de alguien que pueda ayudarte. Conoce a todos los inversores de la ciudad.

—Susie, te lo agradezco enormemente, pero de veras creo que he examinado todas las opciones posibles...

—Estoy convencida de que no —dijo Susie—, y vale la pena esperar un par de días. Bueno, oye, ahora creo que deberíamos ir a hacer compañía a tu madre y a relevar a la pobre Janine. Estaba en las últimas. ¿Quieres que conduzca yo?

—No, estoy bien —dijo Harriet—. Y gracias por escucharme.

Era un día aciago para mucha gente, pensó Susie mientras se arrellanaba, un poco abatida, en el asiento. Ella misma, sin ir más lejos. Ahora que conocía la razón de su constante fatiga curiosamente se encontraba peor. Al principio lo achacó todo a la edad, lo combatió con su habitual determinación y no lo consideró más que un pequeño engorro, una ligera traba a sus actividades. Pero desde que se había transformado en algo diferente, en una realidad dolorosa y aterradora, lo soportaba todo con menos entereza; se percató de que le dolían la cabeza y los riñones y de que lo único que deseaba era poder cerrar los ojos, librarse de la luz cegadora de la tarde y descansar durante un momento.

—Vamos, Susie —oyó decir a Harriet, medio bromeando—. Échate una siestecita. Te la mereces.

—No soporto a la gente que se echa siestecitas —dijo Susie.

—Yo tampoco, pero estás molida.

—Muchas gracias.

—Perdóname.

—No pasa nada —dijo Susie con una sonrisa—. Ya sé que me lo decías afectuosamente. Pero prefiero charlar contigo. —Estaba intrigada por el tono empleado por Harriet cuando había mencionado que todos querían tanto a Cressida; confiaba en poder retomar la conversación en aquel punto.

—¿Qué te ha parecido Tilly? —dijo Harriet.

—Me gusta mucho.

—También a Rufus.

—Eso parece.

—¿Sabes que quiere casarse con ella?

—Sí.

—¿Y?

—Pues me parece... muy bien. Si es que efectivamente lo hace.

—Pero no lo crees, ¿verdad? —preguntó Harriet con suave insistencia.

—No lo sé, Harriet. Digamos que tienen vidas muy diferentes. Me sabría muy mal que Rufus se llevara un desengaño.

—Bueno —dijo Harriet—. Ya sé a qué te refieres. Y tampoco yo quiero que sufra. Es una de las personas más encantadoras que conozco.

—Lo mismo pienso yo —dijo Susie con otra sonrisa—. Aunque lo contrario sería sorprendente.

Y entonces cerró los ojos y le asaltó el recuerdo, breve pero lancinante, de lo cerca que había estado Rufus de no nacer.

Habían acordado que Susie abortaría. No les quedaba otra opción. Susie no podía permitirse tener un hijo de James —sabía que era hijo suyo puesto que Alistair había pasado casi todo el mes fuera y estaba ausente en el momento de la concepción propiamente dicha; y además, las hormonas de Susie funcionaban con la regularidad de un reloj—, porque Alistair podría haber atado cabos y Maggie hubiera acabado enterándose de refilón, y, en el mejor de los casos, haber provocado terribles recriminaciones, resentimientos y rencores, y en el peor, el divorcio. Ambos tenían hijas; Jamie, dos —Harriet y Cressida—, y Susie, una —Lucy— y habría sido una locura arriesgar la felicidad de tantas personas.

James se encargó de todo y la registró en una clínica cerca de Luton.

—Luton, Jamie, pero ¿por qué Luton? Es una barriada espantosa —dijo Susie cuando se lo anunció, procurando, no sin dificultades, seguir haciendo gala de su sentido del humor.

—Bueno, me ha parecido que allí no conocerías a nadie —respondió James un poco desarmado—. No puedes irte muy lejos de Londres y en Londres mismo sería peligroso. Lo siento. Además, ¿qué importa?

—No, no importa —dijo ella tratando de sonreír—. Claro que no importa. Por ti iré incluso a Luton, Jamie, no te preocupes.

—¿Cómo te encuentras?

—Perfectamente —respondió—. Me sienta bien el embarazo. Con Lucy me encontré la mar de bien.

—Pues claro —dijo él con voz cavernosa—, pues claro que te encuentras la mar de bien. Maggie estuvo fatal durante los nueve meses.

—Sí, bueno, no me parece el momento más oportuno para hablar de Maggie, dadas las circunstancias.

—Lo siento.

—Bueno, y ahora tengo que dejarte —dijo Susie echando un vistazo al reloj—. La hora del baño de las niñas. La niñera tiene la tarde libre.

—Buena suerte, cariño. Te quiero.

—Yo también te quiero, Jamie.

No entendía cómo podía seguir amándolo después de todas las trastadas que le había hecho. Pero lo amaba. Cuando volvieron a verse después de sus bodas respectivas, en un cóctel,

Susie se dio cuenta de que seguía provocándole un apasionado deseo. Y mucho odio. James le dedicó una sonrisa desde el otro lado de la sala y fue a reunirse con ella. Susie se limitó a mirarlo fijamente, sin abrir la boca.

—Estás preciosa —dijo—, preciosa de verdad.

Susie siguió silenciosa.

—Te echo de menos —le dijo él—. De veras que te echo de menos.

Susie enarcó las cejas y tomó otro sorbo de champán.

—¿Qué tal está Alistair?

—Muy bien. Ya lo ves.

—¿Estáis bien?

—Pues claro.

—Me alegro. ¿No vas a preguntarme si estoy bien?

—No —respondió ella con tanta furia reprimida en su voz que James miró nerviosamente a su alrededor para cerciorarse de que Maggie o Alistair no estuvieran escuchando—. No voy a preguntártelo. Pues claro que estás bien. ¿Por qué no ibas a estarlo? Te casaste para estar bien.

—Susie, no...

—Déjame en paz, ¿quieres? —dijo ella en voz baja antes de alejarse de él. Se fue en busca de Alistair, lo tomó del brazo con una sonrisa y se giró un momento para mirar de soslayo a James, que seguía plantado en medio de la sala, y percatarse de que seguía deseándolo y amándolo tanto que le parecía imposible poder sentir al mismo tiempo tanto cariño y tanto encono.

Al día siguiente, James la llamó.

—Era para decirte que lo sentía.

—¿Qué es lo que sientes, James? ¿No haberte casado conmigo? ¿Haberte casado con Maggie? ¿Ser tan canalla? ¿Podrías explayarte un poco más, por favor?

—Todas esas cosas —dijo él—, pero sobre todo me supo mal haberte trastornado ayer.

—Ya, bueno. Pues no vuelvas a hacerlo. —Aunque Susie notó que su voz se tornaba menos dura y se despreció a sí misma por permitirlo—. Adiós, James.

Tres meses más tarde volvieron a coincidir, en esta ocasión en un baile benéfico. El destino, es decir, Janet Beaumont, quiso que compartieran mesa. Susie esperaba un hijo.

—Estoy embarazada —le dijo a James.

—Felicidades. Alistair debe estar muy contento.

—Sí, lo está. Me he enterado de que tienes una hija.

—Sí, en efecto. Una monada de niña. ¿Quieres bailar?

—No, no, gracias.

Pero más tarde Alistair sacó a bailar a su vecina de mesa y Susie se quedó sola; Jamie se acercó a ella.

—Vamos, un baile no te hará ningún daño.

Pero sí se lo hizo.

Estuvo en sus brazos, lo sintió, lo olió, lo deseó.

—No pareces muy embarazada —dijo él.

—Bueno, es que no estoy muy embarazada. Sólo estoy de cinco meses.

—Pues pareces de cinco días.

—Sí, ya, es que me cuido.

—Ya lo imagino.

Maggie opinaba que era una mujer encantadora, le anunció James, y quería invitarlos a cenar.

—No debes permitírselo.

—¿Y cómo?

—No vendremos.

—Cariño, los Forrest nos han invitado a cenar en Nochebuena. Puede ser divertido. Me gusta James.

—¿De veras?

—Sí, ¿a ti no?

—No, no mucho.

—Bueno, pues a mí me gustaría ir. También estarán los Beaumont y Mike me ha comentado que tenía que solucionar un caso importante relacionado con una disputa de terrenos y que necesitaba consejo. Ya sabes que es un tema que me interesa mucho.

—Alistair, ¿tenemos que ir? Estoy enorme y preferiría quedarme en casa.

—Pues yo preferiría que no lo hicieras.

En lo tocante a su carrera, Alistair era implacable. Como James, pensó Susie para sus adentros.

Llegó a la fiesta un poco rara. Estaba de ocho meses y se sentía fatigada y abatida; le costó animarse.

A media velada empezó a notar contracciones. Convencida de que no era nada, encontró una habitación y se tumbó en el suelo para hacer unos cuantos ejercicios de relajación. El dolor no hizo más que agravarse.

La habitación era el despacho de James; al poco entró y la encontró tendida en el suelo.

—¿Qué demonios estás haciendo?

—Dar a luz —dijo Susie con los dientes rechinándole.

Estuvo delicado, profesional, tranquilizador. Le palpó la tripa, escuchó los latidos del corazón de la criatura, cronometró un par de contracciones y llamó al hospital local. Relajado y animoso, la condujo allí en su coche. Susie, tiritando, le dijo que no podía evitar empujar; y James le aconsejó jadear y aguantar un poco más. En el asiento trasero, muy asustado, iba Alistair.

Cuando llegaron al hospital James pidió una silla de ruedas y la empujó él mismo desde el ingreso hasta el servicio de ginecología.

—Está en fase de dilatación —anunció sin perder la calma a la enfermera—. Que preparen una sala de partos. Es un prematuro.

Alistair había desaparecido.

Sereno, firme y tranquilizador, James permaneció junto a ella a través del dolor, del miedo y de la confusión.

—Todo irá bien —le decía—, y el niño será estupendo. Agárrate. Agárrate a mí.

Llegaron a la sala de partos, donde encontraron a tres enfermeras dispuestas a servir al especialista.

James las ayudó a trasladar a Susie sobre la cama. Se agachó sobre ella y le sonrió mirándola a los ojos.

—Grita si te apetece —le dijo—, todo el mundo lo comprenderá.

—No —dijo Susie apretando los puños—. No me gusta la gente que hace aspavientos. Pero no te vayas, por favor, es lo único que te pido.

—No me iré —le respondió él volviendo a sonreír—. No me iré. —Y a pesar de todo, Susie se percató de lo irónico de la situación y le devolvió la sonrisa.

Y así fue como Susie Headleigh Drayton dio a luz a su primera hija en compañía de James Forrest.

Después de aquello ya no hubo escapatoria. James permaneció a su lado durante los dos angustiosos días que siguieron al alumbramiento y durante los cuales la diminuta Lucy luchó por sobrevivir. Y cuando la criatura estuvo fuera de peligro, condujo la silla de ruedas hasta la unidad de prematuros para que Susie pudiera contemplarla. Le secó las lágrimas cuando tres días más tarde le sobrevino la depresión posnatal y rió al presenciar su malestar cuando le subió la leche y le dejó el camisón empapado.

—No te rías —le reprochó ella ofuscada—. Es un asco.

—No Susie, es delicioso verte desbordada al menos una vez, aunque sea por culpa de tus pechos.

Susie lo miró con aire amenazador y luego le sonrió.

—Te quiero —dijo cariñosamente James, y se agachó para darle un beso en la frente.

Alistair se había ido a Londres.

Dos meses después almorzaban juntos con regularidad y un mes más tarde se acostaron juntos. Fue maravilloso. Susie tenía la sensación de ser la mujer más feliz de la tierra.

—Una niña preciosa, un marido adorable y tú —le dijo una tarde después de un acoplamiento particularmente voluptuoso—. ¿Qué más puedo pedir?

James se apartó de ella.

—¿Qué te pasa?

—No me parece una frase muy delicada. Y menos en este momento.

—Jamie —dijo Susie incorporándose sobre un codo y mirándolo fijamente con sus ojos oscuros—. Jamie, me parece que no tienes ningún derecho a quejarte de mi falta de delicadeza. Tampoco tú puedes vanagloriarte mucho en este sentido. O sea que será mejor dejar este tema.

—No puedo evitarlo —dijo—. Eres tan jodidamente... pragmática.

—Tampoco yo puedo evitarlo —dijo ella agachándose y besándole un hombro—, y menos mal que lo soy. Deberías estar agradecido. Podría ser sólo pragmática, sin el jodidamente.

Y entonces se quedó preñada de James, mientras Alistair estaba ausente en el norte de Inglaterra.

—No entiendo cómo ha podido suceder —dijo él irritado—. Tomas la píldora y...

—Sí, ya sé, James, pero aquella semana tuve muchos dolores de estómago. Debí dejar de tomarme la píldora o...

—Pues deberías habérmelo comentado.

—Oh, no seas ridículo.

—No soy ridículo. ¿Y ahora qué hacemos?

—No lo sé Jamie. Dímelo tú.

Se fue sola a la clínica; había insistido para que James no la acompañara.

—Quiero estar sola, completamente sola. Mañana ya estaré bien.

—¿Qué le has dicho a Alistair?

—Que me iba a casa de mi madre.

—¿Y qué le has dicho a tu madre?

—Que me voy a pasar un par de días a un balneario y que no quiero que Alistair lo sepa. La verdad es que no le gustan mucho esos sitios, afortunadamente.

—¿Y tu madre te ha creído?

—Mi madre es como yo. Una pragmática. En cualquier caso, filtrará las llamadas. No te preocupes, Jamie, todo irá bien.

La clínica era un gran caserón de época Tudor en las afueras de Luton. El personal era cortés, eficaz, distante.

—Aquí está su habitación, señora... Henderson. Si tiene la amabilidad de desnudarse, dentro de unos minutos pasará el doctor a examinarla.

Susie se desvistió y se metió en la cama. Una enfermera le rasuró el pubis y le aplicó un enema. Susie se sentía extraña, un poco mareada y con ganas de devolver.

—Buenos días, señora Henderson. Un día muy frío, ¿no le parece? Soy el doctor Brian Miller. Bien, si me permite, ahora...

Cuando terminó de examinarla le sonrió con algo de condescendencia.

—Sí. Once semanas. Por los pelos. ¿Ha ingerido algo sólido esta mañana?

Susie movió la cabeza en sentido negativo.

—Bien. Pues habremos terminado antes de la hora del almuerzo. Su ginecólogo tiene toda la razón. Es demasiado pronto para tener otro hijo, todavía no está recuperada del último. Bien, imagino que no está al corriente de cómo funciona esto: le daremos una anestesia muy ligera y permanecerá en el quirófano durante unos veinte minutos. Un simple DL. ¿Sabe qué es?

—No —dijo Susie. Sí lo sabía, pero por alguna razón quiso oírlo.

—Dilatación y legrado. —La miró con un brillo de impaciencia en los ojos.

—Entiendo lo de la dilatación, pero ¿y el legrado?

—Bueno, de hecho no es más que un rascado de las mucosas del útero. Y de... las excrecencias.

—Oh —dijo Susie. Tiró de la sábana para cubrirse el cuerpo—. Sí, ya veo.

—Bien. —El doctor recogió sus papeles—. ¿Alguna pregunta más?

—No, no creo.

—Bien. Cuando la suban del quirófano pasaré a verla. La enfermera vendrá a suministrarle la medicación preoperatoria dentro de poco.

Susie permaneció inmóvil durante un rato, tratando de no pensar. En aquel momento sonó el teléfono que tenía sobre la mesilla.

—¿Cariño? Soy yo.

—Oh, Jamie, hola.

—¿Estás bien?

—Sí, sí, me parece que sí.

—Miller es un tío estupendo. Ya verás. No debes preocuparte.

—¿No?

—No.

—Bien.

—Te quiero, Susie. Te llamaré más tarde.

—De acuerdo, Jamie.

Siguió en la cama y pensó en su criatura, suya y de James, concebida en un momento de arrebato amoroso tan apasionado y febril que hasta guardaba un recuerdo físico de él; su cuerpo se conmovió incluso al recordarlo. Y el arrebato seguía ahí. En lugar de disiparse en la nada, se había hecho realidad, vida. Lo llevaba en sus entrañas; era suyo.

Trató de reflexionar en lo que aquella criatura significaba para ella; no se trataba de un mero conglomerado de células, ni siquiera de un feto en formación, sino de la encarnación de la felicidad, del placer, del amor.

Entró la enfermera.

—Bien, señora Henderson, ¿está lista para la inyección?

—Oh... sí. —Se puso el camisón sanitario abierto en la espalda y el birrete de papel que le tendió la enfermera y le entregó sus anillos.

—Póngase sobre un costado, por favor.

Susie hizo lo que le ordenaba y sintió el pinchazo de la aguja. La enfermera le frotó la nalga con un algodón y le dedicó una sonrisa indiferente.

—Bueno, dentro de un rato vendremos a buscarla. Yo que usted dormiría un poco.

No, no lo harías, cretina, pensó Susie, no lo harías en absoluto. Seguirías aquí tumbada, como yo, reflexionando en lo que estás haciendo y en lo que vas a permitir que te hagan;

dilatarte, abrirte de piernas y luego —¿cuál era la palabra utilizada por el doctor?—, ah, sí, rascarte, rascarte la criatura, esa cosita viva; consciente, a pesar de haber evitado pensar en ella, de que ya tiene una cabeza, ojos, manos, pies. Dios, tenía que refrenarse, dejar de evocar la dulce sonrisa ciega del feto vista en tantas fotografías, dejar de pensar en lo que le harían, en que lo matarían, en que lo extirparían de la mullida y confortable oscuridad de su vientre para exponerlo a la luz y luego... ¿qué? ¿Qué hacían con esas criaturas, con esas personitas diminutas, cómo se deshacían de ellas...? No, Susie, déjalo ya, no debes, no son más que unas cuantas células, un punto, no pienses en eso, no, no, no, tienes que sobreponerte y someterte a la intervención, no tienes más remedio.

Se abrió la puerta. Entró un técnico sanitario con una camilla y la enfermera la ayudó a instalarse sobre ella. Se sentía mareada, confusa, desapegada. Estaban ya en el pasillo cuando de pronto a Susie le entró un ataque de pánico, un miedo atroz de lo que iban a hacerle. Cerró los ojos; el pasillo empezó a oscilar. Oh, santo Dios, era horrible, horrible.

—Estoy mareada —dijo.

—No se preocupe —le dijo la enfermera—. Se le pasará en seguida.

La metieron en la antesala del quirófano; el doctor Miller ya estaba allí.

—Ah, señora Henderson, ¿se encuentra bien?

—No —musitó Susie. Tenía los labios resecos y le costaba articular.

—Se le pasará dentro de nada. —Sonrió y le dio unas palmaditas sobre la mano.

Sí, pensó Susie, se me pasará. Pero a mi criatura, no. Ya no será un bebé. Ya no será nada.

—Bien —dijo el doctor—, bien. Enfermera, lleven a esta señora al quirófano, ¿quieren? —Con la inyección en ristre, Miller le dedicó una de sus espantosas y aceradas sonrisas—. Bien, después de esta inyección, señora Henderson, quiero que cuente conmigo.

Susie asintió débilmente. Contaría y la criatura habría desaparecido. Uno, dos, tres, adiós, hijo mío. Oh, Dios, era horrible. Horrible. ¿Por qué lo hacía? ¿Por qué había aceptado someterse a aquello?

—Vamos allá. —Miller le frotó un algodón sobre el dorso de la mano—. ¿Preparada? Bien, y ahora empiece a contar.

—¡No! —gritó, logró juntar la fuerza para incorporarse y zafarse de la mano del médico y de su aguja—. No, no, no. No lo haga. No quiero que lo haga. Deténgase. Se lo prohíbo.

—Señora Henderson, por Dios, no haga chiquilladas... —La enfermera, con expresión alarmada, trató de empujarla de nuevo sobre la camilla.

—Vamos, señora Henderson. Sea sensata. Fue usted quien lo solicitó, es por su bien. Ahora déjeme...

—No. Le he dicho que no. —Se había estirado de nuevo y se agarraba a uno de los lados de la camilla, tratando de combatir el mareo, pero completamente despabilada y lúcida—. No lo haga. No se atreva. Si lo hace lo llevaré ante la justicia. No quiero que lo haga. Se lo prohíbo. Es mi cuerpo, mi hijo. No se lo permitiré. Llévenme a mi habitación inmediatamente.

—Doctor Miller, quizá... —farfulló la enfermera, muy incómoda. Miller miró a su paciente y Susie tuvo la impresión de no haber visto jamás una expresión tan iracunda ni tan innoble en un rostro.

—Muy bien. Llévesela. Llévesela de aquí ahora mismo. Señora Henderson, como usted comprenderá se le aplicará la tarifa completa. Le agradeceré que adjunte a su cheque una declaración escrita de renuncia voluntaria a la intervención.

—Tendrá su maldito cheque —espetó Susie cortésmente—. Y su maldita declaración escrita. Deme una palangana, ¿quiere? —añadió en dirección a la enfermera—. Rápido. Voy a devolver.

La enfermera no fue suficientemente rápida. Con un sentimiento parecido al júbilo, Susie vomitó sobre los zuecos blancos del doctor Miller.

—Susie, Susie, ya hemos llegado. —Harriet le dio unas palmaditas cariñosas sobre la mano. Susie abrió los ojos y sonrió.

—Lo siento. Me sabe mal haberme dormido.

—No pasa nada. Tienes mejor aspecto.

—Me siento mejor. —Era verdad. Mucho mejor. Y James se acercaba a ellas. Se le disparó el corazón, como siempre que lo veía.

—Hola, Jamie.

—Hola. No, no hay noticias. He ido a ver a los Bergin. Josh está muy alterado.

—¿Y Julia?

—Bueno, también está alterada, pero consigue controlarse, como dice ella. Dice que está convencida de que Cressida regresará en cuanto haya respirado un poco de... oxígeno, creo que ha sido la palabra que ha empleado.

—Oh, Dios —dijo Harriet. Sonrió a su padre—. Esa mujer es un caso, ¿no? ¿Y el director del banco, papá?

—Todavía no ha llamado.

—¿Cómo está mamá?

—Al fin dormida. Y Janine también.

—Voy a preparar un poco de té —dijo Harriet.

Susie y James la miraron con afecto.

—Es estupenda —dijo Susie.

—Lo sé. Lo sé.

—Ojalá... —Susie lo miró y se echó a reír—. No, no.

—¿Qué ibas a decir?

—Iba a decir que ojalá Rufus quisiera casarse con ella.

—Dios nos libre. Es una de mis pesadillas más recurrentes.

—¿De veras? Pues ¿sabes que es la primera vez que se me ocurre?

—Ya —respondió James con tono grave, casi irritado—, a ti las cosas horribles no se te ocurren nunca.

Y entonces el miedo y lo que interpretó como un ataque de rabia la invadieron y sus ojos se llenaron de lágrimas; la luz dorada de la tarde y el rostro de Jamie se enturbiaron y Susie desvió la mirada.

Alarmado, Jamie le tomó el brazo con un gesto solícito.

—¿Qué tienes? Susie, cariño, ¿qué te pasa? Perdóname si lo que he dicho te ha entristecido.

—No, Jamie, no se trata de eso. De veras. ¿Podemos... podemos hablar?

—Pues claro. Bajemos al puente.

Pasearon lentamente hasta el arroyo. Susie, al principio, no decía nada. Pero cuando ya llegaban empezó a hablar y se lo contó todo, sin mirarlo, ni tocarlo. Cuando terminó, James se dejó caer pesadamente sobre el asiento de piedra y empezó a arrancar los pétalos de una margarita.

—¿Qué quieres adivinar? ¿Mi futuro?

—No seas boba.

Tras un dilatado silencio, Jamie le preguntó:

—¿Se lo has contado a Alistair?

—No se lo he contado a nadie.

—Pero tendrás que hacerlo. Mañana.

—Sí, imagino que sí —dijo Susie—, pero antes quería decírtelo a ti.

—Claro.

Jamie tomó una de las manos de Susie, le dio la vuelta y la alzó hasta sus labios.

- No sabes cuánto lo siento —dijo.

—Te quiero —dijo Susie.

—Yo también te quiero.

—Jamie...

—¿Sí?

—¿Cómo lo ves?

—Oh... no lo sé. En realidad, no es mi especialidad.

—No me mientas.

—Perdona. Bueno, resulta difícil de evaluar. Dependerá de lo que encuentren. Podría solucionarse de una forma bastante radical o...

—¿Te refieres a una mastectomía?

Un largo silencio.

—Por lo que me has dicho, posiblemente. Y con quimio-terapia. Pero podría no hacer falta...

—¿Y en el peor de los casos?

—Susie, esto es un disparate. No he visto las mamografías ni he hablado con tu ginecólogo. No me hagas decir cosas que podrían ser erróneas, irresponsables, por favor.

—Perdóname.

Siguió sentada y rememoró aquellos años, largos y felices, llenos de cariño, de afecto y de amor, y se preguntó cómo habría podido vivir sin ellos. Por supuesto que había habido sombras, pequeñas dificultades, momentos de tristeza; alguna que otra riña, momentos de espantosa añoranza, el hecho de no haber podido disfrutar en común del hijo habido de su amor. Pero también habían significado una dicha enorme y mucha felicidad; después de hacer el amor se sonreían siempre el uno al otro, todavía temblorosos, al constatar una vez más el inmenso goce y placer que disfrutaban sin complejos y al que creían tener derecho, y lo demás importaba poco. Y ahora lo perderían todo; perderían aquella certeza, aquella intimidad, y Susie tendría que adentrarse, sola y atemorizada, en un destino nuevo y sombrío.

—Ahora te necesitaré más que nunca —dijo de pronto Susie, acuciada por el miedo—. Siempre, durante el tiempo que nos quede. Permanecerás a mi lado, ¿verdad? Esta vez no me fallarás, ¿eh, Jamie? ¿Te quedarás conmigo? Me refiero a vivir conmigo. Si no, no podré soportarlo.

Lo miró a la espera de una respuesta y cayó en la cuenta de que era la primera vez que se enfrentaba a un miedo real; conocía emociones derivadas, la ansiedad y algún que otro momento de pánico, hasta de pavor, pero no aquella terrible sensación de angustia que le helaba la sangre y el cerebro. Y aquel sentimiento todavía la asustó más.

Notó que las lágrimas volvían a subírsele a los ojos y que

la invadía la náusea y una sensación de debilidad general, que tenía la boca seca y la garganta sellada por el espanto y que, en caso de urgencia, no habría sido capaz de moverse, ni siquiera de gritar. Pero entonces Jamie le sonrió con cariño y con ternura y, como de costumbre, Susie recuperó el autocontrol y el coraje. Lo miró, miró a su amor, y se aferró a su mano, como antes del parto de Lucy, y le dijo:

—No me dejes, ¿quieres? A pesar de lo que digan o hagan.

Y James respondió:

—No, Susie, no te dejaré. Me quedaré junto a ti mientras me necesites.

Y el miedo remitió rápidamente, como sucede a veces con el dolor, dejando un rastro de dulce agotamiento detrás de él; y Susie apoyó la cabeza sobre el hombro de James, con la mirada clavada en el agua, y trató de no empecinarse en adivinar cuánto tiempo les quedaba para vivir juntos.

CAPÍTULO 13

Llenó las tazas e hizo una mueca de disgusto cuando vio el té, oscuro y cubierto de espuma, que salía de la tetera. Harriet las miró fijamente y, una vez más, tuvo que reconocer su absoluta inutilidad para las tareas domésticas, incluso las más sencillas. Su familia le echaba en cara a menudo que no fuera capaz ni de sacar a la mesa un jarrón de agua como Dios manda. Los asados se le quemaban aunque los vigilara o le quedaban crudos por mucho que los dejara en el horno; cuando hacía una cama no conseguía más que un amasijo de bultos y si planchaba alguna prenda le quedaba siempre arrugada. Su único talento emparentado con las artes culinarias era el de preparar martinis, cosa que dominaba; Merlin Reid había sido su iniciador y Theodore Buchan uno de sus catadores más entusiastas. Aseguraba que ni siquiera en el Ritz de París o en el Polo Lounge de Beverly Hills los había degustado como los suyos. «No probado, Harriet, degustado. Hay una gran diferencia. Es un talento raro en una mujer.»

Y Harriet replicaba en son de guasa que era un machista asqueroso, aunque su piropo la halagara mucho.

En fin, que tenía los tés preparados, pero no sabía adónde habían ido Susie y su padre; qué lata. Debían de haber salido a dar un paseo; se entendían muy bien aquellos dos. Cressida insinuaba a menudo que había algo más, aunque bueno, Cressida era así; le encantaba inventar enredos y escándalos ahí donde no los había. No eran más que fantasías destinadas a dar mayor interés y misterio a la vida. Como aquella idea absurda de que su madre estaba enamorada de Theo.

—Ríete si quieres —replicó la primera vez que se lo comentó a Harriet, cuando tenía quince años—, pero estoy convencida de que tengo razón. Y el pobre Theo lo pasa fatal. Porque mamá será lo que quieras, pero sexy desde luego no.

—Cressida, por Dios —le respondió Harriet—, lees demasiados culebrones.

Y Cressida se encogió de hombros y le dijo que observara a su madre la próxima vez que Theo viniera a casa.

—Se sonroja cada cinco minutos y lo acribilla a miradas lánguidas. Es patético.

Así que, aunque a pesar suyo, Harriet observó a su madre y vio a qué se refería Cressida.

—Bueno, es que él también es un conquistador de miedo; la pobre mamá procura estar a la altura de sus galanteos, pero ya sabes que no tiene mucha práctica. Además, no tiene ojos más que para papá.

A medida que fue creciendo, Harriet se percató de una extraña anomalía en el matrimonio de sus padres. Y la anomalía no radicaba en que su padre siguiera conservando un gran atractivo, un trato exquisito y mucho sentido del humor, ni en que su madre —a pesar de unos rasgos muy finos— hubiera engordado tanto, fuera cada vez más torpe y se vistiera con creciente cursilería. Eso sucede en muchos matrimonios de cierta edad; luego, con los años, suele restablecerse el equilibrio.

Lo anómalo, curiosamente, era que su padre trataba a su madre con enorme solicitud; le hacía cumplidos, bromeaba con ella, le daba besos, recababa siempre su opinión y solicitaba su compañía cuando le apetecía salir de paseo o ir a tomarse una copa. Y que su madre, en cambio, reaccionaba siempre con mucho desapego, casi con indiferencia, y no hacía el más mínimo esfuerzo por mejorar su apariencia ni ponía el más mínimo interés en complacerlo.

«Prefiero quedarme», respondía a muchas de sus invitaciones, o «La verdad es que no tengo ninguna opinión respecto a esto», replicaba a sus consultas. Lo decía amablemente, aunque con el tono que se emplea con un hermano por el que no se siente mucho afecto; y James seguía reaccionando ante aquella indolencia, aquella desgana y aquella apatía con afecto, entusiasmo y vitalidad. No la criticaba nunca, ni en público ni en privado, y nunca insinuaba que habría merecido algo mejor. Su paciencia con ella parecía infinita y su aguante ante sus desplantes ilimitado. Como si su padre, pensaba Harriet, hubiera firmado un pacto regido por aquellas cláusulas y las acatara sin rechistar.

Harriet adoraba a su padre; el hecho de que, de pequeñas, todo el mundo repitiera que Cressida era la niñita de sus ojos le había hecho pasar muy malos ratos. A veces, cuando la veía acurrucada entre los brazos de su padre con sus enormes ojos azules somnolientos y satisfechos, la odiaba tanto que le habría gustado poder derribarla, enrollarle la cinta que le sujetaba el pelo en torno al cuello y apretar hasta que le costara respirar, hasta que aquellos ojos salieran de las órbitas y que aquellos rasgos de querubín se amorataran. Y entonces su padre se acordaba de ella, depositaba suavemente a Cressida en el suelo y la mandaba junto a su madre. Y luego tendía los brazos a Harriet y le decía: «Ven, Harriet, ahora le toca a la mayor.» Pero aunque Harriet lanzara una mirada triunfante a su hermana mientras ésta se incorporaba y la sustituyera entre los brazos de su padre, sabía que no se trataba de un verdadero triunfo; sabía que su padre lo hacía por obligación, por mero sentido de la justicia, y que así como ella tenía que recordar su presencia, Cressida siempre se las arreglaba para adelantarse y recibir las caricias de su padre antes que ella.

Con la edad, Harriet se dio cuenta de que se había transformado en «el hijo» que su padre no había tenido; la que paseaba, jugaba al tenis, navegaba y discutía con James era ella, y se alegraba de ello, pero la que de verdad lo encandilaba, la que le hacía chispear los ojos, la que lo halagaba y la que coqueteaba con él seguía siendo Cressida. Y era Cressida la que lo acompañaba a las cenas oficiales o la que hacía de anfitriona cuando su madre sufría una de sus habituales jaquecas; y también era Cressida la que reaccionaba antes y preparaba una sopa, una copa o un bocadillo cuando su padre llegaba a Court House los viernes, y la que subía y bajaba con bandejas en las contadas ocasiones en que su padre estaba enfermo. «De veras que no me cuesta nada, mamá —decía—. Pareces cansada y yo no lo estoy. Cuando está enfermo se pone insoportable y ya sabes que a mí me entra por un oído y me sale por el otro, y en cambio a ti te sabe muy mal.»

Harriet habría querido añadir que el mal humor de su padre no hacía mella en su madre, pero discutir con Cressida le habría complicado la vida.

Aquellos papeles no hicieron más que afianzarse con el paso de los años. «Harriet tiene una carrera —decía Cressida con una sonrisa pacata—, y yo tengo un empleo.» Cosa que era cierta, pero porque ella lo había querido; Cressida estaba tan capacitada, y Harriet estaba convencida de ello, como su hermana. Había terminado el bachillerato con notas correctas y habría podido entrar sin dificultad en la universidad. Pero decidió inscribirse en un curso de secretariado y, tras un largo período de empleos esporádicos, empezó a trabajar en tanto que secretaria y recepcionista en una importante consulta pediátrica de la calle Harley, donde sus modales encantadores, su cariño por los niños y su discreta eficacia la convirtieron —como comentaron varios de los pediatras— en una pieza tan importante del éxito de la consulta como los talentos de cualquiera de los médicos. Estas cualidades, sumadas a la experiencia adquirida en la práctica de su trabajo, la prepararon todavía mejor si cabe para desempeñar con absoluta perfección el papel de esposa de un médico joven y ambicioso.

Cressida envidiaba el éxito laboral de Harriet, por supuesto, pero con espíritu deportivo; y siempre que podía proclamaba públicamente lo orgullosa que estaba de su hermana. «Siempre ha sido la más lista —decía—, y la más fuerte, y la más enérgica. Es una mujer de hoy día. Yo, en cambio, soy un poco anticuada.» Y sonreía a sus interlocutores, quienes, por supuesto, se apresuraban en negarlo; y si entre ellos se encontraba algún miembro de la generación anterior —sobre todo un hombre—, frecuentemente le daba a entender que era ella la que iba por buen camino y no Harriet.

Harriet no recordaba cuándo había decidido meterse en el negocio de la moda, pero estaba segura de que había sido de muy joven. Esperaba la llegada mensual del *Vogue* o del *Harper's* de su madre —porque a pesar de ser una mujer de escasa coquetería, Maggie era una ávida lectora de ese tipo de publicaciones— con tanto frenesí como si se hubiera tratado de un regalo. Y a los once o doce años ya se cosía sus propios vestidos demostrando una enorme destreza. Es más, también los modelos eran suyos; guardaba un montón de viejos patrones básicos —vestidos, faldas, camisas— y los rediseñaba añadiendo o quitando detalles acorde a su prodigiosa imaginación. Saqueaba el guardarropa de su madre, la pañería del pueblo y los rastrillos de tejidos y de ropa usada; su mayor triunfo fue un vestido de fiesta que confeccionó a los quince años para Annabel Headleigh Drayton, que en aquella época tenía tres; un modelo deliciosamente simple con las mangas ahuecadas y la cintura alta, elaborado a partir de un viejo vestido estampado de los años cuarenta que había comprado en un rastro de pueblo. Se lo regaló en Navidad y a Annabel le gustó tanto que no quiso quitárselo de encima durante meses. En un toque final de inspiración, Harriet aprovechó los retales que le quedaban para forrar un par de zapatos de vestir de Annabel.

Durante aquellos años, Janine fue su principal aliada, y no sólo porque la invitaba a París, se la llevaba de tiendas —a Harriet le encantaban los almacenes de la larga y poco vistosa rue d'Alésia, donde las marcas más sofisticadas como Dorothée Bis, Cacharel y Lapidus vendían los excedentes de la última temporada a precios de risa— y le conseguía invitaciones para algún que otro desfile, sino, y mucho más importante, porque se interesaba enormemente por lo que hacía, porque estaba dispuesta a discutir hasta altas horas de la noche acerca de los méritos de Karl Lagerfeld y Vivienne Westwood, de las virtudes del algodón cien por cien frente a las del poliéster mezclado con algodón y de la posición de la alta costura americana respecto a la francesa o a la inglesa. Fue Janine, y no Maggie ni James, la que animó a Harriet a decantarse por un bachillerato artístico y la que discutió con sus padres para que la dejaran apuntarse a un curso de corte y confección en St. Martin; fue Janine la que los convenció —con mayores dificultades— para que la dejaran entrar de aprendiz en el taller de Jean Muir en lugar de forzarla a proseguir una educación más convencional.

Y un buen día, después de muchas horas de arduo trabajo pagadas miserablemente, después de aprender en una semana lo que sabía que no aprendería en un mes en la universidad, después de impregnarse no sólo de la técnica sino de la aspiración, de fervor inequívocamente religioso, a la perfección, un buen día, tras una serie de incidentes excepcionales, Harriet descolgó el teléfono y contestó a una llamada de la mejor estilista de moda de aquella época; Caroline Baker, ex redactora de *Nova* y en aquel momento redactora jefe de *Cosmopolitan*. Reclamaba un vestido solicitado para una sesión fotográfica y le pidió que se lo llevara personalmente al estudio en un taxi. Cuando Harriet llegó y la descargaron del farragoso vestido y de su responsabilidad, permaneció en un rincón del estudio, procurando pasar desapercibida, y, casi en trance, observó cómo Caroline seleccionaba, añadía, quitaba y realizaba una serie de conjuntos con blusas, chaquetas, suéters, zapatos, pañuelos, joyas, sombreros y peinados, y conseguía crear una imagen fiel a su inimitable estilo y al de su revista sin desnaturalizar la personalidad de los creadores de aquellas prendas; y también pudo percatarse de que la chispa de una buena modelo, el esmero de un maquillador de talento y la energía de un fotógrafo de moda podían intensificar e infundir más vida a una imagen que ya de por sí resultaba extraordinaria.

Lo olvidó todo; lo que se suponía que debía haber estado haciendo —terminar un dobladillo— y el lugar donde debía haber estado —de regreso al taller—; le habría costado recordar incluso su nombre. Al final de la tarde —o mejor dicho, a las ocho y media de la noche—, mientras Caroline y sus dos ayudantes empaquetaban la ropa y el fotógrafo se embarcaba en una conversación aparentemente interminable con una agencia de modelos de Nueva York, emergió tímidamente de su escondrijo y preguntó a Caroline si podía hablarle un momento.

Caroline le dedicó una sonrisa algo vaga pero cordial y le dijo que por supuesto; escuchó la exaltada exposición que Harriet le hizo de sus ambiciones de futura creadora de moda, de la frustración que iba adueñándose de ella ante la férrea disciplina de la alta costura y de lo apasionante que le había parecido todo lo presenciado aquella tarde. Caroline se echó a reír y le dijo que no siempre era así, pero que por qué no iba a ver a una estilista amiga suya que necesitaba un burro de carga. «Será exactamente esto, te lo advierto; tendrás que recorrerte todo Londres en busca de pañuelos, pulseras y boinas, nada muy excitante, y además me parece que quiere alguien con experiencia, pero vale la pena probarlo. Oh, y aprende a escribir a máquina y así podrías trabajar para alguien como yo.»

Harriet consiguió el empleo porque la estilista andaba más necesitada de mano de obra barata que experimentada. Aunque Caroline tenía razón; era un trabajo agotador y poco estimulante. Y para colmo, los accesorios que Harriet lograba reunir raramente se utilizaban. Pero aquella experiencia le sirvió para establecer contactos con todos los fabricantes y los minoristas de Londres, con muchas revistas y con varias agencias de publicidad. Hizo caso del consejo de Caroline y aprendió a escribir a máquina. Y el día que cumplió veintiún años, el destino la obsequió con el puesto de modelista auxiliar en una empresa llamada Jon Jonathan. Jon Jonathan era el seudónimo de dos hermanos que diseñaban el tipo de vestido de noche que suele verse en los bailes benéficos y en las páginas de sociedad de las revistas del corazón.

Tenían éxito y eran muy listos y divertidos; el año y medio que Harriet pasó trabajando con ellos fue estupendo y le sirvió para adquirir una experiencia directa de la gestión de una empresa y para hacer más contactos; le permitieron incluso colocar un par de modelos suyos en la nueva línea que preparaban para el floreciente mercado de los bailes de adolescentes. Sus vestidos se vendieron de inmediato e hizo varios más para la temporada siguiente, que también se despacharon en muy pocos días. Un año más tarde consiguió un empleo de diseñadora para una nueva cadena de tiendas de lujo de ropa deportiva y juvenil llamada Freetime. Aquellas confecciones, es decir, unas prendas de corte impecable tan clásicamente perfectas como las de Jean Muir, aunque en otro estilo, y tan alegremente comerciales como las de Jon Jonathan, la convencieron de haber dado con un concepto de ropa del que podía adueñarse. Sacó una línea de blusas, de suéters y de pantalones pitillo coordinados con sombreros, calcetines, pañuelos y gorras, y mezcló colores chillones con tonos neutros, complementos atrevidos con prendas muy clásicas. Finalmente había descubierto cómo encauzar su talento, había descubierto lo que quería hacer. Los talleres de Freetime estaban en Wandsworth, en cuya calle principal, cada vez más en boga, se liberó casualmente una tiendecita. Con la valentía, la visión de futuro y el empuje que habían caracterizado su vida laboral hasta entonces, Harriet se vendió el coche y el piso para pagar el traspaso y el día que cumplió veinticuatro años abrió su tienda con el nombre de Harry's —nombre con el que Mungo Buchan la llamaba de pequeña—. Durante un año trabajó y vivió entre aquellas cuatro paredes y algunas semanas hasta ni se asomaba a la calle. Estaba agotada, arruinada, asustada, en un estado de febrilidad permanente, y funcionaba gracias a la adrenalina, pero supo sacar provecho, sin complejos, de los contactos establecidos previamente. Algunos clientes de sus empleos anteriores le compraron ropa, algunos periodistas escribieron acerca de ella —su historia los entusiasmaba— y los Jons la sacaron de un apuro en un momento muy difícil e invirtieron dinero en su negocio a cambio del diez por ciento de las acciones. «No me pidáis más —les anunció con desparpajo—. Preferiría irme al garete a perder el control de Harry's.» No quiso aceptar dinero de Theo, ni de Merlin, ni de su padre; ni siquiera cuando pretendió expandirse y adquirir otra tienda. Theo insistió mucho con la excusa de que siempre había querido tener un pie en el mercado de la moda y de que le haría un favor aceptando su dinero.

—Lo siento, Theo —respondió Harriet en tono sosegado y sorbiendo el champán con el que Theo había acompañado su propuesta (una inversión de un millón de libras a cambio del cuarenta y nueve por ciento de las acciones)—. Quiero conseguirlo yo sola.

—Harriet, Harriet —le dijo Theo moviendo la cabeza—, si no inviertes, no lo lograrás. He olvidado más cosas acerca de cómo se levanta una empresa de las que a ti te quedan por aprender. Si no capitalizas tu negocio, te irás a la ruina y entonces tendrás que venir a pedirme dinero de rodillas. —Le hizo un guiño a través de la densa humareda del puro que estaba fumando; Harriet ni se molestó en sonreírle.

—Nunca, Theo —dijo—, no lo haré nunca. Gracias por tu oferta, pero ni siquiera resulta tentadora.

Aunque mentía, porque sí lo era. Le habría encantado poder adquirir una segunda tienda, un local adecuado en Fulham Road —zona donde sabía que residían la mayoría de sus clientes—, pero no disponía de liquidez. Los tipos de interés estaban por las nubes —era en 1988— y la oferta de Theo era tan increíblemente generosa como tentadora. Pero no podía aceptarla. Fue al banco, pidió un préstamo y justo antes de cumplir veinticinco años abrió un segundo Harry's; siguió creciendo y abrió tiendas en Bath, Birmingham, Edimburgo y Exeter. Un año más tarde inauguró su taller de estilismo en Covent Garden y empleó a dos ayudantes; su facturación ascendía a diez millones de libras. Y luego pensó en París y en lo bien que funcionaban en aquella ciudad las tiendas Laura Ashley y The Gap. Y, con la ayuda de Janine, encontró en Passy una tiendecita con un piso encima. Le encantaba París, desde siempre, y empezó a pasar mucho tiempo en aquella ciudad.

Y la suerte siguió de su parte; la economía iba viento en popa y sus prendas se hacían eco del alegre optimismo y de la devoción al cuerpo que imperaban en aquella época. Y vendía y vendía; no sólo a los jóvenes, sino también a los treintañeros, e incluso a los cuarentones. Parecía que nada se interpondría en su camino.

Pero entonces se enamoró.

Era rídiculo, lo conocía desde hacía tanto tiempo...

—Es rídiculo, te conozco desde hace tanto tiempo —dijo con los ojos clavados en los suyos, el corazón alocado, la mente confusa y el cuerpo desfallecido de deseo y de turbación ante lo que estaba sucediendo. Se fijó en la mano que se entrelazaba con la suya como si la viera por primera vez, como si las viera a las dos por primera vez, y cuando sintió las ardientes y violentas acometidas de deseo que circularon entre ellas, saboreó la certidumbre, deliciosa y curiosamente turbadora, de que al poco rato, muy poco, estaría en la cama con él, aprendiendo de él, descubriéndolo y disfrutando sus caricias, y alargó un poco más la mano para que él la alzara hasta su mejilla sin dejar de observarla con una mirada guasona pero llena de amor.

—Tantos años... toda tu vida en realidad —dijo él sonriendo y besándole la palma de la mano. Harriet notó que se apoderaba de ella una sensación de acaloramiento febril y le devolvió la sonrisa.

—¿Qué dirían? —le preguntó Harriet.

Y él tendió la otra mano, le acarició la mejilla con un gesto lento e inmensamente tierno y le apartó el pelo. Y el contacto de aquella mano entre sus cabellos y sobre su cabeza le pareció la caricia más sensual que había experimentado hasta entonces.

—Dirían que es horrible, un disparate, absolutamente imposible.

Harriet ladeó la cabeza bajo aquel roce, cerró los ojos brevemente, tratando de conservar la inmovilidad, y le dijo:

—Y lo es, es terrible, es un disparate. ¿Qué diría mi padre? Prefiero no imaginarlo.

—Tu padre —le respondió él— es mucho más pragmático de lo que crees.

Harriet lo miró desorientada, interrumpió momentáneamente su delicioso deslizamiento hacia el amor y le preguntó:

—¿A qué te refieres? No te entiendo.

—Me refiero exactamente a esto, y no imagines nada más.

Harriet quiso cuestionarlo, preguntarle, exigirle una explicación, pero él, de pronto, le soltó la mano y deslizó la suya debajo de la mesa; y Harriet notó que aquellos dedos poderosos avanzaban sobre su muslo, lo acariciaban, y se dirigían lenta e inexorablemente hacia el triángulo tiernamente líquido que tanto lo deseaba, que ya no podía esperar. Y de pronto se olvidó de todo, se puso en pie con brusquedad y, con los ojos clavados en los suyos, dijo: «Mierda, vámonos, vámonos ahora mismo, de prisa.» Y él echó un billete de mil francos sobre la mesa —para pagar una cuenta que ascendía a lo sumo a cuatrocientos francos—, la tomó por el codo, la guió hasta el exterior del restaurante y hacia el coche que los esperaba. «A mi hotel» ordenó brevemente al chófer, y luego se echó hacia atrás, la tomó en sus brazos y empezó a besarla con ardor y voracidad. Cuando llegaron al hotel cruzaron rápidamente el vestíbulo y se metieron en el ascensor.

La hizo entrar en su suite con un gesto impaciente, casi agresivo, cerró la puerta de un portazo, se apoyó en ella con la respiración entrecortada y miró a Harriet fijamente; sus ojos se pasearon sobre su cuerpo, su rostro, sus pechos y sus piernas como si la viera por primera vez. Y Harriet, también con la respiración entrecortada, enardecida y temerosa ante lo que estaba a punto de hacer, sostuvo aquella mirada preguntándose si la deseaba realmente y cómo le parecería.

—Estamos cometiendo una locura —dijo él—, una auténtica locura. —Seguía sonriendo, consciente de que no lo decía en serio y de que ella lo sabía—. Todavía estamos a tiempo; no debería hacerlo, y menos contigo. —Y luego—. Pues claro que deberíamos, debemos hacerlo; todo irá bien, sé que irá bien. —Sin dejar de mirarlo fijamente Harriet ya estaba quitándose la blusa y guerreando con sus pantalones—. Sí, aunque es mi mejor amigo —prosiguió él desanudándose la corbata, quitándose la camisa y bajándose la cremallera del pantalón.

—Lo sé, lo sé, ¿y qué más da? —preguntó ella quitándose las medias y las braguitas.

—Le parecería tan chocante... se volvería loco —respondió acercándose a Harriet. Y se agachó y empezó a lamer sus pezones erectos y duros.

—Acabas de decir que es un pragmático —dijo Harriet, y hundió las manos en su pelo y tiró de su cabeza, en busca de sus labios.

—Dios, tienes unos pechos preciosos —dijo él, y luego, apartando la cabeza y sonriendo como un niño alborozado, añadió—: Lo sabía, sabía que los tendrías preciosos.

Y la empujó hasta la cama sin dejar de besarla ni de acariciarle el estómago, las nalgas, los muslos, y Harriet se retorció, gimió de placer, y también ella paseó sus manos sobre su cuerpo, investigando, explorando, palpando las grandes nalgas firmes, el estómago sorprendentemente plano, los testículos suaves y pesados, la verga húmeda y temblorosa.

—Dios, Harriet, Dios, no puedo, no puedo más.

Y Harriet sintió su pene fogoso, impaciente, grueso y denso internarse en ella, avanzar hacia sus entrañas, despertarle un cúmulo de sensaciones, de penetrantes sensaciones líquidas, y se echó para atrás, abrió los brazos, cerró los ojos y se ofreció, se abrió a él y al inmenso placer que le procuraba. Y poco después vislumbró un resplandor candente sobre ella, y quiso alcanzarlo, atraparlo, auparse sobre él. No había imaginado ni saboreado nunca un embate, una potencia como aquélla, y creyó que la desgarraría, que la partiría. Y de pronto oyó crecer un extraordinario rugido de júbilo, un gran estruendo, y se dio cuenta de que se trataba de su propia voz dilatándose en un bramido de triunfo; y durante lo que le pareció un momento muy largo su cuerpo se apeó gradualmente del orgasmo en lentos y suaves espasmos de placer hasta recobrar la paz. Y entonces abrió los ojos y vio que la miraba con tanto amor y tanta ternura que no pudo sentir más que una sensación de triunfo y de inmensa felicidad.

—¿Te ha gustado? —le preguntó él.

Y ella le sonrió y le dijo:

—Theo, ya sabes cuánto me ha gustado.

Todo empezó a raíz de una cena, una cena de lo más normal. Theo la llamó a su tienda de Passy, le anunció que estaba solo en París, alojado en el Crillon mientras le hacían unas obras en su casa, y le propuso salir a cenar con él; Harriet aceptó encantada —porque lo quería desde siempre, lo adoraba incluso, y había crecido con la fantasía de que habría sido maravilloso ser el tipo de mujer que lo sedujera y de la que se enamorara aun estando convencida de ser justamente lo contrario—. Cómo no, pero tendría que ir a buscarla porque antes de salir quería terminar un trabajo pendiente. Su coche, un Mercedes absurdamente largo, apareció cuarenta minutos más tarde. Harriet ya había cerrado la tienda; se acercó a la puerta, le sonrió a través del cristal y pensó, y no por primera vez, que a pesar de su edad —cincuenta y tantos— era el hombre más atractivo que conocía y, aunque pareciera absurdo, también el más sexy. Aquella cabellera negra tan aleonada, aquellos ojos tan oscuros y aquella piel perennemente bronceada... Era un hombre muy alto y fornido, casi corpulento, aunque en ningún caso grueso; y, como siempre, iba impecablemente vestido. No como la mayoría de los hombres de su edad, que trataban de rejuvenecerse, sino con un atuendo de estudiado desenfado; camisa de lino maravillosa, corbata de seda, chaqueta oscura y pantalones grises de corte impecable. Cuando se inclinó para darle un beso, percibió el levísimo pero inconfundible olor de la loción Hermès Equipage que siempre se ponía.

—Pareces cansada —le dijo Theo con tono severo—, y estás más delgada; ahora mismo te saco de aquí y nos vamos a cenar como Dios manda.

Y Harriet, sonriendo, le dijo que estupendo. Theo esperó pacientemente a que terminara un esbozo, escribiera una carta, faxeara ambas cosas al estudio de Londres y luego, con menos paciencia, a que hiciera dos llamadas.

—Vamos, vamos —le dijo—, ¿no puedes dejarlo ya?

—No —le contestó Harriet con firmeza—, hasta que no termine, no. ¿Y tú, no haces lo mismo?

—No termino nunca —dijo él—. Es más, ¿te importa si hago un par de llamadas?

Y entonces le tocó a ella esperar mientras Theo llamaba primero a Londres y luego a Nueva York y a Sydney; hasta que, ganada por la impaciencia y exasperada por aquel abuso descarado del teléfono, le espetó:

—Theo, por Dios, termina ya de una vez.

Y Theo se echó a reír y le dijo:

—Lo siento. Te pagaré las llamadas.

Y le hizo un cheque por valor de quinientos francos.

—Es demasiado —dijo Harriet—, no seas absurdo —y Theo le dijo que cerrara el pico, que era un regalo, y por fin abandonaron la tienda cogidos del brazo.

Cenaron en uno de los restaurantes predilectos de Harriet, situado justo al lado de su tienda; un clásico *bistrot* francés con los cestitos de pan y las jarras del vino y del agua encima de las mesas. Los primeros platos llegaron de inmediato —champiñones a la griega para ella y ensalada con queso de cabra para él—, pero el segundo, un *carré d'agneau* que iban a compartir, tardó un buen rato, que aprovecharon para charlar. Terminaron el jarrón de vino y Theo pidió otro.

—¿No podemos pedir algo mejor?

—No, Theo, no podemos y además no sería mejor.

Theo estaba algo deprimido y se sentía solo —la resaca de su cuarto divorcio, dijo, y que empezaba a notar los años— y le acababan de gastar una mala pasada en la compra de una empresa inmobiliaria australiana. Harriet lo escuchó, al principio por cortesía y luego con mayor tolerancia y paciencia, casi con mayor ternura, y por primera vez verificó, al menos con el corazón, lo que su cabeza y su padre le decían a menudo: que aquel hombretón exuberante, mal criado y caprichoso era, en realidad, curiosamente vulnerable y melancólico.

Y cuando llegó el *carré* y empezó a trincharlo y a colocar en su plato unas lonchas perfectamente rosadas, le preguntó:

—Bueno, ¿y tú cómo estás? ¿Cómo va ese imperio de la moda del que no me permites poseer ni siquiera una acción?

Y Harriet le respondió que bien, pero que de hecho no hacía más que salir de un apuro para meterse en otro; el último lío comprometía el lanzamiento de la línea de prendas de malla de algodón previsto para la primavera, que dependía de una partida de hilo llegada de Hong Kong sin teñir. En el momento de teñirlo, el tejido no había absorbido bien los colores y Harriet no había tenido más remedio que devolver la partida, aunque estaba intentando deshacer el entuerto porque el tiempo apremiaba e iba retrasada, y si Benetton sacaba al mercado unas prendas que se parecían mucho a las suyas perdería muchas ventas. Y por si faltara poco, andaba metida en litigios con el propietario de la tienda de Bristol que quería inaugurar en primavera.

—Aunque bueno —dijo—, lo importante es no ceder; es casi... iba a decirte que es casi lo más divertido, aunque evidentemente no lo es. Pero me estimula muchísimo y me convence de que hay que estar constantemente al pie del cañón.

—Tienes toda la razón —contestó Theo terminando de tragar un enorme bocado de espinacas—. Claro que sí. Dios, Harriet, estoy orgulloso de ti. Eres... ¿qué es lo que dice Mungo? Una estrella. Una auténtica estrella. Valiente, combativa e inteligente. Ojalá fueras mi hija.

Sorprendida ante aquel cumplido, Harriet se sonrojó y dejó caer el tenedor.

—Madre mía, Theo —dijo—. Vaya piropo. Mierda, era mi último trozo de cordero.

—Ten —dijo él, y le tendió su tenedor con un trozo suculento de carne—, te doy el mío.

Harriet abrió la boca y al hacerlo tropezó con los ojos de Theo, unos ojos con un brillo extraño, tierno y guasón, y al mismo tiempo grave, decididamente sensual; unos ojos que se movieron sobre su rostro como si la viera por primera vez y que la absorbieron, y Harriet creyó experimentar la conmoción sexual más profunda de su vida. Luego, se recompuso y se amonestó interiormente. Por Dios, se trataba de Theo; era un hombre mayor que la había visto nacer, el mejor amigo de su padre. Pero volvió a tropezar con su mirada, que rastreaba ávidamente la suya, y Harriet no tuvo más remedio que confesarse que no lo consideraba un vejestorio decrépito sino un hombre enérgico, vigoroso, atractivo y curiosamente ajeno a la edad; y tuvo la impresión de que acababa de conocerlo. Bajó la mirada y empujó a un lado la comida que quedaba en su plato con el cuchillo. Cuando volvió a alzarla Theo seguía mirándola, entre divertido y azorado, como ella.

—¿Harriet? —le dijo suavemente, y sonó a la vez como una pregunta y como una declaración.

—Sí, ¿qué? —respondió ella con tono agresivo, pero Theo no se desmontó; se limitó a lanzarle una sonrisa aplomada y seguidamente, tras hacer una seña al camarero, le preguntó:

—¿Te apetece un poco de champán?

—¡Theo! —dijo Harriet en son de reproche—. Por favor. ¡Al final de la comida!

—¿Y por qué no? —dijo él—. El champán es estupendo para terminar una comida. Y además, tenemos algo que celebrar, ¿no?

—¿Qué? —preguntó ella, haciéndose la loca.

—Pues el hecho de habernos reconocido el uno al otro después de tantos años —dijo Theo sencillamente—. Bien, y ahora, ¿de qué quieres que hablemos?

—¿De Mungo? —propuso Harriet con la confianza de que aquel tema recolocaría a Theo en su papel de figura paterna, de persona alejada de ella por varias generaciones.

—Bueno. ¿Y qué quieres decirme de él?

—Pues... —Harriet estaba cada vez más inquieta y ansiosa, y todo el placer anterior se había desvanecido—. Bueno... pensaba que...

—Ya sé qué pensabas, cariño mío. Pensabas recordarme que Mungo es de tu edad y que yo soy su padre. ¿No es cierto?

—No, por supuesto que no —dijo Harriet irritada y procurando apartar de su mente el hecho de que la había llamado cariño mío—. No seas bobo.

—De acuerdo. Hablemos de Mungo. ¿Te gusta Mungo?

—Sí, claro que sí. Lo encuentro encantador.

—¿Pero no te has enamorado nunca de él?

—No, nunca. Nunca me he enamorado de ninguno de ellos —dijo Harriet, más relajada y empezando a notar los efectos del champán.

—¿De quiénes?

—De ellos tres. De Mungo, Rufus y Oliver. Siempre me han parecido... bueno, como hermanos. Hermanos pequeños.

—Ah... Pues tu padre y yo soñábamos con que te enamoraras de Mungo. Ya veo que era un disparate. Al parecer, no te gustan los jovencitos.

—No —respondió Harriet—, no, no me gustan. Me gusta la gente que ha hecho cosas, que tiene experiencia, que ha luchado y que ha sufrido.

—Ah... Como Bill Bryant.

—Sí —respondió Harriet con un profundo suspiro—, efectivamente. ¿Te contó papá toda la historia?

—Sí. Y me supo muy mal. Me pareció muy triste. Aunque estás mucho mejor sin él, Harriet.

—¡Oh, por Dios! —dijo Harriet repentinamente enojada—, no empieces tú también.

—¿Que no empiece a qué?

—A decirme que es un tarambana, que fue un error liarme con él, que tiene fama de cantamañanas, de conquistador, de cuentista, que le gustan las chicas jóvenes...

—Oh, no —dijo Theo—, no me refería a eso. Claro que lo es. Pero yo también soy así; me gustan las chicas jóvenes, los escarceos amorosos. Sería injusto que lo criticara por eso. No, me refería a que es un play-boy, un hombre a la deriva, y no un trabajador y un luchador como tú, Harriet; no es lo que quieres, lo que necesitas.

—Sí lo era —dijo Harriet tozuda—, no lo entiendes, nadie entendió nada.

Le lanzó una mirada de ira porque le pareció muy inoportuno que le diera su opinión y le recordara a Bill Bryant, un hombre rico y hedonista con quien había tenido una aventura el año anterior, y su gancho flemático, su tren de vida deslumbrante, su prodigioso apetito de placer dentro y fuera de la cama. Habría hecho cualquier cosa por Bill y lo habría dejado todo si se lo hubiera pedido, pero no lo hizo. Y el final de la aventura le hizo mucho daño, porque se dio cuenta de que Bill no la había amado y de que sólo la había utilizado. Pero en aquel momento tuvo una revelación y se dio cuenta de que Theo tenía razón, de que si Bill la hubiera pedido en matrimonio —impensable, inimaginable— habría sido un desastre, un error descomunal; porque nunca la habría aceptado tal como era y habría querido cambiarla, poseerla totalmente.

—No habría funcionado, ¿verdad? —preguntó a Theo, y él le contestó que no, que por supuesto que no. Luego permaneció silenciosa durante un buen rato antes de añadir—. Debería haber charlado contigo antes.

—Oh, no me habrías escuchado, me habrías tachado de viejo carcamal decrépito.

—Probablemente —concedió Harriet riendo, y Theo le dio unas palmaditas en la mano y volvió a llenarle la copa.

—Veo que me conoces bastante bien —dijo Harriet medio en broma medio en serio—. No lo habría pensado nunca.

—Yo creo que te conozco muy bien.

—¿Aunque no tan bien como a Cressida?

—Oh, no hay mucho que descubrir en Cressida —dijo Theo—. No es más que una chica dulce, formal y bien educada.

—Tu favorita.

—En absoluto.

—Pues siempre has actuado como si lo fuera.

—Bueno —dijo Theo—, te pasabas el día con Merlin y a mí me sentaba muy mal. Tuve que conformarme con los restos.

—Eres un maldito hipócrita —le dijo Harriet alegremente—, pero me encantas.

—Ojalá fuera verdad —dijo Theo.

—Es verdad.

—No, no lo es.

—Theo, te lo digo de verdad —dijo Harriet sonriendo con

228

determinación y procurando mantener un tono risueño—. Y además, ¿qué importancia tiene?

—Pues claro que importa —dijo Theo en voz baja, extrañamente serio—, porque te admiro mucho. Me pareces una mujer extraordinaria.

—Theo, calla —dijo Harriet sintiendo en su interior algo parecido a una sacudida, algo que crecía contra su voluntad.

—¿Por qué? ¿Por qué carajo tengo que callarme?

—Pues porque... ya sabes por qué.

—Oh, por Dios, todo esto es absurdo —dijo Theo de pronto—. Vámonos.

—De acuerdo —dijo Harriet quedamente—. De acuerdo, Theo. Será lo mejor. —E hizo una seña al camarero para que le preparara la cuenta.

—¿Qué demonios estás haciendo?

—Pidiendo la cuenta.

—¿Para qué?

—Porque quiero pagar yo. Me hace ilusión. Por favor.

—Oh, Harriet, por Dios. —Se levantó y Harriet vio que la mano le temblaba al apurar su copa.

—¿Por qué te enfadas? —le preguntó desconcertada.

—Me enfado —dijo—, porque estoy dolido. Porque ni te molestas en disimular que me consideras un majadero. Porque no ves el momento de deshacerte de mí. Y me desagrada. Me desagrada mucho.

—Theo —dijo Harriet alargando la mano e intentando que volviera a sentarse—, eso no lo he pensado en mi vida. Sólo trataba de... de dominar la situación. Mal, obviamente, pero pretendía... bueno, es que hace un momento también yo estaba turbada.

—¿Cuándo?

—Hace un momento. Mientras comíamos. Me he dado cuenta...

—¿De qué?

—Me he dado cuenta... de lo que podría pasar si no me frenaba, si me descontrolaba.

—¿Y no lo harás?

—Theo, pero ¿cómo podría hacerlo? ¿Cómo podría? Si eres...

—¿Un vejestorio? —Sus ojos volvieron a brillar, enojados, afligidos, violentos.

—No. No eres un vejestorio. Pero prácticamente eres como mi segundo padre. Me has visto perder mis dientes de leche, aprender a andar, a hablar...

—He visto crecer tus pechos —dijo Theo de pronto.

—¿Cómo? —dijo Harriet echándose a reír y sonrojándose al mismo tiempo.

—Nunca olvidaré cuando te empezaron a crecer los pechos.

—¡Theo! Eres un auténtico viejo verde.

—Lo siento. Pero llevaba seis meses ausente y había dejado a una niñita triste y antipática... Dios, ¡qué antipática eras, Harriet!

—También tú habrías sido antipático con una...

—Ya sé, con una hermana como Cressida.

—¡Lo sabías!

—Pues claro que lo sabía. Estaba más claro que el agua. No seas absurda. En fin, que el día de mi regreso salí al jardín en busca de tus padres y te vi de pie junto a la piscina, con braguitas, y me fijé en aquellos dos capullos rosados y maravillosos algo disparejos, uno más grande que el otro, ya ves lo bien que lo recuerdo. Tú no me veías, así que permanecí allí un buen rato y tuve una erección como la copa de un pino. No podía moverme; luego te tiraste a la piscina y yo seguí allí plantado, tomando aire y pensando, Dios mío, se ha convertido en una mujer, y entonces apareció tu madre y no sé cómo logré serenarme. Fue uno de los momentos más profundamente conmovedores de mi vida.

—Literalmente —dijo Harriet. Se sentía muy rara, excitada, turbada, casi con ganas de llorar.

—Literalmente. Y desde entonces...

—No sigas. Desde entonces esperas volver a pillarme en braguitas junto a la piscina.

—O donde sea. Y mejor sin ellas. Mierda —dijo de pronto.

—¿Qué te pasa?

—Lo mismo —dijo con una mueca, algo avergonzado—. Al recordarlo. Al recordarte a ti. No logro quitármelo de la cabeza.

—Oh, Theo —dijo Harriet vencida y notando que bajaba la guardia, que se enternecía peligrosamente—. Si...

—¿Si qué?

—Si acabara de conocerte...

—¿Cambiaría algo? —preguntó Theo con tono trémulo.

—Por supuesto. Lo cambiaría todo.

—¿Y qué desearías si acabaras de conocerme?

—Desearía —dijo Harriet en un arranque de valor y de deseo—, desearía irme a la cama contigo.

—Oh, Dios mío —dijo Theo—, Dios santo, mírame Harriet, mírame.

Y lo miró. Y entonces estuvo perdida.

Era tan ridículo, hacía tantos años que lo conocía...

Aunque la relación estaba sentenciada de antemano; era imposible que funcionara. James lo habría considerado ultrajante, Maggie habría enloquecido y los jóvenes se habrían quedado horrorizados.

—Mungo me lincharía si lo supiera —dijo Theo una noche mientras yacían entrelazados y se besaban lánguidamente después de haber hecho el amor.

—Nos lincharían todos.

—¿Importa?

—No, probablemente no. No, en absoluto.

Sus relaciones sexuales eran estupendas; desenfrenadas, talentosas, originales, bellas. Pero a Harriet no sólo le atraía su erotismo, sino su personalidad, decía, y sus pasiones complejas, difíciles y absorbentes. Theo la llevaba a oír ópera en San Francisco y Sydney, a ver ballet en Nueva York y una vez, durante una representación de *Salomé*, hasta se atrevió a hacerle el amor en su palco del Opera House de Londres. «Escucha —le dijo cuando cayó el telón y el público arrancó a aplaudir—, deben de haber estado mirándonos.» La llevaba a las carreras de Sydney y de Longchamps, y cuando los caballos por los que había apostado ganaban, se desgañitaba y gesticulaba como un loco, pero cuando perdían gruñía y se desesperaba. Y en la cama a veces le leía en voz alta, casi siempre poesía, aunque también textos de Hemingway, de Tom Wolfe o de Dylan Thomas, acariciándola distraídamente y colmándole el cuerpo de deseo mientras que su voz grave y musical colmaba su cabeza. El poema, el capítulo o el pasaje solían quedar inconclusos; el libro o bien caía al suelo o bien lo apartaban o simplemente se extraviaba en el lecho. «Vete a saber la de gente que habrá pegado un polvo sobre *Por quién doblan las campanas* —dijo Theo una noche, riendo, tras recuperar un ejemplar arrugado entre las sábanas—, y lo contento que estaría el bueno de Ernest si lo supiera.» Les era muy difícil verse en Londres, así que Harriet se reunía con él en los sitios más dispares del mundo y emprendía largos y agotadores viajes hacia Australia, México o Barbados para poder pasar aunque sólo fuera cuarenta y ocho horas en su compañía. Harriet comprobó una y otra vez la extrema vulnerabilidad de Theo y, a pesar de su formidable egoísmo, lo mucho que necesitaba el afecto y la ternura de los que lo rodeaban. Y también verificó la inmensa generosidad con que ofrecía su cariño. Cuidaba de ella como nadie lo había hecho hasta entonces; no por deber, ni mecánicamente, sino con solicitud, con imaginación, con placer. «Quiero mimarte —le dijo una noche mientras compartían una cena exquisita en Londres—. Te lo mereces y lo necesitas.»

El hecho de que Theo se mostrara tan considerado con ella le parecía tan excitante como su ardiente sensualidad. Harriet se lo contó todo; le explicó, con absoluta confianza, sus miedos, sus alegrías, sus disgustos más íntimos, más privados. Le contó los celos que tenía de Cressida, la adoración no correspondida que sentía por su padre, su necesidad desesperada de éxito laboral. Le explicó incluso lo de *Biggles* con el temor, mientras se lo contaba, de que Theo menospreciara el dolor que le había producido su muerte. Pero no lo hizo. «Yo también tuve un cachorro de pequeño —le dijo con una sonrisa y limpiándole las lágrimas que aquel recuerdo todavía le provocaba—, y un día mi padre lo echó de casa mientras yo estaba en la escuela. Al regresar no lo encontré y ya no lo vi nunca más. Pensé en suicidarme.»

Harriet no se cansaba nunca de él. Junto a él lo olvidaba todo; su trabajo, sus amigos, ella misma. Siempre había sido muy coqueta y cuidado mucho su apariencia y su imagen, pero de pronto se pasó meses sin ir de compras o sin ir siquiera al peluquero. Lo notaron todos y la pincharon diciendo que tenía que tratarse de un amante secreto; ella sonreía, enigmática, horrorizada de que lo descubrieran. Y Theo le confesó que había conseguido lo imposible; que también él desatendiera su trabajo.

—Te quiero —le dijo una tarde mientras observaban una puesta de sol sobre el océano mexicano—. Te quiero como no he querido a nadie desde Deirdre. Me llenas el corazón, Harriet, y me parece imposible.

—Tú también llenas el mío —respondió ella tomándole la mano—. Por completo.

Pero todo empezó a complicarse. Enojados consigo mismos y con el otro por no poder verse más a menudo comenzaron a reñir, porque cuando se reunían estaban demasiado ansiosos, desesperados, posesivos.

La juventud de Harriet perturbada hería, atormentaba a Theo; y Harriet todavía veía el pasado de Theo y su experiencia como algo amenazador. ¿Pero cómo es posible que no entiendas que esté celosa y te pregunte dónde has estado cuando has conocido a tantas mujeres y te has casado tantas veces?», gritaba Harriet cuando no lograba encontrarlo, no la llamaba o no estaba donde había dicho. «Pero por Dios, Harriet —le respondía él—, te quiero, ¿cómo te atreves a insinuar que ando mariposeando por ahí? Y además, ¿sabes lo que me cuesta a mí no imaginarte acostada con un chico guapo y joven?» Y ella espetaba: «Pero Theo, te quiero, sólo te quiero a ti, y no me acuesto con nadie.» Llegó un momento en que acordaron anunciar su relación públicamente y oficializarla, pero lo pospusieron una y otra vez, por temor al ridículo, al escándalo; y luego volvieron a reñir porque el temor era más fuerte que el amor.

Una noche, mientras cenaban con Mungo, Cressida, Maggie y James, decidieron anunciarlo. Pero finalmente no lo hicieron y tuvieron que pergeñar un ardid muy complejo para reunirse más tarde con ella en su casa de The Boltons.

—De acuerdo —le dijo Theo—, de acuerdo; somos cobardes, débiles, patéticos y todo lo que tú quieras. Y te pido perdón por mi parte de culpa. Lo siento. Pero tampoco tú eres muy valiente, ¿no? ¿No, Harriet? La culpa es de los dos.

—Ya lo sé —dijo ella limpiándose las lágrimas de un manotazo—. También yo lo siento. No entiendo por qué nos cuesta tanto. No lo entiendo.

—Pues yo sí lo entiendo —dijo Theo con repentina ternura mientras se acercaba a ella y le secaba las lágrimas de las mejillas—. Nos cuesta porque nuestra relación es infame, casi incestuosa.

—Sí —dijo Harriet—, lo es. Es exactamente eso.

—Porque somos los primeros en considerarla así. Pero no lo es. Harriet, mírame. Te quiero. Te quiero con toda mi alma.

—Yo también te quiero —dijo—. Mucho.

—Quizá tendríamos que casarnos —dijo inopinadamente Theo.

Harriet lo miró con los ojos desencajados por el asombro y algo parecido al pavor.

—Eso ya sería terrible, espantoso.

—Nunca me habían dado semejantes calabazas —dijo Theo tratando de echarle humor a la cosa pero, al ver que Harriet seguía mortalmente seria, preguntó—: ¿Por qué? ¿Por qué te parece tan terrible y espantoso? ¿Qué habría de malo?

—Theo, no estoy dispuesta a convertirme en la quinta señora Buchan —dijo Harriet con hostilidad.

—¿Y se puede saber por qué?

—Porque es... porque no va conmigo. No estoy dispuesta a convertirme en la señora de nadie y todavía menos en la quinta señora Buchan.

—Eres muy desagradable.

—Pero es la verdad.

—Creía que me amabas.

—Y te amo. Pero no quiero ser tu esposa.

—¿Y por qué no, demonios?

—Porque es... bueno, es como una marca. Un disparate.

—Eres deliciosa —dijo, y abandonó la habitación y la casa, y Harriet no tuvo noticias suyas durante muchos días.

Entendió la razón de su despecho, de su enojo, pero había sido un comentario sincero. Ser la mujer de Theo le parecía de algún modo mucho menos significativo, menos digno que ser su amante. Para ella equivalía a aceptar públicamente su sumisión, su acatamiento. Cuando Theo accedió por fin a hablar con ella por teléfono y a escucharla, Harriet le dijo:

—Theo, te quiero, te quiero muchísimo. De verdad, me encantaría vivir contigo. Te lo digo de verdad. Pero... mierda, Theo, has desvirtuado el matrimonio y lo has convertido en algo carente de significado. Al menos, en tu vida. Yo pretendo ser tu igual, no tu esposa.

—Estupendo, pues gracias por nada —respondió él y colgó.

Poco a poco, dolorosamente, consiguieron acercarse de nuevo, pero las riñas fueron en aumento. Herido por la reacción de Harriet, Theo se obsesionó con la idea del matrimonio; se lo pidió en numerosas ocasiones, y ella se negó una y otra vez. Le propuso irse a vivir con él, pero Theo estaba dolido, muy dolido. «Si el matrimonio te parece una perspectiva tan abyecta, entonces también te lo debo parecer yo», le decía y, por mucho que lo intentó, Harriet no consiguió convencerlo ni persuadirlo de lo contrario. Y su relación —que a fin de cuentas era reciente, frágil, vulnerable— no aguantó aquella tensión; en un momento de rabia y de tristeza decidieron separarse, más arredrados ante el ridículo y el escándalo que ante la separación y el dolor.

—Es absurdo, espantoso —dijo Harriet con las mejillas cubiertas de lágrimas y el cuerpo desecado por el sufrimiento en el momento de la separación propiamente dicha.

—Eso mismo comentaste la primera vez que te dije que te amaba —le reprochó Theo con el rostro devastado por la congoja.

—Ya lo sé, ya lo sé —respondió Harriet—, pero esto no funciona ni funcionará, ¿no?

—No —dijo Theo—, no. No creo que funcione.

Harriet necesitó mucho tiempo para reponerse. Y cuando se enteró de que Theo iba a casarse con Sasha sintió semejante desesperación que temió no soportarla; no pudo dormir sin píldoras durante seis meses y no pudo pronunciar el nombre de Theo hasta al cabo de un año. Cuando volvieron a verse tras el matrimonio de Theo, Harriet experimentó tanta desazón que cayó enferma. Seguía siendo incapaz de mirarlo o de estar a su lado.

«Ahora entiendo —le dijo a Tilly, la única persona a quien le hubiera confiado aquel desgraciado asunto— que la gente cometa asesinatos. Si pudiera, te aseguro que los mataría a los dos gustosamente; primero a él y luego a ella.»

Con su habitual franqueza, Tilly le comentó que, a juzgar por lo que le había contado, la responsabilidad de la separación recaía en los dos.

—Ya sé, ya sé —se lamentó Harriet—, pero yo al menos no me he casado con un pimpollo menos de un año después.

—Quizá es que está más desesperado que tú —dijo Tilly—. Por cierto, ¿cuál es el nombre masculino que corresponde a pimpollo?

—¿Pimpollón? —dijo Harriet, y al principio le dio por soltar una carcajada histérica, pero luego se echó a llorar. Aunque las palabras de Tilly, curiosamente, la reconfortaron mucho.

Decidió salir en busca de su padre y de Susie para llevarles el té; parecía apetecerles mucho y no podían andar muy lejos. Colocó dos tazas sobre una bandeja, salió por la puerta trasera, cruzó el patio y se dirigió al jardín, pero no los vio en la zona del césped, ni en la rosaleda, ni junto a la pista de tenis; quizá habían bajado hasta el puentecito. Cressida no era la única aficionada a aquel rincón. Abrió la pequeña verja que daba al caminito; iba tan absorta en sus pensamientos —sus problemas, su empresa, Theo, Cressida— que cuando llegó al arroyo casi había olvidado adónde iba. Y entonces los vio sentados sobre el banco de piedra, en una postura que hablaba por sí sola y ponía de manifiesto una dilatada intimidad; Susie, con la cabeza apoyaba en su padre, y él con un brazo sobre los hombros de Susie y la mano entrelazada con la suya.

Era una actitud inconfundible. A pesar de su falta de pasión, no se trataba de un abrazo amistoso ni reconfortante, sino de un gesto entre dos personas tan unidas y tan relajadas como si llevaran años casadas. Y la imagen se le antojó todavía más chocante porque nunca había visto a sus padres en una actitud como aquélla, ni a Susie y a Alistair intercambiar más que algún roce ocasional. Siguió allí pasmada, mirándolos fijamente, pero Susie y James debieron intuir su presencia, porque se giraron simultáneamente y la vieron; y en la mirada de Susie hubo un brillo entre guasón y consternado. En ese momento Harriet tuvo le sensación de oír el comentario de Theo en el restaurante —recordaba perfectamente sus palabras y el tono con que las había dicho—: «Tu padre es mucho más pragmático de lo que crees.» Y también oyó la voz de Susie decirle, mucho más recientemente: «Soy una tumba.» Y en un momento de revelación candente y fulgurante lo entendió todo; entendió la felicidad, la alegría y la familiaridad que siempre había reinado entre su padre y Susie; entendió la extraña relación que unía a sus padres —la paciencia, solicitud y delicadez de su padre, y el desapego, distanciamiento y apatía de su madre—; y entendió que ambos comportamientos se regían en virtud de un arreglo impecablemente negociado. Y cuando trató de aquilatar el efecto que aquel descubrimiento le causaba, oyó la voz de su padre.

—Harriet —dijo—, Harriet, creo que deberíamos... hablar.

—No —dijo ella—, no me parece lo más conveniente, y además ahora no tengo tiempo. Os he traído... un poco de té. Estará un poco fuerte y quizá algo frío. Lo siento.

Dejó la bandeja sobre la hierba, dio media vuelta y regresó casi a la carrera cavilando en el hecho de que, a pesar de ser una mujer adulta y de conocer la vida, le parecía un drama enterarse de que su padre tenía una amante —aunque, en principio, se tratara de una gran amiga de la familia—. Y luego cayó en la cuenta de que la certeza y el convencimiento infantil de que sus padres se querían y de que su relación estaba basada en una lealtad mutua sencillamente se le acababa de desmoronar. Y de que Theo, a quien tanto había querido y con quien tan unida había estado, lo sabía desde siempre y no se lo había dicho.

Al entrar en la cocina tuvo la sensación de no ver bien, de que faltaba luz. Quizá ya anochecía, pensó distraídamente echando una mirada al reloj, pero también el reloj estaba empañado y se dio cuenta de que estaba llorando. Furiosa, se limpió las lágrimas con el dorso de la mano, tomó la taza de té que tenía preparada, se sentó y trató de serenarse. Y en ese momento, apoyada en la tostadora, vio una carta, un sobre blanco con... no podía ser, era imposible, pero sí lo era, la pulcra escritura de Cressida. «Familia Forrest —decía—. Urgente.»

Alargó la mano y la cogió cautelosamente, como si quemara, y estuvo un buen rato mirándola y dándole vueltas sin abrirla. Luego se levantó, se dirigió hacia la puerta que comunicaba con el vestíbulo y, con voz trémula, llamó:

—¿Cress? ¿Estás ahí?

Evidentemente, y como temía, no obtuvo respuesta, así que volvió a la cocina, se sentó, abrió el sobre con inmensa dificultad y sacó la hoja de papel doblado que contenía.

«Mamá, papá y Harriet —decía—. Siento mucho lo de hoy. Por favor, creedme. Pero no me quedaba otro remedio. Estoy bien y no corro ningún peligro. Os llamaré cuando pueda. Os quiero, Cressida.»

CAPÍTULO 14

JAMES, CINCO DE LA TARDE

—Papá, no me hables así. —Harriet tenía las mejillas arreboladas y respiraba con dificultad. Su ansiedad y su desazón eran evidentes—. Ya te lo he dicho. La jodida carta no estaba antes.

James sabía por qué utilizaba aquel lenguaje; no tenía nada que ver con la carta, sino con él y con Susie, con sentirse traicionada. De todas formas, le pareció insufrible.

—Harriet, cariño, no hace falta que hables de esa forma.

—Lo siento —dijo ella, aunque en un tono que hacía evidente que no lo sentía en lo más mínimo—. Ha sido horrible, sabes. Como si estuviera viendo y oyendo a un fantasma.

—Sí, ya —suspiró James; se sentía agotado, exhausto, e incapaz de mostrarse paciente o comprensivo. Ni siquiera con Susie. Era demasiado, estaba hasta la coronilla de todos ellos. Lo único que le apetecía era irse, dejarlos y dedicarse a alguna tarea agradable y sencilla que pudiera controlar, como jugar al tenis, o salir a navegar o incluso atender el parto, con la ayuda de una comadrona que lo considerara genial, de una madre sensata que hubiera asistido a todas las visitas prenatales y deseara una epidural. Aquella ocurrencia le pareció tan ridícula que sonrió a pesar suyo.

—Me alegra que te parezca divertido —dijo Harriet con voz muy airada.

—Cariño, no me parece divertido. Estaba... estaba pensando en otra cosa.

—Ojalá yo pudiera. Por cierto, Susie opina que deberíamos contar a la policía lo del pasaporte. Y creo que tiene razón.

—¿Por qué?

—Bueno, porque si Cressida tiene un pasaporte de repuesto puede irse al extranjero. Es obvio.

—Sí, sí, claro, tienes razón —dijo James aturdido—. Los llamaré más tarde. Ahora concentrémonos en esta carta y veamos si sacamos algo en claro.

—Bueno —dijo Susie con tono esforzadamente animoso—, lo que está clarísimo es que alguien ha venido a depositarla. Porque ninguno de nosotros cree en los fantasmas, ¿verdad? O sea que la ha traído alguien. Y además no lleva el franqueo de correos. ¿Está fechada, Harriet?

Harriet negó con la cabeza.

—No, pero habla en presente.

—Sí, pero podría haber sido escrita ayer.

—Eso ya me parece inconcebible —dijo James—. Es imposible que Cressida lo haya planeado todo de esa forma tan deliberada... tan cruel.

—¿Y por qué no? —dijo Harriet con voz todavía más adusta—. ¿Por qué dices eso? Se ha llevado su vestido, tenía otro pasaporte preparado...

—Sí, sí, quizá —dijo James—. Sólo trato de resistirme a la idea, eso es todo. Y además también está el comentario de Oliver cuando le he... contado lo que había sucedido.

—¿Qué ha dicho? —preguntó Harriet bruscamente—. ¿Y por qué nos lo dices ahora?

—Porque he opinado, honestamente... y sigo opinando que no era importante. La cuestión es que ha dicho: «¿No se habrá ido en serio, verdad?» O algo parecido.

—James, ¿cómo es posible que no te haya parecido importante? —dijo Susie profundamente extrañada—. ¿Cómo no nos lo has comentado? Si Oliver sabía...

—Susie, Oliver no sabía nada. Si Oliver lo hubiera sabido, os lo diría. Aunque ha añadido que hace un par de días Cressida tuvo un ataque de pánico y, con lágrimas en los ojos, le dijo que tenía ganas de huir. Eso es todo. Estoy convencido de que muchas novias amenazan con fugarse pocos días antes de la boda.

Confiaba en haber estado convincente, tan convincente como pretendía; todavía no sabía qué pensar de la reacción de Oliver, pero como la conversación surgida a continuación había sido demasiado trascendental no había querido interrumpirla con preguntas. Y luego había salido a la luz lo del vestido y lo del pasaporte...

—A mí todo esto —dijo Susie lentamente y alzando los ojos de la carta— me confirma cada vez más que Cressida debía de estar sometida a una presión tremenda. Algo de lo que no podía huir.

—Sí, pues bien que ha huido —dijo Harriet—. Y divinamente. Como de costumbre.

—Cariño, ¿por qué lo dices con tanta saña? Nunca has hablado de Cressida de esta forma.

—Sí, bueno, siempre me pareció mejor callarme —dijo Harriet—. Nunca me sirvió de gran cosa decir algo. O me metíais en un internado o me mandabais salir de la habitación.

De pronto, el talante de Harriet le recordó al de la criaturita consternada que un día, hacía años, fue a dejar a St. Madeleine; y también su rostro pálido y su mirada desesperada, angustiada.

—Harriet, pero ¿qué dices?

—Oh, da igual —dijo Harriet cansinamente—. Por ahí no conseguiremos nada. —Suspiró y se frotó los ojos—. Me apetece una copa.

—¿No te parece un poco pronto para eso? —dijo James. Se miró el reloj; las cinco y cinco. Dios santísimo, hacía doce horas que Cressida había desaparecido.

—Me da igual que sea pronto —dijo Harriet—. Voy a tomarme una. Que tú no bebas no significa que a los demás no nos apetezca. —Se dirigió hacia la nevera—. Susie, ¿quieres algo? ¿Una copa de vino?

—Sí. Estaría bien —dijo Susie.

Harriet llenó dos copas de vino y le tendió una. Permanecieron las dos de pie, bebiendo, en una actitud poco natural.

—Este vino es delicioso —dijo Susie.

—Sí, ¿verdad? —dijo Harriet—. Ligero y afrutado.

James las miró, pensó en lo absurdo de aquella escena y de pronto no pudo evitar echarse a reír.

—Veo que todo esto te parece muy gracioso —dijo Harriet irritada.

—Bueno, es que me parece ridículo, nada más. Aquí estamos con la novia desaparecida, un banquete para trescientas personas pudriéndose lentamente, las flores marchitándose, la policía en estado de alerta, una carta que aparece como por encanto, y a vosotras dos os da por discutir los méritos del Chardonnay californiano.

—Sí, bueno; hablando de lo otro tampoco hemos llegado a ninguna conclusión muy brillante —replicó Harriet.

—Oye, Harriet —dijo Susie repentinamente—, me parece que deberíamos... bueno, lo que acabas de ver. Tu padre y yo. No... no significa que...

—Susie, por favor, no soy estúpida —dijo Harriet con brusquedad—. No hace falta que me expliques lo que significa. Gracias. Y no me parece necesario hablar de ello. Lo que sí tenemos que decidir es qué hacemos con esta nota. ¿Se lo contamos a la policía? ¿O investigamos si ha venido alguien? ¿O qué? No podemos quedarnos aquí bebiendo tranquilamente.

—Lo de beber ha sido idea tuya —dijo James suavemente.

—¡Oh, por Dios! —dijo Harriet—. ¿No podríamos...?

De pronto se abrió la puerta y entró Maggie, muy pálida y con el pelo ligeramente húmedo pegado a la cara. Pero les dirigió una sonrisa casi animada.

—Acabo de despertarme. Me siento... mucho más tranquila. Lo siento si... bueno, ¿hay alguna noticia?

Harriet y Susie no dijeron nada y miraron a James.

—¿Qué es? preguntó Maggie—. ¿Qué ha pasado?

—En realidad... nada —dijo James. Le daba tanto miedo que volviera a recaer en la histeria que le dieron ganas de no hablar de la carta, de no mencionársela.

—Sí, ha sucedido algo —dijo Harriet. Miró a su padre con dureza—. Claro que sí. Mamá, ha aparecido una carta. Mira, de Cressida.

Maggie se dejó caer pesadamente sobre una silla y tomó la carta. La leyó lentamente varias veces y luego dijo:

—¿Dónde la habéis encontrado?

—Sobre la mesa de la cocina. Ha aparecido de pronto, por las buenas.

—No puede haber aparecido sola. No seáis ridículos. Cressida debe de haber venido a traerla. ¿La habéis buscado, la habéis llamado...?

—Maggie, pues claro que lo hemos hecho —dijo James, cayendo en la cuenta de que en realidad no lo habían hecho—. No está. Aquí no hay nadie.

—Tiene que haber alguien. Por ejemplo, Janine. ¿Alguien sabe dónde está? Quizá ha visto a Cressida...

—Está descansando —dijo Harriet—. Estaba agotada.

—¡Agotada! —dijo Maggie enojada—. Pues no entiendo por qué. No ha hecho nada. Nada en absoluto.

—Maggie, pues claro que sí. Ha vivido toda esta jornada con nosotros, nos ha prestado su apoyo incondicional, y además llegó de París ayer y ya es una mujer mayor...

—Sí, bueno, bueno —dijo Maggie—. Pues tenemos que despertarla y hablar con ella. Puede haber oído o visto a alguien...

—Maggie, opino que no...

—Jamie, no me importa lo que opines. Y además yo opino lo contrario. Harriet, ¿te molestaría subir a despertar a Janine y a las demás personas que estén en casa?

—No hay nadie más. Ni un coche, ni nadie.

—Huyen del barco que se hunde —dijo Maggie—. Susie, dame una copa de vino, ¿quieres? ¿Está Alistair?

—No —repuso Susie rápidamente—. No, ha vuelto a Londres.

—Ah —dijo Maggie—, ya, claro.

James le dirigió una mirada brusca, pero el rostro de Maggie permaneció inexpresivo, de piedra.

Harriet regresó, miró a sus padres y, en un gesto curiosamente simbólico, fue a sentarse junto a su madre.

—Janine está lavándose la cara —dijo—. Ahora mismo baja. Pero me ha dicho que no ha oído nada.

—No deberíamos haberla molestado —dijo James irritado y enojado.

—Sí, tú siempre has sido partidario de no atacar las cosas de frente —dijo Maggie—, de dejarlas cuidadosamente tapadas para que no causen problemas. O, al menos, para que no te los causen a ti.

James sintió la punzada familiar del pánico acompañada de la también familiar punzada de la esperanza, del alivio. Virgen santa, ¿diría algo por fin?, ¿lo retaría abiertamente?, ¿provocaría el enfrentamiento definitivo entre los dos? Hacía años que James esperaba el desafío final, pero no se producía nunca; Maggie siguió sentada, como un gato panzudo, trampeando con él, sabiendo lo que probablemente debía de saber, manteniéndolo a la espera. James ansiaba a menudo que Maggie lo provocara definitivamente, que destapara la impostura, los simulacros que todos tenían que representar; le habría gustado poder suscitar el final de aquella comedia, decir algo, forzar una reacción por parte de Maggie. Pero nunca lo había hecho ni lo haría. Prefería pensar que su *alter ego*, su otro yo más excelso, protegía a Maggie de la humillación y le garantizaba un mínimo de dignidad, o al menos de decoro; aunque en lo más profundo de sí mismo supiera que no era eso. James tenía un gran talento para mentirse a sí mismo, aunque todo tenía su límite. Se prestaba al juego de Maggie para comprar su silencio, para que tolerara su traición; y James no podía soportar tener que enfrentarse a la sordidez de un escándalo, de un divorcio. La situación, por supuesto, distaba mucho de ser perfecta; James habría sido mucho más feliz con un matrimonio claro y respetable con Susie, pero aquella oportunidad se le había escapado de las manos treinta años antes y, al fin y al cabo, el tiempo había ajustado las cosas bastante satisfactoriamente. Veía a Susie con la asiduidad que deseaba, gozaba de una gran libertad, disponía de una buena cantidad de dinero —aunque sólo se tratara de dinero, de un salario, y no de un patrimonio que, de haber tenido que servir para mantener dos casas habría disminuido radicalmente—. Pero ¿qué demonios haría ahora con Susie después de haberle hecho aquella promesa? ¿Cómo saldría de aquel trance? Tendría que maniobrar y hablar con mucho tacto y habilidad. No estaba dispuesto a montar un hogar con ella; era una idea absurda. Susie no lo había pensado bien, no se daba cuenta del desgarro que aquella decisión conllevaría para ella misma y su familia, ni de que probablemente exacerbaría su estado. Cuando recobrara la serenidad, cuando hubiera más datos sobre su estado de salud real, entonces lograría hacerla reflexionar y convencerla del error que significaría poner en práctica aquella idea. Aunque aquel pensamiento le produjo horror, porque también él estaba profundamente alterado. Quería enormemente a Susie y la amaba desde siempre, y pensar en su muerte, en su desaparición, le producía vértigo. Alzó la vista y se fijó en su rostro curiosamente sereno, todavía tan bello. Susie siempre había demostrado mucha valentía; gracias a Dios, porque iba a necesitarla. No era justo fallarle de aquella forma, tenía que hacer algo por ella.

Observó a Maggie, intuyendo su amargura y su hostilidad casi tangentes, y se preguntó qué añadiría a continuación; pero ella lo miró y, de pronto, esbozó aquella sonrisa tan dulce que siempre lograba sacar de alguna parte para decirle:

—Lo siento, James. No pretendía ser desagradable. Ah, Janine, entra querida. ¿Te apetece una copa de vino?

Durante un cuarto de hora hablaron, discutieron, leyeron y releyeron la carta, avanzaron teorías relativas a cómo había llegado allí —repartidores de periódicos, carteros, algún pasante desconocido—, debatieron si hacía falta llamar a la policía, a los hospitales o a los Bergin y pasaron en revista la silenciosa tarde que ya tenían a sus espaldas, tratando de recordar ruidos de pasos, de coches o incluso de bicicletas.

—Bueno, creo que tenemos que decírselo a la policía —dijo finalmente James—. No hacerlo me parece una estupidez. Están buscando a Cressida, y esta carta es una pista, por decirlo de alguna forma. Voy a llamarlos. ¡Dios santo! Merlin, ¿de dónde sales?

Merlin entró en la cocina con paso ligero y atlético y les dedicó una amplia y cariñosa sonrisa. Ya no llevaba la gabardina y vestía una camisa de safari color caqui, pantalones cortos y una larga chaqueta blanca.

—He salido a dar un paseo. Estaba un poco nervioso. ¿Me das algo de beber, Harriet? Un trago largo, si no te importa.

Una cerveza, quizá. Esa criatura maravillosa, Tilly, me ha dado cerveza en el coche y desde entonces he estado soñando con otra. ¿Habéis encontrado la nota? La he dejado aquí antes de salir. He pensado que dejándola encima de la mesa, alguien la vería.

—Merlin, ¿has sido tú quien ha dejado esta nota aquí? —le preguntó Harriet. A James le dio la sensación de que Harriet estaba indignada, como a punto de explotar.

—Sí. No os encontraba y he pensado que alguno de vosotros terminaría pasando por la cocina.

—Merlin, es de Cressida.

—Sí, ya me lo ha parecido —dijo Merlin con tono impaciente—. Conozco perfectamente bien su caligrafía. Mejor que la tuya, Harriet, que escribes unas cartas ininteligibles...

—Y la has dejado encima de la mesa, así, sin más...

—Harriet, cálmate —le dijo James—. Merlin, ¿de dónde la has sacado? ¿Quién te la ha entregado?

—Nadie —dijo Merlin—. Me la he encontrado.

—Sí, pero ¿dónde? ¿Dónde estaba?

—En el baño —lo dijo como si fuera el lugar más normal del mundo donde encontrar una carta—. Se ha deslizado de detrás de la cisterna. La he visto cuando se me ha caído la brújula. No entiendo por qué la llevaba encima; aunque bueno, la fuerza de la costumbre, digo yo. No importa, ¿verdad? En fin, que...

—Sí, sí, Merlin, ¿en qué baño?

—En el de aquí abajo —dijo Merlin—. ¿Pero qué más da? Supongo que la muy boba se la habrá dejado olvidada allí antes de irse. Jamie, esta cerveza es estupenda. ¿Te ha costado cara?

—Sí, bastante —dijo James.

—Deja que vaya contigo la próxima vez. Intentaré que te la rebajen un poco. Bueno, pues...

—Merlin —dijo Maggie, con la voz algo trémula—, me parece que tenemos que hablar de temas más importantes que el precio de la cerveza.

—Lo siento —dijo Merlin—. ¿Hay alguna noticia más?

—No, por desgracia, no —dijo James—. Estábamos tratando de decidir si entregábamos la nota a la policía o no. Creíamos que acababa de aparecer. Pero...

—Debe de haber estado ahí todo el día —dijo Harriet—. Cressida ha debido olvidarla en el baño a primera hora. Aunque es un poco extraño...

—Sí, pero ya os lo he dicho, no se encontraba bien —dijo Janine—. La he oído devolver, *pauvre petite*...

—Bueno, pues justamente —dijo Merlin—. Esas cosas suelen pillarte desprevenido, ¿no? Supongo que la dejaría sobre la cisterna mientras...

—Sí, imagino que sí —dijo prestamente Harriet.

Era obvio que nadie deseaba analizar la secuencia de acontecimientos que había llevado a Cressida a dejar aquella carta. Pobre hija, pensó James, devolviendo repetidamente, exhausta, asustada; era lógico que hubiera imaginado oír pasos en el piso de arriba, que hubiera temido no poder aguantar todo aquello y que se hubiera fugado. Suspiró:

—Pobre hija —dijo en voz alta—. Pobrecilla mía.

—Sigo opinando —dijo Susie—, que todo esto sugiere que Cressida estaba sometida a una presión insoportable. Que había algo de lo que quería huir. Algún apuro importante. Por cierto, ¿alguien ha llamado a su apartamento?

—Lo hacemos cada hora —dijo Maggie—, pero no contesta nadie. Aunque deberíamos ir a echar un vistazo, quizá Rufus o Mungo... Es un disparate no acercarnos para ver si está allí. Además, hace meses que ninguno de nosotros va a ese piso; nunca se sabe, podríamos encontrar alguna pista. Ya sé que no tenemos llave, pero... Oh, si hubiera tenido una compañera de piso resultaría todo tan sencillo... Siempre se lo decía y ahora...

—Sí, bueno, como comprenderás, no iba a compartir el piso con alguien sólo para facilitarnos la tarea en caso de su posible evaporación —dijo James consciente de la inflexión exasperada de su voz, pero incapaz de controlarla.

—Jamie, no te pongas quisquilloso —dijo Susie—. Maggie tiene toda la razón, deberíamos ir a ese piso. Si os parece bien se lo pediré a Rufus.

—Gracias. En cualquier caso, Susie, a mí eso de la presión no acaba de convencerme. Anoche se la veía tan feliz, tan tranquila...

—Es una embustera redomada —dijo Merlin—. No he conocido nunca a nadie tan falso como Cressida.

—¡Merlin! —dijo Maggie—. ¡Por favor!

—Bueno, no pasa nada. Es una cualidad muy útil. Harriet, si no te importa me tomaré otra cerveza. Ha debido de servirle para salir de apuros un montón de veces. Y para conseguir muchas cosas. ¿Recuerdas lo del cráneo reducido, Harriet?

—Merlin, no es el momento —dijo James con tono reprobador.

—Sí —dijo Harriet quedamente. La miraron todos—. Sí, claro que lo recuerdo.

—¿Qué pasó? —se interesó Susie.

—Merlin...

—Vamos James, no seas ridículo. Una vez traje un cráneo reducido para Harriet. Sabía que le gustaría. Lo cambié por un pequeño transistor en una aldea perdida en plenos chaparrales. Le entusiasmó y me dijo que empezaría a coleccionarlos. El caso es que no había traído nada para Cressida, porque nunca encontraba cosas que pudieran gustarle, como muñequitas típicas y esas tonterías. Aunque no pareció tomárselo mal; hasta que entró su madre. Y entonces montó una escandalera de miedo y se puso a llorar como una loca. A su lado, Greta Garbo habría dado lástima. Me dijo que siempre me olvidaba de ella, que nunca le traía nada y que quería el cráneo. ¿Lo recuerdas, Maggie?

—No, no lo recuerdo —dijo Maggie con tono tenso—. Merlin, ¿hace falta...?

—Me dejaste un poco sorprendido porque también tú echaste leña al fuego. Me dijiste que le diera el cráneo, que siempre traía regalos para Harriet y que a Cressida eso le sentaba muy mal. En fin, que una semana más tarde le dio el cráneo al perro. La vimos, ¿verdad, Harriet? Y cuando se dio cuenta de que la habíamos visto montó otro numerazo. No he visto una cosa igual; unos lagrimones increíbles... que si el cráneo le daba pesadillas, que no había sabido cómo deshacerse de él. Asombroso. No le di mucha importancia, pero me supo mal porque era un cráneo fenomenal.

—No veo a qué nos conduce todo esto —dijo Maggie con frialdad.

—A nada, claro. Sólo era para decir que era una perfecta comediante, eso es todo.

—Pues a mí me parece —dijo Maggie lanzándole una mirada asesina— que Susie tiene razón. Que la explicación lógica es que se sentía tan acosada que la única solución ha sido la de escapar. Pobrecilla —añadió con voz trémula y palideciendo.

—Bueno, seguimos con lo mismo. ¿Informamos a la policía de lo de la nota o no? —dijo James. Le dolía horriblemente la cabeza y se sentía un poco mareado.

—Yo creo que deberíamos hacerlo —dijo Maggie—. Y quizá volver a llamar a los hospitales. Sobre todo teniendo en cuenta que se encontraba mal. Igual le ha pasado algo.

—Creo que antes tendríamos que hablar con Oliver —dijo Harriet—. Estoy convencida de que él no sospechaba nada raro. ¿Por qué no le pedimos que venga? ¿O vamos nosotros allí?

—Ha salido a pasear con Tilly —dijo James. Trató de decirlo en tono normal, relajado, pero le costaba mucho pronunciar aquel nombre; lo ponía incómodo.

—Bueno, imagino que ya habrán regresado. Llamemos al hotel.

—Pues yo, qué queréis que os diga —intervino Merlin de pronto—; de la que no me fío es de su madre. Hasta pienso que podría saber algo de todo esto.

Todos lo miraron con perplejidad.

—¿Julia? ¿Y a santo de qué, Merlin? —preguntó Harriet desconcertada.

—No me gusta. Una mentecata, eso es lo que es. Todo el día diciendo tonterías en ese idioma absurdo que utiliza.

—Merlin, los americanos hablan el mismo idioma que nosotros —dijo Susie echándose a reír.

—Tonterías. ¿La has escuchado alguna vez con atención? Todas esas estupideces de priorización, de programas de aptitud física, de reencontrarse a sí mismo y todas esas zarandajas. ¿Sabéis que una vez hasta me preguntó si el hecho de ser soltero no me hacía sentir disminuido? ¡Disminuido! ¡Vaya desfachatez! Le respondí que me sentiría mucho más disminuido si hubiera renunciado a mi libertad y me hubiera gastado todo mi dinero por casarme con una bobalicona.

—Merlin —dijo Harriet repentinamente risueña—. Te quiero. Y me encantaría poder disminuirte. Aunque no veo qué tiene que ver todo esto con el posible paradero de Cressida.

—No he dicho eso. Harriet, no escuchas. No lo has hecho nunca. He dicho que podría saber algo. Alguien debería preguntarle.

James miró a Janine y recordó que también ella le había confesado que no se fiaba de Julia, que no le inspiraba confianza. Era interesante, aunque iba a ser difícil sonsacarle algo partiendo de aquella premisa.

—Estoy de acuerdo con Harriet; deberíamos decirle a Oliver lo de la carta —dijo—, y quizá estaría bien proponer a los Bergin que se vinieran. Es casi una descortesía no hacerlo. Maggie, ¿podrás encargarte tú?

—Sí, supongo que sí —dijo Maggie con voz apesadumbrada y fatigada, pero le dedicó una sonrisa, su sonrisa de buena esposa y le dijo—. Sí, claro que sí.

Decidió volver a cambiarse; tenía la impresión de que su ropa olía y de que parecía sobada. Ya estaba en el piso de arriba cuando sonó el teléfono.

—¿James? Tony Bacon. Lo siento. He tenido un día muy ajetreado.

Sí, pensó James, muy ajetreado, en el campo de golf.

—No te preocupes.

—¿Qué puedo hacer por ti? —le preguntó con voz animosa, aparentemente despreocupada; ya lo sabía.

—Decirme una cosa, Tony, si puedes. Mira, seguro que ya estarás al corriente. Cressida ha desaparecido esta mañana, a primera hora.

—Sí, James, ya lo sé. Lo siento. ¿No tenéis noticias aún?

—No, todavía no. La policía está haciendo todo lo que puede, pero...

—Debes de estar preocupadísimo.

—Sí, bastante. Oye, ya sé que es información reservada pero, dadas las circunstancias, me harías un gran favor si pudieras facilitarme unos cuantos datos. ¿Has observado algún movimiento extraño en la cuenta de mi hija recientemente?

—Por supuesto, pero desgraciadamente hace ya bastante tiempo que su cuenta está estancada. Desde que cubrió su déficit.

—¿Su déficit? —dijo James—. No sabía que estuviera en números rojos.

—Ya lo imaginaba. Fue el año pasado, y no era ninguna tontería, ¿sabes?, más de lo que habría debido permitirle. Pero ya sabes cómo son las cosas, confiaba en ti, y además siempre he tenido una debilidad por ella, desde cuando venía a verme cada semana con su dinerito y me entregaba cinco chelines.

—Oye, cuando dices importante, ¿a qué te refieres? —le preguntó James—. ¿A unos cientos de libras?

—Bueno, a bastante más que eso. Al final hasta tuve que devolver una letra de su piso. Le pedí que viniera a verme para charlar un poco. No sólo del saldo deudor; también retiraba sumas enormes con su tarjeta de crédito, y luego vendió sus acciones...

—¿Cuándo fue eso? —preguntó James—. Dios mío, ojalá lo hubiera sabido.

—Oh, el último verano. Hasta pasadas Navidades. Luego cubrió el déficit y canceló la cuenta durante un tiempo. Y entonces tuvo aquel golpe de suerte y cobró aquel dineral...

—¿Qué dineral? —dijo James con brusquedad—. No sabía que hubiera cobrado una suma importante...

—¿Ah, no? Qué curioso. Su tía abuela le dejó un montón de dinero...

—Pero si... si no tiene tía abuela —dijo James—. Mira, Tony, lo siento, pero no tenía...

248

—Ah —dijo Tony Bacon, obviamente incómodo—. Ah, ya veo. Bueno, pues o alguien murió, o tu hija hizo saltar la banca en Montecarlo o lo que sea. El caso es que, a través de un abogado, nos llegó una transferencia de cien mil libras a nombre suyo. Pero tu hija tenía la cuenta cancelada, así que devolvimos la transferencia al abogado.

—Un momento —dijo James—, a ver si lo he entendido bien, Tony. ¿Estás diciéndome que alguien os mandó un giro de cien mil libras a nombre de Cressida y que lo retornasteis?

—Sí, eso es, porque acababa de cancelar la cuenta que tenía en nuestra sucursal. Unas semanas más tarde volvió a abrirla, con un depósito mínimo, y desde entonces casi no la ha tocado.

—¿Y no tienes ni idea de dónde procedía ese dinero?

—Bueno, como te acabo de decir, me aseguró que se trataba de una herencia. Aunque también me rogó, sin insistir mucho, que no lo comentara porque era un tema familiar un poco delicado. El hecho de que cobrara aquella herencia, me refiero.

—Habría podido serlo —dijo James— si lo hubiéramos sabido. Qué curioso. Realmente curioso. ¿Y cuándo fue eso, Tony?, ¿después de Navidades, dices?

—No, un poco más tarde. En febrero, a principios de febrero.

—Ya veo. Y... desde entonces, ¿no ha pasado nada extraño?

—No, nada de nada. Para serte sincero, cuando reabrió la cuenta temí que volviera a excederse con los cargos. Pero no lo hizo. Oye, ojalá recibas noticias muy pronto y espero no haber empeorado las cosas.

—Sí —dijo James distraídamente—. Sí, gracias. Quiero decir, no, no las has empeorado.

Colgó y se dejó caer sobre la cama con la mirada clavada en el teléfono. ¿De dónde demonios habría sacado su hija cien mil libras y qué tenía eso que ver con su desaparición? De pronto le asaltó la terrible sensación de que la Cressida a la que conocía y quería y con quien había vivido durante veintisiete años había dejado de existir y había sido sustituida por una absoluta desconocida.

Media hora después apareció por el sendero el coche de los Bergin. Lo conducía Oliver y Tilly iba a su lado.

—Tenía ganas de ver a Harry —dijo Tilly a modo de explicación mientras se apeaba del coche—. Espero no molestar.

James la miró y se sintió absurdamente nervioso. Recompónte, Forrest. ¿Qué puede hacerte a estas alturas?

—Hola, Tilly —dijo Harriet dándole un abrazo—. No sé si conoces a mi padre...

—Sí, ya nos han presentado —dijo Tilly sonriendo fríamente a James—. Es más, un par de veces.

—Papá sigue de paseo con Theo —dijo Oliver para romper aquel silencio algo tenso—, y mamá está descansando. Quizá vendrán más tarde. Aunque gracias por invitarlos.

Estaba pálido, con los ojos desencajados y con un aspecto tan demacrado que Harriet le propuso una copa. Pero prefirió un poco de té. Harriet llenó una de las enormes tazas que se reservaba para ella y se la tendió.

—Pensaba que sólo los británicos necesitaban té para superar los malos tragos.

—Soy británico por matrimonio —dijo Oliver—. O al menos, así lo creía.

—Lo serás —le dijo Harriet animadamente.

James los condujo al salón; tenía la sensación de haber pasado demasiadas horas traumáticas en aquella cocina. Informó a Oliver de lo de la carta de Cressida y de dónde la había encontrado Merlin. Oliver reaccionó con indolencia, casi con indiferencia. Era obvio que estaba agotado y que ya no podía con su alma.

—Seguimos igual, ¿no? —fue lo único que atinó a decir.

—Bueno, al menos significa que no la han secuestrado y que no ha sufrido ningún accidente —dijo Harriet—. A nosotros nos ha tranquilizado. El problema, Oliver, es que no sabemos si debemos comunicárselo a la policía o no.

—No sé... —respondió él hundiendo la cabeza entre las manos—. Vosotros mismos.

Harriet fue a sentarse a su lado y le puso un brazo sobre los hombros.

—Oliver, cariño, no te desesperes. Estoy convencida de que regresará, de que todo terminará bien. Entrará por la puerta y, riendo, nos dirá: «¿A que no imagináis lo que me ha pasado?», y todo cobrará sentido.

Oliver movió negativamente la cabeza y después la alzó para mirarla; Harriet descubrió tanta desolación y tanta amargura en aquella mirada que se quedó muda.

—No lo creo —dijo Oliver.

Algo indecisa, Harriet miró de soslayo a Tilly que, con sus larguísimas piernas entrelazadas y sus enormes ojos rasgados absortos en Oliver, presenciaba la escena hundida en el enorme sofá. Era una criatura extraordinaria, pensó James;

muy diferente de todos sus conocidos. Aunque, vaya estupidez; porque, al fin y al cabo, ¿a cuántas —¿cómo las llamaban?— supermodelos conocía? Y tuvo·que reconocer que despedía tanta placidez y quietud que era difícil tenerle antipatía. Trató de evocar a su madre, a quien, en cualquier caso, no recordaba tan serena. Aunque también era verdad que se habían conocido en circunstancias poco propicias y que las que siguieron a su primer encuentro todavía lo fueron menos. En fin, que a pesar de vivir en unas condiciones muy difíciles y de estar sola y sin dinero, Rosemary Mills había hecho un buen trabajo con Tilly. Y James procuró no pensar en el alivio que una ínfima indemnización por el fallecimiento de su otra hija habría podido aportar a su vida y, azorado, sonrió a Tilly. Ella le devolvió la mirada arqueando muy ligeramente las cejas. ¿Qué demonios le tenía reservado y cómo se enfrentaría a ello? Madre santísima, vaya día.

Como si quisiera aclararle sus dudas, Tilly se puso bruscamente en pie y se dirigió hacia él.

—Señor Forrest, me interesan mucho el cultivo de las flores y los jardines en general —le dijo—. ¿Le molestaría enseñarme el suyo?

Se quedaron todos desorientados, especialmente Maggie. Susie posó una mirada escamada y recelosa sobre Tilly e hizo ademán de levantarse. Pero Jamie le hizo una seña imperceptible y esbozó su mejor sonrisa profesional en dirección a Tilly, tratando de relacionar a aquella criatura de ensueño con la criatura flacucha que con tanto alivio y cansancio había dejado depositada años atrás sobre el regazo de su madre. Y que ahora, extraoficialmente, podría terminar siendo su nuera. ¿Cómo demonios se enfrentaría a aquella situación?

—Con mucho gusto —dijo—. No hay nada que me agrade más que mostrar mis rosas. Vamos.

Se echó a un lado para dejar salir a Tilly que, con sus botas de suela gruesa, le sacaba al menos cinco centímetros.

—Volvemos ahora mismo —anunció James a los demás. Lógicamente estupefacta, Harriet no les quitaba los ojos de encima.

Tilly iba delante; caminaba lentamente, con movimientos elegantes, como si se deslizara sobre la hierba. James la seguía, como un poney tras la huella de un magnífico pura sangre. Cuando se hubieron alejado un poco de la casa, Tilly se giró, lo esperó y señaló el campo.

—¿Podemos ir hacia allí?

—Sí —respondió James—, y meternos en el bosque. Es un paseo delicioso.

—Estupendo —dijo ella con tono irónico—. Me encantan los paseos deliciosos.

Permaneció en silencio durante unos minutos; luego, cuando empezaron a aparecer los primeros árboles, se giró otra vez y le dijo:

—Bien, señor Forrest. Cuánto tiempo...

—Sí, desde luego. ¿Qué edad tiene? ¿Diecinueve años?

—Veinte. Como usted bien sabe.

—Ah. ¿Veinte, ya?

—Veinte años. Muy duros para mi madre. Muy duros.

—Sí, imagino que lo habrán sido.

—Aunque a usted —dijo Tilly—, al parecer, las cosas le han ido bastante bien.

—Sí, en algunos aspectos, sí.

—Yo diría que en casi todos los aspectos, señor Forrest. Me refiero a lo material, por supuesto, lo demás no me interesa. Aunque deseo de todo corazón que haya sufrido.

—Señorita Mills...

—¡Oh, por favor, señor Forrest! Llámeme Tilly. Dado que vamos a vernos con mucha frecuencia es inútil que me llame señorita Mills. Porque no sé si lo sabe, pero Rufus quiere casarse conmigo. Y si no me equivoco, es un miembro de su familia, ¿no?

—Bueno, no del todo. Estrictamente hablando, no —dijo James con cautela—, pero ya sé a qué se refiere.

—Pues claro que sabe a qué me refiero. Y lo del «estrictamente» me parece un eufemismo. ¿Pretende usted decirme que ninguno de los ocupantes de esta jaula dorada se ha fijado en los rasgos de Rufus? Porque a mí me parece una cosa interesantísima. Hasta chocante, si quiere que le diga la verdad.

—No... no acabo de entenderla. —Dios, aquello era mucho peor de lo previsto.

—Pues yo creo que me entiende perfectamente.

—Señorita Mills... Tilly, le aseguro que...

—Vale —dijo Tilly con inesperada amabilidad, hasta con cortesía—. Dejémoslo por el momento. Lo que pretendía era preguntarle cómo había podido comportarse con mi madre como lo hizo. Le parecerá que estoy hurgando en viejas heridas, pero es lo que he oído durante toda mi vida y la verdad es que me tiene intrigada. —Volvió a dirigirle una sonrisa cálida y alentadora.

Con la boca seca, James la miró.

—Si pudiera —acertó a decir al cabo de unos momentos—,

si pudiera aclararme la pregunta... Quiero decir, si se refiere al nacimiento, a la muerte de su hermana...

—Sí, me refiero a eso. Pero no sólo a eso. En caso de querer mostrarme magnánima con usted, supongo que podría intentar persuadirme de que la muerte de mi hermana fue un accidente inevitable. La verdad es que no lo creo, pero podría repetirlo una y otra vez y quizá al final terminaría convenciéndome. He hablado de ello con Oliver, porque al ser médico creía que podría...

—¿Ha hablado de su nacimiento con Oliver? —preguntó James, y sintió tal sofoco e indignación que tuvo que detenerse y tomar varias bocanadas de aire.

—Cálmese; no hablamos del mío —dijo Tilly. Se detuvo para esperarlo con aquella sonrisa extrañamente distante en sus labios—. Hablamos de los partos de gemelos en general. Le comenté lo peligroso que podía ser un alumbramiento de ésos y él me dijo que, aunque hoy en día ya no lo eran tanto, siempre podían surgir complicaciones y que eran unos partos que temía porque el segundo niño se presentaba a menudo de nalgas y siempre existía el peligro de causarle daños cerebrales...

James agradeció al cielo las dificultades con las que Oliver hubiera podido tropezar en la sala de partos durante sus prácticas de ginecología y reanudó el paseo.

—Bueno, pues en ese caso, puede entender que se presentaran problemas...

—Sí, puedo entenderlo. Y también puedo entender que mi madre se pusiera pesada. Es muy tozuda y está obsesionada con todo ese asunto de la medicina natural. Por culpa de esa mema de Tamsin. Y también sé que salió mucho a relucir el hecho de que no se hubiera sometido a los controles prenatales...

—Bueno, pues en ese caso...

—No, señor Forrest, nada de bueno. Porque usted había bebido, ¿no es cierto?

—¿Cómo dice?

—Digo que había bebido. Que estaba borracho.

—Pero ¿cómo se atreve? —dijo James—. ¿Cómo se atreve a plantarse delante de mí, con toda su ignorancia, y a acusarme de haber bebido antes de atender un parto? Pues claro que no...

—No soy yo quien lo acusa —dijo Tilly sin desmontarse—. No lo digo yo, sino la estudiante de enfermería que fue a ver a Tamsin cuando ésta intentaba reunir pruebas en su contra.

—No recuerdo habérselo oído mencionar durante la investigación —dijo James recuperando la calma—. Y quiero decirle...

—Soy yo la que quiero decirle una cosa, señor Forrest. No, efectivamente, no lo mencionó durante la investigación. Sólo dijo que usted estaba muy cansado. Y me pregunto por qué no lo hizo. ¿No será porque se trataba de su palabra contra la de un médico y la del resto de la profesión? No, no, claro que no. Debió de equivocarse. O pensar que estaba equivocada.

—Señorita Mills, está usted profiriendo acusaciones muy graves en mi contra. Quiero decirle...

—No estoy profiriendo ninguna acusación —dijo Tilly con tono glacial y lleno de desprecio—. Bueno, de momento. Todavía no he decidido a quién voy a decírselo antes: quizá a Rufus. O quizá no. Todavía no lo sé. Por cierto, ¿lo sabe la encantadora Susie?

—Sí, claro que sí. Lo saben todos. Fue un caso del que se habló mucho. Y también saben que...

—Sí, que las pruebas demostraron su inocencia por completo. ¡Estupendo! Y luego de nuevo a la rutina, ¿eh? A la consulta de cinco estrellas, a los trajes caros, a la pasta gansa y a la carrera fulgurante.

—No fue tan sencillo —dijo James, luchando por no dejar transparentar su indignación—. Fue un tropiezo grave. Y una experiencia muy traumática, añadiría. Le parecerá difícil de creer, pero todo aquello me desestabilizó mucho. Profundamente. Fue la primera y la única vez que perdí una criatura...

—Ah, porque fue usted quien la perdió —dijo Tilly con mordacidad y resentimiento—. Pues ¿sabe que no se me había ocurrido? Siempre pensé que fue mi madre quien la perdió. No sabía que fue usted quien soportó toda aquella amargura y tristeza, quien aguantó que le extirparan de su vientre a mi hermana muerta, como una rata. No sabía que hubiera sido usted quien lloró cada noche durante años y años, quien tuvo pesadillas y se sintió culpable por no haber hecho lo debido durante su embarazo. No sabía que hubiera sido usted el que necesitó algún tipo de compensación por tanto dolor y tanta pena y para que su vida no fuera tan dura. No sabía que hubiera sido usted a quien acusaron de conducta irresponsable y de negligencia, ni que usted hubiera sido el blanco de toda la maldad de aquella espantosa carta que mandaron del hospital. Qué estúpida he sido...

—Bueno, soy...

—Un cabrón, eso es lo que es —dijo Tilly. Se detuvo y se giró para encararse con él, cortándole el camino—. Un cabrón mentiroso y patético. Hasta hoy no sabía qué hacer. Quería escuchar su versión de los hechos. Ahora lo he visto y lo he escuchado, y me repugna.

—¡Cómo se atreve! —dijo James—. ¡Cómo se atreve a hablarme de esa forma!

—Pues así de fácil —dijo Tilly con cierto regocijo—. Soy bastante valiente. Se sorprendería. Imagino que lo llevo en la sangre. Muchos de mis ancestros eran guerreros. De todas formas, ahora ya sé exactamente qué voy a hacer. Contaré a todos los miembros de su familia lo que hizo, lo que pasó realmente.

—No puede —dijo James, helándosele las venas.

—¿Cómo que no puedo?

—Sería una calumnia.

—Oh, por Dios —dijo Tilly—, y ¿qué va a hacer? ¿Perseguirme ante la justicia? Sería interesante. No, señor Forrest, no puede hacerlo. Ya me encargaré yo de que se enteren todos de la verdad. Y esa pobre vaca que tiene por esposa y que debe imaginar que es el ombligo del mundo se quedará de piedra.

—Señorita Mills, le advierto...

—¿Y Susie? ¿Su encantadora amiga? ¿Y sus hijas? Porque oiga, Harry lo idolatra, lo imagina sentado a la derecha del Señor.

—Ya no, mucho me temo —dijo James.

—¿Ah, sí? Pues parece bastante obsesionada con usted. ¿Y Rufus? ¿Qué opina Rufus?

—Lo que yo haga le importa poco —dijo James braceando para recobrar la dignidad.

—¿De veras? Pues lo que yo veo apunta hacia lo contrario. Y ese viejo trotamundos encantador, Merlin, es su padrino, ¿no? Me juego lo que sea a que le encuentra a usted todas las gracias.

—Mire... ¿qué quiere? —dijo James. Sabía que era una iniciativa peligrosa, que se ponía a su merced y le daba a entender que estaba dispuesto a negociar. Pero estaba desesperado.

—Quiero que se haga justicia, señor Forrest. Quiero que convenza a mi madre de que todo fue culpa suya. Quiero que vaya a verla y le cuente la verdad. Que le diga que si hubiera ido a las clases prenatales no habría cambiado nada, que usted había bebido y que no estuvo a la altura de la situación, y que de no ser por usted, mi hermana estaría hoy vivita y coleando. Y quiero que su familia se entere de lo bellaco que es usted, de que mintió e intimidó a esa pobre enfermera...

—¡Cómo se atreve! —gritó James, en un arrebato de rabia

súbitamente convertido en energía física—. ¿Cómo se atreve a decir esas cosas?

—Me atrevo —dijo ella—, me atrevo y ya está. Ya se lo he dicho, soy bastante valiente. Y le diré otra cosa, señor Forrest. Si no hace lo que le digo, va a tener que leerlo en los periódicos. Dentro de muy poco.

—Oh, pero por Dios —dijo James—, ¿y a santo de qué se iban a interesar los periódicos por esto? Después de tanto tiempo.

—Porque se trata de mí —dijo ella, con los ojos enormes e inocentes como los de un niño—. Tengo mucha mano en eso de salir en los titulares, sabe. Soy noticia, como dicen ellos. Y también lo es esta historia. Seguro que opinarán que lo de mi gemela fallida es un notición de miedo. Ya imagino los titulares y a los jefes de fotografía poniendo a trabajar sus ordenadores para tratar de imaginar su aspecto físico. Y a la gente le encantará enterarse de la razón por la que me quedé sin hermana. Y de lo difícil que ha sido para mi madre criarme sin ayuda de nadie. ¿No le parece?

James se sofocó de rabia: de pronto sintió que su autocontrol lo abandonaba. Dio un paso adelante y levantó la mano para abofetearla. Tilly no se movió y lo miró con un desprecio inaudito y una tenue sonrisa dibujada en los labios.

James se recompuso, bajó la mano y se quedó inmóvil, mirándola.

—Es usted despreciable —dijo Tilly—. Absolutamente despreciable.

Y se giró y se adentró en el bosque.

Cuando James regresó —tembloroso, exhausto, asustado—, vio a Julia Bergin en la zona ajardinada de la parte trasera de la casa. Vestía una camiseta blanca y bermudas de cuadros, iba impecablemente peinada y tenía la piel suave y lisa como la porcelana.

—¡James! Sois un encanto por habernos invitado. Me han encargado salir a buscarte.

Hablaba y se comportaba como si hubiera venido a tomarse unas copas o a participar en una barbacoa; su estudiada desenvoltura era como una afrenta al desasosiego que reinaba en aquella casa, como un insulto a Cressida.

—¿Ah, sí? —dijo James. Aunque le resultó difícil hablar; la lengua parecía haberse desconectado del cerebro. Estaba destrozado, casi inconsciente. Tenía que hacer un esfuerzo para recobrarse, para pensar en lo que haría—. ¿Por alguna razón concreta?

—Maggie ha hecho unos emparedados. Dice que tendríamos que comer algo.

Maldita Maggie y su obsesión con la comida; ¿pensaba alguna vez en otra cosa? Aunque luego cayó en la cuenta de que no había comido nada en todo el día y de que en realidad tenía hambre.

Logró esbozar una sonrisa en dirección a Julia.

—Probablemente tiene razón. ¿Siguen todos ahí?

—Sí, claro. Tu maravilloso padrino está preparando copas para todos. Es delicioso. Tan excéntrico. Mucha gente se ofuscaría ante su franqueza tan directa. Pero a mí me gusta. Me gusta la sinceridad; imagino que a ti también, James. Fue una de las primeras lecciones que aprendí cuando entré en sicoanálisis; a enfrentarme con la verdad para luego poder transmitirla.

—¿Ah, sí? —dijo James—. Qué bien.

Julia lo tomó del brazo y lo condujo hacia la casa.

—Intenta no preocuparte mucho —le dijo—. Estoy convencida de que Cressida está bien y de que volverá sana y salva.

—Ojalá tengas razón. Y ojalá pudiera compartir tu optimismo.

—Bueno, ya sabes que las mujeres somos muy intuitivas —dijo Julia—, y mi intuición me dice que no ha pasado nada realmente malo. Me hice muy amiga de Cressida, sabes. Éramos como hermanas. Es una chica muy fuerte, muy sensata. No es de las que comete imprudencias. Lo sé. Confía en mí.

Nadie parecía haberse movido cuando regresaron al salón. James se quedó un poco sorprendido; le daba la impresión de haber salido a pasear con Tilly desde hacía horas.

—James, ¿te encuentras bien? Tienes un aspecto terrible —le dijo Susie.

—Sí, estoy bien.

—¿Dónde está Tilly? —preguntó Harriet sorprendida.

—Ha ido a dar un paseo —dijo James sin añadir más explicaciones—. Quería tomar el aire.

—Es admirable —dijo Harriet con cariño—. Corre un mínimo de diez kilómetros diarios, ¿sabéis?

—Qué energética —dijo James con frialdad.

Harriet lo miró con asombro; su padre le devolvió la mirada pero permaneció inexpresivo.

En ese momento entró Maggie con unas bandejas de bocadillos; Susie se levantó de inmediato para echarle una mano.

—Caramba —dijo Merlin, que se había sentado cerca de Janine, entre Harriet y Josh—, estupendo, Maggie. Imagino que forman parte del ágape. Bueno, con tanta comida podréis alimentaros durante meses, ¿no? No hay que tirarla. Se guarda en el congelador y listo. Unos aparatos estupendos, los congeladores, ¿verdad? —dijo a Susie—. Yo tengo dos, y ya no compro más que dos veces al año.

—Virgen santísima —exclamó Julia, obviamente aliviada ante aquella distracción—. Es asombroso. ¿Y la fruta fresca y las verduras?

—Nunca las toco —dijo Merlin—. No las soporto. Salvo los pimientos rojos. Como varios pimientos cada día. Por supuesto, los compro frescos. ¿Sabíais —preguntó dirigiéndose a todos los presentes— que hay más vitamina C en la mitad de un pimiento rojo que en tres naranjas? Aunque tú sí debes saberlo —le dijo a Janine—. No puedo darte muchas lecciones en cuestión de alimentación. Cuando termine todo este disparate tienes que dejar que te prepare una cena. Aunque está mal que yo lo diga, hago un pisto estupendo.

Hubo algo de tirantez tras la desafortunada fraseología de Merlin y luego intervino Julia.

—Bueno, pues no entiendo cómo está tan saludable. Podría haberse dañado los tejidos irremediablemente. No, langostinos no, Maggie, querida. Tengo alergia a los crustáceos. Un poco de pepino quizá...

—¡Los tejidos dañados! —dijo Merlin—. Tengo ochenta y cuatro años, mi buena señora, y estoy bastante más sano que la mayoría de sus compatriotas. Mírelos bien; obesos, con cara de empanada, cubiertos de alergias, obsesionados con sus intestinos...

—Hablando de salud —dijo Harriet asiéndose a un clavo ardiendo—, Oliver, no te lo hemos dicho, pero nos da la impresión de que Cressida no se encontraba bien... Dios, ha sido esta mañana, ¿no? Parece como si fueran semanas. Bueno, en fin, que se encontraba mal. Janine la ha oído... la ha oído devolver un par de veces y... bueno, perdonad el tema. Ollie, ¿sabías que no se encontraba bien o no eran más que los nervios...?

De pronto, Oliver se puso en pie. Se dirigió a la ventana y miró el exterior durante unos momentos. Luego se giró.

—No se encontraba mal —dijo finalmente con voz trémula—. Estaba perfectamente. Estaba embarazada, eso es todo. Si no te molesta, James, creo que tomaré otra copa.

James miró a Oliver por encima de la botella de whisky preguntándose cuántas revelaciones más acerca de su querida hija podría soportar y le pareció discernir una expresión extraña en sus ojos. No era de turbación, ni siquiera de vanidad: era algo curiosamente parecido a la ira. Y entonces su dilatada experiencia en anunciar embarazos y en computar casi inconscientemente fechas, síntomas y probabilidades le dijo algo casi insoportable, algo que apartó rápidamente de la cabeza sin darse tiempo a analizarlo. Y seguidamente miró a Harriet, que tenía los ojos clavados en Oliver y estaba muy pálida, y supo que los dos habían llegado con igual celeridad a la misma conclusión.

CAPÍTULO 15

Lo que más ansiaba era ver a Alice. Los acontecimientos de las últimas veinticuatro horas habían sido tan surrealistas y tan espeluznantes que necesitaba urgentemente entrar en contacto con el sentido común que con tanta eficacia Alice aportaba a su vida. Quizá podría escapar aquella misma noche, irse a Londres y hasta cenar con ella. Estaba claro que Cressida ya no aparecería; su papel de padrino de boda ya no tenía ningún sentido. Y ahora que Tilly había llegado, ella y Rufus cuidarían de Oliver mucho mejor que él. Dios, qué extraño dúo aquél; encantador, pero absolutamente incomprensible. Mungo pensó en los dos novios anteriores de Tilly; un excéntrico director de cine francés recién embarcado en una segunda carrera de corredor de fórmula dos y un interiorista bisexual negro que había adquirido fama con el oficio, algo esotérico, de decorador de aviones particulares. Y ahora le daba por enamorarse como una loca de un abogado inglés de educación exquisita, de un ex alumno de uno de colegios privados más exclusivos del país, de un chico que era considerado con sus padres, que abría las puertas a las damas y que se ponía de pie cuando una persona mayor entraba en el lugar donde estaba. Aunque bueno, como bien le había demostrado su experiencia, era indudable que el amor transforma a las personas. Porque Mungo habría podido enamorarse de cualquier veinteañera núbil de varios continentes, ¿y qué hacía?; chalarse —y la expresión correspondía perfectamente al estado de desorientación y desasosiego en el que estaba sumido la mitad del tiempo— por una mujer de casi cuarenta años cargada con tres hijos. Bueno, en cualquier caso era algo que te convencía de la existencia del amor. Y Rufus, que era un gran defensor de la pasión amorosa, ponía siempre mucho entusiasmo en hablar de aquel tema. Un verano, cuando tenía diecisiete años y acababa de experimentar el amor por primera vez, tuvo que abandonar a su amada en Londres e ir a pasar las vacaciones a Francia en compañía de sus padres y de Mungo; y se pasó todo el verano declamando y perorando acerca de aquel noble sentimiento. Mungo lo escuchaba pacientemente, impresionado porque Rufus le aseguraba no haberse acostado todavía con su amada porque ella no lo deseaba; y hasta que no conoció a Alice, Mungo pensó que se trataba de un sentimiento mítico, de un eufemismo aplicado al sexo y en el que intervenía posiblemente cierto interés y unos antecedentes comunes. Pero ahora ya sabía qué era. El amor, al parecer, era perder el control.

Descolgó el teléfono y marcó el número de Alice. Respondió Jemima.

—Hola, Mimi. Soy Mungo.

—Oh, hola, Mungo. ¿Cómo ha ido la boda?

—Esto... interesante. ¿Está tu madre?

—Sí, te la paso.

La voz arrulladora y algo ronca de Alice le llegó por la línea; si uno fuera capaz de visualizar las voces, pensó Mungo, la de Alice sería un escote.

—Hola, Mungo. ¡Qué pronto ha terminado! ¿Cómo ha ido tu discurso?

—Bueno... ha sido un día un poco complicado. Necesito verte.

—¿Esta noche? Pero Mungo, creía que...

—Alice, no ha tenido lugar.

—¿Qué es lo que no ha tenido lugar?

—La boda. La novia se ha fugado.

—¿Cómo?

—Sí. Una pesadilla. Dios mío, ha sido terrible. En fin, que me parece que puedo volver a Londres. Aquí ya no me necesitan. ¿Estás libre esta noche?

—Sí... podría. Pero...

—Bien. Pues en cuanto pueda, me despido. Te llamo cuando me ponga en camino. Aunque igual llego un poco tarde, ¿te molesta?

Alice dudó unos instantes.

—No, claro que no. Pero llámame antes, ¿quieres?

—Sí, claro. Adiós, Alice. Te quiero.

Se sintió inmediatamente mejor en contacto con la realidad. Llamó al hotel de los Bergin y le anunciaron que todos habían salido. Estupendo; eso le daba mayor libertad. Resultaría menos descarado desaparecer si todos los demás también lo habían hecho. Y además los llamaría desde casa de Alice y, si lo necesitaban, hasta podría regresar.

Se duchó, se puso una camisa blanca limpia y sus adorados vaqueros 501, los que tenían un desgarrón en la rodilla y en la ingle, y guardó todo lo demás en la Gladstone de cuero que Sasha le había regalado para su cumpleaños. Una buena chica, Sasha; ojalá durara. No sabía muy bien por qué, pero intuía que no sería así.

Decidió que sería mejor decirle a su padre que se iba; le habían dicho que Theo y Sasha estaban en el bar. Bajó; pero no los encontró.

—El señor Buchan está en la piscina, señor —le dijo el camarero.

Mungo suspiró, decidió que sería más fácil dejar una nota a Sasha, así que salió en su busca.

Le costó un poco dar con ella porque se había alejado bastante del hotel. La encontró sentada sobre un muro bajo, más allá de los campos de tenis. Hablaba por su teléfono móvil, seguramente para chismorrear o citarse para salir de compras con una amiga, y tenía una actitud algo diferente de la habitual en ella; cuando trató de analizarlo, Mungo sólo fue capaz de constatar una resolución y un temple desacostumbrados. Sasha no lo vio llegar porque estaba muy enfrascada en su conversación, pero Mungo acertó a oír un *Ciao* —Dios, ése sí era un lenguaje de pimpollo— antes de que lo viera y finalizara la conversación.

—Hola, Mungo, ¿qué tal?

—Oh... bien, ya ves. Vaya día...

—Desde luego. ¿Adónde crees que habrá ido?

—Oh... no tengo ni idea. Todos creen que estaba sometida a una presión tan terrible que no ha visto más salida que la de huir, porque no ha podido soportarlo. Pero a mí me da la impresión de que hay algo más.

—¿Ah, sí? ¿Como qué? —De pronto los ojos azules de Sasha chispearon, en estado de alerta, bajo sus largas pestañas; su habitual sonrisa melosa no era más que un recuerdo.

—No estoy seguro —dijo Mungo rápidamente. No estaba dispuesto a contarle el ataque de pánico de Oliver de la noche anterior, ni su sobredosis. Era encantadora, pero no se fiaba mucho de ella—. ¿Y tú qué opinas?

—Pues yo sí creo lo de una presión tremenda. Ayer hablé con ella. Y me dio la sensación de que no eran sólo los nervios de antes de la boda. Estuve con ella un rato, aquí, en el jardín. Y me dejó un poco perpleja.

—¿Qué te dijo? —le preguntó Mungo intrigado.

—No fue lo que dijo sino su actitud; tensa y, no sé, extraña. Habló mucho rato de maquillaje, pero de forma incoherente, y luego, de pasada, me preguntó si estaba Theo porque quería pedirle algo.

—¿Pedirle algo o preguntarle algo? —dijo Mungo—. Porque hay una diferencia.

—Pedirle, pedirle. En fin, que no estaba; se había ido a Oxford. Pero le dije que podía llamarlo o dejarle un mensaje. Me dijo que no, que hablaría con él más tarde. Pero no lo hizo. Se lo pregunté a Theo luego. Y hasta la llamó, pero Cressida le dijo que no era nada.

—¿Y no imaginas qué podía ser?

—Ni idea. Pero me dio la impresión de que era algo importante. Hasta pensé si no sería para pedirle dinero. Aunque de todas formas, lo de fugarse el día de su boda me ha parecido muy drástico. Como si alguien la hubiera empujado a tomar esa decisión, como si no hubiera podido oponer resistencia.

—¿A qué te refieres? ¿A un chantaje? —Mungo estaba cada vez más intrigado, hasta excitado.

—Bueno, quizá no se trate de un chantaje, pero es como si en esta historia estuviera mezclado alguien más; una persona o algún factor que la hubiera forzado a tomar esta decisión. No me pareció una persona que de pronto pudiera venirse abajo.

—Oh, no sé —dijo Mungo—. Es muy dulce, sabes, muy... bueno, muy dócil y bondadosa. Nada que ver con Harry.

—No, no se parece en absoluto a Harriet.

—Vaya, qué interesante —dijo Mungo con una mueca mientras se sentaba junto a ella sobre el muro.

—¿A qué te refieres?

—Bueno, que lo has dicho como si prefirieras a Harriet.

—No. Quiero decir que no las conozco bien ni a la una ni a la otra —dijo Sasha—, pero Harriet me gusta, o al menos lo que he visto de ella hasta ahora. Tiene agallas.

—Y a ti te gustan las mujeres con agallas, ¿no?

—Sí, así es —dijo Sasha sonriéndole.

—Me sorprendes.

—¿Por qué?

—Oh, no sé. Porque me da la sensación de que te pareces más a Cressida que a Harriet.

—¿Ah, sí? ¿O sea que opinas que no tengo agallas? —Se había relajado del todo y le sonreía abiertamente; era obvio que estaba disfrutando con aquel intercambio. De pronto parecía otra persona. Mungo la miró con atención.

—Bueno, es que...

—Espero, Mungo —dijo Sasha cariñosamente— que no me consideres una coqueta encantadora y descerebrada, cuyo único objetivo es echar mano del dinero de tu padre.

—¿Cómo? Pues claro que no.

—Pues yo creo que sí lo piensas —dijo Sasha con un suspiro—, aunque no tiene mucha importancia.

—Sí que la tiene —dijo Mungo, cayendo repentinamente en la cuenta de que efectivamente la tenía—. Si es importante para ti, también lo es para mí.

—Oh, Mungo, ¿por qué?

—Porque siempre te has portado muy bien conmigo —dijo Mungo tomándole espontáneamente una de sus manos. Tenía unas manos preciosas, con unos dedos largos y delicados, aunque llevaba las uñas demasiado largas —era un dato muy revelador, no entendía que las mujeres no se dieran cuenta—: en cualquier caso más largas que las de Susie o las de Alice. Sasha lo miró con asombro y luego volvió a sonreírle.

—Bueno, portarse bien contigo no resulta muy difícil —dijo—. Porque tú también te portas muy bien conmigo. Contrariamente a los demás.

—¿A quiénes?

—Oh, a casi todos los amigos de tu padre. A casi todos sus colegas de trabajo. A sus empleados. A su querido hijo Michael.

—Michael es un imbécil —declaró Mungo tajantemente—. No le hagas caso.

—Eso intento. Además, da igual, ya me he acostumbrado. Pero no es muy agradable. Conmigo son educados, claro, pero se limitan a ser corteses, nada más.

—Estoy seguro de que...

—Mungo, es inevitable. Todo el mundo vio en mí a una aventurera en busca de un hombre maduro y cargado de dinero. E imagino que tenían razón. Hasta cierto punto. Aunque cuando lo conocí me enamoré locamente de él. Me parecía irresistible. Como a la mayoría de las mujeres, supongo. Aunque claro, lo del dinero no está de más. Mentiría si pretendiera lo contrario. Y más tarde, cuando empezó a...

—¿Cuando empezó a qué?

—Oh, ya sabes, a tratarme con condescendencia, y no sólo él, también los demás, me di cuenta de que no estaba enamorado de mí...

—Sasha, pues yo estoy convencido de que sí lo está. —Mungo empezaba a sentirse incómodo ante aquellas confidencias.

—Pues no lo está. Sólo se ha enamorado dos veces. Una vez de tu madre y otra vez de... bueno, no importa de quién.

—Dímelo.

—No. No lo haré. Es mi secreto.

Mungo empezaba a sentirse seriamente intrigado.

—¿Te lo ha dicho él?

—No. Por supuesto que no. Me enteré yo.

—Vamos, Sasha, dímelo, por favor. No se lo contaré a nadie.

—No, Mungo. No pienso decírtelo. Bueno, dejémoslo ya. ¿Te ibas a alguna parte?

—Sí, quería irme... a Londres. ¿Crees que pasará algo?

—¿Y qué hay en Londres, Mungo? —le preguntó con una sonrisa espontánea y algo traviesa, muy diferente de la suya habitual, tan afectada y artificial—. ¿El amor?

—Sí. Exactamento eso. Pero no se lo digas a papá, por favor.

—No lo haré si me gusta.

—Es maravillosa —dijo Mungo—. Voy a casarme con ella.

—Madre mía. ¿No crees?... —De pronto sonó el teléfono: Sasha lo miró, se excusó brevemente y se alejó un poco para recibir la llamada—. Diga. Sí, sí, claro. Bien. Estupendo. Muy bien. Sí, más tarde. Muy bien, gracias por llamar. Tengo que colgar. Oh, Mungo, ahí viene tu padre. Podrás decírselo personalmente.

—¿Decirme qué? —Theo parecía de buen humor—. Sasha, cariño, ¿qué diablos estás haciendo aquí? ¿No habíamos quedado en el bar?

—Sí, pero me he cansado de esperarte —respondió ella con sorprendente seguridad y firmeza—. Hace una tarde preciosa.

Theo no dijo nada ni cambió de expresión. Luego, con un esfuerzo obvio, añadió:

—Sí, claro. ¿Quieres que tomemos el aperitivo en el jardín? Mungo, ¿te quedas con nosotros?

—Bueno...

—Mungo quiere irse a Londres —dijo Sasha—. ¿Ves alguna razón que lo impida?

—¿A Londres? Bueno... no sé. Me parece un poco... extraño. Estamos metidos en una situación muy compleja, Mungo. Tus amigos te necesitan; yo te necesito. Creo que sería preferible que te quedaras.

—Pero papá...

—Mungo, te he dicho que me parece preferible que te quedes. ¿Entendido?

—Sí, pero no veo a santo de qué. ¿Qué más puedo hacer? —preguntó Mungo—. Se han ido todos y...

—Mungo, por favor, acabo de decirte que prefiero que te quedes.

—Bueno, pues no voy a quedarme —dijo Mungo irritadísimo al ver que su padre, una vez más, pretendía dirigir su vida—. Hoy ya he cumplido sobradamente. Y anoche. No tenéis ni idea... —Enmudeció; no le apetecía pormenorizar los acontecimientos de la noche pasada con su padre y con Sasha, ni que empezaran a hacer conjeturas y suposiciones.

—Es una forma muy egoísta de ver las cosas —dijo Theo—. Me defraudas, Mungo.

—Bueno, pues siento mucho no estar a la altura de tus expectativas —dijo Mungo. Sabía que era una reacción de niño malcriado e insolente, pero no pudo evitarlo—. Tengo algo importante que hacer en Londres.

—Ya —dijo Theo con voz áspera—. Ya imagino.

—Theo —dijo Sasha de pronto—. Theo, de verdad, me parece que no...

—Sasha, éste es un tema que no te incumbe.

Sasha se levantó sin decir palabra, se dirigió a la cerca que rodeaba el jardín y permaneció allí con la mirada perdida en el horizonte. Theo la miró, hizo ademán de seguirla pero luego volvió a interesarse por Mungo.

—Bien. ¿Vas a tomar el aperitivo con nosotros?

—No —dijo Mungo—. No. Me voy a Londres.

Hubo un silencio y luego, tratando de conservar la flema, Theo le preguntó:

—Bueno, en ese caso quizá pueda preguntarte por qué. ¿Por qué es tan importante que vayas a Londres? Espero que se trate de algo más trascendental que una partida de póquer.

—Pues claro. Tengo... tengo que ver a alguien.

—¿Ah, sí? ¿A quién?

—¿También tengo que decirte eso? —dijo Mungo con fastidio.

—No tienes que decírmelo, pero me gustaría saberlo.

La voz de Theo volvió a sonar normal, más razonable. Mungo lo miró; casi sonreía, como si de veras estuviera interesado. Vamos, Mungo, lánzate. Algún día tendrás que hacerlo. Díselo, anúnciaselo.

—De acuerdo, te lo diré. Se llama Alice.

—Bonito nombre. ¿Y qué hace?

—Trabaja para una institución benéfica.

—Oh, muy conveniente para una jovencita.

—No... no es una jovencita.

—Pues qué es, ¿una ejecutiva de alto rango?

—No exactamente... Mantiene a su familia.

—¡A su familia! ¿Te refieres a sus padres?

—No, a sus hijos.

—¡A sus hijos! Mungo, ¿qué estás tratando de decirme? ¿Que te has liado con una madre soltera? Muy moderno, y...

—¿cómo es esa expresión?— políticamente correcto. —Sonreía, aunque con aquella sonrisa peligrosa que Mungo conocía tan bien.

—Sí —dijo tragando saliva—, sí, eso es. Alice está divorciada.

—Ya veo. —Durante unos segundos Theo pareció desbordado, incapaz de reaccionar.

Sasha había regresado junto a ellos y escuchaba con atención. Miró a Mungo y le dirigió una sonrisa que le insufló coraje y audacia.

—¿Y qué edad tiene tu Alice? —dijo Theo—. ¿Desde cuándo está divorciada?

—Desde hace bastante tiempo. Tiene... treinta y nueve años.

—Treinta y nueve —dijo Theo en voz baja. Parecía estar reflexionando, procesando la información.

El teléfono que Sasha seguía sosteniendo en la mano volvió a sonar; lo conectó, escuchó durante unos segundos y dijo:

—La llamo más tarde.

—¿Quién era? —preguntó Theo.

—Era Jackie.

Jackie era el ama de llaves de su casa de Londres; los críticos más mordaces pretendían que Sasha era una versión rubia de Jackie.

—¿Ah, sí? Dile que la llamaré más tarde.

—Theo, quería hablar conmigo.

—Sí, ya te he oído. Mira Mungo, imagino que sabes lo que te traes entre manos. Pero no te comprometas mucho.

—Papá —dijo Mungo sintiendo crecer en él una oleada de rabia y de indignación al evocar la vida sentimental de su padre y la cantidad de amargura, de rencor y de caos que había originado—. Papá, para utilizar tus palabras, sé perfectamente lo que me traigo entre manos y lo que pretendo, en cambio, es comprometerme al máximo. Tanto, que voy a casarme con Alice.

—¿De veras? Pues te agradecería que no lo hicieras.

—Papá, si no te importa, eso lo decidiré yo. Porque yo, en cambio, quiero hacerlo.

—Lo de que lo decidirás tú, habrá que verlo —dijo Theo. Sus frases se hicieron más escuetas, como siempre que montaba en cólera. Mungo lo miró con ojos retadores y procuró no dejar traslucir su aprensión.

—Pues claro que lo decidiré yo. Tengo veintisiete años. Puedo hacer lo que me plazca.

—¿Ah, sí? ¿De veras? ¿Tienes veintisiete años? Dios santísimo. Cuesta creerlo, Mungo, de verdad. Quiero decir que la mayoría de los hombres de tu edad ya están trabajando y ganándose el sustento. Creo...

—No empieces con eso —dijo Mungo—, no me des la lata con eso de ganarme el sustento. Mi agencia...

—Oh, Mungo, Mungo. Eres una auténtica criatura. ¿Te das cuenta de lo que cuesta esa oficina? ¿De quién está pagando todos los gastos? ¿De quién aportó el dinero para el crédito, de quién paga el salario de tus empleados...?

—Theo, no hagas eso —dijo Sasha. Parecía muy enojada.

—Tú no te metas. No tienes ni idea de lo que estamos diciendo.

Sasha lo miró primero a él y luego a Mungo, se giró y se fue hacia el hotel. Mungo seguía con la mirada clavada en su padre, tratando de no perder los estribos.

—Mira —dijo esforzándose por hablar sin emoción, aunque le tembló la voz—. Mira, papá, volvamos a empezar desde el principio, ¿quieres? Ya sé... que eres muy generoso. Ya sé que soy muy afortunado. Pero ahora ya me gano la vida. Y apreciaría que eso, al menos, sí me lo reconocieras.

—Vale —dijo Theo, repentinamente más ecuánime—. Lo reconozco. Estás ganándote la vida. Dime, ¿qué edad tienen los hijos de Alice?

—Jemima tiene quince años y...

—¡Quince! Pero por Dios, Mungo, casi tiene tu edad. No puedes estar hablando en serio. Es imposible.

—Te hablo absolutamente en serio. Quiero a Alice.

—¿E imagino que ella te quiere a ti?

—Sí. Ha aceptado casarse conmigo.

—¡Casarse contigo! Pero por Dios, Mungo, ¿de qué estás hablando? ¡El matrimonio! ¿Desde cuándo conoces a esa mujer?

—Desde Año Nuevo.

—Vaya, hace un montón de tiempo. Madre mía, eres más chiquillo de lo que pensaba. ¿A qué juegas?

—No juego a nada —dijo Mungo haciendo un esfuerzo titánico para no gritar—. Voy muy en serio. Y trato de actuar como una persona responsable.

—Oye —dijo Theo sentándose sobre el muro y esforzándose en controlarse—. Mungo, ¿qué prisa hay? ¿Quieres decírmelo? ¿Por qué tienes que casarte con esta... persona? Estoy seguro de que es encantadora, pero seis meses no me parecen suficientes. ¿Por qué no te limitas... a disfrutar de la relación mientras dure? ¿Por qué tienes que casarte con ella? Es un disparate.

—Pues tú lo haces siempre —dijo Mungo—. Te casas con todas. Por muy disparatado que sea.

En cuanto hubo pronunciado aquella frase empezaron a temblarle las piernas, porque sabía a qué conduciría. Había muchas cosas que encolerizaban a Theo, pero tener que enfrentarse con sus verdades era la peor de las provocaciones. Mungo recordó que una vez, de pequeño, su padre le pegó una bofetada por decirle que comía demasiado y que por eso estaba tan gordo. Aunque los amigos de Theo se amoldaban con facilidad a las confortables mentiras sobre las que se asentaba su vida.

Pero aquella vez, Theo no parecía dispuesto a pegarle, ni siquiera a gritarle. Se limitó a mirarlo con infinita tristeza y le dijo:

—Sí, y a veces es una decisión errónea.

Mungo permaneció silencioso y notó que el estómago se le crispaba; menos mal que Sasha había regresado al hotel.

—Y no me refiero a Sasha —dijo Theo—, por si estabas pensando en eso. Mungo, por favor, espera. Espera un poco. Porque por ejemplo, ¿has pensado en que algún día querrás hijos? Y si tu Alice tiene...

—Pues claro que lo he pensado —dijo Mungo sintiendo que la rabia lo invadía de nuevo—, y no veo dónde está el problema; Alice todavía puede tener hijos. Se lo han dicho los médicos. No entiendo por qué te cuesta tanto respetarme; respetar mis decisiones, mis deseos... Alice es una mujer... bueno, es alguien muy especial. Y voy a casarme con ella, en cuanto pueda.

Cayó un silencio plúmbeo.

—Mungo —dijo Theo al cabo de un rato—, no puedes hacerlo. No puedes.

—Papá, sí puedo. No puedes impedírmelo.

—Bueno —dijo Theo—, quizá no. Pero lo intentaré. No puedo aceptar ni aceptaré que cometas semejante locura.

—No es una locura.

—Es una locura por parte de los dos. Y me pregunto lo influenciada que estará esta mujer...

—Se llama Alice.

—Vale. Pues lo influenciada que estará Alice por tu situación.

—¿Qué situación?

—Oh, Mungo. No seas tan ingenuo. Eres un joven inmensamente rico. Un partidazo...

—Papá —dijo Mungo—. No sigas. No insultes a Alice. Estoy enamorado de ella y ella lo está de mí.

—¿De veras? —dijo Theo con una expresión muy extraña.

—Sí, de veras. Aunque imagino que debe parecerte incomprensible, por supuesto, porque siendo tan rematadamente egoísta y egocéntrico no debes de haberlo experimentado nunca. Tú tienes que comprar a tus esposas.

—Mungo —dijo Theo en voz muy baja—, te aconsejo que seas prudente con lo que dices.

—No seré prudente porque al parecer no quieres entenderlo. Yo no tengo que comprar a Alice; va a casarse conmigo porque me quiere. Y para demostrártelo, no voy a aceptar ni un penique más de ti mientras viva. Me ganaré la vida como pueda, con ayuda de Alice. Y te diré algo más, me alegro. Me he pasado la vida aguantando tu prepotencia y que todos los que me rodean me repitan una y otra vez la suerte que tengo, lo afortunado que soy. Bueno, pues se acabó, porque a partir de ahora me espabilaré sin tu ayuda. Y no sabes el inmenso alivio que me produce. Será mejor que recuerdes esta conversación, papá, porque es la última que mantendremos. Y ahora me voy a Londres y no pienso regresar.

—Muy bien —dijo Theo con calma—. Estupendo. Adiós, Mungo. Si ves a Sasha dile que la espero aquí, ¿quieres?

—Encárgate tú mismo de transmitir tus recados.

Estaba en la recepción, con la maleta en la mano, cuando recordó que no tenía coche. Bueno, no importaba. Llamaría a un taxi. Era un contratiempo, porque lo retrasaría todo, pero nada más. Por otra parte, no le apetecía esperar en el hotel y tropezar de nuevo con su padre. Sería mejor ir a tomar el tren a Oxford; le pediría a Brian que lo condujera a la estación. Estaba a punto de pedírselo cuando cayó en la cuenta de que iba a hacer exactamente lo que su padre había previsto; es decir, echar mano de los infinitos recursos que siempre había tenido a su alcance. Bien, nada de Brian. Tomaría un taxi. Cogió la maleta y cuando salía del hotel recordó la factura. No estaba dispuesto a darle a su padre la satisfacción de pagarla de su bolsillo. Regresó a la recepción y pidió que le prepararan la cuenta.

—Ahora mismo, señor Buchan. —La chica iba vestida con un traje de chaqueta rojo muy serio y una blusa rayada muy cerrada que discordaban con su melena aleonada y muy rizada y su espeso maquillaje. Se puso a teclear el ordenador con aire importante; al cabo de unos segundos se oyó el ruido de la impresora y el crujir del papel. Mientras esperaba y trataba de apaciguarse tras la acalorada discusión con su padre, oyó una llamada en la centralita.

—Hotel Royal de Woodstock, ¿en qué puedo ayudarle? —dijo la chica tendiendo la factura a Mungo con una sonrisa afectada. (Trescientas ochenta libras. Joder, debía ser un error; no había pernoctado en el hotel más que veinticuatro horas)—. Creo que está en el jardín. Intentaré pasárselo. ¿De parte de quién, por favor? —Miró otra vez a Mungo y le preguntó—. Su padre sigue en el jardín, ¿verdad, señor Buchan?

—Sí, creo que sí —dijo Mungo—, cerca de las pistas de tenis.

—Señorita Forrest, si no le importa esperar un momento voy a...

—Ah, espere, páseme la llamada —dijo Mungo, animado al pensar en poder contar lo sucedido a Harriet—. Dígale que soy yo. De todas formas, tenía que hablar con ella.

—Bien... Señorita Forrest, tengo al hijo del señor Buchan aquí delante, ¿quiere hablar con él? Ah, ya veo. De acuerdo. Bueno, si espera un momento, mandaré que lo avisen. —Miró a Mungo con rostro perfectamente impasible y le dijo—: Lo siento, señor Buchan, pero me ha especificado que era con su padre con quien quería hablar.

—Ah, bueno —dijo Mungo—, vale, vale. —Se sintió muy dolido—. Esto... esta factura. No entiendo por qué sube tanto...

—Bueno, si quiere se la desgloso —dijo la chica, siempre imperturbable—. Esto es la habitación, claro; ciento ochenta libras. Luego está su almuerzo de ayer con su amigo; setenta libras contando los vinos. Luego, el bar de anoche; treinta libras. Y las dos botellas de champán que mandó subir a su habitación, sesenta libras, y luego...

—Sí, sí, claro —dijo Mungo tendiéndole su tarjeta Amex Oro—. Perdone. Está bien. Bueno, me voy a Oxford —añadió, sin saber por qué sentía la necesidad de comunicárselo.

—¿Quiere que avise a un taxi, señor Buchan? No tardará más de tres minutos.

—Ah... sí, sí, sería muy amable.

Volvió a sentarse y se dedicó a hojear un ejemplar de *The Field*. La chica seguía atareada frente a la centralita recibiendo y pasando llamadas, y anotando mensajes; y al cabo de unos minutos la oyó decir: «Lo siento, señorita Forrest, no lo encontramos. ¿Quiere que le deje dicho que la llame? Ya veo. Bueno, muy bien. Inténtelo dentro de media hora.»

¿Qué diablos hacía Harriet? Era inaudito que se negara a hablar con él y a que Theo la llamara. Aunque bueno, andaban todos un poco desquiciados y nadie se comportaba con mucha normalidad; si Cressida... De pronto se le heló la sangre en las venas. Se levantó y se dirigió hacia el tablero de la recepción.

—Perdone —dijo—, cuando la señorita Forrest ha llamado preguntando por mi padre, ¿ha mencionado su nombre o sólo ha dicho señorita Forrest?

—Oh, no —dijo la chica, y Mungo se dio cuenta de la estupidez de su pregunta, puesto que el personal del hotel ya debía haberse enterado de la desaparición de Cressida. Lo normal hubiera sido que la telefonista, al oír su nombre, reaccionara—. No, sólo señorita Forrest.

—¿Y no sabe de dónde procedía la llamada?

—No, mucho me temo que no. Cuando son llamadas directas nos es imposible saberlo.

—Ya, ya, claro. ¿Y se oía bien?

—Sí, muy bien.

—Ya. Bueno, da igual... no se preocupe. ¿Le importa que haga una llamada?

—No, en absoluto. Vaya a aquella cabina. Le paso la línea.

Entró en la cabina, marcó el número de Court House y, con el corazón en un puño, esperó a que alguien descolgara. La probabilidad era ínfima, pero valía la pena verificarla. No hacerlo habría sido una irresponsabilidad.

—Wedbourne 356. James Forrest al aparato.

—James, soy Mungo. ¿Puedes pasarme a Harriet, por favor?

—Sí, claro. Ahora la aviso.

Hubo un dilatado silencio y luego oyó la voz de Harriet.

—Hola, Mungo.

—Ah, o sea que ahora sí aceptas hablar conmigo, ¿eh? —dijo con tono anodino, por temor a propiciar un drama antes de que fuera necesario.

—¿Cómo? ¿Qué dices, Mungo?

—¿No acabas de llamar para hablar con mi padre?

—No, por supuesto que no.

—Bueno, pues entonces era Cressida.

—No te entiendo.

—Acaba de llamar una persona diciendo que era la señorita Forrest. Creía que eras tú.

272

—Mierda. ¿Y no ha querido hablar contigo?

—No. Y como no han encontrado a papá, ha colgado. Pero ha dicho que volvería a llamar.

—Dios mío, Mungo, y ahora ¿qué hacemos? —dijo Harriet en voz muy baja—. Qué horror no haber podido hablar con ella... Tenerla tan cerca y al mismo tiempo tan lejos. ¿Y si buscas a tu padre y hablas con él? Debe saber algo, seguro.

—Bueno... va a ser un poco difícil porque acabamos de tener una bronca espantosa.

—¿Por qué? ¿Se ha ido a Londres?

—No, me parece que sigue aquí. Pero la bronca ha sido de órdago.

—¿A santo de qué?

—Oh... ya te contaré cuando nos veamos.

—Bueno, me parece que esto es más importante. Aquí también han llegado noticias increíbles. Te lo cuento luego.

—Bueno...

—Oye, Mungo... mira, salgo ahora mismo. Pero no les diré nada, para que no se hagan ilusiones. Les daré cualquier excusa, ¿vale?

—Sí, sí. Vale. Lo que pasa es que... en realidad me iba a Londres.

—Mungo, no puedes irte. Y menos ahora. ¿No puedes esperar?

—Sí —dijo Mungo—, sí, claro que puedo esperar.

Alice lo entendió muy bien. Mungo le explicó que todavía no podía irse porque iban a reunirse todos con el fin de decidir qué hacer con lo de Cressida.

—Ah, y le he contado lo nuestro.

—¿Lo nuestro?

—Que quiero casarme contigo.

Hubo una pausa silenciosa y luego Alice preguntó:

—¿Y?

—Pues que no lo ha encajado muy bien, mucho me temo.

—Bueno... no me extraña. Mungo, no deberías haberte precipitado. Deberías haber ido acostumbrándolo a la idea poco a poco.

—No podía. Quería decírselo. Quiero decírselo a todo el mundo. Bueno, ahora ya está hecho. Y deseo que nos casemos cuanto antes.

—Bueno... sí.

—También tú lo deseas, ¿no?

—Sí, claro que lo deseo. Sí, pronto. Cuando dices que no lo ha encajado muy bien, ¿a qué te refieres?

—Bueno, pues que ha montado un numerazo. Pero él es así. Como una criatura. Dice lo mismo de mí, pero él es peor. En cualquier caso, le he dicho que en lo que a mí respecta, hemos terminado. No quiero volver a verlo, ni tener nada que ver con él, ni aceptar nada suyo. Cree que seré incapaz de arreglármelas sin su ayuda, pero lo conseguiré. Estoy harto de comer de su mano y de tener que estarle constantemente agradecido. Y además, Alice, es una oportunidad inmejorable para demostrármelo a mí mismo. Con tu ayuda. Y una idea que me gusta mucho. Como si volviera a empezar.

—Bueno —dijo Alice con su voz reposada—. Estoy segura de que ninguno de los dos queríais enfadaros de verdad y de que haréis las paces dentro de nada.

—Alice, sí queríamos, los dos. Y, como acabo de decirte, me alegro. No aceptaré más sus donativos.

—Donativo no me parece la palabra adecuada, Mungo. Es tu padre.

—Él lo considera un donativo, te lo digo yo. Un donativo muy generoso que ya no estoy dispuesto a aceptar.

—Bueno —dijo Alice sosegadamente—, bueno, ya veremos.

—Alice, no hay nada que ver. Veo que lo que te cuento te intranquiliza mucho. Si...

—Pues claro que estoy intranquila. Pero sólo por ti. Me parece... una lástima.

—Pues no lo es. Mi padre es un monstruo. Y lo de espabilarme yo solo me parece muy estimulante. Un reto. Y además, ¿qué importancia tiene que pague el alquiler de mi oficina y me preste su avioneta particular? ¿Para qué lo necesito? Para nada. Si quieres, podemos casarnos el próximo fin de semana. Es más, creo que sería lo más sensato. Bueno, en cualquier caso nos veremos mañana, porque esta noche no creo que pueda ir. Aunque podré llamarte, ¿no? ¿A cualquier hora?

—Pues claro que puedes. Hasta las diez. Es que estoy muy cansada; he tenido un día agotador en la oficina.

—Pobrecilla mía. Bueno, dentro de poco podrás dejarlo.

—Sí —dijo Alice—, sí, claro. Adiós, Mungo.

—Adiós, cariño.

No sabía muy bien con qué distraerse hasta la llegada de Harriet; y lo que no quería era cruzarse con su padre. Fue al bar y vio a Sasha, sola en la barra, bebiendo champán y ho-

jeando un *Tatler*; se había puesto un traje de seda azul brillante con una falda muy corta por la que asomaban sus piernas, muy bronceadas y sin medias. Realmente despampanante,
pensó Mungo; si Alice no hubiera existido se habría encapri-
chado seriamente de ella.

—Hola, Sasha.

—Hola, Mungo. ¿Estás... bien?

—Oh, sí —dijo él sonriéndole—. Muy bien. Lo siento por
la escena...

—A mí me ha sabido muy mal por ti, Mungo, pero...

—No hablemos de eso. ¿Qué planes tienes?

—¿A largo plazo? ¿O ahora mismo?

—Ahora mismo —dijo Mungo, ligeramente sorprendido de
que Sasha pudiera tener algo tan impresionante como planes
a largo plazo.

—Oh, creo que cenaremos pronto. Y luego iremos a ver a
los Forrest. Theo opina que deberíamos hacerles compañía.

—Harriet está viniendo hacia acá —dijo Mungo. Notó que
Sasha se ponía algo rígida y la miró con interés—. No te gusta
mucho Harriet, ¿verdad?

—Sí, pues claro que sí —dijo Sasha brevemente—. Es divertida.

—¿Pero prefieres a Cressida?

Sasha lo miró con expresión meditabunda, como si deba-
tiera algo consigo misma, y luego dijo:

—Entre tú y yo, Mungo, no soporto a Cressida.

—¿No soportas a Cressida? ¿Y por qué?

—Porque la encuentro tortuosa y manipuladora. Y a mí me
hizo una trastada de miedo.

—¿Qué?

—De momento no puedo decírtelo. Pero lo hizo con mucha saña. Me pareció increíble. Todavía hoy me cuesta
creerlo.

—Sasha, no puedes hacerme eso —dijo Mungo—. No puedes echarme unos bocaditos tentadores para que babee y declarar a continuación que el banquete ha terminado.

—Lo siento, Mungo. No puedo decirte más. Algún
día quizá. Es más, ya he hablado demasiado. Se me ha escapado.

—Me parece —dijo Mungo tras decidir que Sasha era de
fiar y que si se sinceraba con ella quizá alentaría más revelaciones— que acaba de llamar.

—¿De llamar? ¿Cressida ha llamado aquí?

—Sí. Preguntando por papá. No ha querido hablar conmigo. Pero no lo han encontrado y yo me he dado cuenta de

que era ella cuando ya había colgado. Pensé que era Harriet.
¿Sabes dónde está?

—Ha salido a dar un paseo. Un paseo largo, me ha dicho.

—Hmmm. Para meditar acerca de la incompetencia y la in-
gratitud de su hijo benjamín, probablemente.

—Mungo, te quiere mucho. No debes dejarte impresionar.
Y además, ya sabes que luego se arrepiente.

—Sasha, me importa un bledo si se arrepiente o no. Yo estoy encantado.

—¿Cómo dices?

—Que estoy absolutamente decidido a salir del paso sin su
ayuda. No quiero tener nada que ver con él. Ni con su asqueroso dinero. No lo necesito.

—Mungo...

—Y no trates de convencerme de lo contrario, anda, sé
buena chica.

—Mungo —dijo Sasha suavemente—, odio que me hablen
así.

—¿Cómo?

—Con ese tono paternalista. No lo hagas, por favor.

—Perdona —dijo Mungo. De pronto, Sasha le pareció muy
enrevesada.

Theo y Harriet llegaron casi al mismo tiempo. Se saludaron
con una seña y una sonrisa breve; parecían amoscados. Theo
debía de haber pretendido explicar a Harriet cómo llevar su
negocio, imaginó Mungo; como si necesitara aquel tipo de
consejo...

Theo saludó a Mungo con igual parquedad.

—Creía que te habías ido.

—Cressida te ha llamado.

—¿Qué quieres decir con que me ha llamado? ¿Por qué no
me lo han dicho?

—Han estado buscándote, pero habías desaparecido.

—Pero por Dios —dijo Theo—, no deben haberme buscado
mucho. ¿Por qué no has venido a avisarme, Sasha?

—Nos hemos dado cuenta de que era ella cuando ya había
colgado —dijo Mungo—. Pero volverá a llamar. Dentro de pocos minutos, por cierto.

—Y hay algo más —dijo Harriet—, algo totalmente ines-
perado y que tenéis que saber. Al parecer, está...

—Oh, Theo —dijo de pronto Sasha con una expresión
dulce y cuidadosamente contrita—. Perdona que te inte-
rrumpa, Harriet, lo siento mucho; Theo, con tanto ajetreo casi

lo olvido. ¿Podrías llamar a Mark? Ha dicho que era muy urgente. Urgentísimo. He salido a buscarte pero... —Su voz se desvaneció.

Mungo la miró con asombro. La mujer sosegada y tranquila que había encontrado media hora antes en la barra del bar leyendo un *Tatler* y bebiendo champán no le había dado la impresión de estar muy ansiosa por transmitir un mensaje urgentísimo a su marido; de pronto, la quinta señora Buchan se le antojó muy misteriosa. Y hasta le asaltó la duda de si sabría algo más en relación a la fuga de Cressida.

—¡Pero por todos los santos! ¿Cuándo? —dijo Theo—. ¿Cuándo ha llamado? Con las pocas cosas que tienes que recordar, Sasha, te rogaría... mira, subo a llamarlo. Si Cressida llama, que interrumpan mi comunicación y me la pasen. ¿De acuerdo?

—De acuerdo —dijo Harriet con una expresión curiosa.

Theo se fue; se sentaron y, sin mirarse, se dedicaron a picotear cacahuetes con frenesí. Mungo tuvo la sensación, y no por primera vez, de estar metido en una película de suspense.

—Al parecer —dijo Harriet bruscamente, y Mungo no olvidaría nunca la forma casi distraída con que dejó caer la bomba entre bocado y bocado—, Cressida estaba embarazada.

—Les dedicó una sonrisa radiante y se sacudió unos granos de sal de sus pantalones cortos azul marino. Sasha y Mungo la miraron boquiabiertos.

—Bueno —dijo finalmente Sasha—, no es la primera novia que se casa embarazada. En mi tierra, casarse sin estar embarazada está muy mal considerado.

Harriet la miró con una sonrisa vacilante.

—Sí, claro —dijo educadamente—. Quiero decir, no, claro que no lo es. Pero es que... bueno...

—No pega mucho con Cressida.

Aquella noticia, curiosamente, dejó a Mungo pasmado. Sabía que era absurdo, pero no pudo evitarlo. Sasha tenía toda la razón, por supuesto, cuando decía que no era una cosa inhabitual. Y tampoco era anormal que Cressida, tan dulce, tímida y absolutamente convencional, no llegara virgen al altar; pero ¿embarazada? Pensó en el drama de la noche anterior y en Oliver y trató de encajarlo con aquella noticia. Pero no encajaba. Nada encajaba.

—Harriet, ¿y tú cómo lo sabes? —preguntó Sasha—. ¿Quién te lo ha dicho y cuándo?

—Nos lo ha dicho Oliver —dijo Harriet sin darle importancia—, hará una hora.

—Ya veo —dijo Sasha arqueando sus preciosas cejas y con

tono apagado—. Pobre Oliver. Este asunto está poniéndose cada vez más feo, ¿no?

—Sí —dijo Harriet—. Sí. Pobre Oliver —añadió amablemente, aunque de pronto pareció presa de impaciencia.

—¿Y cómo han reaccionado los demás al oír esta revelación? —preguntó Mungo. Trató de imaginar a Julia, a Maggie—. ¿Les ha parecido muy chocante?

—Bueno, en realidad no ha dado tiempo —dijo Harriet—. Porque acababa de anunciárnoslo cuando tú has llamado. Y me he venido para acá. Aunque habrá caído como una bomba, imagino.

Siguieron sentados, muy turbados aunque sin saber por qué. Y de pronto Harriet se alzó; fue un gesto muy enérgico, como si acabara de tomar una decisión y fuera a ponerla en práctica.

—Perdonadme —dijo, y se dirigió a la recepción; Mungo la siguió.

—Si llama mi hermana preguntando por el señor Buchan, ¿le molestaría pasármela? —dijo Harriet a la recepcionista—. Es muy importante.

La chica la miró dubitativa.

—Bueno, es que antes ha insistido mucho, señorita Forrest. Quería hablar con...

—Mire —dijo Harriet—. Antes yo no estaba. Es mi hermana. Necesito hablar con ella. Luego se la pasa al señor Buchan y listo.

—Harry —dijo Mungo—, Harry, no me parece una buena idea. Es una situación muy delicada. ¿Por qué no dejas que Cressida hable con papá? Es lo que quiere.

—Mira, Mungo —dijo Harriet con las facciones tensas y voz trémula—. Perdona, pero considero que no es asunto tuyo. Cressida aceptará hablar conmigo. Pues claro que aceptará. Es mi hermana, caramba. Ella no sabe que estoy aquí. Si lo supiera, ya habría preguntado por mí. —Tenía el rostro muy pálido y los ojos enormes y sombríos.

Mungo dudó un momento y luego dijo:

—Harriet, lo siento, siento mucho decírtelo, pero si hubiera querido hablar contigo, te habría llamado a casa. A Court House. ¿No crees?

—No, no lo creo —dijo Harriet con voz gélida—. Pues claro que no lo habría hecho, porque podría haber descolgado papá, mamá, o cualquiera. Y ahora, por favor, Mungo, no te ocupes más de esto. De veras, no es asunto tuyo.

Mungo se encogió de hombros y regresó al bar. La terquedad de Harriet y su ciega obcecación en pos de lo que ella creía más adecuado eran legendarias. Era inútil tratar de convencerla de lo contrario.

Sasha levantó los ojos y enarcó las cejas.

—¿Algún problema?

—Todavía no —dijo Mungo—. ¿Te apetece otra copa, Sasha?

—No, gracias —dijo Sasha—. Tengo que estar lúcida durante el próximo par de horas.

Mungo iba a preguntarle a Sasha para qué necesitaba estar lúcida si no era para decidir qué ponerse para cenar, cuando apareció Harriet. Los miró con una sonrisa débil, se sentó y empezó a manosear la cadenita de oro que siempre llevaba en la muñeca. No dijo nada. Mungo la miró y supo lo que había pasado. Le puso la mano sobre el brazo, se lo palmeó suavemente y le propuso una copa. Harriet negó con la cabeza con poca energía.

Y en aquel momento Theo regresó al bar con aspecto extrañamente risueño. Quizá Cressida había vuelto a llamar, pensó Mungo con gran alivio; quizá había hablado con él y le había dicho dónde estaba. Quizá no era más que un pequeño incidente, un ligero malestar o una crisis personal pasajera que ya había solucionado.

—¿Ninguna noticia de Cressida, entonces? —dijo Theo—. Maldito Mark, ha salido a cenar, y no podré localizarlo hasta dentro de una hora. Será mejor que nos tomemos otra copa y esperemos la llamada de Cressida. ¿Por qué no subimos todos a mi habitación, cariño? Estaremos mucho mejor allí.

Mungo no veía a Harriet, pero notó que daba un paso adelante y que luego retrocedía, como una respuesta inconsciente ¿a qué? Luego dirigió sus ojos hacia Sasha y vio que también ella observaba a Harriet con un brillo muy extraño en sus enormes ojos azules; fue una mirada pensativa, recelosa y de alguna forma compasiva. ¿Por qué? ¿Qué estaba sucediendo? En ese momento, visiblemente preparada para librar batalla, Harriet se puso en pie, se encaró con Theo y dijo:

—Theo, lo siento, he hecho un estropicio.

—¿Ah, sí? —respondió él con ligereza, aunque con un ribete de irritación—. Qué extraño en ti. ¿De qué se trata esta vez?

—Cressida ha llamado —dijo Harriet con mucha calma—. He cogido yo la llamada.

—¿Cómo dices? —preguntó Theo—. ¿Que has cogido la llamada? Pero si era para mí, había dado órdenes estrictas para que me la pasaran.

—Sí, eso ya lo sé, Theo, pero estaba convencida... bueno,

creía que Cressida querría hablar conmigo. Y además tú comunicabas —añadió con un brillo desafiante en los ojos—, y no habría esperado. Es obvio.

—Pues no veo por qué —dijo Theo—. Pero da igual, sigue. Has cogido mi llamada y luego, ¿qué ha sucedido?

—Bueno, pues que... me ha dicho...

—Harriet, unas pocas palabras bastarían —dijo Theo con una sonrisa glacial. Y añadió con voz pastosa—: Trata de hilvanarlas correctamente para que te entendamos.

—Ha colgado —dijo Harriet—. Le he dicho que era yo y me ha colgado.

—¿Y luego?

—Bueno, y luego nada.

—¿Nada de nada?

—No.

—¿De dónde está, de cómo está, de si quiere que hagamos algo?

—No.

—Maldita insensata —dijo Theo en voz baja—. Maldita insensata arrogante.

—Pensaba —dijo Harriet con una mirada totalmente inexpresiva— que sería mejor. Pensaba que aceptaría hablar conmigo.

—¿Ah, sí? Has pensado eso, ¿eh? Pensabas... O sea que coges mi llamada, te saltas mis órdenes a la torera y te metes en mis asuntos porque pensabas. Bien, pues no pensabas, Harriet, ¿verdad? En realidad, no has pensado en absoluto.

Dios mío, pensó Mungo, era increíble cómo trataba su padre a la gente, a personas adultas; como si no fueran más que unos estúpidos incompetentes, pero unos estúpidos incompetentes que le pertenecieran y que le debieran respeto, obediencia, lealtad. Aquella actitud, pensó Mungo, podía excusarse cuando estos adultos eran sus hijos, sus empleados, e incluso, hasta cierto punto, sus mujeres; pero tratar de aquella forma a alguien como Harriet, sobre quien no tenía la menor autoridad, era sencillamente una afrenta. Harriet seguía tragando la animosidad, el menosprecio, el —¿cómo podría llamarlo?— absoluto desafecto, y Mungo se preguntó por qué lo aguantaba, por qué no se daba la vuelta y se largaba, por qué no reaccionaba y ponía punto final a lo que a todas luces era una humillación pública. Pero no lo hizo.

—Lo siento —dijo.

—Sí, bueno, eso ya lo supongo. Desgraciadamente, tu pesar no nos va a servir de gran cosa. Será posible, Harriet, podría haber estado en peligro, metida en un apuro, herida, enferma, qué sé yo. Y me llama para pedir socorro, a su manera, y tú vas y te metes por medio con tu maldita e insensata arrogancia y la desarmas. No te entiendo, cada día te entiendo menos.

—Eso ya lo sé —dijo Harriet quedamente. A Mungo se le antojó una respuesta un tanto extemporánea; y luego, aunque confusamente, también le pareció formulada de tal forma que, a pesar del berrinche de su padre y de la actitud desafiante de Harriet, parecía sugerir la existencia de una extraña intimidad y de una corriente emotiva subterránea entre los dos que no pudo y no quiso analizar.

—Bueno —dijo Theo—, supongo que aquí termina todo. No volverá a llamar. Le dará miedo volver a hacerlo. Será mejor que vuelvas junto a tu familia, Harriet, y les cuentes lo que ha pasado; que teníamos una oportunidad para ayudarla y enterarnos de su paradero y que lo has echado todo a perder. No sé si estarán muy satisfechos de ti, pero creo que tienes que hacerlo. Yo me voy arriba; tengo otras llamadas pendientes. Sasha, será mejor que me acompañes. Y ahora, Harriet, si al pasar delante de la centralita hay alguna llamada para mí, te agradecería que te abstuvieras de cogerla. Será mucho mejor. En cuanto a ti, Mungo, puedes hacer lo que te dé la gana. Me importa un bledo.

—Es extremadamente generoso por tu parte —dijo Mungo con tono glacial.

Sasha se levantó. Parecía terriblemente abatida. Alargó brevemente el brazo para acariciar el de Harriet y luego salió del bar detrás de Theo. Mungo se acercó rápidamente a Harriet y le dio un abrazo fuerte.

—Lo siento mucho —dijo—, es un hijo de puta. No tiene ningún derecho a hablarte de esa forma.

—Oh, sí lo tiene Mungo —dijo Harriet con un suspiro cuajado de lágrimas—. Está en todo su derecho de hablarme como lo ha hecho. No imaginas hasta qué punto.

CAPÍTULO 16

THEO, SIETE DE LA TARDE

—Te has comportado de una forma vergonzosa —dijo Sasha. Acababa de cerrar la puerta; se apoyó contra ella y lo miró fijamente—. Absolutamente vergonzosa. Pobre Harriet.

—Me sabe muy mal que lo interpretes de esta forma —dijo Theo—. Yo, personalmente, creo que ha sido Harriet quien ha tenido un comportamiento vergonzoso, como dices tú, prepotente y desconsiderado.

—Sí, Theo, ya te he oído. Te hemos oído todos. El hotel entero te habrá oído, imagino. Maldita e insensata arrogancia, creo que ha sido tu frase precisa. Muy delicado.

Theo la miró. Volvía a sentirse desorientado y el talante de Sasha no parecía muy conciliador.

—Te agradecería que te guardaras tus críticas —dijo—. Lo que ha hecho Harriet es inimaginable; es más, vistos los resultados, es incluso desastroso. En eso estarás de acuerdo, ¿no? —Se dirigió a la bandeja de los licores, se sirvió un gran whisky y encendió un puro.

—Me parece que desastroso es una palabra un poco exagerada. Desafortunado, quizá, pero nada más.

Theo sintió que la irritación volvía a apoderarse de él; dio una chupada a su puro y la miró a través del humo.

—Sasha, no sé si te das cuenta del alcance exacto de lo que ha sucedido hoy, porque...

—Theo, me doy perfecta cuenta. Cressida se ha fugado porque no quería casarse con Oliver, así que se ha quitado de enmedio. Y es obvio que estaba planeándolo desde hacía tiempo.

—¿Por qué dices eso?

—Bueno, pues porque está clarísimo: el permiso de vuelo, la carta...

—Sasha, no sabes lo que dices. Pues claro que no lo había planeado. Algo la ha forzado a hacerlo en el último minuto...

—O alguien...

—¿Qué quieres decir con eso de alguien?

—Pues que creo que hay alguien más —dijo Sasha—. Creo que está enamorada de otra persona. ¿Sabías que estaba embarazada?

Aquellas palabras le llegaron como un puñetazo en el estómago; dejó el vaso sobre la mesa y la miró fijamente.

—¿Embarazada? Pues claro que no está embarazada.

—Sí lo está —dijo Sasha tranquilamente—. Nos lo ha dicho Harriet justo antes de tu rabieta.

—Sasha, no me hables de esa forma, por favor.

—Theo, te hablaré como me dé la gana.

Theo la miró; de pronto le parecía una extraña, una extraña que empezaba a desagradarle. Se aferró a lo importante con un inusitado esfuerzo.

—Vale, pues estaba embarazada. Muchas novias se casan...

—Sí, pero imagina que el niño no sea de Oliver...

—Oh, no seas absurda. ¿Por qué carajo no iba a ser de Oliver?

—¿Y por qué carajo tendría que serlo? De hecho, no ha querido casarse con él.

—Sasha, ¿sabes más cosas relacionadas con este asunto? Pareces muy bien informada.

—No sé más que tú, Theo. Pero ya sabes, la intuición femenina...

—Ah —dijo él—, eso...

—Sí, eso. Y da la casualidad de que me fío mucho de ella. Y del sentido común. Si reflexionaras un poco, Theo, me parece que llegarías a la conclusión de que ese niño es de otro hombre.

—¿Y de quién supones que es?

—Eso, Theo, no lo sé. Acabo de enterarme. Oliver lo ha anunciado justo antes de que Harriet se viniera para aquí.

—Es una lástima que no se haya quedado allí —dijo Theo con voz grave. Le costaba admitir que la teoría de Sasha era bastante atinada y que estaba profundamente chocado y turbado. Cressida liada con otra persona —y al parecer, bastante seriamente— cuando estaba prometida y tenía que casarse con Oliver. Cressida, a quien conocía desde que era una niñita preciosa metida dentro de una cuna en Court House. Y de pronto lo recordó; se vio sonriendo a la niña y con un brazo sobre los hombros de Maggie. Y seguidamente Maggie le pidió que aceptara ser el padrino, y él respondió...

—No soy la persona más adecuada para ser el padrino de nadie, Maggie —dijo—. Disoluto, amoral, lo que tú quieras...

—Me da igual. Quiero que seas su padrino —dijo Maggie—. Además, harás muy bien todo lo demás; regalos preciosos, fiestas estupendas...

Theo no pudo impedir soltar una carcajada.

—Por encima de todo el pragmatismo, ¿eh, Maggie?

—Sí —dijo ella—, sí, efectivamente. —Y de pronto se echó a llorar.

—Oye —dijo Theo—, ¿pero esto qué es? ¿La depresión posnatal?

—No —dijo ella—. La depresión a secas. —Y luego buscó sus ojos y le dijo—. Tú sabes por qué se casó conmigo, ¿verdad, Theo?

—Sí —dijo Theo—, sí, claro que sí. Porque te quiere. Por eso.

—No —dijo Maggie—, no, Theo, eso no es cierto. Se casó conmigo para congraciarse con mi padre y heredar su consulta y todo lo demás.

—Maggie, no digas disparates —dijo Theo, sintiendo que el pánico se apoderaba de él—. Un disparate total. Jamie te quiere mucho. Quería casarse contigo. Y es muy feliz. Formáis una pareja estupenda con dos niñas preciosas, una carrera muy próspera, esta casa maravillosa...

—Sí, pero sin amor —dijo Maggie—. Sin el más mínimo atisbo de amor. Bueno, yo sí lo quiero, pero él no. No, Theo, no mientas, te agradecería que al menos fueras honesto. Me sentiría mejor, menos humillada. Últimamente tengo la sensación de que existe una especie de conspiración entre tú...

—Oh, Maggie —dijo Theo abrazándola con todas sus fuerzas—. Maggie, no hay tal conspiración. Te lo juro. Y lo que sí te aseguro es que yo te quiero mucho.

—Bueno —respondió ella—, ya es algo. Theo, no imaginas lo duro que es acostumbrarte a la idea de que fuiste escogida sólo por tu dote. Fue eso, ¿sabes? Mi dote. El trabajo en St. Edmund. Oh, estoy segura de que me tiene cariño. Lo sé. Pero no me quiere. No como lo quiero yo. No me escogió por las... razones normales. —Le tembló la voz y trató de sonreír—. Y eso es duro, Theo, muy duro.

—Bueno —respondió él cautelosamente, consciente de que no podía darle una respuesta deshonesta y, por lo tanto, insultante—, bueno, quizá hay algo de verdad en ello. Pero sé que su mundo gira en torno al tuyo, Maggie. Te quiere. En aquel momento quizá no era un sentimiento muy apasionado. Pero conozco a James desde hace tiempo, y sé cuándo es feliz ese viejo zopenco. Te aseguro que ahora es feliz y está satisfecho; por Dios, Maggie, ¿acaso no es eso el matrimonio?

—Sí —dijo ella con un profundo suspiro—. Pero hay que ser feliz y estar satisfecho, ¿no es cierto? Y yo no lo estoy. —Calló y al cabo de un rato añadió—: De todas formas, no voy a darme por vencida. Con mi matrimonio, me refiero. De alguna forma he conseguido lo que deseaba. Y Cressida es un símbolo de ello.

—¿Por qué? —le preguntó interesado—. ¿Por qué dices eso?

—Oh, porque un día, hará unos nueve meses, le dije que sabía por qué se había casado conmigo. Y que a pesar de ello conseguiría que nuestro matrimonio funcionara. Y James lloró y dijo que haría lo que fuera para hacerse perdonar. Y aquella misma noche, Cressida fue concebida. Así que ya entiendes lo especial que es esta criatura para mí, ¿no?

—Sí —respondió Theo—, sí, Maggie, lo entiendo.

Y al parecer, veinticinco años más tarde, Cressida seguía siendo un símbolo. Un símbolo de deslealtad, de falsedad y de infidelidad amorosa, es decir, de todos los atributos que su padre había demostrado encarnar cada día de su vida. Theo se estremeció. Miró a Sasha y su expresión debió de revelar sus pensamientos, porque ésta se acercó a él y le besó suavemente los labios.

—Pobre Theo —dijo—, pareces preocupado. Lo siento.

—Bueno —dijo él—, es inútil hacer conjeturas.

—Sí, en efecto.

—Y ayer, cuando habló contigo, ¿no te dio ninguna pista? ¿No te comentó si estaba asustada o ansiosa... embarazada?

—Ni la más mínima. Estaba nerviosa, eso sí te lo dije. Agitada. Pero nada más.

—Bueno —dijo Theo con un suspiro—. Ya nos enteraremos en su debido momento de todo. Aunque...

—Ya sé —dijo Sasha—. Podríamos saber más si Harriet no hubiera hecho lo que ha hecho. Entiendo tu enfado.

—Es por si nos necesita, por si le hace falta ayuda. Y además, no estaría de más saber dónde está.

—¿Crees que volverá a llamarte?

—Ahora ya no. Esta noche no creo. Le dará miedo tener... que hablar con otra persona, con alguien con quien no desea hablar, que localicen la llamada, qué sé yo.

Se terminó el whisky, se sirvió otro, se sentó y empezó a juguetear con el mando a distancia de la televisión. Sasha dio unos pasos y se lo quitó suavemente de las manos.

—Quiero hablarte. ¿Qué quería Mark?

—Oh, nada, asuntos de trabajo. Nada que deba preocuparte.

—Theo, estoy empezando a hartarme un poco de todo esto —dijo.

Theo alzó la vista y le sonrió; tomó una de sus manos y se la llevó a los labios.

—¿De qué, mi amor?

—De que me trates como a una ignorante que sólo sabe hacer una cosa.

—Pero, cariño mío, es que la haces muy bien —dijo Theo. De pronto la deseó; deseó hacerle el amor para evadirse, aunque fuera un momento, de aquella jornada espantosa—. Es más, maravillosamente bien. Ven a sentarte a mi lado. Quiero que me distraigas.

Sasha lo miró y durante unas décimas de segundo Theo tuvo la impresión de que quería zafarse, pero se sentó a su lado y le sonrió con dulzura.

—Lo malo —dijo Sasha con aire meditabundo— es que te tengo mucho cariño.

Theo le acarició el pelo.

—No entiendo qué hay de malo en eso —le dijo.

—Ya lo entenderás —dijo Sasha—, mucho me temo.

—Sasha, ¿de qué carajo estás hablando? —le preguntó Theo. Estaba cansado y algo mareado y empezaba a encontrar el comportamiento de Sasha muy desconcertante—. Oye, vamos a la cama. Estás preciosa y yo necesito echar un polvo.

—Pero yo no —dijo Sasha.

Theo lo interpretó como un insulto. Era la primera vez en los nueve meses que llevaban casados que Sasha lo desairaba de aquella forma; nunca le había dado a entender no estar disponible al cien por cien para él.

—¿Qué pasa? —dijo Theo esforzándose en sonreír—. ¿Hay algo que te molesta? ¿Tengo mal aliento o algo? ¿Necesito una ducha?

—Tú no —dijo Sasha tranquilamente—, pero yo sí. —Y se levantó, se metió en el baño y cerró la puerta.

Theo se sirvió otro whisky y se sentó para tratar de convencerse de que aquello era normal; de que en lo tocante al sexo las mujeres eran imprevisibles y quijotescas, por no decir esclavas de sus hormonas; de que había sido una jornada dura y de que tenía que encajarlo como un hombre. Pero cuanto más lo pensaba, más se convencía de que algo no cuadraba. Era cierto que la mayoría de las mujeres eran imprevisibles y quijotescas en lo tocante al sexo —sobre todo Harriet, con sus cambios de humor y su libido tan indómita y eróticamente apasionante, y por qué evocaba a Harriet y su sensualidad en un momento semejante en que, de haberla visto entrar por la puerta, la habría abofeteado—, pero Sasha no. Sasha era una llama deliciosamente líquida y constante, y aquello era lo que le inspiraba mayor ternura hacia ella, que había restañado sus heridas y lo había sosegado después de la amargura de lo de Harriet. Y ahora, en un momento de extrema necesidad, le fallaba. Bueno, pues no podía ser. Era intolerable.

Theo apagó el puro, apuró su whisky y se dirigió al baño.

Sasha estaba en la ducha; vio la silueta de su cuerpo esbelto a través de la puerta acristalada. Dios, estaba de miedo. El cerebro y el alma habrían podido mejorarse, pero el cuerpo difícilmente. Theo se quedó embobado ante aquella figura y evocó su piel, sus formas, el suave bronceado de su cuerpo, sus pechos firmes y altos —con algo de silicona, seguro; ella lo negaba categóricamente, pero Theo no terminaba de creérselo—, sus caderas marcadas, su estómago plano y su mata de color dorado sorprendentemente espesa. Y más allá de la mata... Theo sintió que el corazón se le disparaba y que el deseo se apoderaba de él. Se desabrochó el cinturón, se quitó los pantalones y la camisa y abrió la puerta de la ducha; Sasha enarcó las cejas y paseó una mirada distraída sobre su cuerpo hasta posarla, casi socarrona, sobre su verga erecta. Pero no alargó la mano para apresarla, como hacía de costumbre, ni apretó su cuerpo menudo y ávido contra el suyo; le dio la espalda y alzó el rostro hacia la ducha para seguir sus abluciones.

Theo no sólo perdió la paciencia sino también la serenidad. Entró en la ducha, giró a Sasha con brusquedad y empezó a besarla y a estrujarla. Sasha se echó hacia atrás estupefacta; pero Theo continuó. Sabía que estaba cometiendo una estupidez, hasta una brutalidad, pero no pudo evitarlo. Tenía que poseerla, perderse en su ardiente humedad, tratar de olvidar aquella jornada horrible.

—¡Theo! —dijo Sasha con mucha calma pero en voz muy alta para que lo oyera a pesar del agua que caía—. Theo, basta. Por favor, no... no quiero. Por favor, déjame.

Pero no podía dejarla; no podía contener aquel arrebato salvaje y desenfrenado, incontrolable, y siguió embistiendo, empujando, clavándose en ella; pero Sasha siguió resistiéndose. Y al penetrarla la encontró diferente; tensa, áspera, hostil. No era la Sasha de siempre; estaba seca, recalcitrante. Su boca no respondía a la suya y sus manos inertes colgaban sobre sus caderas. Y a pesar de todo siguió, tenía que hacerlo; se hincó todavía más en ella, aupándose y agachándose, y luego todo fue muy rápido. Sintió el agolpamiento, el torrente, el alivio, y casi de inmediato sintió algo más, algo extraño, desagradable e inhabitual; vergüenza, imaginó. Se retiró de ella, salió de la ducha y cerró la puerta sin mirarla.

Se puso un batín y fue a tumbarse sobre la cama; se sentía mareado, miserable y muy cansado. Al cabo de mucho rato Sasha apareció con una toalla alrededor del cuerpo y, sin dirigirle la mirada, se dirigió a la cómoda para buscar algo que ponerse.

—Lo siento —dijo Theo de pronto, asombrado ante sus palabras—. Lo siento mucho, Sasha. Por favor, perdóname. No lo haré más.

Sasha lo miró con mucha frialdad.

—Bien —dijo—, me alegra oírlo.

—Estaba... cabreado.

—Vaya por Dios.

Mierda, ¿qué era aquello? Aquella mujer tan distanciada, sin el más mínimo deseo de complacerlo, de decir lo adecuado, de reconfortarlo, de follárselo, pero por Dios, ¿qué era aquello?

Sasha lo miró desde el otro lado de la habitación.

—¿Te apetece una copa? —le preguntó con el mismo tono indiferente—. Porque a mí sí.

—Sí —dijo Theo—. Sí. Un whisky. —Y luego añadió—: Gracias.

Al tenderle la copa, Sasha lo miró medio con sorna, medio con desprecio. Fue a sentarse en una esquina de la habitación con una copa de vino blanco entre las manos y dio unos sorbos apreciativos, como si estuviera catando la calidad del vino.

—Lo siento —repitió Theo otra vez. Había encendido otro puro.

—No te preocupes —dijo Sasha—. Me repondré. ¿Y por qué estabas tan cabreado?

—Mark me ha comunicado malas noticias —dijo Theo—. A pequeña escala.

—¿Qué noticias?

—Sasha, no tengo ganas de hablar de esto.

—Pues yo sí, Theo. ¿De acuerdo?

Otra vez aquella mirada impasible, aquella displicencia.

Por alguna razón, aquella mirada lo alarmó. ¿Qué carajo pasaba? Bueno, quizá sería positivo contárselo. Cuando menos le serviría para aclararse las ideas.

—Bueno, de acuerdo. Se trata de una empresa que me interesaba mucho adquirir.

—¿Cómo se llama?

—CalVin.

—Ah. La de los vinos.

—Sí. ¿Cómo lo sabes?

—Sé muchas cosas, Theo. Te sorprenderías.

—Ya lo veo, ya. En fin, es una empresa... californiana.

—Ya, ya sé, en el valle de Napa.

—Eso es —dijo Theo—. En un lugar precioso. Y la verdad es que me habría gustado construirme una casa allí.

—¿Ah, sí? ¿Para quién?

—Para ti y para mí, por supuesto. —Bueno ¿pero qué era aquello? La observó con atención, pero su mirada era límpida, luminosa, ilegible.

—Ya veo. Bueno, ¿y qué ha pasado?

—Lo que ha pasado es que un hijo de puta se la ha quedado. Bueno, una gran parte. Ha comprado un enorme paquete de acciones justamente hoy, vete a saber por qué. No es que me importe mucho, pero... pero...

—Sabe mal —dijo Sasha con aquella mirada imperturbable—, ¿no es cierto, Theo? Ver que tus planes se derrumban y se hacen añicos. Ver que alguien está jugando contigo, con tu vida. Sabe mal.

—Sí —dijo Theo—, duele. Sabe muy mal. Y me encabrona.

—¿Con quién?

—Con mucha gente. Con Mark, porque se le ha escapado el asunto de las manos. Con el que haya comprado la maldita finca. Y supongo que conmigo mismo.

—Ya veo —dijo Sasha—. Bueno, pues lo siento.

Se levantó de nuevo y sacó del armario la gran maleta de cuero en la que había traído su ropa. La abrió, empezó a sacar cosas de los cajones y a descolgar vestidos y fue depositándolo todo sobre la cama, junto a la maleta. Theo la miraba con exasperación.

—¿Qué diablos estás haciendo? No quiero irme. Tenemos que quedarnos aquí con James.

—Tú tienes que quedarte —dijo Sasha—. Yo no. —Se puso unos pantalones pitillo y una camiseta, se perfumó, se cepilló el pelo y guardó un par de cosas en su bolso de mano.

—¿Cómo dices? —Theo dejó el puro en el cenicero de la mesilla y la miró.

—No me apetece quedarme aquí. Por mucho que quiera, no puedo ayudar en nada. O sea que me voy a Londres.

—Ni hablar —dijo Theo—. Te necesito aquí, a mi lado.

—Bueno, pues tendrás que aguantarte —dijo Sasha dulcemente.

—Sasha, tú no te vas a Londres. De eso, ni hablar.

—Theo, me voy.

Una ira profunda empezó a apoderarse de Theo. Se levantó, se fue hacia ella y le agarró violentamente el brazo. Era un brazo muy delgado, apenas más grueso que su muñeca, pero extremadamente fuerte.

—Sasha, te quedas.

—Theo, me voy. De verdad. Y suéltame ahora mismo.

Theo tuvo la impresión de que el suelo se abría debajo de sus pies y de que las paredes se movían ante sus ojos. Pero el rostro de Sasha seguía sereno y sus ojos tranquilos y desdeñosos.

—Theo, tengo que decirte una cosa. El... el hijo de puta que ha comprado todas esas acciones de CalVin soy yo.

—¡Tú! No digas estupideces, por favor.

—No son estupideces —dijo ella—. Las he comprado yo. Son mías.

—Pero si no tienes dinero.

—Sí tengo.

—Pues si lo tienes es mío. Y si has utilizado mi dinero para comprar la empresa, es mía.

—No, Theo, no creo.

Theo la miró fijamente y ella, con una leve sonrisa en los labios, le devolvió una mirada casi de lástima. Theo se puso en pie, fue a llenarse la copa y volvió a sentarse sin quitarle los ojos de encima. Sasha seguía inmóvil.

—Me parece que será mejor que te lo explique.

—Creía que ya lo habías hecho.

—Has sido muy generoso conmigo, Theo. Mucho. Me has dado montones de cosas preciosas. Montones. Salvo...

—¿Salvo qué, Sasha?

—Salvo un mínimo de respeto, de sentimientos verdaderos. Nada más que ¿qué?, ¿indulgencia? Y no ha sido agradable, Theo. No me gusta. No soy una estúpida y no me gusta que me ridiculicen en las cenas con amigos, ni que se me desprecie en las fiestas, ni que me traten como a un caniche. No me gusta que me digan que no entenderé cosas que estoy perfectamente capacitada para entender y que se me mantenga al margen de todas las cosas en las que me gustaría participar. Es ofensivo y humillante. Al principio te quería, Theo. Te costará creerlo pero es cierto. Me habría casado contigo incluso si no hubieras tenido un penique. Me parecías un hombre fantástico, inteligente, encantador, ingenioso. Y por supuesto, muy muy muy sexy. Pero ese amor se ha desgastado. Lo has hecho añicos, Theo, tratándome como lo has hecho. Y no sólo a mí; a Mungo, a Mark, a... bueno, a casi todo el mundo. Ya no puedo respetarte. Ya no me gustas.

Theo quiso hablar pero no pudo. Si su vida hubiera dependido de pronunciar una docena de palabras sensatas e hilvanadas, habría muerto en el acto. Siguió sentado, bebiendo compulsivamente, sin dejar de mirarla fijamente.

—Además —prosiguió Sasha de forma brusca y mientras ordenaba la ropa en la maleta—, quería demostrarte que no soy tan estúpida como crees y de paso hacer algo que fuera beneficioso para mí. Así que vendí muchas de las cosas que me regalaste. Las joyas, mayormente; mandé hacerme copias. Pero también la ropa, las prendas realmente buenas; los vestidos de noche de Saint-Laurent y los trajes de chaqueta de Chanel. Por supuesto no me dieron mucho por ellos, pero fue suficiente. Y luego invertí el dinero y me fue bastante bien.

—¿Y cómo sabías qué había que comprar? —preguntó Theo con voz áspera, rasposa.

—Theo, ¡no seas estúpido! Vivo con un maestro. No tenía más que escuchar y, seguidamente, dar las instrucciones pertinentes a mi agente. Pan comido. Además, lo de CalVin no ha sido lo más gordo. Ayer también compré esas acciones de Tealing Mills y las he vendido esta mañana. Por eso he salido tan pronto; para buscar un teléfono. Y luego, con ese dinero, he comprado CalVin. Lo siento, Theo, pero lo deseaba con toda mi alma. Creo que conservaré la finca. Todavía no he ido a ver los viñedos, pero lo haré ahora. Quizá mañana, si encuentro billete.

Theo logró por fin articular su rencor.

—Te llevaré ante los tribunales —dijo—, te pondré pleitos hasta que me quede sin blanca.

—¿Para qué, Theo? No he hecho nada malo. Es cierto que la jugada es discutible desde el punto de vista moral, pero es perfectamente legal. Me parece. Eran regalos tuyos, me dirás, pero imagino que no tenías la intención de ponerte esa ropa o esas joyas, ni de regalárselas a la próxima señora Buchan, ¿no? Y además, si me pusieras un pleito harías un ridículo espantoso, Theo. Enredado por tu bomboncito de esposa. Yo creo que, al contrario, tendrías que procurar quedarte muy quietecito. —Se acercó a él y lo besó dulcemente sobre la frente—. Tampoco me importa mucho que lo hagas. He sobrevivido a muchas cosas y, en cualquier caso, habrá valido la pena. Y ahora me voy a Londres. Adiós, Theo. Me lo he pasado muy bien. Despídeme de Mungo. Es un chico estupendo. Se ha portado muy bien conmigo. Oh, y Theo, creo que deberías volver a juntarte con Harriet. Es obvio que sigue enamorada de ti y que tú nunca has superado esta separación. ¿No es cierto?

—¿Te lo ha contado ella? —preguntó Theo aferrándose como pudo a la cordura—. Porque en ese caso...

—No, Theo, por supuesto que no me lo ha contado ella. Harriet no haría semejante chabacanería.

—¿Semejante qué...?

—No —dijo Sasha con una expresión de inmenso desprecio en el rostro—, fue Cressida, Theo. La dulce y bondadosa Cressida. Me lo dijo ella al poco de casarnos. No fue muy delicado por su parte, ¿verdad? Y además, disfrutó enormemente. Bueno, ahora tengo que irme. He pedido un taxi y luego tengo que tomar el tren. Adiós, Theo. Gracias por todo.

CAPÍTULO 17

Cuando Mungo entró en el baño de los niños, Tilly estaba con el agua hasta el cuello, el *walkman* a todo volumen y los ojos cerrados, procurando mantener la mente despejada y olvidar incluso lo de Rosenthal —no tenía el ánimo como para tomar aquel tipo de decisión—. No se percató de su presencia hasta que éste, al cerrar el grifo de la bañera, le rozó un pie. Abrió los ojos sobresaltada y lo vio mirándola, con sus rizos negros todavía más alocados que de costumbre y una sonrisa un poco cohibida. Apagó el *walkman* y le devolvió la sonrisa.

—Hola, Mungo.

—Hola, Til. Oye, perdona que... te moleste pero venía a hacer pis. Y estabas a punto de inundar el baño.

—No te preocupes —dijo Tilly impasible—. Echa tu meadita. No pasa nada. Debería haber cerrado la puerta.

—En cuyo caso, la inundación habría sido general. De todas formas, no habrías podido —dijo Mungo—. Una de las reglas de la tata Horrocks; ni hablar de cerrojos en los baños. Te habría gustado la tata Horrocks. Era un as. Dura de pelar, terriblemente estricta, pero divertidísima. Jugaba al fútbol mejor que mi profesor de gimnasia y era una jugadora de póquer brillante. Le enseñé yo, y al poco tiempo ya me ganaba.

—¿Ah, sí? Bueno, no tengo mucha experiencia en eso de las tatas —dijo Tilly—. ¿Cómo van las cosas, y qué haces aquí, aparte de echar una meadita?

—He traído a Harry de nuestro hotel. Ha tenido una bronca de narices con papá. Está echa polvo.

—Ah —dijo Tilly—. Pobrecilla. ¿Y por qué?

—Bueno, porque ha tenido una ocurrencia un poco desafortunada. Cress ha llamado preguntando por papá y Harriet se ha empecinado en coger la llamada. Y Cress ha colgado. Así que le hemos perdido la pista.

—Mamona —dijo Tilly con afabilidad.

—¿Quién?, ¿Harry?

—No, claro que no. Cressida. Cuanto más oigo hablar de ella, más tirria le tengo. Qué forma de comportarse. Jo, parezco la tata como-se-llame. Porque Mungo, si no quería casarse con Oliver podría haberlo dicho hace semanas, ¿no?

—Bueno, por lo que he oído, creo que tiene que haber algo más —dijo Mungo. Se sentó en el bordillo de la bañera—. Oye, ¿te importa si me quedo? Ahí abajo parece que haya un entierro.

—Claro que no —dijo Tilly.

—Nunca te había visto en pelotas tan de cerca —dijo Mungo contemplándola—. Hasta ahora, había tenido que compartir tu imagen impresa con millones de otros. —Le sonrió y sus ojos oscuros se pasearon sobre las partes visibles de su cuerpo; sus pechos y sus rodillas.

Tilly hizo una mueca.

—Espero no decepcionarte.

—En absoluto. Eres espléndida. Si no estuviera seriamente enamorado de otra mujer, ya me habría zambullido a tu lado.

—Entonces sí que lo inundaríamos todo —dijo Tilly—. Y no olvides que yo también estoy seriamente enamorada. Aunque los distraeríamos a todos un poco.

—Sí. Bueno, ¿y qué haces aquí metida? ¿Dónde está Rufus?

—Está abajo, haciendo lo que mejor sabe hacer, es decir, dar cariño y ánimos. Yo me moría por un baño y ese encanto de Merlin me ha traído hasta aquí porque dice que es la bañera más grande de la casa. Es genial.

—Sí lo es. Harry dice que está preparándose un romance con Janine. ¿Qué bien, no?

—Ah, Janine. ¿La madrina de Cressida? Tiene un estilazo increíble.

—Sí, es verdad. Mi padre me dijo que Janine y James tuvieron una aventura hace mucho tiempo, cuando James era muy joven.

—¡No me digas!

—Lo que oyes. James tenía dieciocho años y todavía era virgen, y ella era una parisina mundana de treinta y cinco, o algo así.

—¡Hmmm! —dijo Tilly, y se estremeció.

—No te gusta James, ¿verdad?

—No.

—Es un buen tipo —dijo Mungo.

—No es un buen tipo. Ya te contaré algún día.

—¿Lo conoces?

—Sí, más o menos. Tenemos un asunto pendiente y estoy esperando su respuesta.

—Tilly, es una injusticia que me aguijonees de esta forma.

—No, no lo es. Es más, es absolutamente justo. Cambiemos de tema. ¿Qué ha pasado?

—Bueno, pues que Harriet ha regresado para confesar su desaguisado y ver si había que hacer algo. Y yo me voy con su coche a Londres.

—Pues igual voy contigo —dijo Tilly antes de hundir la cabeza en el agua. Seguidamente se la enjabonó con furia—. ¿Te importa? ¿Y tú por qué te vas a Londres?

—Porque ya no soporto estar aquí. He tenido una bronca de miedo con mi padre y quiero ver a mi novia.

—¿Tu novia? ¿Es guapa?

—Es maravillosa —dijo Mungo con espontaneidad—. Ya te lo he dicho, es la única razón por la que no me he metido en la bañera contigo.

—Ya me lo contarás en el coche. Pásame esa toalla, ¿quieres?

—¿Y Rufus? ¿No le apetecería venirse con nosotros?

—Quizá sí, quizá no —dijo Tilly sin explayarse—, aunque no creo que venga.

—¿Por qué?

—No puedo decírtelo. Bueno, en parte porque sabe que tiene que quedarse aquí para reconfortar a todo el mundo y permanecer junto a su madre adorada.

—¿No te gusta Susie? —le preguntó Mungo sorprendido.

—Sí, claro que sí. ¿Por qué no iba a gustarme?

—Bueno, lo has dicho con un tono... un poco antipático.

—Imaginaciones tuyas —espetó Tilly. Aunque Mungo, que podía ser sorprendentemente intuitivo, había dado en el clavo. Tilly todavía no sabía qué pensar de Susie tras haber descubierto el indudable parentesco de Rufus. Estaba más divertida que chocada, desde luego, y más preocupada por Rufus que por la connotación moral del asunto; pero lo que estaba claro era que la simpatía inmediata que le había provocado Susie se había enfriado, apagado.

Miró a Mungo y le envió una sonrisa tranquilizadora.

—Bueno, y ahora, ¿te importaría ir a buscarlo y decirle que suba un momento a verme?

Oyó un golpe suave en la puerta.

—Adelante —dijo Tilly. Sólo Rufus podía llamar a la puerta de aquella forma.

Entró con una sonrisa en los labios y cerró la puerta.

—Hola —dijo.

—Hola —dijo Tilly. Por primera vez en la vida cayó en la cuenta de que la expresión «Me ha dado un vuelco el corazón» adquiría un significado diáfano y traducía con exactitud lo que estaba experimentando.

—¿Un baño agradable? Merlin me ha dicho que te había traído aquí.

—Delicioso. Me siento mucho mejor. —Tilly alargó la mano y le acarició el rostro. Rufus la apresó entre las suyas y depositó un beso sobre su palma. Tilly sintió que un cúmulo de sensaciones le recorría el espinazo—. Mierda, mierda, Rufus.

—¿Qué he hecho?

—Darme ganas de follar contigo —dijo Tilly sin contemplaciones.

—¿Ahora?

—No —dijo ella evocando con pesar la conversación que tenían pendiente—, no, ahora no, no sería correcto, ¿verdad?

—Ottoline Mills, ¿desde cuándo te preocupa si las cosas que haces son correctas o no? —preguntó Rufus sonriendo. Le soltó la mano, desanudó la toalla, que cayó al suelo, y empezó a acariciar sus pechos—. Preciosos —dijo—, adoro tus pechos.

Tilly permaneció silenciosa. La mano de Rufus siguió deslizándose por su cuerpo y acariciando su estómago, con sus dedos fuertes, rítmicos. Rufus rodeó el pubis, siguió hacia sus muslos y, acercándose más a ella, empezó a besarla. Besaba maravillosamente, pensó Tilly, todavía aferrada a su determinación a pesar de los latidos alocados de su corazón y del vértigo de sensaciones que la embargaba; unos besos lentos, inmensamente tiernos y muy placenteros. «Besas con la polla, ¿lo sabías?», comentó Tilly la primera vez que Rufus la besó, y él se echó a reír y le dijo que qué original. Y ahora la besaba con la polla y era lo único en lo que podía pensar; con su polla fuerte, poderosa y portadora de placer. Empezó a temblar, una invariable señal de excitación sexual, y a pesar de su resolución apretó sus caderas contra las de Rufus, suavemente, casi trémulamente, lo besó con más voracidad y deslizó una mano hacia su bragueta para buscar, encontrar y acariciar su pene.

—Dios mío —dijo Rufus—, por favor, Tilly, ven, busquemos un sitio. —Y la tomó de la mano mientras ella volvía a arroparse con la toalla. Salió al pasillo, la condujo hasta las escaleras traseras que subían al desván y cerró la puerta—. Oh, mi amor, mi adorada Tilly —dijo—, te quiero tanto, tantísimo.

Tilly no dijo nada, pero sonrió, se tumbó inmediatamente sobre el suelo polvoriento y abrió sus brazos; Rufus se despojó de la camisa, los vaqueros, los zapatos y los calzoncillos con los ojos clavados en los de Tilly. Luego se echó junto a ella y con suma delicadeza empezó a besarle los pechos.

Tilly echó la cabeza hacia atrás, cerró los ojos y notó su lengua alrededor de sus pezones. Se apretó más contra él y sintió crecer su verga; era el momento que casi prefería, cuando Rufus todavía no la había penetrado, cuando cada átomo de su energía se concentraba en desearlo, en arder, en consumirse por él, cuando todavía era capaz de pensar, de advertir cómo se abría para recibirlo, para ofrecerse. Y luego, cuando Rufus la penetró y se hundió en ella, en su insondable y húmeda suavidad, cuando su pene exploró sus cavidades más profundas y más secretas, se dio la vuelta, se alzó y se arrodilló sobre él para cabalgarlo salvajemente, casi agresivamente, empinándose y descolgándose, movida por su propio placer, y sintiendo nacer el torbellino, la poderosa vorágine que se apoderaba de ella, cada vez más rápida. Y poco después, cuando alcanzó aquel pináculo de sensaciones, se zambulló en él, tiró de él, lo arrastró en su excitación, asaltando el placer de Rufus para aumentar el suyo, y se oyó gritar, sintió que por fin se encaramaba hacia la oscuridad resplandeciente y que por fin llegaba el estallido del desahogo y experimentaba la dulzura de la interminable caída. Y desmoronada sobre él, lo besó y lo acarició preguntándose cómo había podido pasarle por la cabeza la idea de abandonarlo.

Pero cuando abrió los ojos, lo miró y vio el rostro de James Forrest, supo que eso era exactamente lo que tenía que hacer.

—Bueno, ahora haz el favor de escucharme —le dijo a Harriet, que, desconsolada, compartía una taza de té con Merlin en la cocina—; me parece una solemne estupidez que permitas que te hagan reproches. Has hecho lo que creías conveniente y hoy ya has aguantado suficiente mierda, perdone, Merlin, y si Cressida no ha querido hablar contigo, pues francamente, peor para ella. ¿Vale?

—Bien dicho —intervino Merlin—. No habría podido expresarme con mayor rotundidad. No se preocupe, Tilly, ya me encargaré yo de que la dejen en paz. La muy boba. Lo que necesita, en mi opinión, es una buena azotaina.

Tilly y Harriet sonrieron, aunque Harriet débilmente.

—Es una lástima que se vaya —dijo Merlin a Tilly—. Me hubiera gustado conocerla mejor. Otra vez, quizá.

—Sería estupendo —respondió Tilly—. También a mí me hubiera gustado.

—¿Irás al piso de Cressida? —le preguntó Harriet—. Así, todos nos quedaremos tranquilos. Aunque no podrás entrar... pero quizá la portera... bueno, podrías explicárselo.

—Cómo no —dijo Tilly—, ya se lo explicaré. No te preocupes. Y te llamaré en cuanto llegue a casa. ¿Estás segura de que no quieres venirte conmigo?

—Me encantaría —dijo Harriet algo melancólica—, pero sería como huir, y eso es una cosa que no haría nunca.

—Pues fue una lástima que no huyeras de aquella escuela espantosa —dijo Merlin—. Vaya sitio espeluznante. Mandarte ahí fue una crueldad.

—Janine trató de salvarme —dijo Harriet sonándose—. ¿Qué habría hecho sin vosotros dos? Estuvo discutiendo con papá durante días. La oí. Y me escribió más cartas que nadie.

—¿Ah, sí? —dijo Merlin alzando su vieja cabeza y casi husmeando el aire con placer—. ¡Qué chica!, ¿eh? No entiendo cómo me ha costado tanto descubrirla. Aunque bueno, esta noche me la llevo a cenar, ¿qué os parece? Tu madre me ha mirado con mala cara, pero a mi modo de ver, Janine se lo merece.

—Oh, Merlin, no, no salgas —gimió Harriet—. Te necesito aquí.

—Ven con nosotros —dijo Merlin.

—Merlin, querido, lo último que se me ocurriría es hacer de carabina. Pero volverás, ¿verdad?

—Pues claro. Y no muy tarde, porque mañana quiero irme pronto.

—Tilly —dijo Harriet de pronto—, ¿conoces a alguien en Cotton Fields? ¿La cadena americana de ropa deportiva?

—Sí —dijo Tilly—, hice unas fotos para ellos hace unas semanas en México. Hacen cosas bonitas. Un poco como tus prendas, aunque de menor calidad. Están confeccionando un catálogo precioso.

—¿Y había algún representante de la empresa?

—Sí. Un tipo llamado Ken Lazard, el jefe de marketing. Y el jefe de diseño, un broncas de narices que se llama tony joel, con minúsculas. Si no dijo «tony escrito en caja baja» cien veces, no lo dijo ninguna. Estuve a punto de darle una patada en los huevos, perdone Merlin, varias veces.

—Y Lazard, ¿qué tal es?

—Un amor. ¿Por qué?

—Bueno, quizá podrías investigar algo por mi cuenta cuando puedas. La cuestión es que querían comprar mi empresa, sabes...

—¡Harry! ¿Y por qué narices quieres vender tu empresa?

—Oh, creo que lo llaman salvación —dijo Harriet con la mirada clavada en la taza.

—¿Estás en apuros? —preguntó bruscamente Merlin.

—Sí, más o menos, Merlin. Nada grave. Sólo que por favor, de momento, no se lo cuentes a nadie, ¿vale? Y menos a Janine, no quiero que se alarme.

—No, pues claro que no. Aunque dime, ¿cómo están de mal las cosas?

—Pues peor imposible. Tengo que... bueno, tengo que entrar en liquidación durante las próximas cuarenta y ocho horas, ni más ni menos.

—Mierda, Harry, ¿y por qué no lo dijiste antes? Es terrible, y tan injusto...

—Sí, bueno, la vida es siempre injusta, ¿no? —dijo Harry, decidida a no perder la calma—. Y la verdad es que he cometido muchas estupideces. Probablemente me lo merezco. Pero...

—Sandeces —espetó Merlin—, pues claro que no te lo mereces. Mira, Harriet, si quieres que haga algo, que hable con quien sea, que discuta algo, ya sabes que puedes pedírmelo.

—Merlin, ya lo sé —dijo Harriet palmeándole la mano—, y te lo agradezco. En cualquier caso, los de Cotton parecían realmente decididos hasta hace un par de días. Prácticamente ya habían firmado, pero de pronto se han echado para atrás; no quieren ponerse al teléfono, ni me han dado ninguna explicación. Y me gustaría saber por qué.

—Harry —dijo Tilly lentamente—, ¿cuánto dinero necesitas?

—Oh... cerca de un millón —dijo Harriet con recochineo—. Anda, échame una mano. ¿Lo llevas encima?

—No exactamente —dijo Tilly—, pero...

—Tilly, por Dios, ¿en qué estás pensando? —dijo Harriet—. Ya sé que te ganas bien la vida, pero...

—Oh, quizá pueda ayudarte —dijo Tilly—. Ya hablaremos. En cualquier caso, ahora mismo llamo a Ken. Dicho y hecho; y además es buena hora, allí debe ser media tarde. Si no, se irán. ¿Tienes el número?

—Tilly, serás discreta, ¿verdad? —dijo Harriet hojeando su agenda telefónica—. Sería una imprudencia achucharlos si todavía existe una oportunidad, por remota que sea.

—Ya, ya —dijo Tilly con impaciencia—. ¿Crees que puedo utilizar este teléfono?

—No, utiliza el mío móvil. Está en mi habitación.

La secretaria de Ken Lazard le anunció que estaba reunido y que no sabía cuándo terminaría la reunión, pero Tilly insistió.

—Sí, dígale que soy Tilly Mills —dijo Tilly risueña—, y que tengo que hablar con él porque tengo que darle un mensaje de Patsy Torminster. —Patsy Torminster era la otra modelo con quien había trabajado en México; tan alta como ella, rubia platino y absolutamente sublime.

—No creo que pueda llamarla antes de mañana —dijo la chica con la voz empañada por una frialdad palpable—, está ocupadísimo.

—Vale, vale —dijo Tilly—. Usted dígale que estoy al teléfono, ¿quiere?

Ken Lazard cogió la llamada treinta segundos después; Tilly hizo una mueca dirigida al auricular.

—Hola, Ken. Debe de ser una reunión importantísima.

—Lo es —dijo Ken—. ¿Cómo estás, Tilly?

—Bien, gracias, ¿y tú?

—Bien, bien. Una semana fantástica, ¿no? Nos lo pasamos pipa, ¿verdad? ¿Qué recado te ha dado Patsy?

—Bueno, no es exactamente un recado —dijo Tilly evocando los retozos de Ken Lazard y Patsy Torminster en las playas mexicanas—, pero estará en Nueva York la semana próxima. Le recordaré que vaya a verte.

—Cabrona —dijo Ken Lazard amistosamente—. Bueno, ¿qué deseas, Tilly?

—Quiero que investigues una cosita —dijo Tilly—, y que luego me llames lo antes posible. A cambio, prometo conseguirte el nombre del hotel de Patsy. Bueno mira, se trata de una amiga mía...

—Ken Lazard ha prometido llamarme antes del final del día —dijo a Harriet cuando regresó a la cocina—. De su día. O sea, dentro de tres o cuatro horas, ¿vale? No te preocupes, estoy segura de que llamará, por la cuenta que le trae.

—Tilly —dijo Harriet—. Te quiero.

—Tilly —dijo Rufus—, te quiero. Y no entiendo por qué quieres irte.

—Porque mañana tengo que trabajar —dijo Tilly—, y porque esto es un asunto de familia. He hecho lo que he podido por Oliver y no ha servido de gran cosa; no ha querido decirme nada.

—¿Ah, no? Pensé que a ti sí te diría algo —dijo Rufus.

—No —dijo Tilly—. Le da miedo tirar de la manta, ¿sabes? No me ha dicho ni que Cressida estaba embarazada. Es un tío muy neurótico.

—¿Tú crees?

—Aunque la verdad, con una madre como Julia, yo también lo estaría.

—A ti no hay nada que te ponga neurótica —dijo Rufus cariñosamente.

—Te sorprenderías —dijo Tilly.

Mungo le habló de Alice camino de Londres. Tilly estaba muy intrigada. Teniendo en cuenta el pasado y la fama de Mungo, Alice debía de ser una mujer de rompe y rasga. Pero no hacía falta ser Sigmund Freud para descubrir la razón de que Mungo se hubiera enamorado de alguien que casi podía ser su madre. Aunque de todas formas...

—¿Y qué me dices de los hijos? —preguntó Tilly cuando empezaron a aparecer los espantosos suburbios londinenses de la M40—. ¿No querrás hijos?

—Sí, claro que sí —dijo Mungo con tono algo irritado—, pero podemos tenerlos. Alice tiene treinta y nueve años, por Dios. No es una bruja menopáusica. Y además, le han hecho varios análisis.

—¿De veras? Perfecto. Bueno, pues no sabes las ganas que tengo de conocerla.

—Te encantará —dijo Mungo—, de veras. Nunca me he sentido tan... bueno, no, sé, tan protegido como ahora. Te llevaría ahora a verla, pero quiero darle una sorpresa; no le he anunciado mi visita y... bueno...

—Pues claro que no —dijo Tilly—, ni soñarlo. Además tengo que irme a casa. Debo de tener la tira de llamadas. Incluida la de Mick McGrath. Los broncas de *Sept Jours* igual necesitaban dos fotos más con vestidos de novia, en cuyo caso tendré que irme mañana por la tarde.

—¿Adónde, a París? Caramba, una vida muy ajetreada la tuya, ¿eh? —dijo Mungo.

—Y que lo digas —dijo Tilly—. Bueno mira, Mungo, ahora me gustaría que me acompañaras al piso de Cressida. Es un momento y nos va de camino. ¿Vale?

—Claro. Oye, por cierto, ¿por qué no ha venido Rufus?

—Porque ha opinado que tenía que quedarse. Y cumplir con su parte. Ya sabes cómo es Rufus con eso de cumplir.

—Sí —dijo Mungo—. Oye, así que vais a oficializar lo vuestro, ¿no?

—No creo —dijo Tilly. Notaba la mirada de Rufus, pero inmovilizó la suya en los esplendores arquitectónicos de la fábrica Hoover, que acababa de avistar.

—¿Y por qué no? Encuentro que formáis una pareja estupenda.

—Sí, sí, es posible —dijo Tilly—, pero eso no significa que nuestras vidas coincidan. Piénsalo. En cualquier caso, ¿para qué cambiar las cosas? Están muy bien como están.

—Sí, claro. —Mungo hizo una pausa y luego le preguntó—: Bueno, ¿y qué te ha parecido su madre? Es una mujer estupenda.

—Sí —dijo Tilly, algo cortante.

Mungo volvió a mirarla.

—Pero ¿qué tienes contra ella?

—Mira, Mungo —dijo Tilly—, ¿te importa que lo dejemos? Estoy cansada. Concentrémonos en llegar al piso de Cressida y luego en irnos a casa. ¿Vale?

—Vale —dijo Mungo.

El piso de Cressida estaba en Chelsea, en un pequeño edificio moderno un poco más allá de World's End.

—Me parece que es el primer piso —dijo Mungo examinándolo desde el exterior. Estaba un poco nervioso—. La verdad es que no he venido nunca, pero es el número 2B.

—¿Y qué haremos si logramos entrar? ¿Buscar pistas? Dios, esto es como ese juego, cómo se llama, con la señorita Scarlett y el reverendo no sé qué.

—Cluedo —dijo Mungo deteniéndose frente al edificio—. Siempre me ha gustado ese juego. No sé qué hay que hacer, Tilly, pero ya lo decidiremos en su momento. ¿Te parece que subamos al piso? Nunca se sabe, podría estar dentro, y haríamos un ridículo espantoso si le pedimos a la portera que nos abra.

—Claro.

Pero la puerta de la calle estaba cerrada y había un interfono; pulsaron el botón del 2B, pero no hubo respuesta.

—Bueno, pues ahora la portera —dijo Mungo pulsando el botón correspondiente. Tampoco hubo respuesta; volvió a pulsarlo un par de veces sin mayor éxito.

—Mierda. Debe de haber salido.

—Perdonen —dijo una voz de chica—, puedo...

—Claro —dijo Mungo corriéndose a un lado para que pudiera abrir la puerta; luego fue fácil impedir que se cerrara y entrar.

—Vamos —dijo Tilly—. Subamos.

El edificio estaba impoluto. Vieron un pequeño ascensor, se metieron en él y subieron sin mirarse; Tilly estaba cada vez más nerviosa sin saber muy bien por qué.

El rellano era como un distribuidor, con las puertas de los pisos A y B una enfrente de la otra; del piso B salía una música orquestal a todo volumen, y a través de la ventanita de vidrio esmerilado de la puerta se veía luz.

—Dios mío —dijo Mungo—, está ahí.

Tilly notó de pronto que el corazón empezaba a latirle con más fuerza y que se le humedecían las palmas de las manos.

—Llama —le dijo—. Yo no puedo.

Mungo la miró.

—Vale —dijo. Pero no hizo nada—. ¿Y qué le decimos, Tilly? ¿Qué hacemos?

—No lo sé —dijo Tilly. Se miraron el uno al otro, incapaces de moverse.

—¿Por qué tenemos miedo? —preguntó Mungo—. ¿De qué?

—No lo sé —dijo Tilly de nuevo—. Pero no podemos quedarnos aquí plantados. Vamos, Mungo, no seas cobardica.

Siguió paralizado. Tilly suspiró, alzó una mano y pulsó el botón; era un timbre agudo, muy desagradable; no sucedió nada. Volvió a pulsarlo durante más rato. No hubo respuesta.

—Habrá salido y ha dejado la radio encendida —dijo Tilly con voz débil aunque aliviada—. Tendremos que volver más tarde.

Un hombre emergió del ascensor y se dirigió a la puerta del piso 2A con las llaves en ristre.

—Sigan llamando —les dijo—, nunca oye nada. Pero está ahí. La he visto entrar con el perro.

—¿El perro? —dijo Mungo—, pero si... si no tiene perro.

—Ojalá —dijo el hombre, y desapareció.

Entre timbrazo y timbrazo, Tilly optó por aporrear la puerta con los puños.

—Oye, así no vamos a conseguir nada —dijo Mungo—. ¿Por qué no bajamos y la llamamos por teléfono?

—No. —Tilly pulsó de nuevo el botón y dejó el dedo encima un buen rato—. ¡Cressida! —gritó lo más alto que pudo—. ¡Cressida, abre la puerta!

Un perro empezó a ladrar furiosamente. La música cesó; oyeron unos pasos que se acercaban a la puerta y un cerrojo que se descorría; el pomo de la puerta giró. Tilly tragó saliva y trató de humedecer su boca reseca.

—Ya voy, ya voy —oyeron gruñir—, un momento. ¿Quién es?

Era una voz áspera, con acento del sur de Londres; una voz que, en cualquier caso, no era la de Cressida. Por el resquicio de la puerta sujetada con una cadenita vieron aparecer un rostro malhumorado que tampoco era el de Cressida. El hocico de un perro se coló por la abertura, a la altura de las rodillas. Tilly, embobada, no atinó a decir nada hasta que, haciendo un esfuerzo, preguntó:

—Perdone, somos amigos de Cressida Forrest. ¿Vive aquí?

—¿Cressida Forrest? —dijo la voz—. No, claro que no vive aquí. Hace más de seis meses que se ha ido.

La verdad es que, a pesar de su expresión malhumorada, resultó ser una mujer muy amable; los hizo entrar, les ofreció una taza de té y les contó lo que sabía, que no era mucho. Se llamaba Sally Hawkins, acababa de divorciarse y Cressida le había vendido el piso poco después de Navidad tras poner un anuncio en *Loot*. Había conservado su línea telefónica y le había indicado la dirección de Court House para la correspondencia.

—Era una chica encantadora —dijo Sally Hawkins—, realmente encantadora. Se llevaba muy bien con *Benjy* —añadió con una mirada cariñosa al perro, un perro negro cruzado, muy lanudo—. Me dijo que de pequeña siempre había deseado tener un perro y que nunca se lo habían permitido.

—¿Ah, sí? —dijo Mungo—. Esto... ¿vio usted a alguien más cuando vino a ver el piso?

—No. Vivía sola, como probablemente sabrán. Parecía una persona muy solitaria.

—¿Le pareció... quiero decir, era caro el piso? —preguntó Tilly.

—No, no mucho. Lo normal, quizá un poco menos. Aunque hoy día, estando el mercado como está, resulta difícil decirlo, ¿no es verdad?

—Sí, supongo que sí. ¿Sabe si conocía a algún vecino?

—No sé. Aquí no reina la cordialidad. El vecino de enfrente llegó después de mí y lo único que hace es quejarse de *Benjy* y de mi música. Y no conozco a nadie más.

—Podríamos preguntar a la portera —dijo Tilly—. De todas formas, muchas gracias. Le dejo mi número de teléfono. Si se le ocurre algo, o recuerda algún comentario en cuanto a su posible paradero, ¿me llamará?

—Por supuesto —dijo Sally Hawkins.

Volvieron a probar con la portera, pero seguía ausente. Tilly miró a Mungo; estaba muy pálido, obviamente alterado.

—Necesito una copa —dijo Tilly.

—Yo también. Busquemos un bar. Y luego tendríamos que llamar a Harry.

Tilly abrió la puerta con tanta debilidad que casi no pudo girar la llave y entró muy lentamente en su apartamento. Le encantaba su refugio blanco, a pesar de que fuera demasiado grande y tuviera poquísimos muebles, porque nunca tenía tiempo de ir a comprarlos; sólo unas cuantas otomanas y mesas bajas y una gran cama de hierro que Rufus le había regalado («muy egoísta —dijo con ternura—, así podrás quemar ese espantoso futón»). Miró a su alrededor con una sonrisa en los labios, sintiéndose mucho mejor, y se dio cuenta de que olía a cerrado. Bueno, era normal. Hacía tres días, tres calurosos días, que no ponía los pies en casa. Las ventanas estaban cerradas, la pila de ropa sucia que había querido meter en la lavadora antes de irse seguía desparramada en el suelo de la habitación y la botella de leche a medio consumir que había dejado en el escurridero contenía un líquido cuajado con terrible olor a rancio. Tenía que encontrar una asistenta como Dios manda en lugar de la buena de Betty, que sólo venía una vez a la semana a dar, como decía ella, un baldeo. Tilly vació la leche apestosa en la pila, abrió el grifo de agua fría para eliminar el olor, metió la ropa sucia en la lavadora y enchufó la hervidora. Afortunadamente, le quedaba un poco de leche pasteurizada; si había algo que no podía soportar era el café solo.

Se quitó las botas, se sirvió una copa de vino para acompañar el café instantáneo y el cigarrillo, que a menudo constituían su cena, y echó un vistazo por la ventanita de su cocina. Vaya mierda de día, no recordaba uno igual desde hacía tiempo. Eso sí, había sido un día completo; trabajo, aeropuertos, resaca, sexo, amor, sobresaltos —varios—, nuevos encuentros, viejos amigos, berrinches, desafíos y una enorme tristeza. No estaba segura de cuál de aquellas cosas la marcaba más profundamente, pero en cualquier caso estaba hecha polvo. Imaginó que sería la tristeza que sentía por Harriet, por su familia, por Mungo, hasta por Cressida, pero sobre todo por Rufus y por ella.

Era imposible que aquella historia de amor tuviera un final feliz, pensó para sus adentros mientras vertía agua en la taza y añadía cinco sacarinas —Dios, y pensar que antes se echaba tres cucharadas de azúcar—. Se llevó el café al sofá de cuero blanco, junto a la ventana, y de camino recogió el teléfono. Amaba a Rufus, lo amaba tanto que era casi insoportable, y él le corrrespondía con el mismo amor; pero tenía que cortar, poner fin a aquella historia antes de que creciera y se fortaleciera, procurando no olvidar ni el más mínimo brote o radícula. Aquella misma tarde —Dios santo, parecía que hubieran pasado meses—, paseando por la deliciosa campiña de Oxfordshire en compañía de Oliver y escuchando a medias lo que éste le decía, había llegado a aquella conclusión; no tenía otra salida. No podía engañarse y pretender que conseguiría evitar a James, ignorar los orígenes de Rufus y no mezclarse con su familia, porque era una falacia. Además, Rufus tampoco lo habría soportado. Rufus era, en esencia, un hombre familiar; adoraba a su madre y al hombre que consideraba su padre, le encantaba su hogar y no habría podido alejarse de su entorno. Pero ella tampoco conseguiría ocultarle su descubrimiento, lo que sabía de su parentesco; iba en contra de su honestidad. Incluso si James Forrest hacía lo que le había pedido —y dudaba mucho que así fuera y que las cosas terminaran ahí—, tendría que decirle a Rufus lo que sabía. Y eso significaría amargar muchas vidas; y así como no le importaba herir a James ni a Susie, no habría soportado destrozar a Harriet y todavía menos a Rufus. Se llevaría un disgusto tremendo cuando le anunciara que no podía casarse con él y que no querría verlo más, pero sería un dolor normal, sano, que superaría. Y un día encontraría a otra chica a quien amar y con quien casarse; una burguesita rubia y más conveniente que escogería muebles adorables para su deliciosa y elegante casa, que le daría adorables hijos rubios y que se pondría ropa adorablemente insulsa para sus encantadoras e importantes cenas.

Sería mucho mejor. Y ella se repondría y volvería a ser rápidamente la que quería ser; una mujer libre, independiente, emancipada. Era fuerte, tenía una vulgarísima salud de hierro y encontraría a otro amante perteneciente a su mundo que entendería su vida y cuya vida ella entendería, y al cabo de un año, quizá menos, recordaría a Rufus con cariño, pero con algo de desapego, y ya casi no acertaría a evocar el brillo de sus ojos cuando la miraba, ni su sonrisa, casi infantil, ante su mera presencia, ni cómo se le disparaba a ella el corazón y le daba vueltas la cabeza cuando volvían a verse después de un viaje, ni lo amparada y cuidada que se sentía a su lado, ni el efecto arrullador que le producía su voz, ni la conmoción que le provocaba el más mínimo roce de su mano, ni lo inestable y descentrada que se sentía cuando no estaba junto a ella; todo aquello, se dijo a sí misma, se transformaría en un recuerdo, en un archivo de su historia personal. Pero antes estaría el dolor. Y se estremeció al pensarlo.

Ya sabía cuándo lo haría. Estaba preparada; no tenía sentido posponerlo. Cada hora y cada día que pasaba no hacía más que empeorar la separación, hacerla más cruel. Rufus iría a verla a la mañana siguiente —no era cierto que tuviera que trabajar—, cuando trajera a su madre a Londres; se lo diría entonces. No toda la verdad, no era necesario; le diría que no tenían ningún futuro juntos y que lo mejor era zanjar su relación de inmediato. Y luego aceptaría la oferta de Rosenthal y se iría a Nueva York rápidamente. Y ésa era otra; porque si aceptaba aquel trabajo podría invertir algo de dinero en la empresa de Harriet y dar algún sentido a su tristeza, mitigar su extrañamiento. Todo sería horrible: Rufus se rebelaría, protestaría, y ella no podría hacer más que herirlo profundamente, definitivamente, y decirle que ya estaba medio liada con otro hombre, un fotógrafo o un estilista, para quitarle toda esperanza. Tilly se sirvió otra copa de vino, encendió otro cigarrillo y puso un disco de REM. En aquel momento sonó el teléfono. Era Ken Lazard.

—¿Harry? Soy Tilly. ¿Alguna noticia? Ah, ya veo. Bueno, pues yo sí. No, no tiene nada que ver con Cressida. ¿Le has dicho a la policía lo del piso? ¿Y qué te han dicho? Qué extraño, me refiero a que es todo tan complicado. Harriet, no te desesperes. Todo lo que hemos ido investigando demuestra que Cressida lo planeó todo. Estaba planeándolo desde hacía meses. Sí, ya sé que es terrible, pero al menos así estamos seguros de que no le ha pasado nada grave. Me refiero a que no se trata de un secuestro, ni de un accidente. No te deprimas. ¿Cómo? Sí, ya sé. Oye, ahora escúchame, Harry. Tengo noticias para ti. Ken Lazard acaba de llamarme. Harry, ¿estás sentada?, bueno, pues será mejor que lo hagas; al parecer, tu señor Cotton, que por cierto se llama Hayden, cenó con...

mierda, Harry, casi no me atrevo a decírtelo... cenó con Theo Buchan hace tres días.

Hubo un silencio larguísimo. Tilly casi pudo palpar el estupor, la fuerza física que le llegó por la línea. Y luego oyó:

—Pero no es posible. Theo estaba en Londres.

—Hayden estuvo allí durante veinticuatro horas.

—Pero ¿cómo conoce a Theo?

—Bueno, ya sabes cómo funcionan esos tíos. Theo posee varias empresas textiles, ¿recuerdas?, y le aconsejó no meterse en la cama contigo; en sentido figurado, por supuesto.

—¿Cómo?

—Sí, ya sé, ya sé, Harry, cálmate. No te precipites y le metas una bala entre las cejas. Quiero ayudarte.

—Pero Tilly... oh, no puedo creerlo. No puedo creer que Theo haya sido tan... tan pérfido, tan infame.

—Pues será mejor que vayas haciéndote a la idea. Además, todo cuadra. Piénsalo. ¿No me dijiste que hace dos días estaban a punto de firmar?... ¿que ya habíais llegado a un acuerdo?

—Pero ¿qué argumento puede haberle dado Theo?

—No lo sé. Obviamente, el asunto es complejo y Ken no ha logrado descubrir nada más. Pero imagino que le dijo que eras una incompetente... o cualquier cosa.

—Dios mío —dijo Harriet—, Tilly, ¿tú crees que también fue él quien impidió el otro par de acuerdos de compra?

—No lo sé. Aunque es posible. Lo que está claro es que ha estado siguiéndote la pista de cerca.

—Pero ¿cómo?...

—Harry, tampoco es tan difícil. Ya sabes que en este mundo se conocen todos.

—Oh, Dios mío. Tilly, gracias, de verdad. Te lo agradezco muchísimo. No sé muy bien qué voy a hacer, pero... bueno, ya se me ocurrirá algo. Aunque te diré una cosa; de pronto, me siento mucho mejor.

—Estupendo. Cógelo por los huevos, Harry, y se los estrujas hasta que grite.

—No se los tocaría ni loca —dijo Harriet sin más.

Tilly decidió que necesitaba cenar alimentos auténticos, y no el café instantáneo y el cigarrillo. Marcó el número del repartidor de pizzas del barrio, pero estaba comunicando; de pronto le pareció una excelente idea salir y andar un poco.

Todavía hacía bueno y ya había casi oscurecido. Las calles estaban abarrotadas; auténticas muchedumbres deambulando por las aceras, comprando, bebiendo copas en el exterior de los bares. Era cierto, pensó Tilly, aquello de que el clima desempeña un papel muy importante en la famosa reserva inglesa.

Bajó hacia Kings Road y se metió en el supermercado Europa, compró un montón de verduras y algunos huevos. Una inmensa tortilla a la española era exactamente lo que le apetecía. Regresó a paso lento, disfrutando de la calidez de la noche y sintiéndose mejor. Eran las diez; un día interminable.

Mientras subía a su piso oyó los timbrazos del teléfono y seguidamente el contestador que se ponía en marcha. No acertó a oír lo que decía la persona, pero era una voz femenina. Probablemente Harriet que querría seguir hablando de Theo.

Pulsó el botón de rebobinado de los mensajes; había tres llamadas. El primer mensaje era de James Forrest.

«¿Señorita Mills? Soy James Forrest. He estado pensando en lo que me ha dicho y estoy de acuerdo en que sería positivo hablar con su madre. Si es tan amable de comunicarme su número de teléfono, la llamaré. Gracias.»

—Vaya, vaya —dijo Tilly en voz alta—. Debes de estar muy asustado.

Le pareció increíble que James Forrest decidiera tomar el toro por los cuernos en un día tan especial. Tuvo ganas de marcar el número de su madre, pero decidió que aquella llamada la inquietaría y le traería malos recuerdos; sería mejor decírselo cara a cara, explicárselo bien. Iría el fin de semana a Peckham y se lo contaría todo; le diría que James Forrest quería verla, después de tantos años, para asegurarle que no había sido culpa suya.

La segunda llamada era de Felicity Livesey.

«Tilly, soy Felicity. Mick me ha dicho que ya has regresado a Londres. Perdona que te dé la lata, pero tengo que comunicar tu decisión a Meg Rosenthal. ¿Puedes llamarme a casa? Gracias.»

Y luego el tercer mensaje.

«¿Tilly? Soy Cressida Forrest. Cuando vuelvas, ¿podrías llamar a mi familia y decirles que estoy bien y que no se preocupen por mí? Gracias.»

CAPÍTULO 18

Con la habitual cortesía y frialdad le comunicaron que el señor Buchan había salido, que había cogido su coche y se había ido. No, todavía seguía hospedado en el hotel, pero no sabían cuándo regresaría. Lo sentían mucho. No, la señora Buchan tampoco estaba. Pues claro que podía dejar un mensaje. Sí, claro que se lo trasmitirían, por muy tarde que llegara.

Harriet colgó y se preguntó si podría soportar la furia que se le había enquistado en la zona del estómago hasta el momento del enfrentamiento con Theo. Se sentía literalmente poseída; ahora entendía que la gente cometiera asesinatos. Clavó los ojos en la puerta cerrada que daba al salón y detrás de la cual se oía... ¿qué?, Dios santísimo, la televisión. Pero ¿cómo podían estar mirando la tele cuando Cressida había desaparecido? Aunque, tras un examen veloz del abanico de posibilidades brindado por cada uno de los presentes en las últimas dos horas, le pareció la decisión más atinada. Si alguien proclamaba una teoría más, pegaría un grito. Es más, estuvo a punto de hacerlo, porque empezaba a vislumbrar lo difícil que le resultaría aguantar lo que quedaba de día sin hacerlo.

Ya casi anochecía y el sol, enmarcado por el brillante azul turquesa del cielo y rodeado de todas las tonalidades del naranja, se escondía detrás de las colinas. La quietud era tangible; tuvo la impresión de que si salía al exterior podría alargar la mano y tocarla, palparla. Sería fresca, pensó, de textura lisa, sedante, suave. Decidió bajar al puentecito y observar desde allí el ocaso definitivo del sol, la invasión de la penumbra y la aparición de las estrellas. A aquella hora era un rincón delicioso. De pequeñas, algunas noches Harriet y Cressida se armaban de valor y se escabullían de sus camas para bajar hasta el arroyo y espiar los sonidos nocturnos; las lechuzas, los relinchos ocasionales de los caballos y los chapuzones de las ratas de agua. Eran las únicas aventuras que habían compartido; se acurrucaban las dos sobre el banco de piedra, cogidas de la mano y unidas por la misma exaltación y el mismo enardecimiento. Sólo las pillaron dos veces —y por supuesto se las cargó ella por ser la mayor y la indudable instigadora de las expediciones—, pero cada verano lo repetían.

Se dirigió hacia la puerta trasera y cuando iba a salir recordó a Theo; no quería perderse su llamada. Además, sus padres se inquietarían si no la encontraban en casa. Regresó al salón y asomó la cabeza a la puerta. Todos apartaron la vista del programa que estaban viendo —un drama de época, le pareció— con un sentimiento de culpabilidad. Harriet les dirigió una sonrisa lo más animada posible y les anunció:

—Salgo a respirar un poco —dijo—, me voy al puente. Si hay alguna llamada para mí, ¿me avisaréis?

Todos asintieron con expresión compungida. El descubrimiento de la nota de Cressida había producido una especie de anticlímax, una bajada de adrenalina. Sólo Julia sonrió levemente.

—Iré yo personalmente, querida —le aseguró.

Tenía un aspecto estupendo, pensó Harriet; como si el día hubiera sido un éxito completo y acabara de despedir a su hijo y a su flamante esposa antes de cruzar el Atlántico, en lugar de haber tenido que presenciar la humillación pública y la deserción ante el altar de la que aquel mismo hijo había sido víctima.

Oliver miró a su madre y luego, casi con timidez, a Harriet.

—¿Te importa si voy contigo? —le preguntó—. Si te molesta no...

A Harriet le molestaba, le molestaba mucho, pero lógicamente no podía decírselo. Se esforzó en sonreírle.

—No, Oliver, por supuesto que no. De veras. Voy a ponerme un suéter. Nos encontramos en la cocina.

Se dirigió al trastero; no vio más que anoraks y tabardos de lana, prendas de mucho abrigo, y una chaqueta de lana muy vieja de su padre que todos se ponían de vez en cuando. Le trajo a la memoria una época remota en que todo parecía sencillo, transparente, feliz. Una época definitivamente extinguida en la que Cressida estaba prometida con Oliver, en que el matrimonio de sus padres parecía sólido y en que ella dirigía una empresa con visos de prosperidad; una época muy remota de la que la separaban, sin embargo, sólo veinticuatro horas.

Harriet se estremeció al pensar en todo lo sucedido en un

solo día y en lo que todavía podía suceder. Agotada, se puso la chaqueta y esperó pacientemente a Oliver, que apareció poco después con expresión todavía azorada.

—¿Estás segura de que no te molesto? No hace falta que te apiades de mí...

—Ollie —dijo Harriet tomándolo del brazo—, pues a mí me parece que sí mereces un poco de compasión. Vamos, salgamos de una vez de esta casa.

Se sentaron sobre el pretil del puente con los ojos clavados en las estrellas.

—¿No te recuerda el desierto al que nos llevó Merlin? —le preguntó Oliver de pronto—. Dios, qué felices éramos entonces. La vida era tan fácil. Debería haberme casado contigo, Harriet, y no con Cressida. Aunque bueno, tampoco estoy casado con ella.

—No —dijo Harriet—, y si era una proposición, lamento decirte que te daré calabazas. Aunque imagino que ahora te gustaría que también Cressida te las hubiera dado.

Hubo un dilatado silencio y luego Oliver dijo:

—Era imposible que me diera calabazas, Harriet. Fue Cressida la que quiso casarse. Y también era imposible que se las diera yo.

Harriet escrutó su rostro para ver si estaba bromeando pero, a pesar de la oscuridad, adivinó que hablaba muy en serio.

—No entiendo —dijo—. ¿Por qué? ¿Qué sucedió?

—Oh, Dios —dijo Oliver—. No debería habértelo dicho. Lo siento, Harriet. Olvídalo.

—Ollie, no seas ridículo. ¿Cómo quieres que lo olvide? Ahora ya no puedes dar marcha atrás. Si no querías casarte con ella, ¿por qué no pudiste evitarlo?

—Oh, Harriet —dijo Oliver—, por la sencilla razón de que Cressida estaba embarazada.

Harriet tuvo la sensación de que el puente se tambaleaba debajo de sus pies. Alargó la mano para agarrarse al pretil, pero todo permaneció inmóvil.

—Oliver, lo siento, pero no entiendo nada. Estoy un poco espesa. ¿Te importa empezar desde el principio? No me refería al año pasado, hablaba de ahora...

—Lo siento, Harriet, yo también estoy un poco confuso. Retrocedamos un año. O casi un año. Cressida y yo habíamos tenido una aventura. Le tenía mucho cariño, ella parecía tenérmelo a mí, era guapa, divertida...

—Sí, vale, no hace falta que te justifiques —dijo Harriet con impaciencia.

—Lo siento. Vuelvo a empezar. Cressida y yo tuvimos una aventura. En agosto vino a pasar unas semanas con nosotros, ¿recuerdas?, a Bar Harbor; navegamos mucho y nos lo pasamos muy bien. No era una cosa seria. Los dos estábamos de acuerdo en eso. Y la verdad es que nunca tuve la sensación de abusar de ella en ningún sentido. Al fin y al cabo, tenía veintiséis años. Y además, ya no era...

—¿Virgen? —dijo Harriet suavemente con una sonrisa cariñosa en los labios. Que no quisiera dar la impresión de ser un seductor, ni siquiera de una persona que acababa de humillarlo profundamente, era típico de Oliver y de la seriedad y la formalidad que aplicaba a su vida.

—Sí. Quiero decir, no, no lo era. Bueno, en cualquier caso en octubre me escribió para decirme que disponía de unos cuantos días libres y que si podía ir a verme. Le dije que por supuesto. En realidad, en aquel momento yo salía con otra persona, pero no... bueno, ya sabes a qué me refiero, ¿no?

—Sí, Oliver —dijo Harriet posando la mano sobre su brazo—. Ya sé a qué te refieres.

—Fui a buscarla al aeropuerto y ya me pareció algo... bueno, algo tensa. Pero nada más. Aquella noche salimos a cenar fuera con mis padres y lo pasamos muy bien. Cuando regresamos tomamos una última copa y mis padres subieron a acostarse. Y de pronto Cressida me dijo que tenía que anunciarme una cosa; que estaba embarazada, que no había duda de que el niño era mío y que teníamos que apresurarnos y anunciar nuestro compromiso. Harriet, te juro por Dios que hasta entonces nunca se había mencionado la palabra matrimonio, ni siquiera a de pasada. Yo sabía que en realidad no estaba enamorado de Cressida y que no quería casarme con ella. Y bueno, con mayor o menor acierto... intenté decírselo. Y Cressida se puso fatal. Empezó a llorar y me montó un número increíble y de pronto salió corriendo de la habitación. Cuando volvió, me dijo que había ido a devolver; según me explicó, se pasaba el día mareada y se encontraba fatal. Me sentí tan avergonzado, tan mal, Harriet, que procuré calmarla un poco, así que estuve hablando con ella mucho rato; le dije que haría lo que fuera por ayudarla, pero que lo de casarnos no me parecía una buena idea, y ella me salió con que si no le tenía ninguna consideración, y yo le dije que por supuesto que sí. Y entonces me preguntó qué opciones veía, que si pensaba en un aborto. Y con la mayor delicadeza le dije que, en cualquier caso, era una eventualidad que tendríamos

313

que contemplar, y se puso otra vez a llorar y a decirme que cómo se me ocurría pensar en deshacernos de nuestro hijo. Salió a vomitar de nuevo y cuando volvió empezó otra vez, dale que te pego. De veras, Harriet, fue espantoso. Cuando leo en los periódicos historias de testigos interrogados por la policía que acaban confesando delitos que no han cometido, te aseguro que imagino perfectamente los métodos empleados.

—Oh, Oliver —dijo Harriet—, oh, Ollie, no sabes cuánto lo siento.

—Sí, ya. Nuestros padres debían tener razón cuando nos decían que no nos acostáramos con nuestros ligues —dijo en son de guasa—. Lo que está claro es que no simplifica la vida. Y ya te imaginas el resto. No pude cerrar los ojos en toda la noche y estuve pensando en lo sinvergüenza que era yo, en lo encantadora que era ella, en lo mucho que la quería, en lo bien que nos lo habíamos pasado juntos en verano, en lo buena esposa que sería, en lo felices que haríamos a todos los que nos rodeaban y en las posibles alternativas, y por la mañana fui a verla a su dormitorio y le dije que me casaría con ella, que era una idea estupenda. Que la noche anterior me había cogido por sorpresa, y que eso era todo. Y entonces Cressida bajó corriendo a anunciárselo a mis padres quienes, por supuesto, se quedaron encantados con la noticia —aunque bueno, se quedó encantado papá; mamá, menos—, y luego llamó a tus padres y... bueno, ya conoces el resto. Esas cosas son como una apisonadora, Harriet, y es muy difícil escapar.

—No, Ollie, no conozco el resto. ¿Qué pasó con esa... criatura?

—Ah —dijo Oliver con mucha tristeza—. No, claro, no lo sabes. Lo siento. Pues que la perdió un par de semanas más tarde. Todavía no se lo había anunciado a tus padres; no sabíamos muy bien qué hacer, cómo manejar la situación, si casarnos rápidamente o... bueno, la cuestión es que perdió la criatura.

—¿Cuando regresó a Londres?

—Sí.

—Vaya —dijo Harriet con amargura—, qué oportuna.

—No —dijo Oliver—, no, ya sé en qué piensas, pero te aseguro que te equivocas. Estaba realmente embarazada, se encontraba muy mal; tenía... bueno, tenía todos los síntomas. Soy médico, Harriet, no se me puede engañar así como así, y además le mandaron una carta del hospital. ¿No recuerdas si estuvo... si estuvo enferma? ¿Si se ausentó de casa o algo así?

—No —dijo Harriet tratando de contener la sospecha de

que aquella Cressida nueva y tortuosa, con sus contactos, podría haber falsificado fácilmente una carta del hospital—. No, no lo recuerdo, pero la verdad es que la que me ausento a menudo soy yo. El otoño pasado estuve prácticamente todo el tiempo en París. Aunque mamá no me comentó nada. Pero, por Dios, ¿qué estoy diciendo? Estamos hablando de una mujer que el día de su boda se esfuma al volante de su avioneta cuando todos pensábamos que a duras penas montaba en bicicleta y que ha vendido su piso hace meses y nos ha dejado creer que todavía vivía en él. («Al menos, eso explica lo de la herencia misteriosa», había comentado James al enterarse.) Imagino que no debió costarle mucho encubrir un aborto. ¿Y tú, por qué no...?

—¿Por qué no lo anulé todo? Porque no pude, Harriet. Pensé hacerlo, claro; es más, sentí un alivio inmenso cuando me anunció que había perdido la criatura. Pero Cressida estaba tan triste, tan deprimida... Volvió al cabo de una semana con un aspecto terrible, muy pálida y demacrada, y no dejaba de llorar y de decir que lo único que le daba ánimos era que nos casáramos. Y bueno... actuaba como si me quisiera y me necesitara. No era el mejor momento para dejarla en la estacada, ¿entiendes? Y bueno... ya sabes que soy un tipo acomodadizo. Tenía mucho trabajo pendiente; mi tesis doctoral y mi primer trabajo en serio. Me aferré a eso y me convencí de lo afortunado que era.

—Oh, Oliver —dijo Harriet medio mareada. Aquel relato le había puesto los pelos de punta—. Qué pesadilla.

—Sí, en algunos aspectos sí. Pero en otros no, ¿sabes?, y eso fue lo que me impidió reaccionar. Yo creo que confiaba en un milagro. Mis padres parecían muy felices y los tuyos estaban encantados, y ya sabes lo difícil que es enfrentarse a eso. Procura no caer en esa trampa.

—No me parece muy probable —dijo Harriet con un suspiro—. En fin, que tú habías optado por casarte con ella y ella te anuncia que vuelve a estar embarazada. Aunque imagino que, a esas alturas, ya no importaba mucho...

—No —respondió Oliver con tono apesadumbrado—. No importaba. Como tampoco importaba ahora.

—¿Y cuándo te lo dijo?

—Cuando llegué —dijo Oliver brevemente—. La semana pasada.

Harriet lo miró y se percató de que lo decía con la misma inflexión de irritación y de fastidio con la que le había contado lo del aborto. Y Harriet volvió a experimentar la misma sensación de desconfianza y de recelo.

—Oliver, perdona pero...

—Sí —dijo él—, ya sé lo que vas a decirme. No cuadra. He intentado no obcecarme, pero las fechas no cuadran con nuestros encuentros. Cressida jura que sí, pero hay algo que falla, porque tendría que estar embarazada, o bien de mucho más tiempo o, a lo sumo, ¿de qué?, ¿de tres semanas? Es decir, de hace poquísimo. Aunque no me queda más remedio que confiar en ella, o mejor dicho, no me quedaba, porque no había otra alternativa, pero... estaba convencido de que me mentía. Así de claro. Lo siento, Harriet, ya sé que es tu hermana y que la quieres mucho y que siempre habéis estado muy unidas, pero...

—Me parece que no —dijo Harriet—. Que en realidad no la quiero —añadió en un arrebato de franqueza—. Es más, no apruebo nada de lo que hace. Y lo que te aseguro es que nunca hemos estado unidas. Lo fingimos, hacemos esta comedia estúpida.

—La verdad es que es una comediante excelente —dijo Oliver.

—Sí. Como decía Merlin. El bueno de Merlin. Oliver, deberías haber dicho algo, oponerte, de veras. No hubiera pasado nada grave.

—Oh, ya sé —dijo él, y bajo la luna, Harriet vio que estaba muy pálido—. Todavía no me explico por qué no lo hice, por qué me dejé llevar por la corriente. Aunque, Harriet, no es fácil interrumpirlo todo, frenar los acontecimientos de este tipo, humillar a alguien de esa forma.

—Pues ella sí lo ha hecho —dijo Harriet—, y vaya si lo ha hecho.

—Sí. Sé que con el tiempo se lo agradeceré. Te lo aseguro. Anoche me tomé un bote de pastillas —añadió en tono liviano.

Harriet lo miró pasmada. Se sentía realmente mareada.

—¿Que hiciste qué?

—Me tomé un bote entero de aspirinas con whisky. Oh, no fue más que un grito de socorro. Ya lo sé. Y Rufus y Mungo cuidaron de mí. Estuvieron fantásticos.

—Oh, Oliver —dijo Harriet, y de pronto se echó a llorar—. Oh, Oliver, estoy tan avergonzada por ella. Y tan triste por ti.

—Pues no lo estés —dijo él con tono casi animado y poniéndole un brazo sobre los hombros—, porque de hecho todo se ha solucionado. Me refiero a que ahora ya no tengo que casarme con ella; y cuando finalice este día espantoso, cogeré un avión, regresaré a Nueva York para retomar mi vida y contaremos cualquier mentira para explicarlo todo. Vivir en el extranjero es una ventaja enorme, porque aquí me resultaría todo mucho más difícil. De veras, Harriet, estoy empezando a sentirme mucho mejor. En cualquier caso, muchísimo mejor que si estuviera en un avión camino de mi viaje de luna de miel.

—Ya lo imagino. Madre mía —dijo Harriet sorbiéndose las lágrimas—. ¡Qué día! ¡Qué mierda de día! Perdóname. ¿Tienes un pañuelo?

—Sí, claro. ¿Estás bien?

—La verdad es que no mucho —dijo Harriet, y volvió a estallar en sollozos.

—Harriet, cariño, no llores. Hay algo más, ¿verdad? ¿Qué es? Cuéntame.

—Oh, Oliver, no puedo contártelo todo. Es demasiado horrible y humillante y... bueno, además, ahora mismo, aunque quisiera, no podría hacerlo. Lo siento. Quizá mañana. O un día de éstos.

—De acuerdo —convino Oliver—. Pero, por favor, cuando tengas ganas de contármelo, hazlo. Y si puedo hacer algo por ti...

—¿Qué me dices de un asesinato? —dijo Harriet para concluir.

Cuando volvieron, James estaba en la cocina preparando té.

—Tu madre ha subido a acostarse —le dijo a su hija con expresión cariacontecida—. Estoy preparándole esto.

—Sería mejor que le dieras algo que la ayudara a dormir —dijo Harriet.

—Ya se lo he dado. Tus padres están a punto de irse —añadió dirigiéndose a Oliver—. ¿Vas a irte con ellos o prefieres quedarte aquí?

—No, te lo agradezco, James, pero me parece que me iré con ellos. Harriet, ¿te parece bien o...?

—¿Cómo? Ah, sí —dijo Harriet—. Claro que sí. Llámame cuando te levantes. —Miró a su padre con mucha frialdad—. ¿Y tú, qué vas a hacer?

—Oh, no sé —dijo—. Esperar un poco por si surgen más noticias. Merlin y Janine todavía no han vuelto. Los esperaré para controlar a qué hora regresan —añadió con un amago de sonrisa—. Y además tengo que llevar a Susie a casa de los Beaumont.

—Claro...

—Harriet, creo que deberíamos hablar...

—Papá, no hay nada de qué hablar. No soy estúpida y me doy cuenta perfectamente de lo que ha estado sucediendo. No quiero oír nada más al respecto, ¿vale? Voy a subir a despedirme de mamá.

—De acuerdo —dijo James.

Maggie seguía despierta, pero estaba muy quieta. Alargó una mano y sonrió débilmente cuando Harriet se asomó a la puerta. Como si estuviera recuperándose de una operación seria, pensó Harriet mientras se acercaba a darle un beso. Maggie le tomó la mano cariñosamente.

—Has estado maravillosa hoy —le dijo—, tan buena. Gracias.

—Como todos, mamá. De veras.

—No, más que nadie. De no haber sido por ti me habría vuelto loca. —Suspiró—. ¿Dónde estará, Harriet? ¿Por qué lo habrá hecho? ¿Qué habrá podido pasarle? ¿Crees que es culpa nuestra?

—¿O sea que ahora crees que se ha ido... por voluntad propia? —le preguntó Harriet con cautela.

—Sí. El segundo mensaje, el de tu amiga Tilly, me lo ha confirmado. Aunque me parece que lo he intuido en cuanto he oído lo de la avioneta. Es todo tan extraño; un verdadero tormento. Tenía que estar muy desesperada, muy angustiada. Y encima, embarazada. Oh, Dios, ¿y quién cuidará de ella ahora?

—Mamá, trata de conservar la calma —dijo Harriet—. La nueva Cressida, la que hasta ahora no conocíamos, es perfectamente capaz de cuidar de sí misma. No temas.

—Sí, pero embarazada —repitió otra vez Maggie—. ¿Y cómo conseguirá dinero?

—Bueno, no creo que le falte —dijo Harriet—. Consiguió cien mil libras por su piso, no lo olvides. Con eso podrá pagarse alguna ayuda.

—Cariño, no seas tan dura.

—Lo siento —dijo Harriet—. No puedo evitarlo.

—Sí, bueno, siempre has sido más fuerte que ella —dijo Maggie—. Cressida siempre ha sido tan sensible, tan frágil. Lo de tu perrito, ¿sabes?, le supo tan mal...

—¿Lo de qué perrito? —preguntó Harriet.

—¿Lo ves? Ya le dije que lo olvidarías. Hablo de *Biggles*, aquella monada de cachorro que murió atropellado. Siempre ha creído que fue culpa suya porque olvidó cerrar la cancela. La niñera vino a decírmelo aquella misma noche porque lo había visto con sus propios ojos; por supuesto, luego se lo dijimos a Cressida y se pasó horas llorando. Estaba muy preocupada y me suplicó que no te lo dijera. Se lo prometimos y le dijimos que había sido un accidente, que podría haberle pasado a cualquiera y que por supuesto era mejor que no lo supieras, pero...

—¡Oh, Dios! —dijo Harriet—, ¡Dios mío! Lo sabía. Sabía que no había sido culpa mía.

—Bueno, cariño, ahora no te obsesiones con esto. No fue culpa de nadie. Acabo de decirte que fue un accidente. —Empezaba a estar soñolienta y los párpados se le cerraban—. Buenas noches, Harriet, gracias otra vez. Espero que mañana sea un día mejor.

—Oh, Dios, pobre *Biggles* —dijo Harriet.

Y de todas las cosas referentes a Cressida de las que se había enterado aquel día, aquélla le pareció la más chocante; que alguien, y con más razón una niña, se las arreglara, deliberadamente y sin escrúpulos, para que un cachorrillo delicioso e indefenso se enfrentara con una muerte segura y espantosa.

Fue a echar un vistazo al dormitorio de Cressida. Le dieron ganas de destrozarlo todo y de lanzar por la ventana todas las cosas de su hermana; sus almohadas de encaje, sus acericos victorianos y sus frascos de perfume. Luego regresó a su dormitorio, sacó del primer cajón de su escritorio la foto de *Biggles* que todavía conservaba en un viejo marco de cuero y la miró con adoración; vio aquel hociquillo enternecedor, aquellas orejitas erguidas, aquellas patitas aterciopeladas posadas encima del brazo de la butaca sobre la que se sentaba, e incluso después de tanto tiempo sintió una punzada de dolor más fuerte que nunca, puesto que ahora sabía que no había sido un accidente, que no debería haber sucedido.

—Oh, *Biggles* —dijo mirando la fotografía con los ojos empañados por las lágrimas—, oh, *Biggles*, lo siento mucho.

De pronto se sintió muy acalorada; abrió la ventana de par en par para airear la habitación y se dio cuenta de que todavía llevaba puesta la chaqueta de lana de su padre. Se la quitó y empezó a doblarla; todavía estaba cubierta de briznas de hierba de cuando su padre había cortado el césped antes de que vinieran a instalar la carpa. Siempre se encargaba él de hacerlo; le producía mucha satisfacción cuidar del césped y le prodigaba tantos mimos que Cressida siempre decía que era como otro hijo. Sacudió la chaqueta con la mano para quitar las hierbas y vio un trozo de papel asomado a uno de los bolsillos. Un papelote viejo, pensó mientras lo extraía; una lista de la compra o una factura del veterinario. Debía de llevar años metido allí dentro, aunque, por si las moscas...

—Cressida —dijo en voz alta con los ojos clavados en la nota, y la leyó varias veces, como si al examinar aquellas palabras con mucha atención hubiera podido borrarlas—. Oh, Cressida. Pero ¿qué narices estabas haciendo? ¿Qué estabas tramando?

Porque no era una lista de la compra ni una factura del veterinario; era la carta de una ginecóloga de la clínica Brompton con fecha del mes de octubre.

Querida señorita Forrest, le escribo para confirmarle lo que le he anunciado esta mañana por teléfono, es decir, que el resultado de su prueba de embarazo es negativo. Aunque no creo que ello deba causarle la más mínima ansiedad; muchas mujeres tienen dificultades a la hora de concebir, pero usted goza de una salud de hierro y todavía es muy joven. Le sugiero que si pasados seis meses sigue sin quedarse embarazada venga a verme, quizá con su novio, para hablar de las posibles pruebas a efectuar. Aunque creo que, de momento, será mejor que se relaje y procure disfrutar su próximo viaje a Nueva York.

Muy cordialmente,

JENNIFER BRADMAN,
miembro del Colegio Real de Obstetricia
y Ginecología.

CAPÍTULO 19

SUSIE, DIEZ DE LA NOCHE

—Jamie, me gustaría llamar a Alistair —dijo Susie.

Sabía que era una salida un poco intempestiva; que a Susie Headleigh Drayton, siempre tan serena y tan controlada, no se le habría ocurrido nunca hacer llamadas de pánico, ni confesiones o ultimátums en horas tan tardías. Pero no se sentía ni serena, ni controlada, ni como Susie Headleigh Drayton, sino como una extraña, como una mujer sumida en una pesadilla, como una mujer asustada.

—Ah —dijo James—. Ah, sí, claro. Si eso es lo que deseas realmente.

—Bueno, sí, es lo que realmente deseo. Ya lo sabes.

Lo había encontrado en su despacho, con la mirada perdida y una mano sobre el teléfono; acababa de llamar, por enésima vez, a la policía.

—No hay noticias de ninguna parte. Al parecer reanudarán las pesquisas mañana a primera hora. Y los del registro de personas desaparecidas han estado muy amables. Han querido tranquilizarme, consolarme. Hay mucha gente que desaparece y se desvanece como por arte de magia; cientos cada año, parece ser. Y nadie sabe por qué.

—Y esos cientos de personas, ¿regresan algún día?

—Algunos sí.

—Bueno, pues en ese caso hay esperanzas.

Y en ese momento le anunció que quería hablar con Alistair para comunicarle su deseo de vivir con James durante el tiempo que le quedara.

James le lanzó una mirada penetrante, insistente, y le preguntó:

—Susie, ¿estás realmente segura?

Durante unos minutos interminables, Susie temió que le fallara, que le dijera que no le parecía una buena idea, y supo a qué se refería la gente cuando decía que se le había helado la sangre en las venas.

—Me refiero, mi amor —añadió James escrutándole el rostro con cariño y con ternura y tendiéndole la mano—, a si te parece adecuado hacerlo ahora. Es muy tarde, estamos agotados y Alistair quizá ya se habrá acostado. Son las diez y pico. Me parece que sería mejor dejarlo para mañana.

—Sí, Jamie —respondió ella sintiendo un alivio inmediato, cálido y reconfortante, y que la sangre le circulaba de nuevo—, quizá sería mejor, pero mañana me ingresan a primera hora para la biopsia y el doctor Hobson quiere que Alistair me acompañe, y me parece que no podré aguantar esa comedia. Además, estoy tan asustada, tengo tanto miedo. Te necesitaré a mi lado. Y después de la biopsia, quiero que te quedes conmigo, quiero que estés a mi lado cuando me despierte y me comuniquen los resultados y... —Le tembló la voz; se mordió el labio y, luchando por reprimir sus lágrimas, alzó los ojos para mirarlo.

—Susie —dijo James—, Susie, cariño, pues claro que iré contigo. Por cierto, he estado haciendo unas cuantas averiguaciones respecto a Hobson y es excelente. O sea que, al menos en esa fase, estarás en buenas manos. Aunque después...

—Sí —dijo ella—, sí, después ¿qué? Jamie, me lo has prometido. Esta tarde me has prometido que a partir de hoy permanecerías a mi lado, que cuidarías de mí. —Esbozó una sonrisa porque, sin querer, se había referido a la celebración de la boda.

—Sí, y lo haré. Cariño, no pongas esa cara. Lo haré. Pero desvincularse llevará algún tiempo. Es imposible romper un matrimonio y abandonar una familia en un abrir y cerrar de ojos para fundar otra. ¿Qué voy a decirle a Alistair? Vamos, muévete, muchacho, ahora me toca a mí. Hay que concederse un poco de espacio, un poco de tiempo para poder maniobrar, lo entiendes, ¿no?

—Sí —respondió Susie con un suspiro—, sí, lo entiendo. Pero justamente de lo que no dispongo es de tiempo. Y aunque todavía no podamos vivir físicamente juntos, me gustaría que todo el mundo supiera lo que estamos preparando. O sea que, de todas formas, debemos decírselo a Alistair.

—Bien —dijo James, aunque con un tono dubitativo que volvió a asustarla—, vale, sí. Supongo que sí. Pero ¿tiene que ser esta noche? Piensa en las consecuencias, en las repercusiones. Y además ahora ya no puedo decírselo a Maggie, está durmiendo. Le he dado un somnífero muy fuerte. E incluso mañana, ¿tú crees que soportará una noticia como ésta después de la desaparición de Cressida? ¿Te parece justo?

—Jamie, quizá no sea justo, pero de lo que sí estoy segura es de que esta vez tengo la prerrogativa —dijo Susie. Sus temores iban en aumento—. Dentro de un año, de seis meses, podría estar muerta. No puedo esperarte, no puedo posponer mi felicidad hasta que Maggie sea capaz de soportar la noticia. Lo siento.

James la miró de nuevo con aire reflexivo; trataba de pensar rápidamente. Reprimiendo las lágrimas, Susie lo observó con una especie de fascinación paralizante. ¿Qué era aquello, qué estaba haciéndole?

—Susie, cariño, ¿no te parece que estás precipitando un poco las cosas? Porque, al fin y al cabo, ¿quién te dice que no es una falsa alarma, un bulto o un quiste? No lo sabes. Hobson tampoco lo sabe, nadie lo sabe. ¿Por qué no esperamos hasta mañana por lo menos?

—Jamie —dijo Susie en voz muy baja—, lo sé. Sé que hay algo que no funciona. No me encuentro bien, me siento terriblemente cansada, he adelgazado. No puedo permitirme...

De repente sonó el teléfono. James alzó el auricular. Susie se sentó y vio que el brillo de pánico que hasta entonces había llenado sus ojos desaparecía.

—Sí, Annabel, está aquí. Ahora mismo iba a llevarla. ¿Cómo? Bueno, dentro de media hora, imagino. Ah, de acuerdo, te la paso. —Tendió el teléfono a Susie y le dijo—: Es tu hija. Dice que es urgente.

—Oh, Dios —dijo Susie—, Dios mío, espero que no tenga nada que ver con Tom o con Alistair. Annabel, sí, cariño, ¿qué pasa?

La voz aterciopelada, sensual y de chica educada en inmejorables escuelas le llegó a través del auricular.

—Mamá, queríamos ir a una discoteca de Oxford. ¿Te parece bien?

—¿Cómo? —preguntó Susie. Se sintió confusa, desorientada, trasteada de sus aprensiones personales a las suscitadas por sus hijos y su marido. Y frente aquella trivialidad no dio crédito a lo que oía—. ¿Cómo dices, Annabel?

—He dicho que nos gustaría ir a una discoteca de Oxford —dijo Annabel con irritación—. Algo tenemos que hacer para animarnos un poco después de un día tan siniestro.

—Annabel —dijo Susie procurando no alzar la voz—. Pues a mí me parece que el día ha sido bastante más llevadero para ti que para la mayoría de las personas implicadas. Además, me había parecido entender que era un asunto urgente.

—Sí, vale, vale —dijo Annabel—. Lo siento. Pero es que no tengo dinero y he perdido mi tarjeta de crédito. ¿Me puedes dar un poco de dinero? Papá me ha dicho que me lo daría, pero se ha ido sin hacerlo. Es tan distraído. Si regresas ahora podremos irnos dentro de un cuarto de hora. Me sabría mal retrasarlos a todos.

Susie contó hasta diez; siempre le había servido de gran ayuda para tratar con sus hijos de forma tranquila y razonable, incluso cuando la sacaban de quicio. Pero por alguna razón, aquella vez no funcionó.

—Annabel —dijo y notó que mudaba de tono—, Annabel, no te sigo. Veamos si lo entiendo; quieres ir a una discoteca de Oxford y no tienes dinero. ¿Es eso?

—Sí —dijo Annabel—. No veo por qué te parece tan complicado. Si pudieras...

—Lo que es complicado —replicó Susie en un tono más ronco que el suyo habitual—, lo que me cuesta entender es que hayas podido considerarlo como algo urgente. Que me hayas llamado aquí, a estas horas, cuando todos podrían haber estado durmiendo, cuando han tenido que soportar un día equiparable a la peor de las pesadillas y cuando varias personas de esta casa están literalmente destrozadas, y decirme que necesitas dinero urgentemente para ir a una discoteca. Me parece vergonzoso, Annabel, de veras. Me abochorna ser tu madre. Y ahora, si te apetece, puedes ir a la discoteca, me importa un bledo, pero tendrás que conseguir que te financie otra persona. Y si me entero de que le pides dinero a Janet o a Brian Beaumont, te aseguro que pasará mucho tiempo antes de que yo o tu padre te demos un céntimo. Buenas noches, Annabel. Imagino que mañana no tendré más remedio que verte.

Colgó y miró a James con una mueca algo incierta.

—No suelo hacer estas cosas, aunque la verdad es que he disfrutado bastante. Supongo que habrás entendido de qué iba el asunto.

—Sí. Todos los chicos son iguales. No son más que unos consentidos. Recuerdo una vez, cuando Cressida era un poco más joven que Annabel, llamó a Maggie a las dos de la madrugada desde una fiesta para decirle que se le había roto la cremallera del vestido y para preguntarnos si podíamos llevarle otro. En total, cincuenta kilómetros de viaje.

—¿Y lo hicisteis?

—Bueno, no sabes lo que me costó convencer a Maggie —dijo—. Siempre ha sido muy indulgente con Cressida.

—Los dos lo habéis sido —dijo Susie—. Te lo he dicho siempre.

—Sí, pero no parecía una actitud dañina. —Hubo un dilatado silencio—. Un comentario especialmente acertado, ¿verdad? —dijo James con un profundo suspiro—. Porque está claro que sí hizo daño. Y mucho. Susie, ¿tú crees que está desequilibrada o que no es más que una comedianta?

—Oh, Jamie, no lo sé —dijo Susie—. Es muy difícil pronunciarse sobre eso. No es justo que me lo preguntes a mí.

—Sí, lo siento. Será un poco de ambas cosas. Dios, ¿adónde habrá ido? ¿Qué estará haciendo? Me aterra pensar en que de pronto podrían anunciarnos que la han encontrado accidentada en alguna parte, herida o incluso muerta. Es un espanto, un verdadero tormento.

—Jamie, es verdad que podría estar herida, o algo peor —dijo Susie con prudencia—, pero me parece muy improbable. Lo que es más verosímil, en cambio, es que haya huido, que se haya fugado, que haya decidido borrarse del mapa. Al fin y al cabo, ya os ha hecho llegar dos mensajes.

—Ya sé, ya sé, pero podrían ser falsos, alguien podría haberla forzado a mandarlos. No lo sabemos, ¿verdad? La policía ha querido tranquilizarme, aunque ya me dirás, ¿qué iban a hacer? Es su trabajo. Y además, si de verdad ha huido, ¿en qué estado estará? Embarazada, asustada... ¿Qué le hemos hecho? En tanto que padre he sido un desastre, Susie, como en muchas otras cosas.

—Con Harriet lo has hecho muy bien —dijo Susie—. Es la hija que todos soñamos tener. Es guapa, inteligente y tiene personalidad... Jamie...

—¿Sí, cariño?

—Ya sé que todo esto es terrible para ti, pero yo también me enfrento a una situación difícil. Y te aseguro que no puedo esperar. Por favor, deja que llame a Alistair.

Susie se lo vio esforzarse en poner a un lado sus aprensiones y en prestarle atención. Y le pareció discernir algo en sus ojos, algo diferente del amor y de la ternura, que la turbó. Trató de analizarlo y se dio cuenta de que la expresión de Jamie era la de un hombre hostigado, acorralado, casi desesperado.

—Jamie, ¿qué pasa? No tendrás dudas, ¿verdad? No irás a fallarme, ¿eh? Porque me parece que no lo soportaría, que no sabría qué hacer.

—No —respondió él sonriendo y tendiéndole la mano—, no, claro que no. No tengo ninguna duda. Ven a mi lado. Dios mío, Susie, no sabes cuánto te quiero.

Susie se acercó a él, tomó la mano que le tendía y se agachó para besarlo. Como de costumbre, sus labios eran cálidos, firmes.

—Sabes a menta —dijo Susie.

—A té de menta. Mi única droga.

—Madre mía —dijo Susie—, no sé qué haría Alistair sin sus whiskys. ¿Nunca tienes tentaciones?

—Sí, por supuesto —respondió James con espontaneidad—. Casi a diario.

—Pues cómo es que no...

—Oh —replicó James sin darle importancia—, no va conmigo. Eso es todo. No me sale a cuenta.

—Tilly es encantadora, ¿verdad? —dijo Susie, y notó una inmediata tensión en James.

—¿Y eso a qué viene ahora?

—Es que me he acordado de ella y de lo curioso que es que vuestras vidas se hayan entrecruzado —respondió Susie, un poco sorprendida—. A menudo pienso en su madre, pobre mujer, y en lo espantoso que debió de ser para ella.

—Sí —dijo James—, yo también, por supuesto.

—Aunque también fue horrible para ti. Espero que se diera cuenta de que no fue culpa tuya que la otra niña muriera. Cuando... cuando Tilly te ha pedido que le enseñaras el jardín, no habrá...

—No —replicó de inmediato James—, no me ha dicho nada. Por supuesto, sabe que fui yo quien atendió su parto, pero es evidente que no me reprocha nada.

—Bueno, en cualquier caso no tendría por qué hacerlo —dijo Susie—; la investigación demostró que no cometiste ningún error. Aunque bueno...

—Susie, ¿te importa que lo dejemos? Ya sabes que es un tema que me pone nervioso.

—Perdóname —dijo ella desconcertada—. Oye, ¿y si nos preparamos un poco de té, a la menta si quieres, y nos sentamos un rato en el salón y charlamos tranquilamente? Ya me he calmado. Me sabe mal haber perdido los estribos con Annabel, pero me ha puesto muy nerviosa.

—Desde luego, ha sido una reacción indigna de ti. Es una de las cosas que más me gusta de tu carácter, Susie; tu serenidad. Es maravillosa; me recompone, me da fuerzas. Como hoy.

—Mejor así —dijo ella, y se agachó para besarlo. A pesar de todos aquellos sinsabores, de pronto se sentía feliz, despreocupada, y pensó en lo mucho que lo amaba y en lo maravilloso que sería estar al fin juntos a todas horas sin tener que ocultar ni simular nada.

Se fue a la cocina, preparó el té y lo llevó al salón.

—Merlin y Janine están retrasándose.

—Merlin estará discutiendo la cuenta —dijo James.

—Sí, probablemente. —Susie sorbió un poco de té y lo miró fijamente a la espera de que retomara el tema de su vida en común, pero le extrañó sentirse tan sobreexcitada. Aunque dadas las circunstancias, no era de extrañar.

El silencio duró mucho rato; James no decía nada, ni siquiera la miraba. Susie empezó a notar que se le ponía la carne de gallina. Finalmente tomó aire y dijo:

—Jamie, Jamie, por favor. ¿Y si habláramos de todo esto? ¿Puedo llamar a Alistair?

—Susie, no lo sé. No estoy seguro.

Y entonces Susie advirtió que el pánico la invadía; un pánico ardiente y líquido que le saturó la cabeza y el pecho y le aligeró las extremidades.

—Jamie, ¿a qué te refieres con eso de que no estás seguro?

—A la forma en que quieres llevar este asunto.

Bueno, así estaba mejor; no del todo, pero mejor.

—¿Quieres decir que sería mejor esperar y hacerlo mañana? Bueno, quizá, aunque tendría que ser muy temprano...

—Sí, quizá, sí.

—Jamie, ¿qué estás diciendo? —Susie notó que su voz se agudizaba pero, aunque le fastidió, no pudo evitarlo—. Jamie, mírame.

James alzó los ojos brevemente, sin darle tiempo a leer su mirada, y los desvió de nuevo.

De nuevo cayó un silencio largo y desangelado; y poco a poco Susie fue recobrando el sosiego y la tranquilidad, como si el pánico se hubiera evaporado.

—No lo harás, ¿verdad? —dijo finalmente—. No vas a dejarla, no vas a vivir conmigo.

—Susie, no hace falta que nos pongamos dramáticos. No estoy diciendo eso en absoluto. Lo que quiero decir es que no estoy convencido de que sea la mejor solución para ninguno de los dos.

—¿Ah, sí? —dijo ella—. ¿Y te importaría decirme por qué? ¿Podrías explicarme la razón de esa falta de convicción?

—Cariño, me... oh, Dios mío, ven aquí, deja que te abrace.

—Me parece que necesito algo más que un abrazo —dijo Susie, y se dio cuenta de que la inflexión de su voz, controlada y fría, era la misma que había empleado para hablar con Annabel—. Preferiría que no trataras de confundirme con arrumacos, James. Creo que tenemos que hablar claro. Esta tarde me has prometido que vivirías conmigo, que dejarías a Maggie, y ahora...

—En realidad, no te he dicho eso —aclaró James—. Te he dicho que permanecería a tu lado mientras me necesitaras. Y lo haré. Pero eso no es exactamente lo mismo que desbaratar dos matrimonios, dos familias, en un momento en que...

—En un momento en que ¿qué?, Jamie, ¿qué estás diciendo? No te entiendo. El único momento del que dispongo es el actual y es probable que sea muy corto, y te necesito, y me has prometido... Jamie, por lo que más quieras, explícate, porque... —Se mordió el labio y se detuvo, con la mirada expectante, anhelando que James le ofreciera una garantía incondicional a pesar de estar convencida, con glacial certidumbre, de que no lo haría.

—Mira —dijo James con voz segura, tranquila, paciente—, mira, Susie, entiendo lo asustada que debes estar, y de veras quiero ayudarte en todo lo que pueda. Es probable que tengas que enfrentarte a una época muy dura, pero no creo que la mejor manera de hacerlo sea destrozando dos hogares.

—James...

—Susie, deja que termine. ¿No querías que hablara claro? Si haces lo que dices, causarás mucha infelicidad y mucho dolor. Y tú, Susie, que eres una mujer tan familiar, ¿serías capaz de agravar todavía más el dolor de tus hijos? Porque eso será lo que consigas. No sólo sufrirán por tu salud, sino también por el desmantelamiento de la familia, y encima te reprocharán haberle hecho eso a Alistair, a quien, por cierto, adoran. ¿Te parece justo? ¿Crees que así te sentirás mejor, más fuerte, más capaz de afrontar lo que te espera? Pues yo no lo creo. Y sí, de acuerdo, no amas a Alistair, pero ¿deseas lastimarlo de esa forma? ¿Es ése el legado que de verdad quieres dejarle? No puedo creerlo, Susie. De ti no puedo creerlo.

Tras un largo silencio, Susie oyó llegar un coche a través del tumulto confuso de su cabeza; una ínfima parcela de su cerebro le dijo que debía tratarse de Merlin y de Janine que regresaban de su cena —Dios mío, haz que no entren en esta habitación—, pero toda ella seguía concentrada en James y en su amargura.

—De acuerdo —le dijo con firmeza—, de acuerdo, te cuesta creerlo. Y sé que tienes toda la razón. Pero James, son fuertes, se repondrán por mucho que sufran. Y podré ayudarlos, explicarme. Sin embargo, ahora debo pensar en mí misma, porque he descubierto que no soy fuerte, es más, que no lo soy en absoluto, y la única forma de aguantar todo esto es viviendo contigo. James, llevo años compartiéndote y soportando esta farsa y sí, de acuerdo, en general ha funcionado bien, aunque no siempre ha sido fácil. Me ha costado mucho verte o imaginarte junto a Maggie, a pesar de mis sonrisas y de saber que también eso formaba parte de la comedia; no ha sido fácil no poder pasar toda una noche contigo, o tener que simular y mentir y, todavía menos, tener que fingir que Rufus no tenía nada que ver contigo, y no poder compartirlo o disfrutarlo juntos. Pero lo he soportado todo porque te quería tanto que me parecía una buena solución. O, al menos, mejor que su alternativa. Pero ahora todo ha cambiado. Estoy asustada y me siento sola y, como te decía, te necesito más que nunca.

—Pero Susie, ¿has pensado realmente en lo que eso significa? Sobre todo para Rufus. ¿Imaginas lo que supondría decirle que es mi hijo, que les has mentido a él y a Alistair durante todos estos años? ¿Tú crees que se lo merecen? Por favor, cariño, piénsalo bien.

—De acuerdo, lo pensaré, lo meditaré. Te lo prometo —dijo Susie con pesar, porque el argumento de James le pareció muy contundente y de una lógica aplastante—. Pero tú tienes que prometerme algo. Si decido que quiero vivir contigo, ¿aceptarás dejarlo todo y venirte conmigo?

James la miró y Susie advirtió de nuevo en sus ojos aquella expresión de hombre acorralado y asustado. Mientras esperaba una respuesta, y a pesar de la angustia que la asaltó, intuyó con claridad cómo terminaría todo; más mentiras y más equívocos, después de todos aquellos años de lealtad. James iba a fallarle cuando más lo necesitaba. En aquel mismo momento oyó un ruido a sus espaldas y al girarse vio a Rufus en el umbral de la puerta, completamente inmóvil, y leyó en su rostro que lo había oído todo.

—Perdonadme —dijo él con sus habituales buenos modales—. Me sabe mal haberos sobresaltado. He venido a buscarte para evitarle el viaje a James.

—Es... es muy amable —dijo Susie—, muy atento de tu parte. Gracias. Estoy...

—Sí, ya veo que estás... ocupada. Ha sido una estupidez no llamar por teléfono para ver si estabas lista.

—Rufus... quizá deberíamos... —empezó James.

—James, no pasa nada. Me iré y os dejaré tranquilos. Ya traerás tú a mamá. ¿Está Harry por aquí?

—Sí —dijo James—, aunque no sé exactamente dónde. Imagino que estará en su dormitorio. ¿Quieres que...?

—No, no, debe de estar acostada —dijo Rufus atropelladamente—. No la molestes.

Hubo un silencio y luego Susie dijo:

—¿Te apetece una copa o algo, cariño? ¿O un bocadillo?

Era grotesco, lo sabía, pero tenía que decir algo para borrar la terrible tristeza que teñía el rostro de su hijo.

—No —respondió Rufus—, no, gracias. Esto... bueno, me parece que me voy, probablemente a Londres.

—Rufus —dijo James—, de verdad, me sabría mal que...

—Te sabría mal que ¿qué? —le interrumpió Rufus, y por primera vez hubo una emoción en su voz; parecía vivo, enojado—, ¿que se lo diga a alguien? ¿Que cuente algo? Bueno, pues...

—¡Vaya, vaya! —Merlin y Janine, muy sonrientes, habían entrado por la puerta trasera; nadie había oído llegar su coche—. Ya veo que estáis de parranda... Sírvenos una copa, Jamie, anda, sé buen chico. ¿Ninguna noticia? Bueno, pues nosotros hemos cenado estupendamente, ¿verdad, Janine? Aunque por un precio desorbitado; es más, les he dicho que me parecía una suma exagerada y me han rebajado unas cuantas libras, pero al margen de eso ha sido...

—Merlin, Janine —intervino Susie, porque sabía que si no hacía algo, cualquier cosa, estallaría—, tendréis que perdonarnos, pero Rufus y yo nos vamos. Ha tenido la amabilidad de venir a buscarme y ya hace rato que me espera; ahora me gustaría irme porque estoy muy cansada. —Se acercó a ellos, les dio un beso y luego, sin mirar a James, dijo—: Rufus, cariño, vámonos, Janet estará esperándonos para acostarse.

Y dejando tras de sí la confusión de las despedidas, de los parabienes, de las exhortaciones dirigidas a Rufus para que condujera con prudencia y la expresión desconcertada, casi avergonzada, de James, Susie abandonó rápidamente la habitación: por fin pudo cobijarse en el coche y más adelante nunca logró recordar cómo consiguió llegar a él. Rufus, que conducía siempre con mucha precaución, puso el motor en marcha, aceleró bruscamente y tomó la vereda haciendo patinar las ruedas sobre la gravilla. Cuando llegaron a la carretera comarcal que conducía a Woodstock, frenó, aparcó a un lado de la carretera y apoyó los brazos y la cabeza sobre el volante.

—Rufus —dijo Susie—, Rufus, cariño...

—No —la interrumpió Rufus—, por favor, no digas nada.

No lo soportaría. Estoy hasta las narices de todo. Te dejo en casa de los Beaumont y luego me largo a Londres.

—Llévame contigo —dijo Susie, y le sorprendió lo mucho que lo deseaba—, por favor. Quiero ir a casa. No diré ni una sola palabra durante el viaje, pero, por favor, llévame a casa.

Lo único que temía era que Alistair no estuviera pero, tras salir del coche, dar las gracias a Rufus, hacerle prometer que la llamaría a la mañana siguiente e intentar darle un beso —que él esquivó girando la cabeza—, vio luz en el despacho del primer piso y a Alistair acercándose a la ventana para mirar al exterior. Corrió hasta las escaleras y, cuando por fin había logrado meter la llave en la cerradura y girarla, su marido le abrió la puerta desde dentro y la miró con mucho asombro.

—¡Cariño! Pero ¿qué haces aquí? ¿Por qué no me has llamado para decirme que venías?

—No he podido —dijo Susie—, bueno, era complicado. —Pasó delante de Alistair y se dirigió hacia la cocina—. Me apetece mucho una copa.

—Por supuesto. ¿Alguna noticia?

—No, nada. Aunque sí; Cressida dejó un mensaje en el contestador automático de Tilly Mills para decir que estaba bien.

Virgen santísima, parecía que hubieran pasado años; como si hubiera sucedido en otra vida.

—Esa chica está como una cabra —dijo Alistair con tono jocoso mientras le tendía una copa—. No le iría mal una buena azotaina.

—Eso mismo ha dicho Merlin —añadió Susie, y se le escapó una risita, que fue ampliándose hasta que no pudo controlarla. Miró a Alistair, que la examinaba con extrañeza.

—No le veo la gracia —dijo.

—No —respondió ella—, no, ya lo sé. —Y entonces se dio cuenta de que se había echado a llorar. Trató de recomponerse y se dejó caer pesadamente sobre la mesa.

—Alistair, tengo que hablar contigo.

—Ay, Dios —dijo él—. Parece terrible. ¿Lo es?

—En realidad, sí.

—¿Se trata de alguno de nuestros hijos? Me ha parecido raro que Rufus...

—No —aclaró Susie—, bueno, no es eso. Tiene que ver con... nosotros.

Ninguno de los dos dijo nada durante un momento. Y luego, con mucha prudencia, Alistair le preguntó:

—¿Es necesario, Susie? Quiero decir, ¿realmente necesario?

Susie lo miró fijamente y tuvo la sensación de estar viviendo un momento extraordinario, porque lo que descubrió en los ojos circunspectos de su marido era lo que siempre había intuido; que Alistair lo sabía todo desde hacía años. No habría podido concretar cuánto sabía, ni qué detalles conocía, pero era evidente que su marido no había vivido en la ignorancia ni en el engaño. Y Susie no pudo evitar sonreírle; una sonrisa muy leve y algo desconcertada, casi admirativa, no sólo porque su largo matrimonio con Alistair le reservara todavía aquella sorpresa, sino porque ambos fueran capaces de asumirla tranquilamente.

—Bueno... —dijo ella—, sí, bueno, pero...

—Susie —le interrumpió Alistair—, Susie, déjalo. No sabes lo mucho que te quiero y lo feliz que he sido contigo. Así que preferiría que lo dejáramos así.

—Pero Alistair...

—Susie, déjame terminar, por favor. Has hecho gala de una gran habilidad y has conseguido formar una familia muy feliz. Mucho más feliz que la gran mayoría. Y salvo que sea verdaderamente necesario, te agradecería que no lo estropearas. No tiene sentido.

Susie apuró la copa y se sirvió otra.

—Sí tiene sentido —dijo en voz baja—. Porque por desgracia hoy ha cambiado todo. Lo siento. —Estuvo a punto de decir: «Se trata de Rufus», pero decidió remontarse más lejos y tratar de explicarle la extrañeza de su comportamiento de las últimas semanas—. Estoy enferma —le anunció con voz firme—. Ése es el problema. Y es posible, es más, es muy probable que se trate de un cáncer de mama. Me he enterado esta mañana. No sabes cuánto lo siento, Alistair.

Y era sincera cuando decía que lo sentía, porque representaría un terrible engorro para todos; no podría ayudar a Alistair ni a ninguno de sus hijos. No podría encargarse de las responsabilidades que Alistair dejaba en sus manos; es decir, cuidar de la casa, de los hijos, recibir invitados, organizar las vacaciones. Era una perspectiva muy desalentadora y tenía la impresión de que no lo soportarían.

Susie vio que su marido estaba observándola como si la descubriera por primera vez. Con la tez de color ceniciento y una mueca de tensión en los labios, Alistair alargó una mano, como para tocarla, pero la dejó caer y se sentó pesadamente en una silla que había junto a la mesa.

—¿Es... es muy grave? —preguntó.

—Todavía no lo sé. El doctor Hobson me ha llamado esta tarde para decirme que mañana, a primera hora, quiere que vaya al hospital para hacerme una biopsia. Y, por supuesto, también quiere verte a ti. Pretendía que fuéramos hoy, a última hora, pero era imposible. No me ha parecido el día más adecuado, la verdad. Así que tendrá que ser mañana.

—¿Podría tratarse sólo de un susto?

—No lo creo —dijo Susie procurando no ser brutal—, y él tampoco. Sé que él cree que es algo más, me lo ha dicho. Ha puncionado un poco de líquido y lo ha analizado, no sé muy bien qué; y también me ha hecho una mamografía. Está preocupado. Lo noto. Pero no sabremos nada concreto hasta mañana.

—¿Te... te duele?

—No. La verdad es que no, pero no me encuentro muy bien. Desde hace un tiempo siempre estoy cansada, y además últimamente he perdido peso. Lo siento, no quería angustiarte, pero me ha parecido mejor ser sincera. Al menos en lo referente a este tema —añadió con una sonrisa irónica.

—Dios mío —dijo Alistair, y aquella vez sí la tocó, muy suavemente; tomó su mano y la miró fijamente—. Dios mío, Susie, ojalá me lo hubieras dicho antes. Deberías habérmelo dicho.

—¿Y de qué hubiera servido? Descubrí el maldito bulto hace una semana; podría no haber sido nada y te habrías preocupado inútilmente, así...

—Sí, sí, ya sé, pero debes estar tan... bueno, tan asustada —acertó al fin a decir. No era una palabra que Alistair usara mucho; también él parecía bastante asustado. Y a pesar de su amargura y de sus ansiedades, Susie se dio cuenta de que su marido se mostraba mucho más atento y solícito que James. Aunque también era cierto que había sido un día especialmente duro para James.

—Me asusté —respondió, ligeramente asombrada al percatarse de que hablaba de aquella emoción en pasado—, pero ahora ya no lo estoy. Me he resignado, aunque no creo que dure. Estoy segura de que volveré a sentir miedo.

—¿Y qué te ha dicho el doctor Hobson? ¿Qué opina? ¿Qué podría pasar?

—No lo sabe, Alistair. No lo sabrá hasta que haga la biopsia. Lo siento.

—Dios mío —suspiró él—, Dios mío, Susie, este asunto no me gusta nada.

Le puso un brazo por encima de los hombros y acunó su cabeza en el hueco de su cuello. Susie permaneció inmóvil, insensible a sus emociones personales, y se empapó del miedo y del terror frío y descarnado de su marido aun siendo incapaz de mitigarlo, y por primera vez en los años que llevaban casados se dio cuenta de que Alistair la amaba.

CAPÍTULO 20

HARRIET, ONCE DE LA NOCHE

Harriet estaba enzarzada en un pronóstico de *cash-flow* para el año 2001 —tras conseguir una quiebra rehabilitada, un nuevo respaldo financiero, otro local y un personal renovado; lo único con lo que podía fantasear, se decía una y otra vez, era con el optimismo— cuando sonó el teléfono. Tras encontrar la carta de la ginecóloga había subido a su habitación, en la que había permanecido desde entonces; no habría podido soportar tener que encararse con quien fuera, ni siquiera con Oliver, ni aguantar más emociones, reproches o teorías. Había decidido comunicar lo de la carta a la mañana siguiente. Únicamente aspiraba a alejarse de aquel infausto asunto y a centrarse en sus problemas personales, en su futuro. Aunque distraídamente, había oído llegar varios coches y las voces de los recién llegados en el piso inferior, pero no les había prestado mayor atención. Si la necesitaban ya sabían dónde encontrarla. Estaba hasta el moño de todos; la habían dejado exhausta. Lo único que ocupaba su mente y consumía su energía era la llamada que esperaba. Lo del *cash-flow* había sido una idea estupenda; la había absorbido por completo. Leer, mirar la tele o escuchar la radio habría sido inútil y no le habría impedido esperar el telefonazo de Theo reconcomida por la ira. Aquellos vaticinios la distraían al menos del dolor que le había causado descubrir lo de su padre; un tema que descartaría momentáneamente hasta poder encontrar el tiempo suficiente para analizarlo más profundamente, asimilarlo y decidir qué hacer al respecto. Cada cosa a su tiempo; cada dolor a su tiempo.

En algún momento temió que Theo no la llamara, que siguiera esquivándola; pero le alivió enormemente no tener que añadir la cobardía a la lista de sus defectos.

Bajó la escalera corriendo y descolgó el supletorio de la entrada.

—Harriet Forrest —dijo, reprochándose el ligero temblor de su voz y los latidos incontrolados de su corazón. Maldito Theo, maldito Theo, ¿cómo podía...?

Pero no era Theo, sino Tilly.

—Hola, Harry. ¿No estarías durmiendo, verdad?

—¿Durmiendo? Todavía estoy esperando que me llame ese cabrón. Creía que era él, así que...

—Pues lo siento. Oye, ha pasado algo extraordinario. He visto... no, no he visto. Empiezo otra vez. Harry, ¿conoces a una mujer llamada Eloise Renaud?

—No. No creo. Es más, estoy segura de que no la conozco. A menos que se trate de una proveedora o algo así, pero no recuerdo a nadie con ese nombre. ¿Por qué?

—Bueno, porque sea quien sea, es el doble de Cressida. O... algo así.

—Pero... pero ¿qué dices Tilly?

—Lo siento, Harry, pero es que es complicado explicarlo. Inquietante incluso. He...

—Tilly, por favor —dijo Harriet, ansiosa—, empieza por el principio, ¿quieres? ¿Qué ha pasado? ¿Quién...?

—Vale, vale; Mick Grath acaba de llamarme.

—¿Desde París?

—Sí, desde París.

—¿Y qué tiene eso que ver con Cressida?

—Estoy tratando de decírtelo. Escucha.

—Estoy escuchando. —Harriet se sentó sobre el suelo del vestíbulo con el teléfono en el regazo.

—Esta mañana Mick ha ido a las oficinas del *Figaro* para entregar unas fotos. Estaba esperando al jefe de fotografía en su despacho y se ha fijado en las fotos que tenía sobre su escritorio, ya sabes, las que traen los *freelance*.

—Sí, sí, ya sé. Sigue, Tilly, por Dios.

—Eso intento. Bien, pues resulta que había una foto de una pareja bajando la escalinata del Sacré Coeur. Era preciosa, me ha dicho; la novia reía, había palomas por todas partes y los curiosos los miraban arrobados. Muy Robert Doisneau.

—¿Quién?

—Robert Doisneau. Ya sabes, ese tipo que hizo esa fotografía tan famosa de una pareja besándose por las calles de París, está en todas partes, la habrás visto...

—Tilly, ¿qué relación tiene eso con lo nuestro?

—Bueno, nada, salvo que el pobre desgraciado que la ha tomado debía pensar que se la publicarían. En fin, que de pronto Mick se ha dado cuenta de que la chica era Cressida.

—¡Cressida! Vestida de novia en París. Pero... —La habitación empezó a girar y la voz de Tilly empezó a llegarle con altibajos. Cuelga Harriet, pensó; esta vez sí estás soñando y dentro de un minuto vas a despertar. Sin saber muy bien por qué fijó la mirada, dejó de respirar y esperó el momento del despertar; pero sólo oyó la voz sinuosa y fluctuante de Tilly.

—Harry, ¿estás bien? ¿Sigues ahí?

—Sí —respondió Harriet retomando la respiración—, sí, estoy aquí. O eso creo. Tilly ¿está completamente seguro? ¿No se habría tomado algo?

—Está segurísimo. O al menos lo estaba hasta que ha leído el pie de foto, donde estaba escrito que la chica era Eloise Renaud, fotografiada hoy, después de su boda en el Sacré Coeur. El nombre del tío no aparecía.

—Pero no puede ser, Tilly. Es imposible. Quiero decir que... Bueno, Mick no conoce muy bien a Cressida. Podría ser un error.

—Pues claro que la conoce. O al menos sí lo suficiente como para reconocerla. Cenamos todos juntos hace unas semanas, por Dios. El único problema, claro, es que no es Eloise Renaud.

—No —dijo Harriet—, no lo es. Oh, Dios mío. Tilly, creo que nos estamos volviendo todos locos. Nos ha enloquecido ella. —Tenía ganas de llorar; tomó aire y trató de serenarse.

—Mira, Mick tiene una copia, podría enviártela a través del fax. ¿Tienes alguno a mano?

—Bueno, no sé. Podría ir a Londres, imagino. Aunque la verdad, es un viajecito...

—¿Y el hotel? Ahora todos tienen fax. ¿No podrías convencer a alguien para...?

—Una idea brillante, Til —dijo Harriet lentamente—. Eso haré.

Seguro que en el hotel Royal de Woodstock tenían fax. Y también tenían a Theo Buchan.

Ya casi estaba fuera de la cocina cuando recordó que había prestado el coche a Mungo. Mierda. Eso significaba que tendría que pedírselo a su padre y darle alguna razón, y que entonces él querría saber por qué y...

—Oh, Dios mío —dijo Harriet en voz alta—. Oh, Dios mío.

—¿Algún problema? —Era Merlin, que se acercaba a ella con un brillo especial en sus ojos azules. Traía una copa de whisky en la mano—. Venía a por un poco de agua. ¿Puedo ayudarte en algo?

—Bueno... —dijo Harriet—, pues quizá sí. Pero no me atrevo a pedírtelo.

—Tú prueba. Estoy de excelente humor.

—Eso parece —dijo Harriet con una sonrisa, momentáneamente distraída de su angustia por la felicidad palpable que despedía Merlin—. ¿Qué ha pasado?

—Te diré lo que ha pasado —dijo Merlin—, me he puesto igual que los pájaros, las abejas y las moscas adiestradas, eso es lo que ha pasado.

—Lo siento, Merlin, pero no acabo de seguirte.

—Pero ¿es que nunca escuchas música como Dios manda, Harriet? Una canción de Cole Porter. *Let's do it*. Fantástica. En fin, que se trata de eso. Me ha costado más de lo normal, pero aquí me tienes, indefenso como un gatito en lo alto de un árbol, por citar otra.

—Merlin, ¿estás tratando de decirme que... que te has enamorado?

—Exactamente. Como un colegial. Bueno, y ya imaginarás de quién, por supuesto. De Janine. Es una chica estupenda. Qué noche hemos pasado. Podría haberme quedado con ella para siempre, pero no he querido provocar rumores, ni destrozarle la reputación, y esas cosas.

—No, claro —dijo Harriet, tratando de conservar una expresión sobria.

—Todavía me cuesta creer la suerte que he tenido —dijo Merlin tomando un gran sorbo de whisky—. Es muy atractiva, ¿verdad?, y muy lista. Además sabe escuchar a la gente. Aunque también la he dejado hablar. Me ha hablado de sus maridos, los tres, y de su vida. Muy interesante. Aunque una cosa que no ha hecho, dice, es viajar lo suficiente. En cuanto pueda, me la llevo a la Sabana. Y a las selvas tropicales. En fin, que le he pedido que se case conmigo y ha aceptado. ¿Qué te parece, eh?

—Merlin, me parece maravilloso —dijo Harriet abalanzándose sobre él para darle un beso—. Esto... ¿es oficial? Quiero decir, ¿tengo que callármelo?

—Ni hablar. No quiero perder más tiempo. Además, nunca he creído en los noviazgos largos. Mañana mismo pondré un anuncio en el *Telegraph* y solicitaremos una autorización especial. Al parecer, Janine ya tiene un traje adecuado, o sea que así evitamos todo el ajetreo.

—Madre mía —dijo Harriet—. ¿Hablas en serio, no?

—Pues claro que hablo en serio. Mira, siempre he dicho

338

que en cuanto encontrara a la mujer adecuada, no la dejaría escapar. Y además Janine se ha decidido muy rápidamente. Se lo he pedido antes del postre y cuando estábamos tomando el café me ha dicho que sí.

—Bueno, pues me parece estupendo —dijo Harriet—. ¿Puedo ir a felicitarla?

—Esta noche quizá no. Me parece que está un poco cansada. Todas estas memeces de hoy la han dejado un poco inquieta. Ha ido a acostarse. Pero podrás hacerlo mañana. La verdad es que ha dicho que quería comunicártelo a ti antes que a nadie.

—Oh, Merlin —dijo Harriet con los ojos llenos de lágrimas—. Oh, Merlin, no sabes cuánto me alegro por los dos.

—Sí, bueno, he sido muy bobo al no darme cuenta antes —dijo sonrojándose ligeramente—. Imagino que he perdido mucho tiempo. Pero da igual, todavía no chocheamos, nos quedan muchos años por delante. Lástima que no podamos tener hijos, pero no hay que darle más vueltas, porque eso me temo que ya no podremos hacerlo. Aunque podríamos adoptarlos —añadió de pronto—. ¿Qué opinas? ¿O crees que las autoridades nos considerarían demasiado mayores?

—Merlin —dijo Harriet volviendo a darle un beso—. Tienes mi apoyo incondicional frente a las autoridades. Pero yo que tú esperaría un poco. Será mejor que dispongáis de algún tiempo para estar solos, ¿no te parece?

—Sí, supongo que sí —dijo Merlin—. Bien, y ahora dime, ¿cuál era ese favor que querías pedirme?

Harriet se sentía muy feliz mientras bajaba la sinuosa vereda al volante del Lagonda. El romance entre Merlin y Janine le había levantado los ánimos como nada hubiera podido hacerlo. Habría dado cualquier cosa con tal de poder charlar con Janine, pero la puerta de su dormitorio estaba cerrada y no vio luz por debajo; la vería a la mañana siguiente. De pronto se preguntó si Janine le permitiría diseñarle un vestido, aunque como Merlin parecía tener tanta prisa quizá no sería una buena idea. Vaya boda. Se preguntó quiénes serían los padrinos de boda, porque a Merlin ya debían quedarle pocos amigos capaces y en vida; la gente de su edad solía asistir a muchos más funerales que a bodas. Aunque, pensó, y no pudo evitar sonreír con cariño, quizá recurriría a algún personaje exótico encontrado en alguno de sus viajes, algún jefe de tribu. Merlin era capaz de cualquier cosa. Y a Janine también le complacería aquella idea.

El coche que iba detrás de ella llevaba puestas las largas y la deslumbraba; probablemente se tratara de alguien que no conocía bien aquellas carreteras estrechas y serpenteantes. «Tú espera y verás —dijo en voz alta—, y de paso aprende modales», y para olvidar la irritación que le producían aquellos faros empezó a cantar *Let's do it*, la primera canción que le pasó por la cabeza. Y de pronto se dio cuenta, con bastante asombro, de que se sabía casi toda la letra: «Los argentinos sin posibles lo hacen, y en Boston hasta las judías lo hacen...» ... luego decía algo parecido a que los lenguados ingleses también lo hacen y luego, ah, sí, «Lo hacen los peces rojos en la intimidad de sus peceras». Aunque hasta cierto punto era lógico, había crecido oyendo aquellas canciones. Merlin tenía cajas enteras de discos de setenta y ocho revoluciones en su apartamento polvoriento y cada vez que Harriet iba a verlo la obsequiaba poniéndoselos en su gramófono anticuado. Cuando llegó al aparcamiento del hotel Royal ya había cantado *Putting on my Top Hat*, *Isn't it a Lovely Day* y *Just the Way You Look Tonight*; así que, ¿para qué necesitaba un estéreo en el coche? Acababa de sacar la llave del contacto y estaba acariciando el salpicadero de madera con cariño cuando vio que el coche que había estado siguiéndola y deslumbrándola era el Bentley de Theo Buchan; la expresión que compuso él al ver que era Harriet y no Merlin quien salía del coche la resarció de gran parte de las calamidades de aquel día.

Harriet se acercó a su coche con una sonrisa forzada.

—Theo —le dijo—, qué alegría verte.

—Sí —respondió él. Incluso teniendo en cuenta el alumbrado amarillento y poco favorecedor del aparcamiento del hotel, tenía un aspecto terrible; pálido, casi ceniciento, y con profundas ojeras.

—¿Sabes que es de muy mala educación ponerle constantemente las largas al coche que va delante de ti?

—Oh, por Dios —dijo Theo saliendo del coche lentamente; en aquel momento, pensó Harriet, parecía un hombre mayor—. Creía que era Merlin. ¿Qué carajo estás haciendo con su coche?

—Oh, se lo he robado mientras dormía. Es más, tengo previsto fugarme con él y venderlo a un chapista. Merlin me lo ha dejado, eso es lo que estoy haciendo con su coche. Porque yo le he dejado el mío a tu hijo.

—Qué amable —dijo Theo—, aunque habría sido preferible que no lo hicieras.

—¿Y por qué?

—Oh... da igual. Merlin debe tenerte mucho aprecio —añadió—, porque a mí no me ha dejado conducirlo nunca.

—Sí, bueno, es que algunos merecemos más atenciones que otros —dijo Harriet— porque, me atrevería a decir, somos más dignos de confianza.

—Vale —dijo Theo—. Bien, y ahora me perdonarás, Harriet, pero estoy muy cansado. Ha sido un día muy largo y me voy a la cama.

—No, no te vas a la cama, tenemos que discutir de unas cuantas cosas, Theo.

—¿Ah, sí? ¿Y de qué?

—De negocios, por supuesto. Es lo único que podría discutir contigo.

—Harriet, no sé de qué me estás hablando.

—Sí lo sabes —dijo Harriet escuetamente—. Cotton Fields.

—¿Cómo dices?

—Lo has oído perfectamente. Aunque te lo repetiré, por si las moscas. Cotton Fields. Cadena de moda. Prendas deportivas que hacen furor. ¿Te empieza a sonar?

—No creo.

—Mentiroso —dijo Harriet brevemente—. Bueno, da igual. Ahora tengo que hacer una cosa, pero cuando termine subiré a tu habitación. Aunque también podemos hablar en el bar, para no molestar a Sasha. Pero es posible que se arme follón.

—Sasha no está —dijo Theo con concisión.

—¿De veras?

—Se ha ido a Londres.

—Ya veo. Sin ti. Qué independiente.

Theo no dijo nada. Se dirigió hacia la puerta principal del Royal y la abrió para que Harriet pasara.

—Bueno, pues nos vemos dentro de un rato. Te espero con ansia.

—Yo que tú me lo ahorraría —dijo Harriet.

Se encaminó hacia la recepción. Un joven de inconmensurable arrogancia sustituía a la chica del pelo ensortijado. Iba vestido con un traje de color gris claro muy severo y llevaba un sello bastante ostentoso. Su rostro y su cabello eran pálidos y lisos. Sintió inmediata antipatía por él.

—Me gustaría pedirle un favor —dijo, luchando por sobreponerse a lo que sabía no era más que un prejuicio inducido en gran parte por aquel traje.

Una sonrisa glacial se dibujó en la boca del recepcionista;

mientras trataba de pergeñar una excusa para no mostrarse servicial sonó el teléfono.

—Perdóneme un momento —dijo, y descolgó el auricular.

La llamada, con toda evidencia, era de su novia; el joven le dio la espalda y estuvo hablando bastante rato. Harriet esperó, procurando no soltar una impertinencia. Cuando al fin colgó se giró hacia ella.

—Bien —le dijo—. ¿Decía?

—En realidad —contestó Harriet—, todavía no había dicho nada. Pero lo que quería preguntarle es si me permite utilizar su fax. Necesito que me manden urgentemente un documento desde Francia y el fax más cercano me ha parecido el del hotel. Vivo en Wedbourne, en Court House —añadió con el deseo de impresionarlo y para dejar bien claro que no era una turista de paso.

El recepcionista la miró con indiferencia.

—No conozco la zona —dijo—. Soy de Birmingham— añadió para dejar bien claro que los que no procedían de Birmingham eran personas de escasa enjundia.

—Sí, bueno, todos... —Harriet estuvo a punto de decir «tenemos nuestros problemas», pero logró refrenarse—. Quiero decir... esto, ¿me permite utilizar el fax? Por supuesto, pagaré lo que haga falta, aunque necesitaría llamar a una persona en París y comunicarle el número de fax del hotel.

—Pero usted no está alojada en el hotel, ¿verdad?

—No —contestó Harriet pacientemente—, no, ya se lo he dicho. Vivo en Wedbourne.

—Bien, pues en ese caso creo que no podré ayudarla. No estoy autorizado para permitirle el acceso a nuestro fax.

—Pero si está ahí —dijo Harriet inclinándose sobre el tablero—, estoy viéndolo. No tiene que permitirme el acceso, sino darme el número.

—Que usted comunicará a continuación a su amigo —dijo el joven con desdén, como si Harriet estuviera a punto de organizar un vasto tráfico de narcóticos en el vestíbulo.

—Sí.

—Lo siento, pero eso infringe el reglamento de la dirección. El fax sólo es para los clientes —añadió meticulosamente.

—Pero no voy a estar utilizándolo toda la noche —replicó Harriet—. Sólo pretendo recibir un documento.

—Sí, pero mientras usted lo utiliza, los clientes no pueden hacerlo. Lo entiende, ¿no?

—Mire —dijo Harriet—, son las once y media de la noche. No veo a muchos clientes en los alrededores y todavía menos blandiendo documentos con el fin de enviarlos por fax. No serán más que treinta segundos. Por favor, es muy importante.

—Lo siento, pero le repito que no estoy autorizado para infringir el reglamento de la dirección —dijo—. Es muy preciso y... Ah, buenas noches, señor Buchan, ¿necesitaba algo?

Harriet no había visto acercarse a Theo; mierda, debía de haber presenciado aquel humillante episodio.

—Mucho me temo que nada de lo que usted pueda conseguirme podría interesarme —dijo Theo con aquel tono áspero que provocaba una intensa ansiedad en sus colaboradores de todo el mundo al plantearles la inmediata perspectiva de tener que empezar a pensar en un empleo alternativo—. Harriet, arriba tengo un fax. Puedes utilizarlo.

—Prefiero utilizar el de aquí —repuso Harriet con firmeza.

—Bueno, pues no te van a dejar. Está claro. Me ha parecido entender algo relacionado con un estúpido reglamento de la dirección. Así que tendrá que ser el mío o ninguno.

Harriet lo miró; a pesar de la aspereza y de la seriedad con que hablaba, percibió un brillo especial en sus ojos oscuros. Theo la tenía atrapada y lo sabía. Se sulfuró; contra el joven y contra sí misma por no haber sido capaz de convencerlo, contra la dirección y su absurdo reglamento, pero sobre todo contra Theo por haberla descubierto en un momento de clara desventaja y abusar de ello.

—¿Por qué no le dices que quieres utilizarlo tú? —le rogó.

—¿Y por qué iba a hacerlo? Esta gente lo cobra todo a precio de oro. Añadiría un pico a mi factura, además del IVA y qué sé yo.

—Te daré el pico —dijo Harriet desesperada.

—Vaya, qué interesante. Pero nuestro joven amigo seguiría siendo consciente de estar infringiendo el reglamento de la dirección. E imagino que eso le sabría muy mal. Lo consideraría incluso poco ético. No, es mejor que utilices el mío. Vamos, Harriet, por el amor de Dios. Encárguese de que me suban una botella de coñac, ¿quiere? —añadió dirigiéndose al joven—. Y deme su nombre. Me sabría mal emplearlo inadvertidamente en alguna de mis empresas en el futuro.

—Pobre desgraciado —dijo Theo mientras subían a su suite—. Deben de estar poniéndolo a caldo ahí abajo.

—Vaya, no me digas que te has vuelto caritativo —dijo Harriet—; aunque no entiendo a qué viene tu compasión tratándose de semejante imbécil.

—Tienes razón. Aunque imagino que no ha sido sólo culpa

suya. Tenía en su contra ciertas desventajas genéticas y educativas.

—Theo, no te pongas altruista. No va contigo.

—Ah, pues no sé, a mí me parece bastante altruista dejarte utilizar mi fax. Bueno, ¿qué es lo que necesitas tan urgentemente de París?

—Una foto de Cressida —dijo Harriet, dándose por vencida—. Bueno, creemos que es de Cressida. Tengo que llamar al fotógrafo para que me la mande por fax.

—¿De Cressida? ¿Haciendo qué?

—Casándose.

—Dios santo. Dame el número. Ya te lo marco yo.

Cuando vio la foto se quedó convencida. Hasta aquel momento confiaba en que Mick McGrath se hubiera equivocado o que se tratara de alguien muy parecido a Cressida; pero no cabía ninguna duda, ni siquiera habida cuenta de la falta de nitidez del fax. Era ella, con el vestido que había permanecido en el desván durante semanas, aunque sin el velo, por supuesto; era el pelo de Cressida, su maldito pelo rubio, pensó Harriet, suelto sobre los hombros; el rostro de Cressida sonriendo alborozada al hombre cuya mano tenía cogida; el delicioso perfil de Cressida, con su naricilla respingona y su precioso y bien dibujado mentón; el cuerpo largo y esbelto de Cressida. Todo ello congelado para siempre en su gozosa bajada de la interminable escalinata que descendía del pórtico sur del Sacré Coeur. Cressida no llevaba el tradicional ramo de novia, sino lo que parecían guisantes de olor, y su novio —si lo era—, un francés típico de rasgos atractivos y pelo negro rizado, no llevaba chaqué, sino un traje oscuro con una camisa blanca sin cuello. Las personas que los rodeaban no parecían invitados a la boda, sino pequeños grupos de turistas que los observaban con una sonrisa embobada; y en torno a sus cabezas y sobre los peldaños de la escalinata, las omnipresentes e impasibles palomas de París.

—Dios mío —dijo Theo—, Dios mío.

—Theo, trata de decir otra cosa.

—No puedo. De verdad. Es ella, ¿no? No hay duda.

Harriet lo miró. Parecía muy turbado.

—No cabe la menor duda. Es una auténtica pesadilla, ¿no? Es todo tan rocambolesco que se me ponen los pelos de punta. Según parece, el nombre que ha dado al fotógrafo ha sido el de Eloise Renaud. Quizá examinando los listines...

—Es un nombre bastante común. Estaríamos días enteros.

—Bueno, pues quizá podríamos ir a París y hablar con un sacerdote del Sacré Coeur, para que nos dijera cómo consiguieron casarse ahí; es una catedral importantísima, ¡por Dios!, y enterarnos de cómo se llama el hombre. Que, todo hay que decirlo, no parece vestido para una ocasión de este tipo.

—Sí, podríamos. Es más, deberíamos. Debemos. Pero esta noche no. Mañana, a primera hora, podemos acercarnos a París en mi avioneta. —Hizo una pausa y la miró—. No me parece oportuno decírselo a tus padres, ¿y a ti?

—¡Ni hablar! —dijo Harriet estremeciéndose—. Muy bien, Theo, sí, será lo mejor. Esperaremos hasta mañana. Voy a llamar a Mick McGrath para darle las gracias.

—De acuerdo. ¿Una copa?

—Un café sería estupendo.

Harriet llamó a Mick.

—Gracias. Es una foto preciosa. ¿La publicarán?

—No. Oye, si puedo hacer algo...

—Es posible. Mañana estaré ahí. Te llamaré entonces.

—De acuerdo. Oye, Harriet, qué historia más extraña...

—Y que lo digas, Mick.

Colgó el auricular y miró fijamente a Theo. De alguna forma había dejado de ser su enemigo, se había desgajado de cualquier pasado común que hubieran podido tener y se había convertido sencillamente en su compañero de ruta de aquel nuevo y extraño viaje.

—¿Estás bien?

—Sí. Me parece que sí.

Theo llenó dos tazas con el café que acababan de subir y se sirvió una copa.

—¿En qué carajo andará metida? —preguntó Theo.

—No lo sé. No logro darle ningún sentido a todo esto. Ni el más mínimo. Y sí, vale, no era la santurrona que todos veíamos en ella, pero esto... es tan... bueno, tan espantoso. Y tan cruel. Perversamente cruel. Se la ve tan feliz. Es casi lo peor. Sabiendo el mal rato que nos ha hecho pasar y...

—Bueno —dijo Theo con un profundo suspiro—, por amor, si eso es lo que siente por este hombre, se pueden hacer barbaridades. Todos las hemos hecho. —Sus ojos, clavados en los de Harriet, parecían remotos, melancólicos; Ella sostuvo su mirada cuanto pudo y luego la desvió.

—¿Tú crees que se trata de eso? ¿Que estaba enamorada de otra persona, de este hombre, y que optó por...?

—No lo sé. La verdad es que no lo sé. Me cuesta hasta imaginarlo. En la vida me han pasado algunas cosas bastante... bueno, bastante desagradables, pero esto va más allá de mi imaginación. Todo lo que han tenido que soportar hoy tus padres, es impensable...

—Ya lo sé.

—Y pensar que en cierto modo la ayudé...

—Tú no tuviste nada que ver, Theo.

—Tú dirás. Pagué esas clases de vuelo, le di dinero...

—¿Le diste dinero? ¿Cuándo?

—Oh, con bastante asiduidad. Al fin y al cabo es mi ahijada y le tenía mucho cariño. Era muy despilfarradora con el dinero, ¿sabes?, siempre andaba con deudas, acumulando cuentas y descubiertos bancarios a pesar de su renta, de su salario y de lo demás. Y siempre me suplicaba que no dijera nada a tu padre, y, por supuesto, yo se lo prometía. Pero me tenía preocupado. Y de vez en cuando la sermoneaba. Aunque bueno, Oliver tiene mucho dinero...

—No tiene mucho —dijo Harriet—. Me refiero a que viven bien, pero no son ricos.

—Oliver va a serlo. Y mucho.

Harriet lo miró con extrañeza.

—No lo sabía.

—¿Cómo que no lo sabías? —le preguntó mirándola con asombro—. Pues te aseguro que Cressida sí lo sabía. Y tus padres también debían de saberlo. Aunque imagino que no era un tema que comentaran en público. A Josh no le gustaba que se supiera. Y ya sabes lo discreto que es Oliver, es el antifanfarrón. En fin, que va a heredar una suma fenomenal de su abuelo, del padre de Julia. Mucho dinero. Todo invertido en obligaciones, pero...

—Sabía que había capital invertido en obligaciones, pero nunca pensé que fuera tanto. No entiendo por qué no me lo han dicho. Quizá pensaron... oh, bueno... —Sonrió con vacilación; le dolía y humillaba que sus padres no le hubieran dicho que Cressida iba a ser muy rica, que hubieran temido que la envidiara. ¿Cuántas puñaladas más iba a tener que recibir aquel día? Volvió bruscamente al presente y a las cuestiones más inmediatas, más importantes—. ¿Y por qué no hereda Julia ese dinero? No lo entiendo...

—Porque el viejo siempre le tuvo antipatía a Josh. Le tiene, más bien dicho. Nunca aceptó que Julia quisiera casarse con él. Lo consideraba un perdedor.

—Ya veo —dijo Harriet lentamente—. Bueno, pues se equivocó, ¿no?

—La verdad es que no. Josh es uno de mis mejores amigos,

Harriet, pero no lo emplearía ni de botones. No tiene ningún sentido de los negocios. Ha conservado su trabajo en el banco únicamente en base a las viejas virtudes.

—¿Qué viejas virtudes?

—Oh, ya sabes, las conexiones familiares, los contactos y esas cosas. Han vivido casi siempre del dinero de Julia.

—Lo que explica que a Josh le desagrade hablar de dinero. Se siente humillado.

—Sí, exactamente.

—Dios santo —dijo Harriet—. Qué desastre, Theo. Ha sido un día profundamente deprimente.

—Sí, desde luego. —La observó con atención—. ¿Estás bien?

—Sí, sí, estoy bien. O casi. Quizá encontremos una respuesta mañana en el Sacré Coeur. Sólo que no sé si el cura o quien sea podrá ayudarnos.

—Oh, no te preocupes, nos ayudarán —dijo Theo con tono enigmático—. Tengo mucha mano cuando quiero conseguir que la gente me... ayude.

Y la expresión que compuso y el tono con que habló lo devolvieron a su verdadero yo, lo transformaron en la persona que realmente era, lo colocaron de nuevo en su auténtico contexto, es decir, en el de un tirano, un verdugo, un manipulador de tomo y lomo.

—Sí —dijo Harriet—, sí, Theo, tienes mucha mano, ¿verdad? Cambiemos un momento de tema, ¿quieres? Hablemos de Cotton Fields.

—Harriet, ¿no te parece que ya tenemos suficientes temas de preocupación por el momento? De verdad que no sé de qué me hablas, adónde quieres...

—Pues yo creo que lo sabes perfectamente, Theo. Y a mi modo de ver, lo que perseguías era hundirme por completo, y humillarme, y dejarme una única posibilidad de salvación; la de venir a pedirte dinero de rodillas. E imagino que eso es lo que tienes en mente. Pues te diré una cosa, Theo, antes tendrás que pasar por encima de mi cadáver...

—No te creo —dijo él—, pero bueno...

—Pues créeme. Bien, y ahora habla claro; ¿le dijiste o no le dijiste a Hayden Cotton que no me apoyara?

Hubo un largo silencio y luego Theo dijo:

—No fue exactamente...

—Ya veo. Quizá podrías aclararme qué le dijiste exactamente. Debió de ser algo muy concreto, porque desapareció del mapa en un abrir y cerrar de ojos.

—Harriet, quiero...

—¿Sí, Theo?

—De acuerdo. Te lo diré. Le sugerí que examinara los números muy de cerca.

—Theo, ya había examinado los números muy de cerca. Y parecían convenirle.

—Sí, bueno, es que también yo los examiné de cerca. Me los mostró.

—¿Cómo? ¿Por qué?

—Porque somos viejos compinches. Y porque sabe que te conozco. Quería que lo aconsejara.

—Ya veo. ¿Y?

—Pues que, en mi opinión, los números estaban un poco amañados. Y así se lo dije.

—¿Que estaban qué? ¿Amañados? —Harriet se levantó—. Theo, ¡pero cómo te atreves! ¡Cómo osas insinuar una cosa tan grave? En este país existen leyes muy precisas para sancionar la difamación, como tú bien sabes. Y pienso recurrir a ellas.

—Será difícil —replicó Theo—, cuando uno está en proceso de liquidación.

—Bastardo —dijo Harriet—, maldito bastardo. Pero ¿por qué te has empecinado en hundirme la empresa, Theo Buchan? ¿Qué consigues con eso? ¿Halagar tu ego grotesco? ¿Aproximarte a tu ambición de dirigir el mundo? Me repugnas, Theo, de veras. Me avergüenza haber tenido algo que ver contigo.

—Harriet —dijo Theo, y en sus ojos oscuros había una aflicción real, descarnada—. Harriet, no digas eso, por favor.

—Lo siento, pero tengo que decírtelo porque es cierto. Me avergüenza. Me enferma.

—Dios mío —dijo Theo hundiendo de pronto el rostro entre sus manos.

—Y no me vengas con lamentaciones, Theo, porque me parece bastante fuera de tono. Me resulta imposible imaginar una alegación por tu parte que pudiera cambiar el concepto que tengo de ti en este momento, es decir, el de un ser profundamente repugnante.

Theo alzó el rostro, que había adquirido un tono literalmente ceniciento; alargó la mano en dirección a la copa, pero le temblaba tanto que tuvo que volver a dejarla sobre la mesilla.

—Harriet, quiero...

—Theo, calla, por favor, no digas nada más. Conozco tus mañas y tus ardides al dedillo. Me voy ahora mismo —Vamos, ¿por qué no te vas, Harriet? ¿Por qué sigues plantada mirándolo? Vete, vete y listos. Incluso podrías darle una patada en los huevos para desquitarte.

—No —dijo Theo levantándose—. No, Harriet, no te vayas. Quiero hablar contigo...

—Pues yo no. Nunca más. Salvo quizá ante un tribunal. Adiós, Theo —Vamos, Harriet, vete. ¿No dices que no quieres hablar con él? ¿Que quieres abandonar esta habitación saturada de su maldita arrogancia y de su marrullería? ¿Qué te lo impide? Por Dios, Harriet, no lo hagas, no des un paso, no se te ocurra permitir que te toque, que te tome una mano...

—Por favor —dijo Theo, y aquellas palabras eran el eco de una inmensa tristeza—. Por favor, Harriet, te lo suplico, quédate. No me dejes; haré lo que sea, pero no te vayas.

—Theo —respondió ella alargando la mano, la que Theo no apresaba entre las suyas, y a pesar suyo la dirigió hacia su pelo, en un gesto acariciante, tierno—. Theo, no podemos... —Y las palabras llegaban con dificultad, a trompicones, tenía que luchar para pronunciar cada una de ellas, y luego empezó a experimentar una sensación muy familiar; aquel ardor, aquel maldito, peligroso y desbordante ardor que Theo siempre le provocaba, el preludio de una sensación más indómita, más fiera. Su cuerpo se estremeció una, dos veces, profunda, poderosamente, y temió que aquel estremecimiento delatara el deseo que se había apoderado de ella—. Theo, no debemos empezar otra vez. De verdad, no podemos.

Retiró su mano, aquella vez con brusquedad, y desvió sus ojos de los de Theo, y el esfuerzo fue tan intenso que le hizo daño. Seguidamente le dio la espalda y se dirigió hacia la puerta en una carrera casi desesperada; la abrió de par en par, bajó la escalera de dos en dos, cruzó el vestíbulo, salió al exterior, siguió corriendo hacia el coche de Merlin, metió la llave en el contacto y arrancó con violencia temiendo que Theo la hubiera seguido con el fin de detenerla, porque sabía que si se lo permitía estaría perdida, y que si Theo volvía a tocarla, aunque sólo fuera una vez y por muy ligero que fuera el roce, se desnudaría allí mismo, se tumbaría sobre las frías losas y jodería hasta que ambos quedaran sin sentido.

CAPÍTULO 21

MUNGO, ONCE Y MEDIA DE LA NOCHE

Las realidades financieras no era un tema que Mungo dominara mucho. Como la mayoría de las personas que crecen al amparo de una riqueza aparentemente ilimitada, no tenía ni la más mínima idea del coste real de las cosas. Una vez, al preguntarle un amigo a cuánto ascendían sus gastos semanales, respondió con delicioso candor que imaginaba que a no más de cinco libras. Su piso de la calle Sloane había sido adquirido con sus obligaciones en bolsa y sus gastos corrientes los subsanaba la misma fuente. Todo lo que comía en casa lo encargaba en las mejores charcuterías de la ciudad y quedaba automáticamente cargado en la cuenta Buchan; su ropa procedía de las excelentes sastrerías que vestían a su padre, o de varios establecimientos que tenían una cuenta Buchan desde hacía décadas, y su calzado de las mejores zapaterías. El suministro y el cuidado de los coches que conducía eran responsabilidad del garaje de su padre, sus billetes de avión iban con cargo a las cuentas que su padre tenía en varias líneas aéreas y los coches alquilados con cargo a la que tenía con varias compañías de alquiler de coches. Los encargados de los hoteles más famosos del mundo lo agasajaban gustosamente y se limitaban a presentarle una factura para que la firmara antes de su partida; y lo mismo pasaba en innumerables restaurantes. Theo tenía cuentas en compañías de taxi, en floristerías, en agencias de entradas de teatro y en el mejor licorería de la ciudad, que desde hacía tres generaciones proveía de vinos y de alcoholes a la familia Buchan. A veces podían pasar varios días sin que necesitara pagar de su bolsillo más que el periódico de la tarde o un paquete de golosinas. Por ello, una de las vertientes más didácticas de su relación con Alice fue la de descubrirle los precios practicados en las hamburgueserías y en locales similares. Mungo no era ni idiota ni cínico; estaba perfectamente al corriente de las enormes cantidades que se gastaba al cabo del año, o hasta del mes, pero lo consideraba como un dinero sin rostro, sin significado, y no dedicaba la más mínima reflexión a aquellos movimientos de dinero; para él no eran más que parte del proceso por el cual obtenía las cosas. Examinaba, escogía y firmaba. No le hacía falta decidirse por algunas cosas y descartar otras; deseaba, luego obtenía.

Pero a partir de entonces sabía que muchas cosas cambiarían y que, al menos durante un tiempo, no podría obtener muchas de las cosas que desearía.

Por supuesto, aquel tipo de privación no era estrictamente necesaria; Theo siempre había demostrado tener una memoria extraordinariamente corta y una actitud notoriamente liberal en todo lo que se refería a Mungo. Y si éste no se hubiera empecinado en librar batalla con tanto vigor, si no se hubiera enfrentado a Theo con tanta agresividad, si hubiera sugerido a Alice dejar pasar algún tiempo antes de celebrar la boda, si hubiera tenido la paciencia de esperar a que su empresa superara uno o hasta dos años financieros, habría podido conservar el estilo de vida al que estaba acostumbrado sin el menor problema. Pero librar batalla, y cuanto más vigorosamente mejor, era un hábito en Mungo; y como había forzado la confrontación y había proferido aquellas aseveraciones tan radicales, ya no había marcha atrás posible. Ni siquiera en caso de haberlo deseado, cosa que negaba enfáticamente. Lo de ganarse las castañas iba a ser duro, pero constituiría un excelente ejercicio. Ya no tendría que oír más insinuaciones relativas a su ociosidad ni más comentarios en cuanto a su dependencia; por primera vez en sus veintisiete años de vida se comportaría como un adulto. Y además seguiría ajeno a la indigencia: su capital invertido seguiría devengando sustanciosas ganancias, tenía su piso, su coche, ropa suficiente como para vestirse durante los siguientes veinte años y una empresa viable, o al menos, potencialmente viable. Todo iría bien.

Llevaba una hora en su oficina de Carlos Place examinando documentos, analizando números y efectuando pronósticos financieros. Y enfrentándose con una verdad con la que muchos empresarios habían tenido que enfrentarse en los últimos meses; que las entradas de dinero distaban mucho de sufragar las salidas. Los gastos mensuales de alquiler de la oficina, de personal y de publicidad ascendían a casi el doble de los beneficios. Hasta entonces no había importado, puesto que Theo siempre había cubierto el desequilibrio. Pero ahora importaba mucho. Mungo vio por la ventana la sutil opulencia del hotel Connaught y se dio cuenta de que tendría que desprenderse de la oficina y de gran parte del personal. Tendría que administrar la empresa desde su piso con la ayuda de sus dos agentes, dos chicas de buena familia extremadamente eficaces además de bellas. No era una solución ideal, pero tampoco era un drama. El director de marketing y de publicidad, el auditor y el delineante tendrían que irse; no se ganaban el sueldo. Habían resultado útiles para promocionar la empresa, pero se las arreglaría sin ellos. Por supuesto tendría que trabajar muchas más horas, pero era una idea que no le desagradaba; es más, lo haría con gusto. Aquella noche, tras revisar los libros de contabilidad y los archivos, se percató del cariño que sentía por su empresa, del gran estímulo que le producía dirigirla y de las ganas que tenía de sacarla adelante. Y estaba convencido de poder hacerlo. Hasta quizá se apuntaría a un curso de dirección de empresa; Roddy Fairfield, su joven y deslumbrante adjunto —tendría que despedirlo también a él— lo había hecho, y no sólo era un gran entendido en la materia sino que encima dominaba la jerga a la perfección. Los clientes se pirraban por la jerga. Y le apetecía estudiar, le apetecía volver a aprender cosas nuevas. Se quedó ensimismado durante unos minutos en una breve ensoñación y se imaginó trabajando de noche, en la casita de Alice, mientras ella leía y se dedicaba a su tapicería. Y le dieron ganas de ir a verla. Aunque era tarde a Alice no le importaría; no se acostaba nunca antes de medianoche y casi siempre mucho después. Sería una visita inesperada, puesto que le había dicho que no iría, pero que justamente conferiría mayor encanto, mayor sorpresa a su aparición.

Mungo bajó las escaleras y cerró con llave el pesado portón del edificio; la calle estaba desierta y muy silenciosa. La ola de criminalidad, que según los periódicos azotaba la ciudad de Londres, brillaba por su ausencia en Carlos Place. Bien, y ahora tenía que encontrar un taxi; frente al Connaught siempre había muchos aparcados. Tomaría una copa allí antes de ir a casa de Alice. De pronto se percató de que necesitaba un trago; había sido un día de órdago.

Abandonó el Connaught casi a medianoche después de haber tomado dos copas de champán. Pensó en llamar a Alice para avisarla de que se dirigía hacia su casa, pero luego discurrió que si ya estaba acostada la despertaría y decidió que si al llegar veía las luces apagadas se volvería para su casa.

—Número nueve de la calle Chatto, por favor —dijo al taxista antes de arrellanarse en el asiento trasero.

—Una noche preciosa —dijo el taxista.

—Sí, preciosa —respondió Mungo.

—Un día agotador —prosiguió el taxista—. Llevo toda la tarde paseando a turistas. No los soporto. Salvo a los americanos, por supuesto. Ésos están bien. Y además hablan inglés. Aunque, la verdad, no entiendo por qué vienen, con lo sucias que tenemos las calles y con tanto tráfico, cuando tienen todos los Estados Unidos que recorrer. Claro que lo que no tienen es la familia real, por eso vienen. Aunque bueno, ésa es otra; qué bajo han caído... salvo la reina, pero los demás, sobre todo los jóvenes, ya no tienen el más mínimo sentido del deber, ni ninguna clase. Es terrible, aunque le diré una cosa, no me parece bien que cobre por visitar el palacio, me parece incorrecto, le da un cariz muy comercial; estoy seguro de que dentro de poco tendremos una República, y entonces nos sabrá mal, sobre todo por quedarnos sin reina, y de nuevo nos tocará aguantar a la señora Thatcher, o mejor dicho, a lady Thatcher...

Afortunadamente, Mungo se salvó del presunto paralelismo entre la decadencia de la monarquía y la reinstalación de lady Thatcher en el poder; habían llegado a la calle Chatto. Estaba a punto de pagar al taxista y salir del coche cuando vio que la casa estaba totalmente a oscuras. Mierda. Era una contrariedad. Aunque bueno, se dijo para sus adentros, si en el futuro pretendía convertirse en un auténtico empresario tendría que acostumbrarse a aquellos horarios tan tardíos. Estuvo a punto de decirle al taxista que diera la vuelta y regresara a la calle Sloane, pero se percató de que tenía apenas el dinero suficiente para pagar lo que marcaba el contador.

—Gracias, aquí mismo —dijo—. Mire, lo siento en el alma pero no tengo cambio, sólo puedo darle cinco peniques de propina, aunque es casi insultante...

—Guárdese sus malditos cinco peniques, colega —dijo el taxista dando un bandazo y frenando en seco—, debe de necesitarlos más que yo.

—Lo siento muchísimo —repitió Mungo de nuevo—. Pensaba que...

—Déjelo —dijo el taxista—, no piense, le costaría demasiado trabajo.

Y haciendo chirriar las ruedas salió disparado hacia el cruce con Kings Road, donde soltó un bocinazo.

Mungo se quedó observándolo, suspiró y decidió regresar a su casa a pie. Era absurdo despertar a Alice, estaría muy cansada, y a partir de aquel día dispondrían de todo el tiempo que quisieran para estar juntos. La calle Sloane no estaba lejos, a menos de diez minutos; dormiría a pierna suelta y luego... Sus planes para el día siguiente quedaron interrumpidos por el suave chasquido de una puerta que se cerraba a sus espaldas. Un invitado que regresaba a su casa, seguro, aunque no oyó los habituales parabienes, los típicos «gracias», o «ha sido una velada muy agradable». Sólo el chasquido.

Vagamente intrigado, se giró y percibió la silueta de un hombre que salía de casa de Alice. Algún amigo de Jemima, se dijo a sí mismo con firmeza, tratando de ignorar la punzada de recelo que le atenazó de inmediato el estómago; al fin y al cabo estaba de vacaciones. Había sido muy considerado por su parte el hecho de salir sin hacer apenas ruido, aunque no cuadraba mucho con las costumbres de Jemima. Muchas de las cosas que hacía Jemima convertían a Annabel Headleigh Drayton en una doble de la madre Teresa. Así que siguió andando despacio, pero no con el fin de ver más de cerca al visitante, faltaría más; estaba cansado, hacía calor y no quería acalorarse más, no era más que eso. Un paseíllo lento y relajante; eso era lo que le apetecía. Y el hecho de que el visitante estuviera a punto de alcanzarlo y de pasar a su lado le importaba un comino. En la casa de enfrente celebraban una fiesta; la luz del salón, que daba a la calle, alumbraba aquel trecho oscuro de acera. Y también iluminó el rostro del visitante cuando pasó a su lado. No parecía un amigo de Jemima; tenía al menos treinta años, era extremadamente atractivo y llevaba la chaqueta colgando de los hombros y la corbata desanudada y silbaba *Candle in the Wind* en voz muy baja. *Candle in the Wind* era una de las canciones preferidas de Alice.

Mungo tomó una gran bocanada de aire, dio media vuelta y se dirigió de nuevo hacia el número 9.

La casa ya no estaba a oscuras: en el dormitorio de Alice —fachada, primer piso— había luz. Bueno, cabía la posibilidad de que la persona que acababa de irse la hubiera despertado y que ahora estuviera leyendo. Alice tenía el sueño muy ligero. Llamó al timbre muy suavemente. Hacía tiempo que le pedía que le diera una llave; le parecía ridículo eso de tener que llamar a la puerta, como cualquier extraño. Pero Alice se mostraba muy posesiva con su terreno personal, con su espacio; decía que era porque vivía sola desde hacía mucho tiempo. Bien, pues ahora que habían decidido casarse esperaba que por fin le entregara una hasta que encontraran un nuevo acomodo. Le habría gustado una casa, no muy lejos de Kensington y de Chelsea, quizá cerca de The Boltons, nada espectacular, pero sí lo suficientemente grande para que cupieran todos. Mierda, ahora hasta aquello resultaría complicado; necesitaría el permiso de los administradores y... —¿Qué carajo hacía, por qué tardaba tanto? No habría oído el timbre. Volvió a llamar con un poco más de insistencia. Ah, se oyeron pasos. La puerta se abrió; el rostro de Jemima apareció por encima de la cadenilla que sostenía la puerta. Parecía avergonzada, confundida.

—Oh... Mungo. Qué tal. ¿Qué haces aquí?

—Pues supongo que venir a ver a tu madre.

—Pero creía...

—Sí, ya sé, pero he tenido que venir a Londres de todas formas y he decidido pasar a verla. ¿Qué? ¿No piensas invitame a entrar?

—Oh... perdóname, estaba distraída... sólo que, bueno, mamá no está, Mungo.

—¿No está? Pero si hay luz en su dormitorio.

—Sí, ya sé. Era yo... estaba mirando, bueno, ya sabes, mirando sus vestidos. Buscaba algo que ponerme para... un baile al que me han invitado. —Se echó su espesa melena hacia atrás y le sonrió con vacilación.

—Bueno, ¿y dónde está tu madre?

—Ha salido a cenar. Con... una amiga.

—Ah, ya veo. —Bueno, no pasaba nada. Alice estaba en su perfecto derecho; podía salir a cenar con quien quisiera, y con más razón con una amiga. Probablemente habría sido una propuesta de última hora.

—¿A qué hora crees que regresará? Tengo que verla.

—Oh... no tengo ni idea. Probablemente muy tarde. Está con su mejor amiga. Son capaces de estar hablando hasta las tantas.

—¿Con quién? ¿Con Anouska? —preguntó Mungo. No supo muy bien por qué lo dijo; no pretendía hacer averiguaciones, por supuesto, sólo quería cerciorarse, para poder ir a acostarse con la mente en paz.

—Sí —respondió Jemima—. Sí, eso es, con Anouska.

—Ya veo —dijo Mungo. Anouska había ido a pasar aquel

largo fin de semana a Francia con su marido. Se lo había dicho la propia Alice.

Siguió inmóvil durante un buen rato, tratando de convencerse de que no significaba nada, de que Jemima sólo había querido darle una respuesta que lo tranquilizara para poder sacárselo de encima. Pero no lo consiguió.

—Bien, Jemima, si no te importa —le dijo—, entraré y la esperaré. Tengo que decirle algo muy importante. Tú vete a la cama y yo leeré algo mientras la espero.

—Pero...

—Jemima... —dijo Mungo—, quiero esperarla. El que acaba de salir, ¿era un amigo tuyo?

Jemima lo miró; su rostro, iluminado por la luz de las farolas, reflejó de pronto cierta ansiedad y nerviosismo.

—No. Sí. Bueno, es un amigo de la familia. En realidad, es amigo de mamá.

—Ya veo. Y lo habías recibido con todas las luces apagadas, ¿no?

—Mungo... oh, mierda...

Parecía muy asustada. Repentinamente Mungo le sonrió con una expresión de complicidad.

—Escucha, Jemima, yo tampoco soy del todo adulto, no te traicionaré, aunque te agradecería que me dejaras entrar.

—Bueno, vale —dijo Jemima, y le devolvió la sonrisa, todavía algo vacilante. Descorrió la cadenita y abrió la puerta. Por un momento Mungo se preguntó cómo habría podido entrar Alice con la cadenita puesta, pero no le dio mayor importancia; tenía cosas más urgentes en las que cavilar.

—Gracias —dijo Mungo y miró a Jemima; en sus ojos, enmarcados por sus largas pestañas oscuras, descubrió un brillo de recelo, de temor.

Lo antecedió hasta la cocina.

—¿Café, una copa?

—Un café sería estupendo. Gracias.

Extrañamente, Jemima preparó dos tazas, las dejó sobre la mesa y se sentó frente a él. Llevaba una bata de seda, con el escote muy abierto, y su melena espesa, rubia y algo desordenada, suelta sobre los hombros. Cruzó una pierna larga y morena sobre la otra, dejándolas prácticamente al descubierto. Dios, era despampanante. Una auténtica tentación. Mungo se concentró cuanto pudo en su taza de café.

—No te preocupes —volvió a decirle—. No me iré de la lengua.

—Gracias. Por supuesto, no estábamos...

—Por supuesto que no estabais.

—Pero es bastante mayor que yo y a mamá no le parece bien.

—Ya veo. ¿Es un asunto... serio?

—Bueno, sí, un poco. Pero sólo un poco. Todavía me queda un año de escuela y...

—Quieres decir tres. Te quedan tres años para poder entrar en la universidad.

—Oh, no voy a entrar en la universidad —dijo Jemima con el mismo desdén que si acabara de sugerirle dedicarse a hacer limpiezas o a la cría de cerdos de granja—. Quiero ser modelo.

—¿Ah, sí? Bueno, pues ganarás un montón de dinero si lo haces bien.

—Sí, ya sé. Y además es muy divertido. Tú conoces a Ottoline, ¿verdad? ¿Cómo es?

—Es maravillosa —dijo Mungo con absoluta espontaneidad—, divertida y muy buena chica. Pero no sabes el panzón de trabajar que se da.

—¿Ah, sí? ¿A qué te refieres?

—Pues a que se pasa horas y horas metida en estudios que parecen saunas. O muriéndose de frío sobre un acantilado. O semanas enteras con jornadas de trabajo de veinticuatro horas en los talleres de alta costura. Es muy duro.

—A mí eso no me parece duro —dijo Jemima quitándole importancia—, y además le pagan un montón de dinero, ¿no?

—Sí, en efecto. Dime una cosa, Jemima, ¿a qué le llamas tú trabajar duro?

—Oh, pues a estudiar. Lo odio. Y a ocuparse de niños. Eso hago ahora, hasta que nos vayamos de vacaciones. Es espantoso. Lo odio.

—Sí, ya, pero estarás ganando algún dinerillo.

—Algo. Mamá no quiere aumentarme mi paga y con lo que me da no puedo...

—Será porque no puede, Mimi, ¿no te parece? No tiene mucho dinero.

—Pues yo estoy segura de que si quisiera podría, porque para sus cosas, sí tiene dinero. Siempre está comprándose ropa y eso.

—Pues yo siempre veo que compra cosas para ti —dijo Mungo— y para tus hermanos. Bueno, ¿dónde está?

La pregunta la pilló desprevenida. Jemima le respondió con una voz demasiado aguda, nerviosa.

—Ya te lo he dicho. Ha salido a cenar con Anouska.

—Jemima, Anouska está en Francia. Lo sé perfectamente. Así que ¿con quién está tu madre?

—Mungo, no lo sé. No escuchaba cuando lo ha dicho. Está con unos amigos, es lo único que sé.

—Mmmm. Bien, ¿no quieres subir y terminar de cambiar las sábanas de la cama de tu madre? Me sabría mal que descubriera el pastel por mi culpa...

Jemima lo miró con los ojos ensanchados por la aprensión.

—¿Cómo sabes...?

—Oh, Jemima, yo también he tenido quince años. Y no hace tanto tiempo. No has inventado nada, ¿sabes? Ve, ve y termina lo que tengas que hacer.

—Vale —dijo ella mirándolo con desconcierto—, vale, gracias. No tardo nada.

Mungo permaneció en la cocina bebiendo el café, cada vez más desorientado. Miró el reloj; la una. Tarde. Bueno, bastante tarde para una cena improvisada con una amiga. ¿Se trataba de eso? Quizá no. En cualquier caso, tarde para lo que Jemima trataba de encubrir. Muy tarde. Suspiró, sacó una botella de vino empezada de la nevera y se sirvió una copa. Era un vino excelente; caro. Muy caro, pensó, mientras examinaba la etiqueta. ¿Sería una de las botellas traídas por él? No, no lo era, era un borgoña francés y últimamente ya no compraba vinos franceses. Los caldos californianos tenían unos precios mucho más razonables. Debía de haberla comprado ella. Quizá para una cena especial. O quizá la había traído el amigo de Jemima. Sí, debía de ser eso. Apuró la copa, se terminó la botella y la guardó debajo de la pila. Alice era muy rigurosa con eso de los envases de cristal vacíos; los sábados por la mañana los iba a tirar al contenedor correspondiente. Mungo vio otra botella de vino vacía, idéntica a la que acababa de dejar, además de una botella de champán y de una botella de vino tinto, un Penfold 1989. Jemima y su amigo habían pasado una velada de miedo. Tenía pinta de ser un chico pudiente. Y satisfecho de sí mismo. Malditas y estúpidas colegialas. De pronto, Mungo se sulfuró, se sulfuró contra todo; subió corriendo las escaleras y se detuvo en el umbral del dormitorio de Alice. Jemima estaba de espaldas; casi había terminado su tarea y estaba cubriendo la cama con el edredón. No lo había oído subir.

—¿Con quién está? —le preguntó Mungo. Era una mala pasada, pero no pudo evitarlo.

—Mungo, no me hagas eso. No puedo decírtelo. No es... no es justo.

Mungo suspiró.

—Ya. De acuerdo. Bueno, voy a esperarla. Por mucho que tarde.

—Mungo, no servirá de nada —dijo Jemima, y sus enormes ojos azules, unos ojos preciosos, se percató Mungo de pasada, cercados de una línea azul oscuro, lo miraron por primera vez con afecto, con ternura.

—¿Por qué?

—Porque... porque no volverá. No volverá hasta mañana por la mañana. Oh, Mungo, no te lo tomes así. No sabes lo mal que me sabe.

—No te preocupes, Jemima. Gracias por decírmelo. Aunque de todas formas, si no te importa, la esperaré. Tú ve a acostarte. Yo estaré la mar de bien en el sofá.

Estaba instalado en él cuando diez minutos más tarde apareció de nuevo Jemima con una copa de coñac y una taza de café.

—Ten. Para que duermas bien. —Se agachó y le dio un beso cariñoso en la mejilla—. Lo siento, Mungo. No se lo merece, de verdad. Y el que desde luego no se lo merece eres tú.

CAPÍTULO 22

Habida cuenta de que la operación debía devengarle varios centenares de miles de dólares, Felicity obró con gran nobleza en cuanto a la decisión de Tilly.

—Todavía no sé si deberías hacerlo —le dijo a Tilly cuando ésta se la anunció—. Ya sabes las morriñas que te cogen y lo mucho que odias sentirte atada. El dinero no lo es todo en la vida, Tilly.

—¿Estás de broma o qué? —respondió Tilly con una mueca—. Sí, todo eso ya lo sé. Pero quiero hacerlo, o mejor dicho, voy a hacerlo, justamente por eso; para irme lejos, Felicity, lejos de Londres, lejos de todo esto. Y además, ya tengo pensado en qué emplear el dinero.

—Tilly, no caigas en la trampa del dinero. No sabes la de dispendios que tendrás. Unos palos impresionantes de Hacienda, gastos muy elevados...

—Sí, y una comisión espeluznante para mi agente, no lo olvides. No temas, Felicity. Sé lo que me hago.

—¿Estás segura?

—Estoy segura.

—¿Puedo llamar a Meg? El compromiso final no lo adquirirás hasta que firmes el contrato, pero así podrá empezar a organizar las cosas...

—Sí, sí —dijo Tilly—. Comunícaselo. Que sí, que va en serio.

Felicity volvió a llamarla al cabo de cinco minutos.

—Está entusiasmada. Me ha pedido que te dijera que nunca en su vida se había sentido tan exaltada como a raíz de tu aceptación.

—Pues debe de haber tenido una vida patética —dijo Tilly.

Seguidamente se sirvió una enorme copa de vino y se sentó a

observar cómo abandonaban el cielo los últimos vestigios del día.

La despertó el interfono. Atontada por el sueño, se dirigió a tientas hasta la puerta y alzó el auricular.

—¿Sí?

—Tilly. Soy Rufus.

—¿Pero no estabas en Wedbourne?

—No. Tilly, por favor, déjame entrar. Tengo que hablar contigo.

—Rufus, tengo... —Dios santo, sólo le faltaba eso. Ahora no. Aquella noche, no. Necesitaba recuperar fuerzas, dormir.

—Tilly, por favor.

—Bueno... vale.

Pulsó el botón y se fue al baño. Qué pinta tenía: unas ojeras de miedo, la piel flácida y, para colmo, estaba saliéndole un grano en el mentón. Gracias a Dios que no hacía falta repetir ninguna de las fotos con vestidos de novia. Se pasó el peine por el pelo crespo y se lavó los dientes. Cuando salió del baño vio a Rufus plantado en medio de la sala con un ramo de flores algo marchitas en la mano. Estaba muy pálido, pero trató de sonreír a Tilly.

—Hola, Tilly. Son para ti.

—Rufus, no deberías haber sacado de la cama al florista a estas horas de la noche —dijo Tilly tratando de echarle guasa a la situación. Tomó las flores, le dio un beso rápido y le preguntó—. ¿Una copa de algo?

—Sí, por favor. Bueno, si puedo quedarme.

Tilly tomó aire. No tenía sentido posponer el mal trago más allá de lo necesario. Cuanto más rápida y limpia fuera la operación quirúrgica, mejor.

—No... no sé. Van a llamarme a las seis de la mañana.

—Oh —dijo Rufus con aire confundido—. Hasta ahora, eso nunca había sido un impedimento.

—Ya lo sé, pero estoy que me caigo.

—Ah, ah, ya veo. —Sus ojos y su expresión reflejaron tanto desconsuelo que Tilly casi no pudo soportarlo. Se fue rápidamente a la cocina, llenó dos copas con vino y le tendió una.

—Toma. Supongo que podrías dormir en el sofá.

—¡Tilly!, Tilly, ¿qué pasa? ¿Qué he hecho?

—Nada. Ya te lo he dicho. Estoy molida.

—¿Demasiado molida como para aceptar hablar conmigo?

—No, claro que no. Además, también yo tengo que hablar contigo.

—Ah. Bueno, vale. Claro. Pues empieza tú.

Dios santísimo, era la bondad en persona. Allí estaba, agotado, obviamente preocupado y desesperado por hablar con ella, que lo trataba como si fuera un vulgar pervertido, y encima le cedía amablemente el turno de palabra. ¿Cómo iba a hacerle aquella trastada?; ¿tenía que hacérsela realmente?

—No, no, has sido el primero en decirlo. Adelante. Soy toda tuya. —Le sonrió y fue a sentarse en el sofá de enfrente.

—¿De veras, Tilly? ¿Lo eres de veras? Porque eso es, en pocas palabras, de lo que quiero hablarte. Bueno, hay algo más relacionado con eso, pero antes de empezar, tengo que saberlo, Tilly. ¿Te casarás conmigo? No sabes cuánto te necesito. Más que nunca. Porque...

Vale. Había llegado el momento. No podía dejar pasar la ocasión, por mucho que le pesara. Tomó una bocanada de aire, se encendió un cigarrillo y le ofreció uno. Rufus negó con la cabeza; no le gustaba nada que fumara. Tilly siempre estaba prometiéndole que iba a dejarlo, pero la verdad es que no tenía la más mínima intención de hacerlo.

—Bien, Rufus —dijo Tilly sin esforzarse en decírselo con delicadeza, con tacto (¿de qué hubiera servido?, ¿qué habría aportado?)—, me han hecho una proposición.

—Ah. —Tilly vio que los ojos de Rufus se oscurecían, alarmados, e intuyó que estaba esforzándose por darse ánimos—. ¿Qué tipo de proposición? —le preguntó intentando parecer relajado—. ¿Deshonesta?

Por Dios, Rufus, no me hagas esto, no trates de ser tan cariñoso, tan valiente.

—No. Bueno... así así.

—Lo siento, Tilly, pero no te sigo.

—Una empresa de cosméticos que se llama Rosenthal. Estoy segura de que nunca has oído hablar de ella.

—No... no creo.

—Bueno, da igual. Es importantísima. Y quieren que firme un contrato con ellos.

—¿Y tú lo deseas?

—Sí. Lo deseo.

—Bien, pues en ese caso si yo estuviera en tu lugar firmaría. Aunque será mejor que busques a un buen abogado para que examine bien el contrato. —Logró sonreírle, pero Tilly siguió conservando una expresión muy seria.

—Sí, probablemente lo haré. Realmente es una cifra astronómica. —Era mejor parecer cínica para facilitarle el mal trago.

—¿Cuánto?

—Unos dos millones de dólares.

Rufus silbó.

—Eso son muchos dólares.

Tilly se encogió de hombros.

—Sí, bueno...

—Tilly, ¿qué te pasa? Estás un poco extraña.

—No, estoy perfectamente bien —dijo Tilly empezando a creerlo—, o al menos mejor de lo que he estado últimamente.

—Bueno, ¿y eso qué tiene que ver con nosotros dos? —preguntó Rufus en voz baja.

—Verás, pues que tendré que mudarme a Nueva York. Al menos durante un año.

—¿Y?

—¿Y qué?

—¿Vas a hacerlo?

—Sí, claro que sí. Rufus, no puedo despreciar dos millones de dólares.

—Podrías habérmelo comentado. Podríamos haberlo hablado, me parece a mí.

Lo vio tan desesperado, tan desorientado que se refrenó un poco.

—Rufus, lo siento, pero tenía que decidirme hoy. Y como han pasado tantas cosas no me ha parecido oportuno molestarte con este asunto.

—Tú sabes que nada de lo que tenga que ver contigo me molesta.

—Ya. Sí, claro, pero... Bueno, creo que es lo mejor que puedo hacer.

—¿Por qué? —Se acercó a ella, le tomó la mano y se la besó tiernamente. Tilly alzó los ojos y clavó la mirada en los de Rufus, tan oscuros, tan llenos de amor por ella; el corazón, como moribundo, le dio literalmente un vuelco.

—Lo siento —volvió a decirle—, no sabes cuánto lo siento. Pero me parece... bueno, como acabo de decirte, me parece lo mejor para mí.

—Vale —dijo él—, pero para mí, no. Y sigo creyendo que deberías habérmelo dicho.

—Pero ¿por qué?

—Porque te quiero, Tilly. Porque quiero casarme contigo, vivir contigo. Ya lo sabes.

—Sí, Rufus, claro que sí, y...

—¿Ya no me quieres? ¿Se trata de eso? ¿Es eso lo que estás intentando decirme?

—No, Rufus —repuso ella, incapaz de mentir en un asunto

tan importante—. Pues claro que te quiero. Ya lo sabes. Pero...
bueno, el amor no lo es todo, ¿verdad?

—Para mí sí que lo es.

—Pues en ese caso eres un insensato —dijo Tilly alzándose
del sofá para ir a buscar la botella de vino.

—Sí, tienes razón. Ser sensato no me ha parecido nunca
una cosa primordial.

—Bueno, pues desgraciadamente yo lo soy. Tú y yo no podemos casarnos. Te lo he dicho miles de veces. No funcionaría. Sería como... no sé..., como intentar que el agua re-
montara a diario una montaña. Nuestras vidas no encajarían,
Rufus. Tú querrías transformarme en algo que no soy y yo
transformarte a ti en la persona que no eres. No es factible,
Rufus, sé que no lo es. Y con el tiempo, también tú acabarías
convenciéndote. Nos haríamos muy infelices el uno al otro,
así que es mejor zanjarlo ahora, antes de que nuestra relación empiece a deteriorarse. Además, me han hecho esa
oferta que he aceptado. Es lo mejor para ambos, Rufus. ¿No
lo entiendes?

—No —dijo él—, no lo entiendo. Me cuesta creer lo que
estás diciendo, Tilly, de veras. Me parece increíble.

—Pues no veo por qué —dijo con irritación, a pesar suyo
y a pesar del amor que sentía por él—. Siempre he estado convencida de que nuestra vida en común sería imposible. Y creo
que el destino se ha presentado en el momento justo para darnos un empujoncito.

—¿Y ya está? —dijo—. ¿Adiós muy buenas y se acabó? ¿Así
de sencillo? Decides que lo nuestro no funcionaría y te esfu-
mas. ¿Lo he entendido bien, Tilly?

—Bueno —respondió ella trabajosamente, pronunciando
cada palabra con un dolor creciente—, sí, Rufus, lo has entendido bien. Lo siento, lo siento muchísimo.

—Ya —respondió él bajando la mirada—, ya veo. Lo sientes
muchísimo. Aunque con dos millones de dólares se arreglará
todo... Pues yo creo que hay algo más; y aunque no sé qué es
ni si quiero saberlo, supongo que tengo derecho a cuestio-
narte. Ya sabes la manía que tenemos los abogados con lo de
examinar todos los hechos. ¿Ha sucedido algo hoy, durante
este día espantoso que he tenido que soportar, que haya cambiado tus sentimientos hacia mí? ¿Al margen de la perspectiva
de ser millonaria? ¿Has conocido a alguien?

—No —se apresuró a responder ella—, claro que no. Aunque, bueno, en cierta manera supongo que sí. Me refiero a que
he conocido a tu madre, he visto cómo es, lo que probablemente ha hecho por tu... tu padre. Y yo no podré hacerlo, Ru-

fus, no lograré nunca integrarme en tu mundo. Nunca. Es imposible.

—¿Y ni siquiera estás dispuesta a probarlo? Porque yo —añadió con una voz inmensamente triste— he hecho muchos esfuerzos para integrarme en el tuyo. Y me parece que no lo hago del todo mal.

—Es diferente —dijo Tilly.

—¿Por qué? ¿Por qué es diferente?

—Bueno, porque es más fácil, más sencillo. La gente a la que conozco y con quien trabajo no lleva uniforme, ni habla con el mismo acento, ni ha ido a las mismas escuelas, ni sirve la misma comida sobre los mismos manteles, ni habla la misma jodida jerga.

—Sí lo hacen —replicó Rufus—, pues claro que lo hacen. Y algunas veces me ha costado mucho adaptarme a ello. Es más, hay muchas cosas de tu mundo que me desagradan. Para empezar, me desagrada estar con gente que se pasa el día diciendo «joder», que piensa que es superimportante llevar la chaqueta y el corte de pelo adecuados, y que sabe quién hizo esas fotos tan alucinantes del *Vogue* inglés de este mes. Pero merecía la pena intentarlo para acercarme a ti, para darte mi apoyo. Aunque ya veo que tú no compartes las mismas aspiraciones. Así que quizá tengas razón, Tilly, quizá es mejor que nos separemos. Sobre todo si eres capaz de tomar una decisión tan importante como la de irte a otro país durante un año sin consultármelo.

Horrorizada, Tilly se dio cuenta de que Rufus estaba a punto de irse y, a pesar del calor que hacía, de pronto el piso le pareció frío, mortuorio, terriblemente silencioso e inhóspito; y, aunque estaba convencida de que no había otra solución, experimentó el mayor acceso de pánico de su vida. Se sentó mirando fijamente a Rufus y, ante la perspectiva de tener que seguir viviendo sin él, sin su compañía, sin su aliento y sin su amor, sintió cómo el miedo se adueñaba poco a poco de ella, un miedo inmenso y asfixiante. De pronto le pareció imposible haber podido vivir diecinueve años, de los veinte que tenía, sin él; no podría sobrevivir ni siquiera una hora en su nueva vida en solitario. Y, sin embargo, la alternativa era irrealizable, impensable, por lo que no hizo lo que dictaba el corazón: no dio más explicaciones ni trató de aclararle sus sentimientos, lo que pensaba, lo que sabía. Siguió sentada, silenciosa e inmóvil.

—Bien —dijo Rufus después de una pausa muy larga—, está bien, en ese caso será mejor que me vaya. Adiós, Tilly. —Se dirigió a la puerta, se giró y la miró; Ella vio lágrimas en sus ojos oscuros y una de ellas corriéndole por la mejilla. Cerró los puños hasta clavarse las largas uñas en las palmas y apretó cuanto pudo los labios, temiendo que una palabra, un sonido, pudiera traicionarla.

Rufus abrió la puerta, esperó otro instante y luego salió cerrando suavemente. Le oyó bajar la escalera y entendió lo que significaría estar sangrando por dentro, lo que significaría sentirse morir; pero siguió inmóvil, estoica. Y cuando oyó que el portón del edificio se cerraba (porque la noche era muy silenciosa), que el coche de Rufus se ponía en marcha, arrancaba y se iba muy despacio, recordó que ni tan siquiera le había preguntado qué había venido a decirle.

Al día siguiente

CAPÍTULO 23

THEO, CINCO Y MEDIA DE LA MADRUGADA

Theo a menudo había oído que volar procuraba, junto al sexo, el más intenso de los placeres físicos. Aunque, por supuesto, siempre que fuera uno mismo quien pilotara el avión, habría añadido él. No se trataba de ir metido en aquellos horrendos camiones que surcan los cielos sorbiendo un champán de ínfima calidad, claro. En su opinión, habrían podido establecerse muchos más paralelismos: la extremada concentración, el paulatino *in crescendo* de exaltación, la sensación de absoluta libertad y luego aquel delicioso sosiego. Era de dominio público que cuando Theo tenía intenciones serias con una mujer se la llevaba a volar; así se enteró ella.

Aquella mañana volaba rumbo a París. Aunque la presencia física que tenía a su lado era la de James Forrest, era Harriet Forrest la que llenaba su cabeza, su corazón y sus sentidos, la que poblaba el maravilloso e inquietante mundo de las alturas; lo que veía eran los rasgos deliciosos y algo demacrados de Harriet, tal como los había visto la última vez, con aquella extraordinaria e impresionante mezcla de ira, de desdén y de vehemencia, el cuerpo de Harriet, exudando un profundo y gozoso apetito del suyo, sojuzgado a fuerza de voluntad.

James llamó para decirle que quería charlar con él poco después de que Harriet se fuera y lo dejara temblando de desespero y de impotencia.

—Ahora no, James —le dijo—. Te lo ruego, ahora no. Estoy hecho polvo.

Pero James suplicó, dijo que necesitaba su compañía o que se volvería loco y, aunque con poco entusiasmo, Theo no tuvo más remedio que acceder.

Pálido y con los rasgos hundidos, James le contó de inmediato lo de Susie y lo de Rufus.

—¿Qué hago, Theo, qué demonios tengo que hacer?

Y Theo, profundamente afectado, le aconsejó prudencia y cautela.

—Déjale tiempo para que vaya familiarizándose con la idea, para que pueda asimilarla. No te apresures en justificarte, en darle explicaciones, por lo que más quieras. Y desde luego, no se te ocurra empezar a dar muestras de sentimentalismo paterno.

—Por el amor del Dios, Theo, ¿quién te crees que soy? —dijo James sinceramente dolido, a lo que Theo le respondió medio en guasa que un egoísta con mucho talento para crear problemas—. ¿Tú crees que lo comentará con sus amigos, que querrá que su familia, que mi familia, se entere? —preguntó mientras apuraba la segunda taza de café y levantaba el auricular para pedir la tercera.

—Probablemente no —dijo Theo con flema, pues conocía el origen de aquella pregunta. Se percató de que sentía desprecio por James y por las razones que se ocultaban detrás de aquella pregunta, y era asimismo consciente de que cuarenta años de amistad exigían su lealtad—. Ya no es un crío y es un muchacho muy convencional y sensato. Aunque imagino que sí se lo dirá a Tilly Mills.

—Dios mío —suspiró James, y de pronto, con una mirada de desespero realmente pueril, añadió—: Theo, no me abandonarás en este trance, ¿verdad? Permanecerás junto a mí, ¿no?

Y Theo le repuso que claro que permanecería a su lado y que no lo abandonaría. Tras esto, la conversación derivó hacia Cressida, hacia lo que había hecho, lo que estaba haciendo, su posible paradero, y Theo escuchó pacientemente los tormentos y las teorías de James antes de esgrimir el agotamiento físico y de sugerirle sin pensarlo que a la mañana siguiente lo acompañara a buscar a Cressida, que se uniera a su peregrinación al Sacré Coeur.

—Había pensado proponérselo a Harriet, pero... Bueno, creo que será mejor que vengas tú.

James todavía no sabía lo del fotógrafo. Recibió la noticia con estupor, no sólo por lo que había de revelador en ella, sino porque Harriet no se lo había dicho.

—Harriet y yo estamos pasando un mal momento —le anunció, y Theo, luchando por no dejar traslucir emoción alguna en su voz, le dijo que también a él le pasaba lo mismo—. ¿Ah, sí? ¿Y por qué será? —le preguntó James.

—Pues, porque traté de interferir en sus negocios —dijo Theo quitando hierro al asunto y agradeciendo al cielo que a

James no se le hubiera pasado nunca por la cabeza, ni tan siquiera remotamente, que el cariño que su amigo sentía por su hija Harriet pudiera ser algo más que paternal afecto y que no tuviera ni la más remota idea de la maravillosa y espantosa historia de amor existente entre ellos. Con toda seguridad habría dado el puntazo final y definitivo a su amistad. Aunque todavía podría dárselo, pensó—. Y además, supongo que me reprocha lo de las clases de vuelo. Con toda la razón.

—Ya, pues yo no te lo reprocho —afirmó James con un suspiro—. Al principio quizá sí, pero después de todo de lo que me he enterado hoy en relación a Cressida, de las mentiras y de las falsedades de las que es capaz, ya no puedo reprocharle nada a nadie. Me gustaría ir contigo a París para intentar encontrarla.

Theo pasó a recogerlo por Court House a las cuatro y media de la madrugada, cuando otro nuevo día perfecto se abría paso entre las neblinas. Se dirigieron al pequeño campo de aviación de Kidlington donde Theo había dejado su avión. Se subieron al aparato y, contra toda lógica, despegaron extrañamente excitados, como si se tratara de una aventura de la adolescencia.

—Todo empezó en París, ¿verdad? —preguntó Theo alcanzando una velocidad de crucero de noventa nudos y por fin relajado—. Nuestra vida en común, nuestras primeras vacaciones en el apartamento de mi padre, cuando conociste a Janine. ¿Recuerdas que comiste una ostra en mal estado?

—Sí, y que me dejaste tirado con la cabeza metida en un inodoro.

—Bueno, el resultado final no estuvo mal. La iniciación en manos de Janine. Literalmente. Siempre has sido un tipo con suerte.

—Pues me parece que ésta me ha abandonado —dijo James—. Para siempre.

—¿Has podido dormir un poco?

—No mucho.

—Pobrecillo... —dijo Theo—. Sírveme un poco de café de ese termo, ¿quieres? Me hace falta. Tendría que haber algunos croissants y algunos bollos de chocolate en ese cesto. Myra no olvida nunca poner unos cuantos.

—Eso sí que es una secretaria como Dios manda —dijo James—. Sí, aquí están. ¿Quieres uno o uno de cada?

—¿A ti qué te parece?

—Comes demasiado —dijo James mirándolo—. ¿Cuánto pesas?

—No es asunto tuyo.

—Sí lo es. Todavía no tengo ganas de que desaparezcas.

—Me hicieron un chequeo hace unos días —dijo Theo animadamente—; corazón, pulmones, colesterol, todo. El tipo me dijo que estoy como una rosa. Todo músculo, ¿sabes?, ni un gramo de grasa. Dame un puñetazo, verás.

—No, gracias —dijo James—, no me apetece que nos estrellemos. ¿Quieres un poco de zumo de naranja? Oh, también hay dos botellines de champán. Para celebrar un buen negocio, imagino. Dios mío, Theo, eres un consentido. Un detalle de Sasha, ¿no?

—No —dijo Theo con brevedad.

—¿Dónde está?

—No tengo ni idea. Ni me importa. —Le asombró mucho darse cuenta de que era cierto. Aunque sabía el porqué. La confrontación de la noche anterior con el amor real, genuino e innegable ya había convertido a Sasha en una sombra—. Me ha dejado —añadió Theo anticipándose al interrogatorio—. Ayer. Se llevó un montón de cosas, incluida una empresa que me interesaba mucho, y tomó las de Villadiego. Antes de que hables quiero que sepas que me lo tengo merecido. La he tratado muy mal, y no en el sentido que tú crees.

—¿Pues en qué sentido? —le espetó James.

—La menospreciaba, la rebajaba, la humillaba. Eso es muy feo, James. No se te ocurra nunca hacerlo.

—No creo que se me presente la oportunidad, ¿no te parece? —dijo James con una voz cargada de dolor.

Theo se giró para mirarlo.

—Me preguntaba si tú y Susie..., si...

—¿Si?

—Si... oh, no sé, si no sería el momento de actuar con honestidad. Para que pudierais vivir juntos durante un tiempo. Este tipo de catástrofes sirven para aclarar las prioridades, hacen apreciar más la vida.

—No lo creo —dijo James—. Susie no estaría dispuesta a hacer una cosa así. ¡Desestabilizar a su amada familia! No, tendré que seguir mordiendo el polvo y aguantar, y hacer de suplente del maldito Alistair. Con un poco de suerte se salvará.

—¡Bah! —dijo Theo—. La vida es una mierda, ¿verdad? Una auténtica mierda. Lo siento, James. De veras que lo siento.

—Sí, ya. —Durante unos minutos James permaneció en silencio y luego, con un esfuerzo evidente, continuó—: bien, ¿se te ocurre algo en relación a Rufus?

—La verdad es que no. Yo que tú no lo menearía, durante

un tiempo. Sospecho que él querrá hacer lo mismo. Pobrecillo. Debe de haber sido duro para él.

—Sí —afirmó James con brevedad.

—Siempre me ha gustado Rufus —dijo Theo con aire pensativo. Y luego, con una mueca dirigida a James, añadió—: de tal palo, tal astilla.

—Por el amor de Dios, Theo, no me parece divertido.

—No, no, claro que no. Perdona.

Hubo un silencio.

—¿Cuándo sabrás algo de Susie?

—Antes de mediodía.

—Ah.

Otro silencio.

—¿Y qué crees que estará tramando Cressida?

A pesar de ser un tema difícil era, obviamente, más cómodo. Theo sintió una repentina compasión por James; como bien había dicho, la suerte lo había abandonado.

—Quién sabe —dijo—, pero sea lo que sea, lo que está claro es que no sabemos de la misa la mitad. Debe de estar metida en un lío muy gordo.

—Sí —accedió James—, y lo que más angustia me provoca es qué demonios sucederá si la encontramos. Porque no podemos traerla de nuevo a casa como si nada hubiera pasado y reorganizar la boda, ¿no?

—No, desde luego —dijo Theo—. Ahora ya no.

Aterrizaron en una pequeña pista de los alrededores de París poco antes de las seis de la madrugada, las siete hora francesa. La admirable Myra Hartman se había encargado de que tuvieran a su disposición un coche, un enorme Mercedes.

—Conduce tú —dijo Theo—; es hora punta. La entrada en París va a ser infernal y yo estoy hecho cisco.

Se durmió casi en seguida y no soñó con Harriet, ni con Sasha, sino con Cressida. La vio sentada sobre el pretil del puentecito vestida de novia y mofándose de todos ellos. Se despertó de mal humor y vio que ya estaban en Montmartre, en una calle por debajo del Sacré Coeur. Estaba acalorado y tenía náuseas. James forcejeaba por aparcar el Mercedes en un lugar demasiado pequeño.

—No entrarás.

—¿Cómo que no?

—Eres más tozudo que una mula. Dios mío, me encuentro fatal.

—¿Quieres que nos tomemos un café en alguna parte? Estoy seguro de que el sacerdote todavía no habrá llegado.

—No, vamos. Alguien habrá. Abren a las siete menos cuarto. ¿Funciona el funicular?

—No lo creo. Vamos, Theo, ¿no decías que estabas en forma?

—Lo estoy —dijo, y subió el primer tramo de escaleras a la carrera para demostrarlo. Luego se sentó para recobrar el aliento y esperar a James, que subía con más lentitud. Theo contempló las maravillosas vistas que tenía a su espalda, las perfectas cúpulas blancas del Sacré Coeur resaltando sobre el inmaculado cielo azul. Era una visión mágica, como una estampa de una Biblia para niños. Era lógico que la gente se quedara sobrecogida ante aquella iglesia y hasta que convenciera a más de uno para hacerse creyente. Se lo comentó a James, que lo miró con una mueca.

—Pues a Harriet le parece espantosa. Dice que es totalmente *kitsch*. Al parecer eso dicen los entendidos.

—Bueno, pero todos no podemos ser tan entendidos. Un esnobismo de poca monta, eso es lo que es —dijo Theo irritado mientras seguía subiendo. Criticar a Harriet, aunque fuera blandamente, le ayudaba de alguna forma a sobreponerse al daño que le había causado y que aún seguía causándole.

Contra toda lógica y a su pesar, Theo se puso nervioso cuando penetró en la catedral por la portalada sur. Era absurdo, se dijo a sí mismo; como si Cressida hubiera podido estar ahí, esperándolos. Tras abandonar la luminosidad de la mañana se adentró en la penumbra del templo; no veía nada en absoluto, pero reconoció el olor familiar del incienso mezclado con una ligera humedad y el humo de las velas, que ya ardían, y oyó los sonidos, también familiares, de una remota música de órgano, de voces apagadas y de pasos amortiguados. Alzó la vista hacia el impresionante domo y luego la bajó sobre el enorme mosaico y la figura del Cristo con los brazos desplegados que dominaba el altar. Luego desvió los ojos y vio que también James alzaba la vista con una expresión de temeroso respeto y de infinita tristeza.

Un sacerdote joven avanzaba con paso veloz por el pasillo central con una sonrisa medida y cortés, con una mirada perdida que parecía tan consustancial a su vocación como la fe; Theo dio unos pasos y susurró:

—*Bonjour mon père. Parlez-vous anglais?*

—Un poco, sí.

—Ayer se casó aquí una joven. Por la tarde. ¿Ofició usted la ceremonia?

El sacerdote sacudió negativamente la cabeza.

—Ayer no celebramos ninguna boda. Ni una. Lo siento.

—¿Está seguro?

—Del todo, *monsieur*. No hubo ninguna boda. —Y le dedicó una sonrisa distante.

Theo se sacó del bolsillo la fotografía de Cressida.

—Mire. ¿Lo ve? Fue tomada ayer. Lo sabemos porque el fotógrafo es amigo nuestro.

—No, *monsieur*, no pudo haber sido una boda. No se celebró ninguna. Lo siento. Y ahora, si me permiten...

Se escurrió rápidamente en dirección al altar; Theo y James se miraron.

—¿Y ahora qué? —preguntó Theo.

—Podría equivocarse.

—No me lo ha parecido. Preguntemos a otra persona.

Vieron a uno de los oficiantes de la catedral junto a los estantes de postales.

—*Monsieur* —dijo Theo—, *monsieur, parlez-vous anglais*?

—*Non* —dijo el hombre con tono tajante.

La cordialidad parisina, pensó Theo, sonriendo para sus adentros.

—*Monsieur, hier l'après-midi, une jeune fille s'est mariée dans cette cathédrale...*

—*Non* —dijo el hombre—, *il n'y a eu aucun mariage*.

Theo volvió a sacarse la foto del bolsillo y se la mostró; el hombre la miró, sacudió la cabeza, se encogió de hombros y se fue con brusquedad.

—Una delicia de persona —dijo Theo—. Cuánto odio a los franceses.

Se acercaron a una monja anciana que prendía una vela con gestos vacilantes; les obsequió una sonrisa cariñosa.

—*Bonjour ma soeur* —la saludó Theo—, *est-ce-que...*?

Pero ella se puso un dedo sobre los labios, sacudió la cabeza y se arrodilló. Theo la miró, perplejo ante la fuerza de una fe tan incontenible y reflexionó en lo mucho que eso debía simplificar la vida.

—Perdone, *monsieur*. —Detrás de ellos vieron a un anciano sacerdote risueño y rollizo; olía a ajo y su tez delataba una afición a los buenos caldos franceses—. He oído lo que decían. Quizá yo pueda ayudarlos.

—¿De veras? —Theo le tendió la mano—. Qué amable. Me llamo Theo Buchan y éste es mi amigo James Forrest.

—*Messieurs* —dijo el anciano con cortesía y una ligera inclinación de cabeza. La sotana, bastante raída, le tiraba en torno a su prominente barriga y los zapatos que asomaban por debajo se veían reventados y muy desgastados. Emanaba de él, sin embargo, una gran felicidad.

—Tenemos razones de peso que nos inducen a creer que ayer se casó aquí una joven. Tenemos una foto de ella saliendo de la catedral vestida de novia, mire.

—Sí, sí, ya veo. Y yo también la vi. Ayer. Estuvo aquí, con su marido. Una señorita deliciosa. Y un joven encantador.

—¿Los vio... casarse? —preguntó James, con voz algo trémula.

—*Non, non*, eso era imposible, mucho me temo. No es fácil casarse aquí. Ellos ya lo sabían, por supuesto. Pero me pidieron que los bendijera.

—Dios mío —dijo James sentándose, repentinamente cetrino.

—¿Se encuentra bien, *monsieur*?

—Sí, sí, estoy bien. Gracias. Continúe, por favor.

—Muy bien. No me pareció nada malo. Al fin y al cabo, ¿quién soy yo para no transmitir el amor de Dios a una joven pareja? Les pedí que fueran a una de las capillas laterales, a ésa; se arrodillaron, rezamos juntos y yo los bendije. Eso fue todo. —Volvió a obsequiarlos con aquella sonrisa encantadora, ligeramente conspiradora—. Algunos de mis colegas de aquí debieron de pensar que debería haber pedido una autorización, pero no creo que eso me cueste muchos años extra de purgatorio. —Volvió a sonreír—. Se los veía muy felices. Me fijé en que ella llevaba una alianza. Quizá venían del *Bureau de l'État*. No habrán surgido problemas, ¿verdad?

—No, no —dijo Theo—. ¿O sea, que no anotó sus nombres, su nombre, en ningún registro?

—No, *monsieur*, no lo anoté. Se fueron al cabo de poco rato. Lo siento.

—Gracias, padre, muchas gracias. Ha sido usted muy amable. Y gracias por su bendición. Le estamos muy agradecidos. —Theo se sacó la cartera del bolsillo y empezó a manosear billetes—. Me gustaría... para la iglesia, por supuesto...

—*Merci, monsieur*. En la caja, ahí. Adiós, *messieurs*. Que Dios los bendiga.

—Adiós, padre.

Theo se dirigió a la alcancía, puso un billete de 500 francos en su interior y durante unos segundos se quedó de pie, frente a las palmatorias. Luego se adelantó y prendió un cirio.

—Cressida —musitó—, esto es lo único que puedo hacer

por ti, de momento. Espero que, a pesar de todos los pesares, seas feliz.

Fue a reunirse con James, quien lo esperaba sentado, absolutamente inmóvil, con la mirada perdida y un rictus extraño en los labios.

—Vamos —le dijo cariñosamente Theo—, ya no podemos hacer nada más. Es inútil que nos quedemos, ni que tratemos de encontrarla. Está bien, James. Está sana y salva. Eso es lo único importante. Que sea feliz y esté bien. Vámonos.

James asintió, se levantó y se dirigió con pasos muy lentos a la salida de la catedral. Cuando estuvieron en el exterior, Theo vio que tenía las mejillas húmedas por las lágrimas.

—Me gustaría regresar a casa, Theo, por favor —dijo.

Y durante todo el camino de regreso, el largo rato en coche para salir del infernal cinturón periférico y el vuelo en el cielo azul matinal, Theo no pensó en ningún momento en Cressida, ni en su hijo impetuoso y obcecado, ni siquiera en su amigo y en su espantosa tristeza, sino en Harriet y en cómo demonios iba a poder recuperarla.

CAPÍTULO 24

MUNGO, SIETE DE LA MAÑANA

Había dormido. Parecía imposible, pero había dormido. Se levantó con tortícolis y con jaqueca tras despertarse al oír un frenazo en la calle. La casa estaba silenciosa; Jemima y los dos pequeños seguían durmiendo.

Mungo se incorporó sosteniéndose la dolorida cabeza y se echó el pelo hacia atrás. Debía de tener un aspecto terrible; sin afeitar, con los ojos irritados, desaseado. Bien, daba igual; no tenía prevista ninguna sesión de conquista.

Se acercó a la ventana y miró al exterior; Alice estaba pagando al taxista. Llevaba un ligero vestido azul debajo de una chaqueta de hombre. Reconoció el vestido, lo habían comprado juntos; necesitaba algo que ponerse, le había dicho, para una fiesta de compromiso.

—No puedo llevarte, es una cena de trabajo.

Mungo quiso regalárselo. Alice salió del vestidor descalza para enseñarle cómo le quedaba, con la gasa moviéndose sobre su cuerpo esbelto y su pelo rubio desordenado tras las probaturas.

—Estás preciosa —le dijo—; quédatelo.

—Es muy caro —dijo ella.

—Te lo mereces —dijo Mungo antes de firmar el comprobante (mil cuatrocientas libras, una suma enorme por un vestido bastante insignificante; hasta a él le chocó. Aunque se lo merecía, por supuesto). Alice salió del vestidor, lo abrazó y le dijo:

—Vámonos a casa. Quiero darte las gracias. Rápido.

Salieron corriendo de la tienda, pararon un taxi e indicaron la dirección al taxista. Estuvieron besándose durante todo el camino. Al entrar en su casa Alice dejó todos los paquetes tirados en el vestíbulo y, tras llamar a cada uno de sus hijos para asegurarse de que no estaban, empezó a desnudarse; se echó en la escalera, desnuda y con los brazos tendidos, y Mungo se acercó a ella riendo y desnudándose. Se arrodilló ante ella y empezó a besarla, despacio, muy despacio y con mucha dulzura. Húmeda y ávida, Alice se incorporó para abrazarse a él, para deslizarse sobre él y que él se hundiera en ella, y Mungo notó aquel atenazamiento prieto antes de que ella comenzara a empujar, a empujar cada vez más rápido, a acoplarse a él, y oyó sus gemidos familiares, y en lo más remoto de sí mismo sintió crecer, inexorable, su orgasmo, pero Alice le dijo, como hacía a menudo, «Espera, Mungo, espera, no te muevas». Y tras detenerse, y de alguna manera lograr refrenar y saborear aquel placer maravilloso y suspendido, aquella quietud, abrió los ojos y la miró. También ella lo miró. Por espacio de unos segundos Mungo vio en aquellos ojos una gravedad y una profundidad que desaparecieron de inmediato cuando Alice echó la cabeza hacia atrás para que no pudiera verle el rostro y arremetió de nuevo, aspirándolo y absorbiéndolo por completo hasta que también ella empezó a experimentar el placer en sus oleadas intensas y glotonas. Mungo posó la cabeza sobre sus pechos, liberando su propio placer y forzándose a apartar de su mente lo que había visto.

Pero ahora lo recordaba.

—Hola, Alice —dijo. Le abrió la puerta con una sonrisa, como un marido cariñoso que da la bienvenida a su mujer—. Qué alegría verte.

Alice permaneció totalmente inexpresiva; era un don que Mungo envidiaba a menudo, el de poder dominar de aquella forma sus expresiones (salvo cuando le llegaba el orgasmo). «¿Cómo lo consigues?», le preguntaba. «Explícame cómo lo haces.» Y ella se echaba a reír y le decía: «No lo hagas. Me encanta tu rostro; es tan fácil de descifrar.»

—Hola —respondió ella con cordialidad, como si fuera un vecino, un amigo—. ¿Qué haces aquí?

—Anoche pasé a verte, pero habías salido. Con Anouska, creo.

—No, con Anouska no. Está de viaje. —Muy hábil adelantándose a la situación, pensó Mungo—. ¿No habías decidido quedarte en el campo?

—Sí. Pero ya no lo soportaba más. Estuve en el despacho y luego pasé a verte.

—¿Y cómo entraste?

—Jemima me abrió la puerta.

—Pues se lo tengo prohibido —dijo Alice—. Le tengo prohibido dejar entrar a nadie. Tendré que hablar con ella.

—No lo hagas. No fue culpa suya —dijo Mungo—. Fui yo quien la convenció.

—Bueno, pues hiciste mal. Aunque lo cierto es que ella no obedeció mis órdenes.

—Oye, no es justo que se lo reproches —dijo Mungo—, y además, la verdad es que me parece muy joven para que la dejes sola durante toda una noche.

—Sí, vale, aunque creo que no necesito tus consejos para el cuidado de los niños —dijo Alice—. Cuando tengas varios años de experiencia en tanto que padre soltero podrás dar tu opinión; entretanto... Perdóname un segundo, pero necesito una taza de café.

—Ya te la preparo yo —dijo Mungo—. Ve a sentarte.

Se percató con sorpresa de que no sentía nada de lo que había imaginado; controlaba la situación, sabía qué hacer, cómo actuar. Casi disfrutaba. Alice fue a la cocina y se sentó. Iba muy bien arreglada; recién maquillada y con el pelo bien ordenado. Ni siquiera parecía cansada; era evidente que había pasado la noche descansando.

—¿Estuvo bien? —preguntó Mungo con tono amistoso mientras le tendía la taza de café.

—Sí, muy bien, gracias. Mungo, es café instantáneo. Ya sabes que no me gusta.

—Pues es lo que hay —dijo—, y me temo que es lo que tendrás que beberte. No voy a poner en marcha ese horrible molinillo de café a esta hora de la mañana y despertar a los niños.

Alice lo miró y, aunque su mirada no denotó nada especial, había en ella una reserva velada.

—¿Hablaste con Jemima anoche?

—Un poco. Pero no hablamos de ti. Los dos fuimos muy leales.

—Ah.

—Contrariamente a ti —dijo. De pronto lo embargó una cólera que lo pilló desprevenido—. ¿Dónde coño estabas y con quién?

—No emplees ese lenguaje en mi casa —dijo Alice.

—Emplearé el lenguaje que me dé la gana. ¿Dónde estabas?

—Salí a cenar fuera. Con unos amigos.

—¿Ah, sí?

—Sí. Si quieres puedo darte el número y los llamas para verificarlo. Giles y Fanny Brentwood. Esta chaqueta que llevo es de Giles.

—Ya veo —dijo Mungo. Empezaba a sentirse azorado—. ¿Sueles quedarte a pasar la noche en casa de todos tus amigos y dejas a tu hija sola?

—Sí, a veces. Tiene orden de correr la cadenilla y cerrar la puerta con llave, y si regreso a dormir a casa la llamo antes por teléfono. Anoche era tan tarde que me pareció una estupidez despertarla, aunque al parecer lo hiciste tú, por lo que no sirvió de nada que me andara con tantos escrúpulos.

—¿Por qué no le dijiste dónde estarías? ¿Por qué me mintió con lo de Anouska?

—No le dije nada en especial. Sólo que salía. Estaba enfrascada en una conversación telefónica con un chico y tenía el tocadiscos a toda pastilla, así que ni lo intenté. Y probablemente imaginó que te enfadarías si no te decía que había salido con una amiga. Oh, Mungo, por el amor de Dios, no pensarás... Mira, llama a Giles. O a Fanny. No les importará. Mira, es este número. Vamos. Te lo marco yo misma...

—No —dijo Mungo apresuradamente—. No, Alice, no lo hagas. De veras que no quiero...

—Tienes un aspecto horrible —dijo Alice de pronto—. Pareces mucho más cansado que yo. Vamos al salón. Quiero hablar contigo. Pero antes voy a prepararme un café como Dios manda.

—De acuerdo —accedió él—, de acuerdo.

Con la mirada perdida, se sentó en el sofá en que había pasado la noche; ya no disfrutaba y se sentía agotado. No estaba seguro de poder soportar lo que se avecinaba. Alice regresó, se sentó a su lado y le dio un beso cariñoso en la mejilla.

—Lo has entendido todo al revés, ¿sabes? —le dijo con tono risueño.

—¿Tú crees?

—Sí. De verdad. Lo de esta noche y unas cuantas cosas más. ¿Estás cómodo?

—Sí, gracias —dijo Mungo.

Alice lo miró.

—Bien, pues vamos allá. —Marcó una pausa y luego añadió—. Mungo, anoche hice algo que no te gustará. Llamé a tu padre.

El sofá se meció suavemente debajo de Mungo; tuvo que aferrarse con fuerza a la taza de café que Alice acababa de tenderle.

—¿Qué has dicho? —acertó por fin a preguntar.

—Ya lo has oído. Lo has oído perfectamente. Llamé a tu padre. Estuvo muy amable conmigo.

—Ya me lo imagino —dijo Mungo con amargura—. Cuando le conviene puede ser encantador. Aunque no deja de ser un...

—Mungo, lo sé perfectamente. Es un manipulador inmensamente arrogante y posesivo que no soporta que le lleven la contraria. Pero te quiere, Mungo, no sabes cuánto te quiere.

—Sí —dijo Mungo con concisión—, cuando hago lo que él quiere. No entiendo cómo pudiste hacer eso, Alice, de veras que no lo entiendo.

—Bien —dijo ella llanamente—, tenía que hacer algo. Habías decidido romper con él y meterte en un camino que seguramente te habría conducido a la ruina económica y al probable fracaso de esa empresa tan prometedora que has montado. Y todo por culpa mía.

—Alice, no se trata de eso. Para mí no eres un juguete ni algo con lo que pretendo entretenerme.

—Eso espero —dijo ella con una sonrisa.

—Te quiero. Deseo casarme contigo. O mejor dicho, lo deseaba.

—¿Y qué ha cambiado? ¿No haber estado aquí cuando viniste a verme? Pues qué quieres que te diga, Mungo, no me parece que eso sea amor. El amor es confianza. O eso creía yo.

—Ya sé, pero...

Era lista; conseguiría confundirlo, como su padre.

—Mungo, si quieres juraré sobre la Biblia, si es que logro encontrarla, que anoche no hice más que salir a cenar con mis amigos. No he dormido en la cama de ningún hombre. No me interesa nadie más que tú. Te quiero. ¿Te sientes mejor?

Mungo la miró y, de nuevo, contra toda lógica, creyó lo que le decía.

—Jemima parecía pensar... —empezó, pero se detuvo.

—Parecía pensar ¿qué? ¿Que estaba haciendo la carrera en Picadilly?, ¿o que estaba metida en un hotel de King's Cross con tres hombres?

—No, claro que no, pero...

—Mungo, Mungo, Jemima es una jovencita muy chismosa y manipuladora. Se entendería a las mil maravillas con tu padre. Acaba de descubrir su propia sexualidad y envidia la mía. Además, está encandilada contigo. Y por cierto, ¿qué hizo anoche? ¿No estaría citada con un hombre mucho mayor que ella?

—No —dijo rápidamente Mungo, aunque se preguntó de inmediato si no sería una irresponsabilidad y una inmadurez ponerse de parte de una adolescente y en contra de sus mayores—. Bueno, sí, eso...

—Ya lo imaginaba. Tienes razón, no debería dejarla sola. A pesar de lo mucho que la quiero, te aseguro que es una liosa.

—No le digas nada, ¿quieres? O al menos, nada relacionado con lo de anoche. Estuvo muy cariñosa conmigo y no me gustaría que pensara que la he...

—Delatado —dijo Alice con causticidad—. No, no lo haré. Salvo que encuentre pruebas. Últimamente me he fijado en que las cuentas de la lavandería suben un montón. Mucho trajín de sábanas... En fin, no hablemos de Jemima. Hablemos de ti y de mí, que es un tema mucho más agradable. Además, quiero contarte la conversación telefónica que tuve con tu padre.

—Pues adelante —dijo Mungo de mal humor. Le sabía a cuerno quemado imaginárselos hablando de él, conviniendo sin duda en que era un bobo y un impulsivo incorregible—. Imagino que os parecería todo muy chistoso y que luego le dirías que, por supuesto, no te casarías conmigo si él no lo veía con buenos ojos, que era una idea alocada.

—No, no nos pareció nada chistoso y no le dije que no me casaría contigo. Aunque sí estuvimos de acuerdo en que era una idea alocada. Y luego dijo...

—¿Sí?

—Que le gustaban las ideas alocadas. Que muchas de las suyas también lo eran. Sobre todo las relacionadas con lo que llamó los líos amorosos. Me gustó esa fórmula.

—Veo que os entendisteis muy bien —dijo Mungo. Se sentía terriblemente desdichado y humillado.

—Sí, creo que sí. Y hasta decidimos conocernos personalmente. Y...

—Vaya, fabuloso —dijo Mungo poniéndose en pie—. Ya os imagino tomando una copa juntos para hablar de mí, del niñito insufrible y de sus rabietas, y para buscar la mejor solución, la mejor forma de apartarme. —Se sentía herido, casi infamado, y quiso irse de inmediato. Posó la taza de café con un gesto violento y su contenido se derramó sobre la mesilla y la moqueta de color beige. Miró la mancha y las salpicaduras oscuras, y pensó que eso era lo que había sucedido con el amor que Alice le inspiraba; había sufrido una terrible sacudida, se había convertido en algo sucio, viciado, sórdido.

»Me alegra que pudieras charlar de nuestro futuro con mi padre —dijo—. Aunque es una lástima, porque ya no sirve de nada. La verdad es que ya no quiero verte más, Alice. Quizá resulte un mejor amigo que yo. No entiendo cómo has podido hacerme eso, con lo mucho que te amaba y lo mucho que confiaba en ti. Adiós, Alice.

Se dirigió hacia la puerta y luego se giró brevemente para mirarla. Alice tenía los ojos clavados en él, con una expresión de profundo desconcierto y de gran inquietud en el rostro.

—Mungo —le dijo—, por favor. No lo entiendes. Por favor, no te vayas.

—Me voy y por desgracia lo entiendo todo muy bien —repuso.

Salió al exterior, cerró la puerta de un portazo y luego se apoyó en ella unos instantes evocando la felicidad que había experimentado en aquella casita; los domingos encantadores, las puestas de sol maravillosas, los momentos de amor apasionado vividos con Alice. Durante unos segundos le sorprendió poder abandonarla y alejarse de ella para siempre. Pero luego pensó de nuevo en ella, en ella y en su padre, hablando, riéndose de él con indulgencia, y echó a correr para olvidarse de todo. Corrió tan rápido como pudo hasta Kings Road, paró un taxi y le pidió al taxista que lo llevara al único sitio donde deseaba estar en aquel momento, al único sitio donde se sentía a salvo, al único sitio que le pertenecía; su oficina de Carlos Place.

CAPÍTULO 25

TILLY, OCHO DE LA MAÑANA

—Sí, iré si es eso lo que quieres. Y cuanto antes mejor —dijo Tilly.

—No pareces muy entusiasmada.

—Felicity, en este momento me costaría entusiasmarme hasta si los mismísimos Brad Pitt y Keanu Reeves me invitaran a pasar un año con ellos a una isla desierta. Lo siento. Estoy agotada. La verdad es que me apetece mucho ir a Nueva York. Cualquier cosa con tal de largarme de aquí.

—Puedo conseguirte un billete para el vuelo del mediodía. Tendrías que estar en Heathrow a las diez. Te mandaré un coche.

—Vale. Estupendo.

—Y los de Rosenthal estarán esperándote en Kennedy. Dijeron que te reservarían habitación en el Pierre. Tres noches, me parece...

—Muy bien.

—Bien. Oye, llévate un par de conjuntos de vestir. No puedes conocer a lo más granado de Nueva York con esos vaqueros deshilachados.

—Pero Felicity, por Dios, sería incapaz de...

—Tilly, sabes que serías perfectamente capaz. Bueno, te confirmo lo de tu vuelo en cuanto lo sepa. Llámame cuando llegues. Espero que te encuentres mejor. Besos.

—Gracias. Adiós.

Hizo un esfuerzo para salir de la cama; sólo disponía de un par de horas antes de salir de viaje. Tenía que hacer una maleta un poco pensada, con algunas prendas de vestir. ¿Y eso qué demonios significaba? Pues probablemente el traje chaqueta de punto de seda de Karan y el maravilloso conjunto de Claude Montana, una chaqueta india de crespón de lino blanco y unos pantalones. Esperaba que fuese suficiente para «lo más granado de Nueva York»; y si no lo era, que les dieran morcilla. Necesitaba zapatos, aunque podría comprárselos allí. Joder, haría un calor... De pronto oyó la voz de Rufus diciendo «me desagrada la gente que se pasa el día diciendo *joder*», y notó un espasmo de dolor tan intenso en el corazón que se le llenaron los ojos de lágrimas. Tilly, por Dios, no empieces. Es un asunto zanjado, pertenece al pasado. A un pasado maravilloso, feliz, lleno de amor, pero al pasado. Ahora debes pensar en el futuro, concretamente en el futuro inmediato; empezar a meter tus cosas en la maleta, a continuación meterte tú en un coche y luego en un avión.

—Mierda —dijo en voz alta—, mierda, tengo que ir a ver a mamá.

Era indispensable; también tenía que llamar a James. Tenía el triunfo entre las manos y no podía dejarlo escapar. Llamaría a casa de su madre camino del aeropuerto, y le diría a Felicity que mandara el coche a recogerla. Eso. Y llamaría a James Forrest inmediatamente.

Marcó el número y contestó Harriet, aparentemente más sosegada que la noche anterior. Después de su encontronazo con Theo, Harriet había llamado a Tilly, la cual había necesitado más de media hora para calmarla. «Lo odio», no había dejado de repetir Harriet, «lo odio tanto, Tilly, que casi podría matarlo». Y Tilly le había replicado con onomatopeyas sedantes, reconfortantes, y había oído una verdad a medias, la cólera y también la pasión, y se había preguntado cuánto tiempo le haría falta a Harriet para admitir lo mucho que todavía amaba a Theo.

—Hola Harry, soy Tilly. ¿Cómo estás hoy?

—Me parece que bien.

—¿Ninguna noticia?

—No. Mi padre se ha ido a París con Theo. Han salido al alba en el avión de Theo. ¡Como si esperaran encontrar a Cressida sentada en el Sacré Coeur!

Lo dijo con un desdén y una hostilidad que ya no sólo parecían dirigidos a Theo sino también a su padre. Tilly no quiso echar más leña al fuego; le faltaba la energía.

—Bien —contestó a falta de algo más inteligente que decir—, igual la encuentran.

—Ya, ya. Aunque sí tengo una deliciosa noticia que darte. No vayas a creerte que todo son dramas aquí. Vamos a celebrar una boda.

—¡Una boda! No me digas que Mungo...

—No. ¿Por qué iba a ser Mungo? Es mucho más excitante: Merlin y Janine. Han decidido solicitar un permiso especial y no dejan de pasear por el jardín cogidos de la mano como un par de críos.

—Vaya, vaya, es una noticia estupenda —dijo Tilly—. Me alegro mucho por él. Dale un enorme abrazo de mi parte.

—Lo haré. Aunque oye, me parece que lo de declararse a ti o a Janine ha sido a cara o cruz. Está loco por ti.

—Dile que el sentimiento es mutuo. Otra vez será. Bueno, ahora en serio, es una noticia genial. Harry, me voy a Nueva York.

—¿Ahora?

—Sí, ahora. Voy a firmar el contrato con Rosenthal y quieren inspeccionar la mercancía. O algo parecido.

—Tilly, ¿estás segura de que es una buena idea? Con las nostalgias que te cogen... Además, ¿qué dirá Rufus?

—Rufus ha pasado a la historia —dijo Tilly echándose a llorar.

—Pero ¿qué dices? Es imposible. ¿Por qué, Tilly, por qué? Te ama y tú lo amas a él y...

—Ya, y en cuanto nos casemos empezaremos a odiarnos. No funcionaría, Harriet, de veras.

—Oh, Tilly. ¿Estás segura? ¿Totalmente segura? ¿No podrías intentar...?

—¿Intentar qué? ¿Convertirme en otra persona? ¿Apuntarme a un cursillo para convertirme en una buena esposa de abogado? —Por suerte siempre había sido consciente del sinfín de razones que la separaban de Rufus y no había dejado de repetir machaconamente que sus vidas eran irreconciliables. Y era verdad: no coincidirían nunca—. No hay nada que intentar. De veras.

—¿Se lo has dicho?

—Sí, se lo dije anoche.

—¿Y?

—Pues nada. Nos despedimos. Nos dijimos adiós. Y eso fue todo. —Tendió la mano hacia la caja de pañuelos y se sonó—. Bueno, y ahora no quiero hablar más de esto. No *puedo* hablar de esto. Pero hay algo que sí quiero decirte. Si necesitas dinero para tu empresa, me refiero a una suma importante, puedo dejártelo.

—Tilly, no digas majaderías.

—No digo majaderías. Va en serio. ¿Qué necesitas, un millón? Es tuyo. Ya me lo devolverás cuando puedas. ¿Vale?

—Tilly, cariño...

—Piénsalo. Ahora tengo que irme. Oh, casi olvido la razón de mi llamada. Me voy en un par de horas pero antes quiero pasar por casa de mi madre. ¿Te importaría darle a tu padre el número de teléfono de mi madre?

—¿A mi padre? ¿Y para qué?

—Bueno, es algo complicado. Mi madre tiene un pequeño problema... femenino que me tiene algo preocupada. Y tu padre me dijo que me indicaría el nombre y el número del mejor especialista de la ciudad para esos casos.

—Tilly, es lo más rocambolesco que he oído en mi vida. ¿Y cuándo demonios has hablado de problemas femeninos con mi padre?

—Ayer, cuando salimos al jardín, ¿recuerdas?

—Ah... sí. Sí, ya veo. —Estaba pasmada—. ¿Y ahora vas hacia allí, dices?

—Sí, a despedirme. ¿Y tu madre cómo está?

—Sigue durmiendo. Mi padre le dio una dosis de caballo de no sé qué anoche.

—¿Y cuándo vas a volver a ver al señor Buchan?

—Espero que jamás. A menos que sea en el infierno.

—Estupendo. Adiós, Harry. Y lo del dinero iba en serio.

—Adiós, Tilly. Gracias pero no puedo aceptarlo. Y cuídate.

Tilly tomó una ducha, se vistió (no con unos vaqueros deshilachados, sino con unas polainas y una camiseta muy holgada), llamó a un taxi, bajó del armario su maleta de cuero, la abrió junto a su mochila de piel que le servía de bolso y en la que llevaba todas sus pertenencias —dinero, tarjetas de crédito, maquillaje, cigarrillos, chiclés, pasaporte, llaves y agenda—, puso en marcha el contestador, echó un último vistazo al piso, salió al rellano y cerró la puerta con llave. A medio bajar oyó sonar el teléfono, pero como ya iba tarde decidió no volver a subir.

—Tilly, tienes muy mala cara —dijo Rosemary Mills—. Voy a prepararte una tila. Te calmará.

—Mamá, odio la tila. Y el escaramujo y la menta. Me dan ganas de devolver. Lo que necesito es un café bien fuerte. ¿Tienes café auténtico o sólo esa porquería de descafeinado?

—Sólo descafeinado —respondió Rosemary—, o sea, que tendrá que ser eso o nada.

Tilly se sentó a beber el café y observó a su madre. Tenía

un aspecto fantástico. Se había quitado al menos diez años de encima; estaba feliz, muy ocupada y su consulta de aromaterapia funcionaba cada día mejor. Llevaba un peinado nuevo y el pelo se lo había cortado Nicky Clarke, por cariño a Tilly. «Es una lástima que no sepas la fortuna que llevas colocada sobre la cabeza, mamá.» Y, aunque seguía apegada a sus prendas étnicas y acampanadas, al menos eran nuevas y bonitas y no salían de las rebajas.

—Bueno, ¿y adónde te vas ahora?

—A Nueva York. A las doce.

—¡A Nueva York! Ayer París, la semana pasada México. Tilly, a ver cuándo dejas de viajar tanto. Es muy nocivo para tu biorritmo.

—Mamá, mi biorritmo funciona estupendamente.

—Pues a mí no me lo parece —dijo Rosemary Mills—. ¿Y tu amigo?

—Lo de mi amigo se ha terminado —dijo Tilly—, y no me hables de eso o me pondré a llorar. No iba a funcionar, mamá, y no hay más que hablar. Bueno, y ahora escúchame. Tengo que decirte algo muy importante.

—¿De qué se trata?

—James Forrest va a venir a verte.

—¿James Forrest? ¿Y a santo de qué?

—Quiere explicarte un par de cosas —dijo Tilly con concisión—. Como...

De pronto sonó el teléfono.

—Perdona, cariño —dijo Rosemary—. Peckham 4111. Rosemary Mills al aparato. Sí, en efecto. Sí, está aquí. Es para ti —dijo a Tilly, tendiéndole el teléfono—. Una mujer.

—Debe de ser Felicity —dijo Tilly—. O Harry.

Pero no lo eran. Era Susie Headleigh Drayton y tenía la voz empañada, como si acabara de llorar.

—¿Tilly? Perdona que te moleste en casa de tu madre, pero tu agente me ha dicho que estabas ahí. Pensaba que quizá sabrías dónde está Rufus.

—No —dijo Tilly—, no lo sé. Lo siento. ¿No sigue en el campo?

—No —dijo Susie—, no está ahí. Anoche me trajo a Londres. Tengo que... bueno, esta mañana me hacen una pequeña operación. Probablemente, nada serio. Pero estoy preocupada por Rufus. No lo encuentro en ninguna parte. No está en su apartamento, ni con Harriet, ni en su oficina... Bueno, imagino que es demasiado pronto, pero...

—Oh, estoy segura de que está bien —dijo Tilly tratando de hablar con convicción—. Anoche estaba bien.

—Ah, ¿lo viste anoche? ¿A qué hora? Perdona que te interrogue de esta forma, Tilly, pero con esto de la operación y... bueno, había una cosa que lo atormentaba y... me habría gustado hablar con él antes de ir al hospital para asegurarme de que todo iba bien.

—Si estaba triste —dijo Tilly—, probablemente era culpa mía. Le... bueno, nos... le dije que sería mejor que no nos viéramos más.

—¡Oh, Tilly! No. —Una nota de pavor agudizó la voz de Susie—. ¿Le dijiste eso anoche?

—Sí, pero...

—No era eso lo que lo atormentaba, Tilly. Aunque después de verte debió de quedarse todavía peor. No, fue algo que sucedió ayer, antes de irnos de Wedbourne.

—No me comentó nada —dijo Tilly con voz trémula. No le había comentado nada porque ella no se lo había permitido, pobrecillo, porque en lugar de escucharlo le había asestado una puñalada detrás de otra. Mierda. *Joder*... «Me desagrada la gente que se pasa el día diciendo *joder*.» Perdóname, Rufus, perdóname, perdóname por todo.

—Ya veo. Virgen santa. Bueno, oye, si se pone en contacto contigo, ¿te importaría decirle que venga a verme? Estaré en el hospital Princess Diana. No... no lo sabe. No se lo había dicho. No se lo había dicho a nadie.

—Lo siento mucho —dijo Tilly con sinceridad—. ¿Es...? quiero decir, ¿es algo serio?

—Oh, no creo. —La voz de Susie, ligeramente ronca, ya volvía a ser la de siempre—. En cualquier caso, confío en que no lo sea. No es más que un bultito. Ya sabes lo cuidadosos que son los médicos con esas cosas.

—Sí —dijo Tilly—, sí, claro. Bien, pues buena suerte. Pensaré en usted. Iría a verla, pero estoy a punto de irme a Nueva York.

—¿Hoy?

—Sí, dentro de un rato. He firmado un contrato con Rosenthal. Seré su nuevo rostro, ¿sabe? —Bueno, ¿y por qué le contaba aquello? ¿Qué podía importarle todo aquello a Susie? ¿Con un hijo desaparecido y a punto de enfrentarse con lo que tenía muchos visos de ser un cáncer? Una ególatra rematada, Ottoline, eso es lo que eres.

—Oh, eso es estupendo, Tilly. Felicidades. —¿Cómo lo conseguía?, pensó Tilly, ¿cómo era capaz de simular interesarse por algo tan necio?

—Sí, bueno. Es todo muy precipitado. En realidad no tengo ningunas ganas de hacerlo. —Y a santo de qué le decía eso a

Susie Headleigh Drayton—. Esto... supongo que no quiere decirme qué era lo que atormentaba tanto a Rufus, por si puedo echar una mano...

—No. No creo. No quiero parecerte grosera, pero se trata... bueno, de un asunto muy privado. De algo familiar.

—Claro —dijo Tilly—. Lo siento... —¡Dios santo! ¿Se trataría de aquello? No, era imposible, aunque quizá sí... en un día como aquél, con tantas emociones a flor de piel, quizá hubiera salido a relucir la verdad. ¿Se lo habría dicho alguien a Rufus? ¿Habría dicho algo James? ¿Qué habría querido contarle Rufus la noche anterior? La cabeza empezó a darle vueltas.

—Señora Headleigh Drayton...

—Tilly, tengo que dejarte. Ha llegado el doctor. Por favor, ven a verme cuando regreses. Y espero que no hayas tomado esa decisión demasiado precipitadamente. Rufus te quiere mucho.

—Sí —dijo Tilly. Y luego, sin querer, añadió—. Yo también lo quiero. Mucho. Pero no hubiera funcionado. Señora Headleigh Drayton, ¿podría...?

—Por favor, llámame Susie. Tengo que dejarte. Adiós, Tilly.

—Bueno —dijo Rosemary Mills—, y ahora ¿quieres hacer el favor de explicarme qué es esto de James Forrest? No quiero verlo, Tilly. De verdad. Me trae demasiados recuerdos. Después de tantos años, ¿a santo de qué quiere verme ahora?

—Me lo presentaron —dijo Tilly tratando de apaciguar su propio pánico y de concentrarse en el presente—. Es el padre de Harriet Forrest (Harriet de Harry, ¿sabes?), cuya hermana se casaba ayer. Pero que no hubo boda. Bueno, o quizá sí. Dios mío. —Encendió un pitillo; de pronto le entró un miedo terrible por Rufus. ¿Dónde estaría? ¿Qué le habría sucedido?

—Tilly, querida, procura explicarte un poco mejor —le dijo su madre—. ¿Para qué quiere venir a verme James Forrest?

—Viene para explicarte unas cuantas cosas —dijo Tilly con brevedad—. Para hablar de... bueno, ya sabes de qué. De Beatrice y eso. Quiere dejar bien claro que no fue culpa tuya y...

—Pero Tilly, hasta cierto punto sí lo fue. Oh, no sabes cuánto odio tener que volver a recordar todo eso. El señor Forrest tenía razón: debería haber asistido a las clases prenatales. Y sí, de acuerdo, quizá él cometió algún error, quizá había bebido, no lo sé, pero estuvo muy cariñoso conmigo y en aquel momento eso era lo importante. Hizo lo que pudo, y no quiero volver a desenterrar todo eso, Tilly. Beatrice murió pero tú vi-

viste y hemos sido muy felices juntas, y a ti la vida te ha ido maravillosamente bien. ¿Por qué no olvidas esta obsesión de una vez por todas? Además, debería ser una obsesión mía, no tuya. Y ahora, por favor, haz el favor de decirle que preferiría no tener que hablar con él, que le agradezco su amabilidad y generosidad, pero...

—Oh, sí —dijo Tilly con amargura—, muy amable, muy generoso. Después de ¿cuántos? casi veinte años. Cabrón.

—Tilly, no digas eso. No lo estropees todo. Has conseguido tantas cosas, y también yo... Olvídalo.

—Mamá, no... —dijo Tilly. En ese mismo momento se oyó un golpecito en la puerta; era el chófer que venía a recogerla para conducirla al aeropuerto. Abrazó a su madre—. Eres la mejor —dijo de pronto—, la mejor de todas. Adiós, mamá. Pensaré en lo de James Forrest un poco más a...

—Sería mucho mejor —dijo Rosemary Mills— que dejaras de pensar en él de una vez por todas. Y también opino que has cometido un error con lo de tu novio.

—Mamá, no habría salido bien —dijo Tilly con paciencia—. Estoy demasiado apegada a mi independencia, ya lo sabes. Y él es un abogado blanco de la clase alta y yo una chica negra de la clase obrera. ¿Dónde ves el futuro en eso?

—En unos niños preciosos y listísimos de clase media —dijo Rosemary devolviéndole su abrazo—. Estamos en la década de los noventa, Tilly. Te veo muy desfasada. Él te ama y tú lo amas. Y la independencia es un bien muy solitario. No deberías dejar escapar el amor; cuesta mucho volver a encontrarlo. Adiós, Tilly. Cuídate. Come algo de vez en cuando, e intenta...

—Sí, de acuerdo, mamá. Lo intentaré. Te los dejo todos, mira.

Tilly dejó caer tres paquetes de cigarrillos sobre la mesa de la cocina de su madre.

—Tíralos. Ya no compraré más.

—¿Prometido?

—No —dijo Tilly acordándose con alivio de los dos paquetes intactos que tenía en su mochila—. Sólo hago promesas que estoy segura de poder mantener. Pero lo intentaré.

—Y piensa un poco más en Rufus.

—Ojalá pudiera dejar de hacerlo —dijo Tilly.

CAPÍTULO 26

SUSIE, NUEVE DE LA MAÑANA

Susie pensó en lo curioso, en lo pertinente que era que su corazón y su pecho, situados tan acertadamente el uno junto al otro, le dolieran tanto. No estaba del todo segura de cuál era el que mayor sufrimiento le producía, sólo que aquella confusión era, de alguna forma, beneficiosa. Le sorprendió que le doliera tanto el pecho; siempre había oído decir que el cáncer, en su primera fase, era indoloro.

Se lo comentó con tono esperanzado al doctor Hobson cuando entró a verla en su habitación del hospital Princess Diana; esperaban a Alistair, que acababa de desaparecer para ir a telefonear.

—Desdichadamente es una afirmación que no tiene mucho sentido —dijo—. Cuando existe inflamación hay sensación de malestar. Así de sencillo. Aunque, por supuesto, también podría haber algo de reacción sicosomática que, por otra parte, sería lógica. ¿Cómo se encuentra?

—Oh, estupendamente —dijo Susie—, estupendamente bien —y se echó a llorar. El doctor Hobson, que nunca había visto a la serena señora Headleigh Drayton víctima de una conmoción semejante, a pesar de estar acostumbrado a la inestabilidad emocional de sus pacientes, se sentó sobre la cama y le tomó una mano.

—Espero que la enfermera jefe no me pille haciendo esto. Está rigurosamente prohibido —dijo—. Bien, y ahora llore hasta no poder más. La aliviará. No voy a cometer la estupidez de decirle que no se preocupe y todo eso porque es lógico que esté preocupada. Sería una insensata si no lo estuviera. Yo también estoy preocupado, todos lo estamos. Pero cuanto antes sepamos de qué se trata, mejor. —Le tendió su pañuelo—. Suénese fuerte.

393

—Sí, tiene razón —dijo Susie sonándose obedientemente—, gracias. He querido ser muy valiente. Pero es que además tengo otros problemas, otras preocupaciones.

—¿Ah, sí? ¿Quiere que hablemos de ello?

—Hum..., no, me parece que no puedo. La cosa es que no logro encontrar a Rufus, mi hijo —añadió—. Y estoy un poco inquieta.

—¿Cuántos años tiene Rufus?

—Verá... veintisiete —dijo Susie sintiéndose repentinamente ridícula.

—¿Y por dónde para? ¿Por el Himalaya o por algún sitio que esté actualmente de moda?

—No, no, está en alguna parte de Londres —dijo Susie—, pero no sé dónde. Y está muy alterado.

—Me parece —dijo el doctor Hobson—, que con ventisiete años podrá soportar una ligera ansiedad. ¿Está preocupado por usted?

—No, no, ni siquiera lo sabe. Ayer hubo un poco... un asunto familiar que...

—¿Qué? ¿La boda? Un espanto, lo de las bodas, siempre causan mucha agitación.

—No, no fue la boda. Se... se enteró de una cosa. Y...

—Señora Headleigh Drayton... ¿o puedo llamarla Susie?

—Sí, por supuesto. Se lo ruego.

—Me parece que debería dejar que su niñito de veintisiete años se las arregle solito y concentrar todas sus energías en usted misma. Si su hijo ha alcanzado esta edad sin inquietudes mayores puede darse con un canto en los dientes. Hasta le diría que ya es hora de que se entere de cómo funciona realmente la vida. ¿No cree?

Susie estuvo a punto de debatir aquel punto de vista, de decir que Rufus necesitaba ayuda para capear aquel temporal, pero se dio cuenta de que le faltaban fuerzas y de que el doctor Hobson probablemente tenía razón. Recordó también que ella, a los veintisiete años, había tenido que lidiar con problemas emocionales de gran complejidad y que lo había hecho con mucho tino. ¿Acaso Rufus, el hijo que más se parecía a ella, era tan diferente? Volvió a sonarse y sonrió tímidamente al doctor Hobson.

—Quizá.

—Así me gusta. Bien, y ahora no querrá que su marido la pille llorando, ¿verdad? Ya está suficientemente preocupado. Es muy afortunada al tener un esposo que la quiere tanto después de tantos años de vida en común, ¿sabe? No es lo habitual. Diría que afortunada e inteligente, Susie. En proporciones iguales. Ah, señor Headleigh Drayton. Buenos días. Siéntese, por favor. Le ofrecería un café pero su pobre esposa debe de estar tan sedienta que no sería justo que nos lo bebiéramos en su presencia. Bien, y ahora me gustaría ponerle al corriente de lo que opino de su caso para que sepamos todos a qué atenernos y no fomentar los malentendidos...

Susie miró a Alistair y añoró tanto la presencia de James que casi no pudo soportarlo. Cerró brevemente los ojos, sonrió a su marido y tomó la mano que éste le tendía. Afortunada e inteligente, ¿no era eso? Con un hijo desquiciado que había desaparecido, un amante que la había abandonado en un momento crucial de su vida y un marido consciente de que le había sido infiel durante gran parte de su vida matrimonial. Dios santo. Muy afortunada y muy inteligente.

Tras darle un beso cariñoso y asegurarle que estaría junto a ella cuando despertara, Alistair se fue. Se sintió horriblemente sola y muy asustada. Asustada ante lo que descubrirían, lo que le harían y, a pesar de las palabras reconfortantes del doctor Hobson, ante la posibilidad de despertarse sin pecho. ¿Y qué habría en su lugar? ¿Una enorme herida? ¿Un remiendo confeccionado con su propia piel? Una mutilación, dolor, fealdad. Volvió a sentirse presa del pánico y empezó a sudar.

Poco después entró una enfermera con la bandejita de los medicamentos y, de pronto, recordó vívidamente la otra vez, muchos años antes, cuando se quedó embarazada de Rufus y cuando por poco se quedó sin él. Gracias a Dios, gracias a Dios que existía. Su hijo encantador, cariñoso, guapo e inteligente. Que había desaparecido, que ya no confiaba en ella, que ya no la quería...

Se le escapó un gemido, un gemido apagado que alarmó a la enfermera.

—Lo siento, señora Headleigh Drayton. ¿Le he hecho daño?

—No, no. No pasa nada. ¿Le importaría... le importaría darme ese teléfono? Seré muy rápida, antes de que esto empiece a hacerme efecto.

—Sí, claro. Tome, ya le marco yo el número.

—No, no, no hace falta. —Aguanta, Susie, aguanta, no te duermas; sólo una vez más, era lo único que pedía, oír su voz una vez más, llevársela a aquella horrible y espantosa oscuridad...

—Wedbourne 240. —Era la voz de Harriet.

—Harriet, soy Susie.

—Ah. Hola. —Hostilidad, cortés pero diáfana.

—Harriet, ¿podrías pasarme con tu padre? Lo siento pero...

—No está. Ha ido a París. Con Theo.

—¡A París! ¿Por qué? —Dios, ya empezaba a sentirse rara; confusa, embotada, con la boca seca. Su lengua parecía haber crecido, descontrolada.

—Sí. A buscar a Cressida.

—Oh, sí. Sí, claro. Cressida. Pobre Cressida. —Los párpados empezaron a pesarle y a pesar de estar tumbada sobre la cama la habitación empezó a girar.

—¿Está... madre? —No lo había dicho bien; no podía articular.

—¿Mi madre? Sí. Susie, ¿te encuentras bien? ¿Dónde estás? —La hostilidad había desaparecido, parecía alarmada.

—Estoy... hospital, Harriet. Operación... Princess Diana. Bien... pecho...

Sin saber cómo el auricular desapareció, alguien se lo sacó suavemente de la mano; empezó a caer a la deriva por un largo pasadizo oscuro, y el miedo se desvaneció y también el dolor. Sólo sentía una deliciosa levedad, y oh, Dios, eso era lo que sentía la gente al morir, ¡lo había leído tantas veces! La gente veía una luz resplandeciente al final de un túnel oscuro, y qué delicioso era, ya estaba a salvo, a salvo del resto del mundo, sólo ella y aquella quietud apaciguante, y también estaba el doctor Hobson, que le sonreía y le decía, con tanto cariño, «bien, bien, ¿me oye?». Y trató de decir, «sí» pero no podía, no podía hablar, no podía moverse, era evidente que estaba muriendo, y de pronto pensó en que era horrible, horrible morir con aquel espantoso gorro verde de papel, no podía, qué pensarían todos, ¿y si la veía alguno de sus hijos? Y quiso quitárselo, y dolía, dolía mucho cuando intentó arrancárselo, le dolía la mano, y alguien le tomó esa mano, suavemente, y le dijo que se relajara, y lo hizo y siguió deslizándose por aquella deliciosa oscuridad, deslizándose y deslizándose, y al final hasta la luz resplandeciente desapareció...

CAPÍTULO 27

HARRIET, NUEVE DE LA MAÑANA

—Así que nos hemos decidido por una boda muy sencilla.

—No me hables de bodas —dijo Harriet con un estremecimiento.

—Perdona, *mon ange*. Una ceremonia muy sencilla, en París, a la que espero asistirás. Luego Merlin quiere llevarme a una selva tropical. O quizá a China. ¿Qué te parece?

—Pues que ambas posibilidades son maravillosas. Maravillosas. No sabes lo que me alegro por ti, Janine.

—*Bon*. Yo también me alegro. —Janine le sonrió con un brillo en sus ojos oscuros—. Y también estoy un poco asustada. Ha caído, ¿cómo lo decís?, como una flecha...

—Una bomba, Janine. Te estás confundiendo con Cupido.

—¿Y por qué no? Pues muy bien, como una bomba. ¿No te parece que haremos un poco el ridículo?

—¡Janine, por Dios! Nunca podríais parecer ridículos, ni tú ni él.

—No estoy tan segura —dijo Janine en voz baja, un poco confundida—. Somos ya casi unos ancianos. Muy diferentes. Y casarse, montar un hogar como si fuéramos un par de veinteañeros, parece tan... No sé, tan atolondrado...

—Janine, ni atolondrado ni nada. Es delicioso. Y además, ¿qué más te da lo que parezca? Vas a ser inmensamente feliz, estoy convencida de ello, y eso es lo único que importa.

—Sí —dijo Janine, repentinamente relajada y risueña—. Sí, creo que lo seremos. Estoy segura de que lo seremos. Y la felicidad no debe dejarse escapar. Cuando se presenta hay que apresarla con ambas manos.

—Desde luego —dijo Harriet con un suspiro—, con las dos. Hay que aferrarse a ella.

Pensó en su propia y complicada felicidad del año anterior

y se preguntó si no habría debido asirla con mayor fuerza; de todas formas ya no hacía falta lamentarse porque ya no existía. Hacía tiempo que se había desvanecido.

—¡Qué suspiro, Harriet! No eres feliz, ¿verdad?

—Oh, todo va bien, Janine. Estoy preocupada, por supuesto, pero no es nada grave. Gracias. No sabes cuánto me alegro por vosotros. De veras. ¿Dónde viviréis?

—En París —dijo Janine con firmeza—. No podría ser feliz en ninguna otra parte. Y a Merlin le da igual el lugar de residencia. Además, a juzgar por lo que dice, no pararemos quietos. Tenemos varios continentes por explorar.

Con una sonrisa en los labios, Harriet permaneció silenciosa durante un momento al evocar la imagen de Janine y de Merlin explorando continentes juntos.

—Suena estupendo —dijo—, como si fuerais a viajar sobre una alfombra mágica.

—Estoy segura de que lo haríamos —dijo Janine— si Merlin encontrara una a mitad de precio.

—¿Dónde está ahora?

—Ha salido a hacer un recado misterioso. Aunque creo que intuyo de qué se trata, tendremos que esperar a que regrese. —Alargó una mano y acarició la mejilla de Harriet—. Pareces tan cansada, *chérie*. Ayer fue un día espantoso, ¿verdad?

—Lo fue —asintió Harriet con otro suspiro—, verdaderamente espantoso. Y yo... —Tomó una bocanada de aire. Tenía que confesarse con Janine, tenía que enfrentarse con eso y contarle lo que había sucedido con su dinero—. Janine, hay algo que querría...

—¡Mira! —Era Merlin; apareció en la cocina, algo sofocado y con su cabellera blanca revuelta—. Espero que te guste, querida. El tipo me ha dicho que podía devolvérsela si no te gustaba.

Con una sonrisa radiante tendió a Janine una cajita de cuero bastante raída. Janine la miró y luego la abrió con mucho cuidado; en su interior había una sortija, un lazo del amor de oro con una flor de granates y diamantes en el centro.

—Merlin, es preciosa —dijo Janine mientras se la ponía en su largo y delicado anular; curiosamente, le iba perfectamente bien. Se alzó para darle un beso en la mejilla—. Gracias. ¿Con esto queda oficializado nuestro compromiso?

—Así lo espero. Me alegra que te guste, es Victoriana. He regateado mucho porque ese tipo pedía un precio absurdo, le he dicho que...

—Merlin —dijo Harriet con suavidad—, no puedes decirle

a tu prometida que su sortija de pedida ha sido una ganga. Es una incorrección.

—¿De veras? Me queda mucho por aprender. Lo siento, querida. Lo que no quita que me haya costado un dineral. ¿Te parece mejor así?

—De la otra forma tampoco me parecía mal —dijo Janine—. ¿A que es una sortija preciosa, Harriet? Soy muy afortunada.

—Sí —dijo Harriet—, ya lo creo. Pero te lo mereces. Los dos os lo merecéis. Y espero que seáis muy felices.

—Oh, de eso no hay duda —dijo Merlin—. He acertado de pleno, eso está claro. Gracias a Dios que todavía seguía soltero, que me mantenía a la espera... Estuve a punto de casarme con una chica horrible que conocí en India, poco después de la guerra...

—Dios santo —dijo Harriet—, te salvaste por los pelos...

—Sí, bueno, no era tan horrible, por supuesto, pero ni punto de comparación con Janine. ¿A que es preciosa? —preguntó señalando a Janine con una sonrisa tierna que iluminó su maravilloso rostro surcado por las arrugas—. ¿A que es magnífica?

—Merlin, hablas de mí como si fuera un caballo —protestó Janine con viveza.

—No, Janine, eres injusta —dijo Harriet—. Eso es exactamente lo que eres, magnífica. Una persona magnífica. Es una excelente descripción.

—Bueno, vais a conseguir que me sonroje —dijo Janine—. Harriet, cariño, ¿te parece oportuno que suba a ver a tu madre?

—No, gracias a Dios sigue durmiendo —dijo Harriet—, y sinceramente creo que cuando despierte se sentirá mucho mejor, podrá asimilarlo todo con mayor serenidad. Pobre mamá. Llevaba tanto tiempo soñando con lo de ayer...

—¡Tonterías! —espetó Merlin de repente—. Una consentida, eso es lo que es. Una buena azotaina es lo que necesita. ¿Dónde está tu padre, Harriet?

—Oh, se ha ido... ha ido a ver a Theo —dijo Harriet atropelladamente.

—Un buen tipo, Theo —dijo Merlin—. Siempre le he tenido mucho aprecio. Sólo que todavía no ha encontrado a la mujer adecuada. Ese bomboncito que está con él ahora es preciosa, pero no le conviene.

—No se porta muy bien con ella, Merlin —dijo Harriet.

—Pues a eso me refiero. Necesita a una mujer de su calibre. Que le dé tanto como reciba.

—Eso es lo que intentan todas sus mujeres. Pero Theo siempre acaba mandándolas a hacer puñetas.

—Bueno, eso es porque sabe que no moverían un dedo por él —dijo Merlin—. Casi todas se casan con él por su dinero. Y eso es terrible. Debe de hacer mucho daño.

—Sí, supongo que sí —dijo Harriet en voz queda—. Nunca se me había ocurrido verlo de esta forma.

—Merlin, hace menos de doce horas que estás prometido y ya eres un experto en cuestiones matrimoniales —dijo Janine riendo. Se levantó y le dio otro beso—. Bien, Harriet, *ma chère*, ¿qué crees que es mejor que haga? ¿Quedarme aquí con tu madre un par de días más, o dejarla sola? Estoy dispuesta a hacer lo que sea más conveniente.

—Eres muy buena, Janine, pero creo que será mejor que la dejemos en paz. Está dolida, humillada, asustada y preocupada... tiene que afrontar este asunto sola.

—Sí, y además Cressida puede regresar. He oído decir que estas cosas pasan; que hay gente que de pronto quiere desaparecer, desvanecerse, como un suicidio, porque no pueden con su alma. Y es como un grito de ayuda. Podría ser eso.

—Quizá —concedió Harriet, tratando de decirlo con tono convencido y pensando en la fotografía de una Cressida radiante y vestida de novia bajando la escalinata del Sacré Coeur—. Podría ser. Bien, de todas formas tendremos que esperar y ver qué sucede.

—¿Y tú qué harás?

—Oh, tengo que regresar a Londres —dijo Harriet con una voz que hasta a ella le pareció exhausta.

—¿Hoy?

—Sí, por desgracia. Mi empresa está... bueno, en fin, que tengo que irme. Estoy citada a las dos con un tipo para hablar de mi descubierto bancario...

—Oye, Harriet —dijo Merlin—, la oferta sigue en pie. Si puedo hacer algo por...

—¿Hay algún problema serio? —preguntó Janine con una mirada perspicaz.

—Sí, Janine. —Harriet se volvió hacia ella y la miró a los ojos—. Tengo que decirte una cosa. Desgraciadamente no podré devolverte tu dinero de inmediato. No sabes lo mal que me sabe. He luchado mucho para conservarlo, lo he intentado todo, pero...

—Hija mía, pero si no quiero que me devuelvas mi dinero. Fue una inversión y si fue equivocada, pues peor para mí. Bueno, también para ti, por supuesto, pero en cualquier caso ahora no me apetece oír los pormenores. Ya lo repasaremos todo en otra ocasión y me contarás lo que ha sucedido y qué tipo de solución habría que aplicar. Pero ahora lo que me parece más urgente es que vayas a ver a ese banquero.

—¿Y Tilly no podría echarte una mano? —intervino Merlin—. Dijo que lo haría, ¿no? Es una chica encantadora, ¿no te parece, querida? Idónea para el joven Rufus. Quizá podríamos organizar una boda doble. Eso sí que es una buena idea.

—Merlin, es una idea catastrófica —dijo Harriet, riendo—, y me temo que entre ellos no habrá boda. Tilly se ha empecinado en cortar la relación. Oh, Dios mío, casi lo olvido. Janine, ¿sabías que Susie está en el hospital?

—¿Susie? No, por supuesto que no. ¿Qué le pasa? Ha debido de ser algo repentino. Ayer parecía estar bien. Delgada, por supuesto, pero...

—Ha llamado a mi... bueno, llamó hace un rato desde el hospital. Hablaba de forma extraña. Se lo he dicho a Rufus cuando ha telefoneado para saber cómo estaban Annabel y Tom; él tampoco lo sabía.

—Espero que no sea nada malo —dijo Janine—. Es una mujer estupenda.

—Sí —dijo Harriet con tono tajante. Janine la miró con la ceja enarcada pero Harriet le devolvió una mirada inexpresiva—. Bueno, y ahora voy a meter un par de cosas en la maleta. Perdonadme. Y de nuevo, felicidades a los dos. Esa sortija es maravillosa, Merlin.

Iba camino de la escalera cuando sonó el teléfono: era James.

—Harriet, cariño, estamos llegando.

—¡Llegando! Pero si acabáis de iros.

—Ya lo sé, pero no tenía sentido quedarse.

—¿Alguna noticia de Cressida?

—Bien... no. Bueno, en realidad sí. Aunque no volverá. Al menos, de momento. Ya os lo explicaré cuando lleguemos. Tenemos que hablar largo y tendido.

—Lo siento —dijo Harriet—, pero es posible que no me encuentres. Debo ir a Londres, hoy tengo una reunión con el banco. Aunque, por poco que pueda, regresaré esta noche. Tendré que llevarme el coche de mamá.

—De acuerdo —dijo James con un suspiro—. ¿Está despierta mamá?

—Todavía no. Bueno, o al menos no lo estaba hace veinte minutos. —No me preguntes qué problema tengo, no, pensó Harriet, no te intereses por mí. Ya tienes a Cressida, a mamá y a Susie, suficientes disgustos en un solo día. No es de extrañar que me obsesione tanto el éxito, los retos personales.

—Bueno. ¿Cómo dices, Theo? Ah, Harriet, dice Theo que si puede hablar un momento contigo.

—No, no puede —dijo Harriet, y colgó.

Subió a su dormitorio, reordenó sus pertenencias en la bolsa, se sentó en la cama y guardó la carta de la ginecóloga que había encontrado en el bolsillo de la chaqueta.

Jennifer Bradman, miembro del Colegio Real de Obstetricia y Ginecología, le había dicho que podría recibirla hacia las doce del mediodía.

—Lo siento, pero antes me es del todo imposible. Tengo una mañana muy cargada. No sé si podré ayudarla, pero lo intentaré.

—Gracias —dijo Harriet.

Echó un vistazo al dormitorio de su madre antes de bajar. Maggie seguía acostada y, aunque estaba despierta, parecía tranquila; lanzó una mirada abatida a Harriet desde el montón de almohadas.

—Te subiré un poco de té, mamá. Tengo que ir a Londres, lo siento. Se trata de un asunto muy urgente. Si puedo regresaré esta noche.

—Siempre tienes asuntos urgentes —dijo Maggie con tono molesto—. No te retrases por mi culpa, Harriet. Ya me prepararé yo el té.

Harriet salió silenciosamente de la habitación e hizo un esfuerzo para cerrar la puerta con mucho cuidado. De lo contrario habría dado un portazo.

CAPÍTULO 28

—Conduce tú —le dijo Theo cuando al fin llegaron a Kidlington y cayó exhausto dentro del Bentley—. Tengo que hacer algunas llamadas.

—Hablas como un personaje de culebrón —le dijo James con una mueca.

—Soy como un personaje de culebrón —replicó Theo ceñudo—. Ridículo, absurdo, poco creíble.

Empezó a pulsar botones con saña. Muy cansado y preocupado, James se esforzó en concentrarse en la carretera y oyó las innumerables conversaciones telefónicas de Theo; con Myra Hartman para ordenarle que mandara fax, cartas, flores —¿flores?—, y concertara citas; con Mark Protheroe para hablar de precios, ventas, compras, mercados; con Jackie, el ama de llaves, para advertirle de llegadas, partidas, invitados, fines de semana; un breve y acalorado intercambio con Mungo, y luego otro, igual de breve, con Michael, su hijo mayor.

—Tengo que hacer algo con ese chico —dijo cuando al fin colgó el teléfono.

—¿Con cuál? ¿Mungo?

—Oh, no. Con ése no hay nada que hacer. Es imposible. Es terco, arrogante, totalmente absurdo...

—Como un personaje de culebrón —dijo James risueño.

—¿Cómo? Oh, por Dios, James. Mungo no se parece en nada a mí. Me refería a mi hijo Michael. Ya tiene treinta y dos años, ¿sabes? Tengo que encontrarle algo para lograr que despegue.

—Bueno, ¿y eso es un problema?

—Sí, lo es. Es un chico eficaz, inteligente, concienzudo y tiene mucha intuición para los negocios.

—Bueno, ¿pues dónde está el problema?

—En que carece de pasión. Y de estilo. Nunca hace nada impulsivamente. Es todo cerebro.

—¿No dicen que es excelente para los negocios? —preguntó James sinceramente intrigado.

—No, pues claro que no —dijo Theo, realmente asombrado, como si James estuviera sugiriéndole que para ser un buen empresario se necesitaba poseer un don para el ballet o la alfarería—. La pasión es el motor de casi todo, James. Uno siempre puede encontrar a gente que se encargue de hacer números y de conseguir contratos y contactos, pero las cosas se consiguen con el corazón y con el instinto. Es como enamorarse, James, como el sexo; es una excitación, una palpitación del corazón. El corazón de mi hijo Michael no palpita nunca.

—¿Y Mungo?

—El de Mungo palpita demasiado —dijo Theo, y volvió a enzarzarse con el teléfono.

—¿Te importa dejarme en el hotel de los Bergin? —le pidió James—. Ayer dejé olvidada mi chaqueta y de paso aprovecharé para charlar un poco con ellos. Espero que se vayan pronto, no tiene sentido que se queden mucho más tiempo. ¿O crees que sí? ¿Tú crees que existe alguna posibilidad de que Cressida vuelva? —añadió, percibiendo en su propia voz una nota de esperanzado dolor que le hizo avergonzarse de sí mismo.

Theo lo miró.

—Sinceramente —dijo—, no lo creo. Me sabe mal decírtelo tan crudamente, pero no lo creo.

James permaneció silencioso.

—¡James! Buenos días. ¿Cómo estás? —Julia, tan impecablemente arreglada como siempre, lo acogió en el vestíbulo del hotel con una sonrisa y la mano tendida.

—Hmm... tirando —dijo James con tono cansino. Se sentía demasiado fatigado, demasiado abatido como para andarse con fingimientos o tratar de ocultar su pesimismo.

—Pareces exhausto —dijo Julia Bergin con severidad—. ¿Os habéis enterado de algo más?

—Sí —dijo James, y le contó de qué se trataba.

No la miró mientras hablaba; no podía. Y cuando al fin alzó la cabeza y encontró sus ojos, vislumbró en ellos un brillo muy breve y espantoso; antes de que el estupor, la desolación y la perplejidad se instalaran en sus rasgos, Julia Bergin pareció complacida y perversamente satisfecha.

—Pobre Oliver —dijo en voz baja—. Mi pobre, pobre Oliver. Y tú, James, y Maggie debéis de estar pasándolo fatal. Sólo desearía...

—Maggie todavía no lo sabe —la interrumpió James. ¿Qué pasaba con Julia?, ¿tenía razón Merlin cuando decía que aquella mujer sabía algo? No, era del todo imposible. Se trataría de una de esas reacciones inadecuadas que provocan las noticias graves, como cuando a uno se le escapa la risa después de enterarse de la muerte de alguien.

—¿Maggie no lo sabe? —replicó Julia.

—No. Anoche le di un sedante muy fuerte. Acabo de llamar y al parecer ha dormido hasta hace poco. Me voy a casa a contárselo.

—Oh, James, qué terrible. Pobre Cressida... lo que debe de haber pasado.

—Es muy generoso por tu parte que lo veas de esta forma.

—Bueno, hay que procurar entenderla. Y tratar de imaginar lo que la ha conducido a comportarse así. La infelicidad, la confusión...

—Sí, sí —dijo James—, y el egoísmo y la crueldad.

No estaba dispuesto a oír defender a Cressida; en aquel momento, si la hubiera visto entrar en el vestíbulo, la habría abofeteado.

—Bueno, ha tenido que ser algo muy grave.

—No creo. ¿Está Oliver?

—Ha salido a dar un paseo con su padre.

—Me hubiera gustado contárselo personalmente.

—James, creo que será mejor que se lo cuente yo. Está pasándolo muy mal. Está muy traumatizado. Creo que sabré decírselo de forma que...

—Bueno, de acuerdo —dijo James, percatándose del enorme alivio que le causaba aquella salida airosa; decirle a Oliver lo cerca que había estado de casarse con una mentirosa y una farsante, que además era su hija, no era una perspectiva muy placentera.

—Así que si quieres irte a casa a contárselo a Maggie, no te demores. Te necesita más que Oliver, James. Pobre mujer. Como madre la compadezco mucho. Si te parece que puedo ayudar en algo...

Y de pronto se sentó abruptamente y hundió el rostro entre las manos. James permaneció de pie, mirándola con impotencia.

—Julia, por favor, lo siento...

—Oh, James, no te... ya está, me... —Volvió a alzar la vista; tenía los ojos brillantes y llenos de lágrimas, y la boca tensa en un gesto por reprimir la emoción—. De pronto, me ha... qué tonta, la sorpresa, imagino. Por favor, perdóname...

Y se fue, dejando a James con los ojos clavados en ella y sin otro remedio que el de regresar a su casa a contarle a Maggie la cosa espantosa que su hija adorada había hecho.

CAPÍTULO 29

MUNGO, DIEZ Y MEDIA DE LA MAÑANA

—¡Mungo! Una llamada para ti por la dos.

Era Belinda, una de las agentes de alta alcurnia; moderadamente guapa, absolutamente encantadora y muy sexy, Belinda tenía unas piernas estupendas, una larga melena rubia —que Mungo aseguraba que crecía a partir de la cinta de terciopelo negro con que se la recogía sobre su amplia frente—, una risa muy contagiosa y una gran tendencia a los chistes verdes. Sus referencias eran impecables: su padre trabajaba en Lloyd's, su novio en Christie's y su madre había sido debutante del año. Los clientes la adoraban. Mungo también la adoraba y, de no haber estado tan enamorado de Alice, habría estado dispuesto a pelearse con el novio de Christie's para arrebatársela..

—Gracias. No será mi padre, ¿verdad?

—No, Mungo, no es tu padre. Es una mujer. No ha dado su nombre.

No sería Alice; siempre lo llamaba por el portátil. «Si crees que voy a darles a esas chicas el gustazo de saber cuántas veces al día quiero hablar contigo, no me conoces», le espetó Alice un día después de sugerirle que si utilizaba la línea de la oficina podría dejar mensajes. Alzó el auricular. De pronto se sintió muy cansado; los brazos le flojeaban y le dolía la cabeza.

—Mungo Buchan.

Era Jemima.

—Mungo, perdona que te llame al despacho. ¿Te molesto?

—Depende de lo que vayas a decir —dijo Mungo.

—Quiero darte las gracias —dijo Jemima.

—¿Y a santo de qué?

—Por no haberme delatado a mamá. De veras que te lo agradezco.

—No hay de qué —dijo Mungo con cansancio—. Aunque si quieres el consejo de un anciano, sería mejor que en el futuro encontraras otro lugar para tu vida amorosa. Un sitio más discreto.

—Sí, ya sé. Lo haré. Te lo prometo. Mmm. Hay otra cosa, Mungo. Igual... anoche igual te di una falsa impresión respecto a mamá. Estaba... enfadada con ella, nos habíamos peleado.

—¿Qué tipo de falsa impresión?

—Bueno, pues que... ya sabes. Que es... que está...

—Jemima, ¿qué estás intentando decirme?

—Bueno, pues que te aprecia mucho. Y que... bueno, que nunca haría nada que pudiera hacerte daño. Estoy segura.

—Mucho me temo, Jemima, que ya lo ha hecho —dijo Mungo, y colgó el teléfono—. Carol, consígueme un café, ¿quieres? —gritó por la puerta. Carol era su sufrida secretaria; con una belleza más convencional que la de Belinda y muchos menos contactos, estaba absoluta e irremediablemente enamorada de él. Llegaba siempre la primera, trabajaba durante la pausa del almuerzo y era la última en abandonar el despacho. Cuando había algo urgente se quedaba trabajando incluso después de marcharse Mungo, y más de una vez había perdido el último tren y había pagado de su bolsillo el taxi que la devolvía a su casa del extrarradio con el fin de evitarle mayores quebraderos de cabeza a Mungo. Encontraba todo lo que Mungo perdía, recordaba todo lo que olvidaba y disfrutaba desempeñando tareas secretariales tan políticamente incorrectas como la de coserle los botones o la de llevarle la ropa sucia a la tintorería. La vio aparecer por la puerta, algo nerviosa, con una taza de café en una mano y un plato con sus galletas preferidas en la otra. La devoción de Mungo por esas galletas era famosa y Carol realizaba frecuentes peregrinaciones a Selfridge para repostar existencias. En general era un esfuerzo bien recompensado, porque Mungo le sonreía y le daba las gracias, pero aquella mañana aceptó la taza y el platito sin pronunciar una palabra.

—Esto... ¿cómo fue la boda, Mungo? Pareces cansado.

—Fatal, y sí, estoy muerto. Tráeme la carpeta del edificio de Bruton Lane, Carol, y ponme con el banco.

—Sí, Mungo, ahora mismo.

Mungo la observó mientras abandonaba el despacho casi a la carrera. Tendría que echarla; no soportaba el sentimiento de culpa que le provocaba. Bien, sería fácil; formaría parte de la maniobra de reducción de gastos. Hablaría con ella a la hora del almuerzo.

—Eres un malcriado —dijo Alice.

Estaba de pie, en el umbral de la puerta del despacho, y Belinda, algo desconcertada, revoloteaba detrás de ella.

Mungo alzó la vista.

—Vete, por favor —le pidió con frialdad.

—Mungo, no tengo la más mínima intención de irme.

—Bien, pues en ese caso, me iré yo.

—No, no lo harás —dijo Alice. Cerró la puerta, se apoyó en ella, lo miró fijamente y le dijo—. Mungo, tenemos que hablar.

—Por lo que a mí respecta, no hay nada de qué hablar —dijo Mungo con tono gélido—. Y ahora, si no te importa, tengo trabajo. —Empezó a teclear su ordenador para verificar los detalles de una finca; luego alzó el auricular y, con un vigor algo exagerado, marcó un número.

—¿Señora Packard? Soy Mungo Buchan. Señora Packard, me parece que tenemos una finca que podría interesarle. En...

—Mucho me temo que la señora Packard tendrá que esperar —dijo Alice sin perder la calma. Se acercó a su escritorio y cortó la comunicación—. Mungo, ¿tienes que ser tan descortés? Pensaba que me querías.

—Pues te equivocabas. Aunque bueno, la verdad es que te quería, pero tú te has encargado de joderlo todo.

—Mungo, el único que lo ha jodido todo eres tú. O casi todo. Tu vida, tu trabajo, tus relaciones, no sólo conmigo, sino también con tu padre. Y...

—Te ruego que no me hables de mi padre —dijo Mungo—. Lo que hiciste, eso de llamarlo así por las buenas, es imperdonable. Y en cuanto a mi trabajo, de momento la que está jodiéndolo eres tú. Vete, por favor. Tengo que ocuparme de mis clientes.

—No, Mungo, no me iré. Y me gustaría que le dijeras a esa pobre ilusa que al parecer cree que eres un cruce entre Tom Cruise y el Mesías que por favor no te pase llamadas durante un rato.

—No pienso hacerlo.

—En ese caso —dijo Alice empezando a desabrocharse el vestido—, gritaré y diré que ibas a violarme.

Mungo la miró y vislumbró en sus ojos azules un brillo que conocía muy bien; el de una absoluta y empecinada determinación. Alzó el auricular.

—Carol —dijo—. No me pases ninguna llamada hasta que

te lo diga. Y dile a Roddy Fairfield que hable con la señora Packard urgentemente, si es que no ha decidido cambiar de agente inmobiliario —añadió, lanzando una mirada de encono a Alice.

—Sí, Mungo. Esto... ¿te apetece un poco más de café?

—No me apetece —dijo Mungo.

Al colgar oyó unas risitas sofocadas; alzó los ojos en dirección a Alice.

—¿Cómo te atreves a entrar aquí, a interrumpir mi trabajo y a dejarme en ridículo ante mi personal?

—Oh, por Dios, no seas tan pomposo —dijo Alice—. Me atrevo, como dices tú, porque es importante que escuches lo que he venido a decirte. Quiero que me escuches muy atentamente. Seré breve.

—De acuerdo. Pues adelante. Y luego, te vas.

—Mungo, mírame, por favor. Deja de refunfuñar. Es imposible hablar con la coronilla de alguien.

Mungo la miró con el entrecejo fruncido y Alice se echó a reír.

—De veras que te pareces mucho a tu padre cuando haces eso.

—¿Y cómo sabes que me parezco a él, Alice? Si has ido a verlo...

—Oh, Mungo, no seas ridículo. Pues claro que no he ido a verlo. Pero es famoso, ¿sabes? Lo he visto en *Money Programme*, y la otra noche también lo vi en *Panorama*.

—¿Ah, sí? —preguntó Mungo sinceramente sorprendido—. No lo sabía.

—Sí, un programa sobre el tercer mundo. Daba su opinión sobre los excedentes de alimentos ingleses y americanos. Fue muy interesante. Deberías haberlo visto.

—No, gracias —dijo Mungo—. Conozco al dedillo la mayor parte de sus interesantes opiniones, y me aburren muchísimo.

—Eres encantador —dijo Alice con sorna—. Hablemos de ti, ¿quieres, Mungo? Lógicamente, debería interesarte más.

—Alice —dijo Mungo perdiendo de pronto la calma—, Alice, anoche le dije a mi padre que te amaba con locura y que quería casarme contigo. Estuvo horrible conmigo, me habló como si tuviera seis años, con un tono paternalista e insultante, y...

—Sí, es consciente de ello y le sabe muy mal —dijo Alice.

Mungo reaccionó con el mismo estupor que si le hubiera dicho que su padre pretendía aprender a patinar sobre hielo o dedicarse a la asistencia social.

—¿Que le sabe qué?

—Le sabe muy mal.

—Mi padre desconoce esa sensación.

—Mungo, no estoy de acuerdo contigo. Me dio la impresión de que lo decía con mucha sinceridad. También me dijo que le costaba mucho pedir excusas, pero que tratándose de ti lo intentaría. Es una delicia de hombre. Me gustó mucho.

—Oh —dijo Mungo—, oh, mierda.

—¿Cómo?

—Llamó hace un rato. Quería hablar conmigo. Le he dicho... bueno, le he dicho que se fuera a tomar por el saco.

—Vaya —dijo Alice—, una reacción encantadora que probablemente no lo estimulará en su acto de contrición.

—¿Cómo dices?

—Pues que imagino que no volverá a intentarlo.

—¿Tuviste... tuviste que mencionárselo?

—¿Mencionarle qué?

—Que me había tratado con condescendencia y que me había injuriado.

—No, por supuesto que no.

—Si lo conocieras —dijo Mungo—, sabrías que no hay «por supuesto» que valga.

—Quizá tengas razón, aunque creo que te equivocas. En cualquier caso, tengo muchas ganas de conocerlo.

—¿Ah, sí? ¿En el transcurso de una cenita íntima, mientras comentáis mi comportamiento inadmisible y lo que ambos deberíais hacer para remediarlo?

—Por favor, no seas tan pueril —dijo Alice con tono exasperado.

—No soy pueril. Quizá deberías tirarle los tejos a él en lugar de a mí. Tiene una edad mucho más próxima a la tuya y no es muy exigente. Estoy convencido de que si pones el empeño necesario podrás librarte de la actual señora Buchan en un periquete...

Alice se acercó al escritorio y le pegó; primero le dio una bofetada muy fuerte y luego, en un movimiento de vaivén, le propinó un puñetazo con una fuerza sorprendente en plena nariz. Durante unos segundos, Mungo creyó que la habitación se había quedado sin luz y seguidamente vio aparecer frente a sus ojos unas cuantas lucecitas danzarinas; las famosas estrellas, pensó un poco confuso. Notó que algo cálido se le escurría del labio superior: sangre, supuso. Se apoyó en el respaldo de su sillón y la miró. Se sentía muy extraño.

—Y ahora, escucha —le dijo Alice. Estaba de pie, delante de él, con las manos apoyadas sobre los brazos de su sillón, muy pálida y con los ojos brillantes. Mungo percibió su acaloramiento, su olor, no sólo el de su perfume sino otra cosa, el olor de la ira—. Y ahora escucha, Mungo. Quiero decirte un par de cosas y luego me iré. Ante todo quiero decirte que no voy por ahí tirando tejos a los hombres. Es más, me gusta vivir sola, resulta más entretenido y fácil. No quería enamorarme de ti, Mungo, hice lo imposible por evitarlo durante mucho tiempo. En cuanto a lo de casarme contigo, sigue pareciéndome una ocurrencia ridícula, absurda, descabellada.

—Bueno —dijo Mungo con una voz más apagada de lo que habría deseado—, pues si te parecía tan descabellada, ¿por qué aceptaste?

Hubo un largo silencio; Mungo la miró. Los ojos de Alice, clavados en los suyos, seguían llenos de aversión, de hostilidad.

—Sencillamente, porque no supe resistirme —dijo al fin—. Porque te amo. Me pareces un malcriado egoísta, pueril e insoportable y, sin embargo, me haces enormemente feliz. Y te quiero. Y por eso flaqueé.

—Oh —dijo Mungo con voz todavía más apagada. La sangre le goteaba ahora de la nariz y le caía sobre la camisa; intentó parar la hemorragia con su pañuelo—. Lo he jodido todo, ¿verdad?

—Un poco —concluyó Alice—. Aunque desde que le dije a tu padre que no me casaría contigo, ya no importaba mucho lo que hicieras o dijeras.

—Ah —dijo Mungo—, ah, estaba seguro. Logró convencerte.

—No, Mungo, no fue él quien me convenció. Fui yo. Él casi no abrió la boca. Le dije, porque creo que es lo más sensato, que no me casaría contigo, que era una idea absurda.

—Y descabellada —dijo Mungo mecánicamente.

—Y descabellada. Sí. Le dije que cuando acepté casarme contigo cometí un grave error. Y también le dije que si le parecía que yéndome de la ciudad te ayudaría a superarlo, que estaba dispuesta a hacerlo.

—Vaya, me alegra mucho que te explayaras tanto con él en lugar de conmigo acerca de nuestras vidas. ¿Y qué te respondió? —quiso saber Mungo.

—Me dijo que en eso él no podía meterse.

—¿Dijo eso? —preguntó Mungo sin dejar de mirarla—. ¿Mi padre dijo eso?

—Sí, dijo exactamente eso. Que no tenía la más mínima intención de decirme lo que debía o no debía hacer.

—¿Ni siquiera te dio su punto de vista?

—No, no lo hizo.

—No doy crédito a lo que estoy oyendo —dijo Mungo—. Mi padre se pasa la vida diciéndole a la gente lo que tiene que hacer, y lo hace expresando opiniones muy tajantes. Debió de ser un ardid para conquistarte...

—Mungo, ya te lo he dicho, le sabía muy mal... le sabía muy mal haberte dicho todo aquello. Lo que había dicho de los dos. No entiendo por qué te cuesta tanto creerlo.

—No puedo —dijo Mungo—, lo conozco demasiado bien. He vivido con él veintisiete años. Y te diré una cosa, Alice; es del todo improbable que mi padre deje de interferir en la vida de los que lo rodean, especialmente en la mía.

—Eres muy duro con él, ¿no te parece?

—Sí, lo soy. Lo he aprendido con los años.

—Está muy orgulloso de ti, ¿sabes?

—Ya, ya —dijo Mungo—, cuando me porto bien, cuando soy obediente.

—No. Anoche me contó lo orgulloso que estaba de ti, de la forma en que has levantado esta empresa. Me dijo que en un principio había pensado que no tenías las agallas suficientes, pero que se había equivocado. Que lo has conseguido tú solo, sin recurrir a su ayuda financiera. Era una de las cosas que peor le sabía, que no le permitieras contribuir en tu empresa. Y también me dijo que estaba muy orgulloso de ver que no temías enfrentarte a él. Dijo —Alice sonrió al evocar lo que parecía ser un recuerdo ameno— que había que tenerlos bien puestos.

—Virgen santa —dijo Mungo—, una auténtica confesión.

—Sí, lo fue. En cualquier caso...

—¿Y dijo exactamente eso? ¿Que había que tenerlos bien puestos?

—Mungo, ¿cuántas veces tendré que repetírtelo? Eso fue exactamente lo que dijo.

Mungo la miró. De pronto se sintió muy poderoso, muy alegre, capaz de enfrentarse con todo lo que se le pusiera por delante. Y también sintió otra cosa; una embriagadora sensación de libertad.

—Mierda —dijo—, mierda.

—¿Es lo único que se te ocurre decir?

—No —repuso Mungo—, no. —Miró a Alice y se percató de que habían sido necesarias su lucidez y su valentía para seccionar los vínculos complejos e intrincados que existían entre él y su padre, para liberarlos a ambos y para reunirlos, aunque algo azarados, de nuevo—. Te quiero, de veras que te quiero.

—Yo también te quiero. Ya te lo he dicho.

—¿Pero no te casarás conmigo?

—No, Mungo, no me casaré contigo. No puedo. Ya te lo he dicho. Es una...

—Sí, ya lo sé, es una idea descabellada. Tendrás que esforzarte un poco más en convencerme de ello.

—No —replicó Alice—, no tendré que hacerlo, porque voy a irme de Londres.

—¿Qué quieres decir con que vas a irte? ¿Irte dónde? No lo entiendo, ayer no te ibas a ninguna parte.

—Ya lo sé, Mungo. Pero ayer estuve pensando mucho. Y... bueno, me voy a Italia.

—¿A Italia? ¿Y para qué coño te vas a Italia?

—Qué lenguaje —dijo ella sonriendo y acariciándole suavemente el rostro—. Oh, Mungo, tu pobre nariz.

—Olvida mi nariz —dijo mientras se hurgaba el bolsillo en busca de un pañuelo, que no encontró—. ¿Para qué vas a Italia?

—Por cuestiones de trabajo —dijo Alice—. Deja que te limpie. —Se inclinó sobre él y le limpió el rostro con gestos tiernos; Mungo la tenía muy cerca, olía su calidez, su piel, su pelo. Tendió la mano y acarició suavemente uno de sus pechos, claramente definido bajo su jersey de seda blanco.

—Alice —dijo—, oh, Alice...

—Mungo, no lo hagas, por favor.

—¿Por qué? —preguntó él, y oyó la inflexión de profundo dolor que había en su voz—. ¿No te gusta? ¿Ya no me deseas, es eso, te has cansado de mí, Alice, te has enamorado de otra persona?

—Mungo, amor mío, claro que te deseo y te quiero y no me he cansado de ti. No es nada de eso. Por eso me resulta todo tan difícil. Por eso me voy.

—Oh, Alice, por Dios, no seas ridícula. No puedes irte. ¿Para hacer qué?

—Para trabajar. Mis amigos de anoche, esos en los que no creías, Giles y Fanny, han comprado una casa enorme en Toscana y quieren transformarla en un hotelito de lujo. Me han propuesto que lo lleve yo, al menos durante un tiempo.

—Pero no puedes hacerlo —dijo Mungo—, no tienes ni idea de hostelería, ni hablas italiano; es una insensatez.

—Sé más de hostelería de lo que tú crees, Mungo, y sé hablar italiano. Creo que lo haré muy bien.

—¿Y tus hijos? No irás a dejarlos...

—No voy a dejarlos. Los pequeños vendrán conmigo; irán a la escuela internacional de Florencia, y Jemima vendrá durante las vacaciones, a practicar sus incipientes talentos sexuales en un idioma diferente. Les irá muy bien descubrir que hay un mundo más allá de Londres.

Mungo sintió que lo invadía el pánico, un pánico pegajoso, frío.

—Alice, no puedes hacerme eso.

—Lo hago por ti —dijo ella con una sonrisa especialmente tierna. Avanzó una mano y le acarició la mejilla con mucha suavidad—, porque te quiero demasiado, y por mí. Será estupendo.

—Alice, por favor, no te vayas, te necesito.

—Mungo, tengo que irme. No puedo hacer otra cosa.

—Bueno, pues en ese caso iré yo contigo. Necesito expandirme en Europa. Podría convertirme en tu agente, encontrar propiedades para arrendar...

—Mungo, no. La operación no va por ahí, aunque me encantaría.

—Bueno, pues si te encantaría —dijo Mungo percatándose, a su pesar, de que estaba perdiendo terreno—, ¿por qué no me dejas hacerlo?

—Escúchame. —Alice tomó el rostro de Mungo entre sus manos y lo miró a los ojos—. No puedo dejar que lo hagas porque no funcionaría. Tenemos que vivir cada uno nuestra vida y te aseguro que no encajan. Ha sido maravilloso estar contigo; los niños han sido muy felices y yo también. Pero no tenía nada que ver con la vida real. No podrías encajar en mi vida con visos de permanencia, Mungo, y mucho más importante, yo tampoco podría en la tuya. No debería haber permitido que pensaras en ello, ni permitírmelo a mí misma. Y no sabes lo mal que me sabe, porque te quiero muchísimo.

—Tú no sabes cuánto te necesito.

—En realidad, no es cierto. Te las arreglas estupendamente sin mí. Eres una persona muy especial, Mungo; procura no olvidarlo. Eso es todo. No... jodas lo especial que llevas en ti, ¿vale?

—Dios mío —dijo Mungo con el corazón en un puño, consciente de que la cosa iba en serio—. Dios mío, Alice, no sé si podré aguantarlo. Despedirme de ti. Vivir sin ti. Y además me parece tan innecesario...

—Tonterías —dijo ella—, pues claro que podrás. Y te aseguro que no es innecesario, Mungo. No lo es en absoluto.

—¿Y ya está? ¿Ya no volveré a verte?

—No —dijo ella.

—Lo dices muy ufana.

—Mungo, no estoy en absoluto ufana. Seré muy infeliz durante mucho tiempo, pero sobreviviré. Y tú también.

—Bueno... ¿y no podríamos seguir siendo amigos?

—Mungo —dijo ella agachándose y besándole con gran ternura los labios, sus labios lastimados y doloridos; la boca de Alice era fresca, suave—. Mungo, me encantará ser amiga tuya, en su debido momento. Pero ahora es imposible. No funcionaría y... —De pronto se le quebró la voz; se puso en pie con determinación y con los ojos llenos de lágrimas—. No lo soportaría —añadió en voz baja—. Adiós, Mungo. Nos veremos... nos veremos, ¿quizá el año próximo? Entonces, si todavía lo deseas, ven a buscarme.

—Pues claro que lo desearé —dijo él lentamente sin dejar de mirarla a los ojos. Tenía la impresión de estar viéndola por primera vez, no por última, redescubriéndola; su rostro delicioso, sus pómulos altos, su boca sinuosa, sus ojos azules, brillantes y tiernos fijados en los suyos, su pelo rubio —más desordenado que de costumbre— y... oh, Dios, su cuerpo esbelto, aquel cuerpo que conocía tan bien, su suavidad, su olor, su forma de desear el suyo, de acogerlo, de amarlo; y supo que Alice se lo decía en serio, que no habría forma de disuadirla, que tenía que despedirse de ella por mucho tiempo.

—Será mejor que te vayas cuanto antes —dijo Mungo—. Adiós, Alice. Te quiero. Te quiero muchísimo.

—Yo también te quiero —dijo ella—, y siento haberte estropeado la cara.

—Oh, no te preocupes por eso. Supongo que me lo tenía bien merecido.

—Sí, te lo merecías —aseguró ella, y lo miró con una sonrisa alegre, valiente—. Mungo, querido, cuídate. Adiós.

Y se fue cerrando la puerta con mucho cuidado, y Mungo permaneció sentado frente a su escritorio, con la mirada perdida, clavada en el espacio que había ocupado Alice, y pensando en el espacio de su vida que había llenado y que quedaba vacío, vacío de todo lo que se relacionaba con ella. Y creyó no poder soportarlo, aun sabiendo que no tenía más remedio, hundió la cabeza entre sus brazos y lloró como un niño.

—Mungo. —Era Belinda; estaba delante de él, con una mirada muy tierna y preocupada—. Mungo, te he traído un poco de café. ¿Puedo hacer algo más por ti?

—Sí —dijo Mungo tomando un sorbo de café y sonándose en su pañuelo manchado de sangre—. Sí, Belinda, sí puedes hacer algo. ¿Te importaría llamar a mi padre y decirle que esta noche me gustaría invitarlo a cenar?

CAPÍTULO 30

JAMES, DIEZ Y MEDIA DE LA MAÑANA

El taxi que el recepcionista del hotel había llamado para conducir a James a su casa llevaba ya recorridos dos kilómetros cuando éste se percató de que había vuelto a dejarse la chaqueta olvidada allí el día anterior. Maldita cabeza. Lo último que deseaba era volver a poner los pies en aquel lugar. Pero por otra parte tenía que recuperar la chaqueta y, de este modo, conseguiría posponer un rato más la conversación que tenía pendiente con Maggie. O sea, que le salía más a cuenta dar media vuelta.

—Me sabe mal —dijo al taxista—, pero me he olvidado una cosa. ¿Le importa volver al hotel?

—Lo siento, señor Forrest, los Bergin no están. La señora Bergin ha salido a dar un paseo con el doctor Bergin y el señor Bergin se ha ido a Oxford. Lo siento, señor. ¿Podemos ayudarlo en algo?

—Pues mire, sí —dijo James—. Ayer me dejé la chaqueta en la habitación del señor Bergin y me gustaría recuperarla. ¿Le importa mandar a alguien a buscármela?

—En absoluto, señor. —El recepcionista hizo venir a un mozo con librea que se esmeraba en parecer muy ocupado en una esquina del vestíbulo—. ¡Michael! ¿Quiere subir a la habitación del señor y la señora Bergin a por la chaqueta del señor Forrest, por favor? Se la dejó ayer.

—Cómo no, señor Rogers. Esto... ¿cómo sabré de qué chaqueta se trata, señor Forrest? ¿Tiene algún distintivo, señor?

—Ay, Dios, pues no sé —dijo James—. Mire, si le parece bien, subiré con usted, ¿de acuerdo?

—Bueno, señor, no sé... —El joven recepcionista pareció azorarse—. No podemos...

—Oh, por el amor de Dios —dijo James sintiendo que iba a perder la calma que había logrado mantener durante las últimas veinticuatro horas—. El señor Bergin y yo somos íntimos amigos, su hijo iba a casarse con mi hija, y mi hija ha desaparecido, y ahora, por el amor de Dios, ¿va a dejarme subir a la habitación a buscar mi chaqueta?

—Sí, señor. Lo siento, señor. Vamos, Michael, no haga esperar al señor Forrest.

James siguió al pobre Michael hasta el ascensor. El mozo pulsó el botón del primer piso, lo condujo por un pasillo hasta la habitación de los Bergin y permaneció muy silencioso junto a la puerta mientras James se dirigía al armario. Allí estaba su chaqueta, colgada junto al esmoquin de Josh, que todavía estaba cubierto por una funda de plástico. Aquella prenda perfectamente planchada y sin usar le trajo a la memoria, con terrible intensidad, todo lo sucedido; la desaparición de Cressida y la angustia y el dolor de aquel día. Las lágrimas se le agolparon en los ojos; se desmoronó sobre la cama y hundió la cabeza entre las manos. Y a pesar de lo humillante de la situación, no pudo evitar los largos y amargos sollozos que le salieron de la garganta. Michael tosió discretamente.

—Oh, por el amor de Dios —gritó James con la voz tomada por las lágrimas y el sufrimiento—. No tema, no voy a robar nada. Váyase.

Michael retrocedió unos pasos y cerró la puerta muy sigilosamente; James siguió sollozando. Al cabo de un rato se sintió mejor y, agotado, se echó del todo sobre la cama con la mirada puesta en el techo. ¿Por qué lo había hecho, por qué, por qué? ¿Era su hija realmente tan perversa, tan depravada? ¿Sería culpa suya, o de Maggie, por haberla mimado tanto, por haberla amado tanto? ¿Acaso le habría transmitido sus genes más infames, su propia inmoralidad? Dios santo, ¿sería ésa su condena, su castigo? ¿O lo era la enfermedad de Susie, un castigo destinado a los dos? De pronto sintió terror por Susie, por el peligro que corría, y a la vez vergüenza por lo que le había hecho, por haberle fallado. Estaba hecho un lío; un lío abominable e indecente. Comprobó qué hora era; ya habría salido del quirófano. Decidió llamarla.

Se acercó a la mesilla de noche, alzó el auricular y marcó el número del hospital Princess Diana.

—¿Ha salido ya del quirófano el doctor Hobson, por favor? —preguntó—. Soy James Forrest, un colega suyo, jefe del departamento de obstetricia de St. Edmund.

—Un momento, por favor, doctor Forrest —dijo la telefonista, y tras unos cuantos chasquidos, le anunció—: Lo siento, doctor Forrest, el doctor Hobson sigue en el quirófano. ¿Quiere que le diga que lo llame?

—No, da igual —dijo James—. Ya me habré ido de donde estoy. Volveré a llamar dentro de una hora. ¿Estará todavía ahí?

Más chasquidos.

—Lo siento, doctor Forrest. Dentro de una hora el doctor Hobson ya no estará aquí; su secretaria me dice que podrá encontrarlo en su consulta. ¿Quiere el número?

—Sí, por favor —dijo James. No llevaba ni papel ni lápiz encima, abrió el cajón de la mesilla, encontró un bloc y al sacarlo cayeron al suelo la mitad de los papeles que estaban en su interior—. Sí, adelante, sí, 934-22-68. Muchas gracias.

Arrancó el papel del bloc, guardó el bolígrafo dorado y algo barroco, que presumiblemente pertenecía a Julia, y se agachó para recoger los papeles desparramados sobre la moqueta; listas escritas con la característica grafía americana de Julia, una nota de Maggie indicando el nombre y la dirección del hotel, un... De pronto James se incorporó con la mirada clavada en la carta que sostenía su mano temblorosa y que se había escapado de la agenda de cuero de Julia.

El encabezamiento indicaba una dirección de Palm Beach, Florida, y, aunque la carta estaba redactada con una escritura algo vacilante, era perfectamente legible. Venía con fecha de la semana anterior.

Hijita mía,

Fue estupendo verte el otro día. Ojalá pudieras venir más a menudo, aunque ya sé que tienes muchas obligaciones con tu marido. No sabe lo afortunado que es teniéndote por esposa y gozando de tu lealtad y eficacia. Espero que sepa agradecértelo.

Me apenó mucho enterarme de que esa chica resulte tan perjudicial para Oliver. Parece trágico que un joven tan brillante y encantador como él arriesgue su futuro poniéndose en manos de una persona tan inmoral y hasta, si me lo permites, peligrosa. Qué ciegos nos volvemos con el amor; incluso tú, cariño mío.

Por supuesto, estoy encantado de poder perpetuar lo que me alegra percibas ahora como un favor y de apartar la fortuna Coleridge de manos incompetentes. He hablado con mis abogados y he cambiado mi testamento que, en su nueva versión, estipulará lo siguiente; Oliver ya no será beneficiario ni del capital ni de los intereses que devengue, y no lo será mientras siga ca-

sado con esta mujer; si el matrimonio se rompiera, cosa por la que sé que rezarás, siempre habrá tiempo para revisar la situación. Te adjunto una fotocopia de las cláusulas correspondientes; el documento, debidamente corregido, está, como siempre, en poder de mi gestor.

He seguido tus consejos y no he escrito a Oliver para comunicárselo. Confío en ti y en tu maravillosa y encantadora delicadeza para anunciárselo. Es posible que reciba la noticia con disgusto, incluso con cólera, como hiciste tú años atrás, hija de mi alma, pero estoy convencido de que con el tiempo sabrá descubrir la sensatez de nuestra iniciativa. Es nuestro deber proteger y cuidar a nuestros hijos mientras Dios nos lo permita; le doy las gracias diariamente por haber podido hacerlo contigo.

Con mi cariño más profundo,
Papi.

—¡Santo cielo! —dijo James en voz alta mientras guardaba la carta—, ¡santo cielo!

Se dirigió a la neverita de la habitación y, por primera vez en veinte años, se sirvió una copa.

CAPÍTULO 31

Quizá todavía seguía viva. Le pareció que la oscuridad se hacía menos densa, que percibía algo de luz, un alfiler muy tenue pero creciente. Seguía girando vertiginosamente hacia él, o sea que el trance había debido de ser muy rápido. Le dolían mucho el brazo y el pecho; aunque eso también pasaría rápidamente. Cuando uno muere, ya no siente dolor. Virgen santa, estaba sedienta y tenía la boca seca. Se preguntó si en el cielo habría algo de beber. ¿Champán, quizá? Porque sin él le costaba hacerse a la idea de un mundo celestial. ¿Y estaría James? Porque si era verdad que allí la aguardaba la felicidad, necesitaría su presencia. Pero no estaría; él no había muerto. Y además no la amaba, ahora ya lo sabía, y probablemente no la había amado nunca. Toda su vida adulta había reposado sobre una mentira. Y pensar en eso era lo que mayor dolor le producía. Pero Alistair, en cambio, no había dejado de amarla ni un momento y ella había sido incapaz de adivinarlo. Y eso también dolía.

—Dios mío —musitó a través de sus labios resecos y dándose cuenta de que también le dolía la garganta—. Dios mío, cuánto lo siento.

—Cariño —dijo alguien con mucha ternura—, cariño mío. Hola.

Nunca hubiera imaginado que Dios pudiera hablar en términos tan afectuosos; se le antojaba brusco. Amable, pero brusco. De pronto la luz se agrandó y se hizo más brillante; se esforzó en abrir los ojos y en mirarlo, en ver a Dios. Pero se encontró con el rostro de Alistair, que le sonreía tiernamente y le acariciaba el pelo.

—Hola —repitió Alistair tomando una de sus manos y besándola.

—Alistair, Alistair, ¿no estoy muerta?

—En absoluto, estás vivita y coleando.

—Hola, mamá —dijo otra voz. Era Rufus.

Susie giró el rostro hacia el otro lado de la cama; le sonreía con igual ternura y le tomó la otra mano.

—¡Ay! —dijo Susie—. Me duele. Y el brazo también.

—Perdóname. ¿Cómo te sientes?

—Me parece que bien. Un poco mareada. Tengo... —De pronto recordó el pánico, el pánico a que hubiera desaparecido. Trató inútilmente de mover el otro brazo, el derecho, para palparse y cerciorarse de que su pecho preciado y traicionero seguía ahí. Fue demasiado esfuerzo; se mordió el labio y trató de relajar el brazo. Alistair volvió a besarle la mano.

—Todo en orden, cariño. Sigue ahí.

Alistair había adivinado la aprensión de su mujer. Conmovida por aquella intuición, Susie sintió semejante alivio, semejante felicidad, que no pudo impedir que sus ojos se llenaran de lágrimas. Los cerró un instante. Le picaban, le dolían. Le dolía todo. Quizá si los mantenía cerrados durante unos segundos...

Cuando los abrió de nuevo vio al doctor Hobson vestido con bata verde y expresión risueña al pie de la cama. Una enfermera le tomaba el pulso. «Bien», dijo. Era evidente que seguía con vida, reflexionó Susie sonriendo al doctor Hobson.

—Su marido ha salido un segundo a llamar por teléfono —dijo—. Estaba empezando a impacientarse viéndola dormir.

—¡Viéndome dormir! Pero si estaba despierta.

—Hace media hora. Luego ha vuelto a dormirse.

—En absoluto —protestó Susie, indignada.

—Sí, mamá, has vuelto a dormirte. —Rufus, muy solemne, la miraba con cariño—. De veras.

—Rufus, ¿qué haces aquí? ¿Cómo lo has sabido? Le había dicho a tu padre... —Se mordió el labio al darse cuenta de que no podría volver a decirle aquello a Rufus sin avergonzarse. Pero Rufus pareció no inmutarse—. Le había pedido a Alistair que no os lo dijera.

—No ha sido papá. —¿Eran imaginaciones suyas o su hijo había pronunciado la palabra «papá» con un ligero énfasis? Ojalá lo fueran—. Me lo ha dicho Harriet.

—¡Harriet! ¿Y cómo se ha enterado?

—La has llamado tú. ¿No lo recuerdas?

—No. Estoy segura de que no. He... —Y entonces recordó haberse esforzado en hablar con Harriet a través de la bruma de la preanestesia porque quería, necesitaba, hablar con James por última vez. Y recordó no haberlo logrado.

—Mamá, ¿por qué no me lo dijiste? ¿Cómo crees que me habría sentido si no hubiera...? Bueno, ya me entiendes.

—Sí, te entiendo —dijo Susie con una sonrisa vacilante.

Rufus se agachó y le dio un beso.

—Te quiero un montón.

Desde muy pequeño acompañaba siempre sus saludos o sus despedidas con aquella coletilla.

—Yo también te quiero —respondió Susie confiando en que Rufus fuera sincero.

El doctor Hobson carraspeó.

—Me sabe mal interrumpir esta escena familiar tan conmovedora, pero tengo que decirle una cosa.

Susie trató de infundirse coraje; incluso aquel esfuerzo nimio le produjo dolor.

—¿Cómo? —preguntó, y de pronto la asaltó un temor espantoso. Se aferró a la mano de Rufus y, con gran sorpresa, se dio cuenta de que no le bastaba. Necesitaba a Alistair; quería que estuviera a su lado y que oyera su sentencia. Quizá, pensó confusamente a través de su terror, todo aquello no era más que un escarmiento, un castigo que sancionaba su bajeza—. Doctor Hobson, ¿le molestaría esperar a que regrese mi marido, por favor? Quisiera... —se autocorrigió—, necesito que esté aquí.

—Pues claro. El único problema es que usted no es mi única paciente. Ya tendría que estar otra vez en el quirófano.

—Voy a buscarlo —se ofreció Rufus.

—Oh, Rufus, cariño, gracias. ¿Puedo beber agua, doctor Hobson? Me muero de sed.

—¿Qué le parece, enfermera?

—Sí —accedió la enfermera—, pero sólo un sorbo.

Susie sorbió un poco de agua. La garganta le dolía mucho.

—¿Qué hora es? —preguntó tratando de ver el reloj de la enfermera.

—Casi las once.

—Oh, Dios mío —dijo Susie. De pronto lo recordó todo. Tilly. El vuelo. Rufus—. Oh, Dios mío. ¿Dónde está mi hijo?

—Ha ido en busca de su padre —dijo el doctor Hobson—. ¿Qué pasa, qué le sucede?

—Tengo que decirle algo muy urgente. Enfermera, por favor, ¿le importaría...?

Agotada, Susie volvió a recostarse sobre la almohada. La enfermera salió apresuradamente de la habitación tras asegurarse del asentimiento silencioso del doctor Hobson.

—Mamá, ¿qué pasa? ¿Qué tienes? Papá está llegando, ha...

—No tiene nada que ver conmigo, Rufus, ni con papá. Escúchame. Tienes que salir inmediatamente hacia Heathrow.

—¿Por qué? —preguntó Rufus.

—Tienes que detener a Tilly.

—Tilly no quiere detenerse. Ni verme —dijo Rufus con rotundidad. Por primera vez, Susie lo miró detenidamente. Estaba muy pálido, como si no hubiera dormido.

—Rufus, lo hará. Lo sé.

—No, no lo hará. Anoche necesitaba tanto hablar con ella de... bueno, no importa de qué...

—De mí —dijo Susie en voz baja.

—Bueno... sí.

—Rufus, no sabes cuánto lo...

—Mamá, no tengo ganas de hablar de eso. Lo siento.

—De acuerdo, cariño. Quizá en otra ocasión. Bueno, en cualquier caso, esta mañana he hablado con Tilly, porque no daba contigo. Estaba en casa de su madre y parecía muy deprimida. Está a punto de irse a Nueva York. Dentro de una hora. Rufus, tienes que detenerla. Tienes que explicárselo todo.

—Mamá, ya te lo he dicho. No quiere escucharme. Ni verme más.

—Pues yo creo que sí —dijo Susie—. Quizá no es del todo consciente de ello, pero sí lo desea. Te quiere mucho. Y no quiere perderte.

—No es verdad. Lo único que quiere es firmar ese maldito contrato.

—Rufus, te aseguro que no quiere perderte. Me lo ha dicho, y la verdad es que no le apetece en absoluto firmar el contrato. Pero si no la detienes, lo hará. Rufus, cariño, por favor, ve a buscarla. Si te saltas algún que otro límite de velocidad, lo conseguirás.

—Quiero oír lo que tiene que decirte el doctor Hobson.

—De acuerdo, ¿y luego te irás? Rufus, estoy empezando a sentirme muy intranquila. Y ya sabes que eso es muy malo para las personas recién operadas.

—De acuerdo, mamá, de acuerdo. Iré.

Acompañado de Alistair, que tenía muy mal aspecto, el doctor Hobson entró, se sentó en la silla que había junto a la cama y tomó la mano de Susie entre las suyas.

—Bien —dijo el doctor—, los resultados son... ¿cómo diría?

—Por favor, dígalo —dijo Susie.

—Pues los resultados no son excelentes, pero bastante buenos. La biopsia ha demostrado que el bulto era benigno; aunque algunos tejidos de los alrededores han sufrido algunos cambios y a la larga podrían transformarse en malignos. En otras palabras, tenemos que seguir controlándolo y a largo plazo quizá habrá que considerar la posibilidad de una mastectomía subcutánea... —Susie tragó saliva y notó que a Alistair se le crispaba la mano. El doctor Hobson sonrió y dio unas palmaditas sobre la sábana—. No se alarmen, en lenguaje llano equivale a una mastectomía debajo de la piel. Lo que significa que la reconstrucción es mucho más sencilla; le sorprenderá ver lo bien que queda, y así eliminaremos cualquier posible peligro. Pero no hay prisa, dispone de todo el tiempo que quiera para pensar en ello. Siento haberlos alarmado tanto, pero...

—Dios mío —dijo Alistair. Miró a Susie y luego se alzó y se dirigió hacia la ventana para mirar al exterior. No sabe qué hacer, pensó Susie confusamente, está disgustado y resentido conmigo. ¿Y quién podría reprochárselo? Ella, en cambio, no sentía nada, lo que se dice absolutamente nada.

—Gracias a Dios —dijo Rufus—. Es maravilloso. —Miró a su madre con una expresión exenta del más mínimo atisbo de hostilidad y de rencor—. Oh, mamá, no sabes cuánto me alegro. Gracias a Dios. Oye, voy a intentar rescatar a Tilly. Heathrow, ¿vale?

—Sí. El vuelo de mediodía a Nueva York —dijo Susie con voz apagada y los ojos puestos en la espalda de Alistair.

—Adiós, mamá. Te quiero.

—Yo también te quiero —dijo Susie en voz baja.

—Bien —dijo el doctor Hobson—. Ahora tengo que irme. Pasaré a verla luego, Susie. Adiós. Ha sido usted muy valiente. Avísenos si necesita un calmante, porque le dolerá. Adiós, señor Headleigh Drayton.

—Adiós —dijo Alistair, que parecía muy tenso—. Muchísimas gracias por todo.

Todavía no se había movido. El doctor Hobson abandonó la habitación y cerró la puerta sin hacer ruido.

—Alistair —dijo Susie—, vete si quieres. Debes de estar...

—Oh, Susie —dijo—, no sabes...

Y entonces Alistair se giró y Susie vio que tenía el rostro cubierto de lágrimas. Se acercó a ella y se arrodilló junto a la cama, le tomó ambas manos y se las besó.

—No sabes cuánto te quiero —le dijo—. Hasta ahora no me había dado cuenta, pero es así. Creía que formábamos... bueno, que formábamos un matrimonio de conveniencia. Una cosa pulcra, funcional, muy conveniente. Pero ahora sé que no era eso en absoluto. O al menos para mí. No habría podido vivir sin ti, Susie. De veras, no habría podido.

—Pero Alistair...

—No —la interrumpió—, por favor, no me lo cuentes. Lo único que quiero es tenerte a mi lado, Susie. Lo demás me importa un comino. He sido capaz de vivir sin eso durante todos estos años y estoy seguro de que podré seguir haciéndolo. Lo importante es que sigas viva, que sigas existiendo. Es lo único que de verdad deseo.

—No, Alistair —dijo Susie alargando su brazo sano para acariciarle suavemente el pelo y limpiarle las lágrimas—. No, no es lo único importante. Tú también eres importante y yo no te merezco. Y voy a...

—No —repitió Alistair de nuevo—, por favor, no.

—Alistair —dijo Susie con un esfuerzo tan intenso que casi le cortó la respiración (pero tenía que empezar a enderezar las cosas y a compensar agravios)—, ahora, lo que más me importa eres tú. Tú y hacerte feliz. No hablaremos más de esto, te lo prometo, pero me gustaría decirte una última cosa. Ambicionaba otra... otra cosa, como bien sabes, pero ahora... bueno, ahora me he dado cuenta de que lo que ambicionaba no correspondía a la realidad. Y que lo que tengo es mucho mejor. Así que ya ves. Te pido perdón por haber sido tan estúpida y por haberte hecho infeliz.

—No me has hecho infeliz —respondió Alistair con tono animado—. La verdad. Ya sabes que no soy un tipo complicado. Me había acostumbrado totalmente. Por supuesto, tenía mis pequeñas escapatorias. Y estoy seguro de que lo sabías. Pero siempre has sido deliciosa conmigo. Dame un beso. —Se agachó sobre ella y la besó en la boca con enorme ternura.

—¿Y... Rufus? —preguntó Susie.

—¿Rufus? —dijo Alistair, con deliberada imprecisión—. Mi querida Susie, Rufus es suficientemente mayor y feo, como dicen, para cuidar de sí mismo.

—No es feo —dijo Susie a la defensiva.

—Eres su madre, ¿qué vas a decir? En cualquier caso, tiene tu físico y mi cerebro, como tan bien resumió GBS. Y el talento de ambos para ser feliz. Así que no hay duda posible en cuanto a su filiación. —La miró a los ojos con una mirada que decía dejémoslo así para siempre.

—Bien —dijo Susie siguiendo aquel precepto—. Ojalá llegue a tiempo y pueda casarse con esa chica maravillosa.

—Lo mismo digo. Así podré morir satisfecho.

—No hables de morir —dijo Susie con un estremecimiento.

De pronto se sintió muy cansada, y todavía bajo los efectos de una gran inestabilidad emocional. Pensaba lo que había dicho; eliminaría a James de su vida con la misma determinación y la misma eficacia con la que el doctor Hobson había eliminado su tumor. Pero sacárselo de sus pensamientos y de su corazón no resultaría tan fácil; sería duro, tendría momentos de flaqueza, de desgarro y mucha confusión. Sin embargo, estaba convencida de que acataría su decisión.

Oyeron un golpecito en la puerta y apareció la enfermera con un enorme ramo de rosas.

—Son para usted —dijo—. ¿A que son preciosas?

Alistair se había puesto en pie y estaba recogiendo su abrigo. Tenía los nudillos de las manos blancos y rehuía la mirada de Susie.

Susie leyó la tarjeta. «Para mi adorada, con todo mi amor.»

—Lo siento —dijo a la enfermera—, debe de haber sido un error. No son para mí. Por favor, devuélvalas a la floristería y asegúrese de que la persona que las ha mandado lo sepa. Gracias.

—Pero señora Headleigh Drayton...

—Enfermera —dijo Susie, y le sorprendió la firmeza de su voz—, por favor, lléveselas. No las quiero.

CAPÍTULO 32

—Caramba, James. Es muy feo eso de fisgar en los papeles de los demás —dijo Julia desde el umbral con la mirada puesta en la carta que James tenía entre las manos. Luego alzó los ojos hacia su rostro y le dedicó una de sus sonrisas radiantes y cuidadosamente estudiadas—. Ahora empiezo a entender de dónde ha sacado Cressida algunos de sus genes perversos...

—Te ruego que no insultes a mi hija —dijo James.

—James, tengo todo el derecho a insultar a tu hija. Y no sabes cuánto me alegra ver que, a fin de cuentas, mi hijo ha logrado salvarse de un matrimonio que le angustiaba incluso a él.

—¿A qué demonios te refieres? —dijo James. Volvió a sentarse sobre la cama y se terminó la copa. Había sido una ayuda; se acercó a la neverita y se sirvió otra.

—Es la primera vez que te veo beber —dijo Julia.

—Es la primera vez que me ves con necesidad de beber —dijo James—. Y ahora, ¿te molestaría explicarme qué significa esto? —dijo blandiendo la carta en el aire.

—Me parece que es suficientemente explícita —dijo Julia—. Mi padre, que Dios lo bendiga, estaba francamente alarmado ante la perspectiva de que Cressida metiera la mano sobre su dinero. Se lo había dejado todo a Oliver, como bien sabes, aunque en fideicomiso hasta después de mi muerte.

—Lo sabía, aunque ignoraba que se tratara de tanto dinero —dijo James.

—Es una suma colosal. Siempre hemos procurado no hacerlo público, es más, era un secreto muy bien guardado, pero las cantidades involucradas son enormes. Incluso se lo ocultamos a Oliver hasta que cumplió veinticinco años. Me parece muy nocivo que los jóvenes crezcan con la idea de que no van a necesitar trabajar ni labrarse un porvenir en la vida. Pero Cressida lo sabía. No sé cómo se había enterado, pero era evidente que lo sabía. Quizá se lo había dicho tu poderoso amigo, el señor Buchan. Estos millonarios se conocen todos y saben perfectamente a cuánto asciende la fortuna de cada uno de ellos.

—¿Y por qué estás tan convencida de que lo sabía? —preguntó James.

—Porque interrogó a Oliver al respecto. Quería saber si era verdad que heredaría tanto dinero. Oliver me lo contó, extrañado por eso y por el hecho de que lo supiera.

—¿Ah, sí? ¿Y cuándo tuvo lugar esta conversación un tanto extraña?

—Hace un año. Cuando Cressida vino a pasar unos días con nosotros a Bar Harbor.

—Ya veo —dijo James. Empezaba a sentirse mareado—. Bueno, en cualquier caso, no acabo de entender...

—Oh, James, por el amor de Dios. Cressida quería casarse con Oliver únicamente por su dinero.

—Julia, no permitiré...

—James, calla por favor. No lo amaba. Es cierto que se encaprichó un poco con él, seguramente el último verano, cuando estuvo con nosotros, pero nada más. Aunque decidió casarse con él y no cejó hasta conseguirlo. La mañana que me anunciaron que se habían prometido me di perfecta cuenta de que Oliver estaba dudoso, poco entusiasmado, pero mi hijo es tan leal y tan caballeroso que no lo habría admitido nunca. Traté de sonsacarlo, pero no hubo forma.

—Me parece —dijo James con dificultad— que ya es suficientemente mayor como para tomar sus propias decisiones.

—¿Ah, sí? Qué ingenuidad por tu parte, James. Porque como tu matrimonio con Maggie ha sido tan idílicamente feliz, ¿no es cierto?, eres incapaz de entender las complejidades del resto de los mortales.

Mierda, pensó James, ¿también sabe eso? Bebió otro lingotazo de whisky. Empezaba a sentirse un tanto extraño.

—En fin, que poco a poco me di cuenta de que no era sólo cuestión de ansiedad materna. Mis intuiciones se confirmaban. Tu hija era... es... una farsante, James. Una buscona.

—Julia, cuidadito con lo que dices, por favor.

—Diré lo que me venga en gana. Tuvo varios... ¿cómo lo diría?... amantes. Uno de ellos en Nueva York, cuando estuvo con nosotros.

—Es absurdo. ¿Cómo lo sabes?

—Porque la seguí. Había algo en ella que no me parecía

trigo limpio. Cuando me enteré de que sabía lo del dinero empecé a sospechar. Y cada día desaparecía durante horas y horas, aparentemente para ir de compras o a hacer turismo; y siempre me decía, con mucho encanto, eso hay que reconocerlo, que prefería ir sola. Y por supuesto, cuando estaba a solas conmigo, se comportaba con mucha hostilidad. Tanto, que a veces rozaba la mala educación.

—No me digas —espetó James con mal talante.

Julia optó por ignorar su salida de tono.

—Traté de hablar con Josh de mis sospechas, pero él no le daba mayor importancia. Claro que él se fía de cualquiera con tal de que tenga un rostro agradable y buenos modales. Así que un día decidí seguirla. Bajó hasta Gramercy Park y se pasó el día metida en el apartamento de un hombre. Lo vi abrir la puerta; seguidamente Cressida le dio un beso y entró.

—Julia, todo esto es horrible. No estoy dispuesto a seguir escuchándote.

—Nadie ha querido escucharme. Traté de decírselo a Oliver, cuando Cressida regresó a Inglaterra, pero sólo conseguí que se enfadara. Y hubo otro incidente; un presunto intento de violación. Josh creía que yo no sabía nada, pero el portero me lo comentó; fui atando cabos y decidí llamar a la empresa de alquiler de limusinas. No fue difícil. Finalmente logré que Oliver se enfrentara con Cressida cuando volviera a verla. Lo negó todo, claro; lloró, montó un escándalo y dijo que yo la odiaba, que si Oliver no la creía o la dejaba se suicidaría. Oliver estaba muy triste, pero totalmente en sus manos, ¿sabes? Y a pesar de no estar enamorado de ella, quería hacerla feliz. Cressida ejercía sobre él un extraño poder; era una chica con unos poderes emocionales extraordinarios, James. Y por supuesto, muy neurótica. Antes de dar la cosa por perdida incluso le rogué que fuera a ver a mi analista...

—Oh, por el amor de Dios —dijo James—, tú y tus analistas...

—Pues aceptó —dijo Julia sin alterarse—. Asistió a unas cuantas sesiones y luego dijo que ya no lo soportaba.

—O sea, que pretendes convencerme de que Oliver siguió adelante con el proyecto de boda aun sabiendo que Cressida iba de cama en cama...

—James, en realidad, no lo sabía. Lo supo al final. No quiso darse por enterado. No quiso saberlo. Y no olvides que se veían muy poco. Ya lo habían anunciado. Y estaban de por medio el orgullo, el afecto que sentía por ella y una honestidad innata. Oliver es una persona muy recta, que confía en los demás. No hubo forma de que se diera cuenta. Se enfadó conmigo y acabó diciéndome que era yo la obsesa. No dejaba de repetir: «Mamá, voy a casarme con ella; la quiero y me necesita.» Cuanto más trataba de abrirle los ojos, menos me creía. Aunque creo que al final, cuando se enteró de que estaba embarazada, debió de convencerse. Pero ya era demasiado tarde. Faltaban pocos días para la boda.

—¿Y tú por qué estás tan segura de que no estaba embarazada de Oliver?

—Porque era imposible, James. Deberías saberlo. Las fechas no cuadran.

James permaneció silencioso, consciente de que Julia tenía razón; y recordó la convicción involuntaria que le había asaltado la noche anterior.

—Así que... me di cuenta de mi impotencia. Y de que lo único que podía hacer era implorar a Cressida.

—¿Y lo hiciste?

—Sí, por supuesto que lo hice. Y ella hizo lo que hacía con Oliver; llorar y decirme que yo la odiaba, que estaba loca, que le tenía celos porque iba a arrebatarme a mi hijo. Y luego, no lo olvidaré nunca, añadió: «Julia, ahora ya no puedes detenerlo. Ya no puedes. Ahora ya no dará marcha atrás. Nunca.» Así que decidí que tenía que actuar por mi cuenta. Y lo único en que pensaba era en lastimarla, en estropearle la operación e impedir que se apoderara de lo que ambicionaba. Impedirle llegar al altar con una sonrisa triunfante en los labios. Pensé que así el matrimonio duraría menos. Que si no podía evitar que se casara con Oliver, al menos lograría que se divorciara de él con mucha rapidez. Porque estaba segura de que querría divorciarse de él.

—Así que le dijiste a tu padre que cambiara su testamento.

—Sí, no entiendo por qué no se me ocurrió antes. Fui a verlo a Palm Beach, se lo conté todo y estuvo de acuerdo en cambiarlo. Es un hombre muy... comprensivo.

—Eso veo —dijo James evocando la adoración casi sicopática que emanaba de la carta.

—Y decidí comunicárselo a Cressida.

—¿La víspera de la boda? Me parece vergonzoso. Una crueldad.

—Oh, por Dios, James. ¿Todavía hablas así después de lo que os ha hecho? Qué ciegos estáis todos con ella. Está podrida, James, podrida hasta la raíz. Y estáis engañados por ella, por esa carita de ángel y sus mohínes. Todos vosotros. Salvo, quizá, el viejo Merlin. Creo que él sí le ha visto el plumero. En fin, que cuando subí a darle las buenas noches —quizá te acuerdes—, le mostré la carta. La leyó en silencio, sin la más mínima reacción, y luego la tiró sobre la cama. Después me dijo: «Buenas noches, Julia» y se dirigió al tocador y empezó a limpiarse la cara. Yo recogí la carta y salí, y gracias a Dios, ésa fue la última vez que la vi. Obviamente, después de eso debió de decidir que no valía la pena...

—No —dijo James muy lentamente—. Es imposible. Es tan... oh, no puedo creerlo, Julia. No puedo creer nada de lo que me cuentas.

Julia se encogió de hombros.

—Bueno, me parece que los hechos hablan por sí mismos. Lo único que puedo decirte es que, dadas las circunstancias, creo que es lo mejor que podía haber sucedido. Para todos nosotros. Incluso para ti. Y por supuesto, no dirás una palabra de lo que he hecho.

—Pues claro que lo diré —dijo James—. ¿Por qué no iba a hacerlo? Me aseguraré de que todo el mundo se entere...

—¿De qué, James? ¿Se entere de qué?

Y James se dio cuenta de que no tendría más remedio que permanecer silencioso, porque la eventual veracidad de la historia y la evidencia de lo que ya había pasado hasta aquel momento, es decir, que Cressida, por las razones que fueran, huyera la víspera de su boda con el fin de casarse con otro hombre, lo forzaban al silencio. Se dio cuenta de que su hija los había engañado y traicionado a todos y de que cuantos más episodios de aquella historia pudieran silenciarse, mejor.

—Me voy a ver a Maggie, para decirle... no sé qué —dijo James, extenuado—. ¿Está Josh al corriente de... de todo esto?

—No, claro que no. Es tan insensato... Lo hablaría con el primero que se cruzara con él. Y además, no lo entendería. Ni Oliver tampoco. Oliver está mucho más alegre esta mañana. De veras, James, deberías estarme agradecido. No es una gran pérdida. Ya sé lo difícil que debe de ser tener que admitirlo, pero si Cressida no regresara nunca, sería una bendición para todos.

—Julia —dijo James—, no entiendo cómo eres capaz de pensar una cosa semejante, y menos todavía de decirla. Supongo que sabes que los padres, a pesar de todos los pesares, siempre están dispuestos a perdonar y a amar a sus hijos. A los hijos se lo perdonamos todo si somos humanos, cosa que empiezo a dudar de ti. Adiós, Julia. Confío en que no tengamos que vernos nunca más.

CAPÍTULO 33

HARRIET, ONCE Y MEDIA DE LA MAÑANA

—¿Y si me acuesto con usted? —dijo Harriet con tono risueño.

—¿Cómo dice?

—Que qué le parecería si me acuesto con usted. Ya sabe, meternos juntos en la cama, tener relaciones sexuales, ese tipo de cosas. ¿Cambiaría algo? ¿Cambiaría su decisión?

—Señorita Forrest, le aseguro que... esto... yo...

—Bueno, ¿cambiaría o no? —Le dedicó una sonrisa zalamera.

El pobre hombre estaba visiblemente azorado y en su frente pálida empezó a perlar el sudor. Incómodo, se revolvió en su asiento.

—Señorita Forrest...

—Según parece no carezco de talentos en esa materia. No sería una mala experiencia... Oh, señor Carter, no ponga esa cara de susto. Me parece insultante. Pues claro que no hablo en serio. Bueno, o eso creo. Porque si hubiera estado dispuesto a prestarme un par de millones más quizá habría sido una proposición seria. Pero ya veo que no lo está. Perdone, señor Carter. Un mal chiste. Muy malo.

Geoffrey Carter se relajó de inmediato. Se limpió la frente con un pañuelo que lucía sus iniciales y aflojó su corbata exageradamente floral. La última media hora le había resultado muy difícil y el último medio minuto un auténtico suplicio. Sus conocimientos en materia de transacciones bancarias no le habían servido de gran cosa a la hora de anunciar a una joven mujer extremadamente atractiva y obviamente emotiva que a partir de ese momento sus futuros comerciales quedaban congelados; y en cualquier caso no le habían servido de nada para enfrentarse a sus insinuaciones sexuales.

Harriet le sonrió. El último medio minuto la había animado sobremanera.

—Ya entiendo. Está haciendo su trabajo. Y despilfarrar dinero no entra dentro de lo que el banco consideraría un buen trabajo. Qué le vamos a hacer. Bueno, ¿y ahora, qué?

—Pues mucho me temo que no tengo más remedio que mandarle a un síndico.

—¿Y este síndico qué hará?

Geoffrey Carter se aclaró la garganta.

—Bueno, pues presentarse dentro de unas horas en su empresa.

—¡Hoy! —dijo Harriet pensando en sus empleados, en sus queridos, leales y sacrificados empleados, que habían aceptado sin rechistar los recortes salariales y los turnos de trabajo durísimos que había tenido que instaurar después de despedir a los menos emprendedores, que habían rechazado ofertas tentadoras y que ignoraban que aquella cosa horrible estaba a punto de suceder—. Pero ¿por qué hoy? ¿Por qué tanta precipitación? Es brutal. Horrible.

—Me temo que vivimos en un mundo muy brutal, señorita Forrest. Pero ve usted, la cosa es que en algunas ocasiones nos hemos encontrado con que algunas personas, ayudadas por sus empleados, vaciaban los despachos y se llevaban todo el equipamiento informático y demás haberes de la empresa, como por ejemplo los coches. Aunque estoy seguro de que usted no haría...

—Qué idea más fabulosa —dijo Harriet risueña—. No se me habría ocurrido nunca. Gracias, señor Carter. No ponga esa cara, no tema, estoy bromeando.

—Sí. Sí, claro. Y también le pedirá las llaves del edificio y sellará la puerta de su local, para protegerlo. Y por supuesto también exigiremos avales personales, como por ejemplo su piso, e informaremos a sus deudores y acreedores.

—Tengo varios —dijo Harriet—. Y si los deudores se hubieran comportado de otra forma, ahora no estaría como estoy. Aunque bueno, quizá sí, pero... en cualquier caso, señor Carter, gracias por haberme escuchado. ¿De cuántas horas dispongo?

—Desdichadamente de ninguna, señorita Forrest. Legalmente, está usted obligada a cesar toda actividad comercial a partir de este mismo momento. Lo siento.

—Señor Carter, ¿no le apetecería ir al baño?

—¿Cómo dice? —dijo Geoffrey Carter. El sudor volvió a aparecer, aunque esta vez en las sobaqueras de su camisa de algodón y poliéster.

—Quiero hacer una última llamada. No tendrá que pagarla usted, tengo una tarjeta con cargo a mi cuenta.

—Bueno...

—Por favor, señor Carter, con la de té que ha bebido... Sólo unos segundos...

Geoffrey Carter empezó a tener la impresión de necesitar un baño; en alguna parte de su estómago notó un retortijón. Suspiró profundamente. Harriet le mandó una mirada interrogante.

—¿Señor Carter?

El banquero se puso en pie y Harriet habría podido jurar que casi sonreía.

—Señorita Forrest, voy a pedirle a mi secretaria que llame al síndico. Vuelvo en seguida.

—Gracias, señor Carter. Es usted un cielo. Lo invito a comer al Caprice si... bueno, lo invito de todas formas.

Geoffrey Carter salió de su despacho; Harriet llamó al taller.

—¿Kitty? Soy yo. ¿Alguna noticia de Cotton Fields?

—No. Lo siento, Harry. No han llamado. El que sí ha llamado es Theo Buchan. Volverá a intentarlo. ¿Qué quieres que...

—Dile que se vaya a hacer puñetas y que me deje en paz —dijo Harriet. Se sentía absolutamente anestesiada, sin emociones ni estados de ánimo de ninguna clase. Aunque era evidente que el dolor, un sufrimiento indecible, haría su aparición cuando menos se lo esperara. Pero de momento no sentía nada más que un terrible entumecimiento.

Geoffrey Carter regresó al despacho acompañado de su secretaria. Miró a Harriet con algo de aprensión, obviamente nervioso ante lo que ésta pudiera decir o hacer.

—Bien, señorita Forrest. Supongo que ya no desea hacer más observaciones, ¿no?

—No —dijo Harriet.

—Pues en ese caso llamaremos al síndico.

—Sí —dijo Harriet—, esto... gracias. —Se quedó embobada mirando como levantaba el auricular y de pronto le asaltaron unas náuseas terribles. Recogió la carpeta, su carpeta, sobre la que se leía «Harriet Forrest - detallista de moda» y la historia de Harry's empezó a pasar ante sus ojos con dolorosa lentitud; la tiendecita diminuta de Wandsworth, las jornadas de arduo trabajo en solitario que duraban veinticuatro horas, los dolores de cabeza de tanto combatir el sueño; la exaltación que le produjo su primera venta, la emoción que sintió al leer el primer artículo dedicado a su línea de confección: «Las prendas de

Harriet Forrest ponen de manifiesto una extraordinaria originalidad en el corte y un gran sentido del color. Vayan y visiten Harry's, su deliciosa caverna de tesoros situada en la calle principal de Wandsworth, cada vez más en boga, si lo que buscan es una línea de ropa juvenil de corte clásico perfectamente coordinada...»

Y luego hubo la tienda siguiente, y la siguiente llena a rebosar de clientes entusiasmados, y el asombro y el arrobo que le producían ver que realmente ofrecía lo que la gente buscaba; y buscar personal, hacer balances, más noches sin dormir, buscar dinero, invertirlo, sentir nacer las ideas, y más tiendas, tiendas más grandes, su propia unidad de confección, el taller de estilismo, su primer y modesto desfile —oh, ese desfile, con Tilly partiéndose de risa mientras se deslizaba sobre la pasarela que ellos cuatro, ella, Tilly, Rufus y Mungo, habían armado durante la noche anterior, y los aplausos del público, que hasta se puso en pie para ovacionar su colección.

Y luego el traslado a París, ¡París!, núcleo de la moda, la sensación de vértigo al ver que las jóvenes parisinas buscaban y compraban sus prendas. Y en esa época también apareció Theo, que se apoderó de su vida y la trastocó, que la amó y le hizo conocer todo tipo de nuevas intensidades, que la hizo feliz como nunca había sido hasta entonces y que la turbó y desorientó, y luego —mierda—, luego su crecimiento desmesurado y la aparición de los problemas. De unos problemas de órdago. Y no por culpa de sus prendas, que eran deliciosas, originales, encantadoras, impecablemente cortadas y perfectamente coordinadas, ni de que Theo la distrajera y le impidiera concentrarse; la culpa era suya, por caer en la trampa de la vanidad y del egocentrismo. Los había defraudado a todos; a los que habían trabajado para ella, a los que le habían prestado dinero, a los que la habían alentado y apoyado. Los había defraudado por mera prepotencia. Se lo merecía, pensó, merecía aquel momento de desespero absoluto y de humillación, se lo tenía bien merecido.

Miró a Geoffrey Carter y a su secretaria y los vio desdibujados, así como la hoja de papel sobre la que bajó la vista, y un lagrimón cayó sobre su carpeta y emborronó la etiqueta.

—Lo siento —dijo mientras buscaba un pañuelo, con el que limpió la lágrima; estaba pasándoselo por el rostro cuando sonó el teléfono de Geoffrey Carter. Se le congeló el gesto; podía, podía ser Cotton Fields. A veces ocurrían milagros. Incluso para los que no los merecían.

—Geoffrey Carter. Sí, sí, está aquí. Veré si puedo... —Alzó una mirada algo vacilante en dirección a Harriet—. Es un tal señor Buchan. Señor Theodore Buchan. Quiere hablar con usted.

—Dígale que antes preferiría morir —dijo Harry con firmeza, depositando la carpeta sobre el escritorio.

—La señorita Forrest no puede ponerse en este momento, está... oh, ya veo. Ah, por supuesto. Sí. Señorita Forrest, el señor Buchan dice que desearía invertir el dinero necesario en su empresa. Esto... ¿quiere ponerse ahora?

—Dígale que sigo prefiriendo morir —dijo Harriet, y se giró y abandonó el despacho con la breve sensación de que aquel espantoso episodio había merecido la pena.

CAPÍTULO 34

—Espero que tenga un don especial para camelarse al personal —dijo el taxista a Tilly. Estaban en la A4, en pleno atasco. Heathrow no estaba más que a cinco kilómetros, pero habrían podido ser doscientos.

—Lo tengo, lo tengo —dijo Tilly—, pero ¿cuánto cree que nos falta ahora?

—Bueno... podría intentar llegar al aeropuerto por la parte trasera. Con suerte, unos quince minutos. Aunque es difícil decirlo, nunca se sabe. Y además, sólo le quedará un cuarto de hora antes de la salida de su avión.

—Ya, pero no se preocupe —dijo Tilly—. Los he avisado, y además tengo una tarjeta de embarque instantáneo, ¿sabe? Les he dicho que llegaba tarde. Y además viajo sin equipaje, o sea que no pasa nada. Sí, pues intente eso de la parte trasera. Y no se detenga. No hay que perder nunca la esperanza, ése es mi lema.

—Ojalá fuera no perder nunca un avión —dijo el taxista, y se pasó los cinco minutos siguientes saboreando, con toda evidencia, su comentario. Tilly sonrió cortésmente y se encendió un pitillo; el hombre se giró con mirada apenada—. Si no le molesta, cariño, preferiría que no lo hiciera —dijo—. No está permitido fumar dentro del taxi, llevo un cartelito sobre el coche que lo advierte. ¿Sabe?, con el humo me mareo, me cuesta concentrarme. Y con eso de los fumadores pasivos y esas cosas, no querría...

—Vale, vale, perdone —dijo Tilly, y lo apagó.

La verdad era que estaba nerviosa, mareada y que le dolía la cabeza. ¿Pero por qué demonios se había metido en aquel lío? ¿Por qué se alejaba de Londres, ciudad que adoraba, y de Rufus, al que tanto amaba, para firmar un contrato que la forzaría a hacer un montón de cosas aborrecibles; sesiones de belleza —lo que más odiaba—, actos promocionales en grandes almacenes, apariciones personales por todas partes, vídeos y Dios sabe cuántas cosas más; una pesadilla, vamos. Debía de haber perdido la cabeza.

—No, en realidad no —dijo Tilly en voz alta—. No la he perdido.

—¿Cómo dice, cariño?

—Nada —dijo Tilly. Pasó los tres minutos siguientes repitiéndose interiormente las razones que demostraban que no había perdido la cordura; el trato dado a su madre por James Forrest, su deseo casi fanático de seguir siendo dueña de sí misma y de permanecer al mando de su vida, el descubrimiento del indudable parentesco de Rufus, y por último, y con toda probabilidad la razón más importante, su absoluta incapacidad de transformarse en la señora de Headleigh Drayton. Tenía que irse; no había más alternativa. Y además podría echar una mano a Harriet y darle algo de dinero, olvidaría más fácilmente a Rufus y... y... Dios santo, no quería irse. No le apetecía en absoluto.

—Joder —dijo en voz alta—. Perdona, Rufus, perdona.

La circulación por la carretera trasera era fluida; pero el túnel estaba atascado.

—¿Está segura de lo que dice? —le preguntó el taxista—. A mí no me suena. Normalmente la terminal cuatro es la de Estados Unidos.

—Sí, sí, es Air America —dijo Tilly con irritación—. No se preocupe, lo conseguiremos. Quizá debería bajar y echarme una carrera.

—No lo haga. No llegaría.

Faltaban siete minutos para las doce cuando por fin irrumpió en la terminal de salidas y se lanzó como una exhalación hacia el tablero de información. La azafata, encantadora, estuvo muy servicial.

—No se preocupe, señorita Mills, estábamos esperándola. Vaya directamente a la zona de embarque. Puerta treinta y nueve. Buen viaje.

El policía de las aduanas estuvo menos servicial y en cualquier caso mucho menos encantador.

—Han hecho el anuncio final hace diez minutos —le dijo.

—Lo siento —dijo Tilly tendiéndole su tarjeta de embarque—. Lo siento muchísimo.

—Eso espero, porque el avión está prácticamente retenido por culpa suya.

—Corro mucho. Llegaré a tiempo. Aquí tiene mi tarjeta y

aquí está mi... mierda, ¿dónde está, dónde carajo está? Un momento, ya lo tengo, ya lo tengo, lo llevo siempre en esta bolsa, está aquí, tiene que...

Desparramó todo el contenido de su mochila de cuero sobre el tablero de la garita; el monedero se abrió y cayeron varias monedas mezcladas con chicles, maquillaje, cigarrillos, unas fotografías de una sesión reciente y un Tampax hecho polvo —habría sido gracioso de no haber sido tan desesperante—. Pero ni rastro del pasaporte. Porque el pasaporte, recordó en aquel momento con los ojos clavados en aquel amasijo que cubría el tablero, debía seguir en el Lagonda de Merlin Reid —sobre la repisa del salpicadero, lugar donde lo había dejado para sacar una segunda cerveza de su mochila—. Faltaban dos minutos para las doce y de pronto oyó su nombre por los altavoces: «Se ruega a Ottoline Mills, viajera del vuelo 279 de American Airlines con destino a Nueva York, que se presente de inmediato en la puerta de embarque número treinta y nueve.» Pero el policía movía negativamente la cabeza diciendo que no podía presentarse en ninguna parte, que sin pasaporte no podía seguir adelante, ni siquiera intentarlo, y que se jugaba en ello su puesto de trabajo. Y así fue como tras entrar al galope en la terminal, chocar con una mujer de la limpieza asiática, ayudarla a levantarse con inusual brusquedad mientras alzaba los ojos y leía «Vuelo número 279 de Air America a Nueva York: Cerrado» en los paneles indicadores y proferir un terrible rugido de desespero que hizo que todos los que estaban a su alrededor lo miraran con sobresalto y se acercaran instintivamente a sus hijos y a sus maletas, Rufus Headleigh Drayton tropezó con Tilly Mills, que de pronto se materializó delante de él como una aparición cargada con lo que parecía el contenido de una papelera en los brazos y dijo: «Jo... Quiero decir, Dios santo, Rufus, ¿qué narices haces aquí?»

Salieron en busca del Porsche que había dejado aparcado en zona de estacionamiento prohibido —sin multa; los hados se mostraban siempre muy magnánimos con Rufus— y se alejaron del aeropuerto a gran velocidad y en absoluto silencio en dirección a los espantosos solares que bordean la A4; cuando alcanzaron las montañas de cemento de lo que las autoridades de tráfico denominaban la sección elevada de la M4, Rufus aminoró la velocidad y cuando llegaron al inmenso atasco de la extensión de Cromwell Road por fin habló:

—Todavía me cuesta creer que lo hicieras —dijo.

—¿Que hiciera qué?

—Por el amor de Dios, Tilly, ¿tengo que deletreártelo?

—Sí. Circula, Rufus.

Tilly sacó un pitillo del bolso y lo encendió; Rufus suspiró y bajó su ventanilla.

—Ya sabes que me molesta que fumes en el coche —dijo—. Me molesta que fumes en cualquier circunstancia, pero todavía más en el coche.

—Primero el taxista y ahora tú —dijo Tilly—. Me parece que será mejor que baje y me vaya andando.

—Tú misma —respondió Rufus con una mirada glacial—. ¿Quieres que me pare?

—Sería preferible —dijo Tilly—, si no quieres empotrarte en el coche que tienes delante de ti.

—Joder —dijo Rufus, y frenó en seco.

—Nunca te he visto tan enfadado —dijo Tilly muy seria.

—Porque nunca he estado tan enojado contigo.

—Pero ¿por qué, Rufus, por qué? ¿Por qué estás tan enojado?

—Oh, por el amor de Dios, Tilly. No te hagas la tonta. De hecho, por varias razones. Primero, porque tomas la decisión de firmar ese contrato ridículo y de irte a vivir a Nueva York tú sola, sin consultarme. Luego, porque estás tan absorta en tus propios problemas que ni te das cuenta de que tengo algo importante que decirte. Después porque insistes con esa obsesión ridícula de que nuestro matrimonio no funcionaría, cuando ya tendrías que saber que en este asunto soy mejor juez. La forma en que me has apartado de tu vida para proseguir tu camino a tu manera y para hacer lo que te parece más conveniente es indignante, Tilly. Estoy hasta la coronilla, joder.

—Rufus —dijo Tilly—, es la segunda vez que empleas esa palabra en menos de cinco minutos. Creía que la odiabas. No te vas a enterar y vas a empezar a fumar.

—Es posible que no me quede otra salida —dijo Rufus.

Tilly permaneció silenciosa. Alargó la mano para poner la radio, pero Rufus la apartó de un gesto brusco.

—Y tampoco hagas eso. No estoy de humor para soportar esa porquería de música que escuchas.

—Virgen santa —dijo Tilly. Empezaba a encontrarlo todo bastante gracioso.

—Y no me hables con condescendencia.

—Rufus, no te hablo con condescendencia.

—Sí lo haces. Y todo lo que ha pasado tiene que ver justamente con eso. Eso de que tú decidas lo que es mejor para ambos sin consultármelo siquiera es una falta de consideración y un insulto. Me ha sentado fatal.

—Ya veo —dijo Tilly—, ya entiendo. Rufus...

—Cállate —dijo él—, no digas nada.

—¿Adónde vamos?

—A mi piso.

—Ah.

Se quedó callada durante unos minutos y a continuación, con un profundo estremecimiento, recordó a Susie; a Susie, enferma, asustada y a punto de ingresar en el hospital.

—Mierda, Rufus, lo siento. Había olvidado lo de tu madre. ¿Ha ido todo bien?

—Sí, gracias a Dios —dijo Rufus con voz repentinamente más sosegada, más parecida a la suya habitual—, o eso nos ha parecido. El cirujano está... ¿cómo decirlo?... cautelosamente optimista. De todas formas...

—¿Y no os dijo nada?

—No.

—Una mujer valiente.

—Sí —dijo Rufus con brevedad.

Tenía la mandíbula muy tensa y los ojos obcecadamente fijos en el tráfico que lo precedía. Tilly alargó una mano hacia su rodilla.

—No lo hagas —dijo Rufus—, no hagas eso. No puedo soportarlo.

—Rufus, no sé si me apetece ir a tu piso con este mal humor...

—Harás lo que yo decida —dijo—. Aunque sólo sea por una vez. Me paso la vida haciendo lo que tú dices y teniendo que seguir tus decisiones. Así que ahora vamos a mi piso.

—Bueno, pues vale —dijo Tilly con debilidad.

El piso de Rufus estaba en Brook Grenn, a diez minutos de coche de Chiswick Mall. Tilly lo pinchaba a menudo y le decía que todavía seguía pegado a las faldas de su madre; porque el piso, precioso, estaba amueblado con mucho gusto por Susie y permanecía impecable gracias a la señora de la limpieza de Susie. Echó un vistazo a los muebles —victorianos—, a los cuadros —acuarelas—, a las fotografías —grupos familiares enmarcados en plata—, al brillante parquet y a las plantas frondosas y se preguntó, por enésima vez, cómo imaginaba Rufus poder incluirla en aquel mundo en el que con tanta soltura y tan pocas dudas moraba él, en aquel mundo de costumbres tribales tan claramente definidas y con unos adeptos tan cuidadosamente iniciados; y decidió, también por enésima vez, que era absolutamente impracticable.

—Rufus, de verdad, tengo que llamar a Felicity. Estará furiosa conmigo.

—Sí, claro. —Todavía seguía tenso y enfurecido. Tilly lo miró y luego se dirigió hacia el teléfono. Decididamente, aquella mañana empezaba a adquirir visos de pesadilla.

Efectivamente, Felicity estaba furiosa, tanto, que Tilly se asustó.

—Los de Rosenthal te habían preparado una comitiva de bienvenida y un programa cargadísimo. Es inaudito, Tilly, ¿qué voy a decirles?

—Qué sé yo, Felicity. Diles que me he puesto enferma o lo que sea. Lo siento muchísimo.

—Es tan poco profesional, tan impropio de ti, Tilly. No entiendo dónde tenías la cabeza.

—Felicity, ya te he dicho que lo siento mucho. Todo el mundo puede cometer un error.

—Cuando se cobran dos millones de dólares no se cometen errores, Tilly. Eso te lo aseguro yo. Bien, veré si puedo sacarte un billete para mañana. ¿Podrás recuperar tu pasaporte?

—Sí... me parece que sí.

—Vale, te llamo más tarde. ¿Dónde estás?

—Humm... en el piso de Rufus. Ya tienes el número. No sabes lo mal que me sabe, Felicity.

Felicity ya había colgado.

—Prepararé un café —dijo Rufus—, pero antes me gustaría llamar otra vez al hospital.

—Por supuesto.

Hizo la llamada y la miró con ojos algo más animados.

—Está bien. Le he dicho que iría a verla luego. Te manda un abrazo.

—Ah —dijo Tilly—. Es una mujer estupenda —añadió luego con cautela—. De veras, me gusta muchísimo. Entiendo que la quieras tanto.

—Sí, bueno. He...

—¿Cómo?

—Oh, da igual.

—¿Está tu padre con ella?

—Sí —dijo Rufus brevemente. Y seguidamente añadió—: En realidad no es mi padre.

Tilly permaneció en silencio; no dijo nada, ni una palabra, sólo miró su rostro cuidadosamente inexpresivo.

—Perdóname —dijo Rufus—. Voy a preparar el café.

Estuvo ausente durante un buen rato; regresó con los ojos curiosamente empañados y se sentó en el *chesterfield* que había junto a la ventana.

Tilly se acercó, se sentó a su lado y le tomó una mano.

—¿Quieres contármelo?

—Sí —dijo él, y por primera vez la miró sin hostilidad, sin cólera—. Sí, por favor, Tilly.

Se lo contó todo; que había pillado a su madre y a James Forrest hablando de su relación la noche anterior y que se había sentido horrorizado, engañado, absolutamente destrozado.

—No puedo creerlo, Tilly, ¿sabes? No puedo. Siempre ha sido tan cariñosa, tan perfecta...

—Nadie es perfecto —dijo Tilly con templanza.

—Para mí lo era. Y ahora... estoy muy desorientado. Como si todo aquello en lo que creía, todo lo que sabía, fuera falso. Creo que si me dijeras que la tierra es plana, hoy te creería. Y mi padre... quiero decir, Alistair, Dios mío, no sé, Tilly; ¿cómo ha debido de sentirse? Como un pobre majadero. ¿Cómo lo ha soportado durante tantos años? Me resulta todo tan odioso, es todo tan diferente de lo que pensaba... Dios mío, estoy diciendo cosas incoherentes, ¿verdad? Lo siento. Y te necesitaba tanto, para que me dijeras qué tenía que pensar y hacer. Pero no estabas. Y no he podido soportarlo.

La miró fijamente con ojos tan desazonados que los suyos se llenaron de lágrimas. Alargó la mano y le acarició el rostro tiernamente, y luego se inclinó hacia adelante y le besó suavemente los labios; y mientras tanto, su mente funcionaba a contrarreloj para encontrar la palabra justa, la más adecuada y reconfortante.

—Escucha —dijo al fin con cautela—. Voy a decirte lo que pienso, pero eso no quiere decir que tú tengas que pensar lo mismo. Opino que tu madre es una mujer estupenda. Vale, ha sido infiel a tu padre, aunque la verdad, no me parece que sea el tema más importante en un matrimonio. Y tu padre no es ningún majadero; seguramente lo sabía. No me digas que no, Rufus, porque eso sí equivale a pensar que la tierra es plana. Debía de saberlo y aun así decidió que merecía la pena seguir casado con ella. Cosa con la que además estoy totalmente de acuerdo. ¿Acaso eso le impidió quererte durante todos esos años? ¿O protegerte, o cuidar de ti, o cambiarte los pañales sucios? Bien, imagino que eso debía de hacerlo la niñera...

—Algunas veces —dijo Rufus con una sonrisa vacilante.

—Vale, ¿o limpiarte los mocos, o llevarte cada día a tu escuela de pijos, o contarte cuentos antes de acostarte, o aconsejarte en tus momentos de duda, o reírte los chistes, o escuchar tus problemas o amueblar este maldito piso con tanta exquisitez que me da pánico poner los pies aquí dentro? ¿O no hizo todo eso, Rufus? Como tampoco le ha impedido ser valiente, no decir nada de su cáncer y no armar ningún escándalo ayer, cuando debía estar cagada de miedo, perdona Rufus; y tampoco le ha impedido estar terriblemente preocupada por ti esta mañana porque no te encontraba. Sigue siendo la misma persona, nada ha cambiado...

—Sí —dijo Rufus—, sí ha cambiado, por supuesto que sí.

—Sólo si tú te empecinas. Escucha. Ayer a esta hora eras la persona más maravillosa, más inteligente, más equilibrada, más... joder, perdona, Rufus, pero tengo que decirlo... más decente que he conocido en mi vida. ¿Ha cambiado algo? No, en absoluto. Sigues siendo esa persona, y ha sido tu madre la que ha conseguido que seas así. No seas tan duro con ella, Rufus. No conoces las razones que la condujeron a actuar de esta forma. Y lo único importante es que nunca te ha dejado de lado. Ni a ti ni a ninguno de los integrantes de esa tribu de consentidos que formáis. Incluido tu padre. Sí, tu padre, es tu padre, fue él quien te crió, como dicen en mi barrio, y no ese arrogante presuntuoso...

Se detuvo. Rufus la miraba de forma curiosa.

—No te gusta James, ¿verdad?

—No —dijo Tilly con franqueza—. No me gusta. Aunque me gusta mucho más ahora que sé que es tu padre. ¿Qué te parece?

—Interesante. Dios mío, Tilly, ojalá pudiera parecerme todo tan sencillo como a ti, pero... —Se levantó y dio unos pasos por la habitación en silencio, en enfebrecida desazón. Tilly lo observaba, deseando como nunca poder ayudarlo, hacer o decir algo positivo, algo que lo sosegara. Rufus volvió a sentarse, cogió una mano de Tilly entre las suyas, suspiró y se quedó mirándola fijamente—. Quizá lo consiga con el tiempo. De momento... Dios mío, qué quieres que te diga, no puedo verlo de esa forma. Nada corresponde a mis deseos, a mis convicciones, y no tiene más vuelta de hoja. Es tan malditamente difícil habituarme a esto. Ojalá fuera tan pragmático como tú. Quizá podrías enseñarme.

—Podría si supiera qué significa —dijo Tilly.

De pronto Rufus se echó a reír. Estaba mejor; el color le había vuelto a las mejillas.

—Oh, Tilly, Tilly, ¿por qué no te comportaste anoche como ahora?

—Porque soy una malditaególatra —dijo Tilly risueña—. Rufus, ¿y si nos vamos a la cama?

Cayó dormida poco después, rendida de amor, de cariño, de placer. Al despertarse vio a Rufus sentado sobre la cama mirándola.

—Te quiero —dijo.

—Yo también te quiero.

—Tilly, ¿qué pasó ayer? ¿Qué pasó, por el amor de Dios, para que de pronto pensaras que lo nuestro era imposible? Tienes que decírmelo, tenemos que hablar de eso. No fue el contrato, ¿verdad? —La miró intensamente con ojos angustiados; evidentemente era el tema que más temía abordar.

—No —dijo Tilly—, no fue el contrato. Te lo prometo.

—Bueno, ¿pues qué fue?

Tilly lo miró. Pensó en James Forrest, en lo mucho que lo había odiado después de enterarse de lo que había hecho, en lo mucho que había hecho sufrir a su madre, en el dolor, la tristeza y la culpabilidad que ésta había arrastrado durante años, en su salud precaria y en lo que con un poco de compasión, de generosidad y de sinceridad habría podido hacer James Forrest para facilitarle la vida. Pensó en su madre matándose a trabajar en aquel taller, cosiendo lentejuelas durante doce horas al día, y pensó en la pequeña lápida con el nombre de Beatrice Mills grabado sobre ella; todo ello resultado de una chapuza, de la incompetencia, de la falta de honradez y de la cobardía. Y pensó en Rufus en tanto que hijo de aquel hombre, y casi no pudo soportarlo.

—Bien, Rufus, es un poco complicado —dijo—. Hay algo... —Y entonces imaginó lo duro que debía de haber sido para él descubrir el adulterio de su madre, descubrir que no era hijo del hombre al que siempre había considerado su padre, del hombre que idolatraba y tenía idealizado, y en cómo se sentiría si Tilly añadía al descubrimiento de la traición de su madre adorada el de la infamia cometida por su padre biológico. Y se dio cuenta de que no podría decírselo nunca, de que sería un acto de inconmensurable crueldad, una brutalidad, no debía, no podía decírselo; siguió sentada, mirando aquellos ojos llenos de incertidumbre, de ansiedad, y el amor le cerró la boca, la ayudó a mentir.

—Supongo —empezó con cautela y con sinceridad—, supongo que me dio un ataque de pánico. Ya sabes. Me asusta tanto lo de casarme, Rufus, lo de pertenecer totalmente a alguien; y no porque se trate de ti, aunque en parte sí se debe a eso...

—Gracias —dijo él medio divertido medio apesadumbrado.

—Por favor, Rufus, trata de comprenderme.

—Estoy intentándolo.

—Vale. Pues supongo que me da un miedo espantoso pensar en ese grado de dependencia. ¿Entiendes?

—No —dijo él—. No entiendo.

—Mira —prosiguió ella cogiéndole una mano—. Ya ha pasado todo. Te quiero, me quieres, nos lo pasamos muy bien juntos, en la cama también, y todo es perfecto. ¿Qué más podemos pedir?

—Quiero estar seguro de que estás conmigo para siempre. Quiero que sepas que yo siempre estaré a tu lado. Para mí el matrimonio es eso; un compromiso total. Es como decir, mirad todos, somos una entidad y no únicamente dos personas que se lo pasan bien.

—Pues eso es justamente lo que me asusta.

—Pero ¿por qué? ¿Qué puede ir mal?

—La vida —dijo ella—, y si algo va mal, quiero decidir yo sola cómo solucionarlo.

—¿Y por qué no podemos hacerlo juntos?

—Porque quiero enfrentarme a la vida a mi manera. Rufus, para mí es importantísimo poder hacer lo que me parece mejor sin tener que pedir permiso, ni contemporizar, ni andar pidiendo perdón. Necesito controlarlo todo. Poder llevar mi vida a mi antojo. Supongo que la explicación debe residir en el hecho de que durante muchos años he visto a mi madre incapaz de dirigir la suya, forzada a humillarse constantemente...

—Tilly —dijo Rufus cariñosamente—, me parece que ves las cosas un poco deformadas. Lo que ha impedido a tu madre dirigir su vida ha sido su propia personalidad, y no su situación. Si tú hubieras estado en su posición, no habrías tenido el menor problema en conducirla a tu manera. No habrías tenido que rebajarte y hacer cosas humillantes, como dices tú. Y eso al margen de si hubieras estado sola o no, de si me hubieras tenido a mí y de si hubieras tenido que criar un hijo o no. Al poco tiempo habrías estado dirigiendo el taller o lo que fuera. Y yo te habría apoyado en todo.

—No, no me entiendes —dijo Tilly—. Estás un poco obtuso, Rufus.

—Quizá. Inténtalo de nuevo.

—Tal vez no me habrías dejado dirigir el taller. O habrías querido que lo hiciera de una forma diferente de la mía. Es eso lo que me asusta. Tener que contemporizar, que transigir. Eso sí debes de entenderlo, ¿no?

—Lo entiendo —dijo Rufus—, pero eres tú la que estás obtusa. Y terca. Y estúpida. Y además, Tilly, ¿dónde dejas el amor? Cuando se ama a otra persona es evidente que hay que transigir, contemporizar. Porque quieres a la otra persona, porque te importan sus sentimientos y sus deseos. ¿De veras crees que merece la pena poder dirigir el mundo a tu manera sin nadie en quien apoyarte cuando las cosas se ponen difíciles, nadie con quien hablar al final del día, nadie a quien cuidar, ni nadie que cuide de ti? A mí me parece horrible.

—Pues claro que te parece horrible —dijo Tilly airada—, tú siempre has podido controlar tu vida y siempre podrás.

—¿Ah, sí? —dijo él—. ¿Y me lo dices ahora que estoy hecho migas, que todo lo que me rodea se ha desmoronado? ¿Tú crees que voy a poder asumir todo este asunto sin ayuda de nadie? Pues claro que no. Quizá pueda con tu ayuda. Pero solo, desde luego que no.

—Pues a eso me refería —dijo Tilly agarrándose a un clavo ardiendo—. No quiero ser dependiente. Ni siquiera emocionalmente. Ni siquiera de ti.

—Cuando se ama a alguien se es dependiente. No puedes extraer a esa persona de la ecuación y negarte a comprometerte con ella. Si esa persona vive a tu lado, no puedes hacerlo. La única forma de conseguirlo es marginarla completamente de tu vida. ¿Pero qué sentido tiene eso, qué felicidad hay en mantener a la persona amada a distancia, en no permitirle acercarse a ti? Eso no funciona. La única forma de ser independiente es no amar nunca a nadie. ¿Y qué dicha hay en eso, Tilly? A mí me parece una opción bastante estéril y muy triste.

—No entiendes —volvió a repetir Tilly enfurruñada—. No te da la gana entenderlo.

—Vale, no lo entiendo. Dejémoslo de momento. Examinemos tu otra idea disparatada, ¿quieres? Eso de que no me convienes.

—No, no es eso —dijo Tilly enfadada—, pero soy muy diferente de ti.

—Maravillosamente diferente. Eso es excelente, saludable. No pretendo casarme con un clon, que es lo que pareces desear tú. Quiero casarme *contigo*, Tilly. Porque te quiero y me quieres. Y eso es lo que importa.

—No, Rufus, no lo es. Lo importante es lo que eres, cómo eres. Y cómo voy a poder encajar yo en eso. Necesitas una esposa como Dios manda, Rufus, alguien que diga las cosas adecuadas con el acento adecuado a la gente adecuada. Y no a una negra engreída de Brixton.

—Eres muy intolerante —dijo Rufus sonriendo—, y dices cosas muy pasadas de moda. —Alguien le había dicho lo mismo hacía poco, aunque parecía que hubieran pasado años; ¿quién era, quién era?—. No eres una negra engreída de Brixton; eres una de las mujeres más bellas del mundo. Sin discusión, como dirías tú. Y no sé cómo he logrado que te enamores de mí. Podrías conseguir todos los hombres que quisieras y, por alguna razón inexplicable, te has fijado en mí. Soy yo quien debería sentir pánico y estar asustado, no tú. Por Dios, Tilly, vuelve a la realidad, como también dices tú, me parece, y no me marees con esos estúpidos prejuicios raciales.

Tilly lo miró fijamente.

—Pero Rufus, si no... —dijo, y entonces recordó quién le había dicho aquellas mismas cosas en otro momento del día; su madre. «Estamos en la década de los noventa, Tilly, te veo muy desfasada.» Y también recordó otra de las cosas que le había dicho su madre; que dejara de obsesionarse con James Forrest y con lo que había hecho. Siguió sentada y reflexionó con mucho esmero y mucha claridad en lo que Rufus acababa de decirle y se dio cuenta de la verdad que encerraban sus palabras. Que merecía la pena renunciar a la independencia por amor, por un amor verdadero, como el que sentía por Rufus, lo que no quitaba que surgieran peleas, seguramente muchas. Que el amor quizá le enseñaría a ser una buena esposa, una esposa colaboradora, incluso hasta el punto de dar alguna que otra cena y de decir las cosas importantes y adecuadas a las personas importantes y adecuadas. Pero también reflexionó en la razón principal que le impedía comprometerse definitivamente con Rufus; la razón que veinticuatro horas antes todavía ignoraba, el odio que le inspiraba James Forrest y que había marcado su vida durante tantos años. No le daba la gana de que quedara impune, de que aquel hombre monstruoso se saliera con la suya. Sólo con pensarlo le dolía el alma; era como barrer de un plumazo algo que había sido importante para ella durante toda su vida. Pero luego también reflexionó en la razón que tenía su madre cuando decía que ya no tenía importancia, que pertenecía al pasado, que acosarlo no traería nada bueno. ¿Sería realmente beneficioso humillar públicamente a James Forrest, mortificarlo en la prensa? ¿O acaso no serviría más que para lastimar a Rufus, a su madre y, por supuesto, a sí misma? Pero... bueno... quizá... si...— Mierda, mierda, mierda —dijo en voz alta.

—Tilly —dijo Rufus con mucha suavidad—, por favor, ¿te casarás conmigo? No sabes cuánto te amo y cuánto te necesito. Mucho más de lo que imaginas. No puedes decirme que no. Podrás seguir fumando, diciendo «joder», escuchando esa música espantosa; y podrás conservar tu independencia, ir donde te plazca, tomar todas las decisiones importantes de tu vida si así lo deseas. Y no hace falta que tengas hijos. Pero, por favor, cásate conmigo.

Tilly lo miró sin decir nada; todavía había algo que la frenaba, que le impedía decir que sí. Al cabo de unos minutos, con una terrible tristeza en los ojos, Rufus se alzó en un movimiento obvio de alejamiento y le dijo:

—Será mejor que te vayas. De veras, te agradecería que te fueras.

De pronto sonó el teléfono con estridencia; contestó Rufus.

—Dígame. Sí, está aquí, Felicity. Un momento. Es para ti —dijo con voz cavernosa.

—Hola —dijo Tilly—. ¿Cómo? Ah, ya veo. Bueno... —Miró a Rufus y lo vio recogiendo y doblando con mucho cuidado la ropa que una hora antes se había quitado con gestos enfebrecidos; y de pronto suspiró y se sentó, agarrándose a aquellas prendas y mirándolas como si estuviera abrazando a Tilly por última vez—. Felicity, Felicity, no sé cómo vas a tomártelo, pero he cambiado de opinión. No me voy a Nueva York. Por favor, diles que lo siento en el alma, ¿quieres? Y... ¿cómo? Ah, está bien. Bueno, Felicity, es que voy a casarme. Rufus, ¡jod... por el amor de Dios, estás sonándote con una camiseta que cuesta un dineral...!

CAPÍTULO 35

Harriet, mediodía

—No sabe cuánto lo siento —dijo Jennifer Bradman—. Ha debido de de ser horrible para toda la familia.

—Gracias —dijo Harriet. Aquella mañana estaba adquiriendo ribetes surrealistas; empezaba a tener dificultades en discernir que la espléndida señora Bradman, que no cuadraba mucho con la imagen tradicional de una ginecóloga, se refería a la desaparición de Cressida y no a la de su empresa—. Ha sido terrible.

—Sus padres deben de estar preocupadísimos.

—Sí, lo están. Todos lo estamos. He venido porque... bueno, la verdad es que estoy buscando alguna pista que pueda ayudarnos a descubrir su paradero. Y el porqué de su desaparición. Ya sé que, en principio, usted no puede decirme nada, pero...

—Oh, no se preocupe por eso —dijo Jennifer Bradman—. Se trata de un caso excepcional. Además, me parece que no le revelaré ningún secreto ni será una gran ayuda si le digo que su hermana era una chica muy inestable y que no tengo la más mínima idea de adónde ha podido ir.

—¿Pero esta vez estaba embarazada?

—Desde luego. De catorce semanas. Y la pobre se encontraba bastante mal. —De pronto miró con curiosidad a Harriet—. ¿Por qué dice esta vez?

—Porque hallé una carta suya del año pasado en la que le comunicaba que no estaba embarazada. Allí encontré su dirección. Ningún miembro de la familia estaba al corriente de nada.

—Ya veo. Fue muy extraño —dijo Jennifer Bradman—. Un embarazo auténticamente imaginario, aunque parezca una contradicción. A veces sucede, ¿sabe? Su hermana tenía todos

451

los síntomas de un embarazo normal; varias faltas, los pechos hinchados, todo el día con náuseas...

—Siempre ha tenido un estómago muy delicado —aclaró Harriet—. Desde pequeña, ante el más mínimo apuro, Cressida devolvía.

—Ya, bueno, forma parte del síndrome.

—¿De qué síndrome?

—El de una personalidad histérica, que es de lo que a mi parecer sufría su hermana. ¿Tenía algún otro problema de salud?

—Bueno, pues sí —dijo Harriet—. Era alérgica a los productos lácteos, sólo podía llevar ropa interior de algodón, y ese tipo de cosas.

—Ah, ya. Y la dismenorrea... las reglas dolorosas...

—Sí —dijo Harriet evocando las innumerables cenas, partidos de tenis, comidas camperas y paseos en bicicleta que tuvieron que anularse mientras Cressida permanecía echada en la cama, pálida como un cadáver, con una bolsa de agua caliente sobre la barriga, y Maggie, sentada a su lado, le acariciaba la cabeza—. Bueno, ¿y qué pasó con ese embarazo imaginario?

—La afligió mucho enterarse de que no estaba embarazada. Vino a verme y me dijo que de todas formas estaba a punto de casarse con su novio.

—¿Esto ocurrió en setiembre?

—En octubre —dijo Jennifer Bradman consultando sus fichas—. Se iba a Nueva York a verlo. Estaba contenta y feliz, a pesar de encontrarse tan mal. Pero cuando la examiné descubrí que, a pesar de todos los síntomas, el útero no se había dilatado en absoluto. Le mandé hacer un análisis... que dio negativo. Y se vino abajo. Es más, casi tuvo un ataque de histeria. Me pareció una reacción muy exagerada. Pero me dijo que había un historial de esterilidad en su familia, que su madre había tenido que someterse a muchos tratamientos para quedar embarazada y que le aterrorizaba pensar que a ella podría pasarle lo mismo.

—¡Qué va! —dijo Harriet. De pronto se enojó sin saber a ciencia cierta por qué—. Estoy absolutamente segura de que mi madre nunca tuvo que someterse a tratamientos de fertilidad, y además, en aquella época, Cressida todavía no estaba prometida con Oliver. Realmente es... oh, no sé...

—Ya veo que todo esto le resulta muy penoso —dijo la señora Bradman con gentileza—. Como ya le he dicho, creo que era una mujer con una personalidad muy compleja. Muy a menudo tenía un comportamiento que los siquiatras tacharían de histriónico. Incluso eso de volar es una indicación clásica. Del deseo de huir, de escapar de todo. —Repentinamente sonrió a Harriet—. Ya sé que suena poco científico, pero es cierto.

—Bueno, ¿y eso qué significa exactamente en relación con lo que sucedió ayer?

—Significa, imagino, que era incapaz de enfrentarse con la vida en general. No sólo con lo de ayer, sino con todo. Escapar de esa forma... creo que el término médico es una fuga histérica.

—Veo que está muy versada en estos asuntos —dijo Harriet.

—Sí, es que mi marido es siquiatra. Y eso acaba pegándose. Bueno, me doy cuenta de que no soy muy constructiva. Ojalá pudiera ayudarla más. Ojalá hubiera podido ayudar más a su hermana. Le sugerí que recurriera a algún tipo de ayuda, de asesoramiento, pero no quiso.

—¿Ah, sí? —preguntó Harriet.

—Sí. Le sugerí incluso que viniera a verme con su madre, o con usted... hablaba de usted a menudo.

—¿Ah, sí? —repitió Harriet de nuevo, realmente asombrada, casi asustada.

—Sí. Le tiene mucho afecto. La admira muchísimo. Y hasta me atravería a decir que... ¿cómo le diría?... que usted la intimida. O mejor dicho, su éxito. Cree que no está a su altura.

—Pues no lo entiendo —dijo Harriet—, porque siempre ha sido la hija predilecta, la hija perfecta.

—Pues no es ésa la impresión que me dio. Parecía considerarse a sí misma como una fracasada.

—Pues es absurdo —dijo Harriet—; por supuesto que no lo era. Y además estaba esta boda estupenda, todos parecían encantados, y su...

—Señorita Forrest —dijo Jennifer Bradman—. El que seamos o no fracasados depende de la forma en que nos percibimos a nosotros mismos, de la imagen que tenemos de nosotros mismos. Y me parece que su hermana no tenía mucha autoestima.

—Ya veo —dijo Harriet muy despacio. La imagen que tenía de Cressida parecía estar fragmentándose para volver a modelarse adoptando otra forma; una forma inquietante.

—Ve usted —prosiguió Jennifer Bradman—, este tipo de cosas, lo de fugarse, son muy a menudo como una petición de socorro. Una alternativa al suicidio, si lo prefiere.

—Pero... —Harriet se detuvo. No le apetecía adentrarse en

una discusión compleja con aquella mujer un poco intimi-
dante, confesarle más perfidias por parte de Cressida ni empezar a hablarle de la fotografía, de la otra boda.

—Sólo quiero ayudarla a encontrar alguna explicación,
razonable —dijo la señora Bradman—. La personalidad humana, señorita Forrest, incluso en sujetos muy equilibrados,
es algo muy complejo. Y Cressida no era una persona muy
equilibrada.

—No —dijo Harriet—, no. Ya lo veo. Pero... ¿no intuyó
nada que indicara la existencia de algún problema relacionado
con ese embarazo?

—No, en absoluto. Parecía muy feliz. A pesar de encontrarse tan mal. Aunque la verdad es que, dadas las circunstancias, la proximidad de la boda debía de causarle cierta ansiedad. ¿Por qué me lo pregunta?

—Oh, por nada —dijo Harriet. De pronto todo aquel asunto
se le atravesó y deseó poder alejarse lo antes posible de Jennifer Bradman y de su visión pragmática y razonable—. Por
preguntar. Pero si estaba tan feliz...

—Absolutamente encantada. Y también lo estaba su novio,
según parece. Le habría gustado que fuera un niño.

—¿Ah, sí? —dijo Harriet—. No lo sabía. Y creo que tampoco lo sabía él.

Llegó a Covent Garden poco antes de la una; su taller, situado en la primera planta de un viejo almacén renovado,
daba a una esquina de la plaza central. Se quedó mirándolo
desde el exterior y pensó en el cariño que le tenía, en lo mucho
que significaba para ella, en lo bien que se sentía en él —y en
que le iba a costar mucho más sobreponerse a la pérdida de
su taller que de su piso—, en que era la última vez que volvía
a él en tanto que propietaria y que en el futuro no podría fran-
quear la entrada, ya que las cerraduras estarían cambiadas y
en su interior sólo habría extraños...

—Mierda —dijo en voz alta al reconocer el coche aparcado
sobre la doble línea amarilla que había frente a la puerta principal del edificio y la imponente silueta de su interior; se giró,
disponiéndose a salir corriendo, pero él salió del coche y la
agarró del brazo en un abrir y cerrar de ojos.

—Harriet...

—Theo, vete.

—Harriet, tengo que hablar contigo.

—Theo, no tenemos nada de qué hablar.

—Al contrario, tenemos que hablar de muchas cosas.

—No, Theo. Y suéltame el brazo o gritaré y te acusaré de agresión sexual.

—Tal como está Londres últimamente —dijo él—, nadie haría el menor caso a tus gritos. Y además estoy dispuesto a jugarme el tipo. No creo que me tomaran por un violador.

Harriet lo miró; como de costumbre, iba impecablemente vestido. A pesar de su hechura imponente llevaba con singular elegancia un traje gris rayado, una camisa color crema y una corbata de seda, y a pesar de la rabia y de la furia que la embargaban, Harriet se fijó en el exquisito estampado medio floral medio abstracto de su corbata.

—Es un comentario muy ingenuo —dijo Harriet con descaro—. Hay violadores de todos los tipos y de todos los colores, sabes.

—Sí —dijo él, repentinamente doblegado—, sí, lo sé.

En su rostro se dibujó una expresión de terrible abatimiento que Harriet no recordaba haberle visto antes y que la dejó desconcertada. La rabia, la furia, el despecho, sí; pero nunca aquella expresión de absoluto desaliento y derrota.

—Por favor —dijo Theo intuyendo un ablandamiento, un momento de duda—, por favor, Harriet, ven a almorzar conmigo.

—Me sería imposible probar bocado, Theo. Tengo la impresión de que no volveré a comer nunca más. No podré permitírmelo.

—Oh, por Dios, no seas ridícula —dijo él—, volverás a levantarte de ese montoncito de cenizas en el que te has hundido por voluntad propia y...

—Theo, no me he hundido por voluntad propia —dijo Harriet.

—Sí lo has hecho. Eso tienes que reconocerlo, es importante. Te saliste de madre, Harriet, gastaste demasiado. Eres una diseñadora brillante, pero una pésima mujer de negocios. He visto los números, no lo olvides. Estoy dispuesto a ayudarte, pero lo que no pienso hacer es compadecerte, porque la verdad es que no te lo mereces. Sigo opinando lo que le dije a Hayden Cotton, que amañaste los números... un poco...

Harriet lo miró y luego alzó los ojos hasta la ventana de su taller, pensó en lo que había soportado aquella mañana en el banco y en lo que tendría que soportar aquella tarde, y una furia violenta la invadió. Deseó lastimarlo. En aquel momento entendió la expresión «estar fuera de sí», porque así era como estaba ella, y se vio echando el puño hacia atrás y, en un movimiento pendular, golpearlo, fuerte, dos veces, en la entrepierna. Y luego lo vio hacer una mueca de dolor, retroceder y mascullar en voz baja:

—Yo que tú no volvería a hacerlo.

—Volveré a hacerlo —dijo, y lo hizo.

Entonces Theo alargó la mano para agarrarla, la apresó entre sus brazos, la metió de un empujón dentro del coche y luego, con una rapidez sorprendente en un hombre de semejante estatura, rodeó el coche corriendo, puso el motor en marcha y salió en dirección a la calle Floral a una velocidad de vértigo. Había acertado, pensó Harriet, al mencionar la indiferencia de la gente; la gran mayoría de transeúntes había acelerado el paso, algunos se habían detenido para observar la operación con curiosidad y una pareja se había echado a reír, pero nadie había hecho el menor gesto por ayudarla.

—Eso ha sido una cabronada —dijo. Era evidente que sufría; estaba pálido y tensaba las mandíbulas.

—Como lo que me has hecho tú. Para el coche, Theo, quiero salir.

—No pienso hacerlo.

—Tienes que hacerlo. Está en rojo —dijo mirando el tráfico y los semáforos del cruce de la calle Bedford con el Strand.

—Que le den por el culo al semáforo —repuso Theo, aunque frenó un poco para cerciorarse de que no venía nadie, y luego aceleró de nuevo, giró a la izquierda hacia la calle Fleet y a la City. De pronto oyeron rechinar unos frenos; el conductor de una camioneta giró violentamente el volante para no embestirlos.

—¡Mamón! —gritó el conductor con la cara distorsionada por la cólera—. ¡Desgraciado, a ver si miras por dónde vas!

Theo ignoró sus gritos, apretó el acelerador, pasó el siguiente semáforo en ámbar y rodeó el Aldwych a toda velocidad.

—Theo, por el amor de Dios, te van a arrestar —dijo Harriet.

—Oh, cállate, ¿quieres? Déjame en paz.

Con un golpe de volante volvió a meterse en el Strand y cuando cruzaba el puente de Waterloo apareció un policía sobre una moto, con la luz azul destellando, y le hizo una seña para que se detuviera. Theo bajó la ventanilla con resignación.

—¿Sí?

—¿Se ha dado cuenta, señor, de que acaba de pasar un semáforo en rojo? —dijo el policía. No parecía tener más de dieciséis años.

—Sí, claro que me he dado cuenta —dijo Theo—. Lo siento muchísimo, pero tenía un dolor terrible y la verdad es que no estaba realmente concentrado.

—Lo siento, señor. ¿Le importaría decirme a qué se debía ese dolor, señor?

—En absoluto —dijo Theo—. Esta jovencita acababa de darme dos puñetazos en los huevos.

Harriet lo miró boquiabierta.

—¿Es cierto, señora?

—¡No! Bueno... sí. Sí, supongo que sí. Más o menos.

—Harriet —dijo Theo—, no es posible darle un puñetazo a alguien en los huevos más o menos. O se lo das o no se lo das.

—¿Algún problema, señora? ¿El señor se había propasado de alguna forma?

—Esto... no —dijo Harriet apresuradamente. A pesar de lo mucho que lo odiaba, no quería que lo arrestaran por acoso sexual.

—¿Había proferido algún tipo de amenaza?

—No. La verdad es que no.

—Entonces, ¿conoce bien al señor, señora?

—Sí —dijo Harriet con tono cansado—. Muy bien. Demasiado bien.

—O sea que no era más que una discusión algo acalorada que la ha llevado a usted a golpearlo, ¿no es eso, señora?

—Acalorada, no —dijo Harriet con dignidad—, pero sí, era una discusión.

—Es muy peligroso enzarzarse en una pelea con el conductor de un vehículo en marcha, señora. Estoy seguro de que lo entenderá.

—Mire —dijo Harriet, viendo que de seguir así se convertiría en la culpable del altercado en lugar de en la víctima—; cuando lo he golpeado no estaba conduciendo.

—¿Ah, no?

—No.

—¿Qué estaba haciendo, señor?

—Estaba de pie, junto a mi coche, hablando con ella.

—Ya veo, señor. O sea que ha podido meterse dentro del coche y conducir. ¿No ha quedado incapacitado?

—No, no del todo.

—¿Y usted se ha subido al coche, señora?

—Me ha empujado para hacerme entrar —dijo Harriet— y ha salido disparado. Imagino que la palabra correcta sería que me ha secuestrado.

—Ya veo —dijo el policía. Era evidente que la situación le

venía grande; parecía todavía más joven—. ¿Lleva su carnet de conducir, señor?

—Sí —dijo Theo con voz deprimida. Se sacó la cartera de un bolsillo y extrajo el carnet.

El policía sacó un bloc y empezó a rellenar un formulario que parecía muy elaborado. Harriet seguía sentada con los ojos clavados delante de ella; la sensación de absoluta irrealidad que el día había ido adquiriendo no dejaba de intensificarse. Seguro, pensó, que me despertaré dentro de nada, que todo estará en orden, que será la mañana de ayer, que Cressida estará en la habitación de al lado, que mamá nos subirá a las dos una taza de té...

—¿Le molestaría darme su nombre y su dirección, señora? Es posible que la citen a declarar como testigo.

Harriet le dio su nombre y dirección. Era obvio que no era ayer y que no estaba soñando. Era hoy y estaba perfectamente lúcida...

—Bien —dijo Theo mientras aparcaba en el Embankment—, y ahora vayamos a comer.

—Aquí no hay ningún lugar decente para comer —dijo Harriet malhumorada—, y además no quiero comer contigo.

—Está la Tate —dijo Theo—, ese restaurante que tiene unos vinos excelentes. ¿Qué te parece?

—Theo, no me parece nada. No voy a ir.

—Traiga una botella de Bollinger —dijo Theo devolviendo la carta al camarero—, y un poco de salmón ahumado y huevos revueltos. Gracias.

—¿Cómo sabes que sólo quiero salmón ahumado y huevos revueltos? —preguntó Harriet con irritación.

—Porque te conozco muy bien. Decir «íntimamente» sería una descripción inexacta. Mírame.

Lo miró. Los ojos de Theo, prácticamente negros, le devolvieron una mirada intensa, penetrante. Por un momento, Harriet se distrajo de sí misma y de su tristeza y experimentó un ligero acercamiento a él; afloraron los recuerdos físicos. Pero apartó la mirada con determinación y se echó el pelo hacia atrás.

—Lo he notado —dijo Theo con voz queda, cariñosa.

—¿Notado qué?

—Ya lo sabes.

—Theo, no lo sé. Ya no sé nada.

—Pareces cansada —dijo él.

—Me siento cansada. Terriblemente cansada. Han sido veinticuatro horas espantosas.

—Sí, desde luego. —Llegó el champán; Theo lo probó y asintió para que el camarero lo sirviera—. Bebe, Harriet. Te sentará bien.

Bebió obedientemente; el champán le llegó a la sangre y le aguzó los sentidos.

—Me has hecho un daño horrible —dijo Theo, repentinamente más risueño—. Es como si te golpearan todo el cuerpo con mucha fuerza. ¿Lo sabías?

—No, pero me alegro —replicó ella con brevedad—. Así me sentí yo cuando me enteré de lo que habías hecho, lo de decirle a tu amigo que había amañado los números.

—Bueno —dijo Theo—, será mejor que de momento no toquemos más ese tema.

—Afortunadamente para ti —dijo Harriet—, tú puedes. No tienes ni idea de lo que significa que te humillen.

—Ahí te equivocas —dijo Theo volviendo a llenarle la copa—. Puedo asegurarte que he sufrido una auténtica humillación no hace ni... oh, doce horas. ¿Quieres que te lo cuente?

—No.

—Pues yo creo que te interesará. No digas nada y escucha.

—Bien —dijo Harriet—, pues bravo por Sasha. —Embocó una porción de salmón ahumado con obvio apetito.

—Sí, supongo que sí. Supongo que me lo tengo merecido.

—Desde luego.

—Bueno —dijo Theo con un suspiro—, imagino que tienes razón.

—¿Te apena que te haya dejado?

—No —respondió Theo, algo sorprendido—, no, no me apena en absoluto, la verdad.

—¿Por qué?

—Porque todavía te quiero —respondió él en voz muy baja.

—Oh, Theo, por favor, basta, basta, basta.

—¿Por qué?

—Porque es absurdo. Y estúpido. E insultante.

—¿Por qué insultante?

—Porque si seguías queriéndome, no entiendo por qué te casaste con ella.

—Ya sé. Pero...

—¿Sí?

—Tenía que hacer algo para sobreponerme —dijo Theo en voz todavía más baja.

—Oh, por el amor de Dios, no me lo puedo creer. Que te casaras con una mujer a la que no querías para olvidar a otra. Eres tan egocéntrico, Theo, increíble e infantilmente egocéntrico.

—Ya lo sé, ya lo sé.

—El universo gira a tu alrededor —dijo Harriet sin mirarlo—, ¿no es cierto, Theo?

—Eso intento.

Harriet alzó los ojos y vio que los de Theo brillaban, divertidos.

—No le veo la gracia.

—No pretendía ser gracioso.

Harriet se dio por vencida.

—Sasha lo sabía —dijo Theo.

—¿Sabía qué?

—Lo nuestro.

Harriet se sintió muy rara de repente; lo miró, tratando de encajar lo que acababa de decirle.

—¿Y quién se lo dijo?

—Cressida.

—Dios mío —dijo, y se echó a llorar.

—Era tan mala —dijo Harriet— que me parece imposible.

Habían abandonado el restaurante y estaban sentados en un banco de la sala de los Dégas; Harriet examinaba la escultura de una bailarina y se alejaba resueltamente de Theo cada vez que éste trataba de acercarse a ella.

—Me he enterado de tantas cosas horribles referentes a Cressida... Es como si se tratara de otra persona, de otra mujer, de una absoluta desconocida para todos nosotros. Con una asombrosa vida secreta llena de mentiras y de crueldad. Es horrible. Pobre Oliver. Estaba embarazada, ¿sabes?, pero no de él, imagino que de ese hombre de París. Aunque quién sabe. Ese tipo con el que se ha casado, o con quien no se ha casado. Tampoco eso lo sabemos. Y el año pasado le dijo a Oliver que estaba embarazada cuando no lo estaba. No lo entiendo, Theo, de veras que no entiendo nada. ¿Cómo ha podido mentirnos de esa forma a todos, a mí, a ti, a Oliver, y sobre todo a mis padres, que la quieren tanto? La ginecóloga opina que tiene una personalidad histérica, incluso me ha dicho que lo de volar era... ¿qué era?, ah, sí, un síntoma de su inestabilidad sicológica. Empezaba a pensar lo mismo, a sentir compasión de ella, pero ahora que me has dicho esto creo que en el fondo no es más que una infame.

—Habrá un poco de todo, digo yo —replicó Theo con escasa energía—. ¿Qué ginecóloga era ésa?

—La que la llevaba. Encontré una carta suya en una chaqueta y he ido a verla esta mañana. Ha estado encantadora. Ha querido presentarme a Cressida más como a una enferma que como a una persona malvada, pero...

—Debe de serlo —dijo Theo.

—No lo es —dijo Harriet irritada— y no empieces tú también a compadecerla. No lo soportaría. Es lo que ha hecho toda su vida y...

—Harriet, si está enferma, si está perturbada sicológicamente, la cosa cambia radicalmente. Y hasta cierto punto lo explica todo.

—Pues a mí no me sirve —dijo Harriet. La última hazaña de Cressida había vuelto a aguzar su resentimiento.

—¿Qué sentirías si regresara?

—No lo sé, pero confío en que no lo haga nunca. Creo que podría llegar a matarla si volviera a verla. Anoche me enteré de otra cosa; me lo contó mi madre. ¿Te acuerdas de mi perrito, *Biggles*?

—Sí —respondió Theo con dulzura—, claro que me acuerdo.

—Bueno, pues fue culpa suya. Abrió la verja a propósito, para que saliera y lo atropellaran. Lo hizo...

—Harriet, no puedo creerlo...

—Pues tienes que creerlo —gritó Harriet, y le asombró darse cuenta de la angustia que había en su voz—. Porque en lo más profundo de mí misma siempre he estado convencida de que había sido así. Le dijo a mi madre que había sido un accidente, que se le pasó por alto cerrarla, pero no es cierto. Me odiaba y quiso hacerme daño. Fue...

—Harriet, Harriet, no...

—¿No, qué? —replicó ella—. ¿No te obceques? ¿No la culpes? ¿No se lo reproches? Theo, tú no lo entiendes, no quieres darte por enterado de su maldad. Aunque imagino que es lógico, ya que te seducía más fácilmente que a nadie. Con un sólo parpadeo de sus pestañas...

—¡Oh, calla! —dijo Theo con cansancio—, no seas tan cínica, Harriet. No te ayudará en nada.

—¿Ah, no? —replicó ella, de nuevo encolerizada—, ¿cómo no voy a ser cínica? Me siento tan engañada, tan... oh, esto es ridículo. Y, además, ¿qué hago aquí hablando contigo?

—Probablemente —dijo Theo, y su voz sonó cargada de

emoción y de dolor— porque soy la persona que mejor te conoce, Harriet, y que más te quiere también. Porque soy la persona más adecuada.

—No, Theo, no lo eres.

Se levantó, se acercó a la bailarina y se quedó unos minutos observándola; observando la gracia de su extraña posición, su belleza casi simiesca, el cuello talludo, sus manos agarradas detrás de la espalda. Theo se puso en pie y se acercó a Harriet.

—Harriet, por favor...

—No —gritó ella con apasionada hostilidad. El vigilante de la sala la miró y alzó las cejas con reprobación; Harriet notó que se sonrojaba—. Tengo que irme al taller —dijo—. Llévame, por favor. El síndico ya habrá llegado a embargar todos mis bienes, por si no lo recuerdas.

—Harriet —dijo Theo—, al menos déjame que te ayude. Deja que te dé el dinero. Perdona, que te lo preste, con condiciones draconianas si quieres. Sólo así podrías hacer frente al síndico. Déjame hacer eso por ti. Por favor.

—Theo —respondió Harriet—, no me entiendes en absoluto, ¿verdad? Tú no sabes lo que quiero. No voy a aceptar tu dinero y no voy a permitir que me ayudes.

—¿Por qué no?

—Porque entonces habrías ganado. Me habrías vencido. Me habrías forzado a hacer lo que tú quieres. Y lo que le dije al director del banco iba en serio. Preferiría morir. Y ahora, por favor, déjame en paz, Theo. No quiero nada de ti. ¿Lo entiendes ahora?

—Harriet —dijo él en voz muy baja y tendiendo la mano para acariciarla, pero dejándola caer de inmediato en un gesto de extraña impotencia—, Harriet, por favor, no me hagas esto. Por favor. Te amo. Te amo mucho más de lo que tú piensas.

Durante un buen rato ninguno de los dos dijo nada. Harriet lo miraba, reflexiva, recordando el amor, recordando a Theo poseyéndola, físicamente turbada por la fuerza de su deseo, de su deseo por él.

—Por favor —repitió Theo absolutamente inmóvil—, por favor, Harriet. No sabes cuánto te quiero.

Fue aquella palabra la que lo cambió todo; aquella palabra resumía perfectamente a Theo: cuando quería algo tenía que conseguirlo. Casas, tierras, obras de arte, coches, aviones, caballos, empresas, gente, poder, mujeres, sexo, amor. Y Harriet no quería, no estaba dispuesta a pasar a formar parte de aquel catálogo de posesiones, de las cosas que él deseaba y por lo tanto de las cosas que le pertenecían.

—Theo —dijo Harriet—, mucho me temo que tú no sabes lo que es el amor. No tienes ni la más remota idea.

Dio media vuelta y abandonó la sala corriendo. Cuando llegó al exterior bajó la escalinata de la Tate, llamó a un taxi y, a pesar del espantoso deseo de mirar atrás, logró no girar la vista hasta que el taxi se alejó a bastante velocidad de la galería y de él. Se alejó así del consuelo, de la ayuda y del amor. Cuando lo hizo, lo vio bajar la escalera con las manos en los bolsillos y la cabeza gacha, profundamente abatido, extenuado, despojado de su poder y de su fuerza.

—Cabrón —dijo Harriet en voz alta—, maldito cabrón.

Y se echó a llorar.

CAPÍTULO 36

JAMES, UNA DE LA TARDE

La casa estaba terriblemente silenciosa, con una quietud tangible, oprimente. Se habían ido todos, incluso Janine y Merlin. En su estudio, James trataba de recuperarse un poco de lo sucedido durante la hora previa antes de ir a buscar a Maggie, de hablar con ella y de contarle ¿qué? Que su hija del alma era una arpía promiscua, manipuladora, codiciosa y despiadada que la había utilizado, que los había utilizado a todos sin importarle lo más mínimo los sentimientos, el amor y el afecto de los demás, y que sentía la más profunda indiferencia ante la humillación y el dolor que les había infligido. Trató de evocar la última imagen que tenía de ella, su dulzura, sus atenciones hacia él, lo mucho que parecía quererlo y apreciar su compañía, las veces que se había ofrecido a ir a pasear con él, el placer con el que le escuchaba hablar de su trabajo, con el que se sentaba sobre el brazo de su sofá para charlar con él, cuando Maggie y Harriet no lo hacían nunca. Recordó también lo orgulloso que siempre había estado de ella, cuánta satisfacción le producía presentarla a sus amigos y colegas, lo mucho que le había costado habituarse a la idea de que Oliver se la quitara, a que emprendiera una nueva vida a miles de kilómetros de él. Recordó su encanto, su belleza deliciosa y resplandeciente, su gracia; y sí, claro, también amaba a Harriet, también estaba enormemente orgulloso de ella y admiraba lo que había hecho, lo que podía hacer, pero Harriet era diferente; Harriet era dura, inteligente, ambiciosa, autosuficiente y no necesitaba a un padre protector que estuviera en permanente estado de adoración.

Se fijó en el *collage* de fotos de Cressida que Maggie le había hecho y que reposaba sobre su escritorio; una secuencia de su vida compuesta de muchas fotos suyas; Cressida en los brazos de Maggie en el hospital, Cressida corriendo en el jardín con sus maravillosos rizos rodeándole el rostro como una aureola, Cressida con su uniforme escolar, vestida de tenis, con trajes de noche cuanto más emperifollados mejor, contrariamente a Harriet, que siempre había preferido ropa más depurada y más austera, Cressida soplando las velas de su pastel de cumpleaños, sentada debajo del árbol de navidad, construyendo castillos de arena, en su puesta de largo, en el yate de Theo, y su foto preferida, ellos dos, padre e hija cogidos del brazo y paseando por alguna playa ventosa, riendo y con el pelo al viento.

Y mientras la miraba, tratando de encajarla con la persona que había descubierto en las últimas veinticuatro horas, se percató de que la había perdido, irremediablemente, y sintió tanto o más pesar que si hubiera muerto, que si la tuviera tumbada delante de él, macilenta e inmóvil. La había perdido para siempre, ya no era su hija del alma, y hundió la cabeza en las manos sobre el escritorio y empezó a sollozar.

El teléfono sonó con estridencia, pero permaneció sentado, incapaz de hacer el esfuerzo de descolgarlo. A los pocos timbrazos dejó de sonar. Debía de haber respondido Maggie. Probablemente sería algún amigo con buenas intenciones, alguien que se interesaba por ellos. Era muy amable eso de llamar, amable, sorprendentemente y estúpidamente insensible. Al menos, Maggie podría encargarse de eso; el sueño debería haberle sentado bien. Pobre Maggie; tan desorientada y desdichada. Aunque la verdad era que tendría que haberle agradecido al cielo que fuera una mujer tan desorientada y desdichada, porque de otra forma habría exigido una vida propia, venganza, recompensa. Pero ella lo había aceptado todo; había aceptado su papel y hacer lo que su marido le exigía a cambio de un hogar, de la seguridad, del estatus y de una vida que, inexplicablemente, la había llenado. Imaginó que a Alistair le habría ocurrido tres cuartos de lo mismo, aunque de forma diferente; si sabía o sospechaba algo (y James estaba convencido de que así era, por mucho que Susie intentara convencerlo de lo contrario), era obvio que había preferido el *statu quo* y la indudable eficacia de una mujer bella y encantadora, que llevaba su hogar y su vida con talento y que era una madre y consorte perfecta. ¿Para qué arriesgar esas ventajas y sumirse en el escándalo, en el sufrimiento y en unos gastos espantosos? Alistair no estaba enamorado de Susie, no lo había estado nunca; aquel matrimonio era una versión especialmente ejemplar y brillante de una unión de conveniencia. Confiaba en que Susie se reconciliaría de nuevo con las ventajas de aquel arreglo, pero sus exigencias lo habían dejado muy desconcertado. Su mente, distraída durante un tiempo por los acontecimientos de aquella mañana, volvió a la pesadilla de Rufus, y le vino a la memoria un estudio efectuado en Birmingham o en un sitio parecido en torno a las características familiares heredadas y en el que se encontraron con que más de la mitad de los niños eran criados por hombres que no eran sus padres biológicos; el estudio tuvo que abandonarse por esta misma razón. Siguió rastreando aquel recuerdo porque en aquel momento le pareció un consuelo, una vía de escape al pánico. Quizá estuviera exagerando, quizá Rufus y los de su generación ya estaban tan familiarizados, tan habituados a aquellas nociones que lo tomarían a guasa; quizá a Maggie, Alistair, Harriet y a los demás les parecería una angustia ridícula... «Dios mío —dijo en voz alta, perplejo ante la barbaridad que estaba anidando en su cabeza—, ¿cómo se te ocurre pensar eso, James?»

De pronto necesitó a Susie, necesitó oír su voz, saber cómo estaba, decirle que la amaba. Marcó el número del hospital por su línea privada; sólo habría faltado que Maggie, por error, descolgara y oyera su conversación.

—¿Puede ponerme con la señora Headleigh Drayton? Habitación quince. Vuelvo a ser James Forrest.

—Un momento, por favor, señor Forrest.

Esperó y mientras lo hacía le vino a la mente el delicioso rostro de Susie y sus ojos oscuros y llenos de ternura y, antes de que se la pasaran, evocó su hermosa voz grave. Dios, ya la echaba de menos.

—¿Señor Forrest? —No era la voz de Susie. Volvía a ser la telefonista.

—¿Sí?

—La señora Headleigh Drayton dice que no puede hablar con usted. Está muy cansada.

—Ya —dijo James, profundamente perplejo. Susie siempre había deseado hablar con él, por muy exhausta que estuviera; pocas horas después de haber dado a luz a todos sus hijos, inmediatamente después del funeral de su madre, al abandonar el lecho de muerte de su padre, siempre se había puesto al teléfono, deseosa de él, deseosa de su consuelo—. ¿Está segura?

—Absolutamente, señor Forrest.

—¿Le ha dado algún recado?

—No, señor.

—¿Está ahí el doctor Hobson?

—Sí. Se lo paso.

—¿Martin? Soy James Forrest.

—Ah, James. Me alegra oírte. ¿Cómo te va todo? Sobreviviendo a las reformas de nuestra querida señora Bumley, ¿no?

—No me hables de eso —dijo James—, podría ponerme violento. Esto... Martin... esta mañana has operado a una gran amiga mía. Bueno, a una gran amiga de la familia: Susie Headleigh Drayton. No... no logro comunicar con Alistair y ella, por supuesto, está cansada. Sólo quería saber si todo había ido bien.

—Sí, está perfectamente bien. Bueno, prácticamente bien, por suerte. Ya te dará los detalles ella misma. Una mujer muy atractiva, me gusta. Creía que su marido estaba con ella. Hace un rato estaban cogidos de la mano como un par de tortolitos. Estas cosas te dan ánimos. ¿Quieres que le diga que te llame si lo veo?

—No, no, da igual —se apresuró en decir James—. Estoy a punto de salir. Gracias de todas formas.

—De nada, chico. ¿Vas a asistir a esa conferencia de Bournemouth del mes próximo? ¿La de premalignidad? Presento una ponencia. Procura venir. Va a ser un bombazo.

—No estoy seguro —dijo James—. De todas formas, gracias, Martin. Adiós. —Colgó el teléfono y al segundo volvió a sonar.

—¿Señor Forrest? Soy de la floristería Crowthorne. Al parecer hay un malentendido con las flores que nos encargó mandar a la señora Headleigh Drayton al hospital Princess Diana. El hospital acaba de devolvernos el ramo, al parecer por orden de la señora Headleigh Drayton. Insistió en que no era para ella. Nos preguntábamos si no nos habríamos equivocado de señora Headleigh Drayton, o incluso de hospital...

De pronto James se sintió mal.

—Oh, no —dijo—, debo de haberme equivocado yo. Diga... diga a los del hospital que se lo queden ellos para ponerlo en la recepción o donde sea. Adiós.

La sensación de pánico crecía. Cressida, Rufus, Susie, ¡Dios santo! ¿Qué le pasaba, qué estaba sucediendo a su tan ordenada vida? La cabeza le latía muy fuerte provocándole casi dolor, un dolor que fue bajando hasta situarse en su estómago. Se sintió físicamente inestable y de nuevo al borde de las lágrimas. Pensó en lo bien que le sentó la copa que se había tomado unas horas antes y ansió desesperadamente poder tomarse otra.

—Dios mío —imploró en voz alta echando la cabeza hacia atrás y cerrando los ojos—, ayúdame.

Tenuemente, en la distancia, oyó sonar otra vez el teléfono. No podía, no iba a responder. Ya no podía con su alma. Siguió sentado, con las manos tensamente entrelazadas y tratando de evitar que le castañetearan los dientes. Las piernas le temblaban violentamente. El teléfono dejó de sonar; Maggie debía de haber respondido. Gracias a Dios. Se encendió un cigarrillo y dio una calada voraz, aunque no fumaba casi nunca, como mucho uno a la semana, después de cenar.

Acababa de apagar el segundo pitillo cuando entró Maggie, sonriendo; venía radiante. James la miró con extrañeza.

—¿Qué pasa? —preguntó.

Maggie se sentó y lo miró con los ojos brillantes, llenos de lágrimas. Lágrimas de felicidad.

—Era Cressida —dijo sin más.

—¡Cressida! ¿Qué quieres decir?

—Pues que era Cressida. Acaba de llamar. Está en París. Hemos hablado mucho rato.

—Pero por el amor de Dios —dijo—, ¿qué te ha dicho? ¿Qué ha pasado, no...?

—No ha pasado nada —dijo Maggie—, salvo que se encuentra mal, y que está asustada y terriblemente preocupada. Necesitaba hablar. Creo que la he ayudado un poco. Siente muchísimo todo lo que ha pasado.

—Vaya, hombre, eso sí que me alegra oírlo —dijo James. La rabia se estaba adueñando de él, una rabia incandescente y peligrosa—. Qué maravilla. Nos deja a todos en la estacada el día de su boda, abandona a su marido y a su familia, nos deja a todos humillados y muertos de miedo, pero lo siente terriblemente. Bueno, pues todo arreglado, ¿verdad? No hay más que relajarse y sacar la pancarta de bienvenida a casa.

—James, por favor. Tú no lo entiendes.

—¿Ah, sí? —dijo—. ¿Encima eso? Pues oye, no creo que tú puedas explicármelo, Maggie. En este momento, desde luego no. Ni me importa lo más mínimo. Por lo que a mí respecta, Cressida está...

—¡James, escucha! Por favor. Está desesperada.

—De acuerdo —dijo—. De acuerdo. Te escucho. Pero no estoy demasiado comprensivo. Si está desesperada, mejor.

—James, está embarazada. Bueno, eso ya lo sabíamos pero...

—Sí, lo sabíamos.

—No es... no es de Oliver. Está... está enamorada de otro hombre.

—Vaya. De momento la historia no me provoca ninguna compasión.

—James, por favor. Nunca ha querido casarse con Oliver. Pero estaba bajo una presión tremenda, la pobrecilla. Oliver estaba tan enamorado de ella que al final acabó convenciéndose de que también ella lo estaba. Todo estaba programado, todo el mundo estaba encantado, no se atrevió a desdecirse.

—Bueno, pues peor para ella.

—James, intenta entenderla. Ya sabes lo sensible que es, lo mucho que le duele lastimar a los demás. Bien, pues a principios de año conoció a ese hombre en París, del cual se enamoró perdidamente. Trató de romper con Oliver, pero él se lo tomó a la tremenda y ya no tuvo el coraje de echarse atrás.

—¿Y por qué no habló con nosotros?

—Dice que lo intentó varias veces, pero que siempre parecía imposible, porque todo estaba organizándose tan de prisa, y estábamos todos tan entusiasmados, y tú ya llevabas tanto dinero gastado... y no hizo más que hundirse cada vez más. James, me siento tan avergonzada de que no tuviera a nadie en quien confiar, que nadie intuyera lo desesperada que estaba. ¿Qué madre soy si le he fallado de esta forma, si le he hecho pensar que una boda era más importante que su felicidad?

—Pues una madre crédula e ingenua, me parece a mí —dijo James, aunque en su interior notó una punzada de esperanza, un leve amago de alivio. A lo mejor Cressida no era tan mala, quizá Julia le había mentido; cabía esa posibilidad, quizá la carta no había tenido nada que ver con aquel desgraciado asunto.

—En fin, que a principios de mayo rompió con ese hombre de París. Se llama Gérard. —Miró un papel que traía en la mano; en él había anotado varias veces un nombre—. Gérard Renaud. Escribe. Es periodista.

—¿De veras?

—Sí. Le dijo que no tenía más remedio que hacer su deber, es decir, seguir adelante y casarse con Oliver. Todavía no sabía que estaba embarazada y pensaba que podría olvidarlo, que no había sido más que un capricho, su última escapada, y que lograría serenarse y ser feliz con Oliver. A Gérard se le partió el corazón, pero lo entendió. Se fue de enviado especial a África del Sur y estuvo ausente durante varias semanas. Cressida no podía ponerse en contacto con él de ningún modo.

—¿Ni siquiera a través del periódico? Qué curioso.

—No. Oh, James, yo qué sé. Deja ya de poner en entredicho todo lo que te cuento. Al descubrir que estaba embarazada no supo qué hacer. El pánico se apoderó de ella y, aunque decidió abortar, en el momento de hacerlo no pudo. Oh, ¿por qué no pudo decírnoslo, por qué no fuimos capaces de adivinar nada? En fin, que le dijo a Oliver que el niño era suyo.

—Pobre Oliver.

—Sí. Eso estuvo muy mal por su parte. Es cierto. Pero estaba asustada, se encontraba muy mal...

—Maggie, ni siquiera tú deberías creer esas sandeces. No parecía enferma...

—Pues lo estaba, James. Estaba muy pálida, con unas ojeras terribles. Y había adelgazado mucho. Ya sabes que tuvimos que estrecharle el vestido. Lo achacamos al agotamiento y a los nervios, porque es cierto que todas las novias pierden peso. Y te aseguro que no son sandeces, como dices tú. No has hablado con ella, no has oído su voz. Estaba fuera de sí, llena de remordimientos, de culpabilidad... y además hay otra cosa...

—¿Sí?

—La víspera de la boda, muy tarde, la llamó ese hombre... Gérard. Recuerdo que, a pesar de estar medio dormida, oí sonar el teléfono. La llamaba para decirle que ya estaba en París. Le dijo que tenía que hablar con ella, que tenía que decirle algo, una cosa horrible que tenía que saber.

—¿Que su reportaje no saldría publicado? Bueno, bueno, perdona, ¿qué era?

—Que está enfermo, James, seriamente enfermo. Gérard tiene leucemia. Lo más probable es que dentro de tres meses, o a lo sumo seis, haya muerto. Le dijo a Cressida que quería verla por última vez, que podía esperar hasta después de la boda pero... Y eso fue la gota que colmó el vaso, según me ha dicho Cressida. No pudo reprimir sus ganas de estar con él, de pasar a su lado el tiempo que le quedara de vida, de anunciarle que esperaba un hijo suyo, de ir a cuidar de él.

—Pero Maggie...

—Me ha dicho que no pudo hacer nada por impedirlo. Que no pudo evitarlo, que de pronto fue como si se hubiera transformado en otra persona, como si el destino se hubiera presentado para salvarla de algo que, de todas formas, intuía sería un error, un terrible error.

—¿Y por qué no nos lo dijo? Nos habría ahorrado muchas horas de angustia y sufrimiento.

—Se lo he preguntado. Y me ha respondido que estaba convencida de que si nos lo contaba le flaquearía el ánimo, que temía que la convenciéramos de no ir. No olvides que nos escribió una carta. Ya sé que se perdió, pero Cressida creía que la encontraríamos mucho antes y que con lo que nos decía en ella quedaríamos más tranquilos. Eso no fue culpa suya.

—No —dijo James—, supongo que no.

La cabeza le daba vueltas. ¿A quién tenía que creer? Deseaba creer a Maggie, a Cressida; la historia era tan rocambolesca, tan absurda, que casi habría podido ser cierta. Casi. Por otra parte, podía haber estado cuidadosamente construida, perfectamente urdida con el fin de embaucar a su madre. Y, además, ¿qué decir de la versión de Julia? Parecía impensable que se la hubiera inventado. Podía verificarse con demasiada facilidad. Era lo contrario de una fábula cuidadosamente construida. Aunque bueno, cabía la posibilidad de que Julia estuviera loca, de que la adoración de un padre enfermizamente protector la hubiera desestabilizado y de que ella hubiera hecho lo mismo con su hijo. El propio Josh había comentado que su esposa era una mujer inestable, que necesitaba estar analizándose constantemente. Julia habría podido mostrar la carta a Cressida y ésta habría podido leerla y encogerse de hombros sin darle mayor importancia.

—¿Te ha dicho... —se le quebró la voz, se aclaró la garganta y empezó de nuevo—, te ha comentado algo de Julia?

—¿De Julia? No, ¿por qué? ¿Qué tiene que ver Julia con todo eso?

—Oh —dijo James tratando de conservar un tono neutro—, la verdad es que nada. Era por curiosidad. Julia comentó que la había visto preocupada cuando fue a darle las buenas noches.

—Julia tiene tanta intuición como un rinoceronte —dijo Maggie—. No me parece que...

—Vale, vale. Bueno, ¿y qué ha pasado? ¿Dónde está?

—En el piso de Gérard. En París. Está sola. Él se ha ido al hospital para someterse a más pruebas. Cressida está muy intranquila y quería hablar conmigo.

—Pues a mí me gustaría hablar con ella —dijo James, ceñudo—. Dame el número, ¿quieres?

—No, James, no voy a dártelo.

—¿Cómo dices? —La miró, desconcertado—. Pues claro que tienes que dármelo.

—No, no te lo daré. Al menos, no hasta que se haya serenado, logre digerir todo esto y se reponga un poco. No quiero que la atosigues ni que la culpes de nada más. Ya está suficientemente angustiada la pobrecilla.

—Maggie, ya no es una niña. En el mejor de los casos, es una mujer perturbada. Y la verdad es que, personalmente, opino que se trató de algo peor que eso...

—Sabía que lo dirías —dijo Maggie—. Y justamente por eso no pienso darte el número.

—Por el amor de Dios, Maggie. Estás chiflada por esa criatura. Lo has estado siempre. Nunca has sido capaz de ver maldad ninguna en sus actos. ¿Sabías que ayer se casó?

—¿Cómo?

Ahí sí la dejó sin habla y con su confianza materna momentáneamente por los suelos.

—Se casó con él. ¿Encaja esto con la versión de una huida precipitada para ir a reunirse con un amigo desahuciado?

—James, eso es ridículo. No puede haberlo hecho.

—Pues lo hizo.

—¿Cómo lo sabes?

—Porque existe una fotografía hecha por no sé quién de Cressida bajando la escalinata del Sacré Coeur, presumiblemente con él y vestida de novia. Aunque bueno, no se casaron ahí, claro...

—Ah, eso... —dijo Maggie con patente alivio—. Eso fue algo que decidieron en el último momento. Se llevó el vestido y subieron al Sacré Coeur para pedirle la bendición a un sacerdote. Me lo ha contado. Querían hacer algo para señalar el día...

—Oh, por Dios —dijo James—, esta pantomima ya ha durado demasiado... dejémoslo. Estoy terriblemente cansado, Maggie. Ya no aguanto más. —Sin embargo, la historia empezaba a cuadrar, a sonar más plausible. Los interrogantes empezaban a disiparse y, aunque no justificaban la actuación de Cressida, la hacían menos malvada, menos inmoral.

—Pero en realidad no se han casado —dijo Maggie—. No pudieron; no hubo tiempo material para organizarlo. Y además... —lo miró con extrañeza—, ¿cómo sabes todo esto?

—Un fotógrafo amigo de Tilly Mills vio la foto en el periódico adonde había ido a entregar sus propios negativos. Anoche mandó un fax a Harriet.

—¿A Harriet?

—Sí.

—¿La has visto?

—Sí. Y esta mañana he ido a París.

—¿Has ido a París? —El rostro de Maggie palideció de estupefacción.

—Sí, con Theo. Hemos ido en su avión. Hemos subido al Sacré Coeur y hemos encontrado al sacerdote que los bendijo.

Y tengo que reconocer que lo que nos ha dicho confirma lo dicho por Cressida. Nos...

—¿Y no me habéis dicho que os ibais a París a buscar a Cressida, ni me habéis mostrado la foto...?

—Maggie, estabas dormida. Drogada. Iba a decírtelo, por supuesto. Me enteré de lo de la foto a las dos de la madrugada. ¿De qué habría servido despertarte y preocuparte todavía más? Nos hemos ido a las cuatro y media y estábamos de regreso antes de que te despertaras, y luego...

—Aunque no me extraña en absoluto, la verdad —dijo Maggie. Tenía una expresión que James le desconocía; una mirada fría, distanciada, segura de sí misma, al mando de la situación—. ¡Que Maggie siga ingorándolo todo, sigamos mintiendo, mantengámosla al margen, que ya habrá tiempo de decírselo...! Pues no, James. Porque te dejo.

—Oh, no seas absurda —dijo James. Casi ni prestó atención a lo que acababa de decirle, otra sarta de estupideces típica de Maggie.

—Sí, me voy. De todas formas, ya tenía decidido antes de que pasara todo esto que en cuanto terminara la boda, me iba.

—Oh, Maggie, vamos, vamos. No puedes irte. ¿Qué haría sin ti, qué...?

—James, estarás muy bien sin mí. Conseguirás lo que más deseabas. Libertad para hacer lo que quieras, para ajustar cuentas contigo mismo, o para vivir con Susie, si así lo decide ella.

—¿Susie? —dijo James. Había ensayado aquella conversación tantas veces que las respuestas le salían espontáneamente—. ¿Susie? ¿Y qué tiene que ver Susie con esto?

—James, te lo ruego. No me insultes. No empieces tu comedia.

—Pero Maggie...

—James, lo sé todo desde hace tiempo. Y por lo que a mí respecta, os deseo lo mejor a los dos. Puedes hacer lo que te pase por los cojones. Me importa un comino.

Fue la palabra «cojones» la que convenció a James de que la decisión de Maggie era inapelable; odiaba las palabrotas, no renegaba nunca y el taco más fuerte que había oído en sus labios era «maldito», que no lo decía más que cada cinco años y en situaciones altamente provocantes. La miró a los ojos y, sin decir palabra, trató de digerir lo que estaba diciendo. No habría podido hablar ni si su vida hubiera dependido de ello.

—Te odio —dijo Maggie sin más—, la verdad es que te odio. Es una palabra fuerte, pero es lo que siento. Hace años que me engañas. ¡Dios!, cuánto odio también a tu amante, a la maldita Susie y su figura espléndida y su rostro delicioso que te ha alejado de mí, de la pobre, gorda y estúpida Maggie. Pues claro que lo sabía, me enteré muy al principio y tú, o bien partías de la base de que no lo sabía o bien que aceptaría la situación a cambio de las dudosas ventajas de tenerte como marido. Bien, pues sí, de alguna forma lo he aceptado puesto que nunca he armado ningún escándalo. Aunque ¿de qué me habría servido? Habría parecido todavía más estúpida. Todos habrían dicho, pobre Maggie, ¿cómo va a conservar a un marido como James comportándose de esa forma? Y, además, tenía que ocuparme de las niñas, y ellas te adoraban. No habría sido posible hacerlo antes.

James la miró. Había cambiado. En una noche había cambiado. Seguía siendo la Maggie de siempre, voluminosa y torpe, y estaba pálida y con ojeras, pero se había lavado el pelo, se había puesto un vestido bonito y hasta se había maquillado un poco. Seguía siendo una mujer hermosa; su exceso de peso había protegido su rostro de las arrugas y tenía el cutis mejor conservado que el de la mayoría de sus coetáneas y sus ojos, grandes y con pestañas oscuras, tan parecidos a los de Cressida, seguían siendo de un azul cristalino. De pronto, al pensar en perderla le asaltó una sensación de pánico; no la amaba pero la necesitaba, era importante para él, para su vida.

—No hables de esta forma —acertó a decir—. Me desagrada profundamente.

—No sabes cuánto lo siento, James, pero mucho me temo que no te quedará otro remedio que seguir escuchándome. Porque pretendo explicarte qué voy a hacer y por qué.

—No debes irte —dijo él—, no puedes irte. Es una idea terrible. Ve a ver a Cressida, si así lo deseas, pero luego vuelve.

—¿Por qué, James? La verdad es que no veo ninguna razón para hacerlo.

—Pues —dijo él—, porque estamos casados. Llevamos muchos años casados. Y...

—No, no es cierto —dijo Maggie—, yo a eso no le llamo estar casada. He llevado la casa y me he ocupado de las niñas, he organizado nuestra vida social y me he ocupado de que siempre tuvieras la ropa limpia y todo eso, pero no hemos estado casados. Hace años que no nos acostamos juntos... no, James, no lo hacemos. O no lo hacemos casi nunca, y cuando ocurre lo odio, porque sé que lo haces porque ya es hora y es un deber, y que piensas en Susie...

—Maggie, por favor, es injusto...

—Es absolutamente justo. No te reprocho nada, sólo quiero explicarte la razón por la que opino que nuestra relación no es un matrimonio. No hablamos, no salimos nunca a solas, ni siquiera para ir al cine; no hacemos nada juntos salvo reunirnos para las comidas y, además, sé que me observas y que interiormente siempre estás pensando que como demasiado.

—Maggie, no...

—Sí lo haces. Y que piensas en Susie y en su maldita esbeltez y en cómo se cuida y vigila lo que come y...

—¿Cuándo te enteraste? ¿Cómo? —preguntó James, sin poder evitar la curiosidad.

—Oh... al principio. Imagino que antes de que naciera Rufus.

James contuvo la respiración. ¿Sabía también eso, albergaba alguna sospecha?

—Tenía mis dudas con Tom, ¿sabes? —prosiguió Maggie con tono poco afectado—, fantaseaba con que podía ser tuyo. Pero se parece mucho a Alistair, ¿verdad?

—Sí —dijo James y sintió que el alivio le volvía a llenar los pulmones—, sí, pues claro. Vaya ocurrencia...

—No creas. Son cosas que pasan. Y deseaba tanto tener un varón, tener más hijos, que habría podido darse el caso. Aunque imagino que de haber esperado un hijo tuyo, Susie habría preferido abortar y no seguir adelante. Además, con lo poco maternal que es, ¿verdad?

James no contestó. No podía defender a Susie; hubiera resultado demasiado peligroso.

—Traté de no pensar en ello, de convencerme de que estaba neurótica, de que sólo coqueteabas con ella porque era tan atractiva y tan todo lo que yo no era..., pero os veía. Os veía juntos, y oía las explicaciones que me dabas para excusar tus frecuentes ausencias, y hurgaba en tu cartera para ver si encontraba algún indicio, y os tendí a los dos alguna que otra trampa, como llamar a tu piso y a tu secretaria, y luego a su casa, y vuestras ausencias siempre coincidían... O dejabas puesto el contestador en el piso cuando yo sabía que estabas ahí. Escuchaba el mensaje grabado en el que decías que no estabas mientras que yo sabía que estabas acostado con ella, haciéndole el amor, y durante un tiempo te odié tanto que hasta tuve ganas de matarte. Pensé en ello de vez en cuando. Bueno, no con la intención de hacerlo, claro, aunque alguna vez pensé en envenenarte la comida. O la de Susie.

—¿Por qué no me dijiste nunca nada? No lo entiendo.

—Porque sabía que no resolvería nada. Sabía que no renunciarías a ella, por mucho que yo dijera, y sabía que no quería divorciarme porque las niñas eran demasiado pequeñas. Así que esperé, lloré, comí un montón y esperé. Hasta ahora.

Y ha merecido la pena aunque sólo sea por haber podido tener esta conversación, James. No sabes cuánto he disfrutado.

—Dios mío —dijo James—, Maggie, lo siento tanto.

—¿Por qué? —preguntó ella con genuina extrañeza.

—Por haberte hecho tanto daño.

—Pero por Dios, James. No la habrías dejado, ¿verdad? Ni aun sabiendo que me hacías tanto daño.

—No lo sé —dijo él—. Quizá lo habría intentado.

—Tú sabes que no es cierto. Eres demasiado egoísta y supongo que estás demasiado enamorado de ella. En fin, de todas formas ahora ya no me hace daño. Me importa un bledo, de veras. Puede quedarse contigo. Y ahora podrás vivir con ella, y casarte con ella si la quieres.

James no dijo nada; siguió mirando por la ventana.

—En cualquier caso —dijo Maggie con regocijo—, tengo suerte. Cuando creía que me iba a quedar arrinconada para siempre, de nuevo se me presenta una misión que cumplir. Cressida me necesita y eso es estupendo.

—¿Cómo? ¿Te vas a ir a vivir con ella a París, con ese hombre? ¿De veras crees que es una buena idea?

—No, por supuesto que no voy a vivir con ellos. Me tienes muy mal conceptuada, James. No soy tan estúpida. Conseguiré un pisito cerca de Londres, en Putney, en Wimbledon o en un sitio de esos..., sigo conservando muchos amigos en Londres..., y reharé mi vida. Hace ya bastante tiempo que lo estoy planeando. Cressida quiere que vaya a visitarlos y presentarme a Gérard, así que cuando nazca la criatura iré a París y me quedaré un tiempo con ella, y cuando... cuando se quede sola podrá decidir dónde quiere vivir. Y dónde quiere que yo esté.

—O sea, ¿de verdad crees esa historia? —le preguntó James. Había decidido apartar momentáneamente de su mente el anuncio de Maggie; su conciencia se había cerrado en banda, sencillamente ya no podía más.

—Sí, me la creo. Pues claro que me la creo. ¿Por qué no iba a hacerlo? Soy una persona que cree en la verdad, James. Contrariamente a ti. Y sé reconocerla y respetarla en los demás. ¿O es que acaso sabes algo que yo desconozco?

—No —dijo James con tono cansino—, no.

—Bien —dijo ella—, pues ahora me gustaría irme. Voy a subir a por un par de cosas que quiero llevarme.

—Pero ¿te vas hoy? —dijo James—. ¿Adónde?

—Voy a pasar unos días a casa de una amiga de la infancia, en Guilford. Además, me irá muy bien para empezar a buscar piso. Sarah Jennings, ¿recuerdas? —James asintió silenciosamente—. Nunca te gustó. Y tú a ella tampoco —añadió—. Está encantada con mi decisión. En fin, que vive sola porque su marido murió el año pasado y dice que puedo quedarme en su casa todo el tiempo que quiera. Y luego, como te decía, podré ocuparme de Cressida cuando me necesite. No pongas esa cara, James. Está muy asustada y muy preocupada. Pendiente de los resultados de esos análisis de... de Gérard. Tengo la impresión de haberle fallado demasiadas veces. Bien, y ahora voy a necesitar algo de dinero, por supuesto. Creo que me lo he ganado, pero no quiero ni esta casa ni el piso. Vendré a despedirme antes de irme.

Y, como tantas veces había soñado James, como tantas veces había ansiado, Maggie abandonó la habitación y su vida y lo dejó profunda y absolutamente solo.

CAPÍTULO 37

THEO, DOS Y MEDIA DE LA TARDE

Al igual que a la reina Victoria, a Theodore Buchan tampoco le interesaban las posibilidades de la derrota; evocó las palabras que la reina había dirigido a lord Balfour en relación a este tema mientras contemplaba el palacio de Buckingham, profundamente asqueado por el atasco en el que estaba metido. Era un gran admirador de la vieja reina; le fascinaba su terquedad, su inteligencia, su olfato político y por encima de todo su adhesión a los principios conservadores. A menudo decía que se habría llevado a las mil maravillas con ella; aunque algunos, entre los cuales se contaba Harriet, esgrimían que era poco probable que la reina hubiera aceptado recibir a un hombre con cinco esposas y todavía menos llevarse bien con él, a lo que Theo, sin inmutarse, replicaba diciendo que habría sabido granjearse su aprecio utilizando mañas similares a las de Disraeli, coronándola emperadora de su isla escocesa y llevando un *kilt* como el de su querido protegido, John Brown.

—Theo —dijo Harriet—, un *kilt*, no, te lo ruego. Tú no.

Y la conversación había ido adquiriendo ribetes más libertinos tras decidir adentrarse en el tema de lo que habría podido llevar debajo de la falda escocesa y derivó hacia un momento de placer físico especialmente intenso tras decidir contemplar juntos el área en discusión.

Aquella escena reapareció en la desconsolada mente de Theo y al principio le provocó una sonrisa, aunque pronto la sustituyó por una mueca de dolor cuando se acordó de la reciente agresión perpetrada por Harriet en su persona. También logró desinteresarlo por completo de las contingencias de la derrota. La quería, la necesitaba, la amaba; e iba a conseguirla. Era sencillo; cuestión de paciencia y de estrategia. Y, siendo un especialista de la estrategia, supuso que no le haría falta mucha paciencia.

Tomó su teléfono móvil y llamó a su oficina; al moverse sintió una punzada en sus doloridos testículos.

—Mala puta —dijo en voz alta—, mala puta.

—¿Quién? ¿Yo, señor Buchan? —dijo Myra—. ¿Qué he hecho?

—Nada, Myra, nada. Perdone. Estoy en camino.

—¿Dónde está?

—En el Mall. ¿Algún recado?

—Unos cuantos. Mungo ha llamado al menos seis veces; quería cenar con usted esta noche. También ha llamado Hayden Cotton; quiere que lo llame cuanto antes. —Myra no sentía ninguna simpatía por los americanos y transmitía sus recados con su mejor acento de clase alta inglesa y en forma absolutamente telegráfica; para hablar con ellos utilizaba un tono cortés, aunque ligeramente condescendiente. Theo siempre la pinchaba al respecto, y en su presencia se refería a ellos como a los «colonos»—. Mark Protheroe ha llamado varias veces; quiere que se ponga en contacto con él para hablar de CalVin. También ha llamado un tal señor Henessy, según dice representa a la señora Buchan, ha dicho que por favor lo llame urgentemente. Y James Forrest; que quiere verlo, quizá esta tarde. Todo lo demás puede esperar.

—Muy bien. Dígale a Mungo que todavía no estoy seguro de si podré cenar con él, pero que me gustaría mucho verlo y que lo llamaré en cuanto pueda. Me ocuparé del resto cuando llegue.

Cuando colgó se dio cuenta de que estaba metido en otro atasco y aprovechó para llamar a James.

—¿James? Soy Theo. ¿Estás bien? No puedo cenar contigo, lo siento, pero...

—Maggie me ha dejado —dijo James a bocajarro.

—¿Qué?

—Que me ha dejado.

—¿Por qué?

—Dice que me odia.

—Bueno, podría aceptarse como una razón válida —dijo Theo con cautela. Se sacó un puro del bolsillo de la chaqueta, cercenó una extremidad como pudo y lo prendió con el encendedor del coche.

—No es divertido.

—Pues claro que no lo es. Lo siento de veras, a menos que tú lo desees, claro...

—No sé lo que quiero —dijo James. Theo se percató de que lloraba.

—Jamie, ¿qué pasa?, ¿se trata de Susie?

Hubo un silencio; oyó cómo se sonaba James.

—Perdona, Theo —dijo James—. No, Susie está bien. Ha sido una falsa alarma.

—¿Rufus?

—No, no, tampoco se trata de Rufus.

—¿Y adónde... adónde piensa ir Maggie?

—Bueno, hablaba de comprarse un piso en Londres. Y luego quiere pasar una larga temporada en París para cuidar de Cressida.

—¿De Cressida? —Casi embistió un taxi y tuvo que dar un frenazo terrible—. Perdone —gritó al taxista—, perdone.

—A ver si se fija en lo que hace —le respondió con ecuanimidad el taxista.

—Theo, ¿qué pasa? —preguntó James.

—Estoy en el coche, y casi me la pego. Has dicho Cressida, ¿verdad, James? ¿La habéis encontrado?

—No. Bueno, sí. Ha llamado a Maggie y le ha contado una historia extravagante y... bien, ya te contaré.

—Podrías contármelo ahora —dijo Theo—, porque estoy en un atasco y no puedo ir a ninguna parte.

De modo que, rodeado del intenso tráfico de la tarde del viernes, de los bocinazos y de los insultos con que algunos conductores se abrían paso y con una tenue lluvia cayendo sobre el parabrisas, escuchó cómo James le contaba la historia de Cressida y luego, con voz titubeante y obviamente alterado, la de Julia. Theo las sumó mentalmente a la historia de Harriet y se preguntó, y no por primera vez en las últimas treinta y seis horas, si no estaría soñando.

—Oh, por cierto, Theo, ¿le pormenorizaste alguna vez a Cressida la cuantía de la fortuna del padre de Julia? No tenía ni idea de que se barajara tanto dinero.

—Sí, lo hice —dijo Theo con un suspiro—. No fue aposta. Yo sólo le comenté que había visto a ese viejo cascarrabias en una convención en Palm Beach, pero Cressida era excelente en lo de sonsacar información. Hoy día vive prácticamente recluido, pero sigue interesándose mucho por la tecnología computerizada, que es la especialidad de sus empresas.

—Bueno, pues mucho me temo que con eso queda confirmada la versión que me dio Julia —dijo James con voz apagada—. Me dijo que creía que tú se lo habías dicho a Cressida.

—Mea culpa —dijo Theo—. Lo siento, James.

Tras un silencio, James añadió:

—No habría cambiado gran cosa. De todas formas, Cressida habría logrado enterarse... Si nos fiamos de lo que dice Julia.

—No creo que debas partir de esa base.

—Quizá no. Trato de resistirme. —Hubo otro silencio y luego dijo—: Y Maggie se ha ido. Quiere el divorcio.

—Oh, Jamie —dijo al fin Theo mientras aparcaba el Bentley en la zona de estacionamiento de enfrente de su oficina—. No sabes cuánto lo siento. Me parece que tú y yo lo hemos estropeado todo. Si pudiéramos retroceder a ese fin de semana en París y volver a empezar...

Y mientras lo decía se le ocurrió la persona con quien podría hablar, la persona que mejor lo asesoraría en relación a Harriet.

Janine había regresado al hotel de la calle Basil; dijo que le alegraba mucho tener noticias suyas pero que en aquel momento estaba ocupada y que si le apetecería ir a tomar el té con ella.

—No sé si te has enterado de la noticia, *chéri*. Voy a casarme.

—Janine, es imposible. ¿No habías prometido que me esperarías? ¿Quién es el canalla?

—El canalla es Merlin. ¿No te alegras?

—¡Merlin! Ese viejo cascarrabias. Janine, es la noticia más estupenda que he oído desde hace años. Pues claro que me alegro. Es más, me encanta la idea. Me alegro por los dos. Qué fantástico. ¿Y cuándo sucedió?

—Ha sido un poco repentino. Fue ayer por la noche. Merlin me invitó a cenar y entre regateo y regateo con los camareros me pidió que me casara con él. ¿No te parece que somos demasiado mayores para eso?

—Janine, sois las dos personas más jóvenes que conozco. Dale un fuerte abrazo de mi parte. ¿Estará ahí para el té?

—No, Theo, no estará. Tiene previsto pasar por una agencia de viajes, pobrecillos, para reservar los billetes de nuestro viaje de luna de miel. Nos vamos a China.

—¡A China! Madre mía, estoy celoso. Terriblemente celoso. Porque no sé si recuerdas que habías prometido casarte conmigo.

—Sí, lo siento, Theo, pero tú ya estás casado, ¿no?

—Por poco tiempo, Janine —dijo Theo con sobriedad.

—¿De veras? ¿Qué le has hecho a la deliciosa Sasha?

—Me lo ha hecho ella a mí. Me ha dado una lección.

—Entonces es una chica lista —dijo Janine—. Porque a ti siempre te ha costado mucho aprender ciertas cosas. Aunque bueno, me sabe mal que estés apenado.

—No lo estoy —dijo Theo—, pero necesito tus consejos.

—Pues te los daré si es que te sirven de algo.

Theo colgó el auricular y se quedó mirando el teléfono con una sonrisa en los labios. Nada, salvo oír a Harriet decirle que lo amaba, habría podido hacerle mayor ilusión.

Hayden Cotton quería confirmarle que no invertiría dinero en Harry's.

—No son los números. Es cierto que los apañó un poco, pero nada del otro jueves. El problema no es ése, sino que es un negocio que en el fondo no me sirve de nada. No es suficientemente grande y duplica lo que nosotros hacemos. Además, ya estamos bien implantados en el Reino Unido. Es mucho lío para pocas ganancias. Lo lamento, porque es una chica muy lista y una diseñadora brillante. Lo que pasa es que no entiende de negocios. Me gustaría proponerle un empleo, pero estoy seguro de que no aceptará.

—¿Para hacer qué? —inquirió Theo.

—De diseñadora. Estoy pensando en lanzar una nueva línea destinada a un mercado más elitista. Tipo Ralph Lauren, o mejor dicho Ralph Lauren Difusión.

—¿Y qué es eso de difusión?

—Bueno, es el *prêt-à-porter* de los grandes modistos. Y luego está el mercado de las prendas de etiqueta. No me refiero a los vestidos de noche, sino a prendas hechas a medida. Esmóquines para mujeres.

—Un mercado difícil, ¿no? —dijo Theo.

—Ya lo sé. Pero existe. Y creo que esa chica lo haría estupendamente.

—¿Y dónde trabajaría? —quiso saber Theo.

—Oh, aquí. Tendría que ser aquí. Podría hacerle una propuesta muy tentadora. Pero es una mujer tan independiente que dudo mucho que acepte venir.

—Yo también lo dudo —dijo Theo—, aunque el trabajo le va como anillo al dedo y desde luego le encantaría la idea. Hasta podría... Es más, Hayden...

—Dime.

—Te diré lo que la convencerá.

Michael Hennessy, el abogado de la señora Sasha Buchan, era un hombre carente de humor, pomposo y extremadamente eficaz. La señora Buchan deseaba un divorcio rápido y no tenía la menor intención de mostrarse vengativa, pero le había mandado decir que si el señor Buchan ponía impedimentos, no tendría el menor reparo en comunicar a la prensa cómo había adquirido CalVin. El señor Buchan respondió que no tenía la menor intención de poner impedimentos y que le alegraría mucho poder complacer los deseos de la señora Buchan. El señor Hennessy aseguró que la señora Buchan estaba dispuesta a mostrarse razonable en lo referente a los términos del acuerdo y que en realidad sus exigencias eran muy modestas; quería una casita en Londres y una pensión alimenticia realista.

—La palabra realista, por supuesto, está abierta a interpretación y a discusión —dijo el señor Hennessy.

—Por supuesto —respondió Theo.

—Y también desea su aval bancario para poder montar la asesoría financiera independiente que tiene previsto poner en marcha, así como una cantidad que se sitúa en torno a las cien mil libras para crear la firma.

—Y un carajo —dijo Theo—, que se busque un banquero.

—Me ha advertido de la posibilidad de esta respuesta, señor Buchan, en cuya eventualidad me ha pedido que le recordara otra vez el asunto CalVin.

—Eso es chantaje —dijo Theo.

—Eso es un alegato muy grave, señor Buchan.

—Es una simple exposición de los hechos. Pero... —Hizo una pausa, reflexionó y luego señaló el teléfono—. Vale. Dígale... dígale que conseguirá todo eso a cambio del diez por ciento de las acciones de su firma. Y de un cargo de dirección, sin poder ejecutivo, por supuesto.

—Se lo diré, señor Buchan. Aunque no sé si la señora Buchan aceptará.

—Creo que sí —dijo Theo—, es una mujer de negocios excelente y una buena chica. Y dígale que para redondear el trato le entregaré una copia de la versión original de su anillo de bodas. A condición de que no se venda el original.

Aquello dejó al pobre señor Hennessy totalmente descolocado; Theo le dio las buenas tardes y dibujó una sonrisa en los labios. Le entusiasmaba desconcertar a los abogados, aunque fuera por poco tiempo.

Llamó a Mungo; Belinda le dijo que había salido a mostrar una finca a un cliente.

—Le sabrá mal no haber podido hablar con usted, señor Buchan; se ha pasado todo el día buscándolo. ¿Quiere que lo llame por su teléfono móvil?

—No, déjelo —dijo Theo—; lo que está haciendo es mucho más importante. Dígale que me llame cuando regrese y que estaré encantado de cenar con él esta noche.

—Descuide, señor Buchan.

—Sabía que había alguien —dijo Janine—. Tenía que haber alguien. Cambió tanto durante un tiempo. Estaba más cálida, más cariñosa, radiante. El sexo es excelente para el cutis, eso lo saben todas las francesas.

—¿De veras? —dijo Theo—. Pues a mí no me ha dado grandes resultados.

—No eres una mujer, *chéri*.

—Eso es cierto.

—Y además, te equivocas. Es evidente que eres un hombre de grandes pasiones. Se te ve en la cara.

—¡*Tiens!* —dijo Theo.

—Aunque la verdad es que nunca imaginé que pudiera tratarse de ti. Fuiste muy discreto. ¿No lo sabía nadie?

—Mis empleados.

—Cómo, ¿la aterradora señora Hartman lo sabía?

—Sí. Y algunos más. Brian, por supuesto. Era él quien la conducía o iba a buscarla a los aeropuertos y esas cosas. Varias amas de llaves. Pero nadie más... me parece. Me gusta tener secretos. Me produce exaltación.

—¿Y Cressida?

—Ah —dijo Theo—, sí, ella también lo sabía.

Le contó todas las historias de Cressida porque le dio la gana, pensó que se lo merecía y además se fiaba de ella.

—¿Por cuál de ellas te decantas, Janine?

—Estoy completamente de acuerdo con la ginecóloga, en el sentido de que es una chica desequilibrada con una personalidad muy difícil. Siempre ha sido una niña encantadora, pero díscola.

—Siempre me había parecido que la díscola era Harriet —dijo Theo.

—Pues no, en absoluto. En eso os equivocáis todos. Cressida hacía sufrir mucho a su hermana. Harriet parecía rebelde, es cierto, pero sus padres fueron incapaces de ver algo anormal en el comportamiento de su hermana; siempre se quedaban pasmados y decían, vaya, pero si Cressida es siempre tan buena, qué extraño que su profesora nos diga que se porta mal en clase y que no trabaja lo suficiente, y ¿cómo es posible que siendo tan responsable y sensata no llegara a casa hasta las tres y media? Nunca ataban cábalas.

—Cabos, Janine.

—Pues lo que sea. Y todas esas riñas con Harriet; partían de la base de que la culpa era de Harriet, porque siempre la pillaban a ella gritando o pegando a su hermana mientras Cressida lloraba desconsoladamente en un rincón. Pero yo sabía que era Cressida la que a menudo iniciaba esas riñas... a pesar de que se negaran a aceptarlo. Siempre se hacía la víctima, porque eso es exactamente lo que ella se consideraba. Pero como era tan cariñosa y tan dulce con ellos, sobre todo con Maggie, los manejaba a su anteojo.

—A su antojo.

—Pues antojo. Una de las razones por las que me he enamorado de Merlin es porque nunca me corrige.

—Perdóname, Janine.

—Y ahora está haciendo exactamente lo mismo. Cressida era capaz de soltar unas mentiras espantosas con un aplomo increíble y una mirada de lo más inocente. Aunque a mí no me engañaba, porque se me escapan pocas cosas; pero sus padres se lo tragaban casi todo. Y si no lo conseguía se ponía a llorar como una magdalena y listos.

—¿De veras? —dijo Theo con un suspiro profundo y evocando las llantinas de Cressida, tan artificiales que cuando finalizaban todavía parecía más hermosa. Harriet, sin embargo, lloraba ruidosamente, sin contenerse ni controlarse, y terminaba con los ojos enrojecidos, el rímel corrido y sorbiéndose los mocos—. Mucho me temo —añadió— que también me tenía embaucado a mí. La quería, me encantaba estar en su compañía y salir con ella.

—Bueno, porque tiene mucho encanto —dijo Janine—. También a mí me gustaba su compañía, a pesar de todos los pesares. Recordaba siempre todo lo que le decías, cosa que siempre halaga... y hacía aquellos mohínes encantadores. Nunca olvidaba mi cumpleaños, siempre me mandaba notas para darme las gracias de lo que fuera; se hacía querer. Harriet, en cambio, era más difícil. Siempre te mantenía a distancia.

—Bueno, pues a mí Harriet siempre me ha parecido muy fácil de querer —dijo Theo con tono lúgubre—. Peligrosamente fácil de querer. Y Merlin siempre la ha adorado —añadió—, y en cambio, Cressida no le ha gustado nunca.

—Porque Merlin es un hombre muy intuitivo —dijo Janine con una ligera complacencia.

—Hablas como si llevaras años casada con él —dijo Theo con una risotada.

—Ojalá. Pero te diré una cosa, me cuesta aceptar la versión de la *belle* Julia. No creo que Cressida sea tan pérfida.

—Bueno, yo no sé si es cierta o no, pero Julia parecía creer en lo que decía. Considera que Cressida es una intrigante. O en cualquier caso, una variación de ese tema. James vio la carta. Oh, Janine, no sé qué decirte. El pobre Jamie está hecho polvo.

—Ya lo sé —dijo Janine—, y además me parece que tiene otros problemas. Imagino que también vendrá a verme en breve. —Sonrió a Theo irónicamente—. Siempre viene cuando tiene problemas; cuando todo le va bien, ni rastro de él. Y me parece que Cressida también es así. Pero, Theo, no has venido a hablarme de Cressida ni de James. ¿En qué puedo ayudarte? ¿Y Harriet?

—¿O sea que no te parece una cosa deshonrosa? —le preguntó Theo con cautela.

—Absolutamente deshonrosa —dijo Janine con una sonrisa—. Impropia, poco práctica, casi incestuosa. Prefiero no pensar en lo que diría su padre. Pero no conozco a dos personas más idóneas para amarse la una a la otra que vosotros dos. Salvo yo y Merlin, por supuesto. Dos deliciosas sorpresas en un solo día. Y ahora hablemos en serio y pensemos en cómo solucionar este pequeño escollo temporal con el que has topado.

—No tan pequeño ni tan temporal —dijo Theo con un suspiro—. En las últimas veinticuatro horas me ha dicho tres veces que me odia y que no quiere volver a verme.

—Bueno, no entiendo por qué te sorprende. Le has hecho cosas horribles, como casarte con otra mujer, la *pauvre* Sasha, pocos meses después de romper con ella.

—No tan *pauvre*.

—¿*Comment*?

—Da igual, ya te lo contaré otro día. Digamos que la *pauvre* Sasha sabe cuidar de sí misma.

—Me alegra oírtelo decir —dijo Janine—. Y Harriet debería poder hacer lo mismo, ¿no te parece? No fue muy leal eso de decirle a tu amigo que no invirtiera dinero en su empresa...

—Janine, lo que no hubiera sido leal habría sido dejar que Harriet se considerara una buena mujer de negocios, porque la verdad es que no lo es. Ni permitir que mi amigo malgastara un montón de dinero...

—Bueno, quizá. Pero podrías haberlo hecho con un poco más de *finesse*. No tienes el más mínimo tacto, Theo.

—Por desgracia, Janine, me parece que tienes toda la razón.

—¿Y cómo sabes que Harriet no es sincera cuando dice que te odia?

—Porque sí —dijo Theo sin más—. Lo sé. Lo noto y lo sé.

—Pues en ese caso debemos ayudarla a darse cuenta de ello. Pero no será fácil. Es difícil convencer a Harriet de algo, porque no te escucha.

—No. A quien no escucha, desde luego, es a mí. —El teléfono móvil que llevaba en el bolsillo sonó con estridencia—. Perdóname, Janine. ¿Te molesta si contesto? Debe de ser Mungo.

Pero no era Mungo, era el señor Hennessy.

—La señora Buchan me ha pedido que le comunique que acepta todas sus condiciones, señor Buchan.

—Dígale que es muy generoso por su parte —dijo Theo.

—Le alegra particularmente su oferta del anillo. Dice que esta tarde me hará llegar a la oficina su anillo para que usted pueda encargar la copia.

—Qué amable —dijo Theo. De pronto hizo una mueca; la ironía de tener que encargar un anillo con un diamante auténtico para copiar a uno falso lo regocijó. Y de pronto recordó vívidamente las razones por las que había deseado casarse con Sasha; porque era atractiva, hermosa, encantadora, pero también porque era muy divertida. Y por primera vez desde su partida sintió una punzada de añoranza.

—Hay otro tema, señor Buchan. La señora Buchan ha encontrado una casa y quiere acelerar los trámites para su adquisición. Así que va a necesitar un cheque suyo. Si no le molesta pasarse por mi oficina...

—Señor Hennessy. Soy un hombre muy ocupado. Y como usted comprenderá, no puedo interrumpirlo todo para ir a firmar un cheque a su oficina. Ademas, me gustaría tener más detalles de esa casa, necesito asegurarme de que es una buena inversión y...

—¿Puedo recordarle, señor Buchan, que la casa es para la señora Buchan y no para usted? Me ha pedido que volviera a recordarle el gran interés que pondrían los periódicos en enterarse de los pormenores de la compra de CalVin...

—Me importa un comino lo de CalVin —dijo Theo, aunque cuando lo hubo dicho se dio cuenta de que no era cierto—. De acuerdo, señor Hennessy, pero no puedo pasarme por su oficina. ¿Podría usted acercarse a la mía dentro de una hora? Ya sabe la dirección. Calle Dover. Sí, exacto. Buenas tardes.

—¿Qué era? —preguntó Janine.

—Oh, nada, jueguecitos de Sasha. Jueguecitos astutos, todo hay que decirlo. Es una chica muy inteligente y yo he sido un estúpido al no darme cuenta. —Suspiró—. Janine, tengo que irme. Llámame si se te ocurre una buena idea. Estaré en mi oficina y...

Se oyó un golpecito en la puerta; Janine fue a abrir. Era Merlin, radiante, con un enorme ramo de rosas rojas entre los brazos.

—¡Merlin! —exclamó Theo, y se levantó a darle un fuerte abrazo—. Deja que te felicite. Es una noticia estupenda. No sabes cuánto me alegro.

—Gracias —dijo Merlin—. Yo también. No entiendo cómo me ha costado tanto tiempo entenderlo. Aunque bueno, ya sabes, el amor es ciego. Esto es para ti, querida. Acabo de comprarlas en la calle, cuando volvía de la agencia de viajes. Un precio exorbitante, y el tipo no quería bajar del burro, pero he pensado que te las merecías.

—Son preciosas —dijo Theo—. Creo que voy a ir a comprar unas cuantas para Sasha. Igual consigo ablandarla un poco. Estoy citado con su... —Su teléfono volvió a sonar—. Perdóname, Merlin. ¿Sí? Sí, Myra, ahora voy. Sí, sí, claro, inmediatamente. Merlin, me gustaría invitaros a los dos a cenar. ¿Mañana, quizá? Ahora tengo que irme. Ya os llamaré. No me importaría en absoluto acompañaros en vuestra luna de miel. No pongas esa cara de susto, Merlin, era una broma...

CAPÍTULO 38

HARRIET, CUATRO DE LA TARDE

—¿Se encuentra bien, señora?

Sentada en el portal de lo que hasta las tres de aquella tarde había sido su taller, Harriet alzó la cabeza y vio que el hombre que se dirigía a ella era un policía. ¿O era un chiquillo disfrazado de policía? No, era uno auténtico. Dios santo, eso de que los policías eran cada día más jóvenes era cierto; primero el que los había detenido, a ella y a Theo, en el puente, y luego éste. Debía de estar envejeciendo. En cualquier caso, en aquel momento se sentía envejecida. Le dedicó una sonrisa vacilante y se puso en pie.

—Sí, estoy bien. Gracias.

—¿Quiere que le llame un taxi?

—No, gracias. Estoy bien. De veras. —Bueno, al menos las quinientas cincuenta libras que se había gastado en el traje que llevaba puesto no habían sido inútiles, puesto que hasta un policía era capaz de ver que no era una indigente, que podía permitirse un taxi. Sólo que en realidad no podía; no podía permitirse nada. Estaba arruinada, a punto de quedarse sin domicilio y más sola que la una. Quizá fuera una buena idea instalarse en aquel portal y convertirlo en su hogar. Es más, sería una idea excelente; al menos serviría para azorar al síndico cuando volviera para tratar de vender su local a otra persona. En ese momento pasó un camión de limpieza que esparció una mezcla de polvo y lluvia sobre la acera y Harriet pensó que tenía que existir una opción mejor. De pronto se percató de que estaba sedienta: bajó muy despacio el Strand, se metió en una hamburguesería y pidió una naranjada. Luego se dirigió hacia la estación de Charing Cross y por fin llegó a su casa. Vio su coche aparcado frente al portal con una nota de Mungo y una rosa roja prendidas en el parabrisas. Aquel chico estaba volviéndose tan peligroso como su padre, pensó Harriet mientras leía la nota con una sonrisa en los labios: «Llaves en el buzón. Gracias por prestármelo. Me encantaría verte.»

El piso, convenientemente situado en un pequeño edificio cerca de la calle mayor de Kensington, era bonito pero común. Lo había llenado a toda velocidad con muebles de diseño; imperaba sobre todo el beige, que lo hacía tediosamente agradable, y la única pieza de interés era una cocina económica de gas de color azul oscuro que Theo había mandado instalar, por un precio exorbitante, para sustituir la cocina encastrada, infinitamente más práctica, que venía con el piso. Harriet la encontró un día al regresar de un viaje con Theo a las islas Mosquito, impecablemente montada y con una nota suya sobre los fogones que decía: «Podría provocarme celos, Theo.»

Una vez Harriet le había comentado que lo que más relacionaba con el amor y el bienestar era la cocina económica que su madre tenía colocada en Court House, que permanecía encendida siempre, ya fuera invierno o verano. Había crecido junto a esa cocina, le dijo; se había calentado las manos sobre ella al regresar de la escuela, había buscado su calidez cuando le dolía la barriga, había puesto su ropa húmeda a secar sobre sus rieles, había abierto el horno para ver lo que había de cena o para observar, regocijada, cómo se doraban los pasteles de Navidad o de cumpleaños, había arrimado el capazo de *Purdey* y permanecido sentada en él durante horas leyendo y antes, por un tiempo breve aunque inmensamente feliz, había acunado al diminuto *Biggles* en su regazo con la espalda apoyada en la cocina, y hasta había dormido ahí con él, la primera noche, tras bajar sigilosamente en la quietud de la casa dormida cuando oyó sus gañidos asustados, desorientados. Y había instalado junto a ella a animalitos maltrechos en confortables cajas: pájaros, dos gatitos abandonados de la granja e incluso hasta a la cría de una zorra que había encontrado muerta cerca del puente. También había hecho sus primeros y desastrosos pinitos de cocinera en ella —aunque bastante más conseguidos que cualquiera de sus posteriores esfuerzos en cocinas más sofisticadas—. Ella y Cressida siempre colgaban allí sus calcetines navideños, desentendiéndose de los graves problemas que la chimenea acarrearía a Santa Claus, y las conferencias familiares —desdichadamente cada vez menos frecuentes— también solían celebrarse junto a ella.

Le había dicho por teléfono aquella noche, medio en serio medio en broma, que nada podría haberla convencido mejor de lo mucho que la amaba, ni nada podría haberle provocado más amor hacia él. «La próxima vez que vengas te prepararé una cena», le dijo, «Dios me ampare, espero que no lo hagas», había contestado él alarmado, pues ya había catado un par de veces sus creaciones culinarias. «Te la he regalado para que pienses en mí. Hasta podríamos hacer el amor junto a ella», añadió, ufano. Y desde luego que lo hicieron. Harriet había arrastrado el colchón desde su cama, lo había colocado frente a la cocina y había colmado los espacios con cojines y almohadas, y luego había recibido a Theo vestida únicamente con un delantal de rayas; lo había conducido hasta la cocina, se había quitado el delantal y se había echado sobre el colchón para mirar como se desnudaba y desparramar su ropa por el suelo. Había sentido que su cuerpo empezaba a arder, a ablandarse, a abrirse antes siquiera de que Theo la hubiera tocado, a saborear de antemano el placer, la boca de Theo sobre la suya, las manos de Theo sobre su piel, la tierna y poderosa encajadura de Theo en ella, el abrazo, el enlace, el empuje, la tracción del deseo, los altibajos de la voluptuosidad, y luego el último, lento y seguro avance hacia el orgasmo y el bramido en su voz cuando lo hubo alcanzado, logrado, conquistado, y el gemido curiosamente apagado en la voz de Theo. Y mucho más tarde, tumbada junto a él y con el cuerpo sosegado, lo había mirado y le había sonreído y él le había sonreído a su vez y le había dicho: «Eso sí que es una cocina, señorita Forrest.» Y Harriet, tendiendo la mano y acariciando los cálidos flancos de la cocina, había tenido la sensación de no haber sido nunca tan feliz.

Cuando rompieron su relación quiso que se la desmontaran, en un acto final, doloroso, pero resultó una operación tan complicada y costosa que abandonó sus pretensiones. Aunque le pareció muy simbólico que Theo hubiera logrado endilgarle algo de lo que no podía desembarazarse más que con grandes dificultades y enormes gastos; las otras chicas podían envolver sus sortijas de pedida, sus collares y sus pulseras y devolverlos; ella, en cambio, tenía que seguir viendo día tras día una prenda de amor que pesaba media tonelada.

Aunque ahora sí la perdería de vista, pensó; permanecería en el piso y hasta quizá se convertiría en un argumento de venta, adquiriría valor. Aquella perspectiva, que debería haberle regocijado, le provocó en cambio un terrible ataque de llanto. Lloró durante mucho rato; unos sollozos roncos, catárticos, casi placenteros, y tan fuertes que casi le impidieron oír el teléfono. «Mierda» dijo, y decidió no contestar, dejar que el contestador grabara el mensaje; pero tras aquella interrupción no logró reanudar el llanto, así que cogió un trapo para limpiarse la cara y corrió al pequeño dormitorio que había convertido en despacho. Una voz de mujer con acento americano le dijo que llamara al señor Hayden Cotton con toda urgencia y le indicó una larga lista de números telefónicos interminables, que Harriet anotó en orden equivocado, lo que significó dos llamadas costosísimas, primero a un transportista de Ohio y luego a un gimnasio de Miami, antes de lograr ponerse en contacto con la oficina del señor Cotton, situada en la calle Delancey de Mahattan. Hayden Cotton insistía en permanecer en la calle Delancey; su imperio, que ahora ocupaba todo un edificio, había comenzado en uno de sus almacenes desvencijados.

«¿Qué necesidad hay de generar más gastos generales? —solía gruñir cuando uno de sus ejecutivos le sugería (cosa que hacían con frecuencia) mudarse a una parte más elegante de la ciudad o incluso acercarse a la zona portuaria—. ¿O acaso está dispuesto a aceptar que le recorte el sueldo?»

Como nunca estaban dispuestos, ni hubo mudanza ni la habría hasta que le llegara la última hora, como se suele decir. Y tenía razón, porque cada año ahorraba cientos de miles de dólares. Y como sus empleados, incluso los más humildes, funcionaban en base a un esquema de reparto de beneficios, no discutían mucho ese asunto.

Harriet, que había visitado los despachos de Cotton Fields, no habría estado de acuerdo con aquel punto de vista y habría esgrimido que una sede bien situada y una buena imagen eran esenciales. Aunque como el tiempo le había demostrado que una sede bien situada y una buena imagen no le habían servido de gran cosa, sino posiblemente lo contrario, habría consentido en dirigir su empresa hasta desde un bazar si se lo hubieran permitido. Mientras esperaba a que le pasaran a Hayden Cotton se preguntó si no la habría llamado para ofrecerle esa oportunidad, si quizá todavía no era demasiado tarde; Theo había dicho que las empresas, aun en proceso de liquidación, podían recuperarse. Quizá...

—¿Harriet Forrest?

—Sí, soy yo.

—Hola, soy Hayden Cotton. ¿Ha conseguido un socio?

—No, señor Cotton, desgraciadamente no. Y hoy han declarado en quiebra mi empresa.

—Mmmm. Qué lástima. Siento mucho no haber podido hacer negocios con usted.

—Yo también.

—Pero tengo otra propuesta.

—¿Sí? —¿Se oirían los latidos de su corazón por el teléfono? ¿Podía una voz ahogada por la agitación y por la conmoción ser delatora?— ¿Le gustaría venir a trabajar aquí conmigo?

—¿Para usted? ¿Cómo?

—Estoy pensando en lanzar una nueva línea. Ya le daré más detalles si le interesa el asunto. Necesitaré un diseñador, un diseñador jefe, y me gustaría que esa persona fuera usted.

—Oh —dijo Harriet—, ya veo. Bueno, señor Cotton, no sé qué decirle. Quiero decir que me gustaría mucho y me halaga muchísimo que haya pensado en mí, pero me he acostumbrado a trabajar para mí misma y...

—Sí, y además admiro enormemente lo que ha hecho. Pero, con todo el respeto, señorita Forrest, creo que el noventa y nueve por ciento de su talento está en el campo del diseño. Administrar una empresa no hace más que estorbarla.

—Oh —dijo Harriet—. Bueno, tampoco lo he hecho tan mal, señor Cotton. Me refiero a que...

—Creo que lo ha hecho muy bien. Lo único que hubiera necesitado habría sido un buen director general. Pero aun así lo suyo es el diseño. Y eso es lo que desearía que hiciera para mí. Podría hacerle una propuesta muy interesante, Harriet. Es más, excelente.

—Bueno... no sé. Es algo que nunca... en lo que nunca había pensado... —Harriet volvió a retomar la frase y trató de imprimir a su voz un tono más eficaz, menos alelado—. ¿Dónde trabajaría? ¿En Londres?

—No. Ahí no me serviría de nada. Tendría que venirse aquí. Trabajaría conmigo.

—Oh, ya veo. —Su mente se aceleró repentinamente para analizar aquella oferta y sopesar todas sus implicaciones. Eran aterradoras, no coincidían en absoluto con lo que ambicionaba; pero ¿acaso podía discutir? Una ciudad nueva, un estilo de vida diferente, una vida nueva; podría ser exactamente lo que necesitaba.

—Con un buen sueldo. Había pensado en un cuarto de millón para empezar.

¡Un cuarto de millón de dólares al año! Eso representaba por lo menos ciento cincuenta mil libras. Y teniendo en cuenta que en Estados Unidos se pagaban muchos menos impuestos y que el coste de la vida era más bajo, significaría mucho más, muchísimo más que la misma suma en Inglaterra. Podría...

—Con reparto de beneficios, naturalmente —dijo Hayden Cotton, interrumpiendo sus cálculos—. Y se podría ir pensando en su futura participación en la empresa. También dispondría de un coche y de un préstamo sin intereses para comprar un piso o lo que sea. Y podría viajar a Londres con frecuencia, claro. Piénselo, Harriet. Venga al menos a verme y charlaremos.

Harriet pensó. Pensó en el placer de diseñar ropa, su propia colección, sin el agobio de los costes, del *cash-flow*, de los pronósticos financieros, de las devoluciones del IVA; pensó en el nivel de vida que podría permitirse; pensó en tener más dinero, dinero real, para poder gastárselo en sí misma y no tener que reinvertirlo todo sistemáticamente en la empresa, pensó en la libertad de la que gozaría, en no tener que trabajar los fines de semana, de noche, en no tener que buscar empleados, despedir empleados, volver a buscar empleados. Pensó en vivir en Nueva York, una ciudad que le encantaba, y en poder cruzar el Atlántico a su antojo, y pensó en alejarse de Inglaterra, de la tristeza que le había provocado descubrir lo de su padre, en alejarse de Cressida... y de Theo. Theo odiaba Nueva York y siempre que podía evitaba poner los pies en ella. Las posibilidades de tropezar con él, de que la acosara, serían indudablemente mucho menores. Era muy, pero que muy tentador. Y luego pensó en la satisfacción, en la maravillosa satisfacción, de tener su propia empresa, de verla crecer, de hacer lo que le diera la gana, lo que le pareciera más adecuado; y sí, era cierto, había cometido errores, pero había aprendido de ellos, no volvería a tropezar con la misma piedra, y de alguna manera conseguiría sacar dinero de alguna parte. Porque poseer una empresa era como poseer un jardín, como poder plantar ideas, talento, aptitudes, riesgo y valentía y verlos crecer como uno desea, y por muy difícil, por muy cansado, por muy frustrante que resultara a veces, el placer era embriagador. Y la recompensa, aunque fuera escuálida, era absolutamente personal. Trabajar para Hayden Cotton, trabajar a sus órdenes, sería mucho más fácil, pero el resultado final, por muy espléndido e impresionante que fuera, seguiría siendo de Hayden Cotton.

—La verdad es que no creo que pudiera —acertó a decir al fin—. Tengo que hacer las cosas a mi manera, señor Cotton. He cometido muchos errores y estoy segura de que cometeré muchos más, pero serán otros. Le agradezco mucho su propuesta, pero tengo que seguir aquí.

—Bueno —dijo él con un suspiro—, es una lástima. Confiaba en que me dijera que sí. Aunque la verdad es que Theo ya me había dicho que no aceptaría, que no querría venirse.

—¡Theo! ¿Theo Buchan?

—Sí.

—¿Ha hablado de esto con Theo?

—Sí. Se lo comenté. Hablamos muy a menudo, ¿sabe? Nos conocemos desde hace años, desde cuando le compraba tejidos.

—Sí, ya lo sé —dijo Harriet con amargura.

—Pensó que era una idea muy buena para usted pero me dijo que sería una pérdida de tiempo. Imagino que la conoce mejor de lo que yo suponía.

—¿Ah, sí? —dijo Harriet—. Pues no lo creo. Puede decirle a Theo Buchan que... —Se detuvo, avergonzada. El pobre Hayden Cotton no tenía ninguna culpa de que Theo siguiera considerando prerrogativa suya la de ir por ahí tratando de organizarle la vida. Era indignante, pero...— Perdóneme —dijo azorada—. No quería parecerle grosera, señor Cotton. De veras.

—No pasa nada, lo entiendo. Escuche, Harriet, tómeselo con calma. Consúltelo con la almohada y luego venga a pasar unos días a Nueva York y hablaremos.

—Bueno... sí, vale —dijo Harriet lentamente—. Quizá sería lo mejor. Tiene razón.

Seguía dudosa, pero no iba a darle a Theo la satisfacción de dictaminar lo que más le convenía. Y quizá podría hacerlo durante un par de años, arrinconar un poco de dinero para luego volver a empezar. Maldito, dominante y entrometido Theo; no podía seguir comportándose como si todavía le perteneciera, como si todavía lo amara.

—Bien. Llámeme mañana y organizaremos un poco su visita. Adiós, señorita Forrest. Estará bien en Nueva York.

—Sí —dijo Harriet meditabunda—, sí, quizá. Lo llamaré mañana por la mañana. Adiós, señor Cotton.

—Oh, por cierto —dijo repentinamente cuando Harriet estaba a punto de colgar—. Por si pensara lo contrario, a la hora de tomar la decisión de comprar o no su empresa no hice caso de los criterios de Theo. A mí también me gusta tomar las decisiones solo, ¿sabe?

—Oh —dijo Harriet—, ya veo.

Se preparó un baño y se metió en la bañera para reflexionar; se despertó una hora más tarde, sobrecogida de frío, al oír sonar el teléfono. Se puso la bata y, algo mareada, se sentó sobre el radiador observando sus pies y manos arrugados. Era su padre.

—Cariño, ¿puedo ir a verte?

—Preferiría que no lo hicieras, si no te importa —dijo Harriet—. Esta noche no. Estoy agotada.

—Oh —dijo James. Fue como un tenue gemido, pero a Harriet le dio igual. Su padre le inspiraba una hostilidad sorda, fría: no quería verlo, no deseaba ninguna de las dos alternativas posibles, o pelearse con él o hacer comedia. Sabía que poco a poco se acostumbraría a la idea de su asunto con Susie, pero no se lo perdonaría nunca. Era demasiado doloroso, demasiado desgarrador.

—Y mamá, ¿no te necesita?

—No —respondió él en voz muy baja—. No, Harriet, no me necesita.

—Papá, ¿qué pasa? —preguntó Harriet.

—Tu madre se ha ido.

—¿Cómo que se ha ido? ¿Adónde?

—Me ha dejado.

—Oh —dijo Harriet—, ya veo. —Sabía que sus palabras sonaban huecas y desinteresadas, pero no podía evitarlo. No estaba del todo segura de lo que debería haber sentido, de lo que sentía, pero fuera lo que fuera no estaba sintiéndolo. Y al explorar rápidamente sus sensaciones se dio cuenta de que sentía admiración por su madre. Y en cualquier caso, ninguna compasión por su padre.

—No pareces muy sorprendida.

—Lo siento —dijo Harriet con un esfuerzo—. Lo siento. Esto... ¿y adónde se ha ido exactamente?

Confiaba en que su madre no pensara irse a vivir con ella. Ofrecerle su compasión vale, pero más que eso, imposible. Estaba harta de todos.

—A casa de una amiga. Y dentro de poco, según me ha dicho, a visitar a Cressida.

—¿A Cressida? ¡Cressida! Pero entonces, ¿habéis dado con ella?

—Ha llamado.

—¿Desde dónde? ¿París?

—Sí.

—Bueno, ¿y está bien?

—Sí y no —respondió James.

—¿No puedes ser un poco más concreto?

—No, por teléfono no. Es un poco complicado. Necesito hablar contigo, Harriet, de veras.

Parecía muy abatido; y a pesar de todos los pesares, Harriet se alarmó.

—Mira —le dijo—, estoy helada porque me he dormido en la bañera. Dame cinco minutos para vestirme y te llamo.

—¿Pero no puedo ir a verte, Harriet? Por favor...

—Quizá —dijo ella—, pero no salgas todavía. Tengo que organizarme un poco.

Colgó el teléfono, absolutamente sobrecogida, y no sólo de frío; su corazón también parecía cubierto de hielo, de un hielo compacto y gris, y también tenía hielo en las venas y en la cabeza. A su alrededor no había más que engaño y soledad, nadie en quien poder apoyarse. Le alegraba mucho lo de Rufus y Tilly —la habían llamado para decirle que se casaban, Tilly muy compungida porque no podría prestarle dinero, a lo que Harriet había replicado que no fuera boba y que de todas formas no lo habría aceptado—, y lo de Janine y Merlin —ellos también la habían llamado para invitarla a cenar, pero Harriet no les había asegurado nada—, sentía mucho lo de Mungo quien al decir de Rufus, había roto con su misteriosa amante y había decidido olvidarla sumiéndose en el trabajo; «¡Mungo! —había exclamado Harriet—, ¡trabajando!», y se apiadaba mucho del pobre Oliver, que la había llamado desde el aeropuerto para despedirse. Una llamada breve y educada para agradecerle su ayuda y en la que no había mencionado a Cressida ni nada de lo sucedido. Empezaba incluso a sentir algo de compasión por su padre, ligera y apagada, pero compasión. No se puede adorar a una persona durante veintinueve años y luego no sentir nada por ella, abandonarla a su suerte.

Se fue a su dormitorio, se puso unas polainas, un jersey holgado y un par de calcetines gruesos, se secó el pelo —¡Dios, lo tenía horrible!, más quebradizo que nunca, quizá necesitaba volvérselo a cortar—, y luego se fue a la cocina y se preparó una taza de té. A medida que iba entrando en calor y que volvía a la vida se fue liberando del aterimiento, pero empezó a sentir un dolor difuso en todo el cuerpo, un dolor provocado por el cansancio, la soledad, la tristeza; le dolían todos los huesos, los músculos, la cabeza, el estómago, toda ella era dolor. Se sentía agotada y habría deseado poder dormir, pero cada vez que entornaba los ojos revivía la terrible escena de la llegada del síndico, quien en seguida había tomado las disposiciones necesarias para cortar el teléfono y la luz, requisar todos sus libros de cuentas, sus archivos, sus talonarios y sus extractos de cuentas bancarias. También había rogado a todas las personas presentes que salieran del edificio con él. Las cuatro chicas se habían puesto obedientemente en fila detrás de Harriet —tras asegurarle al unísono «estamos todas contigo»—, cargadas con sus pertenencias y algunas carpetas de trabajo. «Son personales» había espetado Harriet con tono retador, «fotografías nuestras, que colgaremos de nuestras paredes en nuestras casas». Vio que el síndico enarcaba una ceja en señal de escepticismo, pero en cualquier caso les permitió salir con sus carpetas; era un hombre sensato, sólo que muy seco y meticuloso. Pero cuando lo vio instalar un candado en la puerta, cerrarlo y observar el edificio con una expresión curiosamente satisfecha, como si de alguna manera se hubiera transformado en propiedad suya, le habían entrado ganas de estrangularlo.

Las chicas le pidieron que fuera a tomarse una copa con ellas, pero Harriet esgrimió un recado urgente. Y seguidamente se derrumbó en el portal, lugar donde la había encontrado el policía.

Con la mirada perdida en el chirimiri que caía en el exterior y preguntándose qué sería de ella, se sentó en la cocina para tomarse la taza de té, posponiendo, sin saber por qué, la llamada a su padre. ¿Terminaría como una de esas mujeres maduras de Nueva York, ricas y poderosas, que de noche regresan a sus pisos refinados y vacíos después de una dura jornada de trabajo administrando empresas y dirigiendo vidas? ¿O permanecería en Inglaterra, siguiendo su instinto y debatiéndose por volver a ocupar el lugar que había sido el suyo? Ahí estaba, con veintinueve años, con una empresa en quiebra —salvo que conseguir eso a su edad constituyera un logro en sí mismo—, absolutamente sola, o eso creía, con una madre dedicada únicamente a su hermana, un padre al que prefería no ver y los amigos desperdigados.

—Haz el favor de no empezar de nuevo, Harriet —dijo en voz alta al sentir que se le agolpaban las lágrimas en los ojos y una sensación de opresión en el pecho.

El timbrazo del teléfono la interrumpió bruscamente; Dios santo, debía de ser otra vez su padre, había prometido llamarlo al cabo de cinco minutos y ya había pasado casi media hora. Era él.

—Harriet...

—Lo siento, papá —dijo—. Oye, no te muevas. Ya voy yo. Dentro de una hora estoy ahí. Me apetece ir a casa.

—¿De veras? —Lo dijo con un tono tan agradecido que Harriet se conmovió.

—Sí, de veras —dijo, y, no sin asombro, se dio cuenta de que era cierto. Quería ir a su casa: a Court House. Aquel piso no era su hogar, ni siquiera con la cocina económco; su otro hogar era su taller y a partir de entonces ya no podría entrar en él, porque las cerraduras estarían cambiadas. Iría a su casa a ver a su padre, pasaría unos días con él, y hasta quizá se enteraría de las razones que habían guiado su conducta; y ahí, en el lugar en el que había crecido, en el que se había convertido en lo que era, con sus ventajas y desventajas, decidiría qué hacer y cómo. Se animó de inmediato; los viajes siempre la ponían de buen humor. Escucharía buena música y se pararía en una gasolinera —siempre le sorprendía que la gente odiara tanto las gasolineras; a ella siempre le habían parecido lugares acogedores y cálidos que le recordaban las ferias, con su animación y sus baratijas, y también apreciaba la comida que se servía en ellas, aunque fuera una porquería—, y luego llegaría a Court House, donde la esperaría su padre, y al menos estaría en un lugar suyo, con alguien pendiente de ella.

Aquello le hizo pensar en Janine; tenía que llamarla para decirle que definitivamente no podría ir a cenar con ellos.

Contestó Merlin; Janine había salido, dijo, de compras.

—Oh, ya veo. Bueno, mira Merlin, me voy a casa. Ahora. A Wedbourne. O sea que no podré cenar con vosotros. Mi padre está un poco deprimido. De todas formas, gracias. Ya nos veremos.

—De acuerdo, Harriet. Se lo diré a Janine. Es verdad que tu padre parecía muy desanimado. Ha llamado, buscaba a Theo...

—¡A Theo! —dijo Harriet—. ¿Y qué hacía Theo ahí?

—Oh, ha venido a ver a Janine. No sé muy bien para qué. Aunque ya se ha ido. Ha salido escopeteado a ver a Sasha, creo.

—¡A Sasha! ¿Theo se ha ido a ver a Sasha? Merlin, ¿estás seguro?

—Del todo. Ha dicho incluso que iba a comprarle unas rosas. Yo había traído un ramo para Janine, sabes, y entonces...

—Sí, ya veo, Merlin —dijo Harriet en voz muy baja—. Bueno, pues dale un beso a Janine de mi parte. Adiós.

—Adiós, querida. ¿Estás bien? Pareces cansada. Aunque no es sorprendente, la verdad.

—No —dijo Harriet—. No es sorprendente.

Colgó, recogió las llaves del coche y su bolso y, procurando mantener la mente en blanco, abandonó su piso.

A Harriet habían tenido que quitarle el apéndice a los once años. Por culpa de la chapuza de un anestesista inútil —que su padre despidió inmediatamente del hospital— se despertó de la anestesia un poco antes de tiempo, antes siquiera de haber abandonado el quirófano. No había olvidado nunca la brutalidad con que había pasado de la oscuridad a un dolor lacerante; tras pegar un alarido había vuelto a deslizarse de inmediato en la oscuridad y había despertado varias horas más tarde, tranquila y con las molestias habituales de después de una operación. Pero sin embargo quedó traumatizada. Su experiencia de aquella tarde se le antojó muy similar: conducía tranquila y automáticamente por la prolongación de la calle Cromwell cuando de pronto le asaltó un desgarro emocional tan intenso que casi se empotró en el coche de delante.

Theo de nuevo con Sasha. Comprando rosas para Sasha, apresurándose en ir a reunirse con Sasha sólo —¿cuántas?— dos horas después de haberle dicho que todavía la amaba, que siempre la había amado, que no sentía nada por Sasha, que nunca había sentido nada, que se había casado con ella únicamente para borrar el dolor de haberla perdido a ella, a Harriet.

—¡Dios! —gritó echando la cabeza hacia atrás y tratando, al menos, de concentrar el máximo de su atención en la carretera, en el tráfico—. Theo, ¿cómo has podido, cómo has podido?

CAPÍTULO 39

Theo, seis y media de la tarde

Theo estaba sentado frente a la mesa con la mirada puesta sobre los restos de su matrimonio con Sasha: una sortija de pedida con un diamante enorme y falso, las llaves de Sasha de The Boltons, del Daimler y del Range Rover —nunca le había permitido conducir el Bentley— y un borrador de los estatutos de su recién creada empresa. El señor Hennessy resultó ser más joven y más atractivo de lo que imaginaba, además de un temible asesor legal, pero era evidente que no entendía a su nueva cliente. Theo casi se apiadó de él.

Bien. Llamaría a Mungo, fijaría un lugar para cenar con él, volvería a la oficina y trabajaría un poco, y luego quizá intentaría, sólo una vez, llamar de nuevo a Harriet.

Mungo parecía algo alicaído, pero nada más; comentó que había tenido un día muy malo, pero que le apetecía mucho cenar con él.

—A mí también —dijo Theo—. En el Ritz, a las ocho, ¿de acuerdo?

—Muy bien —dijo Mungo.

Theo pasó las dos horas siguientes tratando de apartar a Harriet de su mente y luego llamó a su piso. No contestó nadie. Al taller. Tampoco. Intentó hablar con Rufus, con Tilly, con los Headleigh Drayton; malhumorada, Annabel lo informó de que se habían ido todos al hospital a ver a su madre y la habían dejado a ella para que contestara las llamadas telefónicas.

—Y antes de que me lo preguntes, te diré que está bien.

—Me alegro —dijo Theo—, dale un abrazo de mi parte. ¿Está Harriet con ellos?

—No, no creo. Es más, estoy segura. Sólo iban los de la familia.

501

—Ah, oye, si por casualidad hablaras con ella dile que me llame.

—Se lo diré si todavía estoy aquí —advirtió Annabel—. Espero poder salir.

—Un beso —dijo Theo y colgó. Se le había ido de la cabeza lo de Susie; hizo que le enviaran unas flores y volvió a llamar a Janine. Seguía ausente, pero Merlin cogió el teléfono.

—Ha llamado... hará media hora para avisarnos de que se iba a Wedbourne. Le he dicho que habías pasado por aquí, que estabas citado con Sasha..

—¿Que qué? Merlin, no iba a ver a Sasha.

—Pero hijo mío, si lo has dicho tú mismo. Te he oído perfectamente. Has dicho que ibas a llevarle unas rosas.

—No, Merlin, he dicho que iba a ver al abogado de Sasha. Habrás entendido mal. Sasha y yo vamos a divorciarnos. Lo de las rosas era una broma.

—¿Cómo, ya os divorciáis? Qué lástima. Me gustaba Sasha. Me habría gustado que durara un poco más. Pues oye, vaya metedura de pata.

—Desde luego.

—Hasta le he dicho que le llevabas flores —dijo Merlin ufano—. No entenderá nada. Será mejor que la llames.

—Oh, Merlin —dijo Theo angustiado—. Merlin, es terrible. Si está camino de Wedbourne no podré comunicar con ella.

Se imaginó a Harriet en la M40, bajo un chaparrón de órdago, en aquel maldito Peugeot triste, encolerizada, convencida de que él había salido corriendo a reunirse con Sasha con un ramo de flores. Dios santo, qué desastre.

—Pues será mejor que salgas detrás de ella —dijo Merlin—. La alcanzarás fácilmente. Le das un poco al pedal y ya está. Si no tuviera tantas cosas que hacer iría contigo. Pero eso de casarse es muy complicado. No entiendo cómo has podido hacerlo cinco veces.

Theo salió corriendo de su despacho, bajó la escalera de tres en tres, se metió en el parking, se introdujo en el Bentley y salió a la calle Dover. Llovía y el tráfico era increíble.

Una hora más tarde todavía no había conseguido llegar a la autopista.

Llamó a James.

—¿Ha llegado Harriet?

—No, todavía no. Estoy un poco intranquilo, la verdad. Hace un tiempo espantoso y ha salido hace dos horas.

—¿No puedes llamarla por su teléfono móvil?

—No se lo ha llevado.

—Dios mío —dijo Theo.

Después del desvío de Beaconsfield el tráfico mejoró. Theo aceleró y trató de convencerse de que Harriet estaba bien. Todavía no había oscurecido, y ella era una buena conductora que no acostumbraba a ponerse histérica. Debía de haberse parado a tomar algo. O se habría quedado sin gasolina, siempre le pasaba lo mismo. La muy boba. Si lo hubiera escuchado a la hora del almuerzo ahora habría estado bien, a salvo, con él... De pronto sonó su teléfono del coche.

—¿Sí?

Era Janine.

—Theo, lo siento muchísimo. Merlin acaba de contarme lo que ha hecho. El muy bobo, viejo bobo...

A pesar de lo angustiado que estaba le divirtió que Janine, que tenía sólo diez años menos que Merlin, lo llamara viejo bobo.

—No te preocupes, Janine. Ahora recuerdo lo que ha sucedido. Estábamos hablando y de pronto ha sonado mi teléfono. Lo ha hecho sin querer.

—No debería haberse inmiscuido. Acabamos de tener nuestra primera pelea. Le he dicho...

—Janine, cariño, ahora no. —No estaba para oír los pormenores de una riña de enamorados—. ¿Has hablado con James?

—Sí, y Harriet todavía no ha llegado. Está muy preocupado.

—Yo también —dijo Theo y colgó.

Fue justo después de la curva siguiente, entre los enormes acantilados cretáceos de un recodo del Támesis, donde topó con el atasco provocado por el accidente. El choque se había producido medio kilómetro más adelante: lo veía, varios coches y un camión hechos un amasijo de chatarra, las alarmas de la policía en marcha, el centelleo de las luces, dos ambulancias. El tráfico estaba totalmente interrumpido. Theo siguió dentro del coche durante treinta segundos convencido de que iba a devolver, luego salió como una exhalación y corrió por el arcén, con los pulmones y el corazón a punto de estallarle, hasta que llegó al amasijo de coches. Una de las ambulancias estaba a punto de abandonar el lugar; un policía le prohibió avanzar.

—No, ahora no, señor. Hay que dejar la zona libre. Aquí hay un follón de miedo.

—Ya lo veo —dijo Theo. Petrificado, dio unos pasos para examinar de cerca la pila de hierros. Dos de los coches habían quedado irreconocibles. El tercero, a pesar de estar aplastado y deformado, era indiscutiblemente un Peugeot. Un Peugeot 205 negro. Dios santo, el Peugeot 205 negro de Harriet.

—Ahora no, señor —volvió a repetirle el policía.

Theo hizo caso omiso de lo que le decía y siguió avanzando.

—Haga el favor, señor.

—Me parece —dijo Theo hablando con enormes dificultades—, es más, estoy seguro de que es el coche de mi novia.

Un coche de la policía se lo llevó al hospital; permaneció en la puerta del servicio de urgencias mientras el joven sargento entraba a informarse. Miró a Theo por encima del hombro y luego se giró y siguió a una enfermera, que se lo llevó hacia la tierra de nadie, más allá de la sala de espera. Y entonces Theo supo que había muerto, convencida de que era un desgraciado, un pobre patán que mentía como respiraba y que desconocía, como tantas veces le había reprochado, el significado del amor. La había perdido para siempre, y nunca podría volver a estar junto a ella, ni hablar con ella, cuidar de ella, amarla. Había desaparecido, ella y su apasionada y deliciosa intrepidez, destrozada en un tinglado de metal, rota, brutalmente asesinada por un error, por un malentendido. De pronto, Theo tuvo náuseas; corrió a vomitar al exterior, y devolvió varias veces, y luego, con pasos muy lentos, volvió a entrar en urgencias, se dirigió a la sala de espera, se sentó y hundió la cabeza en las manos.

Una enfermera joven, la que poco antes había acompañado al policía hasta la salida, se acercó a él y le puso la mano sobre el hombro.

—¿Señor Buchan?

—Sí —dijo Theo—, soy yo.

Le costaba hablar, como si una enorme presión le comprimiera la garganta.

—¿Le apetece una taza de té?

Siempre ofrecían una taza de té a los familiares, se suponía que para consolarlos, Dios sabe por qué. Movió la cabeza en sentido negativo.

—Bien, si no le importa esperar un momento, ahora vendrá el doctor. ¿Está seguro de que se encuentra bien?

Asintió silenciosamente. El doctor; imaginó que sería él quien vendría a anunciárselo. Además de los tópicos usuales; que habían hecho lo que habían podido, que no había sufrido, que no se había enterado. Quizá hasta tendría que identificar el cadáver, alguien tenía que hacerlo, lo sabía. Y pensar en tener que ver a Harriet, a una Harriet repentinamente muerta, le pareció una perspectiva horrorosa. No era la muerte en sí; Deirdre había muerto en sus brazos y después la había tenido abrazada durante horas, y la había mirado durante horas preguntándose dónde estaría y por qué no podía ir con ella; pero habían podido decirse las cosas importantes, todo lo que tenía que ser dicho, y habían tratado de consolarse mutuamente, y al menos le había quedado Mungo, que, en definitiva, era una parte de Deirdre. Pero a Harriet no había podido decirle nada de lo que habría querido decirle, y sólo le quedaba su rostro, devastado por la amargura, cuando le había gritado que saliera de su vida y que la dejara en paz. Y ahora era Harriet quien salía de la suya.

—¿Señor Buchan? —Era un médico joven; parecía un personaje de *Casualty*, pensó Theo, con su bata blanca, su estetoscopio y su expresión cuidadosamente compungida.

—¿Sí?

—Señor Buchan, si tiene la amabilidad de seguirme podrá ver a la señorita Forrest.

O sea que iba a tener que identificarla. ¿Estaría muy desfigurada? ¿Podría soportarlo? Se levantó y se sintió otra vez mareado.

—¿Se encuentra bien, señor Buchan? ¿No le han ofrecido una taza de té?

—No. Sí. Bueno...

—Es un momento muy difícil, lo sé —dijo el médico—. Pero no hay más remedio que pasar por él. Lo siento mucho. Será mejor que se prepare...

Theo no escuchaba. Se detuvo frente al cubículo y tuvo la sensación de que nada de lo que había hecho previamente en la vida le había exigido aquel tipo de valentía. Alzó la mano para apartar la cortinilla pero la dejó caer; no podía.

—Lo siento —musitó al doctor—, me parece que no...

—No se preocupe —dijo el médico.

Theo desvió la mirada; oyó el sonido de la cortina y, a pesar de que era consciente de que tenía que girarse y mirar lo que quedaba de ella, se sintió absolutamente incapaz de hacerlo.

—Un momento —farfulló—. Un momento, por favor. Perdone. —Vamos, Theo, hazlo. Por el amor de Dios, mírala, hazlo, hazlo...

—Theo... —Era la voz de Harriet, débil, empañada, pero su voz, indudablemente suya, indudablemente real—. Theo, ¿pero qué demonios haces aquí?

EPÍLOGO

A la mañana siguiente Theo la condujo a Wedbourne; un policía había tenido la gentileza de ir a buscar el coche, que había dejado varado en el carril de aceleración de la M40, y de llevárselo al hospital no sin reprocharle aquella irresponsabilidad que habría podido provocar otro accidente.

James los seguía en su coche; apareció en el hospital poco después de recibir la llamada de Theo y pasó la noche en su compañía mientras Harriet dormía y era sometida, cada hora, a un chequeo en razón de la conmoción cerebral sufrida y de una posible fractura de cráneo. Todos comentaban que era un milagro que se hubiera salvado; dos personas habían muerto y tres estaban ingresadas con pronóstico reservado, mientras que Harriet sólo tenía un tobillo fracturado —aunque se tratara de una fractura doble que necesitaría probablemente una operación—, un brazo roto, dos costillas astilladas, muchos cortes y contusiones en la cara y lo que al decir de los médicos no era más que una conmoción muy ligera.

A la mañana siguiente vino la policía a interrogarla, pero pronto quedó claro que la responsabilidad del accidente no era suya: varios testigos habían visto cómo el camión —que en cualquier caso circulaba a demasiada velocidad— se desviaba del carril central y se atravesaba en la calzada antes de chocar contra los guardacantones, rebotar y embestir de cara el primer coche y luego el de Harriet, que a su vez salió disparado hacia el lado opuesto de la carretera antes de empotrarse en el guardarraíl y de que el coche que iba detrás de ella embistiera, al bies, la parte trasera de su coche. La había salvado su cinturón de seguridad, y el hecho de que reaccionara y apretara los frenos no había servido de nada.

—Si hubieran funcionado bien, el coche de detrás te habría dado mucho más en el centro —dijo James acariciándole tiernamente la cabeza.

—Dios mío —dijo Harriet—, ¿sabes qué fue lo último en

507

que pensé? Que si hubiera llevado el coche al taller habría podido frenar a tiempo.

—No habría cambiado nada —dijo Theo.

—Lo que no entiendo —dijo James—, es qué hacías tú allí, Theo. ¿No tenías que cenar con Mungo?

—Madre mía —dijo Theo—, todavía debe de estar esperándome en el Ritz.

La instalaron en el salón y como no podía subir las escaleras le hicieron una cama allí. Los primeros días dormía mucho y la cabeza le dolía muchísimo, pero poco a poco empezó a recuperarse y a mostrarse más exigente; quería que la sacaran al jardín —el verano ya había regresado—, un teléfono, ni se sabe cuántas jarras de limonada fresca, platos muy específicos, sobre todo cosas muy especiadas y picantes. Vaciaron el congelador de Maggie y luego recurrieron a las charcuterías finas y al supermercado del pueblo.

James le trajo un par de muletas pero, como su brazo roto le impedía utilizarlas, le consiguió una silla de ruedas. Harriet se alegró mucho a pesar de que siguiera necesitando ayuda; no podía propulsarla adecuadamente —de nuevo por culpa de su brazo— y le molestaba mucho tener que depender de James y de Theo para que la pasearan por la casa y el jardín, y algunas veces hasta la carretera.

Theo no quiso dejarla; la cuidó con sorprendente ternura, efectuando las tareas más íntimas con desenvuelta eficacia y anticipándose a sus necesidades con extraordinaria intuición. A Harriet le costó una semana darse cuenta de que Theo tenía mucha experiencia en lo de cuidar enfermos; durante toda la enfermedad de Deirdre, la madre de Mungo, se había desvivido por ella sin prácticamente ayuda alguna. Y Harriet se percató de que aquello la conmovía, de que durante aquellos primeros días tan dolorosos de su convalecencia, sus emociones hacia él empezaron a cambiar, de que se ablandaba peligrosamente y de que estaba a punto de reconocer que todavía lo amaba. Luego, a medida que se recuperó y se fortaleció, física y emocionalmente, se esmeró en reasumir una actitud más objetiva. Theo, divertido y conmovido, observaba sus altibajos y reconocía los conflictos.

Una noche Harriet se despertó sobresaltada, acalorada y sedienta, y al querer coger el vaso de agua que tenía sobre la mesilla de noche, lo volcó.

—Mierda —dijo abatida, puesto que a su sensación de impotencia se añadía ahora una duda, y mientras debatía interiormente si sería justo recurrir a la campanita que Theo le había dejado para avisar en caso de necesidad, de pronto lo vio aparecer por la puerta, medio dormido pero alerta, poniéndose el batín.

—¿Qué pasa, Harriet? ¿Te duele mucho? ¿Quieres que te dé algo?

Y Harriet se quedó tan pasmada, tan asombrada ante aquella capacidad de respuesta a sus necesidades y aquella intuición ante su dolor, que no logró articular una palabra y no pudo más que sonreírle y tenderle la mano.

—Bueno, veo que voy progresando —fue lo único que dijo él devolviéndole la sonrisa, y luego desapareció. A los pocos minutos regresó con más agua fresca y con sus calmantes. A continuación puso orden en la cama con cuatro gestos precisos y rápidos y luego se sentó a su lado para hacerle compañía mientras remitía el dolor.

—Eres maravilloso —fue lo último que dijo Harriet antes de volver a caer dormida—. Mi querido Theo, gracias.

Pero al día siguiente Harriet se levantó de muy mal humor; estaba irritable, cansada y ansiosa por que Theo no empezara a pensar que sus resoluciones se habían debilitado. Pero Theo, que lo intuía todo antes que ella, se limitó a bromear y a quitarle importancia a su mal humor. No quería sacar ventaja de las buenas disposiciones que hubiera podido granjearse, le dijo, se iba a pasar el día a Londres, para que ella pudiera relajarse.

—Estoy perfectamente relajada —dijo Harriet con petulancia, consciente de que lo que decía no correspondía en ningún caso a la realidad.

—Pues no lo pareces —dijo él, risueño, al tiempo que se agachaba para darle un beso en la mejilla, que Harriet esquivó.

Se pasaba el día en Court House; tras hacer venir a Myra Harman y a Mark Protheroe al hotel Royal varios días de la semana, dirigía desde allí sus negocios gracias a las dos líneas telefónicas de la casa, una de ellas para el fax, amén de su teléfono móvil y el de su coche.

—Debes de generar casi todos los beneficios de la Telefónica —se quejó James al cabo de tres días de aquel régimen—. Theo, es una lata eso de tener que ir a la oficina de correos del pueblo para hacer una llamada.

—Lo siento, James. Serán pocos días.

Durante la larga noche que habían pasado juntos en el hospital, Theo le había contado a James lo de Harriet, le había dicho que la amaba y que quería casarse con ella. James había encajado la noticia con relativa flema.

—No entiendo qué ve en ti, y será mejor que sea tu último matrimonio porque si no juro por Dios que te mato, pero si eso es lo que desea...

—Lo desea, pero todavía no lo sabe —dijo Theo.

Harriet quiso que minimizaran el accidente cuando se lo anunciaron a Maggie. «Querrá venir a casa para cuidarme, pero será una incomodidad para todos y sobre todo para mí. Estará todo el día pendiente del más mínimo gemido, que es algo que no soporto, y tendré que escucharla decir lo estupendamente que está ahora Cressida, y me dará algo.» Así que Theo la llamó, le dijo que Harriet había tenido un ligero encontronazo con el coche, que se había lastimado un poco el brazo y que se había tomado unos días de descanso. Maggie estaba muy bien en casa de su amiga, informó Theo, y se dedicaba a buscar piso. Cressida, al parecer, también estaba bien; se encontraba mejor y asumía su situación. Probablemente Maggie iría a verla unos días en setiembre.

—Dice —añadió Theo con un brillo de malicia en sus ojos oscuros— que Cressida ha escrito a Oliver para tratar de explicárselo todo. Tu madre está convencida de que Oliver lo entenderá y de que se dará cuenta de que ha sido lo mejor que podía pasar.

—Yo también estoy convencida de ello —dijo Harriet sacudiendo su almohada con vigor—, pero no por las mismas razones que mamá. Me pregunto cómo será ese tipo. Un mamón, supongo.

Una semana después del día de la boda llegó una carta de Cressida para James en la que le pedía su perdón y su comprensión. «Tenemos planeado casarnos por lo civil en cuanto salga del hospital. Me haría mucha ilusión que conocieras a Gérard, aunque imagino que preferirás no hacerlo. Por desgracia, está muy enfermo y, mientras le buscan un donante de médula espinal, está sometiéndose a un tratamiento con transfusiones. Pero su esperanza de vida es muy corta. Lo único que podemos esperar es que siga con vida cuando nazca su hijo.»

Aquella carta dejó a James profundamente turbado; salió a dar un largo paseo, del que regresó con expresión desencajada.

—¿Quieres que lo hablemos? —dijo Harriet.

—No —respondió él—, ahora no.

Pasó el resto del día en su despacho y sólo salió de él para cenar, cosa que hizo sin pronunciar palabra.

—Te parecerá horrible lo que voy a decirte, pero todo esto parece un guión pensado para Cressida —dijo Harriet a su padre más tarde—. Lo tiene todo; romanticismo, tragedia, misterio. Debe de estar encantada.

—Estás muy cínica —dijo Theo.

—Cressida me inspira cinismo —dijo Harriet—. No puedo evitarlo.

Poco a poco y dolorosamente fue aceptando la larga relación habida entre su padre y Susie.

James puso el tema sobre el tapete una noche que Theo estaba en Londres y, curiosamente, tras una resistencia inicial, Harriet se dio cuenta de que escuchar aquellas disculpas vacilantes la ayudaba y aliviaba la hostilidad que su padre le inspiraba.

—No tengo excusa, ni puedo darte explicaciones —dijo con llaneza—. Estaba enamorado de ella. Me comporté muy mal durante mucho tiempo y ahora me ha tocado pagar.

—Desde luego.

—Sí, las he perdido a las dos. Voy a quedarme muy solo. Es un justo castigo.

Harriet permaneció silenciosa.

Tilly y Rufus fueron a verla. Tilly llevaba una impresionante sortija de pedida en el dedo; un diseño futurista de oro con una miríada de diminutos diamantes engastados en él. Anunció que ya no soltaba tacos y que le había prometido a Rufus dejar de fumar, pero que era pedirle mucho pretender que hiciera ambas cosas a la vez.

—¿Y tú, Rufus, qué te has propuesto enmendar?

—Pues no se me ha ocurrido nada —dijo—. La verdad es que rozo la perfección. Aunque he prometido a Tilly no mandar a nuestros hijos a los colegios de pijos.

—¿Hijos? ¡Tilly, pero bueno!, ¿esto qué es? —dijo Harriet echándose a reír.

—Sí, ya lo sé. Igual un día, con cesárea y bajo doble anestesia general, podría empezar a pensarlo. La verdad es que me intriga mucho ver qué somos capaces de producir entre los dos.

—También a mí —dijo Rufus. Se apartó el mechón del rostro y le mandó una sonrisa llena de ternura, con sus ojos oscuros llenos de amor.

—Rufus, cada día te pareces más a tu madre —dijo Harriet.

Susie ya había recibido el alta, pero decidió someterse a la operación recomendada por el doctor Hobson. Había aparecido un nuevo bulto, que, aun siendo benigno, no dejaba de ser alarmante.

—Puedo recurrir a una prótesis mamaria —dijo a Alistair—. Es una idea que me desagrada, pero creo que debería hacerlo. Aunque es una estupidez ser tan vanidosa, está muy mal por mi parte. Y además, sólo lo verás tú, así que si puedes aguantarlo yo también podré.

—¿Es esto una promesa, cariño? —dijo Alistair con tono ligero. Susie lo miró; le sonreía cariñosamente pero su mirada permanecía inescrutable.

—Sí, Alistair, es una promesa.

Mungo también apareció por Court House cargado con champán, tres docenas de rosas y varios folletos de talleres y despachos donde Harriet podría volver a levantar su nueva empresa.

—Con precios especiales para usted, señora, y además hasta estaríamos dispuestos a no cobrarle el alquiler de un año por adelantado, como hacemos con los demás clientes.

Estaba cambiado, pensó Harriet; más sobrio, más adulto. Llevaba su alocada cabellera más corta, más ordenada, vestía traje —de lino, por supuesto, pero traje al fin y al cabo— y corbata, y se trajo los folletos en un maletín de lo más clásico en lugar de en la bolsa de lona que siempre había utilizado hasta entonces. Pero se le veía feliz, más centrado que nunca, y el abrazo que dio a su padre fue indudablemente afectuoso.

—Mungo, eres una monada —dijo Harriet riendo mientras examinaba los prospectos y se dejaba tentar por un taller en Bloomsbury—, pero soy una insolvente no rehabilitada. Y como tú comprenderás, no voy a empezar a liarme con locales costosos. Si algún día me da por volver a empezar tendrá que ser desde esta mesa de cocina, porque voy a tener que venderme hasta el piso.

—No digas tonterías, estoy seguro de que varias personas

estarían dispuestas a hacerte un préstamo. Sin ir más lejos, mi padre, ¿por qué no...?

—No, Mungo —lo interrumpió Harriet—. Tu padre es la última persona de quien aceptaría dinero.

—¿Y por qué?

—Bueno, pues porque... porque sí.

—Estás como una cabra —dijo Mungo—. Estoy seguro de que lo haría encantado, te quiere mucho, ¿sabes?

—Sí —dijo Harriet—, ya lo sé.

Janine y Merlin también fueron a verla varias veces. Habían fijado la fecha de la boda para finales de agosto. Querían celebrar una discreta ceremonia civil en París seguida de un almuerzo en el Meurice; luego darían una gran fiesta en Londres antes de salir de viaje a China. Merlin estaba lleno de remordimientos porque seguía convencido de haber desempeñado un rol indirecto en el accidente de Harriet.

—Querido Merlin, pues claro que no tuviste nada que ver. No seas tan vanidoso, ni envanezcas tampoco a Theo. Como si me importara algo que fuera a ver a Sasha o no...

—Pues no es lo que Theo deseaba oír, según tengo entendido —dijo Merlin, que recibió una dolorosa patada en el tobillo propinada por Janine—. Lo siento, querida. Últimamente no doy pie con bola —dijo dirigiéndose a Harriet con tono lastimero; pero le guiñó un ojo y luego hizo lo mismo en dirección a Janine antes de tomar su mano delicada entre las suyas y de besarla tiernamente.

—¿Qué le has contado a Merlin? —preguntó Harriet en tono agresivo a Theo aquella tarde. Estaba echada sobre una tumbona en el jardín vaciando la enésima jarra de limonada.

—A Merlin le cuento muchas cosas.

—Sabes perfectamente a qué me refiero. De mí. De lo nuestro.

—Nada. Habrá sido Janine quizá. ¿Por qué no te pones un poco de champán ahí dentro?

—Ya sabes que no puedo beber alcohol. Theo, eres increíble. Pero ¿cómo te atreves a hablar de nuestras vidas con los demás?

—Bueno, como no puedo hacerlo contigo...

—No tenemos nada que hablar —dijo Harriet.

De noche se dedicaban a hablar de Cressida hasta las tantas, qué versión había que creer, qué explicación era la certera, y analizaban una y otra vez las mismas pruebas, los mismos detalles, la versión que cada uno de ellos quería creer, la versión que se les antojaba más probable.

—¿Una mezcla de todas, quizá? —dijo Theo—. Es indudable que está enamorada de ese hombre, que está enfermo...

—Pues la verdad, en aquella fotografía a mí no me pareció muy enfermo —dijo Harriet con agresividad.

—Harriet, no seas tan dura —dijo James—. Eso no puede verse en una fotografía, y además los pacientes con leucemia tienen un aspecto relativamente normal hasta... bueno, durante gran parte de la enfermedad. Está hospitalizado...

—¿Y cómo lo sabes? —dijo Harriet—. Eso es lo que asegura Cressida. Pero el año pasado también aseguró a Oliver que estaba embarazada cuando no lo estaba y a nosotros que amaba a Oliver, que iba a casarse con él. Por el amor de Dios, estáis todos ofuscados con ella, engañados... —Se le llenaron los ojos de lágrimas cargadas de rencor y, aupándose con las muletas, quiso ponerse en pie para abandonar la habitación y casi se cayó.

—Harriet —dijo Theo con ternura ayudándola a sentarse otra vez—, Harriet, todo ese resentimiento no te ayudará en nada.

—No puedo evitarlo —dijo ella—. Estoy resentida. No puedo perdonarla, no puedo pensar siquiera que algún día la perdonaré. Y no entiendo que tú, papá, lo hagas. Porque en el mejor de los casos, incluso si nos tragamos su versión, esa maravillosa historia tan romántica, la verdad es que el otro día te defraudó de forma lamentable. Y a mamá, que la adoraba tanto. Habría podido hablar contigo, contártelo, comunicarte lo que creía que era su deber. De veras que no te entiendo.

—Bien —dijo James—, la sique humana es muy compleja y estaba pasando un momento de crisis. Trata de ponerte en su lugar, Harriet; estaba desesperada, embarazada, atrapada. ¿Qué habrías hecho tú?

—Eso es una pregunta absurda que a Harriet no se le puede ni plantear —dijo Theo con mucha calma—. Harriet nunca se habría metido, no podría haberse metido en una situación de ese tipo. Es tan fundamentalmente honesta que no podría ni concebirla.

Harriet lo miró, asombrada como siempre ante el hecho de que conociera tan profundamente a su familia, y los conflictos diarios a que estaban sometidos sus sentimientos hacia él se intensificaron repentinamente.

—Theo, no hables por mí —le espetó—. El accidente no me ha afectado el cerebro, ¿sabes?

—No —dijo Theo—, ya lo veo. James, ¿te molesta que me sirva un poco más de ese excelente Armagnac?

—Pues claro que no —dijo James. Parecía distraído, distanciado—. Es tan raro hablar de ella como lo hacemos... Me da la impresión de que ya no la conozco, de que no se trata de mi hija, de la hija que he querido, protegido y que me comprometí a educar con tan pobres resultados. Como le dijiste a tu madre, Harriet, es como si tu hermana se hubiera transformado en otra mujer, en una mujer que nos es del todo extraña. Y por muchas conjeturas que hagamos, no lograremos entenderla, ni a ella ni lo que ha hecho. Aunque... la verdad es que comparto la opinión de esa mujer, ¿cómo se llama, Harriet, la ginecóloga...?

—Bradman —dijo Harriet—, Jennifer Bradman.

—Sí. Pues comparto su opinión; me refiero a que Cressida es efectivamente una mujer desequilibrada. Porque ahora, con el tiempo, me doy cuenta de que daba muestras típicas de un trastorno emocional; esa tendencia casi compulsiva a mentir, todos sus secretos, esas lecciones de vuelo que te convenció le pagaras, por ejemplo, ¿qué razón había para mantenerlas tan en secreto, Theo?, y sus constantes problemas de salud, su inepcia con el dinero...

—Sí, bueno, quizá —admitió Harriet—, yo también he sido bastante inepta con eso y a nadie se le ocurre sugerir que sufro un trastorno emocional. Aunque tú quizá sí. —Y le lanzó una mirada asesina a Theo.

—Harriet, pues claro que no —intervino James—, no seas boba. A ti lo que te ha pasado es que has tomado algunas decisiones empresariales equivocadas. No tiene nada que ver.

—Ah, bueno —dijo Harriet con sarcasmo—, entonces no pasa nada, puedo relajarme. Bien, pues yo creo que venderse el piso sin decírselo a nadie demuestra que estaba planeando hacer algo drástico.

—En absoluto —dijo Theo—. De todas formas tenía que venderlo; ¿de qué le habría servido conservarlo si se iba a vivir a Nueva York? Eso habría podido explicarlo fácilmente.

—Os tiene a todos embelesados —dijo Harriet. Notó que se le llenaban de nuevo los ojos de lágrimas—, estáis todos emperrados en buscarle excusas y en decir, pobre Cressida, estaba mal, cuando no era más que una... consentida, una malcriada a la que todos adorabais.

—Sí, tienes razón —admitió James, profundamente abatido—, y me duele decirlo, pero ésa es una razón más para que ahora no hablemos de ella con excesiva dureza. El hecho de que la tratáramos con tanta indulgencia y de que la mimáramos tanto, porque es cierto, era la pequeña y se lo consentíamos casi todo, no hizo más que predisponerla a este tipo de trastorno. Lo he hablado con especialistas.

—Bueno —dijo Theo—, sigo opinando que la verdad no es sencilla. Y que tenemos que aceptar una mezcla de las tres explicaciones.

—Pero no la de Julia, ¿verdad? —preguntó con voz trémula James.

—No, espero que no —dijo Theo—, aunque sería muy gordo que Julia hubiera mentido de esa forma, porque si mostró la carta a Cressida y si ésta no tenía el menor interés por el dinero se lo habría comentado a Oliver, lo habría tomado a broma, o se habría indignado...

—Quizá —empezó a decir Harriet lentamente— eso fue la gota que colmó el vaso. Quizá estaba tan desesperada que la actitud hostil de Julia la convenció de que tenía que irse.

Theo miraba fijamente su copa con una expresión muy sombría y triste.

—Creo que ninguno de nosotros sabrá nunca la verdad. Sólo la conoce Cressida. Y no nos la dirá nunca —concluyó Theo.

—Escucha —dijo Theo una noche, sentado junto a Harriet y tomándole una mano—, tenemos que hablar. No te entiendo, Harriet. Te amo. Y sé que tú me amas...

—Theo, no te amo. Bueno, sí, pero no de esa forma. Se ha acabado. Ha sido estupendo, una experiencia maravillosa, pero... no funcionaría. Es imposible. Lo sé.

—¿Cómo lo sabes?

—Porque... porque sí. Nuestras vidas son incompatibles. Querrías someterme, dominarme, y no estoy dispuesta a que nadie me domine.

—No quiero dominarte.

—Theo, no puedes evitarlo. Está en tu naturaleza.

—Harriet, te juro que ni siquiera lo intentaré. No te pediré que te cases conmigo, ni te sugeriré que aceptes mi dinero para reconstruir tu empresa, es más, no te daré dinero para nada. Puedes vivir en un cuchitril de Brixton o donde te apetezca y de vez en cuando iré a verte y comeremos garbanzos y beberemos cerveza que habrás comprado con el seguro de desempleo. ¿Qué te parece? Sólo te pido que me dejes quererte.

—Oh, no seas ridículo —dijo Harriet—. Y además, sabes muy bien que igual me voy a vivir a Nueva York.

—Madre mía —se lamentó Theo—. Lo había olvidado. Creía que habías descartado totalmente esa idea.

—Pues no. Te equivocaste. En todo.

—¿Qué quieres decir?

—Lo que le dijiste a Hayden Cotton de que no aceptaría ir.

—Ah —dijo Theo—, ah, sí. También lo había olvidado. En aquel momento me pareció una buena idea... y al parecer funcionó, ¿verdad?

—¿Qué quieres decir con eso de que funcionó? ¿Qué funcionó?

—Le sugerí que te dijera que yo había dicho que no aceptarías ir, porque sabía que sería lo único que te haría cambiar de idea. Y tuve razón.

—¿Que qué? —dijo Harriet—. Theo, eres absolutamente infame. ¿Cómo osas jugar con mi vida como si se tratara de... un juego? —La invadió una oleada de rabia, una rabia pura, candente, líquida. Todo lo que Theo había hecho por ella desde el accidente, todos sus desvelos y su ternura, se borraron de su mente y, de haber tenido la fuerza necesaria, lo habría matado con placer. Alzó la voz, que había empezado a temblarle de cólera—. ¿Cómo te atreves, Theo? No soy una de tus empresas o uno de tus proyectos, no puedes dirigirme a tu antojo. Dios, has cometido un error diciéndome esto. Si algo podía convencerme de que estaba en lo cierto, de que nunca podríamos...

Theo la miró y se dio cuenta de que estaba al borde de las lágrimas, pálida y tensa.

—Harriet...

—Theo, por el amor de Dios, déjame en paz. Déjame en paz. —Se lo dijo gritando, con los puños apretados—. ¿Vale? Sal de mi vida. No dejo de repetírtelo, pero tú ni caso. Vete de esta casa, vete a Londres, a Nueva York, donde te dé la gana, pero, por favor, no me atosigues más. No puedo soportarlo.

—De acuerdo —dijo Theo muy despacio—. No te atosigaré más. Me iré ahora mismo. Tú ganas, Harriet. Se acabó.

Cuando lo vio abandonar la habitación con sus grandes hombros caídos, vencido por la tristeza, y cuando oyó su voz, su voz profunda y cuajada de dolor, tuvo que taparse la boca para impedirse gritar, gritarle que sabía que se equivocaba, que sabía que todavía lo amaba.

Menos de una hora después ya lo había empaquetado y metido todo en el coche. Se fue sin despedirse de ella. La casa quedó desolada sin su presencia.

.

Harriet se acostó pronto; a pesar del enorme cansancio que sentía le costó mucho dormirse, y cuando lo consiguió tuvo unos sueños espantosos, sombríos, con la obsesiva presencia de Theo. Se despertó tarde, pero con la sensación de estar exhausta y hecha pedazos; su padre la ayudó a bajar hasta la cocina. Estuvo sentada durante mucho rato, bebiendo café tras café con expresión taciturna y la mirada perdida y tratando de no pensar mucho en lo que había hecho, tratando de convencerse de que había sido lo correcto, de que se sentía mucho mejor. Era un día precioso, parecido al de la boda de Cressida, con una luz dorada enturbiada por la calina; pero el verano ya llegaba a su término y las rosas, marchitas, caían sobre el césped agostado. Sólo habían pasado unas pocas semanas, pero parecían toda una vida; y seguía sintiéndose desdichada, melancólica, sola. ¿Por qué lo había hecho, por que se había comportado de aquella forma, por qué se había obcecado en pensar que era lo que más le convenía cuando no era cierto? De pronto necesitó tanto tener a Theo a su lado, cerca de ella, que se le escapó un gemido.

James se sobresaltó y alzó la vista de su periódico.

—¿Te duele el tobillo?

—No.

—¿La cabeza?

—No. El alma.

—Ah —dijo su padre—, se trata de eso. —Permaneció silencioso durante unos segundos y luego añadió—. Lo amas, ¿verdad?

—Sí —dijo ella—, mucho me temo que sí. Mucho. Muchísimo. Pero...

—¿Pero qué?

—Oh... nada. No habría funcionado. Y además, es demasiado tarde.

—Nunca es demasiado tarde.

—Esta vez, sí. Y la verdad es que creo que será mejor así. No habríamos podido vivir juntos. Habríamos terminado asesinándonos.

—Bueno —dijo James—, habría podido ser divertido durante un tiempo. Hasta que lo hicierais.

—No, no creo. Es que en realidad no me conoce bien. Nunca ha hecho nada que demuestre que me entiende de verdad. Cree conocerme, pero no es cierto.

—No es fácil conocer bien a alguien —concluyó James.

Hubo un silencio y luego Harriet prosiguió:

—Me apetecería bajar al río y sentarme sobre el puente. Me encanta ese lugar, siempre me serena, y no he estado allí desde... bueno, desde el día de la boda de Cressida. ¿Te importaría acompañarme?

—No, claro. Coge las muletas y te ayudaré a bajar.

En el puente todo era quietud: el agua estaba muy baja después de la sequía del verano y la pequeña cascada había quedado obstruida por la maleza. Pero reinaba un gran frescor y mucha tranquilidad. Se sentó sobre el asiento de piedra y, mientras tiraba ramitas al agua, vio a una pobre polla de agua esforzándose en atravesar la maleza de la cascada y no pudo evitar una sonrisa.

—Que no podrás, boba —dijo.

—Podría decirte tres cuartos de lo mismo —dijo Theo.

Se giró; lo vio del otro lado del puente, mirándola con mucha seriedad, un poco deformado, como si llevara algo embutido dentro de la chaqueta.

—Theo —dijo Harriet con un inmenso esfuerzo—, Theo, ojalá dejaras de prolongar la agonía. ¿Cuántas veces más tendré que decírtelo? Sería mucho más fácil que desaparecieras de una vez por todas.

—No te preocupes, sólo he venido a despedirme de ti. Creo que nos lo debemos el uno al otro.

—Oh —dijo Harriet desconcertada—, sí, sí, claro que sí.

—¿Me dejas que me acerque a darte un apretón de manos? —le preguntó—. ¿Te parece correcto?

—Sí, sí, claro —dijo Harriet con una sonrisa radiante—. Cómo no.

Theo se dirigió lentamente hacia el puente y se acercó a ella.

Harriet alzó los ojos para contemplarlo por última vez y siguió esforzándose en sonreír. Theo la miraba con mucha solemnidad. Finalmente dijo:

—Te he traído una cosa. Un regalo de despedida. No voy a poder darte el apretón de manos hasta que te lo entregue.

Mientras se desabrochaba la chaqueta ninguno de los dos dijo nada.

—Siempre dices —empezó Theo— que no te entiendo, que

no sé cuáles son tus verdaderos deseos. Esto podría hacerte cambiar de opinión. Oye, ¿y si me echas una mano?

Harriet seguía silenciosa, intrigada por aquella protuberancia, aquel abultamiento; le costó un poco darse cuenta de que se movía, de que, emergiendo de la oscuridad de la chaqueta, aparecía primero un hociquillo negro y húmedo, luego una cabeza dorada y arrugada y finalmente dos patas regordetas.

—Toma —dijo Theo—. Es algo que deseas mucho. Te lo entrego con todo mi amor. Se llama *Biggles*.

ÍNDICE

Impreso en LIBERDÚPLEX, S. L.
Constitució, 19, bloc 8, local 19
Barcelona

ÍNDICE